U0481667

新校宋文鑑

第二册

〔宋〕吕祖謙 編

李聖華 徐子敬 張婷 校

浙江古籍出版社

新校宋文鑑卷第二十三

校者按：底本爲刻卷，據六卷本、麻沙本刻卷校改。

詩

五言律詩

泛溪

梅堯臣

中流清且平，捨楫任船行。漸近鷺猶立，已遥村覺横。何妨緑樽滿，不畏晚風生。屈賈江潭上，愁多未適情。

發匀陵

梅堯臣

秋雨密無跡，濛濛在一川。孤村望漸遠，去鳥飛已先。向晚雲漏日，微光人倚船。安知偶自適，落岸逢沙泉。

聞鴈 梅堯臣

濕雲夜不散，薄處微有星。孤鴈去何急，一聲愁更聽。心應失舊侶，翅已高青冥。幾日江湖上，鳧鷗共滿汀。

和謝仲弓廷評栽竹 梅堯臣

移得溪邊翠，來爲庭下陰。惜根存舊土，帶筍助新林。暗換蕭蕭葉，知虚寸寸心。東風莫摇撼，培壅未應深。

覽含元殿基因想昔時朝會之盛且感其興廢 蘇舜欽

在昔朝元日，千門動地來。方隅正無事，輔相復多才。仗下簪緌肅，天中繖扇開。皇威瞻斗極，曙色辨崔嵬。赤案波光卷，鳴鞭電尾回。熊羆驅禁衛，雨露覆蘭臺。横賜傾中帑，窮奢役九垓[一]。只知營國用，不畏屈民財。翠輦還移幸，旻天未悔灾。群心尊困獸，回首變寒灰。曾以安無慮，翻令世所哀。行人看碧瓦，獨鳥下蒼苔。雖念陵爲谷，遥知禍有胎。青編遺迹在，此地亦悠哉。

五哀詩

司馬光

孔子惡利口之覆邦家者。甚矣讒之爲害，不可一二數也！聊觀戰國以來，楚之屈原，趙之李牧，漢之晁錯、馬援，齊之斛律光，皆負不世之才，竭忠於上，然卒困於讒，不能自脱，流亡不得其所而死，或者國隨以丘墟，此其尤可大哀者也。因即其事，作《五哀詩》，且以警後世云。

屈平

白玉徒爲潔，幽蘭未謂芳。窮羞事令尹，踈不忘懷王。冤骨銷寒渚，忠魂失舊鄉。空餘《楚辭》在，猶與日争光。

李牧

椎牛饗壯士，拔距養奇材。虜帳方驚避，秦金已闇來。旌旗移莫府，荆棘蔓叢臺。部曲依稀在，猶能話郭開。

晁大夫

人主恩猶盛，讒夫弄舌端。旋聞就斧質，不得解衣冠。反虜齒纔冷，謀臣心盡寒。晁宗嚥類盡，漢室泰山安。

馬伏波

漢令班南海，蠻兵避鬱林。天涯柱分界，徼外貢輸金。坐失姦臣意，誰明報國心。一棺忠勇骨，漂泊瘴煙深。

斛律丞相

君臣日荒宴，歌舞諱言愁。老相猶當國，彊鄰不敢謀。謡言雖未出，姦謗已先流。誰察忠臣意，通宵抱膝憂。

訪徐沖晦　郎簡

湖上訪高士，徑深行緑苔。應聞山犬吠，知是野人來。岸幘出相接，柴門自爲開。林間清話久，薄暮撈舟回。

即事　王安石

徑暖草如積，山晴花更繁。縱横一川水，高下數家村。静憩雞鳴午，荒尋犬吠昏。歸來向人説，疑是武陵源。

招丁元珍　王安石

默默不自得，紛紛何所爲。晝墁聊取食，獵較久隨時。秋入江湖暗，風生草樹悲。黄花一杯酒，思與故人持。

半山春晚即事　王安石

春風取花去，酬我以清陰。翳翳陂路静，交交園屋深。牀敷每小息，杖屨或幽尋。惟有北山鳥，經過遺好音。

定林　王安石

漱甘涼病齒，坐曠息煩襟。因脱水邊屨，就敷巖上衾。但留雲對宿，仍値月相尋。真樂非無寄，悲蟲亦好音。

自白土村入北寺　王安石

雨過百泉出，秋聲連衆山。獨尋飛鳥外，時度亂流間。坐石偶成歇，看雲相與還。會須營一晦，長此聽潺潺。

和象之北軒書事　韓維

舍北多嘉樹，垂陰及四鄰。清風常滿竹，好鳥不驚人。圖史無他物，謳吟佚此身。應容里中客，一醉倒冠巾。

平居　王安國

絺綌散南風，平居觸事慵。古今無適莫，義命有違從。水鳥迎秋舫，山花映夕舂。故鄉圖畫見，垂老愧塵容。

明皇　鄭獬

四海不摇草，九重藏禍根。十年傲堯舜，一笑破乾坤。夷狄皆冠冕，豺狼盡子孫。潼關兵已破，會憶老臣言。

送趙樞寺丞宰虔化縣　陶弼

路入南雲下，如何輕解攜。人煙五嶺北，星斗大江西。暖雪梅花樹，晴雷贛石溪。青衫欲無淚，不奈鷓鴣啼。

出嶺題石灰鋪　　陶弼

馬度嚴關口，生歸喜復嗟。天文離卷舌，人影背含沙。江勢一兩曲，梅梢三四花。登高休問路，雲下是吾家。

同宋復古遊大林寺　　周敦頤

三月山方暖，林花互照明。路盤層頂上，人在半空行。水色雲含白，禽聲谷應清。天風拂巾袂，縹緲覺身輕。

冬至　　邵雍

何者謂之幾，天根理極微。今年初盡處，明日未來時。此際易得意，其間難下辭。人能知此意，何事不能知。

晚涼閑步　　邵雍

得處亦多矣，風前任鬢斑。年過半百外，天與一生閑。瑩静雲間月，分明雨後山。中心無所愧，對此敢開顏。

重九日登石閣　邵　雍

事出一時間，時過事莫閑。當時深可愛，過後不堪看。夏去休言暑，冬來始講寒。人能知此理，憂患自難干。

悟人一言　邵　雍

百慮謀猶拙，一言迷自開。世間無大事，天下有雄才。唯恐人難得，寧憂道未恢。忌心都去盡，何復病塵埃。

陳公廙園修禊事席上賦　程　顥

盛集蘭亭舊，風流洛社今。坐中無俗客，水曲有清音。香篆來還去，花枝泛復沉。未須愁日莫，天際是輕陰。

和王正仲熙寧郊祀二十韻　劉　攽

駿命膺長發，鴻圖本慎徽。八方星拱極，四海日升暉。舊典增咸秩，彌文示表微。聖時均玉燭，天統正璿璣。南極迎陽復，陰泉候氣歸。積高常眷顧，昭孝每無違。羽衛來雙闕，和鑾並六飛。風霆齊命令，龍虎會旗旂。帳殿層城暮，金波列宿稀。嚴更虛夜鼜，彫輦下彤闈。廣樂千人唱，升煙萬目睎。衆神知受記，象物競來依。陟降兼明察，圓方比範圍。送音仍翽翽，畀福想霏霏。霈澤蘇群動，春陽暢墐扉。慶深周揭厲，感極至歔欷。多士參鳴玉，微生厠皂衣。肅雍瞻帝武，奉引近天威。儒館鵷鸞舊，長謠錦繡輝。因知子雲賦，何足頌巍巍。

和鄭閎仲仙居

陳　襄

我愛仙居好，臨民必以誠。簿書無日暇，獄訟積年生。予始至，邑豪有以債負憑折細民田土者，迹驗分明，予治而歸之。或有年深而亡稽者，亦妄詞訟。三年分户二千，凡有産而無業，積年空納其租，許其還主者，不可勝數。百疾求箴補，千鈞待準平。嗟予不如古，斯道未能宏。

我愛仙居好，隆儒尠大方。諸生令講藝，予每講書罷，又令諸生各轉相教授。童子俾升堂。公暇，每有童子十數人至堂上，教授經書，或試之書。買地興民學，因孔子廟後修起學舍，買三家之地，以廣其基。驅車下黨庠。予每出行諸鄉，遇有小學，則下以觀童子。三年邑未化，官滿意彷徨。

我愛仙居好，公餘日在房。憂民極反覆，責己未周詳。法律行隨手，詩書坐滿箱。老來須向學，多病喜平康。

和子由初到陳州

蘇　軾

舊隱三年別，杉松好在不？吾今尚眷眷，此意恐悠悠。閉户時尋夢，無人可説愁。還來送別處，雙淚寄南州。

廣愛寺朱瑶畫

蘇　軾

朱瑶唐晚輩，得法尚雄深。滿寺空遺迹，何人識苦心。長廊欹雨脚，破壁撼鐘音。成壞無窮事，他年復弔今。

過淮

蘇　軾

好在長淮水，十年三往來。功名真已矣，歸計亦悠哉。今日風憐客，平時浪作堆。晚來洪澤口，捍索響如雷。

乘舟過賈收水閣二首

蘇　軾

嫋嫋風蒲亂，猗猗水荇長。小舟浮鴨緑，大杓瀉鵝黄。得意詩酒社，終身魚稻鄉。樂哉無一事，何處不清涼。

曳杖青苔岸，繫船枯柳根。德公方上冢，季路獨留言。已占蒲魚港，更開松菊園。從兹來往數，兒女自膺門。

郊祀慶成

蘇軾

帝出乘昌運，天心予太平。文章三代繼，制作七年成。大祀乾坤合，剛辰日月明。泰壇朝掃地，魄寶夜垂精。仰御圓蒼蓋，還觀海岱城。北流吞朔易，南極落欃槍。升燎靈光答，回鑾瑞霧迎。需雲徧枯槁，解雨達勾萌。可頌非天德，因箴亦下情。民言知有酌，帝謂本無聲。富國由崇儉，蘄年在好生。無心斯格物，克己自消兵。化國安新政，孤臣反舊耕。還將清廟什，留與野人賡。

新年二首

蘇軾

小雨暗人日，春愁連上元。水生桃葉渚，煙濕落梅村。晚市人歸盡，孤舟鶴踏翻。猶堪慰寂寞，漁火亂黄昏。

北渚集群鷺，新年何所之。盡歸喬木寺，分占結巢枝。生物會有役，謀身要及時。何當禁畢弋，看引雪衣兒。

倦夜　蘇軾

欹枕倦長夜，小窗猶未明。孤村一犬吠，殘月幾人行。衰鬢久已白，旅懷空自清。荒園有絡緯，虚織竟何成。

次韻王晦叔　蘇軾

鐘鼓江南岸，歸來夢自驚。浮雲世事改，孤月此心明。雨已傾盆落，詩仍翻水成。二江争送客，木杪看橋横。

次韻公定世弼登北都東樓二首　黄庭堅

真皇多廟勝，仁祖用功深。卜宅遷九鼎，破胡藏萬金。百年休戰士，當日縱前禽。欲斷匈奴臂，不如留此心。

漢皇勤遠略，晚節相千秋。不足中原地，猶思一戰收。聖朝方北顧，斜日倚東樓。廟筭知無敵，寒儒浪自愁。

歲寒知松柏　　黄庭堅

群陰彫品物，松柏尚桓桓。老至惟心在，相將到歲寒。霜嚴御史府，雨立大夫官。犧象溝中斷，徽弦爨下殘。光陰一鳥過，斬伐五牛難。春日輝桃李，蒼顔亦預觀。

款塞來享　　黄庭堅

前朝夏州守，來款塞門西。聖上開皇極，降書付狄鞮。氈裘瞻日月，嫠面帶金犀。殿陛閑干羽，邊庭息鼓鼙。永輸量谷馬，不作觸藩羝。聲勢常相倚，今聞定五溪。

神宗皇帝挽詞二首　　黄庭堅

文思昭日月，神武用雷霆。制作深垂統，憂勤減夢齡。孫謀開二聖，末命對三靈。今代誰班馬，能書汗簡青？

釣築收賢輔，天人與聖能。輝光《唐六典》，度越漢中興。百世神宗廟，千秋永裕陵。帝鄉無馬跡，空望白雲乘。

次韻崔伯易席上所賦因以贈行

黄庭堅

迎新與送故，渠已不勝勤。民賣腰間劍，公寬柱後文。諸郎投賜沐，高會惜臨分。去國雖千里，分憂即近君。

司馬文正公挽詞二首

黄庭堅

國在多艱日，人如《大雅》詩。忠清居没世，孝友是生知。加璧延諸老，櫜弓撫四夷。公身與宗社，同作太平基。

毁譽蓋棺了，於今名實尊。哀榮有王命，終始酌[二]民言。蟬冕三公府，深衣獨樂園。平生兩無累，憂國愛元元。

范忠文公挽詞二首

黄庭堅

信道雖常爾，知人乃獨亨。書林身老大，諫紙字欹傾。鼇去三山動，人危五鼎烹。保全天子聖，几杖送餘生。

公在昭陵日，文章近赤墀。空嗟伏生老，不待邇英帷。去國幾三虎，聞韶待一夔。誰言蓋棺了，新樂鎖蛛絲。

和答錢穆父詠猩猩毛筆　黄庭堅

愛酒醉魂在，能言機事疎。平生幾兩屐，身後五車書。物色看《王會》，勳勞在石渠。拔毛能濟世，端爲謝楊朱。

次韻秦少章晁適道贈答詩　黄庭堅

二子論文地，陰風雪塞廬。寧穿東郭履，不奉子公書。士固難推挽，時聞有詔除。負暄真得計，獻御恐成疎。

和文潛舟中所題　黄庭堅

雲横疑有路，天遠欲無門。信矣江山美，懷哉讟逐魂。長波空永記，佳句洗眵昏。誰奈離愁得，村醪或可尊。

漢陽親舊攜酒追送聊爲短句　黄庭堅

接淅報官府，敢違王事程？宵征江夏縣，睡起漢陽城。鄰里煩追送，杯盤瀉濁清。祇應瘴鄉老，難答故人情。

次韻廖明略陪吴明府白雲亭宴集

黄庭堅

江浄明花竹，山空響管弦。風生學士麈，雲繞令君筵。百越餘生聚，三吴遠接連。庖霜刀落鱠，執玉酒明船。葉縣飛來舄，壺公謫處天。酌多時暴謔，舞短更成妍。唯我孤登覽，觀詩未究宣。空餘五字賞，文似兩京然。醫是肱三折，官當歲九遷。老夫看鏡罷，衰白敢争先？

贈楊明叔

黄庭堅

窮奇投有北，鴻鵠止丘隅。我已魑魅禦，君方燕雀俱。道應無芥蔕，學要盡工夫。莫斬猿狙杙，明堂待棟桴。

閑居有感

李宗易

進退荷君恩，孤懷豈易論。以閑銷日月，何力報乾坤。架上書千卷，花前酒一樽。相持兩成癖，此外盡忘言。

江上逢晁適道

崔子方

渺渺連江雨，微微到面風。主人留一餉，佳士得相逢。會面嗟何晚，論詩許有功。君家好兄弟，更覺此心同。

荷花

豐稷

桃杏二三月，此花泥滓中。人心正畏暑，水面獨摇風。淨刹如金涌，嘉賓照幕紅。誰歌採菱曲，舟在曉霞東。

寄鄭介夫

畢仲游

鄭子安强否，梅花萬里春。如何投虎穴，直欲犯龍鱗。北闕今無數，南方信有人。可憐妻子在，年少不謀身。

春日獨遊南園

楊蟠

天淨鳥飛遠，路幽花自香。春風吹草木，野水滿池塘。事去青山在，人間白日長。興來搔短髮，微意久難忘。

聞赦有作

張舜民

擊破填街道，傳聲過水濱。國嚴三歲禮，恩洗萬家春。舟楫親南斗，衣冠拱北辰。嶺南并嶺北，多少望歸人！

曾子固挽詞二首　陳師道

早棄人間事，真從地下遊。丘原無起日，江漢有東流。身世從違裹，功名取次休。不應須禮樂，始作後程仇。

精爽回長夜，衣冠出廣庭。勳庸留琬琰，形象付丹青。道喪餘篇翰，人亡更典刑。侯芭才一足，白首《太玄經》。

司馬温公挽詞二首　陳師道

恭默思良弼，詩書正百工。事多違謝傅，天遽奪楊公。一代風流盡，三師禮教崇。若無天下議，惡美併成空。

百姓歸周老，三年待魯儒。世方隨日化，身已要人扶。玉几雖來晚，明堂訖授圖。心知死諸葛，終不羨曹蜍。

登城樓　陳師道

城郭春容晚，因行可當遊。飛來雙蛺蝶，目盡一浮鷗。峽嶮山將合，江平水却流。同來端興盡，且爲小遲留。

和王子安至日　　陳師道

物理有終極，人情從徃還。陰陽消長際，老疾去留閒。中白徒懷惠，巢由不買山。更歌吾和汝，風日稍侵顔。

送吴先生謁惠州蘇運使　　陳師道

聞名欣識面，異好有同功。我亦慙吾子，人誰恕此公。百年雙白鬢，萬里一秋風。爲説任安在，依然一秃翁。

懷遠　　陳師道

海外三年謫，天南萬里行。生前只爲累，身後更須名。未得平安報，空懷故舊情。斯人有如此，無復涕縱横。

張芻令餘杭　　孫處

經年獨窮處，此去豈無營。最近吾民病，無嗟縣令名。官卑人易信，政肅化方行。更有論心處，前溪水正清。

種圃　張耒

僦舍亦爲圃，從人笑我癡。自求佳草木，仍插小藩籬。吾事正如此，人生聊自怡。霜松未及尺，獨我見奇姿。

近清明　張耒

斜日去不駐，好風來有情。江城過風雨，花木近清明。水樹閑照影，山禽時引聲。吾年行老矣，淹泊蹇何成〔三〕？

晨興　張耒

端居歲已晏，杖屨亦蕭然。雲露窗前日，秋明樹外天。大江寒欲落，諸嶺霽逾鮮。白首無聊劇，昏昏只醉眠。

都梁亭下　張耒

金塔青冥上，孤城莽蒼中。淺山寒帶水，旱日白吹風。人事劇翻手，生涯真轉蓬。高眠待春漲，鮭菜伴南公。

舟中曉思

張耒

樹色未啼鳥，槳聲初度航。客燈青映壁，城角冷吹霜。飄泊年來甚，羈遊情易傷。年豐清潁尾，吾計亦差良。

南澗月夕

俞紫芝

華髮念秋晚，青燈憐夜長。香團菊花露，寒著橘林霜。月在北窗底，人行南澗旁。婆娑不知去，身與兩俱亡〔四〕。

廣武山懷古

劉季孫

楚漢兵相接，乾坤晝亦冥。虎争千里震，龍戰四郊腥。故壘從誰問，嚴祠自昔靈。北風吹敗木，落日任飄零。

春日遊金明池

李昭玘

日有江湖思，坐無車馬塵。横橋自照水，啼鳥不驚人。輦路晴飛絮，宫門暗鎖春。多情老園吏，灑地喜相親。

獨步懷元中　洪　朋

淨盡西山日，深行城北村。琅璫鳴佛屋，薜荔上僧垣。時雨慰喝腹，夕風清病魂。所思渺江水，誰與共忘言。

宿范氏水閣　洪　朋

枕水鑿疏櫺，雲扉夜不扃。灘聲連地籟，林影亂天星。人淨魚頻躍，秋高露欲零。何妨呼我友，乘月與揚舲。

石牛莊閑居　崔　鶠

不識春風面，知從底處來。紅深桃靨破，緑静水簾開。物外心常挂，人間事不諧。從今江海去，無復世推排。

見黃太史　高　荷

萬里南溪郡，黃香得賜環。盛名喧海內，摧翮返雲間。太史資誠峻，郎官選亦慳。朝廷才特起，堂奥援誰扳？一夢追前事，群公厄後艱。中傷皆死禍，放逐罕生還。別駕之戎僰，僑居傍草菅。想知諳鳥道，聞説異人寰。揚子家元窘，王維室久鰥。鵬來心破碎，猨叫淚潺湲〔五〕。達觀終難得，羈愁必易删。衆情相惻憫，靈物自恬憪。迥閣澄秋眺〔六〕，幽窗聳夜跧。蜀天何處盡，巴月幾回彎〔七〕？墜履魂空斷，遺弓涕忽潸。石門淒殿楯，銅雀慘宫鬟。帝統聯仁聖，皇恩感黰頑。網羅疏黨禁，誅蔓掃朋姦。點檢金閨彦，凋零玉筍班。尚令宗廟器，遥隔鬼門關。拊髀咨詢及，含香誥命頒。笑談趨赤縣，吟詠落烏蠻。奏記懷東觀，移文領北山。應將九遷待，未補七年閑。士愧千鈞弩，身謀五兩綸。退藏欣望氣，延仰竊窺班。昌谷詞源窄，浯溪筆力孱。斵輪深類扁，投斧欲隨般。鵠卵真能伏，龍鱗敢冀攀。不嗔無紹介，試遣略承顔。

題折氏下城南

吴則禮

繫馬後河川，可人冬景妍。要看花到地，付與水浮天。未覺隨戎馬，端來唤酒船。誰云是關塞，勝事總堪傳。

春日書懷

潘大臨

舟楫凌漳水，風濤接蠡湖。龍媒成跬步，驪頷脱微軀。樂土供遊戲，深文苦縶拘。胸中雖磈磊，墻外或歌呼。老去嵇康懶，歸來甯子愚。千鍾真臭腐，十畮借膏腴。春雨何曾密，園花日竟自都。小橋藏細柳，方沼出新蒲。酒熟拈巾漉，經傳帶雨鋤。行盤隨所有，坐客幾時無。日轉淮陰暮，門通鳥逕迂。仰頭看哺鷇，引手亦將雛。撫事盆縈繭，勞生户轉樞。形骸浮大塊，毛髮燎紅〔八〕爐。借問青宫犢，何如濁水鳧。士衡甘食酪，張翰合思鱸〔九〕。世論幾膠柱〔一〇〕，人心盡好竽。屠龍非至計，射雉屈良圖。借箸方隆漢，推枰已滅吴。從渠畫麟閣，吾自著《潛夫》。

江上晚步

潘大臨

白鳥没飛煙，微風逆上船。江從樊口轉，山自武昌連。日月懸終古，乾坤别逝川。羅浮南斗外，黔府若何邊。

題吕少馮聽雨堂

李　彭

碧澗寒侵屋，幽雲夜度墻。貪看山入坐，怪聽雨鳴廊。苦乏陰鏗句，聊登孺子床。非君無汲引，寄傲學潛郎。

春日有懷

林敏功

風高收雨急，日薄過窗微。梅蘂初迎臈，春溪欲染衣。形容今日是，遊衍昔人非。節物關愁緒，歸鴻正北飛。

校勘記

〔一〕『埃』，麻沙本作『垓』。清康熙刊本《蘇學士集》作『垓』。

〔二〕『酌』，麻沙本作『著』。宋乾道本《豫章黄先生文集》作『著』，日本翻刻宋紹興本《山谷内集詩註》作『酌』。

〔三〕『成』，麻沙本作『城』。

〔四〕『亡』，麻沙本作『忘』。

〔五〕『潺湲』，麻沙本作『湲潺』。

〔六〕『眺』，麻沙本作『晚』。

〔七〕『彎』，麻沙本作『灣』。

〔八〕『紅』，麻沙本作『洪』。

〔九〕『借問青宫犢』以下四句，麻沙本無。

〔一〇〕『柱』，底本誤作『枉』，據麻沙本改。

新校宋文鑑卷第二十四

校者按：底本爲刻卷，據麻沙本刻卷校改。

詩

七言律詩

和御製夏日垂釣作　　徐鉉

物茂時平日正長，翠華停馭睠方塘。文竿乍[一]拂圓荷動，頳尾時翻素荇香。睿賞只應從暇豫，聖恩寧肯問沉翔。吞鈎[二]自是貪芳餌，猶笑成湯一面張。

内宴應制　　曹翰

三十年前學《六韜》，英名嘗得預時髦。曾因國難披金甲，不爲家貧賣寶刀。臂健尚嫌弓力軟，眼明猶識陣雲高。庭前昨夜秋風起，羞見團花舊戰袍。

豫章胡氏華林書堂　張齊賢

一百年來煙爨同，衣冠江左慕家風。兒孫歌舞詩書内，鄉黨優游禮讓中。孝悌筠編争紀録，門閭天語賜褒崇。莫將六闕方朱氏，朱敬則家門孝友，三葉旌表，門標六闕。葉葉蒸蒸奉始終。

春日書懷　寇準

曾讀前書笑古今，耻隨流俗信浮沉。終期直道扶元化，敢爲虚名役片心？默坐野禽啼晝景，閉門官柳長春陰。世間事了先須退，不待霜毛漸滿簪。

春夕偶作　趙湘

一夕衡門獨自開，雨陰深巷少塵埃。醉醒風傍池邊起，坐久月從花上來。何處夜歌初欲斷，四鄰春夢未知回。因思此興無人共，時復孤吟步緑苔。

上李昉相公二首　王操

弱冠登龍入粉闈，少年清貴古來稀。袖中詔草朝天去，頭上宫花侍宴歸。卓筆玉堂寒漏迴，捲簾池館水禽飛。三台位近猶謙遜，閑聽秋霖憶翠微。

又

翰苑優游數十春，文章敵手更無人。對勷旒冕如僚友，下直門闌似隱淪。倚檻白雲供醉望，楮筇黄葉落吟身。年來得意知難繼，大半門生作侍臣。

温泉　　鄭文寶

潺湲如燎嶺雲陰，玉石魚龍换古今。只見開元無事久，不知貞觀用功深。籠無解語衣無雪，堆有黄沙粟有金。惆悵胡雛負恩澤，始知夷甫少經心。

讀江揔傳　　鄭文寶

行人慵過景陽宫，宫畔離離禾黍風。庭玉有花空怨白，井蓮無步莫愁紅。吟詩功業才雖大，亡國君臣道最同。争忍暮年歸故里，綸竿迴避釣魚翁。

梅花　　林逋

吟懷長恨負芳時，爲見梅花輒入詩。雪後園林纔半樹，水邊籬落忽横枝。人憐紅艷多應俗，天與清香似有私。堪笑胡雛亦風味，解將别調角中吹。

小園梅花　　林逋

衆芳摇落獨暄妍，占盡東風向小園。踈影横斜水清淺，暗香浮動月黄昏。霜禽欲下先偷眼，粉蝶如知合斷魂。幸有微吟可相狎，不須檀板共金樽。

晨興　　魏野

夜長乞待得晨興，耽睡僮猶唤不譍。燒藥爐中無宿火，讀書窗下有殘燈。臨堦短髪梳和月，傍岸衰容洗帶冰。料得巢禽翻怪訝，尋常日午起慵能。

山居 雷化已南山多零陵藿香，芬芳襲人，動或數里。　　丁謂

峒口清香徹〔三〕海濱，四時芬馥四時春。山多緑桂憐同氣，谷有幽蘭讓後塵。草解忘憂憂底事，花能含笑笑何人。海南有含笑花。争如彼美欽天壤，長薦芳香奉百神。

民牛多疫死 水牛多自湘、廣，商人斸至，民間貴市之，以給用。　　楊億

南海逸風知失性，東吴喘月不逢醫。一元祀典古所重，九穀民天命在斯。真相梶車寧致問，族庖更刃亦焉施。炎神癘鬼争爲虐，度虎消蝗復是誰？

漢武　　楊　億

蓬萊銀闕浪漫漫，弱水回風欲到難。光照竹宫勞夜拜，露溥金掌費朝飡。力通青海求龍種，死諱文成食馬肝。待詔先生齒編貝，那教索米向長安。

莎衣　　楊　朴

軟緑挼藍著勝衣，倚船吟釣最相宜。蒹葭影裏和煙卧，菡萏香中帶雨披。狂脱酒家春醉後，亂堆漁舍晚晴時。直饒紫綬金章貴，未肯輕輕博换伊。

假中示判官張寺丞王校勘　　晏　殊

元巳清明假未開，小園幽徑獨徘徊。春寒不定斑斑雨，宿醉難禁灧灧杯。無可奈何花落去，似曾相識燕歸來。遊梁賦客多風味，莫惜青錢萬選才。

初秋宿直　　晏　殊

絳河星斗夜闌干，禁署沉沉閉九關。上帝册書群玉府，仙人宫闕巨鼇山。涼蟾影度秋陰薄，促漏聲來夜唱閑。擁鼻吟多欲愁絶，嚴鐘凄斷樹烏還。

安昌侯

晏殊

蓮勺移家近七遷，魯儒章句世相傳。關中沃壤通涇渭，堂上繁聲逐管弦。身服儒衣同蔡義，日將巵酒對彭宣。高墳丈五陽陵外，千古朱雲氣凛然。

偶成

石延年

力振前文覺道孤，恥同流輩論榮枯。動非仁義何如静，得是〔四〕機關不似無。孔孟也宜輕管晏，皐夔未必失唐虞。侯王重問吾何有，且自低心混世儒。

金鄉張氏園亭

石延年

亭館連城敵謝家，四時園色鬬明霞。窗迎西渭封侯竹，地接東陵隱士瓜。樂意相關禽對語，生香不斷樹交花。縱遊會約無留事，醉待參横月落斜。

首陽夷齊在孟津諫伐紂，而死於首陽，其山在蒲。蒲乃舜都也，豈非二子之意，何古之所不思哉！

石延年

遜國同來訪聖謨，適覿争國誓師徒。恥生湯武干戈日，寧死唐虞揖讓區。大義充身安是餓，清魂有所未應無。始終天地亡前後，名骨雖雙此行孤。

喜雨　韓琦

何假嗔雷擊怒桴，默然嘉澤浹民區。經時亢隔群心駭，數月焦熬一陣蘇。已發宋苗安在揠，再生莊鮒不虞枯。須臾慰滿三農望，却斂神功寂似無。

寄子京　宋庠

八年三郡駕朱輪，更忝鴻樞對國均。老去師丹多忘事，少來之武不如人。車中顧馬空能數，海上逢鷗想見親。唯有弟兄歸隱志，共將耕鑿報堯仁。

府齋歲晏節物感人輒成拙詩上寄昭文相公樞密太尉　宋庠

處世何常盡值才，虚名高位自驚猜。千重浪裏隨流出，百尺竿頭試險回。衰鬢不徒欺曉雪，孤心兼欲伴寒灰。嵩陽潁曲風煙接，已仗歸雲作隱媒。

重展西湖　宋庠

緑鴨東陂已可憐，更因雲竇注西田。鑿開魚鳥忘情地，展盡江湖極目天。向夕舊灘都浸月，過寒新樹便留煙。使君直欲稱漁叟，願賜閑州不計年。

書王元之畫像側在琅琊山。　　歐陽脩

偶然來繼前賢迹，信矣皆如昔日言。諸縣豐登少公事，一家飽暖荷君恩。想公風采常如在，顧我文章不足論。名姓已光青史上，壁間容貌任塵昏。公貶滁州，謝上表云：『諸縣豐登，苦無公事；一家飽暖，共荷君恩。』

上致政太保杜相公　　歐陽脩

儉節清名世絶倫，坐令風俗可還淳。貌先年老因憂國，事與心違始乞身。四海儀刑瞻舊德，一樽談笑作閑人。鈴齋幸得親師席，東向時容問治民。

内直對月　　歐陽脩

禁署沉沉玉漏傳，月華雲表溢金盤。纖埃不隔光初滿，萬物無聲夜向闌。蓮燭燒殘愁夢斷，蕙爐熏歇覺衣單。水精宫鎖黄金闕，故比人間分外寒。

下直　　歐陽脩

宫柳街槐緑未齊，春雲不解宿雲低。輕寒漠漠侵騶褐，小雨班班作燕泥。報國無功嗟已老，歸田有約一何稽。終當自駕柴車去，獨結茅廬潁水西。

早朝感事　　歐陽脩

踈星牢落曉光微，殘月蒼龍闕角西。玉勒争門隨仗入，牙牌當殿報班齊。羽儀雖接鴛兼鷺，野性終存鹿與麛。笑殺〔五〕汝陰常處士，十年騎馬聽朝雞。

青州書事　　歐陽脩

年豐千里無夜警，吏退一室焚清香。青春固非老者事，白日自爲閑人長。禄厚豈惟慙飽食，俸餘仍是買輕裝。君恩天地不違物，歸去行歌潁水傍。

望太湖　　蘇舜欽

杳杳波濤閲古今，四無邊際莫知深。潤通曉月爲清露，氣入霜天作暝陰。笠澤鱸微人鱠玉，洞庭柑熟客分金。風煙觸目相招引，聊爲停橈一楚吟。

春睡　　蘇舜欽

别院簾昏掩竹扉，朝酲未解接春暉。身如蟬蛻一榻上，夢似楊花千里飛。啫爾暫能離世網，陶然直欲見天機。此中有德堪爲頌，絶勝人間較是非。

中秋松江新橋對月和柳令之什

蘇舜欽

月晃長江上下同，畫橋横截冷光中。雲頭豔豔開金餅，水面沉沉卧彩虹。佛氏解爲銀色界，仙家多住玉華宫。地雄景勝言不盡，但欲追隨乘曉風。

喜永叔安道仲儀除諫官

蔡襄

御筆新除三諫官，喧然朝野盡相歡。昔時流落丹心在，自古忠賢得路難。好竭謀猷居帝右，直須風采動朝端。世間萬事皆塵土，留取功名久遠看。

詠門

龍昌期

樞動本爲榮辱主，長因外户細推尋。乾坤出入無窮象，夷狄關防有限心。揜到善人非遠大，開當古道自高深。九成載舉簫韶奏，穆穆無凶合在今。

走筆寄夷陵歐陽永叔

謝伯初

舟行無險似瞿塘，滿峽猿聲斷旅腸。萬里更堪人謫宦，經年應合鬢成霜。長官衫色江波可能作賦嘲巫渚，好爲投文弔耒陽。杜子美下耒陽，路經峽。下國難留金馬客，新詩傳與竹枝娘。才如夢得多爲累，情甚安仁久悼亡。絶境化成儒雅俗，遠民争識校讎郎。典詞懸待修青史，諫草當來緑，學士文華蜀錦張。去似長沙非黜辱，比於連郡亦遐荒。韓退之以言事，初貶連州令。

露皂囊。不用臨流羡漁者，便將纓足濯滄浪。

許昌公宇書懷呈歐陽永叔韓子華王介甫　謝伯初

十年趨競浪求榮，因得閑曹減宦情。亂種黄花添野景，旋移高竹聽秋聲。驅馳賤事猶干禄，約勒清狂爲近名。早晚持竿釣鱸鱖，雙溪煙雨一舟横。

寄杭州孫資政　唐介

何人富貴不圖安，大抵爲臣節欲完。手執樞機謀國易，心存忠義入時難。臨風未覺龍媒老，衡斗誰知劍氣寒。天子聖神思舊德，肯教旌馭久盤桓。

讀史　王安石

自古功名亦苦辛，行藏終欲付何人。當時黮闇猶承誤，末俗紛紜更亂真。糟粕所傳非粹美，丹青難寫是精神。區區豈盡高賢意，獨守千秋紙上塵。

示長安君　王安石

少年離别意非輕，老去相逢亦愴情。草草杯盤供笑語，昏昏燈火話平生。自憐湖海三年隔，又作塵沙萬里行。欲問後期何日是，寄書應見鴈南征。

和金陵懷古　王安石

懷鄉訪古事悠悠，獨上江城滿目秋。一鳥帶煙來别渚，數帆和雨下歸舟。蕭蕭暮吹驚紅葉，慘慘寒雲壓舊樓。故國淒涼誰與問，人心無復更風流。

詳定試卷　王安石

童子常誇作賦工，暮年羞悔有揚雄。當時賜帛倡優等，今日論才將相中。細甚客卿因筆墨，卑於《爾雅》注魚蟲。漢家故事真當改，新詠知君勝弱翁。

思王逢原　王安石

蓬蒿今日想紛披，冢上秋風又一吹。妙質不爲平世得，微言唯有故人知。廬山南墮當書案，湓水東來入酒卮。陳迹可憐隨手盡，欲歡無復似當時。

次韻元厚之平戎慶捷　王安石

朝廷今日四夷功，先以招懷後殪戎。胡地馬牛歸隴底，漢人煙火起湟中。投戈更講諸儒藝，免冑争趨上將風。文武佐時慚吉甫，宣王征伐自膚公。

葛溪驛　王安石

缺月昏昏漏未央，一燈明滅照秋牀。病中最覺風露早，歸夢不知山水長。坐感歲時歌慷慨，起看天地色淒涼。鳴蟬更亂行人耳，正抱疎桐葉半黄。

郡舍偶書　楊偕

偃息鈴齋度歲華，著書人静笑聲牙。斯文自信驚天地，吾道誰知繫國家。獨愛杉篁寒不變，更憐江海闊無涯。因思朝市争名地，何似優游刺史衙？

送唐介之貶所　李師中

直誠自許時不與，孤立敢言人所難。去路一身輕似葉，高名千古重於山。並游英俊顔何厚，已死姦雄骨尚寒。天意若爲宗社計，肯教夫子不生還？

送唐御史

仲　訥

力犯雷霆衆共危，遠投魑魅獨爲宜。忠州學業真無負，高廟神靈固有知。自倚聖明容直道，未甘憔悴死荒陲。滿朝卿相多公議，莫把文章作《楚詞》。

聞富并州入相

王　令

元首賡歌樂股肱，四方雖遠喜聲盈。忠賢不死天心在，輔弼終歸聖慮精。中國自今應更重，本朝前日可嗟輕。要須待見成堯舜，未敢輕浮作頌聲。

紙鳶

王　令

誰作輕鳶壯遠觀，似嫌飛鳥未多端。纔乘一線憑風去，便有愚兒仰面看。未必青霄因可到，偶能終日遂爲安。扶摇不起滄溟遠，笑殺鵬摶似爾難。

聞南陽吕諫議誨長逝

鄭　獬

子文三仕去何頻，一卧南陽竟没身。明主自應容直道，皇天何事殺忠臣。拄天力屈空留草，貫日心存不化塵。黄壤不知人世事，爲君慟哭楚江濱。

恭和御製上元觀燈

王　珪

雪消華月滿仙臺，萬燭當樓寶扇開。雙鳳雲中扶輦下，六鼇海上駕山來。鎬宫春酒霑周燕，汾水秋風陋漢材。一曲《昇平》人共樂，唐有《聖代昇平》樂曲。君王又進紫霞杯。

招魯清〔六〕

范　雍

吏隱便同真隱者，閉門終日懶追隨。人間寡合無如我，天下知音更有誰。莫爲利名踈舊分，好灰心計話前期。從今寂寞吟情減，只有思君兩首詩。

校勘記

〔一〕『乍』，麻沙本作『作』。《四部叢刊》景黄丕烈校宋本《徐公文集》作『乍』。

〔二〕『鈎』，麻沙本作『舟』。《四部叢刊》景黄丕烈校宋本《徐公文集》作『舟』。

〔三〕『徹』，麻沙本作『澈』。

〔四〕『是』，麻沙本作『見』。

〔五〕『殺』，麻沙本作『報』。宋慶元二年周必大刻本《歐陽文忠公集》、元本《歐陽文忠公集》作『殺』。

〔六〕底本卷目無此題，麻沙本無此題此詩。

新校宋文鑑卷第二十五

校者按：底本爲刻卷，據麻沙本刻卷校改。

詩

七言律詩

閑居吟

邵雍

閑居須是洛中居，天下閑居皆莫如。文物四方賢俊地，山川千古帝王都。絶奇花畔持芳醑，最軟草間移小車。只有堯夫負親舊，交親元不負堯夫。

仁者

邵雍

仁者難逢思有常，平居切勿恃何妨。争先路徑機關惡，近後語言滋味長。爽口物多須作病，快心事過必爲傷。與其病後能求藥，不若病前能自防。

清風短吟　　邵雍

清風興味未全衰，豈謂天心便棄遺。長具齋莊緣讀《易》，每慚疎散爲吟詩。人間好景皆輸眼，世上閑愁不到眉。生長太平無事日，又還身老太平時。

閑行吟　　邵雍

長憶當年掃弊廬，未嘗三徑草荒蕪。欲爲天下屠龍手，肯讀人間非聖書。否泰悟來知進退，乾坤見了識親疎。自從會得環中意，閑氣胸中一點無。

洛下園池　　邵雍

洛下園池不閉門，洞天休用别尋春。縱游只却輸閑客，遍入何嘗問主人。更小亭欄花自好，儘荒臺榭景纔真。虚名誤了無涯事，未必虚名揔到身。

答人語名教　　邵雍

開闢而來世教敷，其間雄者號真儒。修身有道名先覺，何代無人達奥區。焕若丹青經史義，明如日月聖人途。鯫生涵泳雖云久，天下英才敢厚誣。

何事吟　　邵　雍

何事教人用意深，出塵些子索沉吟。施爲欲似千鈞弩，磨厲當如百鍊金。釣水誤持生殺柄，着碁閑動戰争心。一盃美酒聊康濟，林下時時或自斟。

觀三皇　　邵　雍

許大乾坤自我宣，乾坤之外更何言。初分大道非常道，纔有先天未後天。作法極微難看蹟，收功最久不知年。若教世上論勳業，料得更無人在前。

觀五帝　　邵　雍

進退肯將天下讓，着何言語狀雍容。衣裳垂處威儀盛，玉帛修時意思恭。物物盡能循至理，人人自願立殊功。當時何故得如此，只被聲明類日中。

觀三王　　邵　雍

一片中原萬里餘，殆非孱德所宜居。夏商正朔猶能布，湯武干戈未便驅。澤火有名方受革，水天無應不成需。請觀仁義爲心者，肯作人間淺丈夫。

觀五伯　　邵　雍

刻意尊名名愈虧，人人奔命不勝疲。生靈劍戟林中活，公道貨財心裏歸。雖則餼羊能愛禮，奈何鳴鳳未來儀？東周五百餘年内，歎息惟聞一仲尼。

觀七國　　邵　雍

當其末路尚縱横，仁義之言固不聽。肯謂破齊存即墨，能勝坑趙盡長平？清晨見鬼未爲恠，白日殺人奚足驚。加以蘇張掉三寸，扼喉其勢不俱生。

觀嬴秦　　邵　雍

轟轟七國正争籌，利害相磨未便休。比至一雄心底定，其如四海血横流。三千賓客方成夢，百二山河又變秋。謾説罷侯能置守，趙高元不是封侯。

觀兩漢　　邵　雍

秦破山河舊戰場，豈期民復見耕桑。九千來里開封域，四百餘年號帝王。剥喪既而遭莽卓，經營殊不念高光。當時文物如斯盛，城復何由更有隍？

觀三國

邵　雍

桓桓鼎峙震雷音，絶唱高蹤没處尋。簫鼓一方情未暢，弓刀萬里力難任。論兵很石寧無意，飲馬黄河徒有心。雖曰天時亦人事，誰知慮外失良金。

觀西晋

邵　雍

承平未必便無憂，安若忘危非善謀。題品人才憑雅誚，雌黄人事用風流。有刀難剖公閭腹，無木可梟元海頭。禍在夕陽亭一句，上東門嘯浪悠悠。

觀十六國

邵　雍〔一〕

溥天之下號寰區，大禹曾經治水餘。衣到弊時多蟣虱，瓜當爛後足蟲蛆。龍章本不資狂寇，象魏何嘗薦亂胡。尼父有言堪味處，當時欠一管夷吾。

觀南北朝

邵　雍

方其天下分南北，聘使何嘗絶往還。偏霸尚存前典憲，小康猶帶舊腥羶。洛陽雅望稱崔浩，江表奇才服謝安。二百四年能並轡，謾將夷虜互爲言。

觀隋　邵雍

始謀當日已非臧，又更相承或自戕。螻蟻人民貪土地，泥沙金帛悦姬姜。征遼意思縻荒服，泛汴情懷厭未央。三十六年都掃地，不然天下未歸唐。

觀有唐　邵雍

天生神武奠中央，不爾群凶未易攘。貞觀若無風凜凜，開元安得氣揚揚。憑高始見山河壯，入夏方知日月長。三百年間能混一，事雖成往道彌光。

觀五代　邵雍

自從唐季墜皇綱，天下生靈被擾攘。社稷安危懸卒伍，朝廷輕重繫藩方。深冬寒木固不脱，未旦小星猶有光。五十三年更五姓，始知除掃待真王。

觀盛化　邵雍

紛紛五代亂離間，一旦雲開復見天。草木百年新雨露，車書萬里舊山川。尋常巷陌猶簪紱，取次園林亦管絃。人老太平春未老，鶯花無害日高眠。

吾曹養拙賴明時，爲幸居多寧不知。天下英才中遁跡，人間好景處開眉。生來只慣見豐稔，老去未嘗經亂離。五事歷將前代舉，帝堯而下更無之。一事，革命之日，市不易肆。二事，克服天下，在即位後。三事，未嘗殺一無罪。四事，百年方四葉。五事，百年無腹心之患也。

問鼎　　邵　雍

請將調鼎問於君，調鼎工夫敢與聞。只有鹽梅難盡善，豈無薑桂助爲辛。和羹必欲須求美，衆口如何更得均。切勿輕言天下事，伊周殊不是庸人。

安樂窩　　邵　雍

安樂窩中三月期，老來纔會惜芳菲。自知一賞有分付，誰讓萬金無孑遺。美酒飲教微醉後，好花看到半開時。這般意思難名狀，只恐人間都未知。

自詠　　邵　雍

老去無成齒髮衰，年將七十待何爲。居常無病不服藥，間或有懷時作詩。引水更憐魚並至，折花仍喜蝶相隨。平生積學都無效，只得胸中恁[二]坦夷。

首尾吟

邵雍

堯夫非是愛吟詩，爲見聖賢興有時。日月星辰堯則了，江河淮濟禹平之。皇王帝霸經褒貶，雪月風花未品題。豈謂古人無闕典，堯夫非是愛吟詩。

堯夫非是愛吟詩，詩是堯夫處困時。事體極時觀道妙，人情盡處看天機。孝慈親和未必見，松栢歲寒然後知。匪石未聞心可轉，堯夫非是愛吟詩。

堯夫非是愛吟詩，詩是堯夫自試時。事體待諳然後信，人情非久莫能知。同霑雨露蓬蒿質，獨出雪霜松栢姿。見慣不如身歷過，堯夫非是愛吟詩。

堯夫非是愛吟詩，詩是閑觀蔬圃時。暖地春初纔蓊鬱，宿根秋末却披離。韮葱蒜薤青遮隴，蕷芋薑蘘緑滿畦。時到皆能弄精彩，堯夫非是愛吟詩。

堯夫非是愛吟詩，詩是堯夫不强爲。事到强爲須涉跡，人能知止是先機。面前自有好田地，天下豈無平路岐。省力事多人不做，堯夫非是愛吟詩。

堯夫非是愛吟詩，詩是堯夫重惜時。西晋浮誇時可歎，南梁崇尚事堪悲。仲尼豈欲輕辭魯，孟子何嘗便去齊。儀鳳不來人老去，堯夫非是愛吟詩。

堯夫非是愛吟詩，詩是精神未耗時。水竹清閑都占了，鶯花富貴又兼之。梧桐月向懷中照，楊柳風來面上吹。被有許多閑捧擁，堯夫非是愛吟詩。

蒼蒼吟寄李審言

邵　雍

一般顔色正蒼蒼，今古人曾望斷腸。日往月來無少異，陽舒陰慘不相妨。迅雷震後山川裂，甘露零時草木香。幽暗巖崖生鬼魅，清平郊野見鸞凰。千花爛爲三春雨，萬木凋因一夜霜。此意分明難理會，直須賢者入消詳。

林下

邵　雍

老年軀體索温存，安樂窩中别有春。萬事去心閑偃仰，四支由我任舒伸。庭花盛處凉鋪簟，簷雪飛時軟布裀。誰道山翁拙於用，也能康濟自家身。

安樂四吟

邵　雍

詩

安樂窩中詩一編，自歌自詠自怡然。陶鎔水石閑勳業，銓擇風花静事權。意去乍乘千里馬，興來初上九重天。忺時更改三兩字，醉後吟哦六七篇。直恐心通雲外月，又疑身是洞中仙。銀河洶涌翻晴浪，玉樹查牙生紫煙。萬物有情皆可狀，百骸無病不能纏。命題濫被神相助，得句繆爲人所傳。肯讓貴家常奏樂，寧慙富室縢收錢。若條此過知何限，因甚臺官獨未言。

書

安樂窩中一部書，號云《皇極》意何如？《春秋》《禮》《樂》能遺則，父子君臣可廢乎。浩浩羲軒開闢後，巍巍堯舜協和初。炎炎湯武干戈外，洶洶桓文弓劍餘。日月星辰高照耀，皇王帝覇大鋪舒。幾千百主出規制，數億萬年成楷模。治久便優强跂扈，患深仍念惡驅除。才堪命世有時有，智可濟時無世無。既往盡歸閑指點，未來須俟别支梧。不知造化誰爲主，生得幾多奇丈夫。

香

安樂窩中一炷香，凌晨焚意豈尋常。禍如許免人須諂，福若待求天可量。且異緇黄徼廟貌，又殊兒女裛衣裳。中孚起信寧煩禱，無妄生灾未易禳。虚室清明都是白，靈臺瑩静别生光。觀風禦寇心方醉，對境顔淵坐正志。赤水有珠涵造化，泥丸無物隔青蒼。生爲男子仍身健，時遇昌辰更歲穰。日月照臨光自大，君臣庇廕效何長。非圖聞道至於此，金玉誰家不滿堂。

酒

安樂窩中酒一罇，非惟養氣又頤真。頻頻到口微成醉，拍拍滿懷都是春。何異君臣初際會，又同天地乍絪緼。醺酣情味難名狀，醞釀功夫莫指陳。斟有淺深存爕理，飲無多少寄經綸。鳳凰樓下逍遥客，郟鄏城中自在人。高閣望時花似錦，小車行處草如茵。卷舒萬古興亡手，出入千重雲水身。雨後静觀山意思，風前閑看月精神。這般事體權衡别，振古英豪恐未聞。

自和打乖吟　　邵雍

安樂窩中好打乖，自知元没出人才。老年多病不服藥，少日壯心都未灰。庭草剗除終未盡，檻花擡舉尚難開。輕風吹動半醺酒，此樂真從天外來。

題華下無相院西溪　　張先

積水涵虚上下清，幾家門静岸痕平。浮萍破處見山影，小艇歸時聞草聲。入郭僧尋塵裏去，過橋人似鑑中行。已凴暫雨添秋色，莫放脩蘆礙目生。

寄李朝請　范純仁

仕逾三黜信多艱，名節常憂不自完。幸賴聖明寬罪戾，敢辭閑僻儘盤桓。孟生墜甑何能顧，貢氏塵冠豈復彈。俸入雖貧家世事，釜魚從此已稱丹。

郊行即事　程顥

芳原緑野恣行時，春入遥山碧四圍。興逐亂紅穿柳巷，困臨流水坐苔磯。莫辭酒盞十分醉，只恐風花一片飛。况是清明好天氣，不妨游衍莫忘歸。

秋日偶成　程顥

閑來無事不從容，睡覺東牕日已紅。萬物静觀皆自得，四時佳興與人同。道通天地有形外，思入雲煙變態中。富貴不淫貧賤樂，男兒到此是豪雄。

出潁口初見淮山　蘇軾

我行日夜向江海，楓葉蘆花秋興長。平淮忽迷天遠近，青山久與舡低昂。壽州已見白石塔，短棹未轉黄茅岡。波平風軟望不到，故人久立煙蒼茫。

新城道中

蘇　軾

東風知我欲山行，吹斷簷間積雨聲。嶺上晴雲披絮帽，樹頭初日挂銅鉦。野桃含笑竹籬短，溪柳自摇沙水清。西崦人家應最樂，煮芹燒筍餉春耕。

和王斿

蘇　軾

異時長怪謫仙人，舌有風雷筆有神。聞道騎鯨游汗漫，憶嘗捫蝨話悲辛。氣吞餘子無全目，詩到諸郎尚絶倫。白髮故交空掩卷，淚河東注問蒼旻。

次韻李脩孺留别

蘇　軾

十年流落敢言歸，魚鳥江湖只自知。豈意青天掃雲霧，盡呼黄髮寄安危。風流吾子真前輩，人物他年記一時。我欲折繻留此老，《緇衣》誰作好賢詩。

卧病逾月請郡不許復直玉堂十一月一日鏁院是日苦寒詔賜官燭法酒書呈同院

蘇　軾

微霰疎疎點玉堂，詞頭夜下攬衣忙。分光御燭星辰爛，拜賜官壺雨露香。醉眼有花書字大，老人無睡漏聲長。何時却逐桑榆暖，社酒寒燈樂未央。

和劉景文見贈　　蘇　軾

元龍本志陋曹吴，意氣峥嶸老不除。失路令爲噲等伍，作詩猶似建安初。西來爲我風黧面，獨卧無人雪縞廬。留子非爲十日飲，要令安世誦亡書。

王文玉挽詞　　蘇　軾

才名誰似廣文寒，月斧雲斤琢肺肝。玄晏一生都卧病，子雲三世不遷官。幽蘭空覺香風在，宿草何曾淚葉乾。猶喜諸郎有曹志，文章還復富波瀾。

雪後書北臺壁二首　　蘇　軾

黄昏猶作雨纖纖，夜静無風勢轉嚴。但覺衾裯如潑水，不知庭院已堆鹽。五更曉色來書幌，半月寒聲落畫簷。試掃北臺〔三〕看馬耳，未隨埋没有雙尖。

城頭初日始翻鴉，陌上晴泥已没車。凍合玉樓寒起粟，光摇銀海眩生花。遺蝗入地應千尺，宿麥連雲有幾家。老病自嗟詩力退，空吟《冰柱》憶劉叉。

往岐亭郡人潘古郭三人送余於女王城東禪莊院

蘇　軾

十日春寒不出門，不知江柳已摇村。稍聞决决流冰〔四〕谷，盡放青青没燒痕。數畝荒園留我住，半缾濁酒待君温。去年今日關山路，細雨梅花正斷魂。

姪安節遠來夜坐

蘇　軾

南來不覺歲峥嶸，坐撥寒灰聽雨聲。遮眼文書元不讀，伴人燈火亦多情。嗟予潦倒無歸日，今汝蹉跎已半生。免使韓公悲世事，白頭還對短燈檠。

祭常山回小獵

蘇　軾

青蓋前頭點皂旗，黄茅岡下出長圍。弄風驕馬跑空立，趂兔蒼鷹掠地飛。回望白雲生翠巘，歸來紅葉滿征衣。聖朝若用西涼簿，白羽猶能效一揮。

次韻穆父尚書侍祠郊丘瞻望天光退而相慶引滿醉吟

蘇　軾

千章杞梓蔭雲天，樗散誰收老鄭虔。喜氣到君浮白裏，豐年及我掛冠前。令嚴鐘鼓三更月，野宿貔貅萬竈煙。太息何人知帝力，歸來金帛看駢肩。

樂全先生生日以鐵柱杖爲壽　蘇　軾

二年相伴影隨身，踏遍江湖草木春。擿石舊痕猶作眼，閉門高節欲生鱗。畏途自衛真無敵，捷徑争先却累人。遠寄知公不嫌重，筆端猶自斡千鈞。

新釀桂酒　蘇　軾

擣香篩辣入餅盆，盎盎春溪帶雨渾。收拾小山藏社甕，招呼明月到芳尊。酒材已遣門生致，菜把仍叨地主恩。爛煮葵羹斟桂醑，風流可惜在蠻村。

連雨江漲二首　蘇　軾

越井岡頭雲出山，牂柯江上水如天。牀牀避漏幽人屋，浦浦移家蜑子舡。龍卷魚蝦并雨落，人隨雞犬上墻眠。秪應樓下平堦水，長記先生過嶺年。

急雨蕭蕭作晚涼，卧聞榕葉響長廊。微明燈火耿殘夢，半濕簾帷浥舊香。高浪隱牀吹甕盎，闇風驚樹擺琳琅。先生不出晴無用，留向空堦滴夜長。

桄榔杖寄張文潛時初聞黃魯直遷黔南范淳父九疑也　蘇軾

睡起風清酒在亡，身隨殘夢兩茫茫。江邊曳杖桄榔瘦，林下尋苗蓽撥香。獨步儻逢峋嶁令，遠來莫恨曲江張。遥知魯國真男子，獨憶平生盛孝章。

夜坐達曉寄子由　蘇軾

燈燼不挑垂暗蘂，爐香重撥尚餘熏。清風欲發鴉翻樹，缺月初升犬吠雲。閉眼此心新活計，隨身孤影舊知聞。雷州别乘應危坐，跨海幽光與子分。

六月二十日夜渡海　蘇軾

參横斗轉欲三更，苦雨終風也解晴。雲散月明誰點綴，天容海色本澄清。空餘魯叟乘桴意，粗識軒皇〔五〕奏樂聲。九死南荒吾不恨，兹游奇絶冠平生。

潤州甘露寺　沈括

丞相高齋半草萊，舊時風月滿亭臺。地從日月生時見，眼到江山盡處回。三國是非春夢斷，六朝城闕野花開，心隨潮水漫漫去，流徧煙村半日來。

感秋扇

蘇　轍

團扇經秋似敗荷，丹青髣髴舊松羅。一時用捨非吾事，舉世炎凉柰爾何。漢代誰令收汲黯，趙人猶復用廉頗。心知懷袖非安處，重見秋風愧恨多。

寄黄幾復

黄庭堅

我居北海君南海，寄鴈傳書謝不能。桃李春風一杯酒，江湖夜雨十年燈。持家但有四立壁，治病不蘄三折肱。想得讀書頭已白，隔溪猿哭瘴煙藤。

寄上叔父夷仲

黄庭堅

艱難聞道有歸音，部曲霜行壁月沉。王春正月調玉燭，使星萬里朝天心。頗令山海藏國用，乃見縣官恤民深。經心隴蜀封疆守，必有人材備訪尋。

詠雪

黄庭堅

春寒晴碧來飛雪，忽憶江清水見沙。夜聽踈踈還密密，曉看整整復斜斜。風回共作婆娑舞，天巧〔六〕能開頃刻花。政使盡情寒至骨，不妨桃李用年華。

新喻道中寄元明用觴字韻

黄庭堅

中年畏病不舉酒，孤負東來數百觴。唤客煎茶山店遠，看人秧稻午風凉。但知家裏俱無恙，不用書來細作行。一百八盤携手上，至今猶夢遶羊腸。

壺中九華

黄庭堅

湖口人李正臣，蓄異石九峰，東坡先生名曰壺中九華，并爲作詩。後八年，自海外歸，過湖口，石已爲好事者所取，乃和前篇，以爲笑，實建中靖國元年四月十六日。明年當崇寧之元，五月二十日，庭堅繫舟湖口，李正臣持此詩來。石既不可復見，東坡亦下世矣，感歎不足，因次前韻。

有人夜半持山去，頓覺浮嵐暝翠空。試問安排華屋處，何如零落亂雲中。能迴趙璧人安在，已入南柯夢不通。賴有霜鍾難席卷，袖椎來聽響玲瓏。

郊丘從駕

彭汝礪

令歲郊丘上始躬，宿齋初出未央宫。百年禮樂星辰爛，萬國衣冠錦繡中。精意與天相應接，人心如水自流通。聖時好作休成記，今日誰爲太史公？

喜聞中丞包公稱職有書　楊蟠

薛宣執法動朝廷，丙魏如今亦有聲。公道未亡猶可立，世人不慣却須驚。幅員潤澤嘉謀進，臺閣風流故事明。時論已兼言責重，莫教天下笑虚名。

陪潤州裴如晦學士遊金山廻作　楊蟠

世上蓬萊第幾洲，長雲漠漠鳥飛愁。海山亂點當軒出，江水中分遶檻流。天遠樓臺横北固，夜深燈火見揚州。廻舡却望金陵月，獨倚牙旗坐浪頭。

示諸君　徐積

古俗今時不用分，只將虚實判澆淳。養心有要先除僞，入德無難只用真。此道若從爲得路，他岐如徃是迷津。我曹好尚雖迂闊，最愛山夫共野人。

次韻寇秀才寄下邳家兄　陳師道

少共千憂老一官，中間毁譽兩茫然。去留有命真如此，俯仰從人却未然。故着江山供極目，正將强健入新年。驚逢小杜風流勝，信有衣冠不乏賢。

次韻春懷

陳師道

老形已具臂膝痛，春事無多櫻筍來。敗絮不温生蟣蝨，大杯覆酒着塵埃。衰年此日仍〔七〕爲客，舊國當時只廢臺。河嶺尚堪供極目，少年爲句未須哀。

東山謁外大父墓

陳師道

土山宛轉屈蒼龍，下有槃槃蓋世翁。萬木刺天元自直，叢篁侵道更須東。百年富貴今誰見，一代功名託至公。少日拊頭期類我，莫年垂淚向西風。

寄泰州曾侍郎

陳師道

八年門第故違離，千里河山費夢思。淮海風濤真有道，麒麟圖畫豈無時。今朝有客傳河尹，是處逢人説項斯。三徑未成心已具，世間惟有白鷗知。

夏日二首

張　耒

長夏村墟風日清，簷牙燕雀已生成。蝶衣曬粉花枝午，蛛網添絲屋角晴。落落疎簾邀月影，嘈嘈虛枕納溪聲。久判兩鬢如霜雪，直欲樵漁過此生。

棗徑瓜畦經雨凉，白衫烏帽野人裝。幽花避日房房斂，翠樹含風葉葉凉。養拙久判藏姓字，致身安事巧文章。漢庭卿相皆豪傑，不遇何妨白髪郎。

元日　任伯雨

憶惜東班賀紫宸，和風佳氣浄無塵。龍墀初下觚稜日，雉扇齊開玉座春。接武九霄曾近侍，投荒三載作流人。窮通忤合雖天理，俯仰尋思不爲身。

聞趙正夫還門下　鄒浩

促膝論心十二年，有時忠憤淚潸然。不聞一事拳拳救，但見三臺每每遷。天地豈容將計免，國家能報乃身全。它時會有相逢日，解説何由復自賢。

旅中論懷　俞紫芝

白浪紅塵二十春，就中奔走費光陰。有時俗事不稱意，無限好山都上心。一面琴爲方外友，數篇詩當橐中金。會須將爾同歸去，家在碧溪煙樹深。

寄蘇内翰　劉季孫

倦壓鰲頭請左符，笑尋潁尾爲西湖。二三賢守去非遠，六一清風今不孤。四海共知霜鬢滿，重陽曾插菊花無。聚星堂上誰先到，欲傍金罇倒玉壺。

望舊廬有感　葉濤

重來舊屋誰爲主，江令蕭條歎獨存。已愧問人纔識路，更悲無柳可知門。舟車到處成家宅，歲月惟驚長子孫。孤客濫巾非得已，故交零落與誰論？江令《尋宅詩》云：『見桐猶識井，看柳尚知門。』

題半隱堂　劉跂

一堂圖籍自陶冶，三逕蕭蘭俱歲華。定非平恩許侯宅，會是仲長公理家。端居雅不煩屏當，佳設頗嘗成咄嗟。唯我身閑數來往，徽絃一泛即生涯。

晚登秋屏閣示杜氏兄弟　洪朋

病人湯熨暫時停，謾向秋屏臺上行。白日忽隨飛鳥去，青山斷處落霞明。林間嘒嘒寒蟬急，江上悠悠煙艇横。富貴功名付公等，嗟予老矣負平生。

答王立之惠書

潘大臨

歸自江南即定居，漫勞親友問何如。剛腸肯爲藜羹轉，病骨聊憑竹杖扶。南圃上腴千樹橘，東湖春水百金魚。明年生計應堪説，待倩君侯買異書。

望西山懷駒父

李　彭

去歲湖湘賦凛秋，聞君江國大刀頭。百年會面知幾遇，十事欲言還九休。照眼遥岑落懷袖，過眉拄杖立汀洲。莫言青山淡吾慮，誰料却能生許愁。

簡田升之時升之赴金陵

吴則禮

建業風流端可憐，石城江色曉鮮鮮。鳥窺漢節梅花底，雨濕槝樓春水邊。霜髪雠書有東觀，錦囊覓句屬南天。枯腸不飽太官肉，我種芋魁今十年。

病後登快哉亭

賀　鑄

經雨清蟬得意鳴，紅塵開處見歸程。病來把酒不知猒，夢後倚樓無限情。鵶帶殘枝投古剎，草將野色入荒城。故園又負黄華約，但覺秋風鬢上生。

校勘記

〔一〕此首與下二首《觀南北朝》《觀隋》題下皆不署作者名氏，據底本卷目及麻沙本補。

〔二〕「恁」，麻沙本作「惡」。明成化刊本《擊壤集》作「惡」。

〔三〕「臺」，底本爲鈔補葉，作「堂」，據麻沙本改。宋本《東坡詩集註》作「臺」。

〔四〕「冰」，底本爲鈔補葉，誤作「水」，據麻沙本改。宋本《東坡詩集註》作「冰」。

〔五〕「皇」，麻沙本作「轅」。宋本《東坡詩集註》、宋本《東坡後集》作「轅」。明成化刊本《蘇文忠公全集》之《東坡後集》作「轅」，《東坡續集》作「皇」。

〔六〕「巧」，麻沙本作「乃」。宋乾道本《豫章黄先生文集》作「乃」。日本翻刻宋紹興本《山谷内集詩註》作「巧」。

〔七〕「仍」，麻沙本作「乃」。宋本《後山居士文集》作「仍」。

新校宋文鑑卷第二十六

校者按：底本爲刻卷，據麻沙本刻卷校改。

詩

五言絶句

松江夜泊　鮑當

舟閑人已息，林際月微明。一片清江水，中涵萬古情。

孤鴈　鮑當

寒多稻糧少，萬里孤難進。不惜充君庖，爲帶邊庭信。

江上漁者　范仲淹

江上往來人，但愛鱸魚美。君看一葉舟，出没風波裏。

淮上遇風

范仲淹

一棹危於葉，傍觀亦損神。他時在平地，無忽險中人。

出守桐廬道中十首

范仲淹

隴上帶經人，金門齒諫臣。雷霆日有犯，始可報君〔一〕親。

君恩泰山重，爾命鴻毛輕。一意懼千古，敢懷妻子榮。

妻子屢牽衣，出門投禍機。寧知白日照，猶得虎符歸。

分符江外去，人笑似騷人。不道鱸魚美，還堪養病身。

有病甘長廢，無機苦直言。江山藏拙好，何敢望天閽。

天閽變化地，所好必真龍。輒意正迂闊，悠然輕萬鍾。

萬鍾誰不慕，意氣滿堂金。必若枉此道，傷哉非素心。

素心愛雲水，此日東南行。笑解塵纓處，滄浪無限清。

滄浪清可愛，白鳥鑑中飛。不信有京洛〔二〕，風塵化客衣。

風塵日以遠，郡枕子陵溪。始見神龜樂，優優尾在泥。

無絃琴　王琪

寂寞之淳音，其爲樂至深。應嫌鼓腹者，猶是撫絃琴。

遠山　歐陽脩

山色無遠近，看山終日行。峰巒隨處改，行客不知名。

夏夜小亭有懷　梅堯臣

西南雨氣濃，林上昏月色。寒影不隨人，寥寥空露白。

寒草　梅堯臣

寒草纔變枯，陳根已含緑。始知天地仁，誰道風霜酷。

芳草　王安石

芳草知誰種，緣階已數叢。無心與時競，何苦緑葱葱。

送望之赴臨江　王安石

黄雀有頭顱，長行萬里餘。想因君出守，暫得免包苴。

溝港　王安石

溝港重重柳，山坡處處梅。小輿穿麥過，狹徑礙桑回。

梅花　王安石

墻角數枝梅，凌寒獨自開。遥知不是雪，爲有暗香來。

歲寒　邵雍

松柏入冬看〔三〕，方能見歲寒。聲須風裏聽，色更雪中看。

廬山三首　蘇軾

青山若無素，偃蹇不相親。要識廬山面，他年是故人。

自昔懷清賞，神游杳靄間。如今不是夢，真个到廬山。

芒鞋青竹杖，自掛百錢游。頗怪深山裏，人人識故侯。

蝸牛　　蘇　軾

腥涎不滿殼，聊足以自濡。升高不知回，竟作黏壁枯。

讀史　　蘇　轍

江河浪如屋，要須滄海容。可憐狄仁傑，猶復負婁公。

遺老齋三首　　蘇　轍

久無叩門聲，啄啄問何故。田中有人至，昨夜盈尺雨。

避事已謝客，養性不看書。書中多感遇，掩卷輙長吁。

人言里中舊，獨有陳太丘。文若命世人，惜哉憂人憂。

陪謝師厚遊百花洲槃礴范文正公祠下道羊曇哭謝安事因讀生存華屋處零落歸山丘爲韻　　黄庭堅

憶在昭陵日，傾心用老成。功歸仁祖廟，政得一書生。

羊生但着鞭，勿哭西州門。故有不亡者，南山相與存。
慶州自不惡，籍甚載聲華。忠義可無憾，公今有世家。
公歸未百年，鸛巢荒古屋。我吟殄瘁詩，悲風韻高木。
傷心祠下亭〔四〕，在時公燕處。臨水不相猜，江鷗會人語。
公有一盃酒，與人同醉醒。遺民能記憶，欲語涕飄零。
委徑問謠俗，高丘省佃作。昔遊非苟然，今花幾開落。
在昔實方枘，成功見圓機。九原尚友心，白首要同歸。
人去洲渚在，春回花草班。清談值淵對，發興如江山。
落日銜城壁，祠東更一遊。悲來惜酒少，安得董糟丘。

謫居黔南五首

黄庭堅

相望六千里，天地隔江山。十書九不到，何用一開顔。
霜降水反壑，風落木歸山。冉冉歲華晚，昆蟲皆閉關。
冷淡病心情，暄和好時節。故園音信斷，遠郡親賓絶。
山郭燈火稀，峽〔五〕天星漢少。年光東流水，生計南枝鳥。
冥性齊遠近，委順隨南北。歸去誠可憐，天涯住亦得。

蠶婦　張俞

昨日到城郭，歸來淚滿巾。遍身羅綺者，非是養蠶人。

秦王纜船石　楊蟠

色陰長帶雨，疑是白雲根。欲問東巡事，今猶不敢言。

紈扇　張舜民

紈扇本招風，曾將熱時用。秋來掛壁上，却被風吹動。

鴈　陳師道

來往違寒暑，飛鳴在稻粱。未知溟海大，不肯過衡陽。

春日　崔鶠

落日不可盡，丹林紫谷開。明明遠色裏，歷歷暝鴉回。

題續溪雪峰樓

崔鷗

題詩最高處，不爲付人看。記着今朝勝，山明松雪寒。

歲暮書堂

汪革

霜重堦鋪紈，風凜肌生粟。心莊耳目清，思慮無由俗。

長安在何許二首

賀鑄

長安在何許，疑在青天上。矯首遡西風，浮雲斷人望。
長安在何許，疑在白日下。裴徊天一隅，華月生新夜。

六言

題舒州山谷寺石牛洞

王安石

水泠泠而北出，山靡靡而旁圍。欲窮源而不得，竟悵望以空歸。

題西太一宮　王安石

柳葉鳴蜩緑暗，荷花落日紅酣。三十六陂煙水，白頭想見江南。

四賢吟　邵雍

彦國之言鋪陳，晦叔之言簡當。君實之言優游，伯淳之言條暢。四賢洛陽之望，是以在人之上。有宋熙寧之間，大爲一時之壯。

獨坐　文同

不報門前賓客，已收案上文書。獨坐水邊林下，宛如故里閑居。

相如　文同

相如何必稱病，靖節奚須去官。就下其誰不許，如愚是處皆安。

鷺鷥　文同

避雨竹間點點，迎風柳下翻翻。静依寒蓼如畫，獨立晴沙可憐。

題鄭防畫夾三首

黃庭堅

子母猿啼槲葉，山南山北危機。世故誰能樗里，彀中皆是由基。
惠崇煙雨歸鴈，坐我瀟湘洞庭。欲喚扁舟歸去，故人言是丹青。
折葦枯荷共晚，紅榴苦竹同時。睡鴨不知飄雪，寒雀四顧風枝。

蟻蝶圖

黃庭堅

胡蝶雙飛得意，偶然畢命網羅。群蟻争收墜翼，策勳歸去南柯。

有惠江南帳中香者戲作

黃庭堅

螺甲割崑崙耳，香材屑鷓鴣斑。欲雨鳴鳩日永，下帷睡鴨春閑。

子瞻繼和復荅

黃庭堅

迎燕温風旎旎，潤花小雨斑斑。一炷煙中得意，九衢塵裏偷閑。

和高子勉

黃庭堅

句法俊逸清新，詞源廣大精神。建安數六七子，開元纔兩三人。

登山望海　張耒

鳥去蒼煙古木，人歸緑野孤舟。信美雖非吾土，消憂且復登樓。

寧浦書事　秦觀

揮汗讀書不已，人皆怪我何求。我豈更求聞達，日長聊以消〔六〕憂。

校勘記

〔一〕『君』，麻沙本作『吾』。

〔二〕『京洛』，麻沙本作『中洛』。

〔三〕『看』，麻沙本作『殘』。明成化刊本《擊壤集》作『看』。

〔四〕『亭』，麻沙本作『宇』。元本《山谷外集註》作『亭』。

〔五〕『峽』，麻沙本作『峻』。宋乾道本《豫章黄先生文集》作『峽』。

〔六〕『消』，麻沙本作『鋪』。

新校宋文鑑卷第二十七

校者按：底本爲刻卷（後六頁抄補），據麻沙本刻卷校改。

詩

七言絶句

新蟬 寇準

寂寂宫槐雨乍晴，高枝微帶夕陽明。臨風忽起悲秋思，獨聽新蟬第一聲。

書河上亭壁 寇準

暮天寥落凍雲垂，一望危亭欲下遲。臨水數村誰畫得，淺山寒雪未銷時。

離京日作 寇準

致君才業本無能，戀闕情懷老不勝。欲過龍津重回首，曈曨初日上觚稜。

寄傳逸人　張詠

當年失脚下漁磯，苦戀明朝未得歸。寄語巢由莫相笑，此心不是愛輕肥。

赴闕日過中州經石子鎮驛　鄭文寶

得罪先朝出粉闈，五原功業有誰知。年深放逐無人識，白雪關頭一望時。

菊　韓丕

造化功夫豈異端，自緣開晚少人看。若教牕似陶潛眼，肯向芳春賞牡丹？

題河陽後城平嵩閣　李迪

南指嵩高北太行，大河中出貫靈長。君王不恃金湯險，自有仁恩結萬方。

水亭秋日偶書　林逋

巾子峰頭烏臼樹，微霜未落已先紅。憑欄高看復下看，半在石池波影中。

自作壽堂因作一絶誌之　林逋

湖外青山對結廬，墳前脩竹亦蕭踈。茂陵它日求遺藁，猶喜曾無封禪書。

上王相公　魏野

聖朝宰相年年出，君在中書十四秋。西祀東封俱已畢，好來相伴赤松遊。

天華寺　吕夷簡

賀家湖上天華寺，一一軒牕向水開。不用閉門防俗客，愛閑能有幾人來？

漁者　郭震

江柳弄風顰翠黛，山花着雨濕燕脂。却收短棹拈長笛，一葉舟中仰面吹。

老卒　郭震

老來弓劍喜離身，説着沙場更愴神。任使將軍全得勝，歸時須少去時人。

雲　郭震

聚散虛空去復還，野人閑處倚筇看。不知身是無根物，蔽月遮星作萬端。

觀藏珠　夏竦

敏手機心頗自安，遮藏有路巧千般。主公當面無因見，只怕傍人冷眼看。

睢陽　夏竦

海鴈橋邊春水深，略無塵土到花陰。亡機不管人知否，自有沙鷗信此心。

松江　陳堯佐

平波渺渺煙蒼蒼，菰蒲纔熟楊柳黃。扁舟繫岸不忍去，秋風斜日鱸魚鄉。

華清宮　陳堯佐

百首新詩百意精，不尤妃子即〔一〕尤兵。争爲一句傷前事，都爲明皇恃太平。

酬阮逸詩卷　鮑當

木有毫端水有源，漸成盤錯始潺湲。右丞畫筆多平淺，平淺應知近自然。

行色　司馬池

冷於陂水淡於秋，遠陌初窮見渡頭。賴得丹青無畫處，畫成應遣一生愁。

雪中　晏殊

平臺千里渴商霖，内史憂民望最深。衣上六花非所好，畝間盈尺是吾心。

讀史　謝濤

百年奇特幾張紙，千古英雄一窖塵。惟有炳然周孔教，至今仁義浸生民。

秋夕北樓　石延年

秋霽露華清帶水，月明天色白連河。夜闌澄景生微動，瑟瑟層飈上下波。

題龍興寺老栢院　張在

南鄰北舍牡丹開，年少尋芳去又迴。唯有君家老栢樹，春風恰似不曾來。

答永叔問客　王琪

班班疎雨寒無定，皎皎圓蟾望欲闌。應在浮雲儘深處，更憑絲竹一催看。

端午帖子詞二首　歐陽脩

楚國因讒逐屈原，終身無復入君門。願因角黍詢遺俗，可鑒前王惑巧言。

嘉辰共喜沐蘭湯，毒沴何須採艾禳。但得臯夔調鼎鼐，自然灾祲變[二]休祥。

温成皇后閤春帖子詞　歐陽脩

内助從來上所嘉，新春不忍見新花。君王念舊憐遺族，長使無權保厥家。

樵者　歐陽脩

雲際依依認舊林，斷崖荒磴路難尋。西山望見朝來雨，南澗歸時渡處深。

謝判官幽谷種花　　歐陽脩

淺深紅白宜相間，先後仍須次第栽。我欲四時携酒去，莫教一日不花開。

對雪憶往歲錢塘西湖訪林逋三首　　梅堯臣

昔乘野艇向湖上，泊岸去尋高士初。折竹壓蘿曾礙過，却穿松下到茅廬。

旋燒枯栗衣猶濕，去愛峰前有徑開。日暮更寒歸欲懶，無端撩亂入舡來。

樵童野犬迎人後，山葛棠棃案酒時。不畏尖風吹入牖，更教牀畔覓鴟夷。

淮中晚泊犢頭　　蘇舜欽

春陰垂野草青青，時有幽花一樹明。晚泊孤舟古祠下，滿川風雨看潮生。

暑中閑詠　　蘇舜欽

嘉果浮沉酒半醺，牀頭書册亂紛紛。北軒凉吹開踈竹，卧看青天行白雲。

夏意　　蘇舜欽

別院深深夏簟清，石榴開遍透簾明。樹陰滿地日卓午，夢覺流鶯時一聲。

蠋燭　孫　復

六龍西走入崦嵫，寂寂華堂漏轉時。一寸丹心如見用，便爲灰燼亦無辭。

書汜水關寺壁　王安石

汜水鴻溝楚漢間，跳兵走馬百重山。如何咫尺商於地，便有園公綺季閑？

漢武　王安石

壯士悲歌出塞頻，中原蕭瑟半無人。君王不負長陵約，直欲功成賞漢臣。

張良　王安石

漢業存亡俯仰中，留侯於此每從容。固陵始議韓彭地，複道方圖雍齒封。

曹參　王安石

束髮河山百戰攻，白頭富貴亦成功。華堂不著新歌舞，却要區區一老翁。

諸葛武侯　王安石

慟哭楊顒爲一言，餘風今日更誰傳？區區庸蜀支吴魏，不是虚心豈得賢？

讀唐書　王安石

志士無時亦少成，中才[三]隨世就功名。并汾諸子何爲者，坐與文皇立太平。

懷張唐公　王安石

直諒多爲世所排，有懷長向我前開。暮年惆悵誰知此，南陌東阡獨徃來。

南浦　王安石

南浦東崗二月時，物華撩我有新詩。含風鴨緑粼粼起，弄日鵝黄裊裊垂。

初夏即事　王安石

石梁茅屋有彎碕，流水濺濺度兩陂。晴日暖風生麥氣，緑陰芳草勝花時。

光宅寺梁武帝宅也。其北齊安，隔淮，齊武帝宅，宋興又在其北。　王安石

齊安孤起宋興前，光宅相仍一水邊。蜂分蟻争今不見，故窠遺垤尚依然。

悟真院　王安石

野水縱横漱屋除，午牕殘夢鳥相呼。春風日日吹香草，山北山南路欲無。

示公佐　王安石

殘生傷性老耽書，年少東來復起予。各據槁梧同不寐，偶然聞雨落階除。

邵平　王安石

天下紛紛未一家，販繒屠狗尚雄誇。東陵豈是無能者，獨傍青門手種瓜。

讀漢書　王安石

京房劉向各稱忠，詔獄當時跡自窮。畢竟論心異恭顯，不妨迷國略相同。

臺城寺側獨行　王安石

春山撩亂水縱横，籬落荒畦草自生。獨往獨來山下路，筍輿看得緑陰成。

雜詠　王安石

烏石崗頭躑躅紅，東江柳色漲春風。物華人意曾相值，永日留連草莽中。

揚子　王安石

儒者陵夷此道窮，千秋止有一揚雄。當時薦口終虚語，賦擬相如却未工。

范增　王安石

鄛人七十漫多奇，爲漢敺民了不知。誰合軍中稱亞父，直須推讓外黄兒。

杏花　王安石

垂楊一逕紫苔封，人語蕭蕭院落中。獨有杏花如喚客，倚墻斜日數枝紅。

韓子　王安石

紛紛易盡百年身，舉世何人識道真。力去陳言誇末俗，可憐無補費精神。

省中　王安石

萬事悠悠心自知，强顏於世轉參差。移床獨卧秋風裏，静看蜘蛛結網絲。

溝西　王安石

溝西直下看芙蕖，葉底三三兩兩魚。若比濠梁應更樂，近人渾不畏舂鉏。

歸庵　王安石

稻畦藏水緑秧齊，松鬣初乾尚有泥。縱蹇尋岡歸獨卧，東庵殘夢午時雞。

封舒國公　王安石

桐鄉山遠復川長，紫翠連城碧滿隍。今日桐鄉誰愛我，當時我自愛桐鄉。

北山　　王安石

北山輸緑漲横陂，直塹回塘灔灔時。細數落花因坐久，緩尋芳草得歸遲。

壬戌正月晦復至齊安　　王安石

風暖柴荆處處開，雪乾沙浄水洄洄。意行却得前年路，看盡梅花看竹來。

書何氏宅壁　　王安石

有興提魚就公責，此言雖在已三年。皖灊終負幽人約，空對湖山坐惘然。

金陵即事三首　　王安石

水際柴門一半開，小橋分路入青苔。背人照影無窮柳，隔屋吹香併是梅。

結綺臨春歌舞地，荒蹊狹巷兩三家。東風漫漫吹桃李，非復當時伏外花。

昏黑投林曉更驚，背人相唤百般鳴。柴門長閉春風暖，事外還能見鳥情。

定林　　王安石

定林脩〔四〕木老參天，横貫東南一道泉。六月杖藜尋石路，午陰多處弄〔五〕潺湲。

孟子　王安石

沉魄浮魂不可招，遺編一讀想風標。何妨舉世嫌迂闊，故有斯人慰寂寥。

孔光　李泰伯

王莽欲爲先與草，董賢將過自迎門。省中樹木何閑事，却對妻孥不肯言。

酴醾　韓維

平生爲愛此香濃，仰面常迎落架風。每至春歸有遺恨，典刑猶在酒盃中。

潁國龐公挽詞　李師中

獨立無朋但任真，不持聲勢掩君親。若將坤體論臣道，公是朝廷第一人。

負暄閑眠　仲訥

茅簷晴日暖於春，一枕鈞天樂事新。滿眼繁華皆得意，午眠安穩却無人。

夜深吟

王令

叩几悲歌涕滿襟，聖賢千古我如今。凍琴絃斷燈青暈，誰會男兒半夜心？

登樓三首

狄遵度

道之不行乘桴浮，赴河蹈海成今遊。春歸應到嶺北樹，日出先照天南樓。
群山南走失所往，百川東逝兹其窮。天低水國疑將壓，人過月堂愁欲空。
莎青石細淺見底，天空雲淡無一毫。波間圓月照不動，海上清風來最高。

讀司馬君實撰吕獻可墓誌

鄭獬

一讀斯文淚寫襟，磨天直氣萬千尋。知君不獨悲忠義，又有兼憂天下心。

途次葉縣覩千葉桃花

陶弼

三月官桃滿上林，一花千蕚費春心。葉公城外襄河北，一樹無人色更深。

登潮月亭

陶弼

渡頭人語知潮上，下看南江東北流。試引輕帆學歸去，茶山溪淺却回舟。

對花有感　陶弼

得莫欣欣失莫悲，古今人事共〔六〕花枝。桃紅李白薔薇紫，問著春風自不知。

校勘記

〔一〕『即』，麻沙本作『不』。

〔二〕『祲變』，麻沙本作『變祲』。鄭玄謂『祲，陰陽氣相祲，漸成祥也』。兩者皆通。

〔三〕『才』，底本爲抄配葉，作『世』，據麻沙本改。宋刻元明遞修本《臨川先生文集》、明嘉靖刊本《臨川集》作『才』。

〔四〕『脩』，麻沙本作『青』。宋本《王文公文集》作『脩』。明嘉靖刊本《臨川集》作『青（一作修，又作喬）』。

〔五〕『弄』，底本爲抄配葉，原作『聽』，據麻沙本改。宋本《王文公文集》、明嘉靖刊本《臨川集》作『弄』。

〔六〕『共』，麻沙本作『若』。民國宋人小集本《邕州小集》作『若』。

新校宋文鑑卷第二十八

校者按：底本此卷抄配，據麻沙本刻卷校改。

詩

七言絶句

天人　　邵雍

羲軒堯舜雖難復，湯武桓文尚可循。事既不同時又異，也由天道也由人。

禁煙留題錦㟙山下　　邵雍

春半花開百萬般，東風近日惡摧殘。可憐桃李性温厚，吹盡都無一句言。

懶起　　邵雍

半記不記夢覺後，似愁無愁情倦時。擁衾側卧未忺起，簾外落花撩亂飛。

送蘇脩撰赴闕四首　張　載

秦弊於今未息肩，高蕭從此法相沿。生無定業田疆壞，赤子存亡任自然。
道大寧容小不同，顓愚何敢與機通。井疆師律三王事，請議成功器業中。
闔闢天機未始休，衫衣胝足兩何求。巍巍只爲蒼生事，彼美何嘗與九州。
出異歸同禹與顔，未分黄閣與青山。事機爽忽秋毫上，聊驗天心語默間。

别館中諸公　張　載

九天宫殿鬱岧嶢，碧瓦參差逼絳霄。藜藿野心雖萬里，不無忠戀向清朝。

聖心　張　載

聖心難用淺心求，聖學須專禮法脩。千五百年無孔子，盡因通變老優游。

老大　張　載

老大心思久退消，倒巾終日面岧嶢。六年無限詩書樂，一種難忘是本朝。

有喪　張載

有喪不勉道終非，少爲親嫌老爲衰。舉世只知隆〔一〕考妣，功緦不見我心悲。

土牀　張載

土牀煙足紬衾暖，瓦釜泉乾豆粥新。萬事不思温飽外，漫然清世一閑人。

芭蕉　張載

芭蕉心盡展新枝，新卷新心暗已隨。願學新心養新德，旋隨新葉起新知。

貝母　張載

貝母階前蔓百尋，雙桐盤遶葉森森。剛强顧我蹉跎甚，時欲低柔警寸心。

題解詩後　張載

置心平易始通《詩》，逆志從容自解頤。文害可嗟高叟固，十年聊用勉經師。

怪石　黄庶

山鬼水怪着薜荔，天禄辟邪眠莓苔。鈎簾坐對心語口，曾見漢唐池館來。

白雲庵　黄庶

白雲無種滿地生，有時出山爲雨露。老僧惆悵望雲歸，盡日庵前自來去。

偶成　程顥

雲淡風輕近午天，望花隨柳過前川。旁人不識予心樂，將謂偷閑學少年。

送吕晦叔赴河陽　程顥

曉日都門颭旆旌，晚風鐃吹入三城。知公再爲蒼生起，不是尋常刺史行。

贈司馬君實　程顥

二龍閑卧洛波清，今日都門獨餞行。願得賢人均出處，始知深意在蒼生。

題館壁

劉攽

壁門金闕倚天開，五見宮花落古槐。明日扁舟江海去，却從雲氣望蓬萊。

山堂偶書

唐詢

在處煙雲早晚生，自疑呼吸氣皆靈。十年夢寐江山裏，今見江山入户庭。

冬至日遊吉祥寺

蘇軾

井底微陽回未回，蕭蕭寒雨濕枯[二]荄。何人更似蘇夫子，不是花時獨肯來。

唐道人言天目山上俯視雷雨每大雷電但聞雲中如嬰兒聲殊不聞雷震也

蘇軾

已外浮名更外身，區區雷電若爲神。山頭只作嬰兒看，無限人間失箸人。

陳季常所蓄朱陳村嫁娶圖二首

蘇軾

何年顧陸丹青手，畫作《朱陳嫁娶圖》。聞道一村唯兩姓，不將門户買崔盧。

我是朱陳舊史君，勸耕曾入杏花村。而今風物那堪畫，縣吏催錢夜打門。朱陳村在徐州蕭縣。

春日　蘇軾

鳴鳩乳燕寂無聲，日射西牕潑眼明。午醉醒來無一事，只將春睡賞春晴。

贈劉景文　蘇軾

荷盡已無擎雨蓋，菊殘猶有傲霜枝。一年好處君須記，最是橙黄橘緑時。

望湖樓醉書二首　蘇軾

黑雲翻墨未遮山，白雨跳珠亂入船。卷地風來忽吹散，望湖樓下水如天。

放生魚鼈逐人來，無主荷花到處開。水枕能令山俯仰，風舡解與月徘徊。

望海樓晚景二首　蘇軾

横風吹雨入樓斜，壯觀應須好句誇。雨過潮平江海碧，電光時掣紫金蛇。

青山斷處塔層層，隔岸人家喚欲曆。江上秋風晚來急，爲傳鐘鼓到西興。

書雙竹湛師房　　蘇軾

暮鼓朝鐘自擊撞，閉門孤枕對殘釭。白灰旋撥通紅火，卧聽蕭蕭雪打窗。

王莽　　蘇軾

漢家殊未識經綸，入手功名事事新。百尺穿成連〔三〕夜井，千金購得鮮飛人。

金橙徑　　蘇軾

金橙縱復里人知，不見鱸魚價自低。須是松江煙雨裏，小舡燒薤擣香虀。

霜筠亭　　蘇軾

解籜新篁不自持，嬋娟已有歲寒姿。要看凜凜霜前意，須待秋風粉落時。

中秋月　　蘇軾

暮雲收盡溢清寒，銀漢無聲轉玉盤。此生此夜不長好，明月明年何處看？

梅花二首 蘇軾

春來幽谷水潺潺，的皪梅花草棘間。一夜東風吹石裂，半隨飛雪度關山。

何人把酒慰深幽，開自無聊落更愁。幸有清溪三百曲，不辭相送到黄州。

南堂 蘇軾

埽地燒香閉閤眠，簟紋如水帳如煙。客來夢覺知何處，掛起西牕浪接天。

書李世南所畫秋景 蘇軾

人間斤斧日創痍，誰見龍蛇百尺姿？不是溪山曾獨往，何人鮮作掛猿枝？

題澄邁驛通潮閣 蘇軾

餘生欲老海南村，帝遣巫陽招我魂。杳杳天低鶻没處，青山一髮是中原。

歸計 沈括

住山人少説山多，空只年年憶薜蘿。不是自心應不信，眼前歸計又蹉跎。

姑熟

沈　括

新晴渡口百花香，石子池頭鴨弄黄。捲幔夕陽留不住，好風將雨過梅塘。

静居

李宗易

大都心足身還足，秖恐身閑心未閑。但得心閑隨處樂，不須朝市與雲山。

虞姬墓

蘇　轍

布叛增亡國已空，摧殘羽翮自令窮。艱難獨與虞姬共，誰使西來敵沛公。

秋祀高禖

蘇　轍

乾德年中初一新，頽垣破瓦委荆榛。興亡舉墜干戈際，閒暇方知國有人。

題陽關圖

黄庭堅

斷腸聲裏無形影，畫出無聲亦斷腸。想得陽關更西路，北風低草見牛羊。

題李伯時畫嚴子陵釣灘

黄庭堅

平生久要劉文叔，不肯爲渠作三公。能令漢家重九鼎，桐江波上一絲風。

北窗

黄庭堅

生物趨功日夜流，園林才夏麥先秋。緑陰黄鳥北窗簟，付與來禽安石榴。

和謝公定河朔漫成

黄庭堅

漢時水占十萬頃，官寺民居皆濁河。豈必九渠忘故道，直緣穿鑿用工多。

梅福隱居

黄庭堅

吴門不作南昌尉，上疏歸來朝市空。笑拂巇花問塵世，故人子是國師公。

次韻子瞻延英入侍

黄庭堅

延和西路古槐陰，不隔朝宗夙夜心。公有胸中五色線，平生補衮用功深。

戲題小雀捕飛蟲畫扇　黄庭堅

小蟲心在一啄間，得失與世同輕重。丹青妙處不可傳，輪扁斲輪如此用。

竹枝歌二首　黄庭堅

竹竿坡面蛇倒退，摩圍山要胡孫愁。杜鵑無血可續淚，何日金雞赦九州？

命輕人鮓甕頭船，日瘦鬼門關〔四〕外天。北人墮淚南人笑，青壁無梯〔五〕聞杜鵑。

答聞善二首　黄庭堅

公擇〔六〕醉面桃花紅，人百忤之無愠容。莘老夜闌傾數斗，焚香默坐日生東。

陶令舍中有名酒，無夕不爲父老傾。四坐歡欣觀酒德，一燈明暗又詩成。

病起荆江亭即事　黄庭堅

成王小心似文武，周召何妨略不同。不須要出我門下，實用人材即至公。

臺下　沈遼

石梅落落欲黄時，細雨濛濛暗不開。數日不行臺下路，不知江水過山來。

宿濟州西門外旅館　晁端友

寒林殘日欲棲烏，壁裏青燈乍有無。小雨愔愔人假寐，臥聽疲馬齕殘芻。

召試學士院　王欽臣

翠木陰陰白玉堂，長年來此試文章。日斜奏罷《長楊賦》，閑拂塵埃看畫墻。

題淺沙泉　黄履

欄低沙淺一泓寒，雨不增深旱不乾。要識有源爲可取，餘波更向大江看。

次韻答學者　陳師道

太阿無前鋒不缺，鉛刀不堪供一切。至柔繞指剛則折，善而藏之光奪月。

寄都下故人示王子安　陳師道

湖海相忘日自踈，經年不作一行書。世間惟有韓康伯，肯爲淵明住歲〔七〕餘。

絶句

陳師道

里中餽杏得嘗新，馬上逢花始見春。勤苦著書如作吏，世間枉是最閑人。

贈吴氏兄弟

陳師道

得失媸妍只自知，略容千載有心期。恨君不識金華伯，何處如今更有詩。

絶句

陳師道

書當快意讀易盡，客有可人招不來。世事相違每如此，好懷百歲幾回開。

經筵大雪不罷講二首

吕希哲

水晶宫殿玉花零，點綴宫槐卧素屏。特勑下簾延墨客，不因風雪廢談經。

强記師承道古先，無窮新意出陳編。一言有補天顔動，全勝三軍賀凱旋。

曾點

吕大鈞

函丈從容問且酬，展才無不至諸侯。可憐曾點推鳴瑟，獨對春風詠不休。

題宣州後堂壁

張耒

過雨山亭暑氣微，老人猶未試生衣。滿園閑緑無人到，春日南風燕子飛。

桓武公

張耒

北征談笑縛姚公，静掃諸陵見洛嵩。不用登高笑夷甫，正緣此輩使君雄。

絶句

張耒

風掉浮煙匝地回，雨將濃翠撲山來。晚涼樓〔八〕角三吹罷，夕照江天萬里開。

漫成

張耒

閉門春風作徃還，誰家有花堪醉眠。柳腰榆莢争入眼，江梅一枝遠若〔九〕天。

北郊

吕大臨

村北磽田久廢耕，試投嘉穀望秋成。天時地力難前料，萬粒須期一粒生。

送劉户曹　　呂大臨

學如元凱方成癖，文似相如反類俳。獨立孔門無一事，唯傳顔氏得心齋。

題驛舍　　盧　秉

青山白髮病參軍，旋糴黄糧買酒尊。但得有錢留客醉，也勝騎馬傍人門。

送吕子進　　張　舉

籬鷃雲鵬各有程，匆匆送别未忘情。恨君不在蓬籠底，共聽蕭蕭夜雨聲。

守關　　劉季孫

晨雞三叫未開關，留滯行人更鮮鞍。却上月明高處立，曉風吹面作清寒。

題李世南畫扇　　蔡　肇

野水潺潺平落澗，秋風瑟瑟細吹林。逢人抱甕知村近，隔塢聞鐘覺寺深。

自歎　任伯雨

當年言路亦逡巡，白簡青蒲十一人。半斥炎荒半除籍，而今無一預朝紳。

感古二首　任伯雨

一言借諭資鍾會，意在張華亦已深。大抵知言由養氣，可憐晋武有蓬心。

指鹿姦謀豈偶然，都緣人事不由天。要知左右皆言馬，只爲當時殺正先。

途中　張公庠

一年春事又成空，擁鼻微吟半醉中。夾路桃花風雨遇〔一〇〕，馬蹄無處避殘紅。

張辟彊　劉攽

老晝駸駸不可攀，風流依約片言還。小兒若悟他年事，肯復生心涕淚間。

春日村居　崔鶠

春草門前已没靴，更無人過野人家。離離細竹時聞雨，淡淡疏簾不隔花。

讀漢書　鮑欽止

漢公事業比阿衡，純用詩書致太平。它日何人頌功德，至今嘲笑亦諸生。

垂虹亭　米芾

斷雲一葉洞庭帆，玉破鱸魚霜破柑。好作新詩繼桑苧，垂虹秋色滿東南。

題泗濱南山石壁曰第一山　米芾

京洛風沙千里還，船頭出汴翠屏間。莫論衡霍撞平聲星斗，且是東南第一山。

杜牧　田晝

弟病兄孤失所依，當時書語最堪悲。豈圖乞得南州後，却恨尋芳去較遲。

墨子　田晝

末學紛紛自有師，能言兼愛我猶疑。定知已駕雲梯後，却悔初心泣染絲。

見降羌感事　晁詠之

沙場尺箠致羌渾，玉陛朝趨雨露恩。自笑百年家鳳闕，一生腸斷國西門。

暮雨　謝邁

晚雨墻東暗緑槐，清陰庭〔一二〕院鎖莓苔。委堦紅藥將春去，貼水青荷與夏來。

雨中謾成　謝邁

東風渾作勒花寒，寂寞林塘不受看。玉板鶴翎俱未識，梨梢空有淚闌干。

村老　馬存

肉死皮乾垂鬢絲，尋暄扶杖向東籬。文王没後無人問，直至而今大半飢。

自齊山借舟泛湖還家　曹緯

十里平湖漫不流，晚風吹浪打行舟。定知歸得侵燈火，家在菰蒲最盡頭。

茅塘馬上

賀鑄

壯圖忽忽負當年，回羡農兒過我賢。水落陂塘秋日薄，仰眠牛背看青天。

校勘記

〔一〕『隆』，底本空缺，據麻沙本補。清《惜陰軒叢書》本《宋四子抄釋》作『隆』。

〔二〕『枯』，麻沙本作『孤』。宋本《東坡詩集註》作『枯』。

〔三〕『新。百尺穿成連』，底本空缺，據麻沙本補。宋本《東坡詩集註》作『新。百尺穿成連』。

〔四〕『闕』，麻沙本作『生』，皆通。

〔五〕『梯』，麻沙本作『雞』，皆通。

〔六〕『擇』，底本空缺，據麻沙本補。

〔七〕『歲』，麻沙本作『世』。宋本《後山居士文集》作『歲』。

〔八〕『樓』，麻沙本作『鼓』。舊鈔《張右史文集》作『樓』。

〔九〕『若』，麻沙本作『如』。舊鈔《張右史文集》作『如』。

〔一〇〕『遇』，麻沙本作『過』。

〔一一〕『庭』，麻沙本作『亭』。《續古逸叢書》景宋刊本《謝幼槃文集》作『庭』。

新校宋文鑑卷第二十九

校者按：底本爲刻卷，據麻沙本刻卷校改。

詩

雜體

星名

二十八宿歌贈无咎　黄庭堅

虎剥文章犀解角，食未下亢奇禍作。藥材根氐罹斸掘，蜜蜂奪房抱饑渴。有心無心材慧死，人言不如龜曳尾。衛平哆口無南箕，斗柄指日江使噫。狐腋牛衣同一燠，高丘無女甘獨宿。虚名挽人受實禍，累棊既危安處我。室中凝塵散髮坐，四壁矗矗見天下。奎蹄曲隈取脂澤，婁豬艾豭彼何擇。傾腸倒胃得相知，貫日食昴終不疑。古來畢命黄金臺，佩君一言等觜觿。月没參横惜相違，秋風金井梧桐落。故人過半在鬼録，柳枝贈君當馬策。歲晏星回觀盛德，張弓射雉武且力。白鷗之翼没江波，抽絃去軫君謂何。

人名

和蕭十六　　孔平仲

式微子歎歸期滯，踈鍾皓月僧窗睡。滿郭丹楓已送秋，李白桃紅春又至。緑楊朱户鎖娉婷，燕趙壹笑誰相視。紅顔回眄能溺人，有若大川無際涘。吾曹操行薄雲天，去險就平當擇地。嚴君平昔教諸子，肯向贛江爲此事。勿捐仁義縱歡娱，力與主張興廢墜。不才彊使酬杜詩，搦管能令言鄙志。

郡名

郡名詩呈吕元鈞　　孔平仲

相人觀久遠，要且視資質。酒酸本多甘，絹敗爲少密。公家渭川後，端亮氣不屈。播移雖裔土，寧妥如舊蓽。優游歸孔聖，坎壈笑趙壹。儻來等榮辱，所遇順旁佚。道閤接談賓，文房散書帙。當其泰定時，海宇更無物。耳目并已忘，何心蘄冕黻？忽聞《韶曲》奏，更覺巴音失。温純比金玉，清越勝琴瑟。似追少陵步，真得建安骨。從今益淬厲，及此舒長日。唱酬安敢同，心欽但齋栗。

藥名

登湖州銷暑樓　陳亞

重樓肆登賞，豈羡石爲廊。風月前湖近，軒窗半夏凉。罾青識漁浦，芝紫認仙鄉。却恐當歸闕，襟靈爲別傷。

荆州即事五首　黄庭堅

四海無遠志，一溪甘遂心。牽牛避洗耳，卧著桂枝陰。

前湖後湖水，初夏半夏凉。夜闌鄉夢破，一鴈度衡陽。

垂空青幕六，一一排風開。石友常思我，預知子能來。

幽瀾泉石緑，閉門聞啄木。運柴胡奴歸，車前挂生鹿。

雨如覆盆來，平地没牛膝。回望無夷陵，天南星斗濕。

建除

重贈徐天隱

黄庭堅

建極臨萬邦，稽古陛下聖。除書日日下，有耳家相慶。滿意見升平，父老扶杖聽。平生所傳聞，似仁祖德性。定鼎百世長，橐弓四夷静。執事當在朝，官冷殊未稱。破帽風欹欹，簡易不騎乘。危顛相扶持，泉石共嘲詠。成樂澗阿中，傲世似未敬。收潦下秋船，期公拜嘉命。開元正觀事，身得見全盛。閉門長蓬蒿，或許老夫病。

八音

八音歌答黄魯直

晁補之

金蘭况同心，莫樂新相知。石田罹清霜，念此百草腓。絲看賁繭吐，士聽憤悱語。竹馬非妙齡，美人恐遲暮。匏繫魯東家，今君尚天涯。土膏待陽燀〔一〕，氣至如咄嗟。革薄不可鞹，士迫下流惡。木無松栢心，蝎處螻蟻託。

四聲

還鄉展省道中作四聲詩寄豫章僚友　孔平仲

蕭灘波潺湲，巴丘山崔嵬。江天如相迎，風吹浮雲開。思鄉人皆然，惟予頻歸來。松楸彌青鮮，春容生泉臺。久雨水陡長，泱漭似海廣。葦底解小艇，曉起蕩兩槳。早飯野篠下，鳥語静愈響。有酒我不飲，引領但子想。四際又暮夜，意詣尚未到。繫纜坐樹蔭，嘒嘒厭聚噪。徑步氣向暝，岸嘯韻自報。内顧自慰幸，比歲屢拜掃。執熱逼入伏，一葉益局促。日落月欲出，豁若脱桎梏。木色鬱碧幄，竹節削緑玉。赤脚踏白石，宿泊得沐浴。

藏頭

寄賈宣州　孔平仲

高會當年喜得曹，日陪宴衎自忘勞。力回天地君應憊，心狹乾坤我尚豪。豕亥論書非素學，子孫干禄有東臯。十年求友相知寡，分付長松蔭短蒿。

呈章子平　　孔平仲

王駱聲華星斗傍，方州投老憩甘棠。木逃剪伐枝長碧，石耐鐫磨性有常。巾褚藏經勤問學，子孫傳業富文章。十年留落歸何暮，日聽除書侍玉皇。

離合

藥名離合四時四首　　孔平仲

草滿南園緑，青青復間紅。花開不擇[二]地，錦繡逕相通。
漿寒飲一石，蜜液和巖桂。心渴望天南，星河粲垂地。
參旗挂綵木，通夕涼如水。銀漢耿半天，河橋暝煙紫。
雪片擁頽垣，衣裘冷如甲。香醪不滿榼，藤枕欹殘臈。

回紋

泊鴈

王安石

泊鴈鳴深渚，收霞落晚川。柝隨風斂陣，樓映月低弦。漠漠汀帆轉，幽幽岸火然。壑危通細路，溝曲繞平田。

一字至十字

詠竹

文同

竹，竹。森寒，潔緑。湘江濱，渭水曲。帷幔翠錦，戈矛蒼玉。心虚異衆草，節勁踰凡木。化龍杖入仙陂，呼鳳律鳴神谷。月娥巾帔静苒苒，風女笙竽清簌簌。林間飲酒碎影摇罇，石上圍棊輕陰覆局。屈大夫逐去徒悦椒蘭，陶先生歸來但尋松菊。若論檀欒之操無敵於君，欲圖瀟灑之姿莫賢於僕。

兩頭纖纖

兩頭纖纖二首

張舜民

兩頭纖纖織女梭，半白半黑右軍鵝。腷腷膊膊石子坡，磊磊落落《大風歌》。

兩頭纖纖蠒絹絲，半白半黑蠅蠹之。腷腷膊膊母赴兒，磊磊落落忠臣詞。

五雜組

五雜組四首

孔平仲

五雜組，垂衣裳。徃復來，就桀湯。不獲已，剪夏商。

五雜組，花木春。徃復來，江湖人。不獲已，議和親。

五雜組，錦繡段。徃復來，隨陽鴈。不獲已，猶仕宦。

五雜組，朝霞明。徃復來，車馬行。不獲已，方用兵。

了語不了語

了語效晉顧愷之、殷仲堪。　孔平仲

公鍊欲成忽覆鼎，銀鉼汲絶還沉井。乳虎咆哮落深穽，青萍〔三〕一揮斷人頸。

不了語效唐雍裕。　孔平仲

無言以手尋珮環，寒暑迭運彫朱顔。八駿踏地幾時徧，六龍駕日何年閑。

難易言

難易言二首效韋應物。　蘇舜欽

擬把鉛刀伐丹桂，欲坐眢井攀青天。排羅嬰兒拒九虎，未若以道干貴權。

地上拾芥亦細碎，掌裏數文猶苦辛。脱使擿丸下峻阪，未若以財而發身。

聯句

劍聯句

范仲淹　歐陽脩　滕宗諒

聖人作神兵，以定天下厄。范。蚩尤發靈機，干將構雄績。歐。橐籥天地開，鑪冶陰陽闢。滕。南帝輸火精，西皇降金液。歐。炎炎崑崗熒，洶洶洪河擘。范。雷霆助意氣，日月淪精魄。滕。神氣不在天，錯落就三尺。歐。直淬臨溪泉，横磨太行石。歐。雄雌威並立，晝夜光相射。范。提携風雲生，指顧煙霞寂。滕。堅剛正人心，耿介志士跡。歐。初疑成夏鼎，魑魅世所識〔四〕。滕。又若引吴刀，犀象謂無隔。范。截波虬尾滑，脱浪鯨牙直。歐。頑水挂陰雷，皎月乘孤隙。歐。河角起彗氣，雲鏬露秋碧。范。曉鐔星斗爛，夜匣飛龍宅。范。舞酣霰雪回，彈俊球琳擊。滕。鮮摇霅水光，膩亂湘山色。滕。青蛟渴雨瘦，素虺蟠霜瘠。歐。清敲〔五〕鏘以鳴，寒姿堅且澤。范。鬼類喪影響，佞黨摧肝膈。歐。一旦會神武，四海屠凶逆。范。周王奉天討，商郊千里赤。歐。楚子揚軍聲，秦師萬首白。范。祥輝冠吴楚，殺氣横燕易。范。與君斬鼇足，八極停震虩。歐。與君〔六〕剸鵬翼，三辰增焕赫。范。莫使化猿翁，辱我爲幻惑。范。莫使暴虎人，屈我執仇敵。滕。尊嚴侯冠冕，左右舞干戚。歐。功成不可留，延平空霹靂。范。

風琴聯句

謝濤希深　梅堯臣聖俞

竅竹漏天風，張絃擬嶧桐。佳名從此得，妙響未曾窮。希深。夜静危臺上，人閑皎月中。依依聽不足，秋露滿蘭叢。聖俞。

悲二子聯句

蘇舜元才翁　蘇舜欽子美二子謂穆修、凌孟陽。

有客自遠方，來以二子説。穆子疾病初，家事巨細缺。鄰人苦其求，才翁。醫師久已決。案盃小大空，布被旁午裂。餘喘尚能鼓，子美。老憤知已結。目凄望洋泓，髭斷反唄茁。憂繫餘生，才翁。嘷嘐留永訣。語妻後日計，書策未可徹。教子立世資，子美。〔七〕圓曲勿自悦。吾屬何流離，衆人方草竊。凌子久道路，才翁。十口著羈紲〔八〕。恰旅重江間，正值大饑節。既無裹飯交，子美。疾走繼贏糲。又無執漿人，及時沃枯渴。惜哉殞天命，才翁。痛焉在親經。帝胡生爾身，世復稱其傑。胸伏氣萬丈，子美。腸貯怨百折。艱難泊風波，憔悴墮霜雪。久僕勤龍鍾，才翁。弱女癡躑躅。文隨寒餓空，道與煙焰滅。魂兮竟何歸，子美。去矣不得别。長府豈無財，莫濟醫藥切。太倉豈無粟，才翁。莫解腹腸熱。天子聖在上，海内清欲澈。伊人胡不官，子美。既死安得活。朝青與暮紫，神喜天不軋。昂車與怒馬，才翁。門滿道不絶。之子苟問厠，斯民乃貪饕。高亢世弗親，子美。方嚴鬼所掣。敢言才足珍，寧免否來齧。思潛淚輒抽，才翁。

慘舊面成羞。舉目此牢落，側身今鄙媟。箴言耳空虚，子美。險論口飑鞔。作詩告石梁，聊以慰寒骨。才翁。

地動聯句

蘇舜元　舜欽叔才，舜元舊字。

大荒孟冬月，叔才。末旬高春時。日腹昬盲倀，子美。風口鳴嗚咿。萬靈困陰威，叔才。百植嗟陽衰。濃寒有勝氣，子美。大凍無敗期。六指忽摇拽，叔才。群蹠初奔馳。丸銅落蟾吻，子美。始異張渾儀。列宿犯天紀，叔才。預驗《漢志》辭。民萠函鼓舞，子美。禁堞彊崩離。坐駭市聲死，叔才。立怖人足踦。埴途重車僨，子美。急傳壯馬欹。陵阜動撫手，叔才。礫塊當揚箕。停污有亂浪，子美。僵木無静枝。衆啄不暇息，叔才。沓嶂驚欲飛。踴塔撼鐸碎，子美。安流蕩舟疲。倒壺喪午漏，叔才。顛巢駭眠鴟。居人眩眸子，子美。行客勞髑兒。南北頓儵忽，叔才。西東播戎夷。四鎮一毛重，子美。百川寸涔微。斗藪不知大，叔才。軒輊主者誰？共工豈復愁，子美。富媪安得爲。寧無折軸患，叔才。頓易崩山悲。衆蟄不安土，子美。群毛難麗皮。驚者去靡所，叔才。仆或如見擠。轟雷下簷瓦，子美。决玉傾倉粢。雙顛太室吻，叔才。四躍宸庭螭。萬宇變旋室，子美。百城如轉機。念此大菑患，叔才。必由政瘕疵。勝社勇厥氣，子美。孤陽病其威。傳是下乘上，叔才。亦曰尊屈卑。夫惟至静者，子美。猶不可保之。况乃易動物，叔才。何以能自持。高者恐顛墜，子美。下者當鎮綏。天戒豈得慢，叔才。肉食宜自思。變省孽可息，子美。損降禍可違。願進小臣語，叔才。兼爲丹扆規。偉哉聰明主，子美。勿遺《地動詩》。叔才。

集句

送吴顯道　王安石

五湖大浪如銀山，問君西遊何當還。以手撫膺坐長歎，空手無金行路難。丈夫意有在，吾徒且加餐。屏風九疊雲錦張，千峰如連環。上有横河斷海之浮雲，可望不可攀。飛空結樓臺，動影裏窕冲融間。沛然乘天遊，下看塵世悲人寰。泊舟潯陽郭，去去翔寥廓。君今幸未成老翁，衰老不復如今樂。

戲贈湛源　王安石

恰有三百青銅錢，憑君爲筭小行年。坐中亦有江南客，自斷此生休問天。

與北山道人　王安石

可惜昂藏一丈夫，生來不讀半行書。子雲識字終投閣，幸是元無免破除。

示蔡天啓　王安石

身着青衫騎白馬，日馳三百尚嫌遲。心源落落堪爲將，却是君王未備知。

烝然來思　王安石

烝然來思，送程公也。公來以蕘麋饋我，我飲餞之，率西水滸，故作是詩。

念我獨兮，亦莫我顧。烝然來思，程伯休父。我有旨酒，爾殽伊脯。酌言醻之，式歌且舞。不留不處，適彼樂土。言秣其馬，率西水滸。有客宿宿，於時語語。山有橋松江有渚，式遄其歸不我與。作此好歌，倡予和女。

集杜詩句寄孫元忠。　孔平仲

君不見，瀟湘之山衡山高，八月秋高風怒號。草木黄落龍正蟄，哀鴻獨叫求其曹。男兒生無所成頭皓白，漂零已是滄浪客。呼兒覓紙一題詩，此心炯炯君應識。

校勘記

〔一〕「燀」，麻沙本作「癉」。明刊本《雞肋集》作「癉」。

〔二〕「擇」，麻沙本作「掃」。

〔三〕「萍」，麻沙本作「劒」。

〔四〕「識」，麻沙本作「適」。宋慶元二年周必大刻本《歐陽文忠公集》、元本《歐陽文忠公集》作「適」。

〔五〕「敲」，麻沙本作「高」。宋慶元二年周必大刻本《歐陽文忠公集》、元本《歐陽文忠公集》作「音」。

〔六〕「與君」，麻沙本作「翁辱」。宋慶元二年周必大刻本《歐陽文忠公集》、元本《歐陽文忠公集》作「與君」。

〔七〕「嘷嘐留永訣」以下四句，麻沙本無。清康熙刊本《蘇學士文集》有之，末句作「教子勤誦讀」。

〔八〕「緦」，麻沙本作「屑」。清康熙刊本《蘇學士文集》作「紲」。

新校宋文鑑卷第三十

校者按：底本爲刻卷，據麻沙本刻卷校改。

騷如騷者亦附

山中之樂

歐陽脩

佛者惠勤，餘杭人也。少去父母，長無妻子，以衣食於佛之徒，往來京師二十年。其人聰明材智，亦嘗學問於賢士大夫。今其南歸，遂將窮極吴、越、甌、閩江湖海上之諸山，以肆其所適。予嘉其嘗有聞於吾人也，於其行也，爲作《山中之樂》三章，極道山林間事，以動蕩其心意而卒反之正。其辭曰：

江上山兮海上峰，藹青蒼兮杳巑叢。霞飛霧散兮邈乎青空，天鑱鬼削兮壁立於鴻蒙。崖懸磴絶兮險且窮，穿雲渡水兮忽得路，而不知其深之幾重。中有平田廣谷兮與世隔絶，猶有太古之遺風。泉甘土肥兮鳥獸雝雝，其人麋鹿兮既壽而豐。不知人間之幾時兮，但見草木華落爲春冬。嗟世之人兮，曷不歸來乎山中？山中之樂不可見，今子其往兮誰逢？其一。

丹莖翠蔓兮巖壑玲瓏，水聲聒聒兮花氣濛濛。石巉巉兮横路，風颯颯兮吹松。雲冥冥兮雨霏霏，白猿夜嘯兮青楓。朝日出兮林間，澗谷紛兮青紅。千林静兮秋月，百草香兮春風。嗟世之人兮，曷不歸來乎山中？山中之樂不可得，今子其往兮誰從？其二。

古梯崖架險兮佛廟仙宫，耀空山兮鬱穹隆。彼之人兮，固亦目明而耳聰，寵辱不干其慮兮，仁義不被其躬。蔭長松之翁蔚兮，藉纖草之豐茸。苟其中以自足兮，忘其服胡而顛童。自古智能魁傑之士兮，固亦絶世而逃蹤。惜天材之甚良兮，而自棄於無庸。嗟彼之人兮，胡爲老乎山中？山中之樂不可久，遲子之返兮誰同？其三。

逐伯强文

劉　敞

寶元二年，予羈旅淮南。醫來言曰：『今兹歲多疾疫。』予因作文以逐伯强。伯强，厲也，能爲疫者，故逐之。

皇皇上天兮，后土浩浩。厥生孔繁兮，其施甚溥。陶陶仲夏兮，草木蕃廡。鳥獸孳息兮，我民樂胥。我民孔靈兮，上帝是仁。天子聖兮，百工日新。上無粃政兮，下無悖人。鄰里其集兮，樂哉欣欣。伯强何爲兮，孰畀以政？反世五福兮，持極以令。我民不怡兮，既爽其盛。白黑眩瞀兮，孰察其正？謂壽反夭兮，謂康反病。仁義無益兮，苟且爲幸。嗟爾伯强兮，其獨何心？絶世和氣兮，俾民不任。上天孔神兮，大德曰生。天不可長罔兮，民不可久侵。天誅誠加兮安所避，雷公驅兮風伯逝，嗟爾伯强兮何所詣？南有蠻兮，爲寇爲逋。西羌戎兮，恃艱自虞。天子孔仁兮，靡焉畢屠。伯强徃兮，代天伐誅。嗟中國兮不可久留，子不去兮顛倒思予。

屈原嘏辭

劉敞

梅聖俞在江南，作文祝於屈原，譏原好競渡，使民習尚之，因以鬭傷溺死，一歲不爲，輒降疾殃，失愛民之道。其意誠善也。然競渡非屈原意。民言不競渡則歲輒惡者，訛也。故爲原作嘏辭以報祝，明聖俞禁競渡得神意。

維時仲夏，吉日維午。神歆既祠，錫辭以嘏，曰：朕之初生，皇揆予度。嘉朕以名，終身是守。抑豈不淑？不幸逢遇。離愍被憂，天不可訴。宗國爲墟，寧取自賊？朕爲忍生，豈不永年？悁悁荆人，是拯是憐。赴水蹈波，疢不廢旃。既招朕魂，巫祝背先。豈朕是私？將德是傳。淪胥及溺，初亦不悛。其後風靡，民益輕死。匪朕之心，是豈爲義？婦弔其夫，母傷其子。人訊其端，指予以詈。予亦念之，其本有自。昔朕婞直，不爲衆下。世予尚之，謂予好怒。昔朕不容，自投於江。世予尚之，謂予棄躬。既習而鬭，既遠益繆。被朕僞名，汙朕以咎。朕生不時，亂世是遭。民之秉彝，嘉是直道。從仁於井，朕亦不取。汝禁其俗，幸懷朕忠。好競以誣，一何不聰。我實鬼神，民焉是主。其祀其禱，予之所厚。予懼天明，焉事戲豫？予憫横流，焉事競渡？予懷堯舜，焉事狎侮？汝維賢人，曾不予怒。徇俗雷同，譏予以好。履常徇直，切諫盡節。人神所扶，未必皆福。去邪即正，何以有罰？曾非予懷，可禁其爲。毋使佞臣，指予以〔一〕戒。錫爾多福，畀爾厖眉。使爾忠言，於君畢宜。

釋謀

王安石

雲冥冥兮蔽日，風浩浩兮吹沙。出予馳兮不得，魂獨處兮咨嗟。嗟天地兮無窮，暑與寒兮相客。以短褐兮憂親，孰知予兮孔棘？維抱關兮擊柝，乃予仕兮所宜。禄可辭兮尚冒，養孰割兮方虧。豈吾事兮固拙，寧我辰兮獨悖？信物默兮有制，尚可佯兮内外。

寄蔡氏女子

王安石

建業東郭，望城西堠。千嶂承宇，百泉遶霤。青遥遥兮纚屬，緑宛宛兮横逗。積李兮縞夜，崇桃兮炫晝。蘭馥兮衆植，竹娟兮常茂。柳青綿兮含姿，松偃蹇兮獻秀。鳥跂兮下上，魚跳兮左右。顧我兮適我，有班兮伏獸。感時物兮念汝，遲汝歸兮攜幼。

九誦

鮮于侁

堯祠

車轔轔兮廟壖，鼓坎坎兮祠下。竽瑟兮並奏，潔時羞兮虔祠事。瑶華爲饌兮沆瀣爲漿，象籩玉豆兮金鼎煇煌。海珍野蔌兮，雜錯而致誠。神之來兮風雨蕭蕭，前驅千畢兮上有招摇。羽林爲衛兮虹霓爲旗，鳳凰左右兮擾伏蛟螭。神之降兮金輿，靈欣欣兮肸蠁。德難名兮覆燾，千萬年兮不忘。

舜祠

道歷山兮逶蛇，思古人兮感歎。並儲胥兮肅止，仰層雲兮晻曖。獸何鳴兮林中，鳥何悲兮山上？木何爲兮不剪，草何爲兮茂暢？帝之神兮在天，帝之德兮在人。物具兮四海，心精兮一純。採秀實兮山間，摘其毛兮澗底。玉醴湛兮瓊茅，肴脩雜兮蘭茝。樂備兮九奏，鳳舞兮儀韶。人駿奔兮如在，君卒享兮神交。

周公

噫嗟兮文公，巋然兮祕宇。悵王室兮多難，獨勤勞兮左右。四國流言兮，冲人不知。東征問罪兮，慆慆不歸。大雷以風兮，天威震驚。弁啓金縢兮，衮衣有光。公之心兮，大成文武。公之子兮，建侯啓土。山川兮附庸，奄凫繹兮龜蒙。萬子孫兮承祀，億兆人兮仰止。惟夫子之嘆嗟兮，不復見於寤寐。何莽新之假攝兮，文姦言而欺一世！造作詭故而戕劉兮，亦亟殄宗而絕嗣。公之聖而德協天兮，何妄人之輒自擬。俾其顛而不終兮，天實表公衷而警後。肅進拜於廟堂兮，宜奉時之牲酒。鼓鐘兮在宫，琴瑟兮在堂。神之格兮樂享，民欣欣兮不忘。

孔子

曲阜兮遺墟，先師兮闕里。神髣髴兮如在，涕潺湲兮不已。窮天地兮一人，揭日月而照臨。生無萬乘之位兮，三千之徒心服而四來。嗟愚陋之不明兮，乃商賜之爲疑。羌紛紛其妄作兮，悖道違義而弗自知。顧六藝之折衷兮，取捨縱横而協於道。後世苟輕肆於胸臆兮，必遽貽於詬病。三綱立而五教明兮，實治世之宏矩。履厚地而戴高天兮，胡一日之可捨。宜萬齡之廟貌兮，春秋不乏其時祀。合仁義以爲冠兮，結忠信而爲佩。集道德以爲裳兮，服文章而爲帶。列籩豆爲左右兮，蘋藻牲牢而潔肥。酌玉醴以爲酒兮，錯瓊瑶而爲粢。升堂而北面兮，望冕旒之巍巍。惟神明之降鑒兮，洞精神其來歆。

嶽神

雲蓊蔚兮山之巔，瞻嶽靈兮望青天。嶄巖峭崒兮磅礴無垠，巃嵸嵂崒兮寧一以爲仁。草木雜而羅生兮人不可名，鳥獸蕃而走集兮虞不能知。因高錯事兮道此躋陞，登岱勒成兮胡爲而七十二君？齊余心兮不外，高余冠兮甚偉。擷芳杜兮爲衣，掇紫芝兮作佩。栢實兮松華，石髓〔二〕兮蘭英。蕙肴陳兮玉案，明水湛兮清尊。誠拳拳兮不解，寐接神兮怳若有言。嵩高峻極兮生甫與申，周道將明兮宣以中興。水旱不常兮蟲螟以灾，稼穡卒荒兮民生流離。勞來安集兮之子之功，祐此下民兮寧遺神羞。

河伯

清秋方初兮，霪雨降而無時。舊坊弗治兮，河水泛濫而爲灾。潏汩沸渭兮，澎湃奔波而霈來。崩騰覆溺兮，夫豈河伯之不仁？汗漫千里兮，蕩然室閭。耄稚驚號兮，丘冢爲家。蛟螭憤怒兮，魚鼈縱横。黿鼉馳騖兮，鳧鷖飛翔。皇天無親兮，視聽以民。五序參差兮，咎極以滋。聖惟唐堯兮，固遭横流。臣有舜禹兮，輿心所依。禦灾拯溺兮，九叙可歌。四凶逐去兮，二八以陞。天地平成兮，海隅蒙福。白馬玉璧兮，非神之欲。

箕子

偉夫子之正諒兮，適遭世以離尤。悼祖宗之累積兮，大命顛而逢憂。忠良屏遠兮，讒諛寖昌。神龜在塗兮，虺蟒升堂。紫鸞竄置兮，鴆羽飛揚。騶虞潜遯兮，豺虎縱横。江蘺鉏割兮，鈎吻日滋。芳荃不御兮，蔓草難圖。比干剖心兮，夫子佯狂。蒙難以正兮，大明其傷。靈脩不察兮，國以云亡。舊邦維新兮，武功以成。囚奴釋辱兮，作賓於王。九疇演繹兮，大法以彰。五事欽明兮，君道日隆。彝倫攸叙兮，庶政其凝。朝鮮分封兮，夷貊化行。傳國中山兮，蕃子以孫。廟貌有嚴兮，祀典攸存。歲時奉事兮，斯千萬年。

微子

肇公孫之璇源兮，玄鳥降而生商。並禹稷之聖賢兮，實惟桓撥之王。歷嬀姒之世數兮，道日躋於武湯。始伐罪於仇餉兮，人怨咨而徯來。顧寬仁之宜民兮，天俾式於九圍。諒除殘而代虐兮，猶云德之有慚。賴燕翼於孫謀兮，治克舉於三宗。老成不怨於不以兮，隱處不傷於厄窮。世四十有六而下衰兮，豈天命之將隳？寔遭家之不嗣兮，顧麗色之惟微。念社稷之顛傾兮，七廟無所憑依。帝眷在於有周兮，抱祭器而焉歸？雖白馬之見廟兮，聊血食於商丘。偉夫子一言兮，誠有取於三仁。

雙廟

旍頭光芒兮戎馬馳，海水沸蕩兮鯨鯢飛。煙塵蔽日兮殺氣昏，金鼓轟天兮山岳奔。小國不守兮，大國顛傾。王侯戮辱兮，虵豕肆行。二公仗義兮，捍賊濉陽。析骸易子兮，併力小城。勢窮力殫兮，外無救兵。亡身徇國兮，寧屈虎狼？仰天視日兮，氣以揚揚。衣纓不絶兮，貌如平生。旅遊馳驅兮，歷此舊都。致詞雙廟兮，涕泗不收。惟忠與孝兮，死義爲尤。遭世擾攘兮，適履其憂。訏謀顛置兮，邊將怙功。尾大權移兮，三鎮握兵。忠賢在野兮，讒邪肆意。女謁内用兮，戚臣外圮。紀綱日紊兮，典刑日弛。胎毓階亂兮，誰執其咎？義士没身兮，沈冤莫置。猗歟二公兮，行人歔欷。

上清辭

蘇　軾

君胡爲乎山之幽，顧宫殿兮久淹留？又曷爲一朝去此而不顧兮，悲此空山之人也？來不可得而知兮，去固不可得而訊也。君之來兮天門空，從千騎兮駕飛龍。隸星辰兮役太歲，儼晝降兮雷隆隆。朝發軔兮帝庭，夕弭節兮山宫。壙有妖兮虐下土，精爲星兮氣爲虹。愛流血之滂沛兮，又嗜瘧癘與螟蟲。嘯盲風而涕淫雨兮，時又吐旱火之煙融。銜帝命以下討兮，建千仞之脩鋒。乘飛霆而追逸景兮，歙喜掃滅而無蹤。忽崩播其來會兮，走海岳之神公。龍車獸鬼不知其數兮，旗纛晻靄而冥蒙。漸俯傴以旅進兮，鏘劍佩之相礱。司殺生之必信兮，知上帝之不汝容。既約束以反職兮，退戰慄而愈恭。澤充塞於四海兮，獨淡然其無功。君之去兮天門開，款閶闔兮朝玉臺。群僊迎兮塞雲漢，儼前導兮紛後陪。歷玉階兮帝迎勞，君良苦兮馬虺隤。閔人世兮迫隘，陳下土兮帝所哀。返瓊宫之嵯峨兮，役萬靈之喧豗。默清凈以無爲兮，時節狩於斗魁。詣通明而獻黜陟兮，軼〔三〕蕩蕩其無回。忽表裏之焕霍兮，光下燭於九陔。時遊目以下覽兮，五岳爲豆，四溟〔四〕爲杯。俯故宫之千柱兮，若毫端之集埃。來非以爲樂兮，去非以爲悲。謂神君之既返兮，曾顏咫尺之不違。陞祕殿以内悸兮，魂凛凛而上馳。忽寤寐以有得兮，沐浴而獻辭。是邪非邪，臣不可得而知也。

黄泥坂辭

蘇　軾

出臨皋而東騖兮，並藂祠而北轉。走雪堂之坡陁兮，歷黄泥之長坂。大江洶以左繚兮，渺雲濤之舒卷。草木層累而右附兮，蔚柯丘之葱蒨。余旦往而夕還兮，步徙倚而盤桓。雖信美不可居兮，苟娱余於一眄。余幼好此奇服兮，襲前人之詭幻。老更變而自哂兮，悟驚俗之來患。釋寶璐而被繒絮兮，雜市人而無辨。路悠悠其莫往來兮，守一席而窮年。時游步而遠覽兮，路窮盡而旋反。朝嬉黄泥之白雲兮，莫宿雪堂之青煙。喜魚鳥之莫余驚兮，幸樵蘇之我嫚。初被酒以行歌兮，忽放杖而醉偃。草爲茵而塊爲枕兮，穆華堂之清晏。紛墜露之濕衣兮，升素月之團團。感父老之呼覺兮，恐牛羊之子踐。於是蹶然而起，起而歌曰月明兮星稀。迎余徃兮餞余歸，歲既晏兮草木腓。歸來歸來兮，黄泥不可以久嬉。

南山之田　　王令

南山之田兮，誰爲而蕪？南山之人兮，誰教墮且？來者何爲兮，徑者誰趾？草漫靡兮，不種何自始？吾徃兮無耜，吾將歸兮客我止，要以田兮寄於治。我耕淺兮穀不遂，耕之深兮石撓吾耒。吾耒撓兮嗟耕難，雨專水兮日專旱。借不然兮穎以秀，螟懸心兮㸃開口，我雖力兮功何有？雖然不可以已兮，寧時我違，而我不時負。

我思古人　　王令

我所思兮，忽古今之異時。生兹世以爲期，欲勿思而奈何？獨斯人之弗見，故永懷而自歌。樂吾行之舒舒，忽忘世之汲汲。睇萬里以自騺兮，豈寧俯以効拾？載重道遠兮，予欲行而誰與？累九鼎以自重兮，固尫之不舉。矯身以爲衡兮，權世之重輕。廣道以爲路兮，聽人之來去。

山中辭 王令

山中兮何遊？登彼山兮樂夫高。棄吾馬兮取步，降吾車兮足兩屨。石當道兮行旁，木礙上兮下俯。曾蹈險之非艱，聊憑高而下顧。何所視之乃牛，而獨見之如鼠。彼侏侏者出其下兮，曾其身之非傴。於嗟徂兮，離婁之死則已古。不較其爲短長兮，何獨計其高下？山之高兮崔嵬，山之路兮百折而千回。趨前行而就挽〔五〕，笑顧後使摧之。彼遊者誰兮，何以子之東來？

江上辭 王令

江之水兮東流，泝湍流兮寄吾舟。舟無衲兮載函重，風乘波兮棹人用。濟不濟兮奈何，横中流兮涕滂沱。來何爲兮不待，今雖嗟兮安悔？舟方乘兮人不吾以，覆且溺兮我同人死。江之水兮東流，濟欲濟兮何由？水浸浸兮灘露，暮濤下兮夜潦收。舟不行兮推之於陸，力不足兮汗顔，行無由兮塗足。時不逝兮奈何？歸日暮兮塗遠，去〔六〕風高兮水波。行躊躇兮竚望，聊逍遥兮永歌。江之水兮東流，沿湍流兮望歸舟。舟來歸兮何時，步芳洲兮濯足，陟南山兮採薇。江風波兮日暮，望夫人兮未來。

江之水兮東流，沿湍流兮望歸舟。風滔滔兮浪波，若嗟往者兮未還，惜行人兮將去。去何道兮歸何時，執子手兮牽子衣。行何如兮來復，濟豈無兮它時？

放言

狄遵度

惘兮忽長不樂兮安極！眺平野兮千里，坐空館兮四壁。對寒日兮蒼莽，披勁風兮悽慄。鳥悲鳴兮群喪，草離披兮路塞。嗚呼！物之生天地間，雖大小參差不齊，然其材亦各有所適。草木不以微而廢其用，陵岳〔七〕不以大而專其職。獨人事豈不然？亦由茲而可識。性之禀既有賢愚之異，位之設亦有貴賤之隔。使大小各得盡其材，譬一體之和懌。及年歲之未暮兮，思欲竭其所得。曷獨求己之爲兮？顧泯然者可惻。古之聖賢固癯瘁而不敢暇兮，畏天命之誅殛。天之賦己以是材兮，敢不奉而驚惕。嗚呼！而今而後，用與不用，吾將繫之於天。在己之有，固斯須而不敢斁。

幽命

沈　括

山木嘯兮雲幽幽，秣我歸馬兮，無爲久留。江鼯翔兮雨漫漫，回予車兮水漸轞。仲何爲兮中野，澮將洋兮踈駕。目逝〔八〕兮形留，鬱逍遥兮日下。瀉慕兮流觀，撫〔九〕節兮浩望。駟黄戾兮靡騁，旋吾輈兮焉往？不我虚兮斯辰，思何爲兮鞅掌。

題禹廟壁

劉彝

皇祐二年秋，予自閩由太末登天台，川陸間行，至於郡，凡數千里。觀山澤之可樹殖者，或荒豬焉；田畝之可畎澮者，或漫滅焉。自剡而西，遇雨數日，農田甚豐，垂穫而遭霖潦之害。春夏斯民飢莩，瘝瘠未起者，重困是水。予心哀焉。嗚呼！宜樹殖而荒豬，凍餒之源也；宜畎澮而漫滅，水旱之道也。天地非不生且育，然而吾民重罹飢困，贊乎化育之道未至焉耳。夜過鑑湖，人指南山而告曰：禹廟也。予具冠帶瞻望，内起恭肅，不覺感歎泣下，既而欲誌其事。厥明，次於會稽之門，遂寫屋壁，其歌曰：

地生財兮天生時，聖賢之贊育兮咸適其宜。畎澮距川兮川距海，水旱罔至兮民無凍飢。畝田是起兮，帝載以熙。萬世永賴兮，胡不踐履而行之？嗚呼禹乎，誰知予心之增悲？

詆風穴

劉攽

背崧右洛兮，維汝泱泱。左界韓鄭兮，前闕魯陽。陵丘曼延兮，土膏脉良。生植遂茂兮，厥夭且長。呇飄風兮，胡很而狂？乘冬肆威兮，怒號以常。通晝亘夕兮，日月奪光。宇宙昏惑兮，顛倒玄黃。折枝排根兮，松桂毁傷。衝空動楗兮，披户登堂。獸亡其曹兮，鴻鵠失翔。問誰尸之兮，底此不祥？曰兹穴之詭異兮，竊神之機。幽嶮窮奇兮，狹中不夷。鼓舞蜚廉兮，招搖南箕。平居無事兮，淫樂而爾爲。歷九州而遐觀兮，孰樂土其若此？獨蠻夷之僻陋兮，乃自古記之矣。邈炎洲之荒忽兮，汩大海其千里。上霧下潦兮，墊隘瘴癘。魑魅群遊兮，樂人之死。蓄爲颶風兮，瘖毒疵癘。扶濤駕山兮，舟航糜毀。歷日旋時兮，然後得已。西極曠蕩兮，陰磧無垠。流沙不波兮，瀚海無泉。五穀不生兮，蓬棘蓁蓁。熱風之來兮，天地翳昏。觸肌〔一〇〕爲痏兮，四肢若燔。亦幸有老駞之先知兮，嗚呼而告言。歸命野獸兮，廑焉得存。彼鬼方之幽〔一一〕昧兮，固宜以然。慨中土〔一二〕之與鄰，不避不偏。胡穴神之忍兮，固蔽以頑？用夏變夷兮，至於髦蠻。外百里而不同兮，茲邑獨爲匪民。帝之高居兮，臨照在下。虎豹服仁兮，九閽莫阻。巫咸上愬兮，帝命斯許。巨靈夸娥兮，斡其絶膂。拔山投石兮，北海之渚。大野夷爽兮，八風攸叙。號令專一兮，莫予敢〔一三〕侮。蒙常聖時兮，維民所取。穴神雖悔兮，夫孰閔汝！

弔王右軍宅辭

錢公輔

晋王右軍宅於〔一四〕越之蕺山，爲浮圖而繪像存焉。好事者猶能指墨池、鵝池之遺迹，而表識其上。予嘗恨東南山之佳，水之勝，多奪於浮圖氏，而衣冠隱淪，無一人得之者。既過右軍宅，擲文以弔之，曰：

晋去今兮千齡未餘，彼山峨兮晋賢人之故居。故居泯其幾時兮，今變化於浮圖。嗚呼傷哉！絶雲巍崗，葱葱蒼蒼。竹茂草美，煙高氣長。古松蓊兮虬盤，怪石呀兮虎驤。前稽嶺之横峙兮，下鑑水之輝光。遠市井之喧卑兮，據城壘之低昂。春可遊而縱望兮，夏可息而凄凉。秋可登而感慨兮，冬可處而樂康。無一時之不得宜兮，環一目而周四方。真孤高之所廬兮，非醜族之能當。生宜形體之放浪兮，死宜魂魄之棲藏。嗚呼傷哉！彼靈何之兮，默不聞一怪與一祥。果無知兮，徒結塞予之中腸。果有知兮，奚坐視緇徒之賊戕？將後葉之湮淪兮，無能振其祖芳？抑亂離之薦遭兮，百易主而百亡？吾固弗得而知兮，兹涕泗而徜徉。嗟道之衰兮，異〔一五〕類蠹侵而日昌。嗟越之雄兮，豈微一丈夫之勇剛。如可贖兮，雖萬金可捐萬室可償。胡恬夷而莫醜兮，徃徃助資其棟梁。聊捐文於山之側兮，將鑱石乎洲之堂。嗟嗟越人，窮千萬春兮，宜吾文之弗忘。

解雨送神曲

李　常

怒風兮揚塵，日爍石兮將焚。水泉竭兮厚地裂，嘉穀槁兮孰薅且耘？神龍兮靈壑，挹清波兮幽瀆。鳴鼉鼓兮舞神覡，庶下鑒兮霈祥氛。觸石兮山巔，儵四騖兮天邊。驚霆怒兮電熾，翻河漢兮繩懸。黍離離兮發嘉穗，壠高下兮水潺湲。謹吾人兮拜貺，請奉事兮無有窮年。椒醑甘兮牲幣潔，如肸蠁兮爲之踟躕。瞻前山兮嵯峨，肅旂旆兮先驅，咽簫笳兮擁歸輿。

指去路兮縈紆。神德大兮報無以稱，徒感涕兮長吁。

超然臺詞

文同

方仲春之盎盎兮，覽草木之菲菲。胡怫鬱於余懷兮，悵獨處而無依。陟危譙以騁望兮，丘阜摧萎而參差。窮莽蒼以極視兮，但浮陽之輝輝。忽揚飈以晦沫兮，灑氣霾於四垂。躋余之所行兮，溷溷其安之？蛻余神以遐騖兮，控沆寥而上馳。闢晻曖以涉澒洞兮，揮霓旌而掉雲旗。攡長彗以夭矯兮，從宛虹之委蛇。曳彩旒以役朱鳳兮，駕瓊輈而驅翠螭。涉横潢以出没兮，歷大曜而蔽虧。翀萬里以一息兮，俯九州而下窺。

有美一人兮在東方，去日久兮不能忘。凛而潔兮岌而長，服忠信兮被文章。中皦皦兮外琅琅，蘭爲襟兮桂爲裳。儼若植兮奉珪璋，戢光耀兮祕芬芳。賈世用兮斯卷藏，遊物外兮肆猖狂。余將從之兮遥相望，回羊角兮指龍吭。轉嵎夷兮蹴扶桑，笴參山兮聊徜徉。下超然兮拜其旁，顧有問兮言非常。忽掉頭兮告以祥，使余脱亂天之罔兮解逆物之韁。已而釋然兮出有累之場，余復僊僊兮來歸故鄉。

濂溪詩

黄庭堅

春陵周茂叔，人品甚高，胸中灑落，如光風霽月。好讀書，雅意林壑，初不爲人窘束世故。

權輿仕籍，不卑小官，職思其憂。論法常欲與民，決訟得情而不喜。其爲少吏，在江湖郡縣，蓋十五年，所至輒可傳。任司理參軍，運使以權利變具獄，茂叔爭之不能，投告身欲去，使者歛手聽之。趙公悦道，號稱好賢。人有惡茂叔者，趙公以使者臨之甚威，茂叔處之超然。其後廼寤，曰：『周茂叔，天下士也。』薦之於朝，論之於士大夫，終其身。其爲使者，進退官吏，得罪者自以不冤。中歲乞身，老於湓城。有水發源於蓮花峰下，潔清紺寒，下合於湓江，茂叔濯纓而樂之，築屋於其上，用其平生所安樂，媲水而成名，曰濂溪。與之游者曰：『溪名未足以對茂叔之美。』雖然，茂叔短於取名，而惠於求志；薄於徼福，而厚於得民。菲於奉身，而燕及煢嫠；陋於希世，而尚友千古。聞茂叔之餘風，猶足以律貪，則此溪之水，配茂叔以永久，所得多矣。茂叔諱惇實，避厚陵，奉朝請，名改惇頤。二子壽、燾，皆好學承家，求余作濂溪詩，思詠潛德。茂叔雖仕宦三十年，而平生之志終在丘壑，故余詩詞不及世故，猶髣髴其音塵。

溪毛秀兮水清，可飯羹兮濯纓。不漁民利兮，又何有於名？絃琴兮觴酒，寫溪聲兮延五老以爲壽。蟬蛻塵埃兮玉雪自清，聽潺湲兮鑒澄明。激貪兮敦薄，非青蘋白鷗兮誰與同樂？

津有舟兮蕩有蓮，勝日兮與客就閒。人聞挐音兮不知何處散髮醉，高荷爲蓋兮倚芙蓉以當妓。霜清水寒兮舟著平沙，八方同宇兮雲月爲家。懷連城兮珮明月，魚鳥親人兮野老同社而爭席。白雲蒙頭兮與南山爲伍，非夫人攘臂兮誰余敢侮？

明月篇贈張文潛

黄庭堅

天地具美兮生此明月，陞白虹兮貫朝日。工師告余曰斯不可以爲佩，棄捐櫝中〔一六〕兮三歲不會。霜露下兮百草休，抱此耿耿兮與日星遊。山中人兮招招，耕而食兮無卹。榛艾蓁蓁前吾牛兮，疻不可更抶。淺耕兮病歲，深耕兮石嬰耜。登山兮臨川，雉得意兮魚樂。小風兮吹波，從其友兮尾尾。日下兮川逝，射雉兮喪余一矢。佳人兮潔齊，悵何所兮行媒。南山有葛兮葛有本，我羞餔兮以君之鉏來。

秋風三疊寄秦少游

邢居實

秋風夕起兮白露爲霜，草木憔悴兮竊獨悲此衆芳。明月皎皎兮照空房，晝日苦短兮夜未央。有美一人兮天一方，欲往從之兮路渺茫。登山無車兮涉水無航，願言思子兮使我心傷。

秋風淅淅兮雲溟溟，鵂梟晝號兮蟋蟀夜鳴。歲月徂邁兮忽如流星，少壯幾時兮老冉冉其相仍。展轉反側兮從夜達明，悵獨處此兮誰適爲情？長歌激烈兮涕泣交零，願言思子兮使我心怦。

秋風浩蕩兮天宇高，群山逶迤兮溪谷寂寥。登高望遠兮不自聊，駕言適野兮誰與遊遨？空原無人兮四顧蕭條，猿狖與伍兮麋鹿爲曹。浮雲千里兮歸路遥，願言思子兮使我心勞。

華清宮詞五首

田晝

帝將汰兮般樂，睠名山兮華薄。羌誰爲兮雲中，眇宮殿兮戌削。飛檐兮轆轆，繡桷兮錯棁。颾壁門兮釦砌，承桂柱兮璇跋。梅有壇兮椒有苑，燠芳蓮兮水澹澹。晞組岫兮晃朗，建明珠兮直上。彤樓兮綠閣，瑶壇兮羽幄。犬羊兮西清，鹿得名兮山客。殷復殷兮夷城駕，繚復繚兮女墻下。儼龍旃兮鳳蓋，怳而明兮忽而曖。與女獵兮河曲，金爲羈兮玉爲勒。與女席兮天涯，霓爲裳兮羽爲衣。望夫君兮余思，樂不極兮告我以不歸。悵千秋兮若此，時不可兮屢得。

有美一人兮心所歆，被姣服兮躡纖〔一七〕英。朝與出遊兮夜忘歸，山之樊兮羅百司。鉤膺兮陸續，五貴般兮相屬。沫驪駒兮鶩寶軸，諸娣從之兮兩大國。犀屏兮象筵，墮珥兮委鈿。捐珠琲兮霧散，裛蘭氣兮宛延。霞冠兮翠珮，粲〔一八〕巾幱兮雲之際。合衆豔兮儵爚，轉清矑兮流涕。歙音兮眇眇，芳塵兮縹縹。騁祕樂兮天中，播鐘簴兮夾陳。龜盤兮羯鼓，塤篪高張兮紛緜緜而來下。奄四海兮黷侈，君之心兮未已。邑里移兮朝會遷，光葳蕤兮列貂蟬。顧文葆兮贔屭〔一九〕，悄不愕兮不言。障〔二〇〕王座兮金雞，錫之帶兮十圍。夫人自秉兮美質，蹇何爲兮爾疑？

浴芳華兮瑶池，待夫人兮未來。忽中變兮偃蹇，拓九關兮洞開。鬱勃兮駓駓，策駿駿〔二一〕兮奔螭。摐鉦鼓兮蔽野，戈鋋動兮拂霓。操吾矛兮反吾逐，兵接腋兮車接轂。帝順動兮將焉薄，屠雲駒兮徹豐屋。龍轙兮華輈，和鑾兮啾啾。擁周衛兮失次，旂旗紛兮九斿。臣鄰兮嬪御，佂攘兮載路。鈿扇兮褕翟，魚須笏兮赤繶舄。騰駕君兮逶遲，慿余怒兮不夷。踠美人兮道曲，悵羽袖兮襳襹。朝弛鞅兮山阿，夕流憩兮江滸。折瓊枝兮蕙茝，將以遺兮無所。歌汾寫兮悲秋，風邑邑兮余愁。欸與爾兮目結，心騷屑兮顧懷。

天兵合兮讋群兇，銷氛沴兮奏膚公。皇穆穆兮來歸，盍將欸[二二]兮層宫。秋風兮颸颸，紅實兮離離。泯無人兮跡絶，敞[二三]紫殿兮金扉。霜霑庭兮月侵墀，蹇罘罳兮失玻瓈。愴石溜兮激激，濯芳葩兮儼如昔。錦鳬兮繡鴦，思柔匹兮妍嫮。溟海阻兮太息，魂之來兮秋之夕。涕煢煢兮增悲，敕所思兮爲余緊[二四]之。解幃袂兮玉體，謂芬馨兮可佩。捉[二五]而衽兮原中，遺而履兮行路。覽故處兮猶疑，徙丹楹兮延佇。

秣余馬兮脂余車，歲二月兮西南徂。登朝元兮騁望，興廢忽兮愁予。龍垌兮亹亹，清川兮瀰瀰。浮緑樹兮中天，非雲非煙兮眇如。薺蔚豐壤兮氣冲融，疇隴静兮芳卉明。灼袨服兮雅豔，發組繪兮鮮榮。祥光兮繞繚，紅霓廻氛兮海收潦。軼咳語兮層穹，薄飛欒兮下眺。撫華清之巨麗兮，孰轉踵而失之？望秦陵之坡陁兮，羗鬱鬱而蔽之。驪之山兮畢之原，丘纍纍兮草芊芊。諒前世兮俱盡，余又悲兮有唐。

校勘記

〔一〕「以」，麻沙本作「爲」。
〔二〕「髓」，麻沙本作「躰」。
〔三〕「軼」，麻沙本作「軫」。宋本《東坡集》作「軼」。
〔四〕「溟」，麻沙本作「海」。宋本《東坡集》作「溟」。
〔五〕「挽」，麻沙本作「攙」。《嘉業堂叢書》本《廣陵集》作「挽」。
〔六〕「去」，底本、麻沙本無，據《嘉業堂叢書》本《廣陵集》補。
〔七〕「岳」，麻沙本作「丘」。
〔八〕「逝」，麻沙本作「遊」。
〔九〕「撫」，麻沙本作「舞」。
〔一〇〕「肌」，麻沙本作「肥」。清《武英殿聚珍版叢書》本《彭城集》作「肥」。
〔一一〕「幽」下，麻沙本有一「明」字。清《武英殿聚珍版叢書》本《彭城集》無。
〔一二〕「中土」，底本作「土中」，據麻沙本改。清《武英殿聚珍版叢書》本《彭城集》作「中土」。
〔一三〕「敢」，麻沙本作「莫」。清《武英殿聚珍版叢書》本《彭城集》作「或」。
〔一四〕「於」，麻沙本作「辭」。疑底本「晉王右軍宅於越之蕺山，爲浮圖」有脱字。麻沙本「辭」字，似當在「爲浮圖」前。
〔一五〕「異」下，麻沙本有一「姓」字。
〔一六〕「中」，麻沙本作「木」。宋乾道本《豫章黄先生文集》作「中」。

〔一七〕「躡纖」，麻沙本作「纖躡」。

〔一八〕「粲」，麻沙本作「壑」。

〔一九〕「贔屭」，麻沙本作「屓贔」。

〔二〇〕「障」，麻沙本作「陣」。

〔二一〕「駿駿」，底本作「駮駮」，據麻沙本改。

〔二二〕「欵」，麻沙本作「疑」。

〔二三〕「敞」，麻沙本作「敝」。

〔二四〕「繄」，麻沙本作「翳」。

〔二五〕「捉」，麻沙本作「促」。

新校宋文鑑卷第三十一

校者按：底本爲刻卷，據六十四卷本（缺第十六頁）、麻沙本刻卷校改。

詔

幸西京詔

盧多遜

定鼎洛邑，我之西都，燔柴泰壇，國之大事。況削平江表，底定南方，惟率土之混同，自上天之鑒祐。内慙涼德，感是洪休，得不罄以恭虔，申其告謝？睠惟京而西顧，兆陽位於南郊。豆籩陳有楚之儀，黍稷奉惟馨之薦。朕今暫幸西京，取四月内選日，有事於圓丘，宜令有司，各揚其職。禮容儀衛，典故在焉，祇事肅成，無或煩擾。諸道州府，不得以進奉爲名，輒有率斂。凡在中外，當體予懷。

祖宗升配詔

宋綬

朕聞王者奉宗廟，貴功德。禋天祀地，則有侑神作主之尊；審諦合食，則有百世不遷之重。朕以寡薄，獲承天序，寔賴先烈，汔臻治平。懼不能揚祖宗之休，丕顯懿鑠，夙夜惟念，弗遑寧居。恭以太祖皇帝，奮淳耀之精，輯樂推之運。屬五代澆季，中華剖裂，英威一震，罔不率俾。夷僭黜暴，皇綱再張。革其桀驁，納諸軌度，規摹閎遠，詒萬世法。太宗皇帝，躬盛聖之資，乃膺繼體。及來閩、粤，復汾、晉，方夏一統，尉候萬里。興文教，拔群材，思皇政經，憂勞庶務。惠澤漸漬，浹人骨髓。真宗皇帝，欽明孝熙，恢纘鴻緒，勤儉以率下，哀矜以謹刑。撫和二邊，兵不復用，民靡知役，物遂其生。因時昭泰，憲章考古，登封巡祭，聲明焯耀。享國多載，仁恩溥博。昔商、周之際，則長發大禘，嚴父配天。逮於漢氏，亦能尊二宗，立廟樂，朕甚慕之。肆我藝祖之受天命，建大業，可謂有功矣。二聖繼統，重雍累洽，可謂有德矣。其令禮官，稽按典籍，辨崇配之序，定二祧之位。中書門下，審加詳閲，稱朕意焉。

賜中書門下詔

歐陽脩

朕纘承丕基，撫有方夏，謂教之不可以家至，而行之每務於身先。惟是儉勤，敢忘勉勵？期與群庶，臻於富康。而人殆久安，驕於佚欲；物豐太盛，耗以浮虛。苟奉養以自私，忘僭奢之爲戾。士民交黷，貴賤靡分。惟其彊力之能，無復等威之制。考於著令，雖有舊章，顧在攸司，鮮聞用法。民遂安於常習，弊罔革以滋深。紀綱既紊於度程，風俗以至於流蕩。俾朕有欲治之意，不能副余之誠心，而民多自陷之愚，未免煩余之訓導。夫令信由於貴始，下化先於上行。眷予一二之臣，其率庶工而警職，俾爾多方之衆，勿踰常憲一作法以干刑。庶漸革於侈風，以共趨於治路。凡居室之制，器用之度，冠服之章，妾媵之數。其令中外臣庶，遵守前後條詔。如有違犯，仰御史臺，及開封府，糾察聞奏。其諸路州軍，即委轉運使，提點刑獄臣寮，及逐處長吏施行。布告中外，咸使聞知。

皇太后還政議合行典禮詔　歐陽脩

朕頃以嗣承大統，方執初喪，過自摧傷，遂嬰疾恙。皇太后尊居母道，時遘家艱〔一〕。閔余哀荒，俯徇誠請，勉同聽覽，用適權宜。賴保護之勤劬，獲清明而康復。恭惟坤德之至静，實厭事機之久煩。殆此彌年，薦承諄誨，顧寔繁於庶政，難重浼於睿慈。然而方國多虞，則共濟天下之務；惟時無事，亦宜享天下之安。先民有言，無德不報。雖日以三牲之養，未足盡於予心；而刑於四海之風，必務先於孝治。惟是事親之禮，蓋存有國之規，當極尊崇，以稱朕意。應合行儀範等事，令中書、門下、樞密院參議以聞。

通商茶法詔　歐陽脩

古者山澤之利，與民共之。故民足於下，而君裕於上，國家無事，刑罰以清。自唐末流，始有茶禁，上下規利，垂二百年。如聞比來，爲患益甚。民被誅求之困，日惟咨嗟；官受濫惡之入，歲以陳積。私藏盜販，犯者實繁，嚴刑峻誅，情所不忍。使田閭不安其業，商賈不通於行。

嗚呼！若兹是於江湖間幅員數千里爲陷穽，以害吾民也。朕心惻然，念此久矣，間遣使者，往就問之。而皆讙然，願弛榷法，歲入之課，以時上官。一二近臣，件析其狀，朕嘉覽於再，猶若慊然。又於歲輸，裁減其數，使得饒阜，以相爲生。剗去禁條，俾通商賈，歷世之弊，一旦以除。著爲經常，弗復更制，損上益下，以休吾民。尚慮喜於立異之人，緣而爲姦之黨，妄陳奏議，以惑官司。必寘明刑，用戒狂謬，布告遐邇，體朕意焉。

求直言詔

韓　維

朕涉道日淺，晻於致治，政失厥中，以干陰陽之和。乃自冬迄春，旱暵爲虐，四海之内，被灾者廣。間詔有司，損常膳，避正殿，冀以塞責消變。歷日滋久，未蒙休應，嗷嗷下民，大命近止。中夜以興，震悸靡寧，永惟其咎，未知攸出。意者朕之聽納不得於理歟？獄訟非其情歟？賦斂失其節歟？忠謀讜言，鬱於上聞，而阿諛壅蔽以成其私者衆歟？何嘉氣之久不效也？應中外文武臣寮，並許實封，直言朝政闕失。朕將親覽，考求其當，以輔政理。三事大夫，其務悉心交儆，成朕志焉。

賜中書門下置寶文閣學士待制詔

張方平

昔我藝祖，神武不殺，誕昌寶祚。太宗修文德以光大業，真宗崇儒術以承休命，仁宗善繼謨烈，化成治定。咸有述作，焕於簡編，河漢昭回，奎壁相照。迺規層構，邃在西清，憲上帝藏書之府，章累朝稽古之盛。並揭嘉名，以登畯望，俾服凝嚴之職，因爲咨訪之地。誠聖哲之遠業，熙洽之高致也。仁祖升遐，先皇纂御，首命近列，論次遺文。鈿軸寶函，未終繙録，白雲紫氣，遽復上賓。今告畢功，甫將安奉。大訓九歌之重，垂世共長；廣内祕室之藏，貽謀無極。祗循故事，適成先志。寶文閣宜置學士、直學士、待制，著於令。

禁内降詔 胡宿

朕紹承駿烈，祗服先猷，蹈道以臨庶邦，慎憲而持大柄。馭之予奪，正以賞刑，悉任至公，靡容紊法。比有憸幸，肆興妄圖，或違理覬恩，或負罪希貸。率求内出，間亦奉行，蠹政虧風，莫斯爲甚。雖屢頒於詔約，曾未絶於私祈。兼慮臣庶之家，近貴之列，交通請託，巧詐營爲。重念陰致貨賕，密輸珍玩，寅緣結納，侵撓權綱。方務澄清，當嚴禁詰，儻復違犯，斷在必行。重念成湯以六事責躬，女謁包苴之先戒，管氏以四維正國，禮義廉耻之具張。矧宗祀之涓成，屬祥釐之均被。嘉與中外，絀此非衺，勉於自新，以隆至治。今後應内降指揮，特與恩澤及原減罪犯者，並仰中書、樞密院，并所承受官司，具前後詔條執奏，不得施行。及臣庶家，如有潛行貨賄結託貴近者，並令御史諫官，覺察論奏。咨爾丞弼，體朕意焉。

立皇子詔

王　珪

人道親親，王者之所先務也。蓋二帝之隆，治繇兹出，朕甚慕之。右衛大將軍岳州團練使宗實，皇兄濮安懿王子，猶朕之子也。少鞠於宫中，而聰知仁賢，見於夙成。日者選於宗子近籍，命以治宗正之事。使使者數至其第，廼崇執謙退，久不受命，朕默然有嘉焉。朕蒙先帝遺德，奉承聖業，罔敢失墜。夫立愛之道，自親者始，固可以厚天下之風，而上以嚴夫宗廟也。其以宗實爲皇子。

爲雨災許言時政闕失詔

王　珪

蓋聞古之聖賢在位，陰陽和，風雨時，日月光，星辰静。黎民阜蕃，以底休平，朕甚慕之。朕猥以眇身，託於王公之上，夙夜以思，惟懼不能以承先帝鴻業。而比年以來水潦爲沴，廼八月庚寅大雨。京師室廬墊傷，被溺者衆，大田之稼，害於有秋。竊迹灾變之來，曾不虚發，豈朕之不敏於德，而不明於政歟？將天下刑獄滯冤，賦繇煩苦，民有愁歎亡聊之聲，以奸其順氣歟？不然，則何天戒之甚著〔二〕也！今飭躬焦思，欲銷復大異，而未聞在位者之忠言，進祈自新，厥路何繇焉？應中外臣寮，並許上實封。言時政闕失及當世之利病，可以佐元元者，悉心以陳，毋有所諱。執政大臣，皆朕之股肱，其協德交修，以輔朕之不逮。

封太祖皇帝後詔

王珪

昔我藝祖皇帝之興，以天發之期，兵未始一血刃，而卒再造區夏。其大謀盛烈，被諸萬世，而莫高焉。朕奉承聖緒，夙夜不敢康。乃顧後之子孫，寖微弗顯，而有司未嘗議封爵之文，豈朕所以尊大統推親親之意哉？且積厚者其流遠，施大者其報豐。宜令中書門下，考大宗之籍，以屬近而行尊者一人，裂土地而王之。使常從獻於郊廟，世世勿復絶。

皇太后付中書門下還政書

王珪

日者昊天不弔，先帝上賓，遽揚末命之言，方結未亡之痛。而皇帝踐祚之始，銜哀過情，忽傳詔於外廷，請預聞於庶政。載念承邦之重，累申還辟之文。皇衷未回，群聽猶鬱。顧人子之誠雖至，然國家之事靡安。況日聽治朝，躬發神明之斷；出馳禁蹕，衆聞輿馬之音。百姓莫不交欣，三靈以之薦祉。吾嘗視前史之戒，思累聖之圖。將退飭於母儀，庸進彊於君德，從容房闈，不亦美歟！昨權同聽政事，候皇帝康復日如舊。去歲兩曾降手書還政，輔臣等並於皇帝御前納下。今來聖躬已安好，其軍國事更不同處分，故兹示諭，宜體至懷。

太皇太后賜門下詔

蘇　軾

皇帝嗣位，於兹四年，華夷來同，天地並應。而皇太妃以恭儉之德，鞠育之恩，雖典册以時奉行，而情文疑有未稱。皇帝以祖考之奉，尊無二上，而吾惟《春秋》之義，母以子貴。其推天下之養，以慰人子之心。宜下禮部太常寺討尋，如於典故有褒崇未盡事件，令子細開具聞奏。

太皇太后賜門下詔

蘇　軾

官冗之患，所從來尚矣，流弊之極，實萃於今。以闕計員，至相倍蓰。上有久閑失職之吏，則下有受害無告之民。故命大臣，考求其本，苟非裁損入流之數，無以澄清取士之源。吾今自以眇身，率先天下，永惟臨御之始，嘗敕有司。蔭補私親，舊無定限，自惟薄德，敢配前人？已詔家庭之恩，止從母后之比。今當又損，以示必行。夫以先帝顧託之深，天下責望之重，苟有利於社稷，吾無愛於髮膚。矧此恩私，實同毫末。忠義之士，當識此誠，各忘内顧之心，共成節約之制。今後每遇聖節大禮生辰，合得親屬恩澤，並四分減一，皇太后皇太妃準此。

合祭天地詔

范祖禹

朕聞五帝不相沿樂，三王不相襲禮，世有損益，因時制宜。惟我祖宗，嚴奉郊廟，當遣官攝事，皆考合於前文。唯奠玉親祠，自裁成於大禮。每以三歲，對越二儀，咸秩百神，大賚四海。迄先帝元豐之末，講方丘特祭之儀，蓋將補一代之闕容，振百王之墜典。朕惟菲德，嗣守丕基。列聖已行，謹當遵奉，先朝未舉，懼不克堪。是以昔歲仲冬，竭誠大祀，神祇饗答，祖考燕寧。前詔有司，載加集議，猶欲咨度諸儒之論，稽參六藝之文。然理既不疑，則事無可議。斷自朕志，協於僉言，祇率舊章，永爲成式。今後南郊合祭天地，依元祐七年例施行，仍罷禮部集官詳議。

元符日食求言詔　　曾　肇

朕以眇身，始承天序，任大責重，罔知攸濟。永惟四海之遠，萬幾之煩，豈予一人，所能徧察？必賴百辟卿士，下及庶民，敷奏以言，輔予不逮。矧太史前告，天將動威，日有食之，期在正月。變異甚鉅，殆不虚生，夙夜以思，未燭厥理。將以彌綸初政，消弭天菑，非藥石之規，孰開朕聽？況今周行之内，人有所懷；芻蕘之中，言亦可採。凡朕躬之闕失，若左右之忠邪，政令之否臧，風俗之媺惡。朝廷之德澤有不下究，閭閻之疾苦有不上聞。咸聽直言，毋有忌諱。朕方開讜正之路，消壅蔽之風。其於鯁論嘉謀，唯恐不聞；聞而行之，唯恐不及。其言可用，朕則有賞；言而失中，朕不加罪。朕言惟信，非事空文，尚悉乃心，毋悼後害。應中外臣僚以至民庶，各許實封言事，在京於合屬處投進，在外許於所在州軍附遞以聞。布告邇遐，咸知朕意。

賜夏國主詔

韓琦

昨以夏國累年以來，數興兵甲，侵犯疆陲，驚擾人民，誘迫熟户。去秋乃復直叩大順，圍迫城寨，焚燒村落，抗敵官軍。邊奏屢聞，人情共憤。群臣皆謂夏國已違誓詔，請行拒絕。先皇帝務存含恕，且詰端由，庶觀逆順之情，以決衆多之論。逮此遜章之禀命，已悲仙馭之上賓。朕纂極云初，包荒在念，仰循先志，俯諒乃誠。既自省於前辜，復願堅於永好。苟奏封所叙，忠信無渝，則恩禮所加，歲時如舊。安民保福，不亦休哉！

賜觀文殿學士禮部尚書王舉正乞致仕不允詔

歐陽脩

夫朝廷之廣大，賢雋之衆多，必有皤然耆壽之臣，以當上所優禮之異。或事思所訪，則有老成，俾時之式瞻，以爲人望。故禮雖七十，猶有不得謝者焉。卿懿文高行，有君子之風，清節令聞，爲當世所重。閲書祕殿，日侍清閑，進讀經筵，坐論道德。固非有官司之責，筋力之勞，宜思少安，副我眷待。

賜夏國主詔

歐陽脩

朕嗣守丕圖，日新庶政，方推大信，以協萬邦。思與藩屏之臣，永遵帶礪之約。矧勤王而述職，固奕世以推誠。而近年以來將命之使，或不體朝廷之意，罔循規矩之常，多於臨時，率爾改作。既官司之有守，致事體以難從。且下脩奉上之儀，本期效順；而君有錫臣之寵，所以隆恩。豈宜一介於其間，輒以多端而生事？在國家之撫御，固廓爾以無疑，想忠孝之傾輸，亦豈欲其如此？故特申於旨諭，諒深認於眷懷。今後所遣使人，更宜精擇，不令妄舉，以紊彝章。所有押賜、押伴使臣等，亦已嚴行戒勵，苟有違越，必寘典刑。載惟信誓之文，炳若丹青之著，事皆可守，言貴弗違。毋開間隙之萌，庶敦悠久之好。

賜南平王李德政曆日詔

宋　祁

頒曆之義，以初爲常，俾一天下之歸，用謹人時之授。以卿列壤南裔，率職本朝，宜我恩化，慰彼黎庶。每屬歲元之會，必棨廟朔之藏。朕亦推處璣〔三〕祥，裁輔舒慘，申命太史，分次左方。宜案象以奉行，表布和之胥洎。特兹馳錫，勿怠欽承。

賜判永興軍韓琦再乞相州不允詔

王安石

卿當國家之多難，任社稷之至憂，實能忠勤，以濟勳績。方均逸豫，適此外虞。煩我元功，良非得已，亦惟體國，義不辭勞。今雖尚謀經武之時，非有蒐兵伐罪之事。坐臨諸帥，固可優游，何必舊邦，乃能休養？勉綏居息，以副倚毗。

賜守司徒檢校太師兼侍中韓琦詔

王安石

便道之鎮，朝廷故常，來朝京師，朕意所欲。使事曲折，既當聞知，忠言嘉謨，又所飢渴。雖知勤勤，可不勉哉！

賜富弼乞判汝州允詔

王安石

比飭使人，具宣至意，就令賜告，冀遂寧瘳。卿嚴祗朕命，不敢遑息。顧念吏卒，閔其久留，觸熱載馳，用忘勤勩。恭以事上，卿實有之，仁及賤微，又能如此。忠誠所惻，豈獨朕心？從容小邦，姑以養福，勉綏吉禄，毋恤後艱。

賜知亳州歐陽脩乞致仕不允詔二道

王安石

股肱名臣，與國同體，禮當得謝，朕尚難之。況年非告老之時，而勳在受遺之籍。不留屏輔，人謂斯何？ 姑體至懷，少安厥位。

卿勳德之舊，簡在帝心，從容一州，足以休養。而抗奏至於四五，必以田里爲歸。豈朕視遇故老有不足於禮乎，何其求去之果也？ 欲喻至意，莫知所言，惟能勉留，實副勤佇。

賜答曾公亮詔　王安石

眚烖變異，以戒人君，推之股肱，朕所不敢。元勳舊德，實賴交脩，譴告之來，必緣象類。明諭朕志，使當天心，庶幾君臣，並受遐福。不務出此，而果於辭權，是惟保身，豈曰謀國？

賜特放知潭州燕度待罪詔　王安石

卿受命方隅，助宣德化。姦宄弗率，乃觸大誅，引慝自歸，謂當譴黜。萬方有罪，責在朕躬，雖爾長民，豈專任此？

賜宰臣韓琦不赴文德殿立班待罪不允詔　王珪

天子之御正朝，久而未講；宰相之班百辟，後亦從隳。撫臺簡之忽陳，規邦彝之浸略。蓋延英賜對，每除中昃之咨；故宣政留班，不及大昕之謁。矧在職之匪懈，奚引愆而靡寧？宜斥細嫌，用綏素矚。

賜河陽三城節度使兼侍中曾公亮乞免册禮允詔　王珪

天子臨軒拜三公，其禮舊矣。今朕以上公之秩，加於元臣，方戒有司，卜日而册授之。乃援比固辭，不能爲朕引紱廷下。吁！其禮何時而可復邪？雖用勉從，則匪朕心之懌。

賜判亳州富弼乞罷使相不允詔

王　珪

朕初臨丕基，首撰大吏，方勞精而共務，忽引疾以屢辭。去雖踰於歲年，念不舍於朝夕。適覽奏函之葴，又將使衮之還。且重禄所以賦上賢，樂郡所以優舊德。宜收曲慮，終保高名。

賜吳奎免恩命不允詔

王　珪

天子惟君萬邦，建時百辟，以祗迪於乃事。矧曰左右之臣，以朝夕承乂乃辟，予敢有弗欽，爾克懋乃猷。兹庸命爾圖厥政，爾乃陳所以固辭朕命者三。朕思有虞之世，群臣皆讓，亦莫安厥位，終敕之曰：『俞，汝往哉！』爾弗逖聞於前人，其率時訓惟厥中。嗚呼！慎爾止，毋倚乃身，乃罔弗孚於休。

戒諭夏國主詔

王　珪

維乃祖考，克有西土，世爲漢藩輔。今爾弗蹈於前烈，廼竊署重爵，以使奉幣於朝。方邊吏拒還，乃復稽留境上，不及廷見之期。洎朕親擥貢函，而僭我王命，實如所聞。朕疑風俗荒遠，未達朝廷之儀。雖然，棄信慢常，誼不可長。其務思先世之約，以保綏於斯民，毋忽是圖，以奸我有邦之罰。今後所差使人，即不得僭儗。

賜王廣淵張詵奬諭詔　元絳

洮岷之役，師旅載興。維予信臣，一廼忠力，百爾調發，並濟厥須。告凱奏功，實緊佽助，特加褒寵，有腆分頒。宜體眷懷，益圖來效。

賜新除落致仕依前光禄大夫范鎮赴闕詔　蘇軾

夫有德君子，以精神折衝，譬之麟鳳，能服猛鷙。朕虛懷前席，以致諸老，非敢必以事諉也。苟得黄髮之叟，皤然在位，則朝廷尊嚴，姦宄消伏。卿雖篤老，乃心王室，毋憚數舍之勞，以副中外之望。

賜尚書刑部侍郎范百禄乞外任不允詔　蘇軾

成王命君陳：『商民在辟，予曰辟，爾惟勿辟；予曰宥，爾惟勿宥，惟厥中。』古之有司與天子相可否蓋如此，而況公卿之間，議有異同，而不盡其説哉？例在中書，與在有司，固宜審處，歸於至當。而卿遽欲以此去位，非古之道也。其益修厥官，以稱朕意。

沿路賜奉安神宗皇帝御容禮儀使吕大防銀合茶藥詔　　蘇　軾

於赫神考，如日在天，雖光明無所不臨，而躔次必有所舍。肆予命爾，祗奉此行，禮既告成，勤亦良至。感慕之外，嘉歎不忘。

賜阿里骨詔　　蘇　軾

惟爾祖先，世篤忠孝。本與夏賊，日尋干戈，亦惟恃我朝廷爵秩之隆，用能保爾子孫黎民之衆。肆朕命爾，嗣長乃師。而承襲以來，强酋外擅，爾弗能禁，恣其所爲。遂據洮城，以犯王略，陰連夏賊，約日盗邊。朕愍屬羌之無辜，出偏師而問罪。元惡俘獲，餘黨散亡，山後底平，河南綏服。朕惟率酋豪而捍疆埸，乃爾世功；叛君父而從仇讎，豈其本意？庶能改過，未忍加兵。果因物以貢誠，願洗心而效順，爾既知悔，朕復何求？已指揮熙河路，更不出兵，及除已招納到部族外，住罷招納。依舊許般次往來買賣，及上京進奉。爾宜約束種類，共保邊陲，期寵禄於有終，知大恩之難再。勿使來款，復爲虚言。

賜正議大夫知鄧州蔡確乞量移弟碩允詔　　蘇　軾

以義責備，《春秋》有失教之譏；以情内恕，詩人有將母之念。碩之得罪，事在有司，難以貴近之親，而廢朝廷之典。及觀來請，有槩予心。重違『兄弟急難』之詞，以傷人子奉養之意。

賜端明殿學士銀青光禄大夫致仕范鎮獎論詔

蘇　軾

朕惟春秋之後，《禮》《樂》先亡；秦漢以來，《韶》《武》僅在。散樂工於河海之上，徃而不還；聘先生於齊魯之間，有莫能致。魏晋以下，曹鄶無譏，豈徒鄭衛之音，已雜華戎之器。間有作者，猶存典刑。然銖黍之一差，或宫商之易位。惟我四朝之老，獨知五降之非，審聲知音，以律生尺。覽《詩》《書》之來上，閱簨簴之在廷，君臣同觀，父老太息。方詔學士大夫論其法，工師有司考其聲，上追先帝移風易俗之心，下慰老臣愛君憂國之志。究觀所作，嘉歎不忘。

賜觀文殿大學士集禧觀使蘇頌乞致仕不允詔

范祖禹

祖宗以來，貴德尚齒。鼎槐之老，莫不眷留，班於大廷，表儀百辟。卿向繇省轄，進涖宰司。深執㧑謙，懇求去位，置使祠館，勉徇雅懷。已退處於丘園，尚何殊於田里？矧卿筋力克壯，聰明不衰，中外所瞻，足以重國。體兹至意，無或費辭。

賜新除觀文殿大學士中太一宫使范純仁令赴闕供職詔

曾　肇

卿三朝元老，四海具瞻，出處爲邦國之重輕，用舍繫仁賢之消長。久置散地，宜還本朝，俾陟降於殿帷，仍總司於琳館。豈惟尊德尚齒，昭示寵優，庶幾鯁論嘉謨，日聞忠告。昔周公已老，猶在京師，留侯雖病，不去漢室。眷惟舊弼，異世同心，聞命疾馳，副朕所望。

賜宰臣韓琦請郡不允詔

呂公著

夫忘身徇國者，前志之所高；送往事君者，人臣之所勉。顧惟寡昧，矧在亮陰，永言負荷之艱，實賴股肱之助。薦披來奏，頗異予聞。謂已事於山園，必聽辭於機柄，雖末代或爾，在本朝則無。唯天聖之初，馮拯去位，非緣使領而獲罷，蓋以疾疢之匪任。卿體力素强，望實兼劭，所宜遺履謙之近節，懋經國之遠圖。深體至懷，勉綏厥位。

校勘記

〔一〕『艱』，底本作『難』，據六十四卷本改。宋慶元二年周必大刻本《歐陽文忠公集》、元本《歐陽文忠公集》作『艱』。

〔二〕『著』，麻沙本無。

〔三〕『機』，底本作『機』，據麻沙本改。

新校宋文鑑卷第三十二校者按：底本爲刻卷，據麻沙本校改。

勑

頒貢舉條制勑

歐陽脩

夫儒者通天地人之理，而兼明古今治亂之源，可謂博矣。然學者不得騁其説，而有司務先聲病章句以牽拘之，吾豪雋奇偉之士，何以奮焉？有純明樸茂之美，而無敎學養成之法。飭身勵節者，使與不肖之人雜而並進，則夫懿德敏行之賢，何以見焉？此士人之甚弊，而學者自以爲患，議者屢以爲言。朕慎於改更，比令詳酌，仍詔宰府，加之參定。皆以謂本學校以教之，然後可求其行實。先策論，則辨理者得盡其説；簡程式，則閎博者可見其材。至於經術之家，稍增新制，兼行舊式，以勉中人。其煩法細文，一皆罷去，明其賞罰，俾各勸焉。如此，則待士之意周，取人之道廣。夫遇人以薄者，不可責其厚。今朕建學興善，以尊子大夫之行，而更制革弊，以盡學者之材。予於教育之方，勤亦至矣。有司其務嚴訓道，精察舉，以稱朕意。學者其思進德脩業，以無失其時。凡所科條，可爲永制。

賜右屯衛大將軍叔韶奬諭勑

歐陽脩

朕固嘉汝，嚮學勵善，蔚然而有文，與夫習富貴之驕而樂狗馬之翫者異矣。然夫學者，所以知君臣父子之禮，出可以施於國，入可以施於家。汝其慎擇厥師，講救其闕，使言行〔一〕無過，以自遠於悔尤。夫能異於衆人，誠爲有立，必至乎君子，然後大成。汝其勉之，無或中止！

賜陝西西路沿邊經略招討都部署司勑

宋祁

朕卹軍旅之苦，寵邊陲之良，事從優寬，情無遴愛。至於常愆細過，並許功除，煩文苛法，罕由吏議。昨滕宗諒、張亢並緣事任，合給公用庫錢，俾其宴享賓僚，犒飫軍伍。而乃用度無藝，簿領失防，陽託貿營，潛有牟入。攸司言上，遣使即推。如聞逮繫頗多，鞫劾彌廣。本其冗費，寧足深誅？已罷案窮，悉令原貸。其滕宗諒等，止免一官，量降差遣。雖屈吾法，期慰士心。且夫盡用市租，美推趙將，來從我取，誼表漢臣。每慕前風，思全大體，尚慮諸道帥守，便以茲事爲懲。或損狹餼牽，或裁量藥餌。苟存畏避，謂免譏彈，胡益至公，亦非朕意。但當循經費之式，去自潤之私，取仰於官，均惠於衆。由茲底績，夫何間然？安節坦懷，毋或疑憚！

罷諸路同提點刑獄使臣置轉運判官勑

劉　敞

國家兼覆寓内，疆理天下，分州立邑，十有八路。惟吏之不平，民之失職，政之頗纇，獄之糾紛，未能獨察也。故設糾虔之司，使奉欽恤之寄，專屬朝寀，貳以武吏。誠欲審疑察枉，釋冤決滯，納民於不冤，流化於無訟。而武吏或起世家，或由軍功，文墨期會，未必深究。監司背項，適增其繁。夫非其習而望其效，違其方而冀其功，不亦難乎？其罷諸路同提點刑獄使臣，令樞密院勘會，已及二年者，即令赴闕。未及二年者，與就移合入差遣，及於河北、河東、陝西緣邊兵馬多處，相度添置路分都監，以次補用。庶幾人盡所長，官不虛受。

夫轉運使之任，所寄耳目，治財賦，集事功也。江南東西、荆湖南北、廣南東西、福建、益、梓、利、夔等十一路，此其去京師遠者萬里，近者數千里，或跨帶山海，崎嶇蠻夷。而皆一員主之，處則無與參慮，出則無與僇力。設有緩急之警，調輸之煩，機會一失，民受其弊，甚非豫慮先事之策。其各增置轉運判官一員，以三年爲一任。選差第二任以上知州資序人，候一任滿日，與提點刑獄差遣。初入知州及第二任通判資序人，候滿兩任日，與提點刑獄差遣。若居部無狀，隳職敗事，亦重行其罰。蓋士常患任之不當其材，無以見長，用之不久其任，無以就功。今朕别異文武，使得自試，選擢賢能，使得次進。吾於士大夫，可謂無負矣。其各竭力悉心，勉成功名。布告中外，咸諭朕意。

復天下州縣官職田勑

張方平

昔在先帝，詔復公田，合《王制》班禄之差，得聖人養賢之義。載原深旨，本自愛民。比者搢紳之間，屢陳利害之意。以謂郡縣受地，有無不齊，銓審除員，權利爲倖。辯競以之傷俗，因緣至於害人。故嘗命官，斷以定數，誠足蠹於浮弊，然未安於予懷。《禮》不云乎，厚禄以勸群臣，則下之報禮重。凡厥文武，仕於朝廷，雖廉素者惟士之常，而富貴者人之所欲。其全寬大之體，自有公平之制。所宜給其所未給，均其所未均，約爲等差，槩令增足。使事父母者得以致其養，畜妻子者得以致其樂，冠昏喪祭有所奉，慶恤饋問有所施。不牽私室之憂，必專公家之慮，則六計可以弊群吏之治，四方可以期衆職之修。儻自犯於有司，亦何逭於彝憲？上廣先朝之惠，示不敢渝；下俾諸臣之言，審兹自定。惟爾中外，體予所存。

條制資廕勑

張方平

《周禮》大司樂掌學政，以六藝教郡國子。漢制光禄勳典任籍，以四行察三署郎。兹其官材，本於世胄，然當辯論，必屬俊良。今廕法之所原，古典刑之是憲。惟因循之日久，寖滋蔓而倖多，敝生作法之涼，濫起推恩之過。且賞延於世，諒非及於踈宗；官惟其人，顧何取乎髫稚？曁階仕進之路，復無誨育之科。室不茨墉，田不疆畝，處不裕立身之道，出不閑從政之方。略觀貴途，良鮮舊族，此則上因朝廷法制之不立，下自父兄訓義之不孚。故俾宰司詳爲定令，使夫冢嗣先録，以篤爲後之體；支子限年，以明入官之重。設考藝之格，激之向學；立保行之條，勉令率履。前史不云，『爵禄者，天下之砥石，人君所以礪世磨鈍』。兹實用焉，庶乎位有稱職之才，朝多濟世之美。非惟爲國造士，是乃爲臣立家。咨爾具僚，知朕此指。

皇族出官勑

蘇　頌

自我祖宗，惇叙邦族。大則疏封於爵土，次則通籍於闈臺，普集京師，參奉朝請。然而世緒寖遠，皇枝益蕃。屬有親踈，則恩有隆殺；才有賢否，則禄有重輕。今而一貫於周行，是亦奚分於流别？雖睦婣之道誠廣，而德施之義未周。故廷臣數言，宰司繼請，謂宜定正，限以等彝。朕惟親戚之間，經史有訓，漢唐之世，典故具存。或以九族辨尊卑，或以五宗紀遠近。或聽推恩而分子弟，或許自試而效才能。或宗子之賢得從科舉，或諸王之女自主昏姻。盡前世之所行，顧當今之未備。況我朝制作，動法先王，豈宗室等衰，反無定著？因俾群公之合議，將爲一代之通規，載攬奏封，具陳條目。以謂祖宗昭穆，宜從世世之封；王公子孫，抑有親親之殺〔二〕。若乃服屬之既竭，洎於才藝之並優，在隨器以甄揚，使當官而勉懋。至於任子之令，通昏之儀，凡曰有司之常，一用外官之法。僉言既允，朕意何疑？告於將來，遂頒明命。噫！自義率祖，既殊升降之文；因時制宜，斯盡變通之利。咨爾宗盟之衆，固多博識之倫。奉承新書，當體朕意。

赦文

建隆登極赦文

五運推移，上帝於焉睠命；三靈改卜，王者所以膺圖。朕起自側微，備嘗艱苦。當周邦草昧，從二帝以徂征；洎虞舜陟方，翊嗣君而纂位。但罄一心而事上，敢期百姓之與能？屬以北虜侵疆，邊民罹苦，朕長驅禁旅，往殄胡塵。鼓旗纔出於國門，將校共推於天命。迫迴京闕，欣戴眇躬。幼主以曆數有歸，尋行禪讓。兆民不可以無主，萬機不可以曠時。勉徇群心，已登大寶。昔湯、武革命，發大號以順人；唐、漢開基，因始封而建國。宜國號大宋，改周顯德七年爲建隆元年。乘時撫運，既叶於謳謡；及物推恩，宜周於華夏，可大赦天下。於戲！革故鼎新，景命初隆於王室；眚灾肆赦，鴻恩普洽於民心。更賴將相王公，協謀同力，共裨寡昧，以致升平。凡爾萬方，咸知朕意。

嘉祐明堂赦文　王珪

朕承三聖之基，履四海之貴，深惟持國之日久，益念爲君之道艱。有臨聽之廑，庶以圖天下之佚；無奉養之靡，庶以資天下之豐。兢兢萬務之維微，勉勉前事之所戒。倚以左右輔弼之正，予敢有弗欽？事於上下神祇之明，予敢有弗肅？屬九穀登富，三辰昭華。象來桂海之祥，塵絶玉關之警。有邦之應，於朕豈功？恭念爲天之子者，必修報本之禮；爲人之子者，必懷追養之慕。重循菲德，屢緝曠文。頃按明堂之圖，古如路寢之制。載經斯室，載度斯筵。直大火之騂芒，乘季秋之肅氣。物無上帝之稱，非躬祠不足昭虔；聖維文考之尊，非嚴配不足盡虔孝。於時備法物之駕，服大冕之章。格靈貺於真庭，歆清德於太宇。還祇宗祀之舉，具飭純誠之將。迺神光陸離，燭於薦鬯之夕；喜氣休晏，被於燎柴之時。亶丕事之繼成，敢蕃釐之專饗？宜乎廷渙，以契天心，可大赦天下。於戲！承神之胙，既均輝耀之微；盪俗之瑕，復若風霆之布。蓋禮鉅則澤[三]之博，孝至則勸以遐。尚賴秉文之英，經武之傑，厲同寅於王室，壯大治於邦圖。共荷無疆之休，亦膺無窮之聞。

治平立皇太子赦文

王珪

王者承天立極，莫不思長世之圖。爲國建儲，所以正萬邦之本。故朕親先父子，而天下不[四]以爲愛；命發朝廷，而天下不以爲私。粤予上嗣之良，稟自日躋之聖。出而就傅，寖窮學肆之聞；入則承顔，勤至寢門之問。比疏榮於王社，益修德於天枝。顧荷丕基之艱，猶虚正體之貳。矧漢文命嫡，著於即祚之初年；且夏后立子，期以傳家於萬世。維群元之所徯，維大器之所承。式符少海之祥，宜踐東朝之位。肆顯册之丕發，嘉僉言之大同。爰契歡心，用覃曠澤，可大赦天下。於戲！文昭武穆，夙詒燕後之謀；《震》長《離》明，本有承華之象。蓋義重虖先者，禮必亟舉；慶施虖上，則惠必遐流。咨爾庶方，當體朕意。

熙寧七年南郊大赦

元絳

王者欽崇神天，嚴奉宗祏。就郊以饗，所以詔天下之恭；假廟而烝，所以教天下之孝。洪惟五聖之烈，誕輯百王之文。肆予冲人，昭事上帝。載念物無以稱，維一誠可以展大報之儀；祭不欲煩，維三歲可以述躬行之典。協會康年之順，道迎至日之長。是用朝薦殊庭，祼將太室。乃進登於陽時，以裒對於皇穹。合祛柔祇，陟配文祖，祝燧告絜，贊犧尚純。六樂變音，舞奏而諸物至；二精揚燎，煙升而萬靈交。方丕事之獲成，敢蕃禧之專饗？宜尃大號，以賚多邦，可大赦天下。於戲！意盡精禋，既秩宗祈之舉；政施惠術，亶昭慶宥之行。維時黎元，綏我德澤。尚賴謨明四近，忠藎群材，儀圖新美之功，勱相隆平之運。同底於治，永孚厥休。

元豐立皇太子赦文

鄧潤甫

父子一體也，惟立長可以圖萬世之安；國家大器也，惟建儲可以係四海之望。位序蚤定，而人莫不以爲悅；典禮亟崇，而衆罔敢以爲私。永惟上嗣之賢，寔有妙齡之譽。入而視膳，孝友見於夙成；出則好書，聰哲繇於自得。粤紹休於正統，猶虚位於東朝。廼考蓍龜之占，廼稽方册之實。載涓吉日，肇闢青宮。周家先親，不敢忘廟社之重；夏后與子，蓋以順天人之心。宜覃曠恩，徧暨群品，可大赦天下。於戲！《離》明《震》長，繇帝緒於億年；《解》吉《涣》亨，灑天仁於萬物。蓋禮之所行者大，則澤之所流者深。咨爾多方，體朕至意。

册

乾德上尊號册文

范　質

維乾德元年歲次癸亥，十一月己酉朔，十六日甲子，攝太尉守司徒兼侍中蕭國公臣質、守司空平章事臣溥、尚書右僕射平章事臣仁浦，及内外文武臣寮，馬步諸軍將校，藩郡守臣，四夷君長，緇黄耆艾等七千五百人，謹再拜稽首上言，曰：『惟天爲大，惟堯則之。』又曰：『舜有天下，無爲而理。』是以古之言道德者，莫先於二帝，一則曰『聰明文思』，一則曰『温恭濬哲』。英聲茂實，意無欲而自彰；景福鴻休，心無求而自至。巍巍蕩蕩，無得而言。伏惟皇帝陛下，高明博厚，宣慈惠和。純粹之德全，孝友之行著。惟精惟一，知微知章。向者龍尚處於潛淵，日未離於暘谷。歷試之際，志在扶危，險阻艱難，何往不濟？躍馬蹈高平之陣，麾戈佐淮甸之征。喋血鏖兵，一月三捷，勞旋飲至，論功莫二。洎乎天監厥德，用集大命，人祇叶應，風雨咸若。鼎運初建，國步猶梗。始則李筠犯順，長戟指闕，并人連禍，寇我北鄙，於是有太行之行。重進怙亂，棄德崇姦，幅員千里，生民被毒，於是有廣陵之役。千乘萬騎，如霆如雷，詢彼仇方，震疊區宇。翠華宵至，堅城旦下，連平二孽，有同符契。累朝已來，出師誅暴，未有若兹之奇速也。頃者華風不競，中國政微。五嶺三江，置諸度外，殊文異軌，六紀於兹。肇啓聖謀，驅攘寇亂，荆湖底定，南土晏然。燕薊之戎，汾晋之孽，燕巢幕上，朝不謀夕。邊事少間，理道無壅，嚴恭寅畏，一日萬幾。勤於己而泰於人，儉於躬而豐於物。明四目而高視，達四聰而遠聽。不侮鰥寡，恤天窮也；信及豚魚，遂物性也。惜力念耕耘之苦，推食閔介胄之勞。法家之流，既峻且密，乃詔大理，重正刑名。俾盡哀矜，務從寬簡。減盗竊之罪，緩鹽麴之禁。好生之德，通於神明。若乃昧爽丕顯，坐而待旦，商湯之戒慎也；側身損己，長轡遠馭，漢文之化導也。循名責實，信賞必罰，建武之法制也；果敢決斷，從善如流，貞觀之風烈也。帝王之道，於兹備矣；太平之業，於兹成矣。於是祗見清廟，致其孝享，圜丘展禮，對越上玄。一獻而天帝降祉，再獻而神人以和，三獻而萬禄攸報。祥風拂袂，休氣繞壇，熙熙怡怡，群心胥悦。國家大慶，衆庶共之，肆赦覃恩，俾民更始。與天合道謂之應天，大無不覆謂之廣；遠無不至謂之運，博施濟衆謂之仁；智周萬物謂之聖，化成天下謂之文；保大定功謂之武，其德無際謂之至德。臣等不勝大願，謹奉玉册玉寶，上尊號曰應天廣運仁聖文武至德皇帝。伏惟垂日月之明，監億兆之情，凝旒端委，昭受鴻名。如山嶽之固，如松柏之貞。乾健不息，品物咸亨，承天之祐，萬壽千齡。

封祀玉牒文

維大中祥符元年歲次戊申，十月戊子朔，二十四日辛亥，有宋嗣天子臣敢昭告於昊天上帝：啓運大同，惟宋受命。太祖開階，功成治定。太宗膺圖，重熙累盛。粤以冲人，丕承列聖。寅恭奉天，憂勞聽政。一紀於兹，四隩來暨。玄貺殊尤，禎符章示。儲慶發祥，清净可致。時和年豐，群生咸遂。爰荷顧懷，敢忘繼志？僉議大封，聿伸昭事。躬陟喬嶽，對越上玄。率禮祗肅，備物吉蠲。以仁守位，以孝奉先。祈福逮下，侑神昭德。惠綏黎元，懋建皇極。天禄無疆，靈休允迪。萬乘其昌，永保純錫。

尊皇太后册文

歐陽脩

維治平二年歲次乙巳，十一月丁巳朔，十有六日壬申，嗣皇帝臣曙謹稽首再拜言曰：臣聞昔者明王之以孝治天下者，非家至而日見也，蓋有要道焉。推所以行於己者爲天下率，盡所以奉其親者爲天下先，而四海靡然而承風矣。洪惟有宋，受命造邦，百年四聖，而小子獲承之，以繼我仁考之遺休餘烈。方與群公卿士，夙夜以思，勉其不逮，庶幾如我仁考付畀之意，以申罔極欲報之心。此固慄慄祗懼，不敢遑寧者也。顧惟眇末之質，提攜鞠育，慈仁咻煦，至於有成，自我聖母。嗣位之始，哀迷在疚，而憂勤艱難，一日萬務。協和綏靖，保祐扶持，功施邦家，亦惟我聖母。永惟至恩大德，無物可稱。是以稽參典禮，率籲群心，合志一辭，懇懇惓惓，不勝大願！謹遣攝太尉具官韓琦、司徒具官胡宿，奉玉册金寶，上尊號曰皇太后。恭惟皇太后，聖善明哲，柔閑静專。粤自正位中宫，内助先帝，陰禮修而教行，儉德著而下化。遂及萬國，先於正家。逮夫玉几受遺，遭時多難，勉徇勤請，權同聽決。而明識遠慮，動懷謙畏，深鑒漢家母后之失，訖不踐於外朝。及歸政冲人，合於《易》之『進退不失其正』之聖。是惟全節鉅美，固已超出前古，而垂法後世。宜乎盛烈播於聲詩，尊名光於典册。惟未小子，獲奉温凊。嗚呼！殫九州之富以爲養，未足盡於孝心；享萬壽之福而無疆，期永承於慈訓。臣誠懽誠抃，稽首再拜謹言。

皇后册文

王安石

維熙寧二年歲次己酉，四月丁酉朔，二十六日壬戌，皇帝若曰：自昔有天下，必擇建厥配，以承宗廟，以御家邦。肆朕受命，奉循前烈，考慎典册，以祈協於神民。咨爾向氏，懿柔淑恭，舊有顯聞。肇功唯祖，弼亮帝室，流德之澤，覃延後嗣。是産碩媛，比賢姜任。越朕初載，來嬪蕃邸，盥饋在中，率禮無違。以至嗣服，祇承内事，齋明夙夜，罔有曠失。宜崇位號，表正宫庭。今遣攝太尉推忠協謀同德佐理功臣樞密使光禄大夫檢校太傅行尚書刑部侍郎上柱國東平郡開國公食邑五千户食實封一千户吕公弼、攝司徒朝散大夫右諫議大夫參知政事護軍太原郡開國侯食邑一千一百户賜紫金魚袋王珪，持節册命爾爲皇后。夫惟興王，釐厥士女，咸自内始，達於四海。朕克勤，人用弗怠。朕克儉，人用弗奢。朕克正，人用無敢側頗僻。爾勤相朕，乃濟登兹。於戲！匪初惟艱，惟慎厥終。爾忱念兹，朕以永享天禄。爾亦豫有無疆之福，豈不韙哉！

仁宗皇帝加上徽號册文

王　珪

維元豐六年歲次癸亥，十一月壬寅朔，二日癸卯，孝孫嗣皇帝臣謹再拜稽首言曰：臣伏觀古先格王，莫不大名發於前，而大惠昭於後，其法皆本於至公而不可易。至後世臣子，又欲盡報上之道，以謂君德甚盛，其言不足以包衆美，於是有至郊加誄之文。夫欲推事存之禮，述追遠之志，則奉素享之榮號，益新紀之鴻烈。謀群公，請太室，洋洋虖際天接地而震顯之，不亦當靈心而傳古誼乎？恭惟仁宗神文聖武明孝皇帝，躬清明之資，賦神睿之略。乾行施之不息，仁性根於自然。時乘六飛，端御大器。知窮八荒而不見其迹，澤及萬彙而不居其功。爾乃簡拔畯賢，放遠邪佞，宥恕刑獄，懷保鰥寡。賞不徇所私，罰必當於理。興農桑之本務，緝禮樂之墜文。有慘怛好生之心，吏或誤入重辟，必終身見斥；有寬裕從諫之度，言者屢進狂直，必曲意見容。念兵革之傷夷，則不殺而服；念稼穡之勤勞，則罔寧於逸〔五〕。矧履天下之尊，而持之以抑畏；饗天下之富，而寶之以儉素。輿馬不聞於游盤，鐘鼓不涉於閑燕。宫室亡奢靡之飾，器服亡瓌奇之玩。加以夙夜齊㮚，事天之誠盡；霜露怵惕，念親之感深。方朝廷之久安，廼大革因循，而聖政又新；爲社稷之重計，廼前定禍亂，而皇嗣蚤立。故四十二年，仁恩川流，涵濡熏烝，格於上下。日月華，風雨均，四時和，百穀蕃。北有獷狄而不能驕，西有黠羌而不能軼。蟲魚遂性，自安川藪之游；男女潔誠，更趨耕織之樂。固有幽遐荒昧之俗，不約而子來；奇偉倜儻之瑞，不期而特見者矣。丕赫哉！憲度鴻明，聲文沛施，自載籍之傳，蓋未有休功盛業可加于兹也。重循涼菲，永念猷訓。今將欵清廟，陟紫壇，遂受厚福，以浸黎元。宜〔六〕於此時，臨彤庭，發玉版，上不敢隳祖宗之典，下不敢虧神民之情。如堯如舜，如禹如湯，豈不高一世之聞，而流萬世之聲哉！爰飭上儀，載揚景鑠。謹遣銀青光禄大夫守尚書左僕射兼門下侍郎上柱國太原郡開國公食邑七千六百户食實封二千五百户王珪，奉玉册玉寶，加上徽號曰仁宗體天法道極功全德神文聖武濬哲明孝皇帝。恭惟明德在天，臨受徽稱，維億萬年，永錫嘉祉。謹言。

立夏國主册文

王　珪

維熙寧二年歲次己酉，三月戊辰朔，十四日辛巳，皇帝若曰：於戲！昔堯合萬邦而民風和，周建列土而王業楙，若古申命，蓋國家之成法也。咨爾秉常，迪性純壹，飭躬靖虔。生禀山川之靈，舊傳弓鉞之賜。撫有西夏，尊於本朝，知事君必盡其節，知守國當保其衆。乃内發誠素，外孚誓言，質之天地而不欺，要之日月而不昧。朕用稽酌故典，表顯徽實。錫爾以茅土之封，不爲不寵；加爾以車服之數，不爲不榮。涓辰既良，備物既渥，誕舉丕册，以華一方。今遣朝奉郎守尚書司封郎中上輕車都尉賜紫金魚袋劉航、文思副使銀青光禄大夫檢校太子賓客兼御史大夫騎都尉彭城縣開國伯食邑七百户劉忲，持節册命爾爲夏國主，爲宋藩輔。夫履謙順者，靡不膺長福；懷驕肆者，靡不蹈後虞。率身和民，時乃之績。往欽哉！祗予一人之彝訓，可不慎歟！

皇后册文

李清臣

皇帝若曰：天相予祖宗，兹歷世寧康。朕既敬紹丕緒，罔作麗觀，底信内外，惟法惟式，蘄以正邦。今左右弼臣，禮儀正貳，暨族老宗婦，各虔厥事，咸鋪繹舊聞，明敭於位。曰乾施坤承，日照明儷，四時不忒，萬物用成。盍稽則象，詢考卜筮？若時元吉，正名錫服，俾長首六宫，以母天下。予惟國有故常，是何敢弗率？咨爾王氏，乃祖忠勞王家，書於太史，子孫公侯，出入藩服。惟功澤逮兹，是生碩媛，淑嫕温恭，備有嘉德。聘歸王邸，入承事皇姑，靡不若禮。上天右序予家，蚤育元子，慶在宗廟，惠賚於四方。乃以某年某月某日，遣攝太尉具官某，攝司徒具官某，賜爾皇后之寶，方寸有半，文盎螭紐。授之玉册，厥簡五十。命爾翟衣、筓纚、博鬢、黼領、大帶以朝。暨歲時將祀於東西宮，金輿朱蓋，武賁禁衛，步障行導，是惟顯哉！爾其克后職，思后道，履中體順，兹日饗多福，集大祐於厥躬。其尚佽助予治，昭聞於無窮。於戲，懋戒之哉！

仁宗皇帝哀册文

韓琦

維嘉祐八年歲次癸卯，三月癸卯朔，二十九日辛未，仁宗神文聖武明孝皇帝崩於福寧殿，旋殯於殿之西階。粤十月戊辰朔，六日癸酉，遷座於永昭陵，禮也。龍馭賓天，珠襦留殯。萬方之軌同臻，七月之期兹近。法仗已嚴，靈輴未進。風雲慘鬱以生悲，臣妾涕號而思殉。孝子嗣皇帝臣曙，接統承堯，念親晞舜。徘徊象物，驚禁從以如存；摧慕仙游，致哀誠兮必盡。繄臨奠以長辭，蓋終天之永恨。乃命弼臣，以文傳信。其詞曰：

惟宋受命，與天無疆。藝祖以武，底寧四方。神宗以文，萬邦一王。真廟紹隆，赫然其光。逮夫仁宗，益熾而昌。厥生之初，上帝惟祐。天日之表，振古未覯。色出圭璋，步嚴龍虎。其俾真人，來綏下土。元良之建，匕鬯是主。寢門之問，協若文武。嗣訓之循，纂承丕緒。左右獻言，以蒙自處。大運歸乾，獨化陶甄。進良黜姦，始章聖權。其仁如天，其度如淵。其仁伊何？得之自然。草秀而茁，蟲飛而翾。尚不忍傷，況吾民焉。惠澤之霈，滂洋幅員。物無不滋，四十二年。猗如天兮，化功則全。其度伊何？汪然莫際。巨細必容，默分誠僞。臣在言職，不知諱忌。時肆詆訐，衆嫉狂易。聖心怡然，曰此忠義。是也吾從，過焉何戾？猗如淵分，是能致治。明慎庶獄，極於哀矜。惟法所在，未嘗妄刑。郡邑之吏，責之詳平。一失入罪，無階顯榮。尊爲天子，以儉爲貴。崇尚清虚，屏斥紛麗。向緣不懌，輔臣入視。殿幄蕭然，茵衾故敝。率用繒素，了無文綺。衆目驚嗟，上曰何謂？吾之受用，素止如是。此民膏血，烏敢妄費？恭事天地，孝承祖宗。九見圜丘，再祇合宫。大袷於廟，親藉於東。服器精備，粢盛潔豐。小次不御，秉圭顒顒。何必户曉，民胥偃風。取士之路，務存至公。十二臨軒，策之必躬。時雋髦盡得，巖穴幾空。有將有相，曰功曰庸。眇視三代，吾其比崇。北胡之强，西夏之猘。時欲跳梁，恣其貪嗜。吾以威懷，折其凶鋭。兩皆摇尾，從我羈餌。百蠻梯航，琛賮日至。禮樂具修，干戈不試。夫惟立嗣，天下之基。前世令王，或牽以私。事不前定，濱於亂危。我出獨斷，挺然不疑。求賢於宗，唯聖是知。神器之重，其傳有歸。廟社以安，生靈以嬉。迹其大公，堯舜之爲。昔在人上，必有偏好。或樂馳逐，或喜征討。或務宴游，或專營造。或邇聲色，或泥丹竈。棊弈之工，擊拂之妙。有一於此，下從而效。噫吾仁宗，澹無所樂。曰吾好者，在勤政道。日必旰昃，惟先之紹。間時弄翰，或隸或草。堊帚之揮，千奇萬巧。去冬之暮，清燕之閒。再闢天閣，詔呼從官。親作飛白，侍臣縱觀。心合造化，生成筆端。書幅踰百，大均寵頒。退坐群玉，行觴盡歡。嗚呼哀哉！賜墨尚濕，宸章未刊。植璧斯虔，遽有金縢之禱；綴衣遂徹，俄承玉几之言。嗚呼哀哉！大變之來，天傾地裂。四海之慟，風號雨血。兆民震駭其無生，百辟冤乎而僅絶。乘雲之游兮，汗漫而自高；持䫇之慕兮，儷僕而徒切。因疑前會之非常，似與群臣之叙訣。嗚呼哀哉！候律云凜，諏辰協元。嚴蹕路以方駕，視羽幢兮始前。池竹摇雉，車旗飾鸞。背朱雀之通逵，指青龍之吉山。闕路長兮去復去，宫車晚兮還不還。痛徹六宫兮莫如逝，淚灑重瞳兮胡可攀？嗚呼哀哉！寒日晝昏，愁陰夜積。卷晴霓於丹旐，蕩霜波於素帟。悲笳互咽，六州之奏憯悽；駿嶽前瞻，萬歲之聲何聞？大隧一扃，幽堂永寂。人間之恨空長，帝所之歡豈極？嗚呼哀哉！秦漢而下，御邦子民。夐越三紀，纔聞數君。其間治亂以相駮，否亨之不醇。如仁宗享國之久而始終太平兮，彼安敢望吾之清塵？生而無窮者厚載，健而不息者高旻。惟至仁盛德與高厚之俱兮，萬世巍然而不泯。嗚呼哀哉！

宣仁聖烈皇后哀册文 代宰相。

畢仲游

維大宋元祐八年歲次壬申，九月三日癸酉，大行皇太后崩於壽康殿，旋殯於崇政殿之西階。粤明年正月，遷祔座於永厚陵，禮也。菆殿帟空，祖庭燎晻。雲似郤而復凝，月雖輝而如慘。孝孫嗣皇帝臣煦，臨遣奠以興哀，瞻振容而永慕。鳳吟管以何悲，龍挾輴而若駐。羽衛羅闕，神儀布路。爰制近司，紀陳聖度。其詞曰：

皇矣大宋，寶命自天。重明累聖，跨成軼宣。正后在中，契於坤乾。較任比姒，亦逾於前。有系自姜，源深積厚。功熙我朝，方虎是偶。奄韓宅魯，益昌厥後。月瑞日符，是興太母。於鑠太母，躬義率仁。居静猶地，含和如春。正素自稟，聰明夙聞。作合英祖，齊昇並曜。受養神考，陰功善教。體道不違，惟德是傚。元豐末命，帝命惟辟。聽斷勉同，以補天隙。擁佑神孫，立民之極。恭以勵人，儉惟化俗。衣有大練，奩無片玉。房闥不出，四海在目。信義由中，九夷思服。如鑑不塵，如璞不緇。三事大夫，正直是咨。宗藩外戚，滲漉惠慈。人爵王官，雖卑不私。廟謀靡行，外朝靡踐。池籞靡臨，惟正是勉。服御靡更，惟惡是善。庸爾萬方，爲則爲典。左右皇躬，動有壇宇。居由範防，造次於是。爰兹治運〔七〕，寖隆且昌。如天清明，霽日之光。治化方成，憂勞亦至。外若平居，中潛遘厲。坤軸軋以夜摧，月輪翩而曉墜。守大化之靡怛，尚斯民之爲意。嗚呼哀哉！

珠箔低垂兮，雲霧猶隔；蕙帳髣髴兮，爐煙未銷。想仙馭以何適，謝人寰而已遥。萬乘號慟，哀纏九宵。千官縞素，雨泣東朝。嗚呼哀哉！人與神兮變何速，秋復春兮時以徂。犧罇盈兮未忘於平昔，池綍動兮難留於須臾。翼八翣以爲衛，陳六衣而氾塗。嗚呼哀哉！野蒼茫兮人漸遠，仗徘徊兮天欲晚。遡洛澗兮嗟備物之如在，逾鞏岸兮知神遊之不返。山川已兆於真宅，松栢猶凝於故苑。嗚呼哀哉！玉晦龍蟄，金藏鑑昏。泉關掩夜，宫闈泣晨。車軌同兮雖來於萬國，寶座閉兮惟朝於百神。魚惟炬以非日，鴈長飛而不春。嗚呼哀哉！成内則於三朝，貽素風於千祀。致理之勤兮今已往，大道之公兮古如此。何遠其家以爲國，而憂其民之猶子？宜大書而作册，俾永光於宋史。嗚呼哀哉！

欽聖憲肅皇后哀册文

李清臣

粤建中靖國元年辛巳歲，正月壬戌朔，十三日甲戌，大行皇太后崩於慈德殿。二月壬辰朔，十一日壬寅，殯於西階。以三月壬戌朔，八日己巳，戒百官請命於太廟，謚曰欽聖憲肅皇后。太史筮之，將以五月辛酉朔，六日丙寅，遷座於永裕陵，禮也。哀子嗣皇帝臣佶，極永感之懷，寫無窮之慕。躬薦泂酌，奉寧輴馭。痛三牲之養，忽至於遣奠；悲萬壽之祝，俄成於晞露。謦欬如在，聲容不返。畢銅史之餘滴，動金商之清挽。暑令忽其成凄，薫風颯其變慘。像設既嚴，物儀具有。惟是册書，用傳不朽。宫臣承詔，式虔事守。紀漸寓哀，貽之永久。其詞曰：

我宋隆康，恩漸動植。遠惟暨邇，生成滋息。趨走賢智，修官懋職。遐及四裔，左衽重譯。維相向公，梁棟宗祏。逮女曾孫，逌家瑞國。蚕歸王藩，旋被褕翟。至性温温，令儀翼翼。道意禮學，生知自得。慶壽竇慈，問安昕夕。執養寒暑，端莊不易。内輔神宗，贊助陪益。凡厥見聞，舒徐啓迪。十有九年，晏粲椒掖。萬邦託慈，六宫仰式。約省外氏，湯沐脂澤。斯世丕平，陰與多績。比懿夏商，塗山簡狄。姜嫄太姒，聯袪並舄。元符三祀，歲執徐直。正月己卯，變同割耆。巍巍哲宗，武威文德。夫何弗祐，忽遘窀穸。上嗣考廟，將決大策。於時弼臣，或藏邪慝。輒進異論，欲倒白黑。賴我聖母，沉潛剛克。折之陛前，氣殫語塞。庭羅犀渠，門屯闟戟。龍德利見[八]，寰宇慶懌。一指顧間，長寧社稷。譬如媧皇，神工妙力。鍊石補天，斷鼇立極。冲融宇宙，滉漾澡滌。靡賢不登，靡冤不釋。臣嘗侍對，與聞訓敕。曰我皇帝，聖材天錫。子道勤毖，政事祇惕。治本亂原，講磨紬繹。惠心溥博，物理研覈。帝堪多難，子復明辟。何俟袝饗，始還禁闥。幸濟初艱，後罔餘責。重下教告，亟就安適。帝扳以留，懇款襞積。數請弗回，推璽郤籍。義盡今兹，事高往昔。在漢馬鄧，固多慚色。其於邦民，憂不離臆。動履仁儉，示先壼則。服無珠璣，器無瑶碧。禁戒彫繪，棄捐組織。言祖經墳，智該儒墨。諸書過眼，疑微洞析。兢兢瞿瞿，殆忘寢食。涼喧密移，疹氣侵蝕。皇帝聖孝，啓處在側。藥審刀圭，術窮鍼石。禬禳山川，猶期千億。丹劑雖靈，冥筭終厄。佛供晝昬，喪氛夜赤。祲象告凶，軒星示坼。數圮坤元，景淪望魄。五十八載，馳光度隙。嗚呼哀哉！梓匠奏工，嬪娥罷飾。帳殿先途，殯堂撤席。縞士鼎鼎，絳旌奕奕。左背城闕，右徑阡陌。轂騎趁趕，紼車咿噫。簫笳悲吟，鹵簿哆赫。萬類奪輝，四民聚戚。御服苴麻，皇情欒棘。嗚呼哀哉！霧雨故宫，莓苔舊城。鳳幌蕭森，獸扉虚寂。輦路鑑奩，孰非陳迹？引望山園，涕濡竹栢。惟有徽音，長留寶册。嗚呼哀哉！

校勘記

〔一〕『行』，麻沙本作『而』。宋慶元二年周必大刻本、元本《歐陽文忠公集》作『而』。

〔二〕『殺』，麻沙本作『義』。

〔三〕「澤」，麻沙本作「擇」。
〔四〕「不」，麻沙本作「皆」。
〔五〕「逸」，麻沙本作「勉」。
〔六〕「宜」，麻沙本作「置」。
〔七〕「爰兹治運」，底本、麻沙本俱無，據清《武英殿聚珍版叢書》本《西臺集》補。
〔八〕「利見」，麻沙本作「見利」。

新校宋文鑑卷第三十二

校者按：底本爲刻卷，據六十四卷本（缺第一頁）、二十七卷本、麻沙本刻卷校改。

御札

大慶殿恭謝御札

歐陽脩

敕内外文武臣寮等：執珪璧以事神，嚴祖宗而配帝，雖有國之常典，亦因時而制宜。朕承三聖之丕基，撫萬邦之有衆。儉於己，使天下之民豐；勞於心，致天下之民佚。罔敢怠忽，庶幾治平。而首春以來，偶爽調適，賴三靈敷祐，百福來臻。順以節宣，獲茲康裕。加以邊隅不聳，風雨以時。雖庶物之咸和，顧眇躬而增惕。是用稽先朝之成憲，詢故實於有司。即廣殿之翼嚴，擇靈辰之良吉。式伸昭謝，以格純休。宜示先期，俾〔一〕茲誕告。朕取今年九月内，於大慶殿行恭謝之禮。其今年冬至，親祀南郊，即宜權罷。所有合行諸般恩賞，並特就恭謝禮畢，一依南郊例施行。至日，朕親御宣德門宣制，仍令所司詳定儀注以聞，務遵典禮，勿俾煩勞。咨爾多方，咸體予意，故茲札示，想宜知悉。

熙寧元年南郊御札

王珪

有天下者，莫重上神之報；爲人子者，莫嚴宗廟之承。率躬三歲之祠，常候一陽之應。緬慕先聖，光施沖人。載循禋類之期，適在諒陰之際。大懼不能備飭儀物，奉將粢盛。於是刺《六經》之文，傅博士之議，皆以謂喪有以權而順變，祭無以卑而廢尊。矧稽參西漢之彝，沿用景德之制。顧予涼菲，賴帝況臨，遂卜天正之辰，徃脩郊見之禮。方且進祈茂祉，以大庇黎元；昭格至精，以終圖熙事。庶幾能饗，其敢憚勤？朕以今年十一月十八日，有事於南郊。咨爾攸司，各揚厥職。諸道州府，不得以進奉爲名，輒行科率。其百司除事神之物並宜一切仍舊外，餘應干供奉所須，務令淳約，以稱朕不忘孝思之義。

熙寧四年大饗明堂御札

元絳

敕内外文武臣寮等：朕荷二儀之休，履四海之富，經庶政之至治，秩將禮之彌文。欽惟五聖之謨，常躬三載之祀。自纘隆於大業，已肆類於圜丘。興言緫章，未詔嘉饗。維仁祖之武，宜謹於遵修；維文考之尊，宜嚴於陟配。況萬寶時楙，三光仰澄，官師協恭，方夏底定。是用稽仍路寢之制，涓選肅霜之辰。上以哀對天明，展昭事之重；下以敕厲民志，示追養之勤。特戒先期，以孚大號。朕取今年季秋，擇日有事於明堂。其今年冬至，更不行南郊之禮。所有合行諸般恩賞，並特就祀明堂禮畢，一依南郊例施行。至日，朕親御宣德門宣制，咨爾攸司，各揚厥職。諸道州府，不得以進奉爲名，輒行科率。務循典故，無致煩勞。

批答

賜除宰臣文彥博讓恩命批答　歐陽脩

省表具之。朕躬儉約以先人，而生民未足；憂勤以勵政，而百職多隳。豈布德之不明，抑任人之弗至？是以齋居正慮，先志後占，鑒屢易以爲煩，念難知之可慎。永惟商周之所記，至以夢卜而求賢，孰若用搢紳之公言，從中外之人望？卿以舊哲，比嘗相予。惟宇量能寬以服人，惟純誠故久而益信。勳德兼著，可以重朝廷；忠信不回，可以臨大事。夫謀於其始而既審，則果於必用而不疑。汝其欽哉！朕命無易。所讓宜不允，仍斷來章。

賜新除宰臣富弼讓恩命不允批答　歐陽脩

卿有憂國愛君之心，而忠以忘其己；有經邦濟時之學，而用未究其能。夫畜久而積厚，則施之不窮；慮深而計熟，則謀無不獲。兹朕所以虛心仄席，有望於卿也。矧卿正直不回，庸邪素忌，小人所異，君子所同。是以在外十年，而左右之譽不及；履躬一德，而搢紳之望愈隆。

朕内決於心，外詢於衆，敢謂有得，卿其何辭？

賜宰臣富弼乞退不允批答

歐陽脩

朕眷惟宰輔之司，實繫朝廷之重。職或非稱，勢因易摇。比以連年，厭於屢易，戒用人之不審，致厥位之靡安。故於圖任之初，尤極精求之意。而議者謂卿有天下之譽，慶朕得非常之才。豈惟斷不惑於予心？固以慰久鬱之人望。則朕之用卿者至矣，卿之自待者如何？而方沃嘉猷，遽形退讓。駭無因而及此，曾莫諭於乃誠。豈廊廟之崇，責重者其憂難任；而富貴之至，位高則其慮易危邪？朕嘗歷考往昔之人，其於進退之際，過計而圖全者，未必無患；忘身而徇國者，固多令名。惟爾之明，必知所擇，宜少安於職業，用深體於倚毗。

再賜宰臣富弼乞退不允批答

歐陽脩

夫知人之明，可謂難矣，而任賢之術，兹豈易哉？若乃聽之不聰，信之不篤，施設之方未盡，弗極其材。遲速之效有時，莫能少待，則被其任者，實亦艱歟！卿以純一忠亮之誠，藴宏深遠大之業。朕虚己以聽，推心仰成。至於一二之臣，是惟同德，下逮衆多之論，曾靡間然。方將甄叙賢愚，修明法度，務究本根而更治，不速歲月之近功，期於有成。兹乃予意，奈何中道而將止，夫亦奚託以爲辭？矧上下既交，寧有不通之志；而君臣相遇，豈爲易得之時？當體余懷，勉安厥位！

賜宰臣富弼乞解機務不允批答

歐陽脩

夫宰相之事，非可以歲月考而一二數也。其在朝廷，選賢任能，而各得其職；下俾民俗，遷善遠罪，而不知其然。至於法度修，紀綱正，然後相與慎守而安行之，以臻於治。此朕所以虛心一意，日有望於卿者也。今事有緒而卿辭焉，豈朕德之不明，將顧時之不可，中道而止，夫何謂哉？俾予獲用材不盡之譏，而卿涉苟安自便之計，予所不取，卿其勉焉！

賜宰臣文彦博乞解重任不允批答

歐陽脩

夫知其人之爲賢，任則勿貳；事其君而有道，去不可輕。此古之臣主之明，舉措必慎，所以收功於一時，而垂法於後世也。卿夙有時望，爲予柄臣。自復秉於國鈞，僅三周於歲序。若乃進退賢否，誅賞罪功，每於聽納之間，敢忘虛己。顧彼搢紳之論，曾靡異辭。方期有成，以副予意，而乃過形謙損，思避台衡。豈寡德弗明，於用才而不盡；將多言害正，致厥位之難安？苟異於斯，夫何引讓？矧卿忠信之節，足以叶予之一心；材謀之優，可以斷予之大事。兹所柬注，寧煩諭言！

賜樞密使宋庠讓恩命不允批答

歐陽脩

朕以因時致享，克展於孝思；已祭受釐，大均於慶澤。乃眷耆明之哲，實予體貌之臣。肅臨事之有容，既交神而蒙貺。宜推異數，以示眷懷。雖嘉好謙，曷止成命？

賜杜衍讓恩命不允批答

宋　祁

比虛右弼，以須畯望。卿清約忠壯，華皓一節，出入諷議，靡事不爲，挺然公實，見於有政。朕志先定，成命惟行。況萬幾處可，百職脩理，朕所倚辦，卿宜知之。遽閱讓函，猥徇謙槩。且誕告群方，不容顓辭，久曠台路。便廢撝遜，欽服寵章！

賜賈昌朝讓恩命不允批答

宋　祁

卿曩侍經筵，已知國器。歷守京邑，則風績早樹；進領邦憲，則威名流聞。揚休山立，自處中道。朕以爲履正識敏，材任輔佐，引與機政，參貳台司。曾是踰年，休有成效，覿行則懿，俾謀則臧。斷自予志，冠升樞省。誕告百執，初無異言，猥露奏封，深存撝遜。況訓諭已熟，典命難淹，速即欽膺，以光朝舉！

再賜杜衍讓恩命不允批答

宋　祁

向以戎醜尚桀，師伍留屯，公私乏[二]匱，不可貲省。又官濫於外，吏欺於中，苛察過當，浮競成俗。濟水無益，治絲愈棼，圖所振整，未知厥序。以卿久在樞禁，習總事經，年耆識茂，盡悴事國。是用選自予志，對秉台衡。藉敏材以康調發之難[三]，褒介節以懲進取之弊。朕既寡德，方兹仰成。尺奏薦聞，能讓猶固，已嘗批喻，宜體眷求。毋煩費詞，早膺寵典！

賜陳執中韓琦讓恩命不允批答

宋　祁

朕比執珪幣，祇事神祇，至誠所向，鴻釐如答。是以推衍天祉[四]，沛流茂恩，徧録侍祠之勞，悉從進律之典。卿卓有成效，協於僉言，而臨榮引讓，稽恩未拜。閱露章而既熟，非公論之所期。便可欽膺，即廢謙執！

賜皇弟允迪讓恩命不允批答

宋　祁

朕敦睦懿親，差次寵典，年長者崇爵，屬近者尚恩。眷爾忠賢，用加節制，公言斯[五]協，朝涣既頒。何執常謙，欲遂素守？道風雖亮，允令難稽，往哉惟諧，毋或煩請！

賜皇長子淮陽郡王免恩命不允批答

王　珪

昔我祖宗，誕受天命，厥惟艱哉！克正皇猷，丕懋乃績，以遺我子孫無疆之休。今朕纂厥服，惟稽古建爾元子於有邦。乃季秋辛亥，群公庶尹，罔不祇朕言於廷。爾乃陳德弗及，期畀於一二弟兄之賢。我聞曰『立愛惟親，立敬惟長』，其敢示天下以私乎？汝惟往哉，尚迪時命無違！

賜皇伯祖承亮改封秦國公免恩命不允批答

王　珪

夫戚藩之建，王室是毗。古者皆世襲其封，近代或別予之邑，既非祖烈之服，又失廟祠之傳。故朕推近屬之長賢，俾先王之舊履，以大子孫不絕之序，以均宗社無窮之休。適攬露章，過形沖節，宜體親親之意，庸光繼繼之圖！

賜宰臣韓琦已下乞立壽聖節宜允批答

王　珪

赤制告圖，肇承題序，青煒動陸，俯協誕期。卿等過稽舊章，列上芳牘，緣華封之素祝，建壽聖之嘉名。竊惟受天元符，撫國休運，百辟稱觴而在席，四夷奉幣而在廷。敢以菲懷，抑於輿望？

賜宰臣韓琦等〔六〕上尊號不允批答

王　珪

朕獲承大統，三載於兹，蒙天之休，海内清静。方將飭齋輅，潔純犧，以祗見天地宗廟之靈。乃敢昭發丕册，揚徽垂鴻，以自施虖尊榮者哉？不圖執事之臣，列上表功之號。且臨政之日淺，未有盛烈之章；況事神之意恭，豈在彌文之飾？適增予媿，難徇所陳。

賜宰臣韓琦免恩命不允批答

王　珪

夫王者壹天下之俗〔七〕，宰相遂萬物之宜，故君臣同德而教化成，朝廷上賢則分職治。肆朕承邦之久，得卿共政之均。且國用失浮，規節財力之匪易；吏塗過冗，甄序名品之爲艱。歷勤勞之百爲，蹈夷險之一致。向屬冢卿之缺，適登台席之元。稽卜神謀，孚言朝聽。維百辟之是式，維兆民之是瞻。奚興曲讓之辭，殊闕大公之舉，慊然衆志，鬱於予聞。蓋德盛而位隆者，望雖與歸；然任劇而責至，則事當隨決。思體睠眦之異，祈收撝固之情。徃代天工，毋留邦渙！

賜宰臣曾公亮免恩命不允批答

王　珪

夫天文中階之象，色正則二氣鈞；國柄三事之司，體公則萬化緝。朕何嘗不寤寐邦傑，彌綸政機，以敦美風俗之原，以甄序官師之品。所繫甚大，維材之難。卿行足以厲朝，謀足以經國。代言二禁，而號令鼓虜群動；賦政中畿，而神明照於宿姦。頃陪議於宰塗[八]，旋冠謨於宥省。邦之維度靡不舉，兵之紀律靡不張。屬上台之進賢，宜右弼之膺寵。忽起舜庭之讓，未施鄭國之規，群情鬱然，予心勞止。矧夫付安危之幾，則望豈云淺；當名器之分，則處之勿疑。所期廣猷慮以同寅，會精神而輔力。當抑謙風之固，徃調大化之元。豈朕之獨跂[九]太平，亦卿之與有令聞。

賜韓琦免明堂恩命不允批答

王珪

予臨路寢之上，曾覽八紘，邈然有通神明之志。迺季秋宗祈，既右上帝，亦右文考。始予齋精臨獻，而懼不勝。及觀夫簠樽在堂，鐘石在庭，至陟降上下之數，與夫九州四海美物之薦，罔不具飭。噫，何其禮之盛歟！非爾元宰之臣，孰總裁剸之？故已降[一〇]之制，爲百辟先，亦皇天降休命於我家，非予之所敢專也。今書固辭，顧不廢予惠術之施虖？

賜郝質免恩命不允批答

王珪

國家提萬兵之勁，萃之畿中；謀元帥之良，護於䡾下。矧卿嘗從征伐之事，加有宿衛之勤，宜授鉞於師壇，總環宮之夜柝。蓋旌勞者必異其寵，御衆者必予之權。毋爲過兢，其服重委！

賜宰臣富弼乞退不允批答　王珪

朕肇履邦圖，每恭天戒。屬初炎之在序，偶時澤之弗滋。且止於近畿，顧民灾之未遠；然應不旋日，知人事之已修。卿還來相予，居位未久，奚抗章而引咎，將援故而辭權？雖蹈夫聖賢遠覽之思，殆戾於君臣交儆之意。勉規弗及，終底於成！

賜歐陽脩乞退不允批答　王珪

夫與政之途，蓋天下之責至者叢矣。顧雖智勇，不能以禦流訾之來。前日御史加非於卿，朕惟其辭甚悖於義理之文。今譏者放而疑者釋，卿猶欲以去位，豈朕所望焉？《傳》不云乎：『禮義不愆，何恤人之言？』其起眂事，毋重朕之不敏也！

賜宰臣韓絳免恩命不允批答　元絳

卿方重淳深，清明端亮，閲文武之二枋，擴謀猷於百爲。屬者羌種跳邊，王師淹戍，往視方略，以宣威靈。嘉維爾忠，蔽自朕志，絶軼前比〔一一〕，延〔一二〕登冢司。扶世澤民，將倚調於元化；靖兵戡亂，猶伫建於膚公。況惟渙號之孚，已穆廣朝之聽，胡爲懇牘，欲避隆名？雖難進之風，自高沖尚；而仰成之屬，殊咈顧懷。趣宜欽承，毋重撝固！

賜宰臣韓絳已下上尊號不允批答

元絳

朕聞唐虞之世，君臣吁俞，相與敕戒，以康庶事。未聞其自燿功德，大爲名稱，以動天下之聽。朕以涼菲，獲承皇緒，固已極崇高之位號矣。嚮者奉郊宗之祀，三事大夫亦屢以徽册來上，而愧不敢從。方且嘉與衆賢，夙寤晨興，以營極治之業。要之萬世，建無窮之基，亦有無窮之聞，不猶愈於虛名歟？臣之尊君，義則勤至。朕守弗奪，毋煩數陳！

賜皇伯宗諤免恩命不允批答

元絳

卿爵齒兼尊，德名參劭，佑予郊廟之事，克有夙夜之勤。疇勞策勳，時乃舊典，徃承成命，無用勤辭。

賜陳升之免恩命不允批答

元絳

卿久服樞筦，協成王功，屢陳誠辭，願解機政。方建將旄之重〔一三〕，且增台路之華。况輔成萬微，嘗宣左右之力；兼賦二枋，宜旌文武之謨。即當欽承，安用沖挹！

賜宰臣王安石已下乞御正殿復常膳不允批答

元絳

垂象之變，咎在朕躬，内惟菲涼，敢不祗懼？避朝損膳，欽天之渝，神休震動，銷去大異。而三事庶尹，咸造在庭，願復舊常，至於再請。且星隆晷德，猶賴交修；況天畏棐忱，固當屢省。弭裁嚮福，其庶幾焉！

賜劉摯辭免恩命不允批答

蘇軾

政如農耕，以既穫爲能事；言如藥石，以愈疾爲成功。若耕不穫，疾不愈，朕何望焉？所以用卿者，非以富貴卿也。勉卒成業，何以辭爲！

賜太師文彦博乞致仕不允批答

蘇軾

卿出入四世，師表萬民，無羨於功名，而有厭於富貴。其所以忘身徇國，捨逸就勞者，豈有求而然哉？凡以先帝之恩，生民之欲也。卿之在朝，如玉在山，如珠在淵，光景不陳，而草木自遂。去就之際，損益非輕。昔西伯善養老，而太公自致；魯穆公無人子思之側，而長者去之。卿自爲謀則善矣，獨不爲朝廷惜乎？藥餌有間，時遊廟堂，家居之樂，何以異此？

再賜太師文彦博乞致仕不允批答

蘇　軾

朕脩身以承六〔一四〕聖，虚己以聽四輔。而法度未定，陰陽未和，民未樂生，吏未稱職。中夜以思，方食而歎。雖不敢以事諉元老，實望其以身率百官。卿猶未即於安，孰敢不盡其力？此聖母沖人之本意，而天下有識之所望也。昔唐太宗以干戈之事，尚能起李靖於既老；而穆宗、文宗以燕安之際，不能用裴度於未病。治亂之效，於斯可見。朕意如此，卿其少安。

賜宰臣吕公著乞外任不允批答

蘇　軾

夫以才御物，才有盡而物無窮；以道應物，道無窮而物有盡。凡今之患，所乏非才。以卿篤於愛君，必能建長久之策；澹然無我，可以寄枉直之權。二年於兹，百度惟正，事既就緒，民亦小康。至於微疾之屢攻，是亦高年之常理。卿其良食自輔，爲國少安。譬如止水之在盤，豈復勞心於鑒物？心且不勞，而況於力乎？

賜宰臣吕公著乞致仕不允批答

蘇　軾

宰相不自用，人主不自爲。予欲識人物之忠邪，故以卿爲水鏡；予欲知利害之輕重，故以卿爲權衡。苟明此心，雖老猶壯。與其輕去軒冕，獨善其身；孰若優游廟堂，兼享其樂？益敦此義，勿復有云！

賜司空吕公著免恩命不允批答　蘇軾

夫國以得人爲彊，如猛獸之衛藜藿；以積賢爲實，如珠玉之茂山川。湛然無爲，物自蒙利。故崔公發議，則淄青慙服，知朝廷之有人；蜀使抗詞，則孫權回顧，歎張昭之不在。得失之效，豈可同日而語哉？朕之用卿，意實在此。國計之重，可無復辭！

賜右僕射范純仁免恩命不允批答　蘇軾

自昔先帝之世，屢歎材難。及朕嗣位以來，專用德選，雖爵禄名器出於獨斷，而長育成就實在群公。長短不遺，輔相之責。苟無爲國養人之意，必有臨事乏使之憂。朕用慨然，當食不御，思得英雋之老，共收文武之用。惟卿篤於憂國，明於知人，灼見朕心，宜在此位。往任天下之重，毋事匹夫之廉！

賜門下侍郎孫固乞致仕不許批答　蘇軾

吾不出帷幄，臨御家邦，實賴股肱之良，以持綱紀之要。於其進退，顧可輕聽之哉？卿頃自近藩擢貳東省，本以年德之故，非有筋力之求。若夫正顔色，出詞氣，使人望之而忠誠可信，鄙倍自遠，斯可矣。豈以一病未能造朝，遂欲舍而去哉？誠請雖勤，於義未也。

賜劉昌祚免恩不許批答　　蘇　軾

卿國之虎臣，帥我爪士，總章大祀，宿衛有勞。宜爲六軍之先，以承大賚之慶。辭而不有，殊匪吾心！

校勘記

〔一〕『俾』，底本作『故』，據六十四卷本、二十七卷本、麻沙本改。宋慶元二年周必大刻本、元本《歐陽文忠公集》作『俾』。

〔二〕『乏』，麻沙本作『之』。清《武英殿聚珍版叢書》本《景文集》作『乏』。

〔三〕『難』，六十四卷本、二十七卷本作『艱』。清《武英殿聚珍版叢書》本《景文集》作『艱』。

〔四〕『祉』，麻沙本作『祚』。清《武英殿聚珍版叢書》本《景文集》作『祉』。

〔五〕『斯』，麻沙本作『期』。清《武英殿聚珍版叢書》本《景文集》作『斯』。

〔六〕『等』，六十四卷本、二十七卷本、麻沙本作『已下』。

〔七〕『俗』，底本作『仁』，據六十四卷本、二十七卷本、麻沙本改。

〔八〕『塗』，麻沙本作『臣』。

〔九〕『跂』，麻沙本作『致』。

〔一〇〕『已降』，六十四卷本、二十七卷本作『己未』。

〔一一〕『比』，麻沙本作『代』。

〔一二〕『延』，麻沙本作『比』。

〔一三〕『重』下，麻沙本有一『寄』字。

〔一四〕『六』，六十四卷本、二十七卷本作『古』。宋本《經進東坡文集事略》作『六』。

新校宋文鑑卷第三十四

校者按：底本爲刻卷，據六十四卷本、二十七卷本、麻沙本刻卷校改。

制

除趙普門下侍郎同中書門下平章事集賢殿大學士制

閎散同功，歸馬遂隆於周道；蕭張叶力，斷蛇因肇於漢基。必資佐命之臣，以輔興王之業。推忠協謀佐理功臣樞密使光禄大夫檢校太保兼御史大夫上柱國天水縣開國伯趙普，功參締造，業茂經綸。稟象緯之淳精，契風雲之良會。洎贊樞機之務，屢陳帷幄之謀。沃心方佇於嘉猷，調鼎宜膺於大用。俾踐台衡之位，仍兼書殿之榮。爾其罄乃一心，熙予庶績。君臣相正，勿忘獻納之規；夙夜在公，勉致隆平之化。往服休命，無愧前修！

除呂蒙正中書侍郎兼户部尚書平章事制

李　沆

天道無私，日月星辰助其照；皇王不宰，股肱輔弼代其工。所以端拱守成，垂衣制理。永建丕平之景運，遐追三代之令猷。其有業茂經綸，才推謹厚。參大政而已淹星歲，秉至公而無捨寅昏。宜頒出綍之殊恩，俾正持衡之重柄。爰擇剛日，特降命書。推忠佐理功臣朝散大夫給事中參知政事柱國東平郡開國男呂蒙正，四氣均和，五行鍾秀。有濟時之略，輔之以温恭；挺命世之才，守之以循默。爰覩舜旌之進善，遂指魏闕以來儀。臨軒覩敏贍之能，射策見縱横之略。暨兹登用，益著謨明。公忠推社稷之臣，凝重見廟堂之器。眷兹大體，久鬱具瞻。屢[一]宣作礪之功，克懋秉鈞之績。別錫褒功之美號，仍陞馭貴之崇階。勳籍增榮，井田加賦。預列侯之峻爵，同大利之計書。顧優恩之在兹，諒名器之無假。於戲！雲從龍而風從虎，今也其時；啓乃心而沃朕心，必求諸道。爾宜周旋庶政，佐佑眇躬。緩兹宵旰之憂，翊我隆平之運。同底於道，豈不美歟！

除文彦博判大名府制　歐陽脩

朕惟將相之崇資，是爲文武之極選。隆其名器，所以重朝廷；列於蕃宣，所以屏王室。矧乃居留之任，必屬老成之人。爰擇剛辰，敷告有位。具官文彦博，器宏而厚，識粹而明。學得其方，通古今而知要；才周於物，適大小以惟宜。自奮發於聲猷，早更揚於中外。居則參裨乎國論，出則宣暢乎皇威。兩踐台司，首當柄用。賢愚式序，舉百職以咸修；綱紀甚明，贊萬幾而至悉。自懇避鈞衡之任，出司管鑰之嚴。逮此逾時，蔚然休問。眷言邦哲，實簡予衷。是用更其擁節之榮，委以別京之重。勁兵所宿，是[二]資總制之權；雅俗惟淳，兼賴撫綏之政。於戲！與國同體，是謂股肱之良；惟民具瞻，方隆師尹之望。顧我舊德，豈煩訓辭？往其欽哉，祗服休命！

除皇弟允初依前檢校尚書右僕射充感德軍節度使加食邑食實封餘如故制

歐陽脩

爵賞當功，則爲善之勸廣；名器不假，則至公之道存。然而隆恩睦親，所以厚乎風俗；建侯作屏，所以扞於王家。非余敢私，乃國舊典。具官允初，質性純茂，稟乎天姿，學問發明，由於師訓。維我叔父，時爲賢王，緬懷遺烈之存，屬乃克家之善。自被蕃宣之寄，久參朝請之聯。宜從留務之繁，進委臨戎之重。節髦並建，井賦兼增。僉謀克諧，寵數惟渥。於戲！干戈衛社，內有宣勤夙夜之臣；甲胄在躬，外有奮力行伍之將。爾其念宴安之懷毒，知富貴之難居。戒損於滿，而罔敢自驕；勞身以謙，而克保其位。無忘勗勵，往服恩榮！

封皇弟九女福安公主制

歐陽脩

朕稽有國之彝章，著皇女之稱謂。取其主以同姓，所以見王體之尊。必也錫之美名，所以彰禮命之寵。載涓吉日，敷告在廷。皇弟九女，岐嶷之姿，有生知之異稟；柔順之質，得天性之自然。方嚴保傅之規，以養肅雍之德。俾遵舊典，褒以徽章，嘉乃妙齡，盛哉儀服。考僉言而惟允，非予意之敢私。於戲！隆仁恩以厚親，玆惟教愛；習圖史而循法，繄乃夙成。祗若訓言，往膺涣渥！

除皇兄允弼武康軍節度使加食邑實封制　宋祁

朕惟二三兄弟，屏扞吾家，每推骨肉之愛，以强本根之託。矧在邇屬，早休厥聲；適及剛辰，進膺異數。具官允弼，甚德而度，參仁以和。居貴而罔流心，訓恭而遠祇悔。間陪郊獻，佐庀宗司。抑抑攸儀，舉皆率履；綽綽斯裕，内無違言。成予叙親，時乃脩職。比者雖疏王爵，未厭寵名。宜停後務之繁，俾領元戎之制。增食爰賦，兼實幹封。於戲！盤石而宗，寄莫重焉；扞城於國，義莫先焉。可壯非猷，可順非迪。仍輟就藩之遠，姑隆綏族之恩。往惟懋哉，顯對嘉命！

除皇弟允迪安静軍節度使加食邑實封制　宋祁

朕聞立愛莫先於親，繁支實庇其本。每念攸訓，匪伊異人。用推敦序之典，期光夾輔之體。具官允迪，承燾天祐，衍慶宸莩。舉動嚴方，趨占閑敏。思長富貴之守，寢肄朝夕之虔。向留使華，允穆公路。頃以王邸殂謝，予懷悼驚。念其構堂[三]，眷深橋梓，維城有寄，墨絰還朝。載隆近屬之恩，俾領中軍之節。仍增邑食，且實户封。於戲！乃考之忠勛，四邦是式；乃兄之光寵，十乘有儀。爾偕厥榮，毋或兹忝！欽即殊獎，祗勵遠猷。

立皇太子制

張方平

維我祖宗，繼天統業。積有功德，克享上帝之心；肆其子孫，永承百世之祀。朕祗纂謨烈，詳覽古今。緊崇建於元良，實保安於國本。上尊宗廟，孝無大於奉先；下庇生民，教莫逾於居正。式宣顯册，敷告萬邦。皇長子具官頊，英粹日躋，中和自至。仁義充涵之美，言動惟時；禮樂交錯之華，威儀可象。抑畏疏封之重，敏修典學之勤。亦既多聞，足當大受。是宜誕膺徽命，肇啓儲闈。懋升明兩之輝，益廣在三之道。非余私於爾頊，惟天祐於余家。衍寶祚之靈長，成寰區之慶賴。往慎厥德，以答揚我列聖之光訓，不曰休哉！可立爲皇太子，有司擇日備禮，册命施行。

除皇兄宗諤保静軍節度使制

張方平

朕惟前王懿德，治古舊章，必隆蕃屏之親，以穆懷柔之體。矧居邇屬，夙著令名，宜揆剛辰，誕揚休命。皇兄具官宗諤，甚德而度，參仁以和。近雅不流，繹如鍾吕之正；内明自照，瑩若珪璋之温。率履無違，在宗有裕。特推恩典之異，聿示表儀之光。錫爾騂旄，屬之瑞節。時庸褒叙，式昭寵嘉。於戲！祗畏者保身之永圖，恭儉者有家之長業。事近效遠，罔或忽諸！

往惟欽哉，尚克終譽。

除韓琦守司徒兼侍中鎮安武勝等軍節度使制

張方平

朕光宅萬邦，肇新駿命。正權綱之遠御，審名器之大方。眷予宗臣，特崇異數，以表圖勳之重，用昭報禮之隆。爰揆剛辰，誕揚賚册。具官韓琦，宣昭賢業，熙亮天工，光翊三朝，咸有一德。材周五則之用，體備四時之和。社稷是經，文武惟憲。在成功而弗處，實有大以能謙。薦上奏封，懇辭政柄。顧倚毗之厚，詔諭數頒；而精懇之堅，辭誠難奪。增寵上階之峻，特開兩鎮之崇。蔽自朕心，事非舊典。當盛辰而均逸，望故里以榮歸。大業甚明，休靈殊渥。於戲！臣行其志，兹爲自得之全；君篤於恩，深惜老成之去。無安帥節之樂，猶待衮衣之還。乃情本朝，遐不謂矣。

除吕公弼樞密使檢校太傅制

張方平

本朝之制，地分二府之嚴；執政之臣，共幹庶邦之重。文武承式，兵民是圖。屬在賢明，總司使職，誕敷明制，敭告大廷。具官吕公弼，器緼純明，機靈精遠。瓌材任重，中廣厦之棟梁；雅音自和，合清廟之琴瑟。登貳樞機之密，洽聞議慮之長。屢陳憂國之言，多發便時之策。深明王體，有簡朕心。宜陞帝傅之崇，以正本兵之任。爰田增賦，真食衍封，名器益隆，典章允穆。於戲！信而能用，嘗思明哲之難；知無不爲，期盡臣鄰之益。祇若休命，以賛大猷。

除李昭亮殿前副都指揮使寧武軍節度使制

張方平

外擁節旄，方鎮元戎之重；内司禁衛，太微上將之雄。匪時英材，疇若嘉命。圖用親率，宜揚大庭。具官李昭亮，誠稟忠淳，風力敏給。世載其德，有狐、趙之舊勳；文定厥祥，廼姜、任之高姓。早階華顯，允蹈中和。入從法從之華，出領翰垣之要。屬以軍政，契於士心，訓撫有方，簡稽允肅。眷殿巖之離衛，悉王旅之選鋒。典兹中權，職在圻父。特賜節旄之命，爰將注意之隆。峻以等威，統諸環列。於戲！齋鉞所付，是爲王之爪牙；蘭錡之嚴，實曰予之心膂。勉旃誠報，茂對寵休。

除曾公亮檢校太尉充樞密使制

胡宿

經遠慮微，必慎制兵之術；折衝消難，亦資晝策之臣。是憲樞躔，聿崇使號。蓋政謨之攸寄，匪耆哲而莫居。適得其人，誕敷厥命。具官曾公亮，風業碩茂，志慮深純。學多貫於前言，性頗修於中道。有方重之德，可以扼躁而鎮浮；有明達之材，可以造幾而成務。嘗講勸於左右，亦召置於禁嚴。博我訓言，代予明命。間〔四〕請臨於寰輔，當擢典於京師。咸有治功，遂聞政本。通明練於百物，參知穆於群言。貳公之司，久陪於論道；内密之任，宜正於筦樞。仍加傳導之名，更益陪敦之數。崇階馭貴，真食衍封，並示寵章，式旌殊禮。於戲！典機之任，莫慎乎微；擊柝之言，蓋取於《豫》。勿謂承平之久，益思備禦之深。祗服斯言，往踐乃位。

除王德用依前檢校太師同中書門下平章事兼群牧制置使充樞密使河陽三城節度使加食邑實封仍改賜功臣制

胡宿

內樞之地，上範於斗宫；前筯之籌，參寄於人傑。以經常武之事，是號本兵之司。圖冠厥名，疇總予務。乃眷元侯之長，早崇右府之聯。爰擇剛辰，復還舊物。具官王德用，志懷果烈，風槩沉雄。通於奇正之謀，居然英傑之氣。春秋閲禮，韞義府以惟深；甲令書忠，載世家而有舊。比膺推轂，薦歷干城。先十乘以臨戎，長萬夫而觀政。德刑具舉，威惠參施。能名播於外夷，沉機隱於敵國。繇咨俊望，擢典繁機，翼濟事功，迪宣忠力。孚乃誠而匪懈，研諸慮以惟微。旋均基宥之勞，亟樹藩宣之治。蹈險夷而一致，服忠孝而兩全。簡在朕心，洽於朝聽。是用升鳳池之寵秩，聯虎節之榮章。倚殿輔邦，用陪京室。屬右樞之闕職，咨群岳以擇材。僉曰汝賢，宜弼予治。蓋天子二老，出以居方伯之尊；寰內諸侯，入則處公卿之任。抑惟曩制，舉是隆名，用起壯猷，使纂舊服。仍峻雲臺之號，兼增井牧之封。式厚耆英，有加名數。於戲！樞機發令，制戎事以惟艱；樽俎折衝，經人謀而匪易。往慎乃位，益思其忠。

祁國長公主進封衛國長公主制

司馬光

帝妹中行，《易象》贊其元吉；王姬下嫁，《召南》美其肅雍。命服亞正后之尊，主禮用上公之貴。寵光之盛，誰昔《釋訓》：誰昔，昔也。而然。矧同氣之至親，推異數而何愛。祁國長公主，席靈長之緒，承濬哲之祥。稟乾坤之粹和，鍾日月之明潤。淵懿可度，柔嘉有章。志女功而忘勞，承師教而不倦。今玉笄在首，厭翟戒塗。方結帨於皇家，將執笲音煩，竹器。於士族。宜疏沫土之邑，俾適富平之孫。庸展茂恩，誕孚醲化。於戲！琴瑟静好，式昭和樂之音；雷風順承，是爲常久之道。勿以夫家之平素，有虧婦德之聽從。祇服訓詞，永綏福履。

立皇后高氏制

范　鎮

天子之有后，如天之與地，惠養萬物；如日之與月，臨照四方。苟稱號之弗崇，則臣民之安仰？京兆郡君高氏，生閥閱之後，而不自矜大；處富貴之習，而能安素約。服在藩邸，宜於室家〔五〕。肆朕纘承，嘉乃輔佐。惟長樂之奉養，左右不可不虔；惟六宫之表儀，晨夕不可不肅。爰正軒星之位，以爲《國風》之倡。舉是典册，告於治朝。於戲！拜教所基，人倫兹重。塗山啓夏，太任興周，勤勞一時，焜燿萬世。乃其總笄櫛縱，日侍慈顔；衡紞紘綖，時承宗祀。庶幾天下之俗，知我門中之私。

曾公亮加恩制　范鎮

朕觀前世之載，考宗祀之文。周、漢舊章，殘缺無次；王、鄭異説，雜互莫同。大抵奉親以嚴，率民以孝。交神明於合莫，厚風俗之本原。具官曾公亮，執禮蹈方，刺經援古。燮均大化，固已治平，制定多儀，又皆節適。四時之氣，其和見於豆籩；九州之力，其精在於玉帛。使朕得昭升烈考，裒對上靈。誠意所通，顧饗如答，惟時顯相，宜有褒嘉。峻階品〔六〕所以明等威，崇表號所以懋功賞。陪敦多賦，流衍真封。於戲〔七〕！大典越熙，至恩胥暨。惟裁成輔相，以遂萬物之宜；惟同寅協恭，以收庶工之效。庸昭况施，永乂基圖。

除富弼樞密使制　范鎮

兵布於天下而至衆，故統之有本元；謀出於堂上而無窮，故資之於明哲。是以基於静密，式暢遠猷，始乎幾微，能成大務。若時付畀，兹謂劇艱。前推忠協謀同德守正佐理功臣特進行禮部尚書同中書門下平章事昭文館大學士監修國史兼譯經潤文使上柱國河南郡開國公富弼，文武相資，柔剛並適，誠貫金石，材隆棟梁。徃在先朝，嘗爲上宰，至言無隱，精慮有開。方國計之是毗，以親喪而遽去。况夫西漢而下，巨唐以還，訖於本朝，凡厥公相，率就起復，以爲權宜。而卿固執《禮經》，懇辭恩詔，三年始事，四海具瞻。再炳台符之文，兼崇樞極之任。重陪多賦，庸示褒章。於戲！天命甚難，神器至重，始初纘紹，正賴經綸。幸元老之聿來，偕衆賢之同濟。庶幾涼德，罔累慶圖！

兖國公主降沂國公主制

范　鎮

陳車服之等，所以見王姬之尊；啓脂澤之封，所以昭帝女之寵。茲惟親愛之攸屬，時乃化風之所關。苟不能安諧於厥家，則何以觀示於流俗？兖國公主，生而甚惠，朕所鍾憐，故於外家之近親，以求副車之善配。而保傅無狀，閨門失歡，歷年於兹，生事弗順。達於聞聽，深所駭驚。雖然恩義之常，人所難斷；至於賞罰之際，朕安敢私？宜告大庭，降從下國。於戲！惟肅雍以成美德，惟柔順以輯令名。乃其恪思，庶永來福。

韓琦加恩制

王安石

朕祇率舊章，肇稱吉禮。對越天地，具獲靈明之歆；相維公卿，並膺休顯之賜。其孚大號，以寵元勳。推誠保德崇仁守正協恭贊治亮節佐運翊戴功臣淮南節度揚州管内觀察處置營田等使開府儀同三司守司徒檢校太師兼侍中行揚州大都督府長史上柱國魏國公食邑一萬三千七百户食實封五千户韓琦，躬受偉材，出陪熙運。保兹天子，進無浮實之名；正是國人，退有顧言之行。間〔八〕朝廷之兩社，揉方域之萬邦。辰猷具臧，器寶加重。中辭機軸之要，外即蕃屏之安。衡紞紘綖，備三公服飾之盛；櫜兜戟纛，兼大將威儀之多。序績既崇，脩方彌謹。協成宗祈〔九〕之禮，豫有顯助〔一〇〕之勞。肆衍本封，申加美稱。於戲！恩典徽數，所以旌帝臣；明德茂功，所以奬王室。往惟勵翼，服此褒嘉！

李璋加恩制

王安石

若昔大猷，紹天明命。必有獻亨之禮，作民恭先；必有褒嘉之恩，自國貴始。翊衛功臣奉寧軍節度使鄭州管内觀察處置河隄等使光禄大夫檢校司空持節鄭州諸軍事鄭州刺史兼御史大夫上柱國平原郡開國公食邑四千三百户食實封一千户李璋，世載忠善，躬服儉勤。以后家之洪支，爲帝室之隆棟。入總營衛，則兵師無譁；出乘蕃維，則吏屬不怠。近付京都之籥，外更方鎮之旄。貢職惟脩，祀儀獲考，進加功號，申衍邑封。以疇服采之勤，以協勸勞之典。於戲！貴富有危溢之可戒，禄位匪侈驕之與期。圖惟慶譽之終，尚協龍光之施！

皇伯祖威德軍節度使榮國公承亮加恩制

王安石

朕祼獻廟室，燎禋郊丘。内蒙祖考之居歆，外獲神祇之顧饗。嘉我近屬，與有陪輔之勞；揚於大庭，使膺褒顯之福。具官承亮，德義自表，爵齒兼尊。魁然肅艾之材，尚矣神靈之胄。世承厥慶，有跗萼之芬華；朝賴以寧，若翰藩之嚴密。乃相肆祀，實綏思成。進加奠食之封，中賜詔功之號。於戲！孝恭可以儀宗室，信厚可以化邦人。匪時親賢，孰朕承翼？往肩寵獎，尚協榮懷！

李日尊加恩制

王安石

朕紹膺駿命，稽用上儀。祗事郊宫，並受三神之福；推恩方夏，外交四表之歡。告於有司，錫是在服。推誠保節同德守正順化翊戴功臣静〔二〕海軍節度觀察處置等使同中書門下平章事李日尊，躬懷德善，世濟忠勤。奠兹南邦，居有扞城之效；衛我中國，使無疆埸之虞。賜之大將之旆，胙之真王之爵。往踐厥位，知欣戴於寵章；來獻其琛，用協成於熙事。陪敦采邑，褒進文階。載加真食之封，式允懋功之典。於戲！人之所助，惟怙冒於王靈；國以永存，顧循守於侯度。率時新命，保乃舊邦。

校勘記

〔一〕『屢』，六十四卷本、二十七卷本作『宜』。

〔二〕『是』，六十四卷本、二十七卷本作『寔』。宋慶元二年周必大刻本、元本《歐陽文忠公集》作『實』。

〔三〕『構堂』，麻沙本作『堂構』。清《武英殿聚珍版叢書》本《景文集》作『堂構』。

〔四〕『間』，麻沙本作『用』。清《武英殿聚珍版叢書》本《文恭集》作『間』。

〔五〕『室家』，麻沙本作『家室』。

〔六〕「品」，底本作「級」，據六十四卷本、二十七卷本、麻沙本改。

〔七〕「戲」，底本爲抄配葉，空缺一字格，據六十四卷本、二十七卷本、麻沙本補。

〔八〕「間」，底本作「開」，據六十四卷本、二十七卷本、麻沙本改。宋本《王文公文集》、明嘉靖刊本《臨川集》作「間」。

〔九〕「祈」，底本作「祀」，據六十四卷本、二十七卷本、麻沙本改。宋本《王文公文集》作「社」。明嘉靖刊本《臨川集》作「祈」。

〔一〇〕「助」，麻沙本作「功」。宋本《王文公文集》作「社」。明嘉靖刊本《臨川集》作「助」。

〔一一〕「静」，底本作「靖」，據六十四卷本、二十七卷本改。宋刻元明遞修本《臨川先生文集》、明嘉靖刊本《臨川集》作「静」。

新校宋文鑑卷第三十五校者按：底本爲刻卷，據六十四卷本、二十七卷本（存第一至十六頁）、麻沙本刻卷校改。

制

除韓琦依前同中書門下平章事進封儀國公加食邑實封制

王珪

朕按奉高之儀，思承上帝之福；詠《我將》之什，知配文王之功。諏辰季秋之良，盡志孝饗之事。應一郊之定卜，躬三歲之宗祈。於時陳物采於國中，接神明於堂上。璧玉温潔，粢盛令芳。靈光燭於大庭，休氣蒙於重宇。疇相丕祀，於顯元臣。肆膺拜胙之釐，首布告廷之命。具官韓琦，命世發德，佐王矢謀。財萬化於物宜，熙百工於帝載。已任沈機之斷，力陳遠馭之圖。若歲爲霖，可以濟天下之旱；如《易》占筮，可以判天下之疑。責大而智愈深，事昭而情〔一〕猶勉。迺先庚之詔，靡物備而不嚴；維自昔之文，或禮闕〔二〕而不講。使朕得裒六天之對，款七廟之靈。輯於昭曠之儀，顧匪烈文之輔。兹庸錫之名壤，建爾上公。寖廣奉田之腴，復敦真食之賦。汝爲汝聽，汝勞汝嘉。於戲！在福不敢康，蓋天有難忱之命；於德如弗及，蓋民無常懷之心。雖朝廷之甚休，益君臣之相敕。宜興盛治，允答靈歆。

除韓琦門下侍郎兼兵部尚書依前同中書門下平章事進封衛國公加食邑實封制

王 珪

王者紹景炎之序，履皇極之尊。永惟置器之艱，屬在佐王之略。睠夫上宰，翼我先朝。適及委裘之辰，肆於奉瑁之始。定策宗社，貫心神明。逮躬丕務之咨，敢後元勳之奬？首敷邦渙，誕告朝倫。具官韓琦，器博而適時，道閎而濟物。稟星辰之精粹，會日月之休明。歷宣外勞，更倚二柄。蹈夷險之一節，寄安危之大機。仰文考之知賢，絶時髦而登用。維召公之託，嘗聞《顧命》之言；維漢相之謀，終應大横之兆。蓋懷先見者識之邃，決至慮者材之英。天扶不拔之基，神賛非常之輔。是用進文昌之卿序，正黄閣之台符。隆以封爵之文，益之户田之數。以蕃爾寵，以懋爾庸。於戲！天視靡私，居飭有邦之畏；民心曷戴，一歸厥后之仁。念先猷之弗敢康，顧成業之不可恃。益經茂烈，永佐昌圖。

除曾公亮門下侍郎兼吏部尚書依前同中書門下平章事進封英國公加食邑實封功臣制

王珪

大火基宋，實開五聖之符；六龍乘乾，遂繼中天之運。乃睠近弼，薦更三朝。元勳冠於百僚，利澤施於萬世。載蠲穀旦，敷告治廷。具官曾公亮，學通天地之微，謀合聖賢之舉。包剛柔於九德，固夷險之一心。蚤膺皇祖之求，爰履公台之位。有皐、夔之論，能變堯民於時雍；有丙、魏之聲，不改漢家之故事。肆我文考，遺予沖人。咨顧命之老臣，輔初政於天下。重宣至策，終仰丕成。進首中臺之班，往顯東省之務。既疏榮於公社，益蠲數於爰田。功之所加，寵不敢後。於戲！恐德弗類，念高宗之未言；俾民不迷，繄尹氏之素力。共衹天監，永協邦休。

除文彦博樞密使賜功臣制

王珪

天極環樞，上通帝位之紀；神兵會府，内嚴師律之謀。朕方垂講丕平，進經《常武》。雖天下無事，思備禦之不敢忘；蓋王者有征，視安危之不敢忽。適登髦傑，資以輔予。具官文彦博，器閎而深，材敏以濟。早賁賢人之業，實膺聖考之知。以忠孝之名，形家國之盛節；以文武之略，輯將相之大猷。肆纂命於皇圖，廼離憂於喪紀。迨終哀戚，甫見儀刑。屬疆事之方興，煩師旄之載舉。折衝境外，方將出憎於王靈；收晝幄中，曷若坐圖於廟勝？宜長機廷之務，亶符巖石之瞻。於戲！過餌〔三〕北戎，未厭貪驕之志；再盟西夏，猶苞狂忽之圖。終伫奇勳，用恢遠馭！

除文彦博守司空依前樞密使加食邑實封制

王　珪

朕若稽先王，維御群品。左謀金鉉之老，以經治於廟堂；右屬鴻樞之良，以定策於帷幄。厥有成績，可勿褒乎？具官文彦博，風力肅明，器資恢傑。臨至劇有轉圜之易，定大謀如執玉之堅。逮事神文之朝，已緝熙於鼎路；追言聖考之遇，又密勿於機廷。肆涼昧之丕承，會精神於群慮。雖兵民之異本，亦文武之交脩。未隆賛册之恩，曷懋圖庸之舉？其保宏父，允釐華陽。顧豈名分之私？終繄老成之助。於戲！有若閎夭，尚迪文王之彝；罔俾阿衡，以專商家之美。往篤爾烈，永承於休！

除富弼依前同中書門下平章事充武寧軍節度使判河南府兼西京留守司事仍賜功臣制

王　珪

三台處中，以裁萬物之化；四嶽總外，以牧黎民之蕃。如山河之經九州，如股肱之衛一體。出處之際，朕無閒然。具官富弼，復貫有元，蹈中弗勉。學幾聖而獨至，識造物之未形。

貴名起於三朝，盛德儀於百辟；鄉召從於列屏，俾進翊於冢司。爲日尚新，何恙靡已？未及經邦之務，遽陳避位之辭。詔雖屢而莫回，章甫卻而復至。朕憮然自念，嗟莫能勝。既閔勞於政機，其聽遂於私佚。建彼徐節，以殿東郊；守茲洛符，以保西宅。仍位鴻鈞之貴，尚優黄髮之行。於戲！不處成功，專老氏榮名之畏；其旋元吉，要羲經履道之終。雖弗從於吾遊，亦自保於而福。

除陳升之禮部尚書同中書門下平章事集賢殿大學士加食邑實封制

王珪

色齊三階，則風雨不失其序；聖如二帝，然股肱亦繄其人。朕上撫乾緯之明，下慎國鈞之寄。方審求於賢輔，俾參穆於政途。若時登庸，蓋出定命。具官陳升之，識幾聖藴，謀合皇猷。學積於原而心彌充，智酬於變而力彌裕。早膺仁祖之擢，以遺文考之知。肆予沖人，克即大任。問甲兵，則有鎮撫四夷之略；問衣食，則有運理群物之心。朕方稽百王之謨，經一世之績。宜進躐於賢序，以延登於宰廷。夫知歷選之既囏，體委用之寄[四]重，則義莫得以愛己，道惟專於澤民。豈特無疆之休？亦有無窮之問。於戲！論金穀之計，其歸内史之司；作霖雨之滋，是應高宗之命。往熙帝載，庸代天工。

除程戡安武軍節度使加食邑實封再判延州制

王珪

周禮命卿，司馬掌國征之事；漢儀遣帥，將軍顓閫制之權。自非謀經帷幄之咨，名厭疆陲之難，則何以稽圖而受社，賜律以臨戎？兹疇舊政之良，式協師虞之望。具官程戡，體忠忱之度，蹈夷雅之風。進搴藝文之華，仕階名秩之膴。方先朝之籲晙[五]，更三[六]府之告猷。左右六年，夙夜一節。肆纂休於皇緒，適留寄於邊衝。空[七]深寤寐之思，且重安危之倚。上金城之方略，猶知充國之彊；習闕里之弦歌，還見祭遵之佚。就付兩河之節，薦綏西土之封。既衎食於爰田，復陪輸於真户。風聲雖舊，寵數維新。於戲！制夷狄者，備不可遽忘；守方隅者，勢不可數易。蓋威素中則敵情慹，信久著則士心懷。尚堅壯圖，往服渥命。

除曹佾保平軍節度使加食邑實封制

王珪

朕承景歷之昌，嗣丕基之重。涣敭大命，胥澤群元。咨我方岳之良，時維屏翰之憲。念宣勞於劇委，稽涣奬於陟文。卜以剛辰，告於列序。具官曹佾，體沖韻邃，氣勁謀沉。傳圯上之神書，託西京之肺附。顯允祖烈，實爲宗臣。於皇母儀，克后[八]先帝。濟忠純於奕世，履謙劼而保躬。鬯共武之威，廼踐元戎之貴；助守文之德，式緊外戚之賢。進導徽猷，參聯台路。肆纉膺於聖統，方倚輔於英藩。載疏冢社[九]之榮，增視上公之峻。隆階表貴，衍食敦封。萃爲寵休，以睦姻近。於戲！詔爵禄之柄，《天官》以馭夫群臣；錫車馬之儀，《大雅》以褒夫元舅。蓋績美則報之厚，愛隆則禮亦蕃。往懋淑聲，永綏多福。

除李璋殿前副都指揮使武康軍節度使制

王珪

羽林神兵，北環天衛之象；黄帝李法，中嚴邦律之師。國家毖武節於四遐，提禁屯於千列。進總凝嚴之護，歷圖勁傑之資。稽衆得人，告廷孚命。具官李璋，氣沈而果事，性裕而知方。厲許國之單忠，達治兵之善志。緒服高華之望，名推親信之良。朕念長樂之慈，愴不及養；顧渭陽之族，聞蓋多賢。自擢領於戎昭，已積遷於留寄。屬巖除之缺帥，宜齋鉞之命才。六纛啓途，既襲重侯之貴；萬兵留帳，方資緩帶之安。雖其素勞，不曰異寵？於戲！執干戈則有社稷之衛，常慎於假人；聽鼓鼙則有將帥之思，實深於注意。維蹈忠義者，急於報主；蓋喜功名者，要之逢時。勉規壯圖，尚率明訓。

除郝質殿前都指揮使安武軍節度使加勳食邑實封制

王珪

國家統御之勢大，維持之業隆。外倚四嶽藩翰之臣，中謀萬夫貔虎之帥。故奉委裘而群情固，聞受瑁而三靈趨。肇臨發政之辰，首下攽朝之命。具位〔一〇〕郝質，性資莊厚，氣略沉雄。通玉帳之善經，體金行之正氣。自昔先帝，知爲勁臣。因其勤舊之名，立在親信之地。會綴衣之陳牖，提衛甲之環宫。曾無夜鼜之譁，自得剛牙之重。紹帝符於景祚，涣邦號於前彜；視秩冠於文昌，徙節臨乎安武。加以總正使範，陪敦井封〔一一〕。并旌巖陛之勞，以表師干之寵。於戲！天之壁壘，象在羽林；王之爪牙，職於圻父。蓋地嚴則必資拱扈之力，師衆則尤賴訓齊之方。往堅壯圖，思答殊遇。

除皇伯祖承亮檢校工部尚書榮國公感德軍節度使加食邑實封制

王　珪

蓋聞周興建土，遂膺年歷之長；秦失罷侯，靡復藩維之援。此國家所以監用往制，封崇茂姻，以夾輔於王家，以懷柔於天下。肆膺皇緒，涣舉丕彜。皇伯祖具官承亮，躬耆德之英，被忠訓之厚。曾無車服珍寶之玩，固有《詩》《書》道術之明。稽帝堯之仁，疇先骨肉之愛；顧秦悼之後，不減祖宗之蕃。自居留務之榮，浸廣皇支之譽。按戊午之新澤，合南陽之近親。華鄂承跗，旌樂和於列邸；犬牙交壤，寄雄畯於師旄。既行爰田之封，又陪真食之入。助建大統，圖繄老成。於戲！積厚者流長，雖本神明之祚；德隆者爵重，況如宗族之賢。均履多祥，勉欽渥命。

賢妃苗氏進封德妃制

王珪

帝居六宫之制，率輔於皇猷；天極四星之華，實裨於壼事。朕嗣膺邦統，思穆人倫。褒臨妃掖之英，化始宸闈之順。命龜薦日，班綍布朝。賢妃苗氏，性資惠明，儀度閒肅。居蹈箴圖之戒，動循珩珮之龢。八月良家，早被後庭之選；平陽別館，爰開貴主之祥。而能進遠驕華，舉思謙畏。褕衣奉祀，上以贊於后勤；彤史流徽，下以儀於嬪則。庸賁德言之茂，益隆位序之崇。名以副勞，議非能典。於戲！坐而論婦之禮，蓋視三公之尊；内有進賢之心，始安君子之佐。維正道然後式於外，顧私謁不可黷於中。往服訓辭，永綏寵命。

皇長女德寧公主進封徐國公主制

王珪

周美王姬之華，下王后之一等；漢推帝女之寵，主同姓之諸公。故至愛形而九族歡，内則正而四海順。乃睠公宫之懿，適從世閥之逑。宜合丕彝，用孚群聽[一二]。皇長女德寧公主，僊支襲慶，邦媛流徽。鍾天性之深慈，躬女圖之茂矩。幼而勤組訓之習，亦既飭婦事之脩。長則有室家之歸，將以經人倫之始。維衿鞶之有命，維車馬之有行。卜仲冬之嘉辰，祉大《易》之元吉。瓊華在著，已戒《齊風》之醨；粉水疏園，莫如徐國之樂。侈燕謀於皇裔，充美化於民間。顯錫徽章，大旟柔度。於戲！前攬唐家之制，盥饋不可以闕供；近稽仁廟之檝，冠服仍從於少損。蓋肅雍者賢之檢，儉約者古之師。其體至懷，自膺長譽。

除富弼尚書左僕射充觀文殿大學士集禧觀使制　　呂公著

聖王賦禄，所以崇德而勸勞；賢者辭隆，所以激貪而厲俗。眷我外相，惟時宗工。願還重紱之榮，蓋露累章之請。既重違於悃愊，宜特示於褒優。載揆剛辰，式敷渙號。推誠保德崇仁忠亮佐運翊戴功臣武寧軍節度徐州管内觀察處置等使開府儀同三司檢校太師同中書門下平章行(一三)事徐州大都督府長史上柱國鄭國公富弼，體資忠亮，識藴淵閎。炳嶽瀆之粹靈，挺棟甍之厚器。光輔仁祖，蔚爲文武之師；追事先皇，實總機衡之要。引疾遽辭於大柄，均勞式殿於近邦。未移巖石之瞻，併及洪河之潤。肆予纘紹，尤渴儀刑。雖體力之未平，顧風猷之克壯。而乃過持沖守，深遜寵名。諭言已周，誠意彌確。朕惟安危所寄，雖賴老成之人；損益有規，宜伸大雅之志。俾進班於左揆，聽復節於中臺。仍總領於殊庭，竚論思於祕殿。用彰寵數，蓋示眷懷。於戲！進止不膠，共扶於名義；幽明有相，終畀於壽臧。風於四方，時汝之德。

除富弼依前尚書左僕射兼門下侍郎同中書門下平章事昭文館大學士兼譯經潤文使鄭國公制　　鄭獬

秉籙膺圖，將繼配天之大業；銓時論道，必資名世之元臣。以言乎體貌，則舊德之英；以言乎望實，則群材之表。爰立作相，宜莫如公。丕昭寵數之殊，孚告治朝之聽。具官富弼，智資大雅，德懋碩膚。學足以造聖人之微，幾足以通天下之變。繇賢科之得雋，攄遠業以奏功。在仁祖時，則首冠廟堂，有弼諧九德之美；在英考世，則再登樞府，有折衝萬里之謀。庶績已熙，太平將洽。屬留侯之多病，容裴度以爲藩。愷悌所宜，神明自復。方王家之不造，固賢者之有爲。昔居畎畝，而志猶在於愛君；今處朝廷，而義豈忘於憂國？是用召從方守，進拜元台。仍左揆之舊班，兼東臺之茂秩。爰田衍賦，盟府易勳。茲實異恩，庸昭注意。於戲！上理乎天工，則日月星辰以之順；下遂乎物宜，則山川草木以之蕃。近則諸夏，仰德以承流；遠則四夷，傾風以待命。凡予欲治，惟爾責成。勉盡嘉猷，用光丕訓！

邢氏進號賢妃制

孫洙

王宮六寢，崇建婦官；天極四星，垂著妃象。所以協宣陰教，助穆宸闈。矧視秩於上公，必敷求於淑哲。朕厲精於治，選納尤希，嬪嬙靡充，位號多闕。茲延登於邦媛，用播告於路朝。婉儀邢氏，德稱後庭，體合法相。居念保阿之訓，動循環珮之音。授弓矢於禖[一四]祠，占熊羆於吉夢。是宜詳案舊典，升備列妃。進參褕狄之華，益昭彤管之煒。坐論婦禮，正始《國風》；品冠六儀，名超九御。於戲！《周南》之詠卷耳，無險詖私謁之心；《齊詩》之美雞鳴，有警戒相成之道。寵靈烜赫，禮秩優隆。匪時婉嫕之良，疇若褒嘉之命。佐后內治，爾尚勉哉！

陳升之起復同中書門下平章事集賢殿大學士制

元　絳

閔子經而服政，先賢稱得事君之宜；晋侯墨而臨戎，前志謂達變禮之用。矧予丞弼，奄遘閔囏。久虚席以思賢，宜敷朝而涣號。具官陳升之，藴渾厚之量，挺高明之材。體備四氣之至和，智通萬方之遠略。發紓一德，感會三朝。經武斗樞之庭，則王靈震疊；贊元鼎鉉之府，則邦治協寧。端正百度之原，章明九叙之極。向鍾家疚，越解政均。稽之師言，厥有前憲。桓焉奪服，其惟詔使之從；趙熹離憂，未始宰司之去。盍來復於台路，以大熙於天工。於戲！斷恩從權，自昔弗踰於國制；移孝扶義，維時尚乂於王家。勉一乃心，無替朕命！

除皇弟顥保信保静軍節度使進封嘉王制

元　絳

史謂建大宗之封，如安盤石之固；《詩》美得同氣之助，若敷常棣之華。朕紹五聖之休，昭九族之序。固已倚天屬於本根之重，措公姓於翰幹之彊。況於至親，宜有顯册。播告群位，厥維大公。具官顥，燕翼發祥，温恭迪哲。英姿茂而玉裕，盛氣粹而陽休。講藝服儒，多推道術之對；好禮樂善，雅有智思之文。緐稽立愛之經，屢衍建侯之寵。有華上公之衮，有淑元戎之旂。賢儀寖明，師論參穆。是用端筴以審繇，按圖而定名。表爲真王，奄爲樂國。畫岷峨之野，陪以爰田；易肥涣之麾，加之兩組。循典常而出閤，謹著定以奉朝。列第環宫，彌聳開元之觀；側門通禁，永承長樂之顏。備飭愛懷，布章慶譽。於戲！展親以誠信，我則友於天倫；秉德以輔陪，爾則蕃於王室。思長富貴之守，懋底忠孝之成。往其欽哉，以對猷訓。

除韓琦京兆尹再任判大名府制　　元　絳

分陝稱伯，召南當公職之尊；啓魏就封，畢萬得國名之大。況吾元老，爲世宗臣。久倚師垣之嚴，宜遷尹節之寵。飭宣典策，敷告搢紳(一五)。具官韓琦，道醇而深，器遠而博。渾渾忠孝之業，憲憲文武之姿。感通仁朝，亮衆采於台極；翼戴英考，捧大明於天衢。肆朕纘圖，厥初謀落。燮諧四氣之序，熙輯百官之成。登昭公槐，奄涖國社。鎮定大事，妥如九鼎之安；承寧諸侯，端若元龜之信。歲勤再閲，師律既和。重念郊圻之雄，旁據河山之險。徒得君重，以宣王靈。就更西雍之旌，留主北門之鑰。載敦爰賦，并實幹封。於戲！漢咨陳平，安危注於上意；唐用裴度，輕重繫乎厥身。維迺純誠，無愧前烈。懋服休命，往其欽哉！

除韓絳觀文殿大學士知許州制　　元　絳

國家登延弼疑，内以起功於庶事；圖畀藩翰，外以發政於四方。閔勞申恩，倚重均體。肆敷丕號，庸誥廣朝。具官韓絳，躬莊厚之姿，函忠忱之度。濟世美以特立，告辰猷而具臧。斐陪國均，實輔台德。嚮自保釐之寄，再膺翼亮之咨。高平師師，總脩衆職之果；公孫斤斤，參聽百官之成。久宣於勤，間愬以疾。確辭幾務之劇，祈即燕申之休。感於朕聽，姑徇爾欲。宜還宰戟，往建州麾。陟春官常伯之尊，兼禁殿隆儒之冠。載更功號，增衍井封。於戲！乃眷臣鄰，雖爾身之在外；不忘壽耇，豈兹心之謂遐？其服寵章，以將福履。

除燕達武康軍節度使充殿前副都指揮使勳封如故制

李清臣

祈父之官，司王爪士；上將之任，爲國虎臣。予得智勇之材，俾共左右之位。誕敭休命，播告大廷。具位〔一六〕燕達，拔迹戎行，厲躬武節。深明分數之守，兼識變通之權。捍外侮於西陲，佐濯征於南服。嘗鼓儳趨阨，以奮率烝徒；能降城艾旗，以盪定逋寇。夙付簡稽之籍，進督虣噭〔一七〕之軍。人知訓齊，衆不諱敖。是嚴師律，擢扈殿巖。越從廉車，遂總齋鉞。於戲！惟威愛足以臨下，惟忠義可以報君。勤懋乃心，欽迪朕意。

校勘記

〔一〕「情」，六十四卷本、二十七卷本作「精」。宋本《華陽集》作「精」。

〔二〕「闞」，六十四卷本、二十七卷本作「闒」。宋本《華陽集》作「闞」。

〔三〕「餌」，六十四卷本、二十七卷本作「餁」。四庫本《華陽集》作「餌」。

〔四〕「寄」，六十四卷本、二十七卷本作「既」。四庫本《華陽集》作「寄」。清鈔《宋朝大詔令集》作「既」。

〔五〕「畯」，六十四卷本、二十七卷本作「俊」。四庫本《華陽集》作「俊」。

〔六〕『三』，六十四卷本、二十七卷本作『二』。四庫本《華陽集》作『三』。
〔七〕『空』，六十四卷本、二十七卷本作『宜』。四庫本《華陽集》作『空』。
〔八〕『后』，六十四卷本、二十七卷本作『右』。四庫本《華陽集》作『后』。
〔九〕『社』，底本作『位』，據六十四卷本、二十七卷本、麻沙本改。四庫本《華陽集》作『社』。
〔一〇〕『位』，六十四卷本、二十七卷本作『官』。四庫本《華陽集》、清鈔《宋朝大詔令集》作『官』。
〔一一〕『陪敦井封』，麻沙本作『敦封』，六十四卷本、二十七卷本作『敦封井』。四庫本《華陽集》、清鈔《宋朝大詔令集》作『敦封井』。
〔一二〕『聽』，麻沙本作『德』。四庫本《華陽集》、清鈔《宋朝大詔令集》作『聽』。
〔一三〕『行』，底本無，據六十四卷本、二十七卷本、麻沙本補。
〔一四〕『禖』，底本作『媒』，據六十四卷本、二十七卷本改。
〔一五〕『紳』，六十四卷本作『綎』。
〔一六〕『具位』，六十四卷本作『具官』。清鈔《宋朝大詔令集》作『侍衛親軍馬軍副都指揮使金州管内觀察使持節金州諸軍事金州刺史上柱國河南郡開國公食邑二千二百户』。
〔一七〕『躩噉』，麻沙本作『虢噉』。清鈔《宋朝大詔令集》作『虢噉』。

新校宋文鑑卷第三十六

校者按：底本爲刻卷，據麻沙本刻卷校改。

制

除皇伯宗暉依前檢校右散騎常侍充淮康軍節度使特封濮國公加食邑食實封餘如故制

鄧潤甫

其禦侮尚親，先王未之或改；折衝授鉞，天下所以久安。眷惟尊屬之賢，蚤有皇支之譽。其敷褒律，以告治廷。皇伯邕州管内觀察使金紫光禄大夫檢校右散騎常侍持節邕州諸軍事邕州刺史兼御史大夫上柱國天水郡開國公宗暉，器宇閎深，履尚方重。詩書自樂，慕漢邸宗英之聞；孝友夙成，有濮園天性之愛。爵隆而無偩〔二〕貴之累，禄富而懷約己之風。陞拜廉車之崇，益增公族之重。是用疇庸躐等，辨域展圖。付名部之整軍，奉賢王之明祀。維衮及黼，視上公之儀；錫山與田，壯元戎之寄。兼陪真賦，庸示寵章。於戲！親親主恩，非異數無以昭其意；繼繼在德，惟訓嗣可以孚於休。更恢遠猷，以稱茂渥。

立皇太子制

鄧潤甫

建儲非以私親，蓋明萬世之統；主器莫若長子，兹本百王之謀。朕荷天地之況臨，席祖宗之詒燕。迺睠上嗣之貴，蚤應前星之祥。宜告大廷，誕揚孚〔二〕號。皇子彰武軍節度使延州管内觀察處置等使檢校太尉開府儀同三司持節都督延州諸軍事延州刺史上柱國延安郡王煦，温文日就，睿智夙成。回馳道之車，能止班輪之驚；辨南陽之牘，允符東海之休。自疏錫於王封，益光華於德望。勝衣視膳，温然孝友之姿；好禮受經，不煩師傅之誨。是用歷盛陽之嘉日，舉列聖之大章。肇正青宫，肆敓顯册。以協《離》明之吉，以係天下之心。於戲！立愛始親，商以成千歲之業；建嗣必子，漢以撫四海之民。斯爲永圖，往膺徽典。

封荆王頵太傅武寧鎮海節度使制

鄧潤甫

朕罹國大憂，紹天明命。黄陵玉座，永懷復土之深；清廟朱絃，序陟寧神之禮。哀恫罔極，感慕從中。念宗藩尊屬之賢，有文考同生之愛。圖功甚茂，送往良勤。敷告大廷，肆敓顯〔三〕册。皇叔武昌武安等軍節度鄂州潭州管内觀察處置等使守太保開府儀同三司持節都督鄂州潭州諸軍事鄂州潭州刺史上柱國荆王賜贊拜（不名）頵，身端而行治，識遠而量夷。地則茂親，時惟名德。翼戴王室，雅有《二南》之風；表儀宗枝，獨包兩獻之學。協策廟社，乃心朝廷。昨朕承祧，疇勞錫命。屬緝裕陵之禮，遠護靈駕之行。事有感懷，義當褒異。是用進以官班之等，寵以帝傅之崇。出節徐郊，建麾青社。以應《采菽》來朝之賜，以慰《棠棣》孔懷之情。於戲！《詩》美大宗，是爲四國之翰；禮尊叔父，固曰一人之嘉。往服龍光，益膺福祉。

除皇弟偲武成軍節度使祁國公制

鄧潤甫

朕奉承燕謀，獲紹大統。永懷先烈，曷勝哀疚之情？眷顧同生，宜厚褒封之典。孚我明命，揚於治廷。皇弟偲，岐嶷得於自然，温文見於異稟。挾天材之美質，應帝武之嘉祥。未臨射矢之辰，遽起號弓之慕。踰年於此，錫壤惟時。矧周人尚親，尤重本支之務；漢廷左戚，亦隆襁褓之封。規裁半楚之疆，載徹濱河之域。苴茅制社，授鉞殿邦。用建上公，尹兹北國，策勳加等，衍邑實租。於戲！西望裕陵，敢忘幼子之愛？東朝長信，進預諸孫之遊。往服恩輝，益延壽祉。

除司馬光左僕射制

鄧潤甫

帥群臣宿道而嚮方，在慎取相；佐王者修政而美國，莫若求人。顧惟眇躬，獲嗣大統。儲思業業，不敢忘六聖之休；注意賢賢，將以總萬方之治。褒進上宰，敷告外庭。正議大夫守門下侍郎司馬光，受材高明，履道醇固。智足以任天下之重，學足以知先王之言。逮事厚陵，偏儀侍從之列；被遇文考，擢總樞機之繁。有大臣特立之風，蹈君子難進之節。方予訪落之始，起應秉均之求。調娱萬幾，必先教化之意；辨察百職，不失禮義之中。是用諮諏僉言，褒加異數。越陞左揆之路，兼峻東臺之班。中衍爰田，陪敦真食。於戲！上寅亮於天心，則陰陽風雨以之順；下遂字於物理，則山川草木以之寧。内皐安於兆民，外鎮撫於四裔。蓋輔相者爲之基杖，而老成者重於典刑。勉行所聞，以底極治。

除文彦博平章軍國重事制　鄧潤甫

師傅道之教訓，先王所以迪厥官；老成重以典刑，天下所以資其智。廼眷舊德，時謂元勳。謀合祖宗之心，名載鼎彝之器。中攽贊策，播告外朝。河東節度管内觀察處置等使守太師開府儀同三司太原尹致仕上柱國潞國公文彦博，惇大而清明，方嚴而信厚。出則秉乎旄鉞，入則總我鈞衡。文武兼備其才，夷險能致其力。畢公之弼四世，三紀於兹；傅説之總百官，萬邦其乂。爵隆無富溢之累，名遂有身退之榮。神明相其壽康，人心想其風采。是用還之論道，倚以經邦。以帝者之師臣，謀議廟堂之上；以天下之大老，制馭夷狄之情。庶幾有爲，底於極治。陪敦多井，申衍真封。於戲！吕望惟賢，起佐文王之治；周公已老，留爲孺子之師。矧我耆英，無愧前哲，往宣一德，用格多盤。

除吕公著右僕射制

鄧潤甫

國莫難於置相，君莫重於知人。堯、舜之隆，蓋以疇咨而熙載；商、周之盛，至以夢卜而求賢。天降割於我家，予未堪於多難。思用耆德，交秉政鈞，其敷寵章，以詔群辟。金紫光禄大夫門下侍郎上柱國東平郡開國公吕公著，行應儀表，學通本原。忠義得於天資，功名自其世美。被遇先帝，嘗入贊於樞庭；暨予沖人，遂同寅於政路。傳經意以謀國體，推上澤以紓民心。叙收隽賢，補苴法度。方重不倚，雅有大臣之風；調娱適中，遂通當時之務。是用陞之右揆，委以繁機。申衍爰田，陪敦真賦。爾則代天而理物，予則羞耇以惟君。於戲！丞相之位，未嘗無其人；儒者之效，久不白於世。孟軻言無有者數百歲，揚雄稱自得者二三臣。蓋迪遠業者其功難，循近迹者其力易。勉行所學，以底丕平。

除吕公著守司空同平章軍國事制

蘇軾

仁莫大於求舊，智莫良於用衆。既得天下之大老，彼將安歸？以至國人皆曰賢，夫然後用。今朕一舉，仁智在焉，宜告治朝，以孚大號。金紫光禄大夫守尚書右僕射兼中書侍郎上柱國東平郡開國公吕公著，訏謨經遠，精識造微。非堯舜不談，昔聞其語；以社稷爲悦，今見其心。三年有成，百揆時叙。維乃烈考，相予昭陵。蓋清浄以寧民，亦勞謙而得士。凡我儀刑之老，多其賓客之餘。在武丁時，雖莫追於前烈；作召公考，固無異於象賢。而乃屢貢封章，力求退避。朕重失此三益之友，而閔勞以萬幾之煩。是用遷平土之司，釋文昌之任。毋廢議論，時遊廟堂。於戲！大事雖咨於房喬，非如晦莫能果斷；重德無逾於敦令，而裴度亦寄安危。罔俾斯人，專美唐世！

除吕大防太中大夫守尚書左僕射兼門下侍郎制

蘇軾

朕聞天子有道，其德不可得而名；輔相有德，其才不可得而見。故漢之文、景，紀無可書之事；唐之房、杜，傳無可載之勳。當時安榮，後世稱頌。予欲清心而省事，不求智名與勇功。天維顯思，將啓承平之運；民亦勞止，願聞休息之期。眷予元臣，咸有一德，咨爾百辟，明聽朕言。中大夫守中書侍郎上柱國汲郡開國公賜紫金魚袋吕大防，造道淳深，受才宏毅。果蓺以達，有孔門三子之風；直大而方，得《坤》爻六二之動。久踐右闥，蔚爲名臣。宜陞左輔之崇，兼綜東臺之務。加賦進秩，寵數益隆，得位與時，憂責彌重。於戲！若古有訓，無競維人。崔公建中之風，以除吏八百而致；裴垍元和之政，以薦士三十而能。惟公乃心，何遠之有！

除范純仁太中大夫守尚書右僕射兼中書侍郎制

蘇軾

朕惟朝廷之盛衰，常以輔相爲輕重。若根本彊固，則精神折衝。故蔿吕臣奉己而不在民，則晉文無復憂色；汲長孺直諫而守死節，則淮南爲之寢謀。朕思得其人，付之以政。使天下聞風而心服，則人主無爲而日尊。咨爾在廷，咸聽朕命。中大夫同知樞密院事上柱國高平縣開國伯賜紫金魚袋范純仁，器遠任重，才周識明。進如孟子之敬王，退若蕭生之憂國。朕覽觀仁祖之遺迹，永懷慶曆之元臣。强諫不忘，喜臧孫之有後；戎公是似，命召虎以來宣。雖兵政之與聞，疑遠猷之未究。坐論西省，進貳文昌，增秩益封，兼隆異數。於戲！時難得而易失，民難安而易危。予欲守在四夷，以汝爲偃兵之姚、宋；予欲藏於百姓，以汝爲息民之蕭、曹。勉思古人，以稱朕意！

除苗授武泰州軍節度使充殿前副都指揮使制　　蘇　軾

出總元戎，作先聲於士氣；入爲環尹，寓軍政於國容。將伸閫外之威，以迪師中之吉。咨於爾衆，朕得其人。侍衛親軍步軍副都指揮使威武軍節度觀察留後持節福州軍州事福州刺史上柱國濟南郡開國公苗授，早以異材，見稱武略。被服忠義，有烈丈夫之風；砥礪廉隅，得士君子之槩。薦揚邊圉，益著勞能。拔自衆人，既蒙先帝之遇；遂拜大將，無復一軍之驚。祗扈殿巖，肅將齋鉞。予欲少長有禮而兵可用，汝其夙夜在公而令必行。於戲！愛克厥威，罔功兹爲深戒；師衆以順，爲武古有成言。惟懋乃衷，毋忘朕訓！

除皇伯祖宗晟特起復制

蘇　軾

曾閔之哀，喪不貳事；漢唐之舊，禮有奪情。矧予藩屏之親，實兼臣子之重。雖閨門以恩掩義，而公侯以國爲家。伯臣司宗，職不可曠；要經服事，古有成言。非予爾私，其聽朕命。皇伯祖彰化軍節度涇州管内觀察處置等使檢校司空開府儀同三司持節涇州諸軍事涇州刺史判大宗正事上柱國高密郡王宗晟，天資純茂，德履方嚴。襲餘慶於祖宗，蹈格言於師保。典司屬籍，克有令名。郢客卒業於浮丘，辟彊受知於先帝。允釐厥位，毋愧昔人。屬此閔凶，纍然毁瘠。嗟日月之逾邁，重職業之久虚。宜復寵名，式從權制。於戲！出居官次，非王事不談；退適倚廬，讀喪祭之禮。則忠孝兩得，人無間言。功名益隆，親有顯譽。勉服朕訓，光昭前聞！

西蕃邈川首領阿里骨加食邑制

蘇　頌

祭有十倫之義，施爵賞以爲先；福者百順之名，本忠孝之自出。朕祇祓陽館，崇嚴禰宫。配神穹昊之尊，流澤幅員之廣。嘉與卿士，同兹慶休。便蕃優渥之恩，固無内外之異。告於朝宗，布乃言綸。西蕃邈川首領河西軍節度涼州管内觀察處置押蕃落等使金紫光禄大夫檢校太保持節涼州諸軍事涼州刺史上柱國寧塞郡開國公阿里骨，生有軼材，少負偉略。稟天地之義屏。屬九筵之講禮，盛四海之駿奔。來獻其琛，實相予祀。是用加命王公之數，視秩帝傅之崇。增井賦於爰田，廣國租於真食。於戲！爾有時享歲貢之恪，史不絶書；我有餕神觀政之方，惠必及下。既均承於純嘏，宜益厲於忠規。往服訓言，克享天禄。

氣，得秦豳之遺風。奠塞外之封疆，繼承列土；擁河西之旄鉞，坐護諸羌。長雄一方，作我西

劉昌祚加恩制　　蘇　轍

朕因路寢之正，舉合宮之祠。禮樂法商周之隆，車服兼漢唐之盛。出款原廟，還享上穹。職貢充庭，工師履位。兵衛如植，旌旆不煩。實惟有人，以克成禮。殿前副都指揮使武康軍節度洋州管内觀察處置等使持節洋州諸軍事洋州刺史上柱國彭城郡開國侯劉昌祚，天姿鷙勇，性〔四〕本忠良。結髮征羌，號馬上之飛將；授鉞臨塞，皆關中之要區。方西鄙之須材，會中軍之謀帥。畀之旄節之重，付之貔虎之師。歸閲浹旬，旋聞輯睦。逮此熙成之慶，賴其宿衛之勤。既增封爵之崇，仍加真食之厚。於戲！古之明主，立賞以待有功；古之賢將，有功而恥自列。服予霈澤之異，勉爾勳名之思。貴當益恭，老當益壯！

除文彦博太師河東節度使致仕制　　蘇　轍

周公未嘗之魯，老亦居豐；留侯晚雖彊飡，終不任事。蓋委寄之重，初無間然，而止足之

風，所不敢廢。惟我耆舊，歷事祖宗，纘服之初，復命以位。雖師保之地，優佚不煩；而丘樊之心，朝夕以請。布告在位，俾聞高風。太師平章軍國重事上柱國潞國公文彦博，克孝而忠，允文且武。其在師旅，有方、召之勳；其在朝廷，有崇、璟之業。士民視其去就，夷狄震其威名。時更四朝，躬蹈一節。先皇帝愍勞以事，既許其歸。越予訪落之年，凛有涉淵之志。起之既老，待以仰成，出入五年，終始全德。進而論道，日聞典訓之言；倚以折衝，卒靖邊防之警。委成功而不處，指莫景以求安。勤請屢聞，誠心莫奪。顧瞻閭井，近在洛師。郭氏有永巷之嚴，裴公有緑野之勝。豈以簪紱之累，久致形氣之勞？貴極上公，既無復加之爵秩；分領全晉，仍畀久還之節旄。增廣舊封，益衍真食。殫盡人臣之寵，歸從父老之遊。於戲！音聲不遐，尚有就問之禮；几杖以俟，復期〔五〕親祀之陪。勿以進退之殊，而廢謀猷之告。式燕且譽，俾壽而康。

文彦博司徒判河南制

曾　布

秉國大均，絶席廟堂之上；經時常武，運籌樽俎之間。維吾老成，多所更踐。懇辭幾務，徃殿近藩，敷告於廷，進疇厥位。推忠協謀崇仁同德經邦贊治守正保運亮節佐理功臣樞密使劍南西川節度管内觀察使處置橋道等使開府儀同三司守司空檢校太師兼侍中兼群牧制置使行成都尹上柱國潞國公文彦博，器資宏偉，智謨靖深。逮事祖宗，蚤登丞弼。周旋左右，當四海之具瞻；密勿樞機，實萬邦之爲憲。肆予纘御，屬在倚毗。深惟注意之勤，勉徇均勞之請。眷言耆舊，宜所褒崇，增秩上公，衍封真賦。光華故里，揭全晉之旌旃；偃息名城，壯陪京之屏翰。出入中外，始終顯榮。於戲！進而論道經邦，則必告嘉猷於后；退而承流宣化，則必下膏澤於民。惟往欽哉，尚多受祉！

除范純仁觀文殿大學士知潁昌府制

曾　布

謀謨廟堂，入則股肱於大政；偃息藩翰，出則師帥於一方。維時宗工，引疾辭位，均逸近輔，敷告大庭。通議大夫守尚書左僕射兼中書侍郎上柱國廣平郡開國公范純仁，端良稟於世資，樂易成於天性。有砥名厲行之志，有面折廷争之風。越自累朝，寖更華選。暨沖人之嗣服，適文母之仰成。咨於臣鄰，付以宥密。一踐樞要，再秉〔六〕國均。朕恭己紹庭，嚮明圖治，緝熙緒業，追遹先猷。方有望於弼諧，遽固辭於機務。重違爾志，姑即厥安。增視秩之榮名，進陪封之寵數。式隆體貌，何吝眷私。於戲！論道經邦，常在倚毗之地；承流宣化，勿忘勵翼之心。祗服朕言，往共爾位。

立皇后孟氏制

梁　燾

正家者義之先，天下從而定矣；大昏者禮之本，聖王所以重焉。朕繼體持盈，側身思永。

方切基圖之固，敢娛宫室之安？太母以萬世爲心，命虔宗事之重；大臣以兩極陳義，請建坤儀之尊。謂王道之大所由興，故人倫之始不可緩。明揚德閥之懿，簡在慈闈之公。欽承温詔之音，俾正中宫之位。載蠲吉日，敷告大庭。故侍衛親軍馬軍都虞候眉州防禦使贈太師〔七〕孟元孫女，忠孝令門，善慶奕世。幽閑專静，藹聞和聲；婉睦惠慈，雅應柔則。天作之合，文定厥祥；人謀協從，龜告并吉。是宜入聽内職，輔宣外和。式瞻褘翟之章，上直軒龍之象。嘉典大備，並行今古之情文；盛德有開，增美國家之治理。於戲！惟恭儉爲富貴之守，惟憂勤爲康樂之資。如《關雎》之進賢，則可以基風化之成；如《樛木》之逮下，則可以將福履之盛。用久乃濟，匪初其難。勉爾欽修，以法三宫之端一；相予顯祀，以崇七廟之清明。垂光紫庭，襲譽彤管，可立爲皇后。

徐王改封冀王制

范祖禹

周尊公旦，倚爲四輔之師；漢重王蒼，位處二公之上。及我仁祖，加禮荆王。顧惟沖人，敢後叔父？誕敷明命，播告治廷。皇叔永興鳳翔等軍節度管内觀察處置等使守太尉開府儀同三司雍州牧兼鳳翔牧上柱國徐王賜詔書（不名）顥，稟訓英皇，同氣神考。仁義根於天性，孝友冠於人倫。昔在先朝，蚤膺異數。迨宣后九年之政，無愛子一毫之私。追惟崇慶之功，罔極昊天之報。方畢太宫之祔饗，莫先尊屬之褒嘉。是用登拜師垣，仍聯使節。徹彼徐土，受茲冀方，内獎皇家，外綏侯服。進陪多賦，衍食真封。於戲！並建親賢，實爲社稷之衛；益彊藩屏，用承祖考之休。往膺典册之光，永介壽祺之祉。式昭令德，無愧前人！

除向宗良檢校司空充醴泉觀使昭信軍節度使制

曾　肇

昔周盛世，則有申伯之良翰；在漢懿親，則有少君之長者。眷吾仲舅，蚤著賢稱，登進寵名，誕敷詔號。醴泉觀使奉國軍節度明州管内觀察處置等使持節明州諸軍事明州刺史上護軍河内郡開國公向宗良，席慶深厚，秉德粹温。富貴無自滿之心，恭孝有夙成之質。肆朕承祧之始，首膺授鉞之榮。兹屬東朝，亟還大政。念崇德報功之誼，將錫異恩；守右賢左戚之規，莫回慈旨。换節瀕江之地，參華空土之名。增衍户租，併申朕志。於戲！維我太母，有勞皇家。方其艱虞，則出任社稷之重；及底康靖，則還就宫闈之安。動静必惟其時，進退靡失其正。而猶鑒觀前載，深抑外親。爾其念長樂之好謙，思文簡之垂裕。益堅素履，永保令名！

除皇弟似守太保依前開府儀同三司蔡王充保平鎮安等軍節度使制

曾　肇

朕惟本朝之制，厚公族之恩。列第京師，不忍使之去國；兼榮將相，未嘗責以治民。豈惟致敦叙之仁，抑亦隆夾輔之勢。矧吾寵弟，實位真王。念方屬於妙齡，將即安於外邸。雖云密邇，能不疚懷？肆舉徽章，用孚群聽。皇弟武昌武成等軍節度鄂州滑州管内觀察處置等使守司徒開府儀同三司持節都督鄂州滑州諸軍事鄂州滑州刺史上柱國蔡王似，出神明之胄，鍾禖祝之祥。氣稟温良，生知遜悌。雅愛圖書之習，夙堅忠孝之誠。桐葉疏封，已侈盤維之寄；棣華致好，每敦和樂之私。比遵朝著之趨，尚處宫隅之邃。屢覩啓奏，祈避禁嚴，志雖莫回，情實未忍。思在宗之誼，豈忘原隰之哀；顧開府以時，難廢國家之典。迺蠲穀旦，增峻官儀。更兩鎮之節旄，正三師之位叙。兼陪井賦，益壯宗藩。於戲！周誥孟侯，則曰『無康好逸』；漢詔諸子，亦云『無邇宵人』。蓋位不期驕者，人情之常；寵至益戒者，前哲所尚。往服休命，永綏令名！

除曾布右僕射制

曾　肇

左右置相，以總吾喉舌之司；東西分臺，以斡我鈞衡之任。居中如鼎足之峙，承上若台符之聯。相須而成，闕一不可。廼登次輔，以告大廷。左光禄大夫知樞密院事上柱國魯郡開國公曾布，敏識造微，懿文貫道。器周小大之用，智適古今之宜。被神考特達之知，亟躋禁從；膺先朝倚注之重，久執事樞。而能悉心公家，宣力夙夜。忠以迪上，誼不辭難，憂勤百爲，壯老一節。肆朕纂臨之始，尤嘉翼戴之勞。參稽師言，圖任舊德。文昌端揆之列，紫微陪侍之班。合兹寵名，作我近弼，仍遷階品，增衍户封。於戲！朕有休息百姓之心，汝則覩文而匿武；朕有綜覈庶工之志，汝則務實而去華。以至甄序材良，敦奬正直，澄清風俗，振肅紀綱。使萬物各得其平，無一夫或失其所。汝之職也，尚往欽哉！

復元祐皇后制

蔡　京

朕紹休列聖，承訓東朝。施惠行仁，既誕孚於有衆；念今追往，用敦叙於我家。廢后孟氏，頃自勳門，嬪於王室。得罪先帝，退處道宫，逮兹累年，克庸祗德。皇太后念仙遊之寖邈，撫前事以興悲。惻然深矜，示不終廢，申崇位叙，還復宫庭。乃詔輔臣，具依審議。雖元符建號，已位於中宫；而永泰上賓，無嫌於並后。於戲！原情起義，蓋示親親之恩；克己慎身，宜成婦婦之道。其率循於懿範，以上答於深仁。往服茂恩，永膺多福！

蔡京降太子少保致仕制

張　閣

政事所寄，尤嚴誤國之誅；人臣之姦，莫重欺君之罪。我有常憲，揚於大庭。太師致仕楚國公蔡京，頃以時才，久膺柄任。兩冠台衡之峻，三登公衮之崇。庶圖爾庸，以弼予治。而總秉機務，出入八年。事寖紊於將來，謀悉違於初議。擅作威福，妄興事功。輕爵禄以示私恩，濫錫予以蠹邦用。借助姻婭，密布要途，聚引兇邪，合成死黨。以至假利民以決興化之水，託祝聖以飾臨平之山。豈曰懷忠，殆將徼福。屢有告陳之迹，每連狂悖之嫌。雖僅上於印章，猶久留於里第。偃蹇弗避，傲睨罔悛。致帝意之未孚，昭星文而申譴。言章繼上，公議靡容，固天事尚象，於戲！欲用恩，難以屈法。宜褫師臣之秩，俾參宮保之官。聊慰群情，尚爲寬典。明罰所以弭灾；人道惡盈，省躬所以引咎。往欽善貸，無重後愆！

校勘記

〔一〕『偩』，麻沙本作『驕』。清鈔《宋朝大詔令集》作『負』。
〔二〕『孚』，麻沙本作『丕』。清鈔《宋朝大詔令集》作『丕』。
〔三〕『顯』，麻沙本作『贊』。清鈔《宋朝大詔令集》作『贊』。
〔四〕『性』，麻沙本作『惟』。明嘉靖刊本《欒城集》作『性』。
〔五〕『期』，麻沙本作『斯』。明嘉靖刊本《欒城集》作『期』。
〔六〕『秉』，麻沙本作『持』。清鈔《宋朝大詔令集》作『持』。
〔七〕『太師』，麻沙本作『太尉』。

新校宋文鑑卷第三十七

校者按：底本爲刻卷，據麻沙本刻卷校改。

誥

韓通贈中書令　　劉敞

易姓受命，王者所以徇至公；臨難不苟，人臣所以明大節。周故天平軍節度使檢校太尉同中書門下平章事侍衛親軍馬步軍副都指揮使韓通，定交覇府，委質前朝。荷戈共歷於艱貞，錫壤迭分於戎律。朕以三靈睠祐，百姓樂推，言念元勳，方疇異渥。蒼黄遇害，良用憮然。追升浴鳳之池，式表潛龍之舊。

王贄授殿中侍御史　　王禹偁

故事御史府三院轉遷，各有月限，考績之命，異於他官。國朝以來，不用此制，必因行慶，方得叙遷。其閒才行有聞，爲衆所譽者，不時而授，人以爲榮。具官王贄，本以懿文，輔之通識。自登憲署，繼領詔條，絜己愛民，所在稱理。司漕運者奏其課，執風憲者舉其才。受代南康，陛見與語，宜從改秩，用以勸能。勉荷寵光，勿渝素履！

登州黄縣尉東方辛可密州司士參軍

歐陽脩

朕以信示天下，而以禄報有功。今爾辛，緣死事而命於官，然按察者，糾失職而來有請。按察，吾所詔也，不從則不自信；念功，吾所急也，不報則無所勸焉。是用易爾散秩，優爾俸禄，免爾吏責，俾爾自安。庶幾使吾信賞，並行而不失。

西京左藏庫使内侍省内侍押班任守信可遥郡刺史依舊鄜延路駐泊兵馬鈐轄

歐陽脩

國家自靈夏不賓，邊隅多警。議者率以謂用兵之道，任將宜專。恩信不久，則無以得士心；山川不習，則不可圖勝筭。自兵宿於野，久而無功，此殆將帥數易之患也。苟有能者，無遽奪焉。以爾具官任守信，選以敏材，臨於戎事，肅軍捍寇，宣力有聞。遽以飛章，自言滿歲。顧久親於矢石，豈不念於勤勞？然而士卒之樂既汝安，夷狄之情惟汝熟，雖欲代汝，實難其人。所宜旌以郡章，仍臨舊部。體兹委寄，服我茂恩！

前杭州司理參軍范衮可衛尉寺丞

歐陽脩

朕觀兩漢名臣，多或出於丞史小吏，非夫丞史之能出名臣也，乃知古雖吏屬，亦必選用賢材焉。今中書丞相之職，比古公府曹掾之制，吏員已爲簡闕，欲任其事，豈不擇人？故詔銓衡，俾其慎選。具官范衮，有司來上，以爾爲材，進爾諸丞，往率乃職。古人可慕，無自怠焉！

前知彰信軍節度判官褚式可太子中舍致仕

歐陽脩

昨按察者言，爾事有迹，而爾方以老自請。吾屈言者不究，而進爾以秩，全爾之歸。吾之欲成人之美，而不欲成人之惡如此。汝其休矣，知我之仁！

虞部員外郎吕師簡可比部員外郎

歐陽脩

國家嚮因寡兵，特立賞格，俾勸勤者，速於集事。而議者皆患應募之卒，雖多而難用。豈夫訓練之未至，將由簡閲之不精？然而號令重於已行，賞罰貴乎存信。今有司按籍，言爾當遷。往服新恩，其思實效！

潁州推官江揖可大理寺丞　歐陽脩

朕思與多士，共寧庶邦。而賢豪材美之人，或自沉於幽遠，與夫懿節茂行之韞於中而未見於事者，吾皆不得而徧觀焉。故以舉類之科，而爲官人之法。今舉者言，爾行可稱。命爾新恩，以期後效！

進納人空名海詞　歐陽脩

官者所以治人，而非以假人之器也。朕閔西人之勞，而欲紓其乏。有出其私以佐吾之用者，是亦有益於吾民。俾命於官，所以示勸。爾其往矣，服我茂恩！

著作佐郎張去惑可祕書監[一]　歐陽脩

國家設官之法，患乎巧僞干譽者之難止。故考績之格，三載而一例遷，所以使沉實守正之人得以自進。及其弊也，庸人希累日之賞，而賢者不能自別。故又增舊法，稍欲因舉類而求能者焉。惟爾之材，世所稱美。夫累日而遷非爾志，干譽而進不可爲。惟思厥中，務廣其業！

永興軍節度推官董士廉可著作佐郎　歐陽脩

自古奇偉之士，因時立功，而名在竹帛者，率皆不以細文常行責其備。蓋於其大者，人有所不能者焉。惟爾少而好奇，不徇小節，喜從兵事，思奮其材。今積久録勞，蓋從請者。若夫異賞，待爾有爲。

内殿崇班郝質可内殿承制　　歐陽脩

夫被甲馳馬，出而與敵周旋於原野；搴旗斬馘，歸而與士卒數俘獲於軍中。量功較計，蒙褒被寵，進而受賞於朝廷。此將帥之事也，豈不榮且樂哉！戰之功有小大，國之賞有重輕。膺此茂恩，更期後效。

龍衛指揮使開贇拱聖指揮使胡元並可内殿承制　　歐陽脩

朕之勁兵鋭將，戍於邊者，不可勝數，惟爾能以武勇出乎其間。方吾思得猛士之時，吾之大臣以爾來上。高爵厚禄，爲爾等而設也。往其勉矣，吾將觀汝之能。

秦州觀察支使喬察可静難軍節度推官知隴城縣　　歐陽脩

夫吏之不能稱職者，或謂數易使之然。今爾嘗佐於州，就臨屬縣。其上下政令之便及，土風民俗之所安，皆所習知，可以爲治。將觀汝績，無替其勤！

試助教郭固可寧州軍事推官

歐陽脩

自邊陲用兵，而天下游談之士，趨時蹈利者。吾非不知其濫，而未始怠焉者，冀必有得於其間。惟爾之能，乃其素學。夫學有實者，詰之不窮，而推之可用。嘉汝施設，精而有條。慮變適宜，將觀汝用。

范仲温可台州黄巖縣尉

歐陽脩

爾弟仲淹，參吾大政，方欲輔朕平賞罰、推至公，以修紀綱而正庶位。爾今所任，有土與民，惟過與功，則有賞罰。爾勤厥職，可不戒哉！

史館書直官潘宗益可梓州司户參軍

歐陽脩

給事有年，其勞可録，宜命以秩，俾旌厥勤。凡爲有司，惟久則習，尚安乃職，以謹克終！

内殿崇班李允恭可内殿承制

歐陽脩

朕患州縣之吏不職者不能禦姦禁暴，而憫吾民罹於賊盗，故於捕盗之吏，推賞尤厚。非以爲私，蓋有爲也。今爾之請，自陳其勞。方吾以賞行勸之時，惟恐不及，故加爾寵，非狥爾私。

夫古有讓功不言之賢，惟爾宜慕！

彰武軍節度推官李仲昌可大理寺丞簽署渭州判官事

歐陽脩

群材之在下者思達其上，難矣；而在上者思得可用之材，豈爲易哉？朕頃自擇能臣，使舉其類，而洙以爾充薦，今琦又以爲言。琦、洙皆能體吾勞於擇士之心者，舉爾不應不慎，霈然推寵，吾所不疑。爾尚勉哉，以稱茲舉！

泰州興化縣主簿朱思道可衛尉寺丞

歐陽脩

夫廉，爲吏之一節也。今保薦之法，惟以受財爲同坐，則待夫能吏，豈盡其材？爾其奮厥所長，思有所立，不獨守夫一節而已焉。

京西轉運按察使虞部員外郎杜杞可刑部員外郎直集賢院充廣西轉運使

歐陽脩

自一隅用兵，而調發輸役之繁，無遠不及。況廣東西之路，於東南尤爲遠者，而吏多不良。吾之疲民既有賦歛之勞，而今又〔二〕罹盜賊之患。吾一慮及，爲之惻然。凡與吾憂國者，豈遑暇於安居哉？汝爲吾往，其可憚勞？吾又嘉汝名臣之後，好學博文，尚有榮名，以爲汝寵。

凡吾寄汝之事，繄汝之材，吾惟責成，爾可自勉！

河北都轉運使工部郎中張昷之可兵部郎中充天章閣待制三司户部副使

張方平

唐自開元以還，王室多故，行在之所，不能備官。而從軍興之期，顧多應卒之事。爰從權便，置諸使，而天下庶政，始不歸於尚書省。今之會府，乃在三司。蓋自中臺，至於寺監之務，凡〔三〕關出納，無不總者。故建其長以治要，立其貳以治凡，設其攷以治目。以言乎三司之副，是猶文昌之丞轄。助上率下，舉綱振目，常出高選，以贊大計。具官張昷之，才識器用，政事風采，稱於朝廷，著於方面。今邊候多警，戎車未脱。凡物力之充屈，生〔四〕齒之耗登，職司版圖，必藉精力。故謀於衆，還爾外臺。尚悉乃心，以集吾事！

前秀州崇德縣尉左惟温可漣水軍録事參軍

劉敞

天下無事，人得養老長幼脩孝悌之行，甚善！而猾惡之民，起爲盜賊，奪攘以侵擾之，郡縣所患者也。汝以邑尉，捕擊如律。尚書條上閥閲，遷爾糾曹。祗服明命，益思自奮！

太常少卿張鑄可光禄卿致仕

劉敞

古者有司年至則致仕，所以恭讓而不盡其力也。具官張鑄，履尚夷粹，足以檢俗，精力强敏，足以濟物。而能顧禮畏義，願上印韍。朕閔勞以官職之煩，今聽其請。夫佚老之士，雖不輸力於朝，其矯厲風節，不亦過絶保禄持寵不知止者乎？俾列九卿，以榮其歸。祇若休命，思底終譽。

無爲軍録事參軍馬易簡可太子中舍致仕

劉敞

控摶禄利者，至於遷籍損年，飾貌匿衰，以緩退休之期。爾齒未耄，仕無缺行，能決於去，庸非廉乎？自下郡掾，升東宫屬，歸安鄉閭，足爲榮觀矣。

龍圖閣直學士兵部郎中涇原路經略使王素可諫議大夫

劉敞

朕臨御天下，賴宗廟之靈，方内乂安，元元蒙福。而徃者戎狄窺間緣隙，時入爲暴患。皆在守圉之臣，文不能附衆，武不足威敵，使貪暴之民，震驚朕師。具官王素，假節剖符，居邊三年。内鎮撫百姓，外教戰士，令行禁止，惠於鰥寡。爰及疆外，羈縻之虜，咸懷服集，不失朝貢。中國以安，朝廷益尊，此蕃衛之勳也。《詩》不云乎，『大邦惟翰』。其議遷秩，升於諫列，以慰吏士《出車》《東山》之思。

太子中舍通判衡州張兑可殿中丞

劉　敞

郡有倅貳，關決衆務，所以優民事，示重慎也。俗吏不察大體，而矜勢怙權，以争重輕，吏民反苦之，甚非朝廷意。爾居職自若，奏課亦善，通籍循省，以疇歲勞。方天之休，其勖哉！

前邠州觀察推官李育可著作佐郎前趙州軍事推官許林宗可大理寺丞

劉　敞

古之禮，珪璋特達而璧琮有藉，實非不同也，所從用之異。豈唯實哉？士亦宜然。育用文學，進有以自見；林宗繇吏材選，稱於知己。夫蓬丘圖書之府，廷尉法理之本，往爲之屬，各踐爾位。思所以報，毋墮而守！

皇姪右監門衛將軍克孝妻某氏可封仁和縣君

劉　敞

《常棣》之詩，其輯之亂，曰『宜爾家室，樂爾妻孥』，知其爲治内之本也。今夫宗婦則有湯沐之邑，封君之號，此其所以稱宜且樂，不亦光大章顯乎？具官克孝妻某氏，憑慶良奥，作嬪懿近。柔静之操，足儀閨壼；莊肅之風，能承祭祀〔五〕。俾疏列壤，且擇令名。尚無懈於夙夜，思能對於休寵！

西京左藏庫使忠州刺史高陽關路駐泊兵馬鈐轄時明可文思使 劉敞

執干戈典兵馬之臣，當以戰多勇功受賞於朝，而但累歲月計資考，以此取高位，壯士之恥也。然今天下乂安，士無所試其能，故偏裨將帥，例以恩進。遷爾使列，以觀來效。爾亦毋謂易而得之，因易以守之。盍亦竭節顧義，思所以報國者乎！

宰相富弼奏試國子四門助教王淵宰相韓琦奏鄉貢進士李常並可試將作監主簿 劉敞

曩者朕親祀清廟，推恩延賞，而大臣得薦其門下之士，置之仕籍。今丞相以常等聞，夫與我陶冶萬物，長育人材者，非丞相歟？何惜一命，以慰士大夫之望。其慎所履，毋辱己知！

內殿崇班唐詢可內殿承制 劉敞

邊吏欲其奉法守職，以安吾民；而不欲其徼功興事，以撓王略也。故歲滿無負者，輒遷其秩。爾有治狀，協於賞格。進承制命，無隳常守！

定武軍節度推官衛觀可大理寺丞常州團練推官沈披可衛尉寺丞

劉　敞

昔唐有天下，諸侯自辟幕府之士，唯其材能，不問所從來。而朝廷常收其俊偉，以補王官之缺，是以號稱得人。今州郡從事，皆吏部旨授，然其試之臨政而不苟，察之行己而有立，亦皆一時之選已。故吾亦且命以九卿之屬，使漸而升於朝。觀與披也，既歷試於外，又亟稱於知己，得人之聲，庶必能勉焉。

翰林學士給事中知制誥歐陽脩可禮部侍郎端明殿學士吏部侍郎宋祁可尚書左丞禮部郎中知制誥范鎮可吏部郎中刑部郎中知制誥王疇可右司郎中三司度支判官太常博士集賢校理宋敏求可祠部員外郎並依舊職任

劉　敞

古之爲國者法後王，爲其近於己，制度文物可觀故也。唐有天下，且三百年，明君賢臣，相與經營扶持之。其盛德顯功，美政善謀，固已多矣。而史官非其人，記述失序，使興壞成敗之迹，晦而不章。朕甚恨之，故擇廷臣，筆削舊書，勒成一家。具官歐陽脩、宋祁，創立統紀，裁成大體。具官范鎮、王疇、宋敏求，網羅遺逸，厥協異同。凡十有七年，大典乃立，閎富精覈，度越諸子矣。朕將據古鑒今，以立時治。爲朕得法，其勞不可忘也，皆讎有功，遷秩一等。布其書天下，使學者咸觀焉。

禮部侍郎參知政事曾公亮可加正奉大夫進封開國公食邑五百户賜推忠佐理功臣

劉　敞

朕承七廟之光，繼三聖之緒。惟慎祀時享，未足副盛德；委事有司，未足盡誠孝。故稽曠典，歷吉日，親率公卿，躬執豆籩，昭見祖宗，並受祉福。若乃褒時之對，申錫無疆，天寓之内，莫不受獲，而況一二耆老，肅雍顯相者乎？具官曾公亮，德器渾厚，智謨閎遠。予欲觀於《雅》《頌》，參《玄鳥》《清廟》之詩，以追孝於前人，汝明；予欲謹於王事，極四海九州之美，以備物於大饗，汝圖；予欲時和歲〔六〕豐，以薦厥嘉生，登黍稷之馨，汝翼；予欲制禮協樂，以對越太室，交神人之雍，汝助。夫賞，國之典，不可廢也。進階中朝，頒爵上公，衍食加田，勒忠甲令。使百執事粲然皆知輔德致治之報焉，不其偉歟！

將作監林洙可司農卿

劉　敞

自周以來，稷爲大官。今吾非廢稷不務也，而官益輕，豈居其職者，未能勉乎？具官林洙，資稟通裕，臨履脩潔，擢正卿位，尚宜其事。昔乃先正，實領大農之任，以迪文考。今年穀未充，邊人望哺，爾其勤身敏行，無忝名實。於以勸穡劭民，庶有賴焉。濟爾世美，不其多乎！

權郴州軍事判官楊永可右贊善大夫致仕前岳州平江縣張正己可大理寺丞致仕

劉　敞

年至還政，典也，而貪禄者或不能止，能止者皆好禮者也。至於以廉自嘉者，有不待年去矣。今永也禮，而正己也廉，忽而不録，何以慰其子弟之心？或升籍朝闈，或丞事卿寺。歸榮鄉閭，以樂暮齒。

校勘記

〔一〕『監』，麻沙本作『丞』。宋慶元二年周必大刻本《歐陽文忠公集》、元本《歐陽文忠公集》作『丞』。

〔二〕『又』，底本殘缺，據麻沙本補。宋慶元二年周必大刻本《歐陽文忠公集》、元本《歐陽文忠公集》作『又』。

〔三〕『凡』，底本作『幾』，據麻沙本改。

〔四〕『生』上，麻沙本有一『繫』字。

〔五〕『祀』，麻沙本作『禮』。

〔六〕『歲』，麻沙本作『年』。

新校宋文鑑卷第三十八

校者按：底本爲刻卷，據麻沙本刻卷校改。

誥

都官員外郎邢夢臣可侍御史殿中丞沈起可監察御史裏行

劉　敞

御史執憲轂下，紀綱國體，非雅亮勁正之士，不足參論議、廣聰明。拯與景初，吾所信也，使之慎柬厥僚，必皆其人。而拯也以起聞，景初也以夢臣可。稽之閥閲，察之望譽，人咸曰允哉，予甚嘉之。夫鑑以明，故可正容；繩以直，故可形枉。毋勤小補而遺大體，毋忽近務而隳常守。事君盡禮，其可以報知己乎！

兵部員外郎張中庸可開封府判官

劉　敞

京師衆大之居，其俗具五方，而諸侯所視法也，號稱難治，蓋自古記之。爲之尹者，專用擊斷，則網密俗敝；崇之以寬，則威信不立。故常擇精明疏通之人，以參其職。具官張中庸，材劇而用博，行脩而志堅，處煩決疑，必有餘裕。俾贊浩穰之政，當適寬猛之中。根本之地，爾惟欽哉！

屯田員外郎胡揆除都官員外郎　劉敞

朝廷鎮撫四夷，以綏中國，貴於息民，而不務佳兵。故常申敕邊吏，毋邀奇功。五嶺以南，蠻夷雜居，其俗剽悍，尤爲易動。而桂州一都會也，前通判軍州事尚書屯田員外郎胡揆，承用詔旨，悉心疆事。終揆之任，怙然無虞，亦可謂善吏，能宣明威信者矣。夫守邊之患，常在見小利而不達大體，以侵迫驅奪之爲，故至大沸，貽憂吾民。則若揆者，不可以不賞也。稍增其秩，以示褒寵。

度支郎中李碩可三司户部判官　劉敞

財賦大計，一出於民。取之寡則用不足，然而民逸；取之多則用有餘，然而民困，此三司之難也。術不能通輕重，智不能調盈虚，則吾不以爲之[二]僚。具官李碩，嘗以名字典郡，風采奉使。敏以爲政，精於檢下，所到而治，有迹可紀。使之參計耗登，贊舉籌策，庶可以不傷財，不害民乎？往即會府，毋乏乃事！

陝西路都轉運使兵部郎中天章閣待制傅求可右諫議大夫河北都轉運使工部郎中天章閣待制周沆可兵部郎中依舊

劉　敞

岐、畢，吾西土也，被山帶河，百二之險，而有昆夷之虞。燕、亳，吾北土也，平原廣牧，四戰之地，而有獫狁之警。贍足兵食，綱領郡縣，將命宣指，甚難其人。具官傅求，明智敏察，表以文雅；具官周沆，深中篤厚，居以名檢。並委節傳，分按州郡，皆有述職之勤，美俗之風。夫較考陟明，其來尚矣。或正諫省之列，或遷夏卿之屬，所以褒善勸能，爾其欽哉！

司門員外郎張鞏可開封府推官

劉　敞

京師者，舉衆大之辭名之者也。風俗雜而獄市繁，治稱浩穰。吾令襄爲尹，急吏緩民，甚有文理。其僚虚席，思得敏才，以左右之。具官張鞏，嘗使行河，決川滌源，衆工胥作，輓漕以通。其精力幹用，效在已試。俾贊輦轂之政，尚克有立。夫都邑翼翼，四方是則，無習苟且，違道干譽，則予一人汝嘉。

曹頴叔充天章閣待制知福州

蔡　襄

朕念善爲維持之策者，運天下如臂使指，欲其大小相臨，而威令必達故也。東南之郡，長樂都會，表山環海，地險而遠。八州生衆，繫乎總帥，非有幹明之資能辨吾事者，不可以遣。具官曹穎叔，智力精敏，應幾必決，薦更器任，籍有聲稱。將漕益部，還貳計曹〔二〕，而猥繁之務，罔不給肅。今屬以方面之重，寵以延閣之華。爾其繕除兵械，補完城堞，懷綏困窮，剪遏兇猾。使吾人無愁苦之嘆，朝家有剸倚之賴。朕志唯是，爾儀圖之！

張昷之可光禄卿致仕

蔡襄

朕於群臣進退之際，曷嘗不緬〔三〕然思之？方其强仕，發智能以濟務，則有官賞以懋其材；逮其謝歸，養志意以自佚，則有恩渥以寵其行。仕官者，豈不雍然得其所耶？具官張昷之，立節清峻，無淄磷之苟；臨事明敏，有批導之利。恤民以惠，屏奸以嚴，循吏之風，聞於當世。自升禁近之列，屢委宣藩之重。服老聃之言而知止，躡疏廣之迹而告老。爾其還上官事，秩以列卿，休於而家，尚體朕意。

王元可右衛大將軍遥郡觀察使

胡宿

閫制之師，蓋威於不若；嚴除之衛，乃備於非常。唯中外之迭更，在倚毗之兼厚。具官王元，才資沉敏，節尚剛嚴，少厲武鋒，博通軍志。幹方授任，政屢服於藩方；厭難折衝，功實施於邊境。眷言雍部，控於西州。委以牙爪之師，屯乃襟喉之地。苛慝不作，部分有嚴。閱牘奏之爰來，叙足腓之微苦。願寘環衛，乞朝京師。須藥石之有瘳，雖金革而無避。忠言可壯，誠實不誣。朕以拱扆之嚴，當資於宿將；察廉之任，用寄於舊勳。遥總十連，聯司一衛。式表疏恩之數，且伸從欲之仁。惟忠力之是圖，亦威名之斯賴。體兹優遇，更竭乃誠！

皇姪右衛大將軍岳州團練使宗實可起復舊官泰州防禦〔四〕知宗正寺

王安石

先王糾合宗族，而分職以治之，所以嚴宗廟也。宗廟嚴，則禮俗成，而天下治，其事豈可以輕哉！今朕選於近屬，以脩宗正之官，亦先王治親之意也。以爾具官宗實，惠仁孝恭，忠信純篤。故還厥位，以稱禦侮之實，而使任事焉。夫士之欲施於政，未有不學而能者。學所以脩身也，身脩則無不治矣。朕言維服，爾往懋哉！

起居舍人直祕閣同修起居注司馬光改天章閣待制

王安石

揚雄曰：『周之士也貴，秦之士也賤。周之士也肆，秦之士也拘。』蓋言先王以禮讓爲國，士之有爲有守，得伸其志，而在上不敢以勢加焉。朕率是道，以君多士。以爾具官司馬光，文學行義，有稱於時。故明試以言，使司告命。而乃固執辭讓，至於八九。改序厥職，以伸爾志。是亦高選，往其懋哉！

左司諫王陶可皇子伴讀

王安石

自天子至於士，未有不待學而成者。今朕欲進諸子於學，求可與居者，而大臣以爾爲言。爾久在諫垣，有聞於世，兹惟慎選，可不勉哉！

范鎮加修撰

王安石

昔周人藏上古之書，以爲大訓，而孔子《春秋》，天子之事也。蓋夫討論一代之善惡，而撰次之以法度之章，非夫通儒達才，有識足以知先王，不欺足以信後世，則孰能託《尚書》《春秋》之義，勒成大典，而稱吾屬任之指乎？以爾具官范鎮，有該通之材，有純潔之操。辯論深博，溢於文辭，論思禁林，時議惟允。則夫按善惡見聞之實，斷是非去取之疑，人之所難，宜以命爾。爾其精思熟考，自勉以古之良史，而毋襲近世以事屬辭之失，使無以考焉。

高旦可著作佐郎

王安石

唐虞以三考黜陟幽明，而其所命，或終身於一職。然則其所謂陟者，蓋爵服之加而已。今之增位，猶古之加爵服也。以爾久於職事，而功用應於有司之法，故使增位以報焉。雖所更之歲月，與黜陟之法，古今不同，而吾所以褒厲庶工，非與唐虞異意。爾其毋怠，思稱厥官！

德妃沈氏姪孫獻卿可試大理評事　王安石

朕於后妃之家，不欲以恩撓法。法之所當得者，義亦無所愛焉。爾方眇然，未克有知，而以外戚之恩，得試理卿之屬。時乃邦制，不爲爾私。勉哉有成，以待官使！

沈德妃姪授監簿　王安石

京官吾所重也，故設磨勘之法，以待吏部之所選。非有勞而無罪，及有任舉之官，則不可以得之。爾由外戚，以孩幼入官，得吾之所重。其强勉學問，求爲成人，以稱吾待爾之意。

磨勘轉官　王安石

有司考爾等之閥閲，而揚爾等於朝廷，朕親覽焉，皆應遷法。夫命官賦禄之事，朕非輕之也。維以章有德，序有功。名在審官，則三歲而一遷，亦維以閔夫職事之勞，而勉之盡力。爾等勿謂名器之可計日以自取也，而無報上之意焉！

王伯恭轉官　王安石

方今仕於朝廷者，率三歲而一遷，論者患其不足以勸功。然日月久矣，能祗慎不怠，免於罪悔，則亦宜有以褒嘉。此朕所以使爾得遷之意也。士之爲義，蓋有常心，何必利焉，然後知勸。

甘昭吉入内副都知

王安石

古者王之正内，必有任職之臣。予若稽古，而思得吉士，以充其選。以爾服勤左右，多歷歲年，有專良之稱，無側媚之毁。其使序於正内，以允廷論之公焉。爾其審門闈，謹房闥。入宣宫令，出贊朝事，悉心夙夜，一以忠信。則維予爾嘉，爾亦永綏寵禄。

崔嶧刑部侍郎致仕

王安石

仕焉而告老者，自一命以上，必有以慰其歸。況吾邇臣，恩紀所厚，宜增位序，以示褒優。以爾具官崔嶧，比以明揚，久於煩使。入參侍從，出備藩維，踐更滋多，寄屬惟允。引年辭位，得禮之宜。進貳秋卿，以榮居息。古之士者，非苟自佚其身，唯慎行祇法，以助成王德。爾所知也，往其懋哉！

皇兄故保康軍節度觀察留後承簡可贈彰化軍節度使追封安定郡王　王安石

樂其生而哀其死，欲其富貴之無窮，仁人於親戚莫不然，而王者得盡其褒崇之意。具官承簡，於宗室爲近屬，於朝廷爲大官。有温恭恪慎之稱，無驕嫚逸欲之過。不幸至於窀穸，用震悼於朕心。義兼親賢，恩禮當稱。今夫建牙樹纛，節制一〔五〕軍，而封爵至於稱王，人臣之極也。朕其追命以賜焉。尚其有知，享此休顯！

參知政事歐陽脩曾祖某贈某官　王安石

君子善善之義下及子孫，況推而上之至其祖考，所以褒美崇寵，顧豈可以不稱哉！故先王宗廟之制，視其爵禄位之高下，以爲世數之遠近。而本朝追命之禮，亦從其子孫名數之卑尊。具官歐陽脩曾祖，潜於丘園，躬有善行。畜積之慶，施於曾孫，爲時宗工，名重天下。圖仕以登於右府，褒嘉當及其前人。東宫之孤，位已顯矣。進秩一品，尚其享哉！

曾祖母某氏某國太夫人　王安石

尊之欲其貴，親之欲其富，豈特人主有是心哉！推是心以施於人，此人主所以與天下同憂樂之意也。禄有厚薄，故禮有隆殺；位有高下，故施有遠近。古之道也，其可忘哉？具官歐陽脩曾祖母，含德在躬，作嬪令族，積善之慶，覃其後昆。惟時聞孫，實朕良弼，登豫政事，人無間言。其疏大邦之封，以報流澤之施。寵靈之極，尚克享哉！

祖

王安石

爲吾政事之臣，所以崇寵之者備矣，於是尊大前人之志，亦宜有以稱焉。具官歐陽脩祖某，積行在躬，潛而不耀，畜其善慶，以賴後昆。厥有聞孫，爲朕良弼，典司機要，海内所瞻。追命之榮，至於帝傅，進登師位，以極褒嘉。尚其冥靈，膺此休顯！

祖母

王安石

朕疏郡縣，以君諸臣之母，欲以稱慈孫孝子之心。至於政事之臣，則封圖及其王母。所以望其功者厚矣，則慰其心者，顧可以薄哉！具官歐陽脩祖母，來嬪名家，克配君子，積善之福，覃於其孫。左右朕躬，豫國政事，嘉而有後，錫以大邦。維靈在幽，尚克膺此！

父

王安石

大臣得爵，命其先人，至乎公師，非古也。然禮者人情而已矣，當於人情，而義足以勸士，則何必古之有哉？具官歐陽脩父某，畜其德善，不顯於世，克生賢佐，爲朕股肱。東宫一品，人臣高位，追以命汝，用嘉有子。尚其享此，以稱餽祀之盛哉！

母　　王安石

古者子爲諸侯大夫，而父爲士，則其祭以諸侯大夫之禮。朕以謂得享其禮，而位號不稱，則不足以盡孝子之心。故今有列於朝廷，皆得追崇其考妣，又況於爲吾左右輔弼之臣哉？具官歐陽脩母，嚴稱於天下，能教其子，爲時名臣，協於詢謀，進斷國論。雖禄養不及，而饋享有加。啓封大邦，於禮爲稱。尚其幽穸，知享此榮！

樞密使張昇所生母　　王安石

傳稱《春秋》之義，母以子貴，説者或非焉，而人子之愛其親，豈有窮哉？已則富貴，而親不與焉，固人情之甚可哀者也。當有追崇之禮，稱其思慕之心。具官張昇所生母，温柔惠和，得媲君子，克生賢佐，爲朕賓臣，允於庶言，秉國樞要。追崇之典，既啓爾邦，其改新封，以鴻後慶。尚其冥漠，享此恩榮！

三司使禮部侍郎田況可樞密副使

王珪

天文三階，中躔紫極之輔；國事二柄，右列鴻樞之司。維君臣之謨明，有夙夜之基命。朕當登進時傑，贊襄大猷，以導萬微之中，以合九德之會。匪至公之進，曷群聽之歸？以爾具官田況，器懷閎深，業履端厚。材適國家表裏之體，學貫天人精祲之交。而自高賢册於大廷，儀畯遊於清路。西垣名命之粹，内閣論思之勤。擁帥節於邊，而天聲憺於殊俗；筦財柄於内，而國用豐於歷年。兹庸倚爾忠力之良，置諸宥弼之地。熙我大業，垂之亡窮。噫！本天下之兵，莫重安危之寄；在帝右之陟，有若臣鄰之榮。蓋德懋者寵所隆，任大者責亦至。勉思盡瘁，永克承休！

屯田郎中詹庠可都官郎中

王珪

世治俗厚，賢能衆多。其高材異行，則待以越次之位；而守職奉法，亦褒累日之賞。非有厚薄，理則然也。爾服於朝著，陳力事任，有司稽年，書閥應陟。其增一秩，以慰夙夜浚明之勤。往服休命，勿忘祗飭！

户部副使太常少卿燕度可右諫議大夫知潭州　　鄭　獬

湖湘之南，溪蠻剽悍而易擾。陸而馴之，則亦弭伏，至其失御，遂出而嚙邊，其禍亦不細。得無肅乂廉治之帥，爲之良牧者哉！以爾具官燕度，醇明忠厚，通於世務。更薦要劇，芒刃愈出，俾副大農，厥功茂焉。宜加賜諫議大夫，魚符犀節，徃甸南服。内以惠斯民，外以柔殊俗。朕方端扆面朝，以遲爾之奏課矣。

劍南節度推官張澄等可大理寺丞　　鄭　獬

萬官之才，豈朕一耳一目之可盡之哉？然而卒所以能盡之者，寄朕之耳目於嶽牧連帥，推而進之耳。維汝脩方宿業，以廉治自顯。薦牘交上，可勿聽乎？宜寵以廷尉丞，以示我擇材之公。

皇姪右監門衛大將軍仲郃可依前右監門衛大將軍黄州刺史特封齊安郡公　　韓　維

朕按屬籍，以觀祖宗之世，而陳王之後獨微，且其位不章顯，朕甚憫之。以爾具官仲郃，孝友惇謹，善守法度。爰命褒録，以鴻厥慶。刺史，重任也；郡公，高爵也。遥領紹建，兹謂顯休。噫！惟務學可以正己，惟率禮可以保位。汝其懋哉！

潁王府翊善守太常少卿直昭文館齊恢可守尚書左司郎中依前直昭文館兼太子左諭德諸王府記室參軍尚書司封員外郎直集賢院陳薦可工部郎中依前直集賢院兼太子右諭德　鄭　獬〔六〕

唐制，左右諭德掌諭太子以道德，其内外庶政有可爲規諷者，隨事而贊諭焉。則處其官者，其選可以不重哉！以爾恢，清謹廉正，不失其常；以爾薦，質直和厚，可任以事。而或入道經訓，或贊爲書記。使王有聞，繄爾能力。屬儲闈之肇啓，擇郎曹而並進。夫語道者，非序而安取？論德者，惟行之爲艱。毋或易言，以墜予訓！

西頭供奉官常用之可右清道率府率致仕右侍禁李襄可率府副率致仕　鄭　獬〔七〕

古之仕者，量其可任則受，至於不能而止，所以遠殆辱也。朕嘉斯人之徒，故於謝事而歸者，必增秩以遺之。往欽茂恩，以安末路！

台州寧海縣令魏昂可試大理評事充山南東道節推知劍州劍浦縣

沈文通

前日天下令長，多非其人，始詔刺舉牧守之臣，察廉爲之。故遠近之縣，十七八治，朕甚嘉之，汝其選也。汝既三歲被代，而知者尚鮮，何哉？雖然，不可不少褒也。其升職幕府，復爲百里。益有以薦於朝者，當命汝還焉。

内東頭供奉官廖浩然可内殿崇班

沈文通

禁闥小臣衆矣，非以德舉而材選也，特以給左右之役，導内外之事而已。故未嘗輕命以遷，所以異乎吾外廷士大夫之典也。今爾考不幸，乃有遺封，以爾爲請。朕念爾考事我之久，位於通顯，汝亦謹信無咎，故進汝之秩，班於殿朝，以爲汝寵。朕於汝父子可謂至矣，其思所以報我者焉！

都官郎中楊佐可司封郎中

沈文通

水之爲利害也甚矣，堯舜其猶病諸！故歷代建以爲官，莫之能廢，而朕用稽焉。惟爾佐，學行材智，廉正膚敏，實吾士大夫之望。而自領都水，出入累歲，夙夜盡瘁，具有厥功。朕甚嘉之，故因有司大比之叙，陟爾左曹之正，以爲朕寵。其徃宿爾業，愈獻厥成，則亦當有以稱爾矣，欽哉！

校勘記

〔一〕「之」，麻沙本作「人」。

〔二〕「曹」，麻沙本作「省」，宋本《莆陽居士蔡公文集》作「省」。

〔三〕「緬」，底本作「腆」，據麻沙本改。宋本《莆陽居士蔡公文集》作「緬」。

〔四〕「禦」下，麻沙本有一「使」字。清鈔《宋朝大詔令集》有「使」字。

〔五〕「一」，底本空缺，據麻沙本補。宋本《王文公文集》、明嘉靖刊本《臨川集》作「一」。

〔六〕「鄭獬」，底本卷目署「韓維」，麻沙本卷目署「韓維」，然正集亦署「鄭獬」。今按：《庫》本韓維《南陽集》收此篇，《庫》本、《湖北先正遺書》本《鄖溪集》皆收此篇。韓維曾任潁王府記事參軍，與鄭獬又皆嘗知制誥。疑此篇或韓維具草，鄭獬改定，俟考。

〔七〕「鄭獬」，底本卷目署「韓維」，麻沙本卷目署「韓維」，然正集署「鄭獬」。今按：《庫》本韓維《南陽集》收此篇，《庫》本、《湖北先正遺書》本《鄖溪集》皆收此篇。疑此篇或韓維具草，鄭獬改定，俟考。

新校宋文鑑卷第三十九

校者按：底本爲刻卷，據六十四卷本、麻沙本刻卷校改。

誥

西京左藏庫副使楊文廣可供備庫使

沈文通

前日南夷負恩爲亂，以覆壞我郡邑，至於用師而後定。雖朕不德，不能懷服方外，而亦將吏不戒不習之罪也。故深察往失，而推擇所遣，益不敢輕。惟爾文廣，材武忠勇，更事有勞，故今以爾總一道之兵，戍於邕管，又陞爾於諸使之正，以重其行。爾其祇聽朕命，戒疆事，習軍計，使南徼無警，而朕爲知人，則時乃之功矣。其往欽哉！

西京左藏庫副使高允元可文思副使

沈文通

武吏以材勇進，以功力賞，古之制也。方天下無事，兵革不試，則汝武吏安得自效以取賞哉？然内外之職，歲月之勞，亦不可遺也。今允元最狀，既應陟法，其增秩一等，以明勸群吏。

屯田員外郎王衮可都官員外郎太常博士杜保衡可屯田員外郎　沈文通

朝廷治定，士大夫幸當其時，而進於位，以周旋乎太平之政，豈非休哉！然患常生乎久安，而因循苟簡之弊，不能無也，在乎彊勉而已矣。《詩》曰：『夙夜匪懈。』《書》曰：『懋哉懋哉！』今有司弊三載之治，故各增爾秩一等。其各徃服，祇我明訓，思有攸立，毋自致斁敗！

徐鐸張崇翟思太學博士　曾鞏

博士列於成均，以講教爲任。爾以經明選用，徃服厥官。蓋尊其所聞，以誘率學者，汝之守也。其尚欽哉！

徐禧給事中　曾鞏

有事殿内之臣，職在於平奏，述詳命令，糾其違者而正之，覆其是者而行之。至於決獄官人，條陳法式之事，莫不當攷察焉。其任可謂重矣。具官徐禧，以材進拔，典執邦憲。兹用推擇，俾踐厥位。惟精敏不懈，可以周閲讀；惟忠實不撓，可以司論駁。朕方覾爾之效，爾尚勉於厥修！

吴居厚京東轉運副使吕孝廉可轉運判官

曾　鞏

朕進拔能吏，以督視一路。蓋州縣政令之舉措，公私貨食之斂散，莫不任焉。得人之難，攷擇惟慎。以爾幹敏，閲試惟舊，用是分兹東部，屬以使事。夫施於民者厚，而刑罰清；求於民者約，而財用贍。使德流澤通，而風化輯穆，以稱朕憂憫元元，而勵精庶務之意。爾其勉矣，往服訓辭！

王從伾知岢嵐軍

曾　鞏

崇築培壘，本以輯治軍旅。及四方既平，而假守之臣，實任民事，列於有土之官。矧嵐谷並邊，寄屬尤重。爾以選擇，往祗朕命。夫能開示恩威，以惠養吾人，而懷附異俗，則爲善於其職。尚思爾守，無替訓辭！

崔象先等帶御器械

曾　鞏

乘輿所在，供御之物無一不備具者。故鎧甲弓矢，屬之以從者，亦不去於側。非左右親信，惡足以任此哉？爾給事惟舊，宜就兹列。益思祗恪，以稱厥官！

尚書祠部員外郎知制誥直學士院孫洙可翰林學士知制誥　李清臣

以文辭爲號令，明諭朕志於天下者，在制誥；陳古今，論得失，裨朕之欲聞者，在訪議。二者皆學士職之，故於侍班爲親且貴。以爾具官孫洙，繇學術行誼顯進，有名於時，博習墳史，多識典故。代予言訓，蔚然可觀，真秩禁林，使與材稱。恩寵茂矣，爾慎旃哉！

劉永年充殿前都虞候燕逵充馬軍都虞候苗授步軍都虞候　李清臣

左右虎賁之士，與羽林、彀騎、材官、蹶張，皆天下拳勇之秀，以嚴宿衛，厲武節也。既命帥分總之，而虞度兵計，候司戎事，亦統護之貴職，豈輕任其人哉！以爾具官某，威行軍中，名動疆外，材稱所付，忠忘其私，乃俾次遷，以補督將之缺。予命休顯，汝思報焉！

翰林醫官尚藥奉御王永和可依前尚藥奉御直翰林醫官　李清臣

凡方技有益於人者，皆以備王官之一守。而爾原診察色，稱爲明習。稽勤序課，遷爾之秩，其益勉哉！

中大夫守尚書右丞李清臣可太中大夫依前守尚書右丞　王　震

朕初纘承，大賚於天下。雖汪洋之澤，所被者廣，要以貴賤遠近，爲先後隆殺之節。故吾政事之臣，所以褒嘉者，既不敢後而致隆焉。具官李清臣，秉德含章，將明密勿。先帝圖任，以貳政幾，弼予一人，與有勤績。徽章爰錫，禄秩有加，進陟勳資，益陪常賦。終審厥與，爾則有辭，惟予一人，並受多福。

朝奉郎蘇軾可守禮部郎中　王　震

爾議論文章，卓然名世，而失職浸久，所學未伸。今兹命爾爲郎，以待不次之選。孔子曰：『如或知爾，則何以哉？』維爾之才，不患無位。

朝散郎勾當京東排岸司胡及可依前官權發遣開封府推官公事　王　震

開封專理京師，非有二輔，亂其治也，獨僚屬盡才，則裕無事矣。吾比不補〔一〕其缺，使得自擇所宜，顧以爾聞，殆必如舉。往其協乂，咸底於休！

通直郎河北西路提刑吕温卿可依前官充河北東路提刑奉議郎河北東路提刑吕仲甫可依前官充河北西路提刑　王　震

朕析河朔爲兩道，而各置使者，蓋祥刑惟察，非若財臣之欲周知而移用也。揣權稱事，其任惟均。互易攸司，咸祗厥守！

通直郎著作佐郎豐稷可權發遣提舉利州路刑獄公事　王　震

爾以儒學有聞，而頗稱澹默。試之涖事，其殆不煩。度此祥刑，訓於厥屬。若予欽恤，爾則有辭。

朝奉大夫少府少監吕希績可權發遣潁州　王　震

今之郡守，乃唐刺史郎官，出入之資也。爾以選擇入省，故出得善州。夫豈弟之政，非文深吏所能成也。唯爾懋哉，務稱吾意！

朝奉郎行宗正寺主簿楊完可權知衢州　王　震

遠州刺史，吾所加擇，顧爾以求得之，知爾能成豈弟之政也。雖然，吾可謂體群臣矣。傳曰：『體群臣，則士之報禮重。』爾可不勉哉！

左藏庫使〔三〕趙諒可供備庫使供備庫副使王繼恩盧昭用可並西京左藏庫副使内殿崇班楊貴田珏張僅可並内殿承制 王震

新城之役，調卒於他道。其在行者，爾實總之。部分嚴整，弗怨弗咨。於是勞還，宜有寵慰。率遷官秩，各服恩榮。

皇姪右千牛衛將軍士倧皇弟右千牛衛將軍叔嫣可並右監門衛大將軍 王震

宗子無職事之勞，而有考績之法者，親親之恩，欲有加而無已也。然非迪教飭身，則弗應有司之格。衛府之師，寖富貴矣。往其祗哉！

朝請郎權發遣陝西運副葉康直可朝奉大夫再任承議郎權發遣陝西運副李察可朝奉郎再任 王震

朕惟西土弗靖，爾則在行。靡征不從，日月逾邁。典護邦計，實緊厥勞。練達邊機，毋易爾舊。宜加寵陟，申即故封。有功見知，其説無斁。

故内殿崇班劉景男可奉職

王　震

有臣不難殺身以報國，賞其可薄乎？顧死者已矣，殆禄其近屬，尚爲之旌勸。永惟乃父之忠勞，爾是以有禄，可不勉哉！

朝請郎吴安度等故母廣陵郡太夫人王氏可贈榮國太夫人

劉　攽

邦君之德，具《鵲巢》《騶虞》之化；孝子之思，有《凱風》《寒泉》之感。哀榮之典兼備，愛敬之治維廣。追崇懿行，奚恡光寵？朝請郎吴安度等故母王氏，輔佐君子，挺幽閑之操；宜其家室，備均一之美。遺芳未泯，積慶方厚。舉集門凡伯仲，幾乎萬石；疏恩郡治湯沐，近於百邑。爰因合宫之祀，申錫漏泉之澤。俾封成國，仍付榮名。褕翟有光，壤户知貴。

殿中侍御史豐稷可右司諫

劉　攽

在廷之臣，位下而望重者，唯諫官而已。爲其得劘切人主，紀綱國體也。然非其學足以達道，其智足以周務，見微而知著，擇善而有容，亦安能稱其事而宜其官哉？以稷自居憲府，綽有士譽，名不虚得〔三〕，材實允副。移珥筆之權，當伏蒲之選。讜言正色，迺其素守，吐剛茹柔，毋愧前哲。則我爲知人，爾號稱職矣。

皇叔祖保信軍節度使宗隱男仲硯等可並太子右内率府副率　劉攽

公族之子，屬近愛至，未及有知，膺受光寵。非以祖廟之隆慶，朝家之敦叙邪？副率之貴，是惟通籍。勤身戒事，以就長立！

左藏庫副使純昱可權知廉州　劉攽

合浦之地，古爲珠官，琦珍所聚，掌握致富。宜得廉吏，爲之守長。且蠻蜑荒遠，難馴易擾，非夫武壯智略，不能鎮服。以是數者，推擇用汝。祇莅恩寵，益思善效！

皇城使漢州刺史廣南西路兵馬鈐轄張整等降官添差監當　劉攽

中國之所以臨撫戎蠻，常以威信結服其心，豈其夸於殺人，見小利而起後害乎？爾等咸以選擢，見任邊徼，貪於首功，輕肆翦戮，無辜横死近二十人。文書自營，謾不以實，覆案究極，惻然傷嗟。宜正典刑，以慰遐僻，差奪官秩，用懲無狀。尚體寬恩，思自悔咎！

吏部侍郎胡宗愈可御史中丞　劉攽

權衡之於輕重，繩墨之於曲直，由其無私而素具，是故應物而不貳。朝廷風憲之任，忠讜之士亦所以素具而待列位也。命官之艱，得人惟允。具官胡宗愈，秉心端直，爲學深厚。粹然特達之姿，淵如有容之度。粤自潤色綸省，獻納瑣闈，副貳天官，藻鑒多士，綽有休譽，舉爲稱職。是宜付中司之權，寄執法之柄。爾其修胸中之誠，應方來之務。有節於内，則物無不察；以義自處，則動無不中。稱此茂恩，著爲顯效！

承議郎充祕閣校理權判登聞鼓院張舜民可通判虢州

劉　攽

前以御史言事不合，朝廷優容直臣，未嘗備責，故移位他局，仍在轂下。而舜民力自摧謝，又以其多病及家婚娶，求得自便。天道從欲，而有曲成，吾何恡焉？虢略要郡，倅貳維重。祇服恩寵，毋怠勤恪！

太常少卿趙瞻可户部侍郎

蘇　軾

理財正辭，禁民爲非，曰義。先王之論理財也，必繼之以正辭。名正而言順，則財可得而理，民可得而正。自頃功利之臣，言政而不及化，言利而不及義，中外紛然，朕益厭之。具官趙瞻，明於吏事，輔以經術，忠義之節，白首不衰。爰自秩宗，擢貳邦計。將使四方之人，知予以耆老舊德居此官者，蓋有盍徹之意焉。

鮮于侁可太常少卿　　蘇軾

奉常之職，非特以治郊廟之度、服器之數而已，國有大政事、大議論，必稽焉。昔魯秉周禮，齊不敢謀，而晏子、太師，折衝於樽俎之間。國之典常，君臣之名分，上下守之，有死不易，則國安而民服。朕選建卿士，付之禮樂，意在於此。非我老成之人，學足以通古，才足以御今，智足以應變，彊足以守官，深於經術，達於人情，其孰宜之？《詩》不云乎，『彼其之子，邦之司直』。往修厥官，無斁朕命！

楊繪可知徐州　　蘇軾

士有拙於謀身而巧於治民，疎於防患而密於慮國，其自爲計則過矣，而朕何疾焉？先帝龍興，首擢用爾，置之臺諫，以直諒聞。言雖無功，效於今日，簡易輕信，失之匪人。坐廢十年，陶然自得，詩人所謂『豈弟君子』者，繪庶幾焉。彭城大邦，吾股肱郡，政成民悦，朕不汝忘！

楊王子孝騫等二人荆王子孝治等七人並逐州團練使　　蘇軾

先皇帝篤兄弟之好，以恩勝義，不許二叔出居於外，蓋武王待周召之意。太皇太后，嚴朝廷之禮，以義制恩，始從其請，出就外宅，得孔子遠其子之意。二聖不同，同歸於道，可以爲萬世法。朕奉侍兩宫，按行新第，顧瞻懷思，潸焉出涕。昔漢明帝問東平王家何業爲樂，王言爲善最樂。帝大其言，因送列侯印十九枚，諸子年五歲以上悉帶之，著之簡策，天下不以爲私。今王諸子性於忠孝，漸於禮義，自勝衣以上，頎然皆有成人之風。朕甚嘉之，其各進一官，以助其爲善之樂。尚勉之哉！毋忝乃父祖，以爲邦家光。

吕公著妻魯氏贈國夫人

蘇　軾

婦人之德，如玉在淵，雖不可見，必形諸外。視其夫有《羔羊》之直，相其子有《麟趾》之仁，則内德之茂，從可知矣。具官吕公著故妻魯氏，名臣之子，元老之婦。所資者深，故志存乎仁；所見者大，故動協於禮。環佩穆然，閨門化之。而降年不永，禄不配德。其改封大國，正位小君。庶幾爲女史之光，非獨慰其夫子而已。

張恕將作監丞

蘇　軾

朕惟人材之難，長育之無素，事至而求，有不可得。是以訪之元臣大老之家，推擇其子弟，庶幾似之。以爾名臣之子，篤學好禮，敏於從政，試之匠事，以觀其能。爾克遠猷，無忝乃父，以稱朕意。

李承之知青州

蘇軾

朕東望齊魯之國，河岱之間，沃野千里，生齒億萬，商農阜通，儒俠雜居。可以大度長者服，難以細謹法吏治也。具官李承之，生於甲族，世爲名臣，屢試有勞，所見者大。肆予命汝，尹茲東土。昔曹參爲齊，問治於其師蓋公，蓋公曰：『治道貴清静，而民自定。』汝師其言，則予汝嘉。

韓維父億贈冀國公

蘇軾

朕聞仁宗在位之久有同成、康，得士之盛不減武、宣。如儲藥石以待疾病，如種梓漆以備器用。凡今中外文武之選，率多慶曆、嘉祐之人。而況一時之老成，與聞當年之大政。德業傳於父老，儀刑見於子孫。名在國史，像在原廟。朕用慨然，想見其人。具官韓維故父億，少稟異材，進由直道，出爲循吏，入爲名卿。福禄終身而人不疵，富貴奕世而天不厭。實生三子，翼輔兩朝，旌旄交馳，棨戟互設。朕欲責其家廟，而貴已窮於人爵。改封大國，益著隆名。庶使昭陵之老臣，永爲北土之藩輔。

母蒲氏王氏贈秦國太夫人

蘇軾

愼終追遠，仁也；顯親揚名，孝也。得志行道，澤可以及天下，而富貴不能及其親，天也；雖不能及，而追榮之典，可以貫幽明，褒大之訓，可以表後世，禮也。嗚呼！此亦仁之至，義之盡矣。具官韓維故母蒲氏、王氏，族爲世望，德爲女師。恭儉以成其夫，嚴敬以成其子。使朕獲老成之佐，以濟艱難之初。宜推異恩，以報舊德。

校勘記

〔一〕『補』，底本作『輔』，據六十四卷本改。

〔二〕『使』上，六十四卷本有一『副』字。

〔三〕『得』，麻沙本作『傳』。

新校宋文鑑卷第四十

校者按：底本爲刻卷，據六十四卷本、麻沙本刻卷校改。

誥

蔣之奇天章閣待制知潭州

蘇軾

三后在上，遺文在下，炳若雲漢，昭回於天。乃眷藏書之府，因爲育材之地。爰登秀傑，以備顧問。雖持節出使，剖符分憂，一掛名於其間，遂增重於所莅。且使民見侍從之出守，知朝廷之念遠也。具官蔣之奇，少以異材，輔之博學，藝於從政，敏而有功。使之治劇於一方，固當坐嘯以終日。勿謂湖湘之遠，在余庭户之閒。務安斯民，以稱朕意！

吕惠卿責授建寧軍節度副使本州安置不得簽書公事

蘇軾

元兇〔一〕在位，民不奠居；司寇失刑，士有異論。稍正滔天之罪，永爲垂世之規。具官吕惠卿，以斗筲之才，挾穿窬之智，諂事宰輔，同升廟堂。樂禍而貪功，好兵而喜殺。以聚斂爲仁義，以法律爲詩書。首建青苗，次行助役。均輸之政，自同商賈；手實之禍，下及雞豚。苟可蠹國以害民，率皆攘臂而稱首。先皇帝求賢若不及，從善如轉圜。始以帝堯之心，姑試伯鯀；終然孔子之聖，不信宰予。發其宿姦，謫之輔郡，尚疑改過，稍畀重權。復陳罔上之言，繼有碭山之貶。反覆教戒，惡心不悛。躁輕矯誣，德音猶在，始與知己，共爲欺君。喜則摩足以相歡，怒則反目以相噬。連起大獄，發其私書。黨與交攻，幾半天下，姦贓[二]狼籍，横被江東。至其復用之年，始倡西戎之隙。妄出新意，變亂舊章。力引狂生之謀，馴致永樂之禍。興言及此，流涕何追！迨予踐祚之初，首發安邊之詔。假我號令，成汝詐謀。不圖涣汗之文，止爲款賊之具。迷國不道，從古罕聞。尚寬兩觀之誅，薄示三危之竄。國有常典，朕不敢私。

李南公知滄州穆珦知廬州王子韶知壽州趙揚知潤州

蘇　軾

刺史秩六百石，以按列郡，而治行卓然，乃以二千石爲郡守。昔以責人者，今以自責，則物被其惠，民無間言。爾等皆嘗奉使，督察官吏，公明之稱，達於朕聽。董制江淮，控臨河海，任亦重矣。益勉之，無使風采減於平昔！

李之純户部侍郎

蘇　軾

保國猶保身，藥石不如養氣；御民猶御馬，鞭箠不如輕車。故興利以富民，不如省事而民自富；廣求以豐國，不如節用而國自豐。朕嘉與庶工，共行此志。具官李之純，屢試以事，號稱循良，雖爲有司，不吝出納。宜膺躐等之用，庶無虚授之譏。服我訓詞，以厭公議。

謝卿材陝西轉運使

蘇　軾

治邊者不計財，惟邊之所用；治財者不卹民，惟財之爲富，此古今之通患也。朕知汝才智可倚，忠厚可信，故以西方之政，責成於汝。往與帥守者謀之，惟適厥中，以民爲本。

御史中丞劉摯兼侍讀

蘇　軾

孟子有言：『君仁莫不仁，君義莫不義』，『一正君而天下定矣。』朕惟臺諫言責之臣，雖知無不言，常救之於已失；而勸講進讀之士，蓋朝夕納誨，故日化而不知。合於孟子正君之義，非獨有司之事也。具官劉摯，以道事君，非法不言，使朕日聞所不聞，天下稱焉。宜因古今册書之成文，取其興壞治忽之要論，言之於無事，救之於未失。使朕立於無過之地，豈非汝争臣之大願乎！

皇兄右千牛衛將軍士昇轉官

錢　勰

九廟子孫，其麗蕃衍，垂紳入侍，悉以歲遷。拱衛之嚴，列於督護，尚惟敦睦，以稱恩休！

待制知青州鄧綰可龍圖閣〔三〕直學士知永興軍

錢　勰

雍州積高，號稱陸海，屏翰之重，坐鎮西陲。賢〔四〕相所宜，付畀其選。具官鄧綰，資適逢世，早踐禁途，蕃宣回翔，歲月淹久。學士通貴，還陟近班，帥守鎮臨，往敷寬詔。服我休寵，無怠毖懃！

范育直龍圖閣知秦州

錢　勰

古者不以勇猛爲邊，貴謀而賤戰。故國家妙選耆儒，顓付方鎮，外以訓齊戎旅，而内以息安元元，用此道也。具官范育，才猷智略，夙膺器任，選衆揆材，往臨帥閫。夫新秦奥區，控扼汧隴，綏懷夷落，應援新邦。無以久安，而忘備豫。祗膺休顯，益思報稱！

劉攽祕書少監

錢　勰

學者以東觀爲老氏藏室，道家蓬萊山，而國家所以涵養令器，待才用者之宅也。以爾攽詞藝之富，回翔之久，擢貳厥官，益將試用。

正議大夫知樞密院事章惇知汝州

錢　勰

黜陟之典，咸徇至公；進退之間，尚存大體。具官章惇，早繇法從，亟預近司，肆彼躁輕，失於審重。至於贄御之列，嘗通問遺之私。比議役書，本俾參訂。當其敷納，初不建明，逮於宣行，始興沮難。務從含貸，益至喧呶。鞅鞅非少主之臣，硜硜無大臣之節。稽參故實，稍屈典刑。噫！朕以幼沖，仰煩慈訓，苟乖恭事，曷肅憲章？其解政機，往臨郡寄。弗忘循省，服我寬恩！

劉奉世起居郎孔文仲起居舍人

蘇　轍

欲治國家，當先得士。頃者人物之評廢，而長育之道微。朕顧瞻周行，惻焉興歎。或盤桓久次而未用，或沉伏下僚而莫知。將以責成功，折遐衝，人不素具，其何賴焉？具官劉奉世，家世名臣，才穎風發，試以治劇，煩而益明。具官孔文仲，進以直言，文史足用，責之典禮，守正不回。斯皆一時之俊良，多士之領袖。方欲寘之侍從，益當養其才能。左右史官，號爲要地，前後達者，皆由此途。手刊册書，足以明枉直之效；密侍殿陛，足以觀進退之詳。益勉自修，以須不次！

陳烈落致仕福州教授　蘇轍

維孝友於兄弟，是以爲政。爾以篤行，見紀於東南，雖老而不試，可以無憾。朕方欲推爾所爲，施於鄉人。其起視學校，使諸生有所矜式！

蔡確改知安州　蘇轍

朕體貌大臣，務全終始。有善則藩飾褒顯，以風勵天下；有過則遷就諱避，以曲全舊恩。至於用法，蓋不得已。具官蔡確，早以才力，奮於下僚，旋蒙器使，致位元宰。弟碩不類，貪冒有素，而溺於私愛，以廢公議。曲從舉吏之請，遂成黷貨之辜。其驕奢淫縱之狀，理無不知；而涵養蒙蔽之甚，殆非體國。致煩言之並作，雖欲宥〔五〕而不能。黜守小邦，仍褫舊職。往自循省，尚體至恩！

侍御史林旦權淮南運副　蘇轍

淮甸之民，薦罹饑饉。乃者詔發倉廩，輟吴楚之漕，以拯其急，猶以乏食流徙，達於朕聽。朕惟救荒之術，行之略盡，惟得良使者，因事施宜，爲若可賴。爾由郎官，以才任御史，習於揚楚之故，其爲朕往視之。均徭薄斂，禁暴戢姦，無使斯人，重被其困！

郭逵自致仕起知潞州　蘇轍

秦伯復用孟明，是以能覇；蜀人亟誅馬謖，終亦無功。朕周於用人，篤於求舊。雖設干羽以懷柔異類，而聽鞞鼓則無忘將臣。豈其舊勳，久廢不用？具官郭逵，蚤學弓劍，晚通詩書，勇而有謀，整且能暇。威名懾於西鄙，柄任及於中樞。南伐無成，嗟伏波之遂棄；退居能飯，知廉頗之未衰。擢從解組之餘，復寄長民之任。過而能改，豈一眚之足云？窮當益堅，或來功之可冀。勉於圖報，以稱異恩！

范鎮侍讀太一宫使　蘇轍

爲國無强於得人，用人莫先於求舊。朕歷選賢俊，至於側微。患其德望之未充，而典刑之未練。舍騏驥而不御，臨長道以咨嗟。人皆病之，予何疑者？具官范鎮，文冠多士，有揚雄之遺風；任歷三朝，守劉向之忠節。蚤事仁祖，首開社稷之言；晚説裕陵，復陳堯舜之道。自處以義，歸不待年。身友漁樵，已無求於當世；名書簡册，恍或疑其古人。兹予纘服之初，日思講義之益。謂白首窮經之樂，尚可推以與人；而真祠訪道之遊，足使退而養志。勉徇予意，毋留所安！

莊公岳成都提刑蘇泌利州運判

蘇　轍

守令賢否，朝廷不能自知；天下利病，吏民不能自言。宣吾德澤於下，而達民情於上者，部使者也。朕既選用舊人，而去其貪暴，詔舉親進，而汰其不以實者矣。以爾公岳，久任刺舉，所至稱治。以爾泌，家世文雅，通於吏事。益、利嶮遠，民罹茶鹽苗役之害，罷瘵未復，朕念之深矣。其悉乃心，謹察苛吏，與民休息，毋廢朕命！

劉摯尚書右丞

蘇　轍

漢御史大夫能任其職，則爲丞相；近世中執法議論不撓，亦補執政。昔我仁宗，優養正士，開受直言。時則有若包拯、張昪之流，咸以敢言，獲聞大政。舊俗已遠，此風寂寥，容悦相承，亦棄不用。朕追懷先正，選建忠賢，謇謇之聲，庶幾前烈。具官劉摯，早以御史，祗事裕陵，力陳是非，不避權寵。十年流落，志氣不衰，召置臺端，首開正論。進任中司之要，屢開白簡之言。風聲凛然，國是以定。朕欲試其行事之實，是用付以右轄之權。治忽所關，寄任尤重。夫以言責人甚易，以義持己實難。爾其勉之，毋使輔政之功，不若言事之效。

太僕少卿李周祕書少監　曾　肇

東觀以圖書爲職，長貳之選尤高，非年耆德茂，未易得也。然秩清務簡，處不争之地，恬於榮進，則能安之。好利夸侈者，不能一朝居也。具官李周，質性純厚，臨事有守，歷試煩使，時之老成。位於列卿，衆謂淹久。進秩外史，往服少事，優游省闥，不亦美歟！

通議大夫賈昌衡正議大夫致仕　曾　肇

士大夫束髮起家，白首辭位，終始無悔，人之所難。豈無褒嘉，慰爾歸老？具官賈昌衡，名卿之裔，以吏能進。歷試内外，致位通顯，優有風績，號稱廉平。上書引年，願還印綬。嘉其知止足之誼，閔爾有官職之勞。序進文階，以爲爾寵。退安閭里，益俾壽臧。

左武衛上將軍郭逵特贈雄武軍節度使　曾　肇

念功隱卒，國有彝章，矧予勞舊之臣，嘗處訏謨之地。奄終壽考，宜極哀榮。具官郭逵，少也知書，長而甚武。蚤著戰多之績，深通静勝之謀。伏波未衰，尚威名之可倚〔六〕；營平既老，亦籌策之是咨。孰云注意之辰，忽起云亡之痛！聽鼓鼙而增感，賜鈇鉞以飾終。尚其有知，膺此異數。

正議大夫知鄧州蔡確復觀文殿學士差遣依舊

曾　肇

法始於貴者，所以示朝廷之公；恩篤於舊臣，所以爲天下之勸。眷吾近弼，嘗絓微文。雖符守之既更，顧寵名之尚闕。吏民安仰，廉陛未尊。具官蔡確，材術疏通，謀猷膚敏。與聞機政，自元豐之紀年；升冠宰司，當裕陵〔七〕之復土。屬均勞於輔郡，旋褫職於殿廬。原情無它，在法當復。尚淹時日，以塞人言。未忘矜念之心，難廢公平之典。備顧問於幃幄，稍還近班；宣條教於翰垣，益思盡瘁！

龍圖閣直學士朝議大夫御史中丞兼侍讀李常中大夫依前龍圖閣直學士御史中丞兼侍讀

曾　肇

有位而無官守，有禄而無事責，此階散所以無常員也。然必積日累年，不罹罪悔，有司銖寸校量應格，然後一遷，亦已艱矣。具官李常，閎裕而靖深，温恭而諒直。秉義陪朕，朝夕有恪。蓋直延閣，長憲臺，侍經席，皆儒學之華選，仕進之要地也。人處其一，以爲寵榮，爾今兼之，其任重矣。兹又因其歲成，進秩二等。往服朕命，職思其憂。

蔣之奇寶文閣待制

曾　肇

三聖圖書，萃在延閣。儒學之士，列職其中，諷議討論，惟時妙選。雖身在江海之上，而名近日月之光，則世以爲榮，任亦加重。具官蔣之奇，富以辭藝，博知古今。臺閣踐更，號爲久次，眷予南服，付以列城。屬愚民弄兵，騷動嶺表；武夫利賞，賊殺善民。而爾應接經營，多中機會，有罪就戮，無辜獲申。載嘉汝能，宜用襃顯。進於侍從之列，不改師帥之舊。使遠人觀望，益加二千石之尊。爲汝之光，不既多乎！

御史中丞胡宗愈中大夫尚書右丞

曾　肇

先帝稽古建官，肇自三省。維尚書萬事所出，丞實總其紀綱。糾正官邪，彌綸國典，非通達治道，剛毅有守，烏能勝其任哉？具官胡宗愈，明允篤誠，敏於世用。待時以君子之器，立朝有諍臣之風。直筆正繩，無所回撓。開廣朕意，見弗欺之忠；補助政體，多可行之論。斷自朕志，擢貳中臺，躐進文階，增峻堂陛。唐太宗嘗謂尚書丞，百職綱維，事一失中，天下有受其弊者。而當時魏鄭公、戴胄、劉洎輩，迭處其位，皆號得人。今朕虚己仰成，股肱是賴。爾其矯正浮僞，振肅偷墮，使官修政舉，有正觀之風。則豈獨汝爲稱職，亦以副先帝作則垂憲之心。可不勉哉！

陝西運副吕大忠知陝府

曾肇

朕於用人，不盡其力，不奪其志，均其勞佚，欲臣下悦而知勸也。爾以材謂，久勤於外。自陝以西，兵食所賴，而屢以疾告，自請方州。甘棠之郊，姑遂爾欲，坐嘯卧治，安其土風。庶幾少休，毋忘忠報！

知洪州熊本知越州

曾肇

會稽西阻淛河，東漸於海。有陂湖灌溉之利，故歲多順成；有絲枲魚鹽之饒，故俗重犯法。獄訟稀簡，土風和平，置守牧人，此爲樂國。具官熊本，辭學起家，果藝從政。南宫西掖，試用有聲，番禺豫章，循行可紀。因爾能效，委兹重寄，環地千里，提封七州。兵籍賦輿，莫不兼總。名聯侍從之列，身寄牛斗之閒。是爲寵榮，益務報稱！

朝奉郎石賡京東路提刑

曾肇

朕於用刑，寧失有罪，而歲報大辟，有加無損。意法網尚密，使民難避易犯歟？抑吏之不良，猶有遷情以就法者歟？故於臨遣使臣，尤欲使知朕意。以爾質厚而識明，宜能導民以遠罪，哀矜而折獄。矧齊魯之俗，易與爲善。往祗朕訓，其盡爾心！

契丹僞公主錫令結牟封夫人

曾　肇

先帝威德，覆被四方，宜有遠人，畢宗内屬。優錫命數，朕其可忘？某人生自大邦，嬪於西土。能慕聲教，叩關請朝，引對在廷，益嘉恭順。胙之成國，視古小君，象揥翟衣，以爲爾寵。徃帥種落，舉爲王民。

范純禮復天章閣待制樞密都承旨

曾　肇

樞機之地，選用士人，宣納密命，自神考始。肆予纂服，收拔端良，寘諸左右，蓋遵先志。具官范純禮，夷易有守，篤實無華，恂恂自持，言行相顧。失職兹久，秉心不移，起分州符，未厭輿議。其還延閣侍從之邃，來贊右府訏謨之微。副予咨求，竚爾忠益！

故降授太子少保致仕潞國公文彦博追復河東節度管内觀察處置等使太師開府儀同三司太原尹潞國公

曾　肇

朕嗣位五月，三下恩書。徽纆桁楊，棲置弗用，放流竄逐，繫踵生還。尚念故老元臣，嘗位丞弼，或奪爵身後，或殞命貶中。霈澤之行，豈限存殁？不有追復，孰慰營魂？具官文彦博，佐佑四朝，勳德兼茂。粤自神考，命爲師臣，逮及先皇，咨以重事。去國未久，嘖有煩言，降秩春宫，僅存公號。齎志没地，屢閲歲時，蔽自朕心，悉還舊貫。維垣印綬，冠秩百工，全晋節旄，視儀三事。納書泉壤，流澤子孫，死而有知，可以無憾。

東頭供奉官李志張大中並轉兩官

曾肇

朕圖疆埸之功，常以静勝爲優，斬獲爲下。顧如爾等，立效西陲，實在前日，第勞行賞，則有舊章。其往自今，當體朕意！

尚書左丞梁燾資政殿學士同醴泉觀使

吕陶

君臣之會遇，豈不難哉！平居竭股肱之效，則與之合謀；一旦有筋力之憂，則遂欲去位。違從之際，朕甚重之。雖朝廷始終之恩，固無所閒；而賢者進退之分，亦貴其全。爰有寵章，以褒遠業。具官梁燾，藴造道之深識，知事君之大方。早以文學之望，更直於儒林；晚以諫諍之才，盡規於治路。向從内相之選，進領中臺之權。資其納忠，距此周歲。大〔八〕綱已舉，知戴冑之有勞；奇論不聞，惜少翁之告病。遽形奏牘，求解政機，章却復來，至於五六。爾既懷知止之義，屢請於朝；予亦有優賢之心，敢勞以事？宜躋華於祕殿，仍庀職於真宫。示以眷存，遂其安佚。惟五福之報德，必錫之壽康；惟大臣之愛君，不繫於出處。其綏吉履，益茂壯猷！

李潛落致仕　鄒浩

朕欲士大夫風節奮厲，以成一世之俗，而忘己徇物，或者安之。與其嚴法以示懲，曷若表賢而自勸？以爾身爲禮義，行貫幽明。歸卧鄉閭，世所推尚，精神思慮，雖老不衰。近臣以聞，適協朕意。傳不云乎，『可以處而處，可以仕而仕，孔子也。』爾既師之以治，已有日矣，勉承朕命，以暢遠猷！

章楶同知樞密院　鄒浩

朕惟天下治安之本，實在二府，故文武雖若異任，而眷注未嘗不均。必求其人，以贊樞極。具官章楶，受知哲廟，擢付師權。既生致於酋豪，且廣恢於境土。屢形捷奏，數被褒嘉。眷宥密之須才，越班聯而登用。蔽自朕意〔九〕，寵示殊恩。惟不忍肝腦之塗郊原，故能愛重人命；惟備見飛輓之耗帑廩，故能謹惜邦財。事在變通，爾知之矣。勉思所以善其後者，以副朕躋民仁壽之意！

吕希哲直祕閣知曹州　鄒浩

祕閣聚天下之圖籍，以崇養豪英，以鑒觀理亂。惟時分直，不輕授人。以爾學知所宗，行與言稱。方從卿寺，出守輔藩〔一〇〕，兹用褒嘉，以爲爾寵。夫濟陰患盜久矣，以爾之不欲而表勵之，則雖賞之不竊，將不特見於空言而已。往其懋哉！

校勘記

〔一〕「元兇」，麻沙本作「凶人」。宋本《經進東坡文集事略》作「凶人」。

〔二〕「贓」，麻沙本作「賊」。宋本《經進東坡文集事略》作「贓」。

〔三〕「閤」，底本無，據底本卷目，麻沙本補。

〔四〕「賢」，六十四卷本作「訾」。

〔五〕「宥」，六十四卷本作「宿」。明嘉靖刊本《欒城集》作「宥」。

〔六〕「倚」，麻沙本作「億」。

〔七〕「裕陵」，麻沙本作「永裕」。

〔八〕「大」，六十四卷本作「左」。

〔九〕「意」，麻沙本作「志」。明成化刊本《道鄉集》作「志」。

〔一〇〕「出守輔藩」，麻沙本作「出輔藩垣」。明成化刊本《道鄉集》作「出守輔藩」。

新校宋文鑑卷第四十一

校者按：底本爲刻卷，據六十四卷本、二十七卷本（存第十二至十八頁）、麻沙本刻卷校改。

奏疏

雍熙三年請班師

趙　普

伏覩今春出師，將以收復幽薊，屢聞克捷，深快輿情。然晦朔薦更，已及初夏，尚稽克復。屬在炎蒸，飛輓甚煩，戰鬭未息。王師漸老，吾民亦疲。夙夜思之，頗增疑慮。伏況陛下，英謀電斷，洪化神馳。自前懷徠閩浙，混一諸夏，大振英聲，十年之間，遂臻康濟。蠢茲獯鬻，誠非我敵。蓋以本無禮義，復處窮荒，遷徙鳥舉，難得而制。自古聖王，置之度外，悉其隨〔一〕逐水草，實以禽獸畜之。伏料聖明，何足介意！竊慮邪諂之輩，蒙蔽睿聰，致興不急之師，頗涉無名之舉。臣嘗披載籍，頗識前言。竊見漢武帝時主父偃、徐樂、嚴安所上書，及唐相姚元崇獻明皇十事，忠言至論，可舉而行。伏望萬機之餘，一賜觀覽。其失不遠，雖悔何追。

臣竊念大發驍雄，徃殲兇醜，百餘萬之生聚，飛輓而供；數十州之土田，耕桑半失。茲所謂以明珠而彈雀，因鼷鼠而發機，所失者多，所得者少。況得少之中，既難爲益；失多之外，復有他虞。又聞戰者危事，難保其萬全；兵者凶器，深戒於不戢。所繫甚大，不可不思。臣又聞上聖之人，不凝滯於物，事無固必，理貴變通。前書有兵久生變之言，此可以深慮也。苟更圖淹緩，轉失機宜，旬朔之閒，便涉秋序。臣又慮内地先困，邊境早涼，虜則弓勁馬肥，我則人疲師老。恐於此際，或誤指蹤。臣方冒寵以守藩，獨獻言而阻衆。蓋以暮景殘光，所餘無幾；酬恩報國，正在此時。伏望速詔班師，無容翫寇。臣復有萬全之策，願達四聰之聽。唯陛下精調御膳，保養聖躬，惠綏疲羸，使之富庶。自然邊烽不警，外户不扃，率土歸仁，四夷慕化。殊方異俗，相率來庭，蠢彼契丹，獨將焉往？又何必勞民動衆，賣犢買刀？有道之事易行，無爲之功最大，如斯吊伐，是爲萬全。

臣又思之，陛下非次興兵，亦恐出於偏聽。貪功之輩，專務傾邪，意爲身謀，豈思大計？但欺君而是念，實害政以自居。事成則獲利於身，未成則貽憂於國。苟至於此，爲之奈何！昨來緣取幽州，未審誰畫其策，虚實之效，悉已彰明。望推其人，寘之刑典，庶昭聖德，以厭群情。俾姦僞之心，於兹知懼，忠良同德，皆務竭誠。臣欲露肺肝，先寒毛髮，遲疑數日，未敢措辭。又念往哲垂終，尚聞屍諫，微臣未死，安敢面諛？然知逆耳之言，非是安身之計。其如位高禄厚，才薄命輕，將酬國士之心，豈比衆人之報！投荒棄市，甘俟於顯誅；竊寵偷安，不寧於方寸。惟期至聖，曲照愚衷！

論彗星

趙　普

臣伏覩御批劄子云：『所爲妖星謫見，引證古今，莫知所措，自旦及暮，莫敢遑寧。』臣等伏捧真蹤，同承聖旨，兢惶戰懼，各不勝任。其間老臣，最負深過。三十年之重任〔二〕，但愧叨塵；一千載之明君，將何輔弼？忝列三台之首，尠無一日之長。自知政術踈遺，寧免妖星謫見？被苦者無由披訴，偷安者不敢指陳。雖衆議以明知，奈皇情而莫測〔三〕。隱蔽之咎，惟臣最多，甘俟嚴誅，仰期待罪。今則人心頗鬱，上象自差，起狂夫思亂之謀，生醜虜犯邊之計。天時人事，不比尋常，唯有今年，倍須保護。伏審陛下，初知妖異，親諭德音，便欲遍與恩澤，優加賞賜。既發一言之善，須增百福之祥；令由惠物之心，必有變灾之望。纔經旬朔，似有改移。竊聞司天臺内，妄陳邪佞之言，深惑聖明之聽。惟云妖異，合滅契丹。臣竊慮俱是謟諛，未明真僞，乞加詢問，須見實情。乞問司天臺内所有前件奏，未委按何經典。臣今將所按經典，逐件進呈，伏望陛下親賜看詳，便知可否。臣聞五星二十八宿，與五嶽四瀆，皆在中國，不在四夷。而又《尚書·堯典》云〔四〕：『萬方有罪，罪在朕躬。』豈可契丹封疆，不屬萬方之數？臣今老邁，豈會陰陽？惟將正理參詳，以前書證驗，三墳五典必可依憑。今録到故事五件，謹分析如後：

一、按《漢書·天文志》及諸書云：『歲星辰〔五〕見東方，行疾則不見，不見則變爲妖星。』石氏云：『欃槍爲天棓。音棒。』又曰：『彗星所爲掃也，其本類星，其末類彗也。小者數寸，長或竟天。彗狀如箕，亦爲孛孛然如粉絮。形狀雖異，其殃一也。皆是逆亂凶悖非常惡氣之所生也。見則爲兵爲患、除舊布新之狀，不有大亂，必有大兵。天下合謀，暗閉不明。破軍流血，死人如麻，哭聲遍天下。干戈並出，四夷來侵。餘灾不盡，下爲水旱飢疾，凶惡之事，不可具載。』又云：『凡關天象變異，下方必有灾殃。如人臟腑有疾，亦先形於面色。象不虛發，惟聖德可以消除。』

一、按《左傳》云：『齊有彗星，只出齊之分野，諸國不見。齊侯使禳之。禳，以術禳除之。晏子曰：「無益也，祇取誣焉。誣，欺也。天道不謟，謟，疑也。不二其命，若之何？且天之有彗，以除穢也。君無穢也，又何禳焉？若德之穢，禳之無益也。《詩》云：『惟此文王，小心翼翼。昭事上帝，聿懷多福。厥德不回，以受方國。』《詩》大義：翼翼，共也。聿，述也。回，違也。言文王德不違天人，故四方之國歸往焉。君無違德，方國將至，何患於彗？《詩》曰：『我無所監，夏后及商。用亂之政，民卒流亡。』逸《詩》也。追監夏商之亡，皆以亂政。若德回政亂，民將流亡，祝史之爲，無能補也。」公説，乃止。』其後齊國果有田氏篡奪之禍。國有穢惡，彗星不可禳也。唯有聖德，可以禳也。

一、按《晉書·天文志》，魏文帝黄初六年，五月壬戌，熒惑入太白。

一、按《蜀記》，魏明帝問黄權曰：『天下三分鼎立，何地爲正？』對曰：『當驗天文，即可知也。徃昔熒惑守心，而文帝崩矣。吳、蜀無事，此其驗也。』時魏文帝居中國，蜀先主居西川。

一、按《梁書》，武帝大通元年，熒惑犯南斗，梁武帝跣足下殿，走以猒之。是年後魏孝明帝崩。武帝歎曰：『索虜亦應天道。』時後魏孝明帝居中國，梁武帝居江南。

一、按《唐書》云：『高宗總章元年四月，有彗星見於五車。上避正殿，減常膳，令内外五品以上，各上封事，極言得失。許敬宗上言：「星雖孛而光芒小，此非國眚，不足上勞聖慮。請御正殿，復常膳。」高宗不從。敬宗又曰：「星孛而東北，王師問罪，此高麗將滅之徵。」上曰：「我爲萬國之主，豈得推過於小蕃哉？」二十日而星滅。』其許敬宗者，本謟佞人也，乃是希高宗旨，賛成廢王皇后，立武昭儀，并殺長孫無忌者。不正由道，因此作宰相，身死之後，定謚爲謬。

右具如前。今檢尋故事，聞達宸聰，冀將師古之文，聊證順情之説。伏況陛下，勤求理道，獨出前王。雖然彗星呈妖，自有皇天輔德。臣所願者，除舊布新之事，專乞陛下親行；變灾爲福之祥，乃爲陛下己有。如此則商高宗之桑穀，遂至中興；周武王之資財，須行大賚。伏望陛下，恭承天戒，大慰物情，明施曠蕩之恩，更保延長之祚。蓋緣凡關世事，否泰相逐，倚伏盈虚，豈能常定？聖朝開國三十年，國富兵强，近古無比，諸方僣僞，並受驅除。無一國不亡，無一人敢敵，可謂鞭撻宇宙，震慴華夷。若非聖德神功，終恐兆民未泰。戰争勞役，寧有了期？雖哲后修仁，本意固無於虧闕；而群生造業，隨緣有近於感招。儻時運以相逢，於聖賢而不免。堯水湯旱，乃是明徵。臣又竊聞陛下自覩星文，深勞帝念，轉積動天之德，思覃及物之恩。則知多難興王，傳聞於往昔；殷憂啓聖，實見於當今。可謂何福不生，何灾不滅。臣今誠懇，思達冕旒，仍須面具數呈，不敢形於翰墨。伏恨言詞蹇澁，氣力衰羸，步履猶難，未任拜跪。自從發動，多有風涎。如或一息不來，便憂一詞難措。以兹情抱，實有感傷。乞於閑暇之時，伏望略賜宣唤，貴將微細，皆具奏聞。兼緣臣久負過愆，因此合專陳首。伏以臣謬將鄙拙，虚受恩榮，既不能致主安民，又不能除奸殄寇。叨據秉鈞之任，忽招如彗之妖，方抱恥於朝廷，實難安於禄位。伏況前代每逢灾變，必先册免三公。今遇盛時，乞行嚴憲，明加黜責，用激忠良。臣無任負愧懷悚、戰懼兢惶待罪之至！

論軍國機要朝廷大體

田錫

臣伏念自忝諫垣，今已周歲，無一言可裨時政，無一善上答君恩。蓋以陛下文明，無事可諫；朝廷公共，無事可言。然尸禄曠官，憂慚益切，盡忠補過，夙夜寧忘？今輒以軍國要機，朝廷大體，布在一疏，上達四聰。乞陛下寬鈇鉞之誅，容微臣盡芻蕘之見。所謂冒萬死而不顧，當可言而不疑。又伏念陛下登位已來，未嘗罪一直言，未嘗戮一敢諫。天慈寬裕，睿鑒昭彰。雖前王好諫之心，未如陛下；諫官敢言之節，不及古人。不唯負陛下超擢之恩，抑亦虧臣子公忠之道。何以安一膳之飽，何以安一裘之温？胡顔立侍從之班，無藝帶清華之職。禄禄隨衆，遑遑惜身，不如馬之代勞，不及犬之吠盗。臣所以奮發之志，思有所伸，激切之詞，不敢陛下引喻而言之。

自隱。伏乞陛下，察而恕之，又望陛下，容而用之。臣所言軍國要機者一，朝廷大體者四，今爲

臣聞古先聖人，牢寵天下，弛張睿略，舒卷人心。使萬人之心如一心，四海之意如一意。其〔六〕若馭馬，又如鑄金。善馭者使之馳則馳，使之止則止；善鑄者使之圓則圓，使之方則方。苟失其機，又失其時，則萬人不一心，四海不一意。亦猶不善馭馬，不善鑄金。使之馳而不馳，使之止而不止，使之圓而不圓，使之方而不方。若是，則危與亂雖未萌，而不得不憂；機與時雖未失，而不得不懼。故古人云『居安思危』，又曰『理不忘亂』。

臣每念有唐之末，天下分離，中原土疆，不過千里。自先帝恢張皇業，開闢天下，平吴取蜀，易如破竹。唯河東遺孽，終不能平。洎陛下一舉取之，功名光大，世宗先帝所不及也。然自河東破後，聖駕迴旋，諸軍之心，皆望賞賜，四海之内亦俟霈恩。豈謂陛下未覃賞捷之恩，未行策勳之禮，經今二載，所謂踰時。今北方之戎，不來朝貢，幽州孤壘，未復封疆。臣以國家兵甲之强，朝廷物力之盛，滅戎人甚易，取幽州不難。然自古制御番戎，但在示之以威德。示之以威者，不窮兵黷武，不勞人費財。示之以德者，比之如犬羊，容之若天地。或來朝貢，亦不阻其歸懷；或背驩盟，亦不怒其侵叛。臣伏慮陛下，以幽州未取，戎賊未平，一旦又來擾邊，萬乘復思再駕。欲快聖意，欲展睿謀，雖舉必成功，動無遺筭。然臣請陛下或展郊禋之禮，或行封禪之儀，因此賞河東之功，因此示策勳之信。人心懈怠者復悦，軍功勞苦者終酬。帝澤滂沱，

物情通泰。所謂陛下駕馭其意，鎔鑄其心，使之馳則馳，使之止則止，使之圓則圓，使之方則方。苟不以威信鑄其心，恩惠馭其意，臣恐使之馳則止，使之圓則方。當是時，陛下必念臣今日之言，陛下必思臣今日之諫也。此謂軍國之機一也。

又念交州未下，戰士無功。《春秋》謂『師老費財』，兵書曰『鈍兵挫鋭』。臣聞聖人不務廣於邊鄙，唯務廣於德業。武有七德，陛下何不廣之？天生四夷，陛下何須取之？必若聖德日新，皇風日遠，遠夷自然入貢，外域自然來降。苟不來降，又不入貢，彼國自有灾癘，彼人自罹凶荒。《尚書》曰『惟德動天』，又曰『四夷來王』。《周易》曰『聖人先天而天弗違』，天且弗違，況四夷乎？臣嘗讀《韓詩外傳》，言成王之時，越裳來貢，九驛〔七〕而至。周公問其所來，其人曰：『天無迅風疾雨，海不揚波，三年矣。意者中國殆有聖人，合往朝之。』昔太宗征遼，魏徵苦諫。及貞觀太平之後，天下州郡三百有六十，羈縻之州有八百，屯田置戍，悉在外荒。豈是一一加兵，然後方來内附？今陛下取交州何速？況大國取交州何用？交州謂之瘴海，去者不習土風，兵在彼中，留滯頗久。願陛下且罷斯役，暫息南征。交州未平，不足損陛下功業；交州既得，不足光陛下威聲。臣但以『師老費財』爲可圖，『鈍兵挫鋭』爲可惜。蓋征討之役，費用非輕，皆生民苦力之財，悉諸國所供之賦。乞陛下惜輕費之用，望陛下念征戍之勞。此謂朝廷之大體一也。

臣嘗讀《六典》，左右拾遺補闕掌供奉諷諫。凡發令舉事，有不便於時，不合於道者，小則上封，大則廷諫。臣又讀《唐書》，見給事中得以封駮詔書。封謂封還詔書而不行，駮謂駮正詔書之所失。又起居郎起居舍人，得在天階之下，備書王者之言。今來諫官，寂無聲采。設使詔書有所失審，制敕有〔八〕不可行，給事中不敢封還而不行，不敢駮正其所失。給諫既不敢違上旨，遺補又不敢貢直言。其次起居郎、起居舍人不得立軒陛之間，不得紀言動之事。使聖朝好事，或有所遺而不聞；致陛下德音，或有不知而不録。加之御史不敢彈奏，左右丞今尚闕員。又中書舍人是陛下近臣，司陛下誥命。臣每於起居日，但見其隨班而進，拜舞而迴，未嘗見陛下召之與言，未嘗聞陛下訪之以事。臣慮其各有所見，欲待問而方言；各有所陳，欲因便而方奏。伏乞陛下，或詢訪以事，或宣召與言，冀各盡其誠心，兼得觀其器業。又今三館之中，雖有集賢院書籍，而無集賢院職官；雖有祕書省職官，而無祕書省圖籍。臣伏讀去年九月十一日所降制敕，條貫百官，仍於朝堂習儀，及委憲司申舉。此則陛下思復古道，大振朝綱。臣唯見所習者儀，未見所舉者職。如職業各舉，則威儀自嚴。君有君之威儀，臣有臣之禮法，何患百官不整肅，何患庶政不允釐？臣乞今後給事中得以封駮詔書，起居郎得以紀録言動，御史得以彈奏，諫官得以抗言，左右丞得以糾轄臺司，中書舍人得以祗應顧問，中書舍人得備顧問，則皇猷日新。左右丞得轄臺司，則風憲益整。諫官抗言，則陛下聞所未聞，知所未知。御史彈奏，則百僚震悚，一人尊嚴。起居郎得在左右，則盛時無遺，國史大備。給事中得以封駮，則詔敕無誤出，政事無錯行。此則朝廷之大體二也。

今天下一家，海内萬里。四方所湊，輦下輧闐；萬貨所歸，京師富盛。軍營馬監，無不高嚴；佛寺道宫，悉皆壯麗。陛下又新西苑，復廣御池。池若漢之昆明，苑若周之靈囿，足以爲陛下宴遊之所，足以見聖朝宏大之規。唯尚書省是前代所營，公署低隘，南宫二十四司不在其間，六尚書無本廳，諸郎官無廨宇。至於九寺三監，寄在内前廊下。加禮部無貢院，試處非省垣，每年考試舉人，權就武成王廟。非太平職司之制度，非清朝文物之規儀。乞陛下俟西苑畢功，御池罷役，重新省寺，用列職官。此則朝廷之大體三也。

臣又每於行路之次，見有羈錮之囚，荷以鐵枷，不覺自駭。不知其人所犯何罪，又不知其囚復是何人。臣謹按《刑統》，準獄官令，枷杻各有短長，鉗鏁各有輕重。制度尺寸，並載刑書，未見以鐵爲枷者也。凡今州縣，欲笞一小罪，縶一輕囚，必詳格文，盡依典法，奉國家所頒之律，遵法寺所定之科。以鐵爲枷，事出法外。伏乞陛下，釐革此法，免傷皇風。昔唐太宗因看《明堂圖》，見人五臟皆系於背，聖慈惻隱，於是免人徒刑。況太平之時，將刑措而不用；至仁之主，宜欽恤以居先。此則朝廷之大體四也。

臣所言者要機，乞陛下審而察之；所舉者大體，乞陛下採而用之。臣不任感恩思報、激切屏營之至！拜手頓首謹言。

論邊事

田　錫

臣聞動静之機，不可妄舉，安危之理，不可輕言。利害相生，變易不定，用捨無惑，思慮必精。夫動静之機不可妄舉者，動謂用兵，静謂持重。應動而静，則養寇以生姦；應静而動，則失時以敗事。動静中節，乃得其宜。

今北鄙繹騷，蓋亦有以居邊任者，規羊馬細利爲捷，矜捕斬小勝爲功。賈怨結仇，乘秋致寇，召戎起釁，職此之由。伏願申飭將帥，審固封守。勿尚小功，許通互市，素獲蓄口，撫而還之。如此不出五載，河朔之民，得務三農之業，亭障之地，可積十年之儲。前歲俶擾邊陲，親迂革輅；今兹張皇聲勢，頗動人心。若玁狁來侵，六龍夙駕，戎羯既退，萬乘方歸，是皆失我機先，落其術内。所以五月兵不得分屯，農時人不得務斂。勞頓斁耗，可勝言乎！軍國大端，固當慎始。戎族未亂，未煩强圖，狄勢未衰，何勞力取？待其亂而取之則克，乘其衰而兵之則降，既心服而志歸，則力省而功倍。自古貪利薦食，不獨匈奴，邀功起戎，亦自邊將。當鑒前軌，以恢永圖。昔漢安帝時，東夷犯境，連年不息，漢頗患之。其主云亡，其子繼立，漢乃命使弔之。東夷感悦，還漢生口，一隅晏然。至於南蠻，亦嘗畔涣，始由邊吏增賦，乘怨爲寇。光武時西戎犯邊，班彪請置護羌校尉，通其貨之有無，治其人之寃枉，塞垣遂安。誠願考古道，務遠圖，示綏懷萬國之心，用駕馭四夷之策。事戒輒發，理在深謀。

臣又謂安危之理不可輕言者，國家務大體，求至理，則安；舍近謀遠，勞而無功，則危。爲君有常道，爲臣有常職，是務大體也。上不拒諫，下不隱情，是求至理也。帝王之道，忌萌欲心。漢武帝躬秉武節，遂登單于之臺。唐太宗手結雨衣，往伐遼東之國。率義動之衆，徇無厭之求，輸常賦之財，奉不急之役，是捨近謀遠也。沙漠窮荒，得之無用，夷狄遺種殺之更生，是勞而無功也。位下秩卑，敢言者少。言而見聽，則進而無疑；言而不從，則退而懼罪。

臣又謂利害相生、變易不定者，兵書曰：『不能盡知用兵之害者，則不能盡知用兵之利。』蓋事有可進而退，則害成之事至焉；可退而進，則利用之事去焉。可速而緩，則利必從之而失。可誅而赦，則姦宄之心，或有時而生害；可赦而誅，則忠勇之人，或無心而利國。可賞而罰，則有以害勤勞之功；可罰而賞，則有以利僭踰之幸。能審利害，則爲聰明。以天下之耳聽之則聰，以天下之目視之則明。故《書》曰：『明四目，達四聰。』惟此聰明，在無壅塞。盡去相蒙之弊，乃協知幾之神。

臣又謂取捨不可以有惑，故曰：『孟賁之狐疑，不如童子之必至。』思慮不可以不精，故曰：『差若毫釐，繆以千里。』自國家圖燕以來，連兵未解，財用不得不耗，人臣不得不憂。恢復弔伐之名，雖建洪業；可否禍福之實，宜留聖心。願陛下精其思慮，決其取捨，無使曠日持久，窮兵極武。爲國大計，不得不然。

諫北征

張齊賢

方今海内一家，朝野無事。關聖慮者，豈不以河東新平，屯兵尚衆，幽燕未下，輦運爲勞，以生靈爲念乎？臣每料之，此不足慮也。自河東初降，臣即權知忻州，捕得契丹納米專典，皆自山後轉般，以援河東。以臣料，契丹能自備軍食，則於太原非不盡力，然爲我有者，蓋力〔九〕不足也。河東初平，人心未固，嵐、憲、忻、代，未有軍寨。入寇則田收頓失，擾邊則守備可虞，而反保境偷生，畏威自固。及國家守要害，增壁壘，左控右扼，疆事甚嚴，恩信已行，民心已定，乃於鴈門陽武谷來争小利，此則戎狄之智力，可料而知也。聖人舉事，動在萬全。百戰百勝，不若不戰而勝。若重之謹之，則戎虜不足吞，燕薊不足取。自古疆埸之難，非盡由戎狄，亦多邊吏擾而致之。若緣邊諸寨撫御得人，但使峻壘深溝，畜力養鋭，以逸自處，寧我致人。此李牧所以稱良將於趙，用此術也，所謂擇卒未如擇將，任力不及任人。如是，則邊鄙寧。邊鄙寧，則輦運減。輦運減，則河北之民獲休息矣。民獲休息，則田業增而蠶織廣，務農積穀，以實邊用。且戎狄之心，固亦擇利避害，安肯投諸死地而爲寇哉？

臣又聞，家六合者，以天下爲心，豈止乎争尺寸之事，角夷狄之勢而已。是故聖人先本而後末，安内以養外。人民，本也；夷狄，末也。中夏，内也；夷狄，外也。是知五帝三王，未有不先根本者也。堯舜之道無它焉，廣推恩於天下之民爾。推恩者何？在乎安而利之。民既安利，則戎狄斂衽而至矣。陛下愛民利天下之心，真堯舜也。臣所慮，群臣所聞，多以纖微之利，剋下之術，侵苦窮民，以爲功能者。彼爲此效，相習已久。至於生民疾苦，見之如不見，聞之如不聞。斂怨速尤，無大於此。伏望謹擇通儒，分路採訪。兩浙、江南、荆湖、西川、河東，有僞命日賦斂苛重者，改而正之，因而利之。使賦税課利通濟，可以經久而行，爲聖朝定法，除去舊弊。天下諸州，有不便於民事，委長吏聞奏。如敢循常不以聞白，當嚴加典憲，使天下耳目，皆知陛下之心，戴陛下之惠。此以德懷遠，以惠利民，則幽燕竊地之醜，沙漠偷生之虜，擒之與屈膝，在術内爾。

校勘記

〔一〕「隨」，麻沙本作「處」。

〔二〕「任」，麻沙本作「位」。宋淳祐刻元明遞修本《諸臣奏議》作「位」。

〔三〕「測」，底本作「惻」，據六十四卷本改。宋淳祐刻元明遞修本《諸臣奏議》作「測」。

〔四〕「堯典云」，麻沙本作「堯曰」。宋淳祐刻元明遞修本《諸臣奏議》無此三字。

〔五〕「辰」，六十四卷本作「晨」。宋淳祐刻元明遞修本《諸臣奏議》作「辰」。

〔六〕「其」，六十四卷本作「有」。宋淳祐刻元明遞修本《諸臣奏議》作「有」。

〔七〕「驛」，六十四卷本作「譯」。宋淳祐刻元明遞修本《諸臣奏議》作「譯」。

〔八〕「有」，麻沙本作「而」。宋淳祐刻元明遞修本《諸臣奏議》作「有」。

〔九〕「力」，麻沙本作「有」。

新校宋文鑑卷第四十二

校者按：底本爲刻卷，據麻沙本、二十七卷本（存第十一頁）刻卷校改。

奏疏

請除非法之刑

錢易

臣竊聞，聖人之爲政也，太上以仁，其次以智。仁智不行，上下無信。是故刑之設也，蓋國家不得已而用之。約禮從輕，察罪肆赦，聖人實有惻傷之心焉。是以刑之用，期於無刑爾，非欲毒於民也。凡有罪之獄，則五辭五聽，無有疑屈，然後擇其時而行之。又痛其不可盡行，乃施許贖之典。則君之省刑愛民，斷可知矣。堯之時誅四罪，止曰殛鯀於羽山，竄三苗於三危，放驩兜於崇山，流共工於幽州。何獨不言殺鯀，誅三苗，戮驩兜，斬共工於其處？然此四者，皆殺戮滅絶之典也。蓋堯之仁聖，而四者雖凶，尚惡言殺。是故國之慎者，莫先乎刑，刑之傷者，無甚於殺，乃修其法式，以節其用。貴刑踰法，法有所據。不本於法則刑黷，刑黷則法無據，法無據則國政暴，國政暴則臣不敢言，臣不敢言，則一人專善惡之心以獨理天下，獨理不及，則幾於亂矣。秦任商鞅，仁智不行，而厚於法。天欲喪秦，而始皇復酷於民，棄三代之法，恣一時之威，行肉刑族誅之制〔一〕，爲秦民者皆冤之。殘害父母之體，令受苦痛，一人有過，而九族遭戮。漢祖既入關，蕭何以文無害居宰相，故約秦之法爲三章。文帝有德，詔除肉刑。此蓋秦、漢是非，明在簡策。

夫古之肉刑者，劓、椓、黥、刖之類，然此刑者，非死刑也，以其身命尚存，令受是刑，後代尚以虐而絶之。死刑者有二焉，大斬小絞。絞者以首領猶全，故分二等。百代奉之，以爲常法，有司承式，罔敢增變。竊見近代已來，非法之刑，異不可測，不知建於何朝，本於何法，律文不載，無以證之，亦累代法吏不敢言而行之。至於今日，或行劫殺人，白日奪物，背軍逃越，與造惡逆者，或時有非常之罪者，不從法司所斷，皆支解臠割，斷截手足，坐釘立釘，懸背烙筋，及諸雜受刑者，身具白骨，而口眼之具猶動，四體分落，而呻痛之聲未息，置之闤闠，以圖示衆。四方之外，長吏殘暴，更加增造，取心活剥，所不忍言。十五年前，杭州妖僧爲變，數歲前，蜀部兩廻作亂，事敗之後，多用此刑。亦恐仁聖之朝不能除之，則永爲訛法。今蓋以已死之刑，復加臠截斷割，此即古之五虐之刑，不酷於今矣。凡罪當死，故重矣。刑止於殺，則絞、斬行焉。復使先受苦痛，臠截斷割，然後就刑，然亦非欲黷於刑，所貴誡於後人，令無犯者。臣淳化中寄居壽春縣，見巡檢使生釘一賊，於集衆之際，有盗人物者，此豈嚴刑可誡乎？若使嚴刑可誡，則秦之天下無一黔首爲盗賊矣。漢文措刑，亦亂國矣。三代已來，躋民仁壽，當先刑矣。齊之以刑，亦不當言民免而無恥矣。

臣愚見以謂，一人愛民，民亦愛一人。既愛於上，則奉上而懼。苟以嚴刑欲誡，則懼雖未至，而怨已深。伏惟陛下，仁理天下，德感中外，事天地如父母，愛赤子如嬰孺，僭僞悉蕩，祥瑞疊現，古帝王不能行之者皆行之，近代未復古者悉復之。臣恐近世非法之刑，非陛下能除之，則後代相承，益爲常行矣。臣又竊見唐太宗以人之五藏繫於背，有罪者仍不令鞭背，蓋慮傷其命，故於今稱善理天下，能致社稷，皆曰文皇放死罪四百，令歸畢農，然後就法，至期而無一人不到者，此豈在嚴也？且近廣州僭稱帝號，理廣以酷，施於毒刑，湯煎鋸解，靡所不至。廣民寃之，立於刀刃。今之史傳，貶以尚刑。太祖神德皇帝平之，而絶其法，廣之民於今歌頌鼓舞，方保其生，死亦無怨。今或非法之刑不除，亦恐政闕，况剖心剒脛，獨夫受行之，已爲萬古所笑，今以此爲刑，臣恥之，陛下必亦恥之。非臣盡心報政，孰肯言於陛下？非陛下大聖仁慈，孰能信臣而行之哉？臣不勝深有所望，乞自今後，明下詔書，斷天下非法之刑，止存絞斬，則仁政王道，盡在此矣。陛下從而行之，則誅臣一身愚直之罪，亦幸矣。

應詔言事

王禹偁

伏覩陛下即位赦書云：『所宜開諫諍之路，拔茂異之材。』又奉御史臺告報，準詔命内文武臣僚，並許直言極諫。此實陛下誕彰聖德，廣達民情，速致時雍，追用古道之深旨，抑亦宗社無疆之休，軍民莫大之幸也。臣才雖無聞，諫則有素。先皇帝時，初拜右正言，直史館，即日進

《端拱箴》一篇，又上《禦戎十事》，蒙先朝採納，擢陞綸閣。判大理寺時，抗疏論道安之罪，執法雪徐鉉之冤，貶官商山，咎實因此。尋沐徵用，再塵諫垣，又上《李繼遷便宜》，寢而不報。俄忝内庭，兼駁正，亦嘗改更宣命，封還敕書。雖無報於朝廷，蓋粗伸於職業。伏遇陛下，欽奉顧命，惟懷永圖。嗣位之初，赦書既如彼；聽政之後，詔命又如此。臣苟有所見，隱而不言，是上負先帝用人之心，下孤明主求諫之意也。臣死罪死罪，頓首頓首。

伏以聖朝享國四十餘年，邊鄙未甚寧，人民未甚泰，求利不已，設官太多。今陛下治之惟新，救之在速。臣伏慮書生執言，有奏陛下，以爲三年無改於父之道，可謂孝矣。此不知古今異制，家國殊塗者也。假如帝堯既殂，帝舜在位，堯時有八元未進，四凶未除，舜乃流放舉用，善惡兩分，未聞後之人曰堯不及於舜也，舜不孝於堯也。伏惟陛下遏老生之常談，奮英主之獨斷，則天下幸甚。謹緣軍國大政，奏事五條，儻稍動於聖心，庶大開於言路。

其一曰，謹邊防，通盟好，使輦運之民有所休息。方今北有胡虜，西有繼遷，胡虜雖不犯邊，戍兵豈能減削？繼遷既未歸命，餽餉固難寢停。關輔之民，倒懸尤甚。臣愚以爲，陛下即位之始，當順人心，宜敕疆吏，致書虜臣，使達犬戎，請尋舊好。下詔赦繼遷之罪，復與夏臺。臣頃在翰林見繼遷上表云『乞取殘破夏州，以奉拓跋氏祭祀』，先皇帝雖有批荅，只許鄜州節度，緣繼遷本是反側之人，豈肯束身歸國？所有詔命不行。今陛下嗣統，大振皇威，亦恐繼遷令人進奉，因舉前事，彼必感恩，此亦不戰而屈人之師也。如其不從，則備禦誅擒，皆有方略，且使天下百姓知陛下屈己而爲人也。或曰：富國彊兵，不可示人以弱。此乃誇虚名而忽大計者也。

其二曰，減冗兵，併冗吏，使山澤之饒稍流於下。伏以乾德、開寶已來，國家之事，臣所目覩。當時東未得江、浙、漳、泉，南未得荆、湖、交、廣，朝廷財賦，可謂未豐。然而擊河東，備北虜，國用亦足，兵威亦彊，其義安在？所蓄之兵，鋭而不衆，所用之將，專而不疑故也。自後盡取東南數國，又平河東，土地財賦，可謂廣矣，而兵威不振，國用轉急，其義安在？所蓄之兵，冗而不盡鋭，所用之將，衆而不自專故也。今誠能簡鋭卒，去冗兵，而委之以將帥，用恩威法令駕馭之，資之以天下之財賦，而曰兵不振，用不豐，未之有也。臣愚以爲陛下宜經制兵賦如開寶中，則可以高枕而治矣。至於引唐虞，比三代者，皆爲空言，臣所以不取。臣又見開寶中設官至少，何以驗之？臣本魯人，占籍濟上，未及第時，常記只有刺史一人，李謙溥是也，司户一員，今司門員外郎孫貢是也。近及一年，朝廷別不除吏，當時未嘗闕一事矣。自後始有團練推官一員，今樞密直學士畢士安是也。太平興國中，臣及第歸鄉，有刺史陳廷山、通判閻韡、副使閻彦進、判官李延、推官柳宣、兵馬監押沈繼明，監酒税又增四員，曹官之外更益司理。問其租税，減於曩日也，問其人民，逃於昔時也。一州既爾，天下可知。冗兵耗於上，冗吏耗於下，此所以盡取山澤之利而不能足也。夫山澤之利，與民共之，自漢已來，取爲國用，不可棄也，然亦不可盡也。方今可爲盡矣，何以知之？只如茶法，從古無税，唐元和中以用兵齊、蔡，宰相王涯始建税茶之法。唐史稱是歲得錢四十萬,東師以濟。今則錢數百萬矣,民何以堪之!臣故曰減冗兵,併冗吏,使山澤之饒稍流於下者也。

其三曰,艱難選舉,使入官不濫。古者鄉舉里選,爲官擇人。士君子行脩於家,學推於衆,然後薦用,登之於朝,故從政而政和,臨民而民泰。自三代涉兩漢,雖有沿革,未常遠去此道者也。隋、唐已來,始有科試,得人之盛,與古爲侔。然自唐初終太祖之世,科試未嘗不難矣。每歲進士不過三十人,經學不過五十人,重以周高祖之後,外諸侯不得奏辟,士大夫罕有資蔭,故有終身不獲一第,没齒不獲一官者。先皇帝毓德王藩,覩其如此,臨御之後,不求備以取人,捨短從長,拔十得五,在位將逾二紀,登第亦近萬人。不無俊秀之才,亦有容易而得,如臣者,容易中一人爾。臣愚以爲,數百年之艱難,故先帝濟之以汎取;二十載之霈澤,陛下宜糾之以舊章。伏望以舉場還有司,如故事。至於吏部銓擇官材,亦非帝王躬親之事。比來五品已下,爲之旨授官,今則幕職州縣而已。京官雖有選限,多不施行。太祖已來,始令後殿引見,因爲常例,以至先朝。調選之徒,多求僥倖,或以哀鳴泣涕便獲起資,或以捷給山呼便陞京秩。遂使長定格真同長物,吏部官只若備員。既無恥格之風,漸多闒茸之吏。臣愚以爲,宜以吏部還有司,依格敕注擬。

其四曰,沙汰僧尼,使疲民無耗。夫古者唯有四民,治民者士也,故受養於農,工以造器用,商以通貨財,皆不可闕也。而兵不在其數,蓋用井定之法,農即兵也。有事則戰,無事則耕。自秦已來，以彊兵定天下，故戰士不服農業矣。是四民之外，又生一民而爲五也，所以農益困。然而執干戈，衛社稷，理不可去也。但使帝王之道，不得與三代同風。漢明之後，佛法流入中國，度人脩寺，歷代增加，不蠶而衣，不耕而食，是五民之外，又益一民而爲六也。故魏、晉而下，治道不及於兩漢。有唐大儒韓愈《諫憲宗迎佛骨表》云：『昔黄帝在位百年，年百一十歲。少昊在位八十年，年一百歲。顓頊在位七十九年，年九十八歲。帝嚳在位七十年，年百五十歲。堯在位九十八年，年百一十歲。舜、禹皆壽〔二〕百餘歲。當時〔三〕未有佛也。』是知古聖人不事佛以求福，古聖人必排佛以救民。假使天下有僧萬人，每日食米一升，歲用絹一疋，是至儉也，而月有三千斛之費，歲有一萬疋之耗，何況五七萬輩哉？而又富僧鉅髡，窮極口腹，一齋之食，一襲之衣，貧民百家未能供給。此既不能治民，又不能力戰，不造器用，不通貨財，而高堂邃宇，豐衣飽食而已，不曰民蠹，其可得乎？臣愚以爲，國家度人衆矣，造寺多矣，計其費耗，何啻億萬？先朝不豫，捨施又多，佛若有靈，豈不蒙福？事佛無効，斷可知矣。陛下深鑒前王，精求理本，亟宜沙汰，以厚生民。若以嗣位之初，未欲驚駭此輩，且可一二十載，不令度人，不許脩寺，使自銷鑠，漸而去之，亦救弊之一端也。

又其五曰，親大臣，遠小人，使忠良謇諤之士，知進而不疑；姦纖傾巧之徒，知退而有懼。夫君爲元首，臣爲股肱，言同體也。得其人則勿疑，非其人則不用。凡今天下言帝王之盛者，豈不曰堯、舜？堯、舜之道，具在方册。是時百姓不親，五品不遜，契作司徒，敷五教。蠻夷猾夏，寇賊姦宄，咎繇作士，明五刑。伯夷典禮，后夔典樂。禹平水土，益作虞官。大哉！堯之爲君，可謂委任責成而無疑矣。或曰：誠如是，堯有何功德耶？臣曰：有知人任賢之德爾。雖然，堯之道去世遼遠，恐不可復，臣以近事言之。唯有唐之政，可以損益而行焉。臣讀元和賢相《裴垍傳》，憲宗嘗命垍銓品庶官，垍奏曰：『天子擇宰相，宰相擇諸司長官，諸司長官自擇僚屬，則上下不疑而政成矣。以陛下之明，擇數十人諸司長官，常恐不逮，若更令臣擇庶官，恐非致治之要。』當時識者以垍爲知言。伏望陛下，遠取帝堯，近鑒唐室，既得宰相，用而不疑，使宰相擇諸司長官，諸司長官自取僚屬，則垂衣而治矣，所謂忠良謇諤之士知進者也。臣又聞，古者刑人不在君側，語曰：『放鄭聲，遠佞人。』又曰：『浸潤之譖，膚受之愬，不行焉，可謂明也矣。』是以周文王左右無可結韤者，言〔四〕皆賢也。夫小人之徒，巧言令色，先意希旨，事必害政，心惟忌賢，非聖帝明王，不能深察。臣又按舊制，南班三品尚書方得登殿，比者三班奉職，卑賤可知，或因遺差，亦得陞殿，惑亂天聽，褻黷至尊，無甚於此。伏望陛下，振〔五〕舉紀綱，尊嚴視聽，在此時矣，不可不思，所謂姦纖傾巧之徒知退者也。

臣愚以爲，今之所急，在先議兵，使衆寡得其宜，措置得其道；然後議吏，使清濁殊塗，品流不雜；然後難選舉以塞其源，禁僧尼以去其耗，自然國用足，而王道行矣。今若不去冗兵，不併冗吏，不難選舉，不禁僧尼，縱欲減人民之賦，寬山澤之利，其可得乎？伏惟陛下，承二聖之貽謀，鑒千古之治道，明比日月，幾先鬼神。聖智所周，不遺一物，英斷所及，出於百王。而又三事大臣，受遺輔政，豈容郎吏，輒議國經？蓋以臣素被寵光，常思報効，有所貯蓄，不敢緘藏。臣又念詔書云：『言之而不用，罪在朕躬；求之而不言，咎將誰執？』臣不勝大願，所以輒進狂瞽，上干冕旒。伏惟陛下，踐詔書之言，則天下幸甚也。謹齋戒拜疏，實封附遞以聞，惟陛下寬其罪而念其誠，以來諫静之路，則臣死無恨矣。

論宰執不許接客

謝　泌

伏覩明〔六〕詔，宰執樞密使不許接見賓客，是疑大臣以私也。《書》曰：『任賢勿貳，去邪勿疑。』張説謂姚元崇外則踈而接物，内則謹以事君，此真得大臣之體。今天下至廣，萬機至繁，陛下以聰明寄於輔臣，自非接見群官，何以悉知外事？若令都堂候見，則群官請見咨事，略無解衣之暇。古人有曰：『疑則勿用，用則勿疑。』若政在大夫，禄去公室，國祚衰季，强臣擅權，當此之時，乃可爲慮。今陛下鞭撻宇宙，摠攬豪傑，朝廷無巧言之士，方面無姑息之臣〔七〕，禮樂征伐，自天子出。《書》曰：『無偏無黨，王道蕩蕩。』今日之謂也。奈何疑執政爲衰世之事乎？昔孔光不言温室中樹，顧雍封侯三日，家人不知，謝安石對客圍碁，捷書至而客不覺，大臣當密慎如此。雖妻子猶不得聞，况它人乎？使非其人，當斥去之。既得其人，任之以政，又何疑也？設若杜公堂謁見之禮，豈無私室乎？塞相府請託之漸，豈無它徑乎？此非陛下推赤心以待大臣，大臣展四體以報陛下之道也。王禹偁昧於大體，妄有陳述，上累聖德，蒙蔽聰明，狂躁之言，不可聽用。

論兩省與臺司非統攝

李宗諤

臣按《通典》叙職官，以三師三公、門下中書兩省爲先，而《會要》亦以兩省爲首，惟《六典》準《周禮》六官，以尚書省官居上，而兩省亦在御史臺之前。此不相統攝一也。唐開成三年，御史臺奏宣，今後遇延英開擬中謝官，委臺司前一日依官班具名銜奏，其兩省官，即令本司前一日奏。是兩省得以專達，此不相統攝二也。《朝會圖》門下省典儀設版位，御史中丞班在丹墀上，兩省官後立。此不相統攝三也。故事，文武百官内殿起居失儀，左右巡使奏文武班内有官失儀，請付外勘當。如兩省官失儀，即奏云供奉班内有官失儀，請付所司。以此言之，惟兩省官失儀，左右巡使不敢請付外勘當。此不相統攝四也。又御史臺止奏南衙文武百官班簿，門下中書兩省各奏本省班牓子。此不相統攝五也。文武常參官每遇假告，皆經御史臺陳牒。惟兩省官自左右正言以上，假告直經宰相陳牒，遇正衙見辭謝，文武常參官皆於朝堂四方館陳狀兩紙，惟兩省官止陳狀一紙，既不與百官叙班，亦無臺參之禮。此不相統攝六也。文武常參官，幕次並在朝堂，惟兩省官在中書門内。每遇殿起居及大朝會議集，並設次在御史中丞之上，蓋地望親近，在憲司之右。此不相統攝七也。五代開延英奏事，先宰相，次兩省，次御史中丞，次三司使，次京尹。又常朝叙班，御史中丞群官先入，次東宫保傅，次兩省官，次左右僕射。

也。伏以中書門下兩省，自正言以上，皆天子侍從之官，立朝叙班，不與外司爲比。故在正衙，則與宰相重行而立。通衢，則與中丞分路而行。常參，則師傅入於兩省之前。朝會，則臺官次於兩省之後。地望特峻，職業有殊，官局之間，不相統攝。御史臺每牒本省，並不平空，所以本省移報，亦如其儀。而文仲止憑吏人之言，遂有聞奏，且無典章爲據。伏況臺憲之職，所宜糾察奸邪，辨明冤枉。廷臣有不法之事，得以彈奏；下民有無告之人，得以申理。而於文牒之內，争平空與不平空，其事瑣細，烏足助於風威哉！

及朝退，僕射先出，兩省官，次東宮保傅，次御史中丞群官。夫以後入先出爲重，不相統攝八

論靈州事宜　楊億

臣讀舊史，見漢武北築朔方之郡，平津侯諫，以爲罷敝中國，以奉無用之地，願罷之。上使辯士朱買臣等發十策以難，平津不能對。臣以爲平津侯爲漢賢相，深明經術，習知利害。屬武帝以雄俊自任，志在開拓。買臣等以詞辯獲進，並侍左右。前史又稱，平津每朝會論議，但開陳其端，使人主自擇，不肯面折廷諍。由此言之，非不能折買臣之舌，蓋所以將順人君之意耳。即朔方之非便，有自來矣。且地在要荒之外，固〔八〕聲教不及。元朔中，大將軍衛青攘却匈奴，取其河南地，以列置郡縣。今靈州是赫連昌地，後魏置州，蓋朔方之故墟，匈奴之舊壤，僻介西鄙，懸絶諸華。數百里之間無水草，烽火不相應，亭障不相望。當邊境謐寧，羌戎即叙，道路不

壅，饟饋無虞，猶足以張大國之威聲，爲中原之扞蔽。自胡鶵作梗，邊邑屢驚，雜虜爲其脅從，兇黨因而猖熾。待之以爵賞，頗驕蹇而不恭；討之以甲兵，又遁逃而無復。凡有贏糧之役，必興狙擊之謀。每至靈武轉輸，大須發卒防援，離去内地，皆無鬭心，經涉畏途，多有菜色。自曹光實、白守榮、馬紹忠及王榮之敗，資糧扉屨，所失至多，將士丁夫，相枕而死。以至募商人，入穀輸帛，償以數倍之賈。復於積石之孤壤，别築清遠之一城，邊民繹騷，國帑匱乏。既不能制黠虜之死命，又不能救靈武之急難。數年之間，兇黨逾盛，靈武危堞，巋然僅存，河外五城，繼聞陷没，但堅壁清野，坐食糗糧，閉壘枕戈，苟度朝夕。且使賊遷横行沙漠，俶擾疆陲，擊列鎮之戍兵，侵屬國之蕃部。雖有警急，無候望而得知；縱或憑陵，但繕完而入保。未嘗出一兵，馳一騎，敢與虜角。此靈武之存，無益明矣。平津所言『罷敝中國，以奉無用之地』，正今日也。

臣以爲存之有大害，棄之有大利。且如國家募人入粟，償以十倍之直，發卒轉餉，涉兹不毛之地，此古人所謂率三十鍾而致一石，敺民於死地者也。今或棄之，即可以歲省戍卒，分守内郡。一卒之費，可給十夫。國家無飛芻輓粟之勞，士卒免暴露流離之苦。必謂廢之即虧失土地，傷損威重。且如堯、舜、夏禹，聖之盛者也，地不過數千里，而明德格天，四門穆穆。武丁、成王，商、周之明主也，然地東不過江黄，西不過氐羌，南不過蠻荆，北不過太原，而頌聲並作，號爲至治。及秦、漢拓土，窮兵遠略，雖疆理益廣，而干戈日尋，府庫之資財屢空，生靈之肝腦塗地。校功比德，豈可同年而語哉？夫蝮蛇螫手，壯士斷腕；蟻壤不塞，將漏山阿。今靈武之存，爲害甚於蝮蛇；供饋之費，爲蠹逾於蟻壤。無鴻毛之益，有泰山之損，豈可忽遠大之略，徇悠悠之談？

昔西漢賈捐之嘗建議棄朱崖，當時公卿亦有異論，元帝能排衆多之説，奮獨見之明，下詔廢之，人頌其德。元帝之意，寧欲自棄其地？當其内屬爲郡，固已置吏而拊循，及其稱兵構亂，豈可勞民而征戍？故其詔書曰：『議者以棄朱崖羞威不行。夫通於時變，即憂萬民，民之饑餓，危孰大焉？且宗廟之祭，凶年不備，況乎避不嫌之辱哉？』臣以爲正與今日靈武之事相類。必以失地爲言，即燕、薊八州，河、湟五郡，所失多矣，何必此爲？議者又以西北諸蕃，戎馬是産，資其控制，以通貿易；環、慶諸州，内附蕃落，藉其屏翰，以免驚騷。此又迂闊之甚。且戎人爲利所誘，故互市於邊關；蕃部之族自强，故能庇於種類。必來寇於環、慶，固無隔於藩籬。百雉危城，千里懸隔，自救不暇，豈及於他？議者又以其土田沃饒，有漢陂之利，恐賊遷因而播種，益以富强。況戎人但以攻剽爲能，罔知耕稼之事，河、隴之外，棄地甚多，延袤百城，提封萬井，西漢屯田之所，疆畔猶存，儻事力耕，可以積穀，何必獨耕靈武，乃能足食？若靈武於賊有大利，即是必争之地，當朝夕攻取，豈至於今？皆爲孟浪之談，殊非經久之計。況又歲有調發，動致寇攘，借寇兵而齎盜糧，竭民力而耗國用，爲患之大，無出於斯，雖庸人豎子，亦知其可棄也。若或精選單介，間道而行，齎持詔書，宣布王命，令其盡焚廬舍，自拔而歸，丁壯悉令持兵，老幼以之襁負，古稱『歸師不可遏』，又曰『置之死地而後生』，當此之時，人百其勇，臨難思免，其鋒莫當。又須申命偏師，揚言出塞，軍聲既振，賊勢自分，即靈州東遷之民，不虞邀擊之患，雖有剽劫，易爲枝梧。且國家所惜者士民，所急者財用，豈可以驍果之旅，委於餓虎之蹊；府藏之實，填於盧山之壑？今若棄去靈武，退守環、慶，卒免戍於絶域，民思保其室家，供饋不出於郊圻，恩德自淪於骨髓，民力不竭，士氣易揚，何敵不摧？何戎不克？

陛下又憤兹黠虜，思欲翦除，臣以爲不可黷武以窮兵，止可伐謀而制勝。臣竊料賊遷睢盱邊塞之外，倔强沙漠之中，脅制諸羌，嘯聚不逞，無耕桑之業，無蠶織之工，爲鼠竊之謀，以資衣食，聚烏合之衆，以擾塞垣，致蕃夷之服從，用兇威而駈逼，非有厚利，能誘其人。朝廷今廢棄靈州，每歲更無饋餫，絶其覬望，何所窺圖？平夏之西，池鹽斯在，先是貿易粟麥，用資餱糧，今條禁甚嚴，法網尤密，無敢踰越，漸致携離，皆困賊遷之術也。臣竊見太祖朝，命姚内斌領慶州，董遵誨領環州，二人所統之兵，纔五六千而已。閫外之事，一以付之，軍市之租，不從中覆，用能士卒効命，羌夷畏威，朝廷無旰食之憂，疆埸無羽書之警。臣欲望於武臣中，選有將帥之才知邊鄙之事者三數人，分布諸郡，各量其所將兵多少付之，除廩禄之外，賜一大縣租賦，恣其犒設。今開幕府，辟召髦俊，爲之僚佐，咨以策略。勇力之士，稟其指蹤之用；軍旅之政，許之便宜而行。儻賊遷侵邊，郡軍戍擾，内屬蕃部並唇齒相援，腹背夾攻。或戰馬正肥，戎士思奮，即召發内屬，討虜之羌，俘獲之餘，盡分麾下。且戎人利於降附，蓋迫兇渠，儻撓之以勁兵，示之以大信，懷荒振遠，推亡固存，出金帛以購酋豪，懸爵秩以寵降附，明立賞格，厚荅戰功，即賊遷之腹心稍稍奔潰，親離衆叛，事去運乖，煢煢獨行，誰與爲伍？但塞外一胡人耳，安能與大邦爲讎哉？若欲成謀廟堂，功在漏刻，臣以爲北虜方黠，其材猶豐，腥膻之群如臂使指，未可以歲月破也。直須廢棄靈州，退保環、慶，然後以計困之耳。如臣之策，秪得三兩驍將，付以一二萬精卒，以數縣租賦給其用度，令分守邊郡，賊遷可以計日成擒，朝廷可以高枕無事矣。

論澶淵事宜

寇　準

臣伏奉聖旨，擘畫河北邊事，及將來駕起與不起，至何處者。

一、臣伏覩邊奏，犬戎游騎已至深、祁以東。竊緣三路大軍，見在定州。魏能、張凝、楊延朗、田敏等，又在威虜軍等處。東路深、趙、貝、冀、滄、德等州，别無大軍駐泊。必慮虜騎近東南下寨，輕騎打劫，不惟老小驚騷，兼使賊盜團聚，直至天雄軍以來，人户驚移。若不早張軍勢，必恐轉啓戎心。臣欲乞先那起天雄軍兵馬一萬人，往貝州駐泊，令周瑩、杜彦鈞、孫全照部轄。若是虜騎在近，即仰近城覓便掩殺，兼令間道將文字與石普、閻承翰照會掩殺。番賊近召募强壯入賊界，燒蕩鄉村，劫殺人口。仍乞照管南北道路，多差人探報番賊，次第聞奏，及報天雄軍。一則貴安人心。一則張得軍勢，以疑敵人之謀。三則石普、閻承翰等聞王師北來，壯得軍威。四則與邢、洺地里不遥，張得掎角之勢。

一、隨駕兵士，衛扆宸居，固不可與犬戎交鋒原野，以争勝負。天雄軍至貝州兵馬，大駕未起已前，不過三萬人。萬一犬戎至貝州已南下寨，游騎漸更南來，即須那起定州兵馬三萬以上人騎，令桑贇等結陣南來鎮州，及令河東雷有終手下兵士出土門路，與定州兵馬會合，相度事勢緊慢，那至洺州以東方可。聖駕順動，假萬乘之天聲，合數路之兵勢，更令王超等在定州近城，排布照應，魏能、張凝、楊延朗、田敏等處兵馬，令作會合次第。及前來累降指揮索拽，候抽移得定州、河東兵馬附近，始得幸大名。

一、或恐萬一定州兵馬被犬戎於鎮、定間下寨，抽那不起，邢、洺之北，游騎侵掠，天雄軍東北縣分，老小大段驚移，須是分定州三路精兵，差在彼將帥等會合，及分魏能、張凝、楊延朗、田敏等兵馬，漸那向東，傍城寨牽拽，如此則犬戎必有後顧之患，亦未敢輕議懸軍深入。若是車駕不起，轉恐番戎殘害生靈，或是鑾輅親征，亦須過大河，即且幸澶淵，就近易爲制置，會合兵馬，兼控扼津梁。

右，臣叨列宰司，素無奇略，即承清問，合罄鄙誠。伏覩皇帝陛下，睿智淵深，聖猷宏遠，固已坐籌而決勝，尚猶虛己以詢謀。兼彼犬戎，頗乏糧糗，惟腥膻之衆，必懷首尾之憂，豈敢不顧大軍，但圖深入？然亦慮其凶狡，須至過有防虞。煩瀆天聽，伏增戰懼。

諫幸汾陰

孫奭

先王卜征五年，歲習其祥，祥習則行，不習則增修德而改卜。陛下始畢東封，更議西幸，殆非先王卜征五年慎重之意，其不可一也。夫汾陰后土，事不經見。昔漢武帝將封禪，故先封中嶽，祀汾陰，始巡幸郡縣，遂有事於泰山。今陛下既已登封，復欲幸汾陰，其不可二也。古者圜丘方澤，所以郊祀天地，今南北郊是也。漢初承秦，唯立五時以祀天，而后土無祀，故武帝立祠於汾陰。自元、成以來，從公卿之議，遂徙汾陰后土於北郊。後之王者，多不祀汾陰。今陛下已建北郊，乃舍之而遠祀汾陰，其不可三也。西漢都雍，去汾陰至近，今陛下經重關，越險阻，輕棄京師根本，而慕西漢之虚名，其不可四也。河東，唐王業之所起也，唐又都雍，故明皇間幸河東，因祠后土。聖朝之興，事與唐異，而陛下無故欲祠汾陰，其不可五也。昔者周宣王遇灾而懼，故詩人美其中興，以爲賢主。比年以來，水旱相繼，陛下宜側身修德，以荅天譴，豈宜下徇姦回，遠勞民庶，盤游不已，忘社稷之大計？其不可六也。夫雷以二月出，八月入者也，育養萬物，有人君之象，失時則爲異。今震雷在冬，爲異尤甚，此天意丁寧以戒陛下，而返未悟，殆失天意，其不可七也。夫民，神之主也，是以聖王先成民而後致力於神。今國家土木之功累年未息，水旱作沴，饑饉居多，乃欲勞民事神，神其享之乎？此其不可八也。陛下必欲爲此者，不過効漢武帝、唐明皇，巡幸所至，刻石頌功，以崇虚名，誇示後世爾。陛下天資聖明，當慕二帝、三王，何爲下襲漢、唐之虚名？其不可九也。唐明皇以嬖寵姦邪，内外交害，身播國屯，兵交闕下，亡亂之迹如此，由狃於承平，肆行非義，稔致禍敗。今議者引開元故事以爲盛烈，乃欲倡導陛下而爲之，臣竊爲陛下不取，此其不可十也。臣言不逮意，陛下以臣言爲可取，願少賜清閒，以畢臣説。

又諫幸汾陰

孫奭

陛下將幸汾陰，而京師民心弗寧。江淮之衆，困於調發，理須鎮安而矜存之。且土木之功未息，而奪攘之盜公行，北虜治兵不遠邊境，使者雖至，寧可保其心乎？昔陳勝起於徒戍，黄巢出於凶饑，隋煬帝勤遠略而唐高祖興於晋陽，晋少主惑小人而耶律德光長驅中國。陛下俯從姦佞，遠棄京師，涉仍歲薦饑之墟，修違經久廢之祠，不念民疲，不恤邊患，安知今日戍卒無陳勝，饑民無黄巢，英雄將無窺伺於肘腋，戎狄將無覬覦於區脱乎？

先帝嘗議封禪，寅畏天灾，尋詔停寢。今姦臣乃賛陛下力行東封，以爲繼成先志。先帝嘗欲北平幽朔，西取繼遷，大勳未集，用付陛下，則群臣未嘗獻一謀，畫一策，以佐陛下繼先帝之志者，反務畢辭重幣求和於契丹，蹙國縻爵姑息於繼遷，曾不思主辱臣死爲可戒，誣下罔上爲可羞，撰造祥瑞，假託鬼神，纔畢東封，便議西幸，輕勞車駕，虐害飢民，冀其無事往還，便謂成大勳績。是陛下以祖宗艱難之業，爲佞邪僥倖之資，臣所以長嘆而痛哭也。

夫天神地祇，聰明正直，作善降之百祥，作不善降之百殃，未聞專事籩豆簠簋可邀福祥。《春秋傳》曰：『國將興，聽於民；將亡，聽於神。』愚臣非敢妄議，惟陛下終賜裁擇。

校勘記

〔一〕『制』，麻沙本作『例』。宋淳祐刻元明遞修本《諸臣奏議》作『例』。

〔二〕『壽』下，麻沙本有一『有』字。宋淳祐刻元明遞修本《諸臣奏議》無。

〔三〕『時』，麻沙本作『年』。宋淳祐刻元明遞修本《諸臣奏議》作『時』。

〔四〕『言』，麻沙本無。宋淳祐刻元明遞修本《諸臣奏議》作『言』。

〔五〕『振』，麻沙本無。宋淳祐刻元明遞修本《諸臣奏議》作『振』。

〔六〕『明』，麻沙本作『聞』。

〔七〕『臣』，麻沙本作『人』。

〔八〕『固』，麻沙本作『國』。宋淳祐刻元明遞修本《諸臣奏議》作『固』。

新校宋文鑑卷第四十三校者按：底本爲刻卷，據麻沙本、二十七卷本（存第二十七至二十九頁）刻卷校改。

奏疏

論天書

孫奭

臣竊見，朱能者，姦憸小人，妄言祥瑞，而陛下崇信之，屈至尊以迎拜，歸祕殿以奉安。上自朝廷，下及閭巷，靡不痛心疾首，反脣腹非，而無敢言者。昔漢文成將軍以帛書飯牛，陽言牛腹中有奇書，殺視得之，天子識其手迹。又有五利將軍妄言，方多不讎。二人皆坐誅。先帝時有侯莫陳利用者，以方術暴得寵用，一旦發其姦，誅於鄭州。漢武可謂雄材，先帝可謂英斷。唐明皇得《靈寶符》《上清護國經》《寶券》等，皆王鉷、田同秀等所爲，明皇不能顯戮，怵於邪說，自謂德實動天，神必福我。夫老君，聖人也，儻實降語，固宜不妄，而唐自安史亂離，乘輿播越，兩都盪覆，四海沸騰，豈天下太平乎？明皇雖僅得歸闕，復爲李輔國劫遷，卒以餒終，豈聖壽無疆長生久視乎？夫以明皇之英睿，而禍患猥至曾不知者，良由在位既久，驕亢成性，謂人莫己若，謂諫不足聽，心玩居常之安，耳熟導諛之説，内惑寵嬖，外任姦回，曲奉鬼神，過崇妖妄。今日見老君於閣上，明日見老君於山中，大臣尸禄以將迎，端士畏威而緘默。既惑左道，即紊政經，民心用離，變起倉卒。當是之時，老君寧肯禦兵？《寶符》安能排難邪？今朱能所爲，或類於此。願陛下思漢武之雄材，法先帝之英斷，鑒明皇之召禍，庶幾灾害不生，禍亂不作。

諫作玉清昭應宫 王曾

臣伏聞朝廷設諫争之官，防政治之闕，非其官而言者，蓋表其忠，况當不諱之朝，復忝非常之遇，苟進思之無補，懼竊禄以貽譏。臣伏覩國家誕受殊祥，薦膺秘籙，祚洪圖於萬葉，超盛烈於百王。陛下寅畏寶符，陟封名岳，功垂不朽，澤浸無垠，奉若之心，斯爲至矣。而清衷濬發，成命亟行，自經始已來，庀徒斯廣，輦他山之石，相屬於道塗，伐豫章之材，遠周於林麓，累土陶甓，揮鍤運斤，功極彌年，費將鉅萬。掩祈年之舊制，踰槩日之前聞，輟貴近以董臨，假使權而領護。如此，則國家尊奉靈文之意不爲不厚矣，崇飾臺觀之規不爲不壯矣。然則臣之愚懇或異於斯，既有見聞，安敢緘默？

臣以爲今之興作，有不便之事五焉，雖鳩僝已行，未可悉罷，苟或萬一採芻蕘之説，省其功用，抑其制度，亦及民之大惠，而憂國之遠圖也。所謂五者之目，請爲陛下陳之。且今來所創立宫，規制宏大，凡用材木，莫匪楩楠。竊聞天下出産之處，收市至多，般運赴宫，尤傷人力。雖云役軍匠，寧免煩擾平民？况復軍人，亦是黎庶。此未便之事一也。邇者方畢封崇，頗煩經費，今兹興造，尤費資財。雖府庫之中貨寶山積，畚築之下工徒子來，然而内帑則積代之蓄藏，百物盡生民之膏血，散之孔易，斂之惟艱，雖極豐盈，尤宜重惜。此未便之事二也。夫聖人貴於謀始，智者察於未形，禍起隱微，危生安逸。今雙闕之下，萬衆畢臻，暑氣方隆，作勞斯甚。所役諸雜兵士，多是不逞小民，其或鼠竄郊鄽，狗偷都市，有一於此，足貽聖憂。此未便之事三也。王者撫御寰區，順承天地，舉動必遵於時令，裁成不失於物宜，靡崇奢侈之風，罔悖陰陽之序。臣謹按，孟夏無發大衆，無起土功，無伐大樹。今肇基卜築，衝冒鬱蒸，俶擾厚坤，乖違前訓。矧復旱暵卒癢，雷電迅風，拔木飄瓦，温沴之氣，比屋罹灾，得非以失承天地之明效歟？此未便之事四也。臣切聆中間符命之文，有清浄育民之誡。今所修宫閣，蓋本靈篇，而乃過興剖撅之功，廣務雕鏤之巧，雖屢殫於物力，恐未協於天心。此未便之事五也。

伏望遵祖宗之大猷，察聖賢之深戒，遷思回慮，懲往念來，詔將作之官，息勤苦之衆，輯寧群品，對越高穹。如此，則遐邇宅心，人祇快望。必若光昭大瑞，須建靈宫，將畢相勞，聿爰成績，則臣敢效愚計，亦可必行。但能損彼規摹，減其用度，止敦樸素，無取瑰奇，惟將之以誠明，仍重之以嚴潔，名數之際，加等是宜，實費之資，節斂爲要，俾四海之内，知陛下愛重民力之意，豈不美歟？昔太宗皇帝建太一、上清等宫，亦不使窮極壯麗。臣竊惟陛下，宜遵而行之，取爲法制，以示不敢踰，即嗚謙大德，光於千古矣，奈何特欲過先帝之制作乎？并覩西京造太宗之影殿，東嶽置會真之宫，計其工庸，亦皆不啻中人十家之産，然於尊祖禮神則盛矣，其於邦國大計則猶未足爲當時之急務也。

臣料陛下必謂海内承平，邊隅清晏，人康俗阜，時和年豐，縱或築宫，無損於事，則臣復謂其不然也。方今疆埸甫定，虜廷有姑息之虞；民俗苟完，倉箱無紅腐之積。况關輔之地，流亡素多，近甸之民，農桑失望，雖令有司安慰，亦恐未復田産。秋冬之間，飢歉是懼，亟經營於神館，慮稍鬱於輿情。且往古廢興之端，前王得失之事，布在方册，足爲商鑒者，陛下覽之詳矣，非假愚臣一二言焉。試觀自昔人君，崇尚土木，孰若清浄無爲者之安全乎？願陛下留神垂聽，無忽臣言，則天下幸甚！

今雖上下之人皆知事理如此，而人人自愛，莫敢輕黷冕旒。至於左右大臣，則慮計之不從，致見踈之悔；中外百執，則慮言之難達，招妄動之尤。使忠讜之謀未行，良爲此也。惟臣出從幽介，遭遇文明，特受聖知，度越流輩，官爲侍從，身服簪裳，粗識安危之機，未申補報之効，捐軀思奮，今也其時，又安敢循默苟容，不爲陛下别白而論之乎？是以輒率妄庸，輕冒宸嚴，感發於中，無所顧避。陛下寬其鼎鑊之罪，矜其螻蟻之誠，深鑒古先，試垂採擇，無謂創一靈宫，爲一細事，而弗恤也。臣以爲興役動衆，尤係事機，不可不察也。當使鄉校之中，豪姦之黨，無所開竊議之口，則微臣之望也，天下之幸也！

論官制

孫何

六卿分職，邦家之大柄也。故周之會府，漢之尚書，立庶政之根本，提百司之綱紀。令僕率其屬，丞郎分其行，二十四司，粲焉星拱。郎中、員外判其曹，主事、令史承其事，四海九州之大，若網在綱。有吏部焉，辨考績而育人材；有兵部焉，簡車徒而治戎備；有户部焉，正版圖而阜財賦；有刑部焉，謹紀律而誅暴强；有禮部焉，祀神祇而選賢俊；有工部焉，繕宫室而修隄防，六職舉而天下之事備矣。

有唐正觀之風最爲稱首，於時封疆甚廣，經費尤多，亦不聞别分利權，特刱使額，而軍須取足。玄宗侈心既萌，貪地不已，北事奚契丹，南征閤羅鳳，召發既廣，租調不充，於是蕭景、楊釗始以地官判度支，而宇文融爲租調地税使，雖利孔始開，禍階將構，然版籍根本，尚在南宫。肅、代物力蕭然，於是有司之職盡廢，而言利之臣攘臂於其間矣。征税多端，本於專置使額，故德宗之初，首降詔書，追行古制，天下錢穀，皆歸文昌，咸謂故事復興，太平可致。而天未悔禍，叛亂相仍，經費不充，使額又建，於是裴延齡以利誘君，甚於前矣。憲、穆而下，或迫於軍期，切於國計，用救當時之急，率以權宜裁之。五代短促，曾莫是思。

國家三聖相承，五兵不試，太平之業，垂統立制，在兹辰也，所宜三部使額，還之六卿。或曰：禄百辟，贍三軍，皆是物也。臣亦有其説。夫鹽鐵者，蓋筦榷山海之謂也，而物非自集，須假牢盆。户部者，蓋均一征稅之謂也，而財非自生，須計田賦。度支者，蓋供億軍國之謂也，而粟非自行，須資漕運。但檢勾事一，相沿置之耳。今莫若精擇户部尚書一人，專掌鹽鐵使事，俾金部郎中、員外分判之。又擇本行侍郎二人，分掌度支户部使事，各以本曹郎中、員外分判之，則三使洎判官雖省猶不省也。仍命左右司郎中、員外揔知帳目，分勾稽違。或曰：事有便宜，行之已久，何必改作，遠師昔人？斯又非通論也，但雅俗兼資，新舊參列，則進無掊刻之慮，退有詳練之名，職守有常，規程既定，周官唐式可以復矣。茲事非艱，在陛下行之與否。

請詢訪晁李　　劉隨

臣伏覩近降除書，以客省使康州防禦使李允則，特授寧州防禦使，仍放朝謝與假將治者，恩加勳舊，事出非常。凡居將帥之臣，各勵公忠之節。竊以李允則素懷韜略，動有機權，屢委邊防，務期安輯，不邀功以生事，無縱敵而失謀，雖古之將，無以加矣。是以行命之日，中外皆喜。必若制置軍馬，經略亭鄣，樞近大臣成筭之外，若召而賜對，詢以方略，則老將諳練，必有所長。

臣又伏見太子少保致仕晁迥，端莊植性，冲澹自居，歷仕三朝，垂五十載，徊翔兩制，踰二十年。先帝寵遇便蕃，講求典禮，議論詳正，無不參〔二〕預。加以繼司文柄，時謂得人，今之臺閣清流，州郡循吏，迴之論辨，所得居多。近者引年致政，斯爲達禮，五常百行，蓋無缺焉。文苑指爲宗師，朝野推爲君子，有兹儒雅之望，未行優異之恩。臣亦願兩宮聖慈，特同允則〔二〕近例，賜以全俸，豐其燕居。其或朝廷將行大禮，時議大政，宰司裁成之外，特開延英，訪以經史，耆儒詳練，必有可觀。

每遇萬機餘閑，温凉得所，詳延二老，賜之從容，俾説往古治亂之因，國初經制之務。如此，則文事武備盡美於昌朝，養老乞言有光於古昔。尊禮宿舊，益厚時風，傳示方來，用清史册。臣以爲文武班中，功名雅望終始一致，以至高年者，惟此二人，允謂時賢，恐須旌别。

請皇太后軍國常務專取皇帝處分

劉　隨

臣輒露危言，上塵聖覽，退量僭易，甘俟顯誅。况居有道之朝，幸在得言之地。念臣出入諫署，於今八年。才識本踈，補報無狀，既臨衰暮，合盡忠規。洪惟皇太后，天資聖明，手扶宗社。爰自先朝不豫，萬機倦勤，皇帝養德東朝，選賢資善。太后預聞政事，參决居多。洎皇帝膺龍躍之期，年尚冲幼。太后承顧託之命，心如堅石，垂簾以對群臣，盡力以報先帝。戎夷率服，華夏乂安，終始不渝，中外咸仰。於國家顯隆平之業，於皇帝極慈愛之情。天地之功全，母子之道備，光耀簡册，垂億萬年。然天下治矣，王業崇矣，皇帝長矣，太后勤矣。而猶祁寒盛暑，勞曳聖躬，一日萬機，煩於聖斷。臣聞虚心以致遐壽，澄神以保大和，欲乞今後軍國常務，並逐日專取皇帝處分。所貴清神養素，延聖母萬壽之期；内竪問安，成皇帝孝治之德。天下幸甚，微臣願畢。

洪州請斷祅巫

夏竦

臣聞左道亂俗，祅言惑衆，在昔之法，皆殺無赦。蓋以姦臣逆節，狂賊亂規，多假鬼神，摇動耳目。漢之張角，晋之孫恩，偶失防閑，遂至屯聚。國家宜有嚴制，以肅多方。切以當州，東引七閩，南控百粤，編氓右鬼，舊俗尚巫。在漢欒巴，已嘗翦理，爰從近歲，傳習滋多。假託機祥，愚弄黎庶，勦絶性命，規取貨財。皆於所居，塑畫魅魑，陳列幡幟，鳴擊鼓角，謂之『神壇』。嬰孺襁褓，已令寄育，字曰『壇留』『壇保』之類。及其稍長，則傳習祅法，驅爲童隸。民之有病，則門施符術，禁絶往還，斥遠至親，屏去便物。家人營藥，則曰神不許服，病者欲飯，則云神未聽飧，率令疫人，死於飢渴。洎至亡者服用，又言餘祟所憑，人不敢留，規以自入。若幸而獲免，家之所資，假神而言，無求不可。其間有孤子單族，首面幼妻，或絶户以圖財，或害夫而納婦。浸淫既久，習熟爲常，民被非幸，了不爲怪。奉之愈謹，信之益深，從其言甚於典章，畏其威重於官吏。奇神異像，圖繪歲增，邪籙祅符，傳寫日夥。小則雞豚致祀，斂以還家；大則歌舞聚人，食其餘胙。婚葬出處，動必求師，劫盗鬬争，行須作水。蠹耗衣食，眩惑里閭，設欲扇摇，不難連結。在於典憲，具有章條。其如法未勝姦，藥弗瘳疾。宜頒峻典，以革祅風。

當州師巫一千九百餘户，臣已勒令改業歸農。及攻習鍼灸方脉，所有首納祆妄神像、符籙、神衫、神杖、魂巾、魂帽、鐘角、刀笏、沙羅等一萬一千餘事，已令焚毁及納官訖。伏乞朝廷嚴賜條約，所冀屏除巨害，保有群生，杜漸防萌，少裨萬一。

答手詔條陳十事

范仲淹

伏奉手詔：『今來用韓琦、范仲淹、富弼，皆是中外人望，不次拔擢。韓琦暫往陝西，范仲淹、富弼皆在兩地。所宜盡心爲國家建明，不得顧避。兼章得象等同心憂國，足得商量。如有當世急務可以施行者，並須條列聞奏，副朕拔擢之意者。』臣智不逮人，術不通古，豈足以奉大對？然臣蒙陛下不次之擢，預聞政事，又詔意丁寧，臣戰汗惶怖，曾不獲讓。臣聞歷代之政，久皆有弊，弊而不救，禍亂必生。何哉？綱紀寖隳，制度日削，恩賞不節，賦斂無度，人情慘怨，天禍暴起。惟堯、舜能通其變，使民不倦。《易》曰：『窮則變，變則通，通則久。』此言天下之理，有所窮塞，則思變通之道，既能變通，則成長久之業。我國家革五代之亂，富有四海，垂八十年。綱紀制度，日削月侵，官壅於下，民困於外，夷狄驕盛，寇盗横熾，不可不更張以救之。然則欲正其末，必端[三]其本，欲清其流，必清其源。臣敢約前代帝王之道，求今朝祖宗之烈，採其可行者條奏，願陛下順天下之心，力行此事，庶幾法制有立，綱紀再振，則宗社靈長，天下蒙福。

一曰明黜陟。臣觀《書》曰：『三載考績，三考，黜陟幽明。』然則堯、舜之明，建官至少，尚乃九載一遷，必求成績，而天下大化，百世之後，仰爲帝範。我祖宗朝，文武百官皆無磨勘之例，惟政能可旌者，擢以不次，無所稱者，至老不遷，故人人自勵，以求績效。今文資三年一遷，武職五年一遷，謂之磨勘，不限内外，不問勞逸，賢不肖並進，此豈堯、舜『黜陟幽明』之意耶？假如庶僚中有一賢於衆者，理一郡縣，領一務局，思興利去害而有爲也，衆皆指爲生事，必嫉之，沮之，非之，笑之，稍有差失，隨而擠陷，故不肖者素飡尸禄，安然而莫有爲也。雖愚暗鄙猥，人莫齒之，而三年一遷，坐至卿、監、丞、郎者歷歷皆是，誰肯爲陛下興公家之利，救生民之病，去政事之弊，葺綱紀之壞哉？利而不興則國虚，病而不救則民怨，弊而不去則小人得志，壞而不葺則王者失政。賢不肖渾淆，請託僥倖遷易不已，中外苟且，百事廢墮，生民久苦，群盜漸起，勞陛下旰昃之憂者，豈非官失其正而致其危耶？至若在京百司，金穀浩瀚，權勢子弟爲占據，有虚食廩禄，待闕一二年者，暨臨事局，挾以勢力，豈肯恪恭其職，使祖宗根本之地綱紀日隳。故在京官司，有一員闕，則争奪者數人。其外任京朝官，則有私居待闕，動踰歲時，往往到職之初便該磨勘，一無勤效，例蒙遷改。此則人人因循，不復奮勵之由也。臣請特降詔書，今後兩地臣僚，有大功大善，則特加爵命，無大功大善，更不非時進秩。其理狀循常而出者，祇守本官，不得更帶美職。應京朝官，在臺省館閣職任，及在審刑大理寺、開封府兩赤縣、國子監、諸王府，并因保舉及選差監在京重難庫務者，並須在任三周年，即與磨勘。若因陳乞，並於中書審官院願在京差遣者，與保舉選差不同，並須勾當，通計及五周年，方得磨勘。如此，則權勢子弟，肯就外任，各知艱難。亦有俊明之人，因此樹立，可以進用。如今日已前，受在京差遣已勾當者，且依舊日年限磨勘。其未曾交割勾當却求外任者，並聽其外任。在京朝官，到職勾當及三年者，與磨勘。内前任勾當年月日及公程日限，并非因陳乞而移任，在道月日及陞朝官在京朝請月日，並令通計。其遠官近地勞逸不同，并在假待闕，及公程外住滯，或因公事非時移替，在道月日，委有司别行定奪聞奏。如任内有私罪，并公罪徒已上者，至該磨勘日，具情理輕重，别取進止。其庶僚中有高才異行，多所薦論，或異略嘉謀，爲上信納者，自有特恩進改，非磨勘之可滯也。又外任善政者著聞有補風化，或累訟之獄能辨冤沉，或五次推勘人無翻訟，或勸課農桑大獲美利，或京城庫務能革大弊惜費鉅萬者，仰本轄保明聞奏，下尚書省集議，爲衆所許訴，則列狀上聞，並與改官，不隔磨勘，或有異同，各有所執，取旨出於聖斷，仍請詔下審官院流内銓，尚書考功，應京朝官選人，逐任得替，明具較定考績結罪聞奏。内有事狀猥濫，并老疾愚昧之人，不堪理民者，别取進止。已上磨勘考績條件，該説不盡者，有司比類上聞。如此，則因循者拘考績之限，特達者加不次之賞，然後天下公家之利必興，生民之病必救，政事之弊必去，綱紀之壞必葺。人人自勸，天下興治，則前王之業，祖宗之權，復振於陛下之手矣。其武臣磨勘年限，委樞密院比附文資定奪聞奏。

二曰抑僥倖。臣聞先王賞延於世，諸侯有世子襲國，公卿以德而任，有襲爵者，《春秋》譏之。及漢之公卿，有封爵而歿，立一子爲後者，未聞餘子皆有爵命。其次寵待大臣，賜一子官者有之，未聞每一歲有自薦其子弟者。祖宗之朝，亦不過此。自真宗皇帝，以太平之樂與臣下共慶，恩意漸廣大，兩省至知雜御史以上，每遇南郊并聖節，各奏子充京官，少卿監奏一子充試銜。其正郎、帶職員外郎，并諸路提點刑獄以上差遣者，每遇南郊，奏一子充齋郎。其大兩省等官，既奏得子充京官，明異於庶僚，大示區別，復更每歲奏薦，積成冗官。假有任學士以上官經二十年者，則一家兄弟子孫出京官二十人，仍接次陞朝，此濫進之極也。今百姓貧困，冗官至多，授任既輕，政事不舉，俸禄既廣，刻剥不暇。審官院常患充塞，無闕可補。臣請特降詔書，今後兩府并兩省官等，遇大禮，許奏一子充京官，如奏弟姪骨肉，即與試銜外，每年聖節更不得陳乞。如別有勳勞，著聞中外，非時賜一子官者，繫自聖恩。其轉運使及邊任文臣，初除授後，合奏得子弟身事者，並候到任二年無違闕，方許陳乞。如二年内非次移改者，即許通計三年陳乞。三司副使、知雜御史、少卿、監以上，並同兩省，遇大禮，各奏薦子孫。其正郎、帶館職員外郎，并省府權判官、外任提點刑獄以上，遇大禮，合該奏薦子孫者，須是在任及二周年方得陳乞。已上有該説不盡者，委有司比類聞奏。如此，則内外朝臣各務久於其職，不爲苟且之政，兼抑躁動之心，亦免子弟充塞銓曹，與孤寒争路，輕忽郡縣，使生民受弊。其武臣入邊上差遣，并大禮合奏薦子弟者，乞下樞密院詳定比類聞奏。又國家開文館，延天下英才，使之直祕府，覽群書，以待顧問，以養器業，爲大用之備。今乃登進士高等者，一任纔罷，不以能否，例得召試而補之，兩府兩省子弟親戚，不以賢不肖，輒自陳乞館閣職事者，亦得進補。太宗皇帝建崇文院祕閣，自書碑文，重天下賢才也。陛下當思祖宗之意，不宜甚輕之。臣請特降詔書，今後進士三人内及等者，一任廻日，許進干教化經術文字十軸，下兩制看詳，作五等品等，中第一第二等者，即賜召試，試又優等，即補館閣職事。兩府兩省子弟，並不得陳乞館閣職事及讀書之類。御史臺畫〔四〕時劾彈，并諫院論奏，如館閣闕人，即委兩地舉文有古道才堪大用之士，進名同舉，并兩制列署表章，仍上殿稱薦，以充其職。如此，則館閣職事更不輕授，足以起朝廷之風采，紹祖宗之本意，副陛下慎選矣。

三曰精貢舉。臣謹按《周禮》，鄉大夫之職，各教其所致，三年一大比，考其德行道藝，乃獻賢能之書於王，賢爲有德行，能爲有道藝。王再拜受之，登於天府，天府，太廟之寶藏也。蓋言王者舉賢能，所以上安宗社，故拜受其名，藏於廟中，以重其事也。卿大夫之職廢既久矣，今諸道學校，如得明師，尚可教人《六經》，傳治國治人之道。而國家乃專以辭賦取進士，以墨義取諸科，士皆捨大方而移小道，雖濟濟盈庭，求有才有識之士，十無一二。況天下危困，乏人如此，將何以救在乎？教以經濟之業，取以經濟之才，庶可救其不逮。或謂救弊之術，無乃後時？臣謂四海尚完，朝謀而夕行，庶乎可濟，安得晏然不救，坐俟其亂哉？臣請諸路州郡有學校處，奏〔五〕舉通經有道之士，專於教授，務在興行。其取士之科，即依賈昌朝等起請，進士先策論，而後詩賦，諸科墨義之外，更通經旨，使人不專辭藻，必明理，則天下講學必興，浮薄知勸，取爲至要。内歐陽脩、蔡襄更乞逐場去留，貴文卷少〔六〕而考較精。臣謂盡令逐場去留，則恐舊人扞格，不能創爲策論，亦不能旋通經旨，皆憂棄遺，别無進路。臣請進士舊人三舉已上者，先策論而後詩賦，許將三場文卷通考，互取其長。兩舉、初舉者，皆是少年，足以進學，請逐場去留。諸科中有通經旨者，至終場，别問經旨十道，如不能命辭而對，則於知舉官員前講説，七通者爲合格。不會經旨者，三舉已上，即逐場所對墨義，依自來通粗施行。兩舉、初舉者，至於終場日，須八通者爲合格。又外郡解發進士諸科人，本鄉舉里選之式，必先考其履行，然後取以藝業。今乃不求履行，惟以詞藻墨義取之，加用封彌，不見姓字，實非鄉里舉選之本意也。又南省考試舉人，一場試詩賦，一場試策，人皆精意盡其所長。復考較日久，實少舛謬。及御試之日，詩賦文論共爲一場，既聲病所拘，意思不遠，或音韻中一字有差，雖平生苦辛，即時擯逐。如音韻不失，雖末學淺近，俯拾科級。既舉之處，不考履行，又御試之日，更拘聲病，以此士之進退，多言命運而不言行業。明君在上，固當使人以行業而進，而勿言命運。言命運者，是善惡不辨，而歸諸天也〔七〕，豈國家之美事哉？臣請重定外郡發解條約，須是履行無惡，藝業及等者，方得解薦，更不封彌試卷。其南省考試之人，已經本鄉詢考履行，却須封彌試卷，精考藝業，定奪等第，進入御前，選官覆考，重定等第訖，然後開看。南省所定等第〔八〕内合同，姓名偶有高下者，更不移改。若等第不同者，人數必少，却加封彌，更宣兩地參較，然後御前放牓，此爲至當。内三人已上，即於高等人中選擇，聖意宣放。其考較進士，以策論高、詞賦次者爲優等，策論平、詞賦優者爲次等，諸科經旨通者爲優等，墨義通者爲次等。已上進士諸科，並以優等及等者放選注官，次等及等者守本科選限。自唐以來，及第人皆守選限，國家以收復諸國，郡邑乏官，其新及第人權與放選注官。今來選人壅塞，宜有改革，又足以勸學，使其知聖人〔九〕治身之道，則國家得人，百姓受賜。

四曰擇官長。臣聞先王建侯以共理天下，今之刺史縣令，即古之諸侯，一方舒慘，百姓休戚，實繫其人。故歷代甚盛之時，必重此任。今乃不問賢愚，不較能否，累以資考，陞爲方面，懦弱者不能檢吏，得以蠹民，强幹者惟是近名，率多害物，邦國之本，由此凋殘。朝廷雖至憂勤，天下何以蘇息？其轉運使，并提點刑獄，按察列城，當得賢於衆者。臣請特降詔旨，委中書、樞密院，且各選轉運使、提點刑獄共十人，大藩知州十人，委兩制共舉知州十人，三司副使、判官同舉知州五人，御史臺、中丞、知雜三院共舉知州五人，開封知府、推官共舉知州五人，逐路轉運使、提點刑獄各同舉知州五人，知縣縣令共十人，逐州知州、通判同舉知縣縣令共二人。得前件所舉之人，舉主多者先次差補，仍指揮審官院流内銓舉。以後所差知州、知縣、縣令，並具合入人歷任功過，舉主人數聞奏，委中書看詳，委得允當，然後引對。如此舉擇，則諸道官吏庶幾得人，爲陛下愛惜百姓，均其徭役，寬於賦斂，各獲安寧，不召禍亂，天下幸甚。

五曰均公田。臣聞《易》曰：『天地養萬物，聖人養賢，以及萬民。』此言聖人養民之時必先養賢，養賢之方必先禄厚，禄厚然後可以責廉隅，安職業也。皇朝之初，承五代亂離之後，民庶凋弊，時物至賤。暨諸國收復，天下郡縣之官少人除補，至有經五七年不替罷者。或纔罷去，便入見闕。當物〔一〇〕價至賤之時，俸禄不輟，士人之家，無不自足。咸平已後，民庶漸繁，時物遂貴，入仕門多，得官者衆，至有得替守選一二年，又授官待闕一二年者。在天下物貴之後，而俸禄不繼，士人之家，鮮不窮窘，男不得婚，女不得嫁，喪不得葬者，比比有之。復於守選待闕之日，衣食不足，貸債以苟朝夕。到官之後，必先來見逼，至有冒法受贓，賒舉度日，或不恥賈販與民争利。既爲負罪之人，不守名節，吏有姦贓而不敢發，民有豪猾而不敢制，奸吏豪民得以侵暴。於是貧弱百姓理不得直，冤不得訴，徭役不均，刑罰不正，比屋受弊，無可奈何。由乎制禄之方，有所未至。真宗皇帝深思遠慮，復前代職田之制，使中常之士自可守節，婚嫁以時，喪葬以禮，皆國恩也。能守節者，始可制姦贓之吏，鎮豪猾之人，法乃不私，民則無枉。近日屢有臣僚乞罷職田，以其有不均之謗，有侵民之害。臣謂職田本欲養賢，緣而侵民者有矣，比之衣食不足，壞其名節，不能奉法，以直爲枉，以枉爲直，衆怨思亂，而天下受弊，豈止職田之害耶？又自古常患百官重内而輕外，唐外官月俸尤更豊足，簿尉俸錢尚二十貫，今窘於財用，未暇增復。臣請兩地同議，外官職田有不均者均之，有未給者給之，使其衣食得足，婚嫁喪葬之禮不廢，然後可以責其廉節，督其善政。有不法者，可廢可誅，且使英俊之流，樂於爲郡爲邑之任，則百姓受賜。又將來升擢，多得曾經郡縣之人，深悉民隱，亦致化之本也。惟聖慈深察，天下幸甚。

六曰厚農桑。臣觀《書》曰：『德惟善政，政在養民。』此言聖人之德惟在善政，善政之要惟在養民。養民之政，必先務農。農政既修，則衣食足，衣食足則愛膚體，愛膚體則畏刑罰，畏刑罰則寇盜自息，禍亂不興。是聖人之德發於善政，天下之化起於農畝，故《詩》有《七月》之篇，陳王業也。今國家不務農桑，粟帛常貴。江浙路糴米二百萬石，其所糴之價與輦運之費，每歲共用錢三百餘萬貫文。又貧弱之民困於賦斂，歲伐桑棗，鬻而爲薪，勸課之方有名無實，故粟帛常貴，府庫日虛。此而不謀，將何以濟？臣於天下農利之中，粗舉二三以言之。且如五代群雄争霸之時，本國歲飢，則乞糴於隣國，故各興農利，自至充足。江南應有圩田，每一圩方數十里，如大城，中有河渠，外有門閘，旱則開閘，引江水之利。潦則閉閘，拒江水之害，旱潦不及，爲農美利。又浙西地卑，常苦水沴，雖有溝河可以通海，惟時開導，則潮泥不得而堙之，雖有堤塘可以禦患，唯時修固，則無摧壞。臣知蘇州，自點檢簿書，一州之田，係出税者三萬四千頃，中稔之利，每畝得米二石至三石，計出米七百餘萬石，東南每歲上供之數六百萬石，乃一州所出。臣詢訪高年，則云曩時兩浙未歸朝廷，蘇州有營田軍四都，共七八千人，專爲田事，導河築堤，以減水患，於時民間錢五十文糴白米一石。自皇朝一統，江南不稔，則取之浙右，浙右不稔，則取之淮南，故慢於農政。農政不修，舉江南圩田，浙西河塘，太半隳廢，失東南之大利。今江浙之米，石不下六七百文，足至一貫文省，比於當時，其貴十倍，而民不得不困，國不得不虛矣。又京東西路，有卑濕積潦之地，早年國家特令開決，之後水患大減，今罷役數年，漸已湮塞，復將爲患。臣請每歲之秋，降敕下諸路轉運司，令轄下州軍吏民，各言農桑之間可興之利，可去之害，或令開河渠，或築堤堰陂塘之類，並委本州運選官計定工料，每歲於二月間興役，半月而罷，仍具功績聞奏。如此不絶，數年之間，農利大興，下少飢歲，上無貴糴，則東南歲糴輦運之費，大可減省。其勸課之法，宜選官討論古制，取其簡約易從之術，頒賜諸路轉運使，及面賜一本，付新授知州、知縣、縣令等。此養民之政，富國之本也。

七曰修武備。臣聞古者天子六軍，以寧邦國。唐初京師置十六將軍官屬，亦六軍之義也，諸道則開折衝果毅府五百七十四，以儲兵伍，每歲三時耕稼，一時習武。自正觀至於開元百三十年，戎臣軍伍，無一逆亂。至開元末，聽匪人之言，遂罷府兵。唐衰，兵伍皆市井之徒，無禮義之教，無忠信之心，驕蹇凶逆，至於喪亡。我祖宗以來，罷諸侯權，聚兵京師，衣糧賞賜豐足，經八十年矣，雖已困生靈，虚府庫，而難於改作者，所以重京師也。今西北强梗，邊備未徹，京師衛兵多遠戍，或有倉卒，輦轂無備，此大可憂也。遠戍者，防邊陲之患，或緩急抽還，則外禦不嚴，戎狄追奔，便可直趨關輔。新招者，聚市井之輩，而輕嚣易動，或財力一屈，請給不充，則必散爲群盗。今生民已困，無可誅求，或連年凶飢，將何以濟？贍軍之策，可不預圖？若因循過時，臣恐急難之際，宗社可憂。臣請密委兩地，以京畿見在軍馬同議有無闕數，如六軍未整，須議置兵，則請約唐之法，先於畿内并近輔州府，召募强壯之人，充京畿衛士，得五萬人以助正兵，足爲强盛，使三時務農，大省給贍之費，一時教戰，自可防虞外患。其召募之法，并將校次第，並先密切定奪聞奏。此實强兵節財之要也。候京畿近輔召募衛兵已成次第，然後諸道倣此，漸可施行，惟聖慈留意。

八曰減徭役。臣聞漢光武建武六年六月詔曰：『夫張官置吏，所以爲人也。今户口耗少，而縣官吏職所置尚繁，令司隸州牧各實所部。』二府於是條奏，并省四百餘縣，天下至治。臣又觀《西京圖經》，唐會昌中，河南府有户口十九萬四千七百餘户，置二十縣。今河南府主客七萬五千九百餘户，仍置一十九縣。主户五萬七百，客户二萬五千二百。鞏縣七百户，偃師一千一百户，逐縣三等，而堪役者不過百家，而所供役人不下二百數。新舊循環，非鰥寡孤獨，不能供役。西洛之民，最爲窮困。臣請依後漢故事，遣使先往西京，併省諸邑爲十縣。其所廢之邑，並改爲鎮。令本路舉文資一員，董榷酤關征之利，兼人煙公事。所廢公人，除歸農外，有願居公門者，送所在之邑。其所在邑中役人，却可減省歸農，則兩不失所。候西京併省稍成倫序，則行於大名府，然後遣使諸道依此施行。仍先指揮諸道防團州已下，有使州兩院者，皆爲一院，公人願去者，各放歸農職，官廳可給本城兵士七人至十人，替人力歸農。其鄉村耆保地里近者，亦令併合，能併一保耆管，亦減役十餘户，但少徭役，人自耕作，可期富庶。

九曰覃恩信。臣切覩國家三年一郊，天子齋戒衮冕，謁見宗廟，乃祀上帝。大禮既成，還御端門，肆赦天下，曰：赦書日行五百里，敢以赦前事言者，以其罪罪之。欲其王澤及物之速也如此。今大赦每降，天下歡呼，一兩月間，錢穀司存，督責如舊，桎梏老幼，籍没家産。至於寬賦斂，減徭役，存恤孤貧，振舉滯淹之事，未嘗施行。使天子及民之意盡成空言，有負聖心，損傷和氣。臣請特降詔書，今後赦書内宣布恩澤，有所施行，而三司、轉運司、州、縣不切遵稟者，並從違制徒二年斷，情重者當行刺配。應天禧年以前，天下欠負，不問有無侵欺盗用，並與除放。違者，仰御史臺、提點刑獄司常切覺察糾劾，無令壅遏。臣又聞《易》曰：『先王以省方觀民設教。』故有巡狩之禮，察諸侯善惡，觀風俗厚薄，此聖人順動之意。今巡狩之禮不可復行，民隱無窮，天聽甚遠。臣請降詔中書，今後每遇南郊赦後，精選臣僚，往諸路安撫，察官吏能否，求百姓疾苦，使赦中及民之事一一施行，天下百姓莫不幸甚。

十曰重命令。臣聞《書》曰：『慎乃出令，令出惟行。』準律文，諸被制書有所施行而違者徒二年，失錯者杖一百。又監臨主司受財而枉法者，十五疋，絞。蓋先王重其法令，使無敢動摇，將以行天下之政也。今覩國家每降宣敕條貫，煩而無信，輕而弗稟，上失其威，下受其弊。蓋由朝廷採百官起請，率爾頒行，或昧經常，即時更改，此煩而無信之驗矣。又海行條貫，雖是故違，皆從失坐，全乖律意，致壞大法，此輕而弗稟之甚矣。臣請特降詔書，今後百官起請條貫，令中書、樞密院看詳會議，必可經久，方得施行。如事干刑名者，更於審刑大理寺究明，會法律官員參詳，起請之詞，删去煩冗，裁爲制敕，然後頒行天下，必期遵守。其衝改條貫，並令繳納，免致錯亂。設有施行，仍望别降敕命。今後逐處當職官吏，親被制書，及到職後所受條貫，敢有故違者，不以海行，並從違制徒二年。未到職已前，所降條貫失於檢用，情非故違者，並從本條失錯斷科杖一百。餘人犯海行條貫，不指定違制刑名者，並從失坐。若條貫差失，於事有害，逐處長吏別見機會，須至便宜而行者，並須具緣由聞奏，委中書、樞密院詳察。如合理道，即與放罪，仍便相度，別從更改。

校勘記

〔一〕「參」，麻沙本作「察」。宋淳祐刻元明遞修本《諸臣奏議》作「參」。

〔二〕「則」，麻沙本作「從」。宋淳祐刻元明遞修本《諸臣奏議》作「則」。

〔三〕「端」，底本作「揣」，據麻沙本改。宋淳祐刻元明遞修本《諸臣奏議》作「端」。

〔四〕「畫」，麻沙本作「晝」。宋淳祐刻元明遞修本《諸臣奏議》作「畫」。

〔五〕「奏」，麻沙本作「奉」。宋淳祐刻元明遞修本《諸臣奏議》作「奏」。

〔六〕「卷少」下，麻沙本又有「卷少」二字。宋淳祐刻元明遞修本《諸臣奏議》無。

〔七〕「也」，麻沙本作「地」。宋淳祐刻元明遞修本《諸臣奏議》作「也」。

〔八〕「等第」，底本作「等等」，麻沙本作「等」，宋淳祐刻元明遞修本《諸臣奏議》作「等第」，今據《諸臣奏議》及上下文改。

〔九〕「人」，底本無，據麻沙本補。宋淳祐刻元明遞修本《諸臣奏議》有「人」字。

〔一〇〕「物」，麻沙本作「初」。宋淳祐刻元明遞修本《諸臣奏議》作「物」。

新校宋文鑑卷第四十四

校者按：底本爲刻卷，據麻沙本刻卷校改。

奏疏

辨滕宗諒張亢

范仲淹

臣聞，議論太切，必取犯顔之誅；保任不明，豈逃累己之坐？彝典斯在，具寮式瞻。臣自邊陲誤膺奬擢，授任不次，遇事必陳。切見故監察御史梁堅彈奏滕宗諒於慶州用過官錢十六萬貫，有數萬貫不明，必是侵欺入己，及邠州宴會，并涇州犒設諸軍，乖越不公，至聖慈赫怒，便欲罷去。臣緣在彼目擊，雖似過當，別無切害，不曾有一兵一民詞訟，至於處置邊事，亦無踈虞。臣遂進諫，乞聖慈差官根勘，逐一旦與辨明，未消挫辱，恐誤朝廷賞罰。又有上言，張亢驕僭不公，臣亦乞根勘辨明，或無深過。如有大段乖越，侵欺入己，臣甘同受貶黜。臣所以激切而言者，非滕宗諒、張亢勢力能使臣如此竭力也，蓋爲國家邊上帥將中，未有曾立大功可以威衆者。且遣儒臣以經略部署之名重之，又借以生殺之權，使彈壓諸軍，禦捍大寇，不使知其乏人也。若一旦以小過動摇，則諸軍皆知帥臣非朝廷腹心之人，不足可畏，則是國家失此機事，自去爪牙之威矣。唐末藩鎮，多殺害逐去節度使，於軍中自立帥臣，而當時不能治者，由帥臣望輕，易於摇動之故也。

今燕度勘到滕宗諒慶州一界，所用錢數分明，並無侵欺，其毁却涇州前任公用，歷勘到干連人，只稱有送官員等錢物，亦不顯入己，又是元彈奏狀外事件。所有張亢借公用錢買物事，未發前已還納訖，又因移任，借却公用銀〔一〕，却留錢物準還，皆無欺隱之情。其餘罪狀，多未摭實。其干連人當盛寒之月，久在禁繫，皆是非辜。若今燕度勘問二人，既事非確實，必難伏辨，或逼令認罪，又是陛下近臣，不可辱於獄吏。或至録問有辭，即須差官再勘，其合干人，當轉不聊生。兼邊上臣寮見此深文，謂朝廷待將帥少恩，於支過公用錢内搜求罪戾，欲陷邊臣。且塞下州郡風沙至惡，觸目愁人，非公用豐濃，何以度日？豈同他處臣僚優游安穩，坐享榮禄？陛下深居九重，當須察此物情，知其艱苦，豈可使獄吏爲功，而勞臣抱怨。

臣欲乞聖慈，據燕度奏到事節，特降朝旨，差使臣二人賫去，取問滕宗諒、張亢，如實是已犯，便仰承認，當議量情親斷。如别有緣由，亦具分析聞奏，候到見得别無枉抑，便可取旨斷遣。如有異同，即乞朝廷别選官勘鞫，免致冤滯。其干連人，且乞指揮放出。知在臣則已有不合保此二人罪狀，乞聖慈先次貶黜，免令臣包羞於朝，受人指笑。儻聖慈念臣不避艱辛，尚留驅使，即於河東、河北、陝西補一郡，臣得經晝邊事，一一奏論。或補二輔近州，臣得爲朝廷建置府兵，作諸郡之式，以輔安京師。臣之此請，出於至誠，願陛下不奪不疑。況臣久爲外官，不知輔弼之體，本是麄材，秖堪犬馬之用。若令臣待罪兩府，必辱君命，且畏人言。臣無任祈天望聖，請命激切屏營之至！

請將先減省諸州公用錢却令依舊

范仲淹

臣竊見朝旨下陝西，省罷同、解、乾、耀等九州軍公使錢，共一千八百貫文。竊以國家逐處置公使錢者，蓋爲士大夫出入及使命往還，有行役之勞，故令郡國饋以酒食，或加宴勞，蓋養賢之禮，不可廢也。謹按《周禮·地[二]官》，有遺人掌郊里之委積，以待賓客，野鄙之委積，以待羇旅。凡國野之道，十里有廬，廬有飲食；三十里有宿，宿有路室，路室有委；五十里有市，市有候館，候館有積。凡委積之事，巡而比之，以時頒之。此則三王之世，已有厨傳之禮，何獨聖朝顧小利而亡大體？且今贍民兵一名，歲不下百貫，今減省得公用錢一千八百貫，只養得兵士一十八人，以一十八人之資，廢十餘郡之禮，是朝廷未思之甚也！況今來逐州使命之外，各有軍營，每年春後，邊兵歇泊，動經半年，軍中人員並無宴犒之具。雖條貫有旬設之名，逐州每月一次舉行，軍員各給錢一百文已來，官務薄酒二升，既無公用，更不赴筳，亦不張樂，豈朝廷宴享將校之意？州郡削弱，道路咨嗟。當全盛之朝，豈宜如此？或謂有公使錢處，收買食物，搔擾民户。殊不知郡守得人，自能約束。如非其人，更出己俸買物，虧民愈甚，是見其小而不思其大也。伏望聖慈，速降指揮，下陝西、河北、河東路轉運司，昨來經減廢公用錢[三]處，並令依舊，庶協典禮，稍息物論。況朝廷用武之際，於此一事，尤宜照管。臣等久在邊任，深知此事，近貳樞庭，豈當緘默？

議許懷德等差遣

范仲淹

臣竊見許懷德在延州，爲不進兵擊賊，及軍民虚驚，抛棄隨軍糧草，遂送永興勘劾，該赦釋放，授秦州部署。近又西賊侵邊破蕩，刼熟户一千帳，不能保護，即合重行朝典，以其在邊無效，降充永興部署。郭承祐降知相州，爲轉運使糾奏，充北京都部署。此二人一面責降，一面遷轉，天下聞之，是朝廷賞罰顛倒，取笑四方，何以激勸勳臣？何以鑒戒惰將？如王信、狄青，實有武勇，堪任管軍，亦恐未有大功，遷轉太速。祖宗朝任用邊將，賞賜至厚，使用度充足，委信至重，使生殺在己。惟惜官職，不令滿志，恐有懈惰，不思立功，實前王馭將之術也。又朝廷曾降詔，所闕都虞等更不循轉，候有邊功除授。今却不因功勞，衝改此詔，而今後國家之命全無信矣。惟用兵命將之令，尤要取信，繫國安危，與其它號令不同。如須合轉起，亦候過郊禮，使作該恩，方可進爵。願陛下再三思之。仍乞丁寧指揮兩府，今後議論賞罰不可輕易，須是有所激勸，不招旁議，方可施行。臣謂國家承五代之弊，賴祖宗威德，陛下仁聖，保守四海，久無禍難。今四夷已動，百姓已困，倉庫已虚，兵旅已驕，國家危安，實未可保。惟賞罰之柄，駕馭天下，如賞罰頻失，將何以保太平之業？臣切懼之，願陛下裁擇！

論驕卒誣告將校乞嚴軍律

韓　琦

臣近聞，虎翼長行武贇引見日，唐突告論本指揮使關元部轄嚴緊，及將人口上京，下軍頭司取責，後並送開封府勘鞫。竊如本府勘得武贇，各從杖一百定斷。臣竊以軍中之法，最爲嚴重，苟從寬弛，爲害匪輕。其武贇既陳告部轄將校不公，自有殿前馬步軍司合屬去處，引見之際，咫尺天威，固非軍人論事之所。及將辯訊，又多誣罔之辭。蓋近年兵卒驕縱，類率如此。國家屯置師旅，衆踰百萬，一營只委將校數員，若鈐制稍嚴，便即捃拾小過，於引見之際唐突論訴，朝廷不以大體斷之，兩皆獲罪，必恐此後兵卒將校漸廢階級之制，但務姑息以求無過，若一旦邊境有急，使其亡軀命而赴湯火，必不能爲陛下用也。陛下誠宜於泰寧之辰，深戒有司，凡百軍旅之事，常以訓戢爲意，有違犯者，時以重法行之。其將校苟非大過，止因部轄嚴峻爲兵士所怨，求細事以致其罪者，亦當捨而不問，所謂懲一卒而警萬衆，去小慈而行大仁。惟陛下熟賜財詳，天下至幸！

論減省冗費

韓　琦

臣準敕，以御史王素上言，乞依賈昌朝所奏，取景德至景祐年凡百用度，靡有巨細，校計所入所出之數，省罷不急等事，蒙差張若谷、任師中〔四〕，并臣與三司同共詳所奏，定奪減省聞奏。

竊以臣先監左藏庫日，朝廷亦曾差官於三司，令將咸平、景德、天聖、景祐年支費比附，其時三司已檢尋，天聖已前帳案不足，遂下在京諸司庫務，差人監勒檢尋，亦是多不存在，甚爲騷擾。臣輒上言，若檢尋前項年分帳案得全，比附見今來支費數多，朝廷若不能節用，乃是徒摭空文。或勘會近年帳案，但見得冗費，即行減罷，亦不須見遠年文字。蒙下三司檢尋，終不齊〔五〕足，只將近年帳案勘會，結絶了當。

今陛下敦崇儉之本，沛然垂詔，以經費有度，復議均節，斯乃陛下興化致理，愛養元元之深意也。天下黎民，實蒙惠福。若又須將景德至景祐年逐年月計度較計，必是依前虛有勞費，淹滯無成。況今西鄙設備，聚財實邊之際，所宜移兹冗用，以助兵須，豈可遷延歲時，不求速效？臣欲乞將三司逐案景德年來帳籍及照證文字勘會，不必年分整齊，但見得官中支〔六〕用顯有虛費，即定奪減省聞奏。

臣復觀古先哲王興儉以勸天下，必以身先，而後臣庶省分，有司率職，從上之令，猶風靡而響應之也。雖有僥倖覬覦之徒，抑制其欲，亦不敢興造怨語，動惑衆心。何則？上躬行而下知所勸也。臣愚欲望陛下，飭宫掖之間，先務節儉，凡奢靡之飾，奇巧之玩，無名支賜，無度取索，一切罷之。仍詔三司與臣等計會，入内内侍省、御藥院、内東門司，取先朝及今來賜予支費則例比附，酌中定奪減省。臣等定奪之後，或有飛語流謗，斷在宸衷，屏而不聽。如此，則縣官之用可期充足。且内藏宜聖、景福等殿庫，蓋累朝蓄聚，以備非常，今或外用既節，而不絶内帑支取，即與外庫供億糜費一同，亦望陛下深思祖宗經久之制，更務謹節。

臣又以出納之用各有攸司，冗費之弊必能知悉，仍乞特降勅命下三司，委諸路轉運使、副發運使、逐處知州、通判，在京諸司庫務勾當官員，除〔七〕官吏兵馬請給則例，自來已有定制，不在起請外，如有諸般用度顯有虛費，可以減省者，即具利害擘畫聞奏，降下依勅定奪。其三司人吏有所見，亦聽經三司具狀陳述，如顯然大段減省得官中錢物，其元起請官吏即乞特行酬獎。臣備員諫列，誤被聖選，不避衆怨，罄竭上陳，唯冀裁擇，早賜進用。

論西夏請和

韓　琦

臣聞趙元昊將納和，來人已稱六宅使、伊州刺史，命官之意，欲與朝廷抗禮。臣等謂元昊如大言過望，不改僭號之請，則不可許，卑辭厚禮，從兀崒之稱，亦有大可防者。臣等觀朝廷信賞必罰，今已明白，帥臣奉詔，已得便宜。又舊將漸去，新將漸升，前弊稍除，將責實效。約束將佐，不令輕出，訓練軍馬，率多變法。但今極塞城寨，或未堅牢，新集之兵，未可大戰。若賊今春便來，以臣等計之，尚可憂虞，然大軍持重，奇兵夜擊，宜無定川之負也。如俟秋而來，則城寨多固，軍馬已練，或堅壁而守，或據險而戰，無足畏矣。

臣等已議，於一二年間，訓兵三四萬，使號令齊一，陣伍精熟，又使熟户蕃兵與正軍參用，則横山一帶族帳可以圖之。降我者，使之納質，而厚其官賞，各令安居，籍爲熟户；拒我者，以精兵加之，不從則戮。我軍鼓行山界，不爲朝去暮還之計。元昊聞之，若舉國而來，我則退守邊寨，足以困彼之衆，若遣偏師而來，我則據險以待之。蕃兵無糧，不能久聚，退散之後，我兵復進，使彼復業，每歲三五出。元昊諸厢之兵多在河外，頻來應敵，疲於奔命，則山界蕃部勢窮援弱。且近於我，自來内附，因選酋豪以鎮之，足以斷元昊之手足矣。然乞朝廷以平定大計爲意，當軍行之時，不以小勝小衄黜陟將帥，則三五年間，可集大功。仍詔中外臣僚，不得輒言邊事以沮永圖。我太祖太宗統臨四海，創萬世之基業，今以三五年之勞再定西陲，豈以爲晚耶？契丹聞國家深長之謀，必懼而保盟，不復輕動，然後中國有太平之期矣。臣等所以言彼賊非禮之求不必從者，蓋有此議也。

臣等早蒙聖獎，擢預清班，西事以來，供國驅使，三年塞下，日勞月憂，豈不願聞納和，少圖休息？非樂職於矢石之間，蓋見西戎强梗未衰，挾以變詐，若朝廷處置失宜，他時悖亂，爲中原大禍，豈止今日之邊患哉？臣等是以不敢念身世之安，忘國家之憂，須罄芻蕘，少期補助。望於納和禦侮之間，慎其處置，爲聖朝長久之慮。

論時事

韓　琦

臣聞，漢文帝襲高、惠承平之後，躬行節儉，國治民富，刑措不用。時賈誼上書言事，尚以爲可慟哭太息，豈其過哉？蓋憂深思遠，圖長久之計，欲大漢之業，垂千萬世而無窮者也。今陛下紹三聖之休烈，仁德遠被，天下大定，民樂其生者，八十餘載矣，而臣切覩時事，謂可晝夜泣血，非直慟哭太息者，何哉？蓋以西北二虜禍釁已成，而上下泰然，不知朝廷之將〔八〕危，宗社之未安也。

臣今不暇廣有援引，請粗陳其大槩。切以契丹宅大漠，跨遼東，據全燕數十郡之雄，東服高麗，西臣元昊，自五代迄今，垂百餘年，與中原抗衡，日益昌熾。至於典章文物、飲食服玩之盛，盡習漢風，故虜氣愈驕，自以爲昔時元魏之不若也，非如漢之匈奴，唐之突厥，本以夷狄自處，與中國好尚之異也。近者，復幸朝廷西方用兵，違約遣使，求割關南之地，以啓争端，朝廷愛念生民，爲之隱忍，歲益金幣之數，且固前盟，而尚邀獻納之奸謀，招納亡命，雖外示臣節，而内恃兵力。至元昊，則好亂逞志，西併甘、涼諸蕃，以拓境土，自度種落强盛，故僭號背恩，北連契丹，欲成鼎峙之勢，非如繼遷昔年跳梁於銀、夏之間耳。且元昊累歲盜邊，官軍屢衄，今乘定川全勝之氣，而遣人納和，則知其計愈深，而其事可虞也。議者或謂昨假契丹傳導之力，必事無不合，豈不思契丹既能使元昊罷兵，則必能使元昊舉兵乎？况比來辭禮驕抗，殊未屈下。北虜之言既已無驗，亦恐有合從之策，夾困中原。朝廷若軫西民之勞，暫求休養元元，且以金帛啗之，待以不臣之禮，臣恐契丹聞之，謂朝廷事力已屈，則又遣使移書，過邀尊大之稱，或求朝廷不可從之事，隳其誓約，然後驅犬羊之衆，直趨大河，復使元昊舉兵，深寇關輔。當是時，未審朝廷以何術而禦之哉？若委西鄙於藩臣，專事北寇，陛下親御六師，臨澶淵以待之，即未知今之將卒事力與環衛統帥，比真宗北征時何如哉？ 如欲駐蹕北京以張軍勢，臣恐虜衆由德博渡河，直趨京師，則朝廷根本之地，宗廟宫寢，府庫倉廩，百官六軍室家所在，而一無城守之備，陛下可以擁北京之衆，却行而救之乎？ 臣所以謂可晝夜泣血者，誠憂及於此，冀陛下一寤，而急爲拯救也。 朝廷若謂今之盟約尚可固結，則前三十年之信誓，朝廷何負二虜而一旦違之哉？ 彼犲狼之心，見利而動，又可推誠而待之乎？ 夫得以先見預爲之防，則功逸而事集，若變生倉卒，駭而圖之，雖使良、平復生爲陛下計，亦不能及矣。 臣是以夙夜思之，朝廷若不大新紀律，則必不能革時弊而弭大患。

臣輒畫當今所宜先行者七事，條列以獻其大略：一曰清政本。 夫樞密院，本兵之地，今所立多苛碎纖末之務；中書，公事雖不預聞，恐亦類此。 謂宜詔中書、樞密院，事有例者著爲法，可擬進者無面奏，其餘微瑣，可悉歸有司，使得從容謀議，賜對之際，專論大事。 二曰念邊事。今政府循故事，纔午即出，欲稍留，則恐疑衆，退朝食罷，忽遽簽書而去，何暇欵及疆事哉？ 謂宜須未正方出，延此一時，以專邊論。 三曰擢材賢。 自承平以來，用人以叙遷之法，故遺才甚多。 近中書、樞密院，求一武臣代郭承祐，聚議累日不能得。 謂宜倣祖宗舊制，於文武中不次超擢，以試其能。 四曰備河北。 自北虜通好，三十餘年，武備悉廢，近慢書之至，騷然莫知所謂。 宜選轉運使二員，密授經略，責以歲月，使營守禦之備，則我待之有素也。 五曰固河東。前歲昊賊陷豐州，掠河外熟户殆盡，麟府勢孤絶。 宜責本道師度險要，建城堡，省轉餉，爲持久之計。六曰收民心。祖宗置内藏庫，蓋備水旱兵革之用，非私蓄財而充己欲也。自用兵以來，財用匱竭，宜稍出金帛，以佐邊用，民力可寬，而衆心安矣。七曰營洛邑。今帝都無城隍之固以備非常，議興葺，則爲張皇勞民，不若陰營洛邑以爲遊幸之所，歲運太倉羡餘之粟以實其廪庾，皇居壯矣。

論青苗

韓　琦

準轉運及提舉常平廣惠倉司牒，給青苗錢，須十户以上爲一保，三等以下人爲甲頭。每户支錢，第五等及客户毋得過千五百，第四等三千，第三等六千，第二等十千，第一等十五千，餘錢委本縣量度增給。三等已上更有餘錢，坊郭户有物業抵當願請錢者，五家爲一保，依青苗例支借，諸縣不得避出納之煩，致諸人扇摇人户，却稱不願請領。如不願請領，即具結罪狀，入馬遞申，以憑選官曉諭。如却願請，本縣干繫人别作行遣，事理稍重，具事申奏。如夏秋收成，物價稍貴，願納錢者，當議減市價錢數，比元請錢十分不得過三分，假令一户請錢一千，納錢不得過千三百。

臣竊以國之頒號令，立法制，必信其言，而使民受實惠，則四方觀聽，孰不欣服？伏詳熙寧二年詔書，務在優民，不使兼并，乘其急以邀倍息，皆以爲民，而公家無所利其入，謂合先王散惠興利，抑民豪奪之意也。今乃鄉村自第一等而下物業抵當者，依青苗例支借，且鄉村上三等并坊郭有物業户，乃從來兼并之家也，今皆多得借錢，每借一千，令納一千三百，則是官放息錢，與初詔抑兼并、濟困乏之意絶相違戾，欲民信服，不可得也。又鄉村每保須有物力人爲甲頭，雖云不得抑勒，而上户既有物力，必不願請，官吏防保内下户不能送納，豈免差充甲頭，以備代陪。復峻責諸縣人不願請，即令結罪申報，若選官曉諭，却有願請者，則干繫人别作行遣，或具申奏，官吏懼提舉司勢可升黜，又防選官曉諭之時，豈無貧下浮浪願請之人，苟免捃拾，須行散配。且下户見官中散錢，誰不願請？然本户夏秋各有税賦，又有預買及轉運司和買兩色紬絹，積年倚閣借貸麥種錢之類，名目甚多，今更增納此一重出利青苗錢，愚民一時借請則甚易，至納時則甚難，故自制下以來，一路官吏上下惶惑，皆謂若不抑散，則上户必不願請，近下等第與無業客户雖或願請，必難催納，將來必有行刑督索及勒干繫書手典押耆户長同保人等均陪之患。大凡兼并所放息錢，雖取利稍厚，緣有逋欠，官中不許受理，往往舊債未償其半，早已續得貸錢。兼并者既有資本，故能使相因歲月，漸而取之。今官貸青苗錢則不然，須夏秋隨税送納，灾傷及五分以上，方許次料催還，若連兩料灾傷，則必官無本錢接續支給，官本因而寖有失陷，其害明白如此。更有緣此煩費虚擾之事，不敢具述。去歲河朔豐熟，常平倉糴米斗錢不過七十五至八十五以來，若乘時收斂，遇貴出糶，不唯合於古制，而無失陷之弊，兼民實被惠，亦足收其羨嬴。今諸倉有糴入，而提舉司亟令住止，蓋盡要散充青苗錢，指望三分之利，收爲己功，縣邑小官敢不奉行，豈暇更卹貽民久遠之患哉？諸路所行，必料大率如此。朝廷若謂陝西嘗放青苗錢，官有所得而民以爲便，此乃轉運司因軍儲有闕，遇自冬涉春，雨雪及時，麥苗滋盛，決見成熟，行於一時則可也。今乃差官置司，爲每歲春夏常行之法，而取利三分，豈陝西權宜之比哉？兼初詔且於京東、淮南、河北三路先行此法，俟成次第，即令諸路施行。今此三路方憂不能奉行，而遽於諸路遍差提舉官，以至西川、廣南亦皆置使。

伏惟陛下，自臨御以來，夙夜憂勞，勵精求治，況承祖宗百年仁政之後，民浸德澤，唯知寬卹，未嘗過擾，若但躬行節儉，以先天下，常節浮費，漸汰冗食，自然國用不乏，何必使興利之臣，紛紛四出，以致遠邇之疑哉？欲望聖明更賜博訪，若臣言不妄，乞盡罷諸路提舉官，只委提點刑獄官，依常平舊法施行。

答詔問北虜地界　　韓琦

臣晚年多病，心力耗殫，日欲再乞殘骸，保此頹暮。不意陛下以北虜生事，深思預防，記及孤愚，曲有詢逮，敢不勉竭衰殘，少塞聖問！臣切以契丹稱彊北方，與中國抗者，蓋一百七十餘年矣。自石晉割地，并有漢疆，外兼諸戎，益自驕大。祖宗朝屢常南牧，極肆凶暴。當是時，豈不欲悉天下之力，必與虜角哉？終以愛惜生靈，屈就和好，凡疆埸有所興作，深以張皇引慝爲誡。以是七十年間，二邊之民各安生業，至於老死不知兵革戰鬬之事，至仁大惠，不可加也。臣觀近年以來，朝廷舉事，則似不以敵爲恤，虜人素以久彊之勢，於我未嘗少下，一旦見形生疑，必謂我有圖復燕南之意。雖聞虜主孱而佞佛，豈無强梁宗屬，與夫謀臣策士，引先發制人之説，造此釁端？故屢遣横使，以争理地界爲名，觀我〔九〕應之之實如何耳。所以致虜之疑者，臣試陳其大略。

高麗臣屬契丹，於朝廷久絶朝貢，向自浙路遣人招諭而來。且高麗小邦，豈能當契丹之盛？來與不來，國家無所損益。而契丹知之，謂朝廷將以圖我，此契丹之疑也。秦州古渭之西，吐蕃部族散居山野，不相君長，耕牧自足，未嘗爲邊鄙之患。向聞强取其地，建熙河一路，殺其老小以數萬計，所費不貲。而河州或云地屬董氈，即契丹壻也，既恐闢地未已，豈不往訴？而契丹聞之，當謂行將及我，此又契丹之疑也。北邊地近西山，勢漸高仰，不可爲塘泊之處。向聞差官領兵，偏植榆柳，冀其成長，以制虜騎，然興於界首，無不知者，昔慶曆慢書所謂『剏立隄防，障塞要路』，無以異矣，然此豈足恃以爲固哉？徒使契丹之疑也。河朔義勇民兵，置之歲久，耳目已熟，將校甚整，教習亦精，而忽然團保甲，一道紛然，義勇舊人十去其七，或撥入保甲，或放而歸農，得增數之虚名，破可用之成法，此又徒使契丹之疑也。自虜人辯理地界，河朔緣邊與近里州郡，一例差官檢討，修築城壘，開淘壕塹，趙、冀、北京展貼之功役者尤衆。敵樓戰棚之類，悉加完葺，增置防城之具，率令備足，逐州兵甲器械，累次差官檢視，排垜張盤，前後非一。又諸處剏都作院，頒降新樣，廣謀造作，澶州等處剏爲戰車。此皆衆目所覩，諜者易窺。且虜人未有動作，彼無秋毫之損，而我已費財殫力，先自困弊，此〔一○〕徒使契丹之疑也。

近復置立河北三十七將，各專軍政，州縣不得關預。雄州地控極邊，亦設將屯。其隨軍衣物，有令兵士已辦者，有令本營增置者，有令官造給付者，以至預籍上户車馬騾驢準備隨行，明作出征次第，不可蓋掩，此又深使契丹之疑也。

夫北虜素爲敵國，設如此，則積疑起事，不得不然，亦其善自爲謀者也。今横使再至，初示偃蹇，以探賾朝廷。代北與雄州素有定界，若優容而與之，實虜情無厭，浸淫不已，誠如聖詔所諭，固不可與。或因其不許，虜遂持此以爲己直，縱未大舉，勢必漸擾諸邊，卒隳盟好。

蓋事有因緣而至此者，乃煩明詔，訪以待遇備禦之要。自顧老朽，夙夜思之，其將何策上助聖筭？然臣聞：『言未及而言謂之躁，言及而不言謂之隱。』臣昔曾言散青苗錢不便事，而言者輒肆厚誣，非陛下之明，幾及大戮。自此，新法之下，雖聞其有未協人情者，實避嫌疑，不敢更有論列。今親被詔問，事繫國家安危，言及而隱，是大不忠，罪不容誅矣。

臣嘗竊計，始爲陛下謀者，必曰：祖宗以來，紀綱法度，率多因循苟簡，非變不可也。治國之本，當先預有富彊之術，聚財積穀，寓兵於民，則可以鞭笞四夷，盡復唐之故疆，然後制作禮樂，以文太平。故始散青苗錢，使民出利，所得之利，復以爲本，但務多取，歲增本錢，無有定數。又爲免役之法，自上等以至下户，皆令次第出錢，募人應役。從來上户輪當衙前重難，故其間時有破敗者，今上户一歲出錢不過三十餘緡，安然無事，而令下户素無役者，歲歲出錢，此則損下户而益上户，雖百端補救，終非善法。又役錢之内，每歲更納寬剩錢，以備它用，此所謂富國之術者也。且農民送納夏賦税，一年兩次，納不前者，始有科校之刑。今納青苗與役錢，已是加賦，有過限者，亦依二税法科校，則是一户一歲之中，常負六次科校，民不勝駭矣。稍遇水旱，則逋負官錢，流移失業，是已著見，孰敢言者？又内外置市易務，盡籠天下商旅之貨，官自取利，主以得利爲功，錐刀必取，小商細民，遂無所措手。加以新制日下，更改無常，州縣官吏茫然不能詳記，稍有違者，坐以徒刑，雖經赦降去官，不得原免。監司督責，以刻爲明，此法之苛，過於告緡，故州縣之間，官吏惴惴然，日苟一日，皆以脱罪爲幸。夫農者，國之根本也；商者，能爲國致財者也；官吏者，助朝廷之教化者也。今農者則怨於畎畝，商者則嘆於道路，官吏則所在不安其職，恐陛下不能盡知也。夫欲攘捍四夷，以興太平，而先使邦本困揺，衆心離怨，振古以來，未聞能就此功者也。此則爲陛下始謀者之大誤也。

陛下有堯之仁，舜之聰，知其所誤，能改不吝，聖人之大德也。又今好進之人，不顧國家利害，但謂邊事將作，富貴可圖，獻策以干陛下者，必云虜勢已衰，特外示驕慢耳，以陛下神聖文武，若擇將臣，領大兵，深入虜境，則幽、薊之地，一舉可復。此又未之思也。今河朔累歲灾傷，民力大乏，緣邊次邊州郡，芻糧不充，新選將官麄勇，保甲新點，未經訓練，若驅重兵頓於堅城之下，糧道不給，虜人四向來援，腹背受敵，欲退不可，其將奈何？此太宗朝雖曹彬、米信名德宿將，猶以致岐溝之敗也。臣愚今爲陛下計，謂宜遣使報聘，優致禮幣，開示大信，達以至誠，具言朝廷向來興作乃修備之常，兩朝通好之久自古所無，豈有它意？恐爲諜者之誤耳。且疆土素定，當如舊界，請命邊吏退近者侵占之地，不可持此造端，欲隳祖宗累世之好，永敦信約，兩絶嫌疑。望陛下將契丹所疑之事，如將官之類，因而罷去，以釋虜疑。萬一聽服，可遷延歲月，陛下益養民愛力，選賢任能，疎遠姦諛，進用忠良，使天下悦服，邊備日修，塞下有餘粟，帑中有羨財。俟虜果有衰亂之形，然後一振威武，恢復舊疆，快忠義不平之心，雪祖宗累朝之憤，陛下功德，赫然如日，照耀無窮矣。如其不服，決欲背約，則令河北諸州，深溝高壘，足以自守。虜人果來入寇，所在之兵，可以伺便驅逐，大帥持重，以全取勝。自此彼來我往，一勝一負，兵家之常，不可前料，即未知何時復遂休息也。至於清野之法，則難盡行〔一一〕。事宜之際，不可率一境之民，比户將牛馬糇糧盡入城郭。蓋至時或有往保山寨者，或有挈家渡河者，或有留人看守莊舍者，或有就近入居城郭者，當使人得自便，方保安全，固不可按圖先定，必令入城郭而居，雖有嚴令，必不從也。在祖宗朝，屢經北虜之擾，鄉民避寇，率亦如此，願朝廷不須一一處置。

臣歷事三朝，十年輔相，官已極品，歸榮故鄉，萬事無不足者。年將七十，宿疾在身，每思告老而去，庶全始終。比緣聖問之及，因敢一貢盡言，非嫉善，非求進用，只以〔一二〕自信今天下之人漸不敢以直言爲獻，臣實不忍負累朝眷遇之恩，猶覬狂瞽，一悟聖心，爲宗社之盛福。惟陛下加察，賜以不疑，非獨老臣幸甚，天下幸甚。

校勘記

〔一〕『銀』，麻沙本作『錢』。

〔二〕『地』，麻沙本無。

〔三〕『錢』，麻沙本無。

〔四〕『任師中』，底本誤作『任中師』，據宋淳祐刻元明遞修本《諸臣奏議》改。

〔五〕『齊』，麻沙本作『具』。宋淳祐刻元明遞修本《諸臣奏議》作『齊』。

〔六〕『支』，底本抄配葉誤作『交』，麻沙本漫漶，據宋淳祐刻元明遞修本《諸臣奏議》改。

〔七〕『除』，麻沙本作『降』。宋淳祐刻元明遞修本《諸臣奏議》作『除』。

〔八〕『將』，麻沙本無。宋淳祐刻元明遞修本《諸臣奏議》有『將』字。

〔九〕『觀我』，麻沙本作『視』。宋淳祐刻元明遞修本《諸臣奏議》作『觀我』。

〔一〇〕『此』，底本抄配葉爲空格，據麻沙本補。宋淳祐刻元明遞修本《諸臣奏議》作『此又』。

〔一一〕『行』，底本無，麻沙本殘缺，據宋淳祐刻元明遞修本《諸臣奏議》補。

〔一二〕『非求進用，只以』，麻沙本作『非求進用，只是以』。宋淳祐刻元明遞修本《諸臣奏議》作『非求進也，用是只以』。明正德刊本《忠獻韓魏王家傳》作『非求進也，用是足以』。

新校宋文鑑卷第四十五

校者按：底本爲刻卷，據麻沙本刻卷校改。

奏疏

辭樞密副使

富弼

臣今月二十二日，伏奉制命，授臣樞密副使，右諫議大夫。以臣在病假，特差閤門祇候蓋自浦賫誥敕至臣私家。臣不敢捧授，即時已却，令蓋自浦賫回。當日上表，敘述懇免，未奉指揮間，今日又蒙差降中使傳宣，云此命是朝廷大用，並不因人，特出聖恩精選，令臣須受者。俯伏聽命，神魂驚喪，便就死所，未能酬報。

臣本無才術，驟忝榮近，徒守愚直之性，誤荷聖明之知。尚以契丹渝約，無故造端，遣使馳書，有割地和親之請，事起忽遽，遣臣報聘，臣遂仗祖宗之靈慶，稟陛下之聖謀，再詣虜庭，復修前好，然亦不免增重幣，啗無厭，斂生民膏血之資，成國朝耻辱之事。臣痛恨切骨，慙無面顏，初欲抗於匈奴，分毫不許，又念彼既生隙，必求用兵，臣死節則至微，於國則無益，遂且屈意勉彊，就小商量，止以欵[一]倉卒之禍，故忍恥辱偷活，幸望他時可以雪恥也。臣自知所幹此事，只是且救目下奔突之患，未是長久安寧之策，緣自始及末，臣皆預聞。臣每至北朝，凡通和四十來年未嘗見者，蕃漢官臣盡見之，四十來年兩朝人使諱而不敢説者，臣盡説之。至於兩朝理亂興亡，無不講貫，兵馬戰鬭，無不校量，以此臣所以盡見得契丹委實彊盛，奚霫、渤海、黨項、高麗、女真、新羅、黑水韃靼、回鶻、元昊，盡皆臣伏，一一貢奉，惟與中原一處爲敵國而已。兵馬略集，便得百萬，霈然餘力，前古不如，非是不敢南牧，只是不來爾，來之則無以枝梧。臣所以謂未是長久安寧之策者，臣知其子細故也。前史云『百聞不如一見』，他人之説，皆出傳聞，臣之所陳，盡是目擊，以此知臣之所説，不可不信也。

今來雖且通和，他日未保無事，則是臣向來奉使，不足爲勞，既不爲功，豈敢受賞？所以去歲再三懇辭樞密、翰林二學士者，是自知無功而不敢受也。蒙陛下察臣愚鄙，特賜開許，臣自此於是稍得安心矣。今者又蒙特出聖意，非常拔擢，臣始聞有命，汗流浹背。前二學士，與臣見守官職苦不相遠，尚不敢當，況樞府之地，號爲大用，以臣前懇所述，豈可受之？臣執性至愚，惟道爲務，不是飾讓，亦非好名。美禄高官人之所欲，但看事理有可受與不可受爾。苟無後悔，受之無疑，禍若相隨，以死不受。今北虜雖暫通和，向去事未可知，臣若受賞，萬一〔二〕他日復有變動，朝廷責使人冒賞之罪，臣斷不敢避斧鉞之誅。設或朝廷謂使人只是幹一時之事，後來不可加責，且恕重誅，其如天下公論，亦不肯放臣矣。臣畏懼公論，甚於斧鉞。臣所以累次不敢受賞功之命者，實欲逃他日斧鉞之責，公論之逼也。況自去歲再通和好，後來議者，便以謂無北顧之慮，邊鄙戒備，漸已廢弛，匈奴知我懈怠，必爲他日不測之患，臣所以日夜憂懼，寢食不遑。見今在身官職，尚恐他日不能保存，況當賞功之恩乎？縱朝廷未暇爲刷恥之計，豈不憂異時之患，且思所以備豫哉？臣今所以不敢受賞者，猶望人信臣憂懼之説，必爲戒備，或有變動，不至失事，亦臣之効也。臣若遂受其賞，則人必謂使人既已受賞，决無事矣，是臣冒榮禄安朝廷之心，他日變故，由臣而致也。臣每思及此，尤願終身不受爵賞。

伏望陛下，思夷狄輕慢中原之恥，常懷雠雪之意，坐薪嘗膽，不忘戒備，内則脩政令，明賞罰，辨别邪正，節省財用，外則選將帥，練士卒，安輯疲廢，崇建威武，使二邊聞風自戢，不敢内向，縱有侵犯疆塞，不爲深患，此乃是宗社無窮之慶，天下太平之基也。一使人不加濫賞，豈足煩陛下丁寧之若是乎？今雖上違聖意，不即拜命，臣銜感恩遇，已出萬死不能報矣。臣愚志已定，乞更不差降中使，深恐愈瀆聖聽，益重臣罪。早來雖已具此懇，盡附中使口奏訖，猶慮有所未悉。臣爲足膝瘡腫，未任朝見，不得親對天顔，剖露肝膽，謹再具劄子奏聞，特乞矜允，臣不勝死生大幸！

論河北流民　　富　弼

臣昨在汝州，竊聞河北流民來許、汝、唐、鄧州界逐熟者甚多。臣以朝廷前許請射係官田土，後却不令請射，盡須發遣歸還本貫。臣訪聞流民，必難發遣得回。既已流移至此，又却不得田土，徒令狼狽道路，轉見失所。遂專牒本州通判張恂，立便往州界諸縣流民聚處，一一相度，或發遣情願人歸還本貫，或放令前去别州，或相度口數給與民田土，或自令樵漁採捕，或計口支散官粟，諸般救濟，庶幾稍可存活。内只有給田一項，違著朝廷後來指揮，比欲奏候朝旨，又爲流民來者日益多，深恐救卹稍遲，轉有死損，遂且用上項條件施行去後方具奏聞。尋準中書劄子，奉聖旨，一依奏陳事理，其後來者，即教不得給田，候春暖，勸諭令歸上路。後方知其餘州軍所到流民，不拘新舊，並只用元降朝旨，盡不許給與田土。

臣其時以急於赴召，不及再有奏陳。自襄城縣至南薰門共六程，臣見緣路流民，大小車乘，及驢馬馳載，以至擔仗等，相繼不絶。臣每逢見，逐隊老小，一一問當，及令逐旋抄劄。只路上所逢者，約共六百餘户，四千餘口。其逐州縣鎮以至道店中已安下，臣不見者。并臣於許州驛中住却一日，路上之人，臣亦不見者，比臣曾見之數，恐又不下一二百户，三二千口。都計約及八九百户，七八千口。其前後已過，并今未來，及有往唐、鄧、萊州等處，臣所不見者，又不知其數多少。扶老携幼，纍纍滿道，寒餓之色，所不忍見。亦有病而死者，隨即埋於道傍，骨肉相聚，號泣而去。臣親見而問得者，多是鎮、趙、邢、洺、磁、相等州下等人户，以十分爲率，約四五分並是鎮人，其餘五六分即共是趙州與邢、洺、磁、相之人。又十中約六七分是第五等人，三四分是第四等人及不濟户與無土浮客，即絶無第三等已上之家。臣逐隊遍問，因甚如此離鄉土遠來他州，其間甚有垂泣告者，曰本不忍抛離墳墓骨肉及破貨家産，只爲灾傷物貴，存濟不得，憂慮餓殺老小，所以須至趂斛斗賤處逃命。又問得有全家起離來更不歸者，亦有減人口蹔來逐熟，候彼中無灾傷，斛斗稍賤，即却歸者，亦有去年先令人來請射，或買置田土，稍有準備者，亦有無準備望空來者。大約稍有準備來無一二，餘皆茫然，並未有所歸，只是路上逐旋，問人斛斗賤處便去。臣竊聞有人聞於朝廷，云流民皆有車伏驢馬，蓋是上等人户，不是貧民，致朝廷須令發遣，却歸本貫。此說蓋是其人只以傳聞爲詞，不曾親見親問，但知却有車乘行李次第頗多，便稱是上等之人。臣每親見有七八量大車者，約及四五十家，二百餘口，四五量大車者，約及三四十家，一百餘口，一兩量大車者，約及五七家，七十口，其小車子及驢馬擔仗之類，大抵皆似大車，並是彼中漫鄉村相近鄰里，或出車乘，或出驢牛，或出繩索，或出搭[三]蓋之物，遞相併合，各作一隊起來，所以行李次第力及大户也。今既是貧下之家，決意離去鄉土，逃命逐熟，而朝廷須令發遣却回，必恐有傷和氣。臣亦曾子細說諭，云朝廷恐你拋離鄉井，欲擬發遣却歸河北，不知如何？其丈夫婦人皆向前對曰：『便是死在此處，必更難歸。兼一路盤纏已有次第，如何得歸？除是將來彼中有可看望，方有歸者也。』

此已上事，並是臣親見親問，所得最爲詳悉，與夫外面所差體究之人不同。簿尉幕職官畏懼州府，州府畏懼提轉，提轉畏懼朝省，不敢盡理而陳述；或心存諂妄，不肯說盡灾患之事，或不切用心，自作鹵莽，申陳不實者，萬不侔也。伏望聖慈，早賜指揮，京西一路，如流民到處，且將係官荒閑田土，及見佃人占剩無税地土，差有心力向公官員，四散分俵，各令住佃，更不得逼檢詳前後條約，疾速嚴行指揮約束。所貴趂此日月尚淺，未有大段死損之人，可以救卹得及。

逐發遣，却歸河北。其餘或與人家作客，或自能樵漁採捕，或支官粟計口養飼之類，更令中書

論辨邪正

富弼

臣伏蒙聖造，擢冠宰司，雖步履尚艱，稍稽入覲，屢得寬告，跧踢私門，然不敢安居，常思當今切務，欲伸報塞，而事頗紛綜，固非筆墨可盡。今且以一事最大者，仰塵天聽，伏惟聖慈，更賜裁察。夫君臣之道，本是一體。君者，元首也；執政者，股肱心膂也；諫官御史侍從論思者，耳目也；內外群有司者，筋肌支節血脉也，體若具備，方能成人。爲君者，上下之官亦具而無闕，方能〔四〕成國。爲國者，正如爲人之體也。人之體，一脉不和則爲疾矣；君之國，一官不和則爲害矣。體之不和，爲疾最大者股肱心膂也；國之不和，爲害最大者執政也。

夫執政者，輔賛萬機，爲國大臣，日至君前，議論天下之事，賞善罰惡，進賢退不肖，喜怒繫乎人情之舒慘，邪正繫乎朝廷之盛衰，是執政者，天下之所觀望，群有司之所師表也。執政不和，則群有司安得而和哉？群有司不和，則萬務安得而治哉？萬務不治，則天下之民受其弊矣。民既受弊，則國家衰亂隨之，此萬萬必然之理也。是故爲國者欲求治且安，非天下人和不可也；欲天下和，非中外官司皆和不可也；欲中外官司皆和，非執政先和不可也。執政者，乃朝廷教令之所出，而天下治亂之所繫也，安得不和也？《尚書》臯陶曰：『同寅協恭，和衷

哉！』注：衷，善也。周武王曰：『紂有億兆夷人，離心離德；予有亂臣十人，同心同德。』注：夷，平也。康王曰：『三后協心，同底於道。』注：三后，周公、君陳、畢公也。夫三后皆當時聖賢，此足見聖賢若不和，亦不能同致其道也。且夫執政者和，則類無猜嫌。所議皆合，事必極其理，盡其善，然後行，下人固悦服而稟從之，承流宣化，風動草偃，遂使天下蒙其利，則豈有不治而安者乎？及其至也，乃能致昇平，而令國家享祚於數百年者矣。昔西漢陳平爲右相，周勃爲左相，勃既誅諸吕，平以勃功高，遂以右相推勃，及平對文帝決獄治粟事有條理，勃自知能不如平，復推平爲右相也。唐太宗召宰相房喬，以杜如晦能斷大事，如晦復謂喬善嘉謀，而太宗卒用喬策。茲四相者，非用心至和，以天下爲任，安肯互相推薦，爲國遠慮如是之切，而不自争勝邪？此乃臣前所謂執政者和，則政時昇平，使國家享祚數百年之明効也。

若執政者不和，則議事之間動有疑貳，或忿争於官府，或辨列於君前，咸蓄不平之心，必無至當之論。假使彊自牽合，終成乖戾，互相厭苦，陰肆傾擠，門下賓朋助爲摇撼，彼此窺伺，是非紛挐，忿逞私憾之讎，何卹公家之事？既行於下，人不悦服而不肯稟從，淪胥展轉，遂至天下受其弊，則豈有不衰而亂者乎？其甚者，至有賈禍召亂，爲國大患，而不可救者矣。昔唐憲宗相裴度，時方鎮跋扈，度勸帝用兵，諸道叛亂者悉皆歸服，憲宗遂成中興之業，王室大振。既而悮用李逢吉爲相，逢吉大姦邪，嫉度功業，令門下朋黨號八關十六子者，興造謗訕，百般中傷，以至撰作謡讖，謂度有天分，憲宗既惑，度遂罷去，尋致河朔、徐汴，再陷賊庭，王室復弱矣。

僖宗用鄭畋、盧携爲相，争黄巢邀請節旄事，携以畋語至切，遂拂袂投硯而起，喧於都下，然衆議畋語爲是，携議爲非。時又用宰相王鐸爲都統，出討黄巢，携大不悦，益固執不與巢節旄，只授以率府率〔五〕，其意欲激黄巢之怒，使鐸功不成，以快己志，殊不以天下安危爲慮。而僖宗不明，終用携議，巢果大怒，擁衆百萬，自嶺表横行天下，是時大亂，無一州一縣不用兵者。俄而兩京陷没，僖宗幸蜀，生民塗炭之極，自古無比。久之，巢雖漸敗，而朱温自巢軍投來，終移唐祚，自號大梁。兹二相者，營私徇己，用心不公，擠陷忠良，敗壞時政，或蒴弱王室，或覆亡宗社，爲臣至此，隕族何償！此臣前謂賈禍召亂，爲國大患而不救者之明効也。以此足見執政者和與不和，實繫乎天下治亂之本，存亡之機也，如人股肱心膂之疾，可以喪其生也。

至於諫官、御史、侍從論思，及内外群有司者，亦不可謂其職小而容有不和也。苟有不和，則如人耳目、筋肌、支節、血脉之疾，安得爲其小而不治之使和平哉？周武王曰：『紂有臣億萬，惟憶萬心；予有臣三千，惟一心。』夫三千者，舉其内外官也。成王曰：『庶官惟和，不和政厖。』《禮》曰：『和者，天下之達道也。』漢劉向亦曰：『衆賢和於朝，則萬物和於野。』昔賢又以烹調鼎鼐，更張琴瑟，操執轡馭，合煉藥石，設於方以爲諭者，或大或細，未有不以和爲主也。爲君者不可不察也，不可不審其所擇也。

夫内外大小之官，所以致其不和者，何哉？止由乎君子小人並處其位也。蓋君子小人方圓不相入，曲直不相投，貪廉進退不相侔，動静語默不相應，如此而望議論協和，政令平允，安可得耶？安可幸而致邪？《易·泰卦》：『君子道長，小人道消。』則時自泰矣。《否卦》：『小人道長，君子道消。』則時自否矣。若使君子小人並位而處，其時之否泰，必無兩立之理。君子常寡，小人常衆，則小人必勝。君子不勝，君子不勝，則奉身而退，樂道無悶；萬一小人不勝，則陰相交結，互爲朋蔽，駕虚鼓扇，白黑雜糅，千歧萬轍，眩惑主聽，必得其勝然後能已也。小人既勝，則益復肆毒於良善，梟心虺志，無所不爲，所以自古泰而治世少，否而亂世多者，亦止乎小人常勝，君子常不勝之所致也。小人但能亂，不能致治。若小人或能致治，則易更九聖，必不於小人道長之時，謂之爲否也。凡六十四卦三百八十四爻，大抵諸聖以意象配君子小人而分善惡，至多不可悉數也。

《易》曰：『小人不恥不仁，不畏不義，不見利不勸，不威則不懲。』夫小人者，聖賢無不鄙而惡之，故《易》曰：『小人而乘君子之器，盗思奪之矣。』《詩》曰：『憂心悄悄，愠於群小。』此皆聖賢鄙惡小人之甚者也。《書》曰：『君子在野，小人在位，民棄不保，天降之咎。』此謂用小人則民叛而天降灾也。仲尼曰：『君子中庸，小人反中庸。』荀子亦曰：『君子小人相反也。』夫小人所爲，既與君子相反戾，則安可使之並處哉？所議安能得其協和哉？夫天子無官爵，無職事，但能辨别君子小人而進退之，乃天子之職也。自古稱明王明君明后者，無他，能辨别君子小人而用捨之，方爲明矣。至於煩思慮，親細故，則非所以用明之要也。夫前車者，後車之所望也；古事者，今事之所鑒也。仲尼删《書》，於堯、舜、大禹皆稱『曰若稽古』，傅説戒高宗亦曰『事不師古，以克永世，匪説攸聞』。

恭惟皇帝陛下，稟上聖之資，嗣累朝之業，纘服未久，勤勞已至。更望考前世盛衰治亂之迹，近代安危存亡之機，凡於選求，力辨邪正。所喜者，未可遽用之；所怒者，未可遽棄之，《禮》曰『愛而知其惡，憎而知其善』者是也。又人所毁者未必爲惡，人所譽者未必爲善，仲尼曰『衆惡之，必察焉；衆好之，必察焉』者是也。孟子尤於進退善惡之説至詳，齊宣王問曰：『吾何以識其不才而捨之？』孟子對曰：『國君進賢，如不得已，將使卑踰尊，疏踰戚，可不慎歟？左右皆曰賢，未可也；諸大夫皆曰賢，未可也。國人皆曰賢，然後察之，見賢焉，然後用之。左右皆曰不可，勿聽；諸大夫皆曰不可，勿聽。國人皆曰不可，然後察之，見不可焉，然後去之。』夫一國之人皆曰賢，皆曰不可，亦不可不〔六〕謂之出於衆議，而不可不從之也，孟子尚以謂未可信而進退之，猶復躬自察焉，直俟王親見其果賢則用之，親見其果不可則去之，此所以大防姦人朋比、毁正譽邪也，亦所以防偏見者以丹素甘辛而好惡之差也。蓋恐用捨或爽，則所損多也，實慎之至也。苟如是而失之者，尚恐不免，然亦鮮矣。陛下君臨天下，必不得如孟子之辭，盡聞天下所議論，若夫左右之説，及在廷諸人之語，則皆可聞之矣，然固未可遽信而遽行，更在博詢而參校之也。所詢者，須詢於可詢者也，詢之必不肯誤陛下也。若詢及姦險浮薄不正之人，則向所謂愛憎毁譽偏見者皆有焉，有之則邪正錯亂，是非混淆，陛下至英至睿，亦莫得而辨之也。玆事雖自古聖王亦以爲至難，皋陶曰：『在知人，在安民。』禹曰：『惟帝其難之。』帝謂堯也。仲尼獨取堯、舜，比之如天，尚以知人安民爲難，況自堯而後者哉？由是而語，陛下可不慎之，慎之又慎之？大抵有天下者，得人則治而安，不得人則亂而危，至甚則又遂繫乎存亡也。臣前所援據，特一二而已，但且欲證臣狂瞽非臆説焉，其有在方策者比比皆是，不可殫引，陛下開卷則見之矣。惟望慎之，慎之又慎之也。

臣昨蒙陛下召從僻左之外，起於衰病之中，秖是念其舊人，授以國柄。辭不獲免，夙夜驚惶，若非傍假衆賢，共成大政，則臣虚薄老朽，立見敗事。況夫四海至廣，萬機至煩，更藉天下之才，以濟天下之務，所以不避煩瀆之罪，願陛下持古鑒今，選賢與能者，乃犬馬之至誠也。惟聖情開納，則非臣之幸，乃宗廟之慶，生靈之福也。臣死罪死罪！

論邊事

賈昌朝

太祖初有天下，鑒唐末五代方鎮武臣、士兵牙校之盛，盡取其權，當時以爲萬世之利。及太宗時，所命將帥率多攀附舊臣，親姻貴胄，賞重於罰，威不逮恩，而猶仗神靈，稟成筭，出師禦寇，所向有功。自此以來，兵不復振。近歲恩倖子弟飾厨傳，治名譽，多非勳勞，坐取武爵。其志不過利轉遷之速，俸賜之厚，禦侮平患，何患於兹？然乘邊鄙無事，尚得以自容。自西羌之叛，驟擇將領，鳩集士衆，士不素練，固難指蹤〔七〕，將未得人，豈免屢易？以屢易之將馭不練之士，故戰則必敗，此削方鎮兵權太甚之敝也。且親舊恩倖任軍職者，出即爲將帥，素不曉兵，一旦付以千萬卒之命，爲庸人驅之死地，此用親舊恩倖之敝也。臣以謂守方鎮者，無數更易，管軍職任并刺史以上官秩，宜謹其所授，以待有功。如楊崇勳、李昭亮輩，皆恩倖之人，尚在邊任，宜速選人代之，此救敝之端也。陛下有意聽臣，臣請復陳當今備邊之尤切者六事：

一曰馭將帥。古之帝王以恩威馭將帥，以賞罰馭士卒，故軍政行而戰功集。乾德中，詔王全斌等伐蜀，是冬大雪，太祖御講武殿氈幄，顧左右曰：『今日居此幄，尚寒不可禦，況伐蜀將士乎？』即脱所服貂裘暖帽，遣中使馳賜全斌，此御之以恩也。又曹彬、李漢瓊、田欽祚討江南，召彬至前，立漢瓊等於後，授匣劍曰：『自副將而下，不用命者，得專戮之。』漢瓊等股慄而退，此御之以威也。今每命將帥，必先疑貳，非近倖不信，非姻舊不委，錫與金帛巨萬，而心無感悦者，以例所當得也。蓋承前一皆用例，至舉兵之際，須特出非常，然後可以動其心也。又陝西四路，自總管而下，鈐轄、都監、巡檢之屬，悉參軍政，謀之未成，事已先漏，彼可則我否，上行則下戾，雖有主將，不專號令，故動則必敗也。請自今命將，去疑貳，推恩意，捨其小節，責以大效，爵賞威刑，皆得便宜從事，褊裨而下有不聽令者，以軍法論，至於筦榷賦税供軍府庫之物，使皆得用之。太祖雖朘削武臣之權，然邊將一時賞罰，及用財集事，則皆聽其自專，有功則必賞，有敗則必誅，此所謂馭將之道也。

其二曰復土兵。今河北、河東彊壯，陝西弓箭手之類，蓋土兵遺法也。且戎狄居苦寒沙磧之地，惡衣麤食，好馳〔八〕善射，自古禦寇却胡，非此不可。然河北鄉軍，其廢已久，陝西土兵，屢爲賊破，其存者十無二三。臣以謂河北、河東彊壯，已詔近臣詳定法制，宜因閱習，視其人武力兵技之優劣，又擇其家丁夫之壯者，以代老弱，每鄉爲軍，其材能絶類者，籍其姓名而遞補之。陝西蕃落弓箭手貪召募錢物，利月入糧俸，多就黠涅，混爲營兵，今宜優復田疇，安其廬舍，使力耕死戰，世爲邊用，則可以減屯戍而省供餽，爲不易之利。内地州縣，增置弓手，亦當約如鄉軍之法而閲試之。

其三曰訓營卒。太祖朝，下令諸軍，毋食肉衣帛，營舍之門有鬻酒肴，則逐去，士卒有服繒帛者，則笞責之。異時被甲鎧，冒風霜，攻苦服勞，無不一當百。今營卒驕墮，臨敵無勇，此殆素所資用之過也。舊例三年轉員，謂之落權正授，雖未能易此制，即不必一例使爲總管、鈐轄，宜於其間，擇有才勇可任將帥者授之。又今之兵器多名詭狀，製造不精，不適於用，虚費民力，宜按八陣之法，依五兵之用，以時教習，使啓殿有次序，左右有形勢，前後相附，上下相援，令之曰：『失一隊長，則斬一隊。』何慮衆不爲用乎？

其四曰制戎狄。今戎狄蕩然與中國通，北方諸國則臣契丹，其西諸國則臣元昊，而二虜合從，有掎角中國之勢。就使西戎來服，不免與之重賄，是朝廷歲遺二虜，不可勝計。古之備邊，西則金城、上郡，北則雲中、鴈門，今自滄之秦，緜亘數千里，非有山海峻深之阻，獨恃州縣鎮戍爾。凡歲所供贍，又不下數千萬，以天下歲入之數纔可取足，而一穀不熟，則或至狼狽也。契丹近歲兼用燕人，治國建官，一同中夏；昊賊據河南，列郡而行賞罰，善於用人，此中國之患利也。

也。宜度西域諸國，如沙州、嗋厮、明珠、滅藏之族，近北如黑水、女真、高麗、新羅之屬，舊通中國，今爲二虜隔絶，可募人往使，誘之來朝，如此則二虜必憾，憾則爲備，備則勢分，此中國之利也。

其五曰綏蕃部。屬户者，邊垂之屏翰也，如延有金明，府有豐州，皆戎人内附之地，朝廷恩威不立，撫馭乖方，比爲彊虜脅從，而塞上諸州藐焉孤壘，蕃部既壞，士兵亦衰，恐未有破虜之期。請令陝西諸路緣邊知州軍，皆帶安撫蕃部之名，多設方略，務在招集，財賦法令得以自專，擇其族盛而有勞者以爲酋帥，如河東折氏、高氏之比，庶可爲吾藩籬之固。

其六曰明探候。古者守疆封，出師旅，居則有行人覘國，戰則有前茅慮無，其審謹若此。太祖命李漢超鎮關南，馬仁瑀守瀛州，韓令坤鎮常山，賀惟忠守易州，何繼筠領棣州，郭進控西山，武守琪戍晋陽，李謙溥守慶州，董遵誨屯環州，王彦昇守原州，馮繼業鎮靈武，筦榷之利，悉輔軍中，仍聽貿易，而免其征税，許募勇士，以爲爪牙，故邊臣富於財，得養死力爲間諜，夷狄情狀無不預知，二十年間，無西北之憂。善用將帥，精於覘候之所致也。今西鄙刺事者，所遣不過錢數千，略涉境土，盜聽傳言，塞命而已，故虜情賊狀與夫山川道路險易之利，勢絶而莫通。夫蹈不測之戎，入萬死之地，覘伺微密，探索機會，非有重賂厚賞，孰肯自効乎？願監藝祖任將帥之制，邊城財用一切委之，專使養勇士爲爪牙，而臨戰自衛，無殺將之辱，募死力爲覘候，而望敵知來，免陷兵之恥也。

請繼上奏封細陳事理

文彦博

臣讀唐史，見白居易爲翰林學士，因事進諫，諫語甚切直，憲宗不悦，謂宰相李絳曰：『白居易小子是朕拔擢致名位，而無禮於朕，朕極難奈。』絳對曰：『居易所以不避死亡之誅，事無大小而必言者，蓋酬陛下拔擢耳』，『陛下欲開諫諍之路，不宜阻居易之言。』憲宗曰：『卿言是也。』由是言多聽納。臣以居易被憲宗拔擢，纔爲學士，能盡忠極諫以報恩遇〔九〕，而況臣非才寒進，孤立無黨，獨蒙陛下誤聽，特力拔擢，位至宰相，犬馬之誠，堅於報主。然自待罪兩府，已逾二年，略無謀猷上禆神聖，雖則日奉天顔，常親黼座，所奏覆者，率多冗細事務，常程文書，徒煩睿聽，無益治體。以此爲宰相職業，真所謂素飡尸禄，齪齪小謹而已，豈陳平所謂『宰相者，上佐天子，理陰陽，順四時』，『外鎮撫四夷』，『使卿大夫各得任其職』之義乎？房喬、杜如晦，唐之賢相，太宗猶常責之曰：『公爲宰相，當須開耳目，求訪賢哲。有武藝謀略、才堪撫衆者，任其邊事；有經明德脩、立性明悟者，任以侍臣；有明幹清愨、處事公平者，任以劇務；有學通古今、識達政術者，任以治人，此乃宰相之禆益也。比聞聽受詞訟，日不暇給，安能助朕求賢哉？』斯言之責，誠爲至當。臣每侍丹扆，累聞德音，常以求賢致治爲切務，推誠納諫爲至德，臣愚不能上副聖意，而陛下至仁，未忍以大義責臣，而臣獨不内媿於心乎？臣復自念，性本樸忠，言多蹇拙，幸得進對咫尺天威，凡所敷陳，或未詳盡。臣嘗觀唐宰相趙憬奏章，欲上疏論事，其略曰：『稽顙丹陛，仰對宸嚴，蹇訥易窮，遽數難辯。理詳則塵瀆頗甚，言略則利害不分。』竊聞貞觀、開元之際，宰輔論事，或多上書，所冀獲盡情理。時德宗嘉納之。今臣之愚，猶憬之志，此後有面陳口奏，頃刻之間，或蹇訥有所未盡，事理有所未周，即欲繼上奏對，細陳理道，上裨睿聖訪納之勤，下盡微臣區區之蘊，固不敢妄陳偏見，亦不乞留中不出，惟冀聖慈，特賜詳擇。

校勘記

〔一〕『欵』，麻沙本作『遇』。

〔二〕『萬一』，麻沙本作『恐』。

〔三〕『搭』，麻沙本作『揜』。

〔四〕『無闕，方能』，麻沙本作『無陽，不能』。宋淳祐刻元明遞修本《諸臣奏議》作『無闕，方得』。四庫本《公是集》作『無陽，不能』。

〔五〕『率府率』，麻沙本作『率府』。宋淳祐刻元明遞修本《諸臣奏議》、四庫本《公是集》作『率府』。

〔六〕『亦不可不』，麻沙本作『亦不可以』。宋淳祐刻元明遞修本《諸臣奏議》作『亦可以』。四庫本《公是集》作『亦不可不』。

〔七〕『蹤』，麻沙本作『跡』。

〔八〕『馳』，麻沙本作『馭』。

〔九〕『恩遇』，麻沙本作『遇恩』。明嘉靖刊本《潞公集》作『恩遇』。

新校宋文鑑卷第四十六

校者按：底本爲刻卷，據麻沙本刻卷校改。

奏疏

論宦官養子

吴　及

臣聞《書》云：『官司相規，工執藝事以諫。』臣不肖，親逢寬仁之主，爲執法吏，輒原刑罰之本，願効愚衷，惟陛下幸憐赦臣，以畢其説。竊惟前世肉刑之設，斷肢體，刻肌膚，使終身不息，以至屨賤踴貴，有鼻者醜，刑罰之濫廼如此！漢文感緹縈之意，謂刑者不可復屬，雖欲改行爲善，其道無由，誥於四方，易之以鞭笞，曰『斬左趾者笞五百，劓者笞三百』。然已死而笞未止，外有輕刑之譽，内實殺人。景帝益寬之，僅有存者。祖宗鑒既往之弊，蠲除煩苛，顧我細民，愛同赤子，始用折杖之法，新天下之耳目。兹蓋曠古聖賢，思所未至，一旦決而行之，海寓元元，如被父母之教，惠澤之厚，淪於骨髓矣。陛下至明如日，廣覆如天，高拱法宫，深惻民隱，何嘗不申飭群吏，親攬庶獄，而疑讞屢報，無不蒙生。歷代用刑，未嘗如本朝之清，宜乎天報之以佳瑞，錫之以純嘏。陛下方當隆盛之際，未享繼嗣之慶者，臣竊惑焉。

臣聞天地之性人爲貴，王者之治，故當上調陰陽，下順萬物，一蟲魚之細，草木之微，不當其宜，則執政者有罪焉耳，况乎肖方圓之貌，禀精粹之靈乎？夫其意者宦官太衆，而陛下未寤也。何則？古者肉刑之一曰宫，聖人除之，所以重絶人之世。今陛下不以爲意，使宦官之家，競求它子，勦絶人理，希爵賞爲門户之庇。童幼何罪，陷於刀鋸，因而夭死者，未易可數。夫有疾而夭者，治世所羞，况無疾乎？有罪而宫，前王不忍，况無罪乎？

臣又聞漢永平之際，中常侍四員，小黄門十人耳。唐太宗定制，無逾百員。臣不敢遠引漢、唐，取必於當世，請以祖宗近事較之。陛下試觀祖宗時，宦官凡幾何人？今凡幾何人？衆寡之差，不待臣言，而陛下可見。臣愚以謂，胎卵傷而鳳凰未至，宦官盛而繼嗣未育。伏望陛下，順陽春施生之令，濬發德音，詔巖廊大臣，詳爲條禁。進獻爲宦官者，一切權罷。敢有擅宫童稚者，寘以重法。沮者必謂權罷進獻，則不足任使；臣謂非不足也，弊在掌典它務之過也。陛下若令宦者兼領外事，則雖多而不足，如令專守中禁，則雖少而有餘。且宣傳詔旨，分幹職任，則有外廷三班之臣在外，何必區區於中人哉？今三班使臣，待闕都下，率三二歲，未能補吏，至於出妻鬻子，嗟怨道途，和氣既傷，廉隅都盡，抑亦内臣侵牟員闕所致。今既罷去進獻，絶領佗務，姑可許養子，得以爲後，但勿去其世耳。於内臣之計，則不至傷恩；於陛下之私，則不爲害物。若然，天心必應，聖嗣必廣。召福祥、安宗廟之策，無先於此。孟子有言：『老吾老，以及人之老；幼吾幼，以及人之幼。』惟陛下留意，不勝中外幸甚！干冒旒扆，隕越無地。

論宋庠　包拯

臣等今日中書傳諭，奉聖旨宣示宋庠自辯及求退等事。臣等蒙陛下擢任，處之諫垣，惟採取天下公議，別白賢不肖，敷聞於上，冀陛下倚任常得其人，以熙大政，不使貪冒非才者得計，膠固其位，害敗於事。迺臣等之職分，亦陛下所責任者也。固不敢緣私詆欺，變黑爲白，惑亂陛下耳目，動摇大臣爵位，以取奇譽，巧資身計。斯亦臣等所自信，陛下所明照者也。

臣等昨於二月二十三日具劄子，論列宋庠自再秉衡軸，首尾七年，殊無建明，少效補報，而但陰拱持禄，竊位素飡，安處洋洋，以爲得策。且復求解之際，陛下降詔，未及斷章，庠乃從容遂止其請，足見其固位無耻之甚也。今乃自辯，謂臣等議論暗合己意；臣等亦謂庠本意暗合天下之議論也，斯不近於欺乎？陛下所深察矣。且云無過，則又不然。臣等竊以前代治世，至於祖宗之朝，罷免執政大臣，莫不以其謨明無效，取群議而行也。何則？執政大臣與國同體，不能盡心竭節，灼然樹立，是謂之過，宜乎當黜；非如群有司小官之類，必有犯狀，挂於刑書，乃爲過也。唐憲宗朝，權德輿爲宰相，不能有所發明，時人譏之，終以循默而罷，復守本官。憲宗聰明仁愛之主也，德輿文學德行之人也，當時罷免，只緣循默，不必指瑕，未致罪名而然也。至於祖宗朝罷免范質、宋琪、李昉、張齊賢，亦只以不稱職、均勞逸爲辭矣，未嘗明過也。

近歲方乃摭拾細故，託以爲名，揚於外庭，斯乃不識大體之臣，上惑聖聽，有此舉措，非所以責大臣之義也。宋庠豈無細過？臣等不言之者，蓋爲陛下惜此事體。臣等所陳，惟陛下聖度詳處，若以爲是，則乞依前來劄子，早賜施行，儻以臣等爲謗讟時宰，敢肆狂妄，亦乞治正其罪，重行降黜。臣等無任激切竢命之至！

論燕度勘滕宗諒事張皇太過

歐陽脩

臣昨日風聞，張子奭未有歸期消息，賊昊又別遣人來，必恐子奭被賊拘留。西人之來，其意未測，邊鄙之事，不可不憂，正是要藉將帥效力之際。旦夕來傳聞燕度勘鞠滕宗諒事，枝蔓勾追，直得使盡邠州諸縣枷械，所行栲掠，皆是無罪之人，囚繫滿獄。邊上軍民將吏見其如此張皇，人人嗟怨。自狄青、种世衡等，並皆解體，不肯用心。朝廷本爲臺官上言滕宗諒用錢多，未明虛實，遂差燕度勘鞠，不期如此作事，摇動人心。若不蚤正絶，則恐元昊因此邊上動摇，將士憂恐解體之際，突出兵馬，誰肯爲朝廷用死命向前？

臣忝爲陛下耳目之官，外事常合採訪。三五日來，都下喧傳邊將不安之事。亦聞田況在慶州日，見滕宗諒别無大段罪過，并燕度生事張皇，累具奏狀，並不蒙朝廷答報。況又徧作書告朝廷大臣，意欲達於聖聽。大臣各避嫌疑，必不敢進呈况書。臣伏慮陛下但知宗諒用錢之過，不知邊將憂嗟搔動之事，只如臣初聞滕宗諒事發之時，特有論奏，乞早勘鞠行遣。臣若堅執前奏，一向遂非，則唯願勘得宗諒罪深，方表臣前來所言者是。然臣終不敢如此用心，寧可因前來不合妄言得罪於上，不可今日遂非，致誤事於國。臣竊思朝廷於宗諒必無愛憎，但聞其有罪，則不可不問。若果無大過，則必不須要求瑕疵。只恐勘官希望朝廷意旨，過當張皇，搔動邊鄙。其滕宗諒伏望速令結絶，仍乞特降詔旨，告諭邊臣以不支蔓勾追之意，兼令今後用錢，但不入己外，任便從宜，不須畏避，庶使安心放意，用命立功。其田況累度奏狀，并與大臣等書，伏望聖慈，盡取詳覽。田況是陛下侍從之臣，素非姦佞，其言可信。又其身在邊上，事皆目見，必不虚言。今取進止！

論杜韓范富

歐陽脩

臣聞士不忘身不爲忠，言不逆耳不爲諫，故臣不避群邪切齒之禍，敢冒一人難犯之顔，惟賴聖慈幸加省察。臣伏見杜衍、韓琦、范仲淹、富弼等，皆是陛下素所委任之臣，一旦相繼而罷。天下之士，皆素知其可用之賢，而不聞其可罷之罪。臣職雖在外，事不審知，然臣竊見自古小人讒害忠賢，其識不遠，欲廣陷良善，則不過指爲朋黨，欲摇動大臣，則必須誣以專權。其故何也？夫去一善人，而衆善人尚在，則未爲小人之利，欲盡去之，則善人少過，難爲一一求瑕，惟指以爲朋黨，則可一時盡逐。至如大臣，已被知遇而蒙信任者，則不可以他事動摇，惟有專權，是人主之所惡，故須此説方可傾之。臣料杜衍等四人，各無大過，而一時盡逐，富弼與仲淹委任尤深，而忽遭離間，必有朋黨專權之説，上惑聖聰。臣請詳言之。

昔年仲淹初以忠言讜論聞於中外，天下賢士，争相稱慕。當時姦臣誣作朋黨，猶難辨明。自近日陛下擢此數人，並在兩府，察其臨事，可以辨也。蓋杜衍爲人，清慎而謹守規矩，仲淹則恢廓自信而不疑，韓琦則純正而質直，富弼則明敏而果鋭。四人爲性，既各不同，雖皆歸於盡忠，而其所見則各異，故於議事，多不相從。至如杜衍欲深罪滕宗諒，仲淹力争而寛之；仲淹謂契丹必攻河東，請急修邊備，富弼料九事，力言契丹必不來。至如尹洙亦號仲淹之黨，及争水洛城事，韓琦則是尹洙而非劉滬，仲淹則是劉滬而非尹洙。此數事尤彰著，陛下素已知者，此四人者，可謂公正之賢也。平日閑居，則相稱美之不暇；爲國議事，則公言廷争而無私。以此而言，而見杜衍等真得漢史所謂忠臣有不和之節，而小人讒爲朋黨，可爲誣矣。

臣聞有國之權，誠非臣下之得專也。臣切思仲淹等自入兩府已來，不見其專權之迹，而但見其善避權也。夫權得名位則可行，故行權之臣，必貪名位。自陛下召琦與仲淹於陝西，琦等讓至五六，陛下亦五六召之。至如富弼，三命學士，兩命樞密副使，每一命未曾不懇讓，懇讓之者愈切，而陛下用之愈堅，此天下之人所共知。臣但見避讓太繁，不見其專權貪位也。及陛下堅不許辭，方敢受命，然猶未敢别有所爲。陛下見其作事如此，乃開天章，召而賜坐，授以紙筆，使其條事。然衆人避〔二〕讓不敢下筆，弼等亦不敢獨有所述，因此又煩聖慈出手詔，指定姓名，專責其條列大事而行之，弼等遲回，近及一月，方敢略條數事。仲淹老練世事，必知凡百難猛更張，故其所陳，志在遠大，而多若迂緩，但欲漸而行之，以久冀皆有效。弼性雖鋭，然亦不敢自出意見，但舉祖宗故事，請陛下擇而行之。自古君臣相得，一言道合，遇事而行，更無推避。臣方怪弼等蒙陛下如此堅意委任，督責丁寧，而猶遲緩自疑，作事不果，然小人巧譖，而曰專權者，豈不誣哉？至如兩路宣撫，國朝累遣大臣，況自中國之威，近年不振，故元昊叛逆一方，而勞困及於天下。北虜乘釁，違盟而動，其書辭侮慢，至有責祖宗之言。陛下憤耻雖深，但以邊防無備，未可與争，屈志買和，莫大之辱。弼等見中國累年侵陵之患，感陛下不次進用之恩，故各自請行，力思雪耻，沿山傍海，不憚勤勞，欲使武備再修，國威復振。臣見弼等用心，本欲尊陛下威權以禦四夷，未見其侵權而作過也。

伏惟陛下，睿哲聰明，有知人之聖，臣下能否，洞達不遺，故於千官百辟之中，親選得此數人，驟加擢用。夫正士在朝，群邪所忌，謀臣不用，敵國之福也。今此數人一旦罷去，而使群邪相賀於内，四夷相賀於外，此臣所以爲陛下惜也。伏惟陛下，聖德仁慈，保全忠善，退去之際，恩禮各優。今仲淹四路之任，亦不輕矣。願陛下拒絶群謗，委信不疑，使盡其所爲，猶有裨補。方今西北二虜，交争未已，正是天與陛下經營之時，而弼與琦豈可置之閑處？伏望早辨讒巧，特加圖任，則不勝幸甚！臣自前歲召入諫院，十月之内，七受聖恩，而致身兩制，常思榮寵至深，未知報效之所。群邪争進讒巧，而正士繼去朝廷，乃臣忘身報國之時，豈可緘言而避罪？敢竭愚瞽，惟陛下擇之！

論狄青

歐陽脩

臣聞，人臣之能盡忠者，不敢避難言之事；人主之善馭下者，常欲聞難言之言。然後下無隱情，上無壅聽，姦宄不作，禍亂不生。自古固有伏藏之禍，未發之機，天下之人皆未知，而有一人能獨言之，人主又能聽而用之，則銷患於未萌，轉禍而爲〔二〕福者有矣。若夫天下之人共知，而獨其人主之不知者，此莫大之患也。今臣之所言者，乃天下之人皆知，而惟陛下未知也。今士大夫無貴賤，相與語於親戚朋友，下至庶民無愚智，相與語於閭巷道路，而獨不以告陛下也。其故何哉？蓋求其事，伏而未發，言者難於指陳也。

臣伏見樞密使狄青，出自行伍，號爲武勇，自用兵陝右，已著名聲，及捕賊廣西，又薄立勞効。自其初掌機密，進列大臣，當時言事者已爲不便。今三四年間，雖未見其顯過，然而不幸有得軍情之名。推其所因，蓋由軍士本是小人，面有黥文，樂其同類，見其進用，言我輩之内出得此人，既以爲榮，遂相悦慕。加又青之事藝實過於人，比其輩流，又粗有見識，是以軍士之心，共服其材能。國家從前難得將帥，經略招討，常用文臣，或不知軍情，或不閑訓練。自青爲將領，既能自以勇力服人，又知訓練之方，頗以恩信撫士。以臣愚見，如青所爲，尚未得古之名將一二，但今之士卒，不慣見如此等事，便謂須是我同類中人，乃能知我軍情，而以恩信撫我。青之恩信，亦豈能徧及於人？但小人易爲善誘，所謂一犬吠形，百犬吠聲，遂皆翕然喜其稱説。且武臣掌機密而得軍情，不惟於國家不便，亦於其身未必不爲害。然則青之流言，軍士所喜，亦其不得已而勢使之然也。臣謂青不得已而爲人所喜，亦將不得已而爲人所禍者矣。爲青計者，自宜退避事權，以正浮議，而青本武人，不知進退。近日以來，訛言益甚，或言其身應圖讖，或言其宅有火光，道路傳説，以爲常談矣，而惟陛下猶未聞也。且唐之朱泚，本非反者，倉卒之際，爲軍士所迫爾。大抵小人不能成事，而能爲患者多矣。泚雖自取族滅，然爲德宗之患，亦豈小哉？夫小人陷於大惡，未必皆其本心所爲，直由漸積以至蹉跌，而時君不能制患於未萌爾。故臣敢昧死而言人之所難言者，惟願陛下早聞而省察之爾。如臣愚見，則青一常才，未有顯過，但爲浮議所喧，勢不能容爾。若如外人衆論，則謂青之用心，有不可知者，此臣之所不能決也。但武臣掌機密，而爲軍士所喜，自於事體不便，不計青之用心如何也。伏望聖慈，深思遠慮，戒前世禍亂之迹，制於未萌，密訪大臣，早決宸斷，罷青機務，與一外藩，以此觀青去就之際，心迹如何，徐察流言，可以臨事制變。且二府均勞逸而出入，亦是常事。若青之忠孝出處如一，事權既去，而流議漸消，則其誠節可明，可以永保終始。夫言未萌之患者，常難於必信；若俟患之已萌，則又言無及矣。臣官爲學士，職號論思，聞外議喧沸，而事繫安危，臣言狂計愚，不敢自默。

論賈昌朝

歐陽脩

臣脩伏覩近降制書，除賈昌朝爲樞密使。旬日以來，中外人情，莫不疑懼，縉紳公論，漸以沸騰。蓋由昌朝禀性回邪，執心危險，頗知經術，能緣飾姦言，善爲陰謀，以陷害良士。小人朋附者衆，皆樂爲其用。前在政府，屢害善人，所以聞其再來，望風畏恐。陛下聰明仁聖，勤儉憂勞，每於用人，尤所審重。然而自古毁譽之言，未嘗不並進於前，而聽察之際，人主之所難也。臣以爲能知聽察之要，則不失之矣。何謂其要？在先察毁譽之臣，若所譽者君子，所毁者小人，則不害其爲進用矣；若君子非之，小人譽之，則可知其人不可用矣。今日毅然立乎朝，危言正論，不阿人主，不附權臣，其直節忠誠，爲中外素所稱信者，君子也。如此等人，皆以昌朝爲非矣。宦官宫女，左右使令之人，往往小人也。如此等人，皆以昌朝爲是矣。陛下察此，則昌朝爲人可知矣。

今陛下之用昌朝，與執政大臣謀而用之乎？與立朝忠正之士謀而用之乎？與宦官左右之人謀而用之乎？或不謀於臣下，斷自聖心而用之乎？昨聞昌朝陰結宦豎，與造事端，謀動大臣，以圖進用。若陛下與執政大臣謀之，則大臣自處嫌疑，實難啓口。若立朝忠正之士，則無不以爲非矣。其所稱信以爲可用者，不過宦官左右之人爾。陛下用賈昌朝，爲天下而用之乎？爲左右之人而用之乎？臣伏料陛下必不爲左右之臣而用之也，然左右之人，謂之近習，朝夕出入，進見無時，其所讒諛，能使人主不覺其漸。昌朝善結宦官，人人喜爲稱譽，朝一人進一言，暮一人進一言，無不稱昌朝之善者。陛下視聽漸熟，遂簡在乎聖心〔三〕，及將用之時，則不必與謀議也，蓋稱薦有漸，久已熟於聽矣。是則陛下雖斷自聖心，不謀臣下〔四〕而用之，亦左右之人積漸稱譽之力也。

陛下常患近歲大臣體輕，連爲言事者彈擊，蓋由用非其人，不叶物議而然也。今昌朝身爲大臣，見事不能公論，乃交結中貴，因内降以起獄訟，以此規圖進用。今聞臺諫方欲論列其過惡，而忽有此命〔五〕，是以中外疑懼，物論沸騰也。今昌朝未來，外議已如此；若使居其位，必不免言事者上煩聖聽。不爾，則昌朝得志〔六〕，傾害善人，壞亂朝政〔七〕，必爲國家生事。臣願聖聰抑左右陰薦之言，採縉紳公議之説〔八〕，速罷昌朝，還其舊任，則天下幸甚！臣官爲學士，職號論思，見聖心求治甚勞，而一旦用人偶失，而外庭物議如此。既有見聞，合思裨補。

論修河

歐陽脩

右臣伏見朝廷定議，開修六塔河口，回水入横壠故道，此大事也。中外之臣，皆知不便，而未肯有爲國家極言其利害者，何哉？蓋其説有三：一曰畏大臣，二曰畏小人，三曰無奇策。今執政之臣，用心於河事亦勞矣。初欲試十〔九〕萬人之役以開故道，既又捨故道而修六塔，未及興役，遽又罷之。已而終爲言利者所勝，今又復〔一〇〕修，然則其勢難於復止也。夫以執政大臣鋭意主其事，而又有不可復止之勢，固非一人口舌可回，此所以雖知不便而罕肯言也。李仲昌小人，利口僞言，衆所共惡，今執政之臣既用其議，必主其人。且自古未有無患之河，今河浸恩、冀，目下之患雖小，然其患已形；回入六塔，將來之害雖大，而其害未至。夫以利口小人爲大臣所主，欲與之争未形之害，勢必難奪。就使能奪其議，則言者猶須獨任恩、冀爲患之責，使仲昌得以爲辭，大臣得以〔一二〕歸罪，此所以雖知不便而罕敢言也。今執政之臣用心太過，不思自古無無患之河，直欲使河不爲患。若得河不爲患，雖竭人力，猶當爲之，況聞仲昌利口詭辨，謂費物少而用功不多，不得不信爲奇策，於是決意用之。今言者謂故道既不可復，六塔又不可修，詰其如何，則又無奇策以取勝，此所以雖知不便而罕肯言也。衆人所不敢言，而臣今獨敢言者，臣謂大臣非有私仲昌之心也，直欲興利除害爾。若果知其爲害愈大，則豈有不回者哉？至於顧小人之後患，則非臣之所慮也。且事貴知利害，權重輕，又不得已，則擇其害少而患輕者爲之，此非明智之士不能也。況治水本無奇策，相地勢，謹隄防，順水性之所趨爾，雖大禹不過此也。夫所謂奇策者，不大利則大害。若循常之計，雖無大利，亦不至大害，此明智之士善擇利者之所爲也。今言修六塔者，奇策也，然終不可成，而爲害愈大。言順水治隄者，常談也，然無大害。不知爲國計者，欲何所擇哉？若謂利害不可必，但聚大衆，興大役，勞民困國，以試奇策，而僥倖於有成者，臣謂雖執政之臣，亦未必肯爲也。臣前已具言河利害甚詳，而未蒙採聽。今復略陳其大要，惟陛下詔計議之臣擇之。

臣謂河水未始不爲患，今順已决之流，治隄防於恩、冀者，其患一而遲；塞商胡復故道者，其患二而速；開六塔以回今河者，其患三而爲害無涯。自河决横壠以來，大名、金隄埽歲歲增治。及商胡再决，而金隄益又加功。獨恩、冀之間，自商胡决後，議者貪建塞河之策，未嘗留意於隄防，是以今河水勢浸溢。今若專意併力，於恩、冀之間，謹治隄防，則河患可禦，不至爲大害。所謂其患一者，十數年間，今河下流淤塞，則上流必有决處，此一患而遲者也。今欲塞商胡口，使水歸故道，治隄修埽，功料浩大，勞人費物，困弊公私，此一患也。幸而商胡可塞，故道復歸，高淤難行，不過一二年間，上流必决，此二患而速者也。今六塔河口雖云已有上下約，然全塞大河正流，爲功不小，又開六塔河道，治二千餘里隄防，移一縣兩鎮，計其功費，又大於塞商胡數倍，其爲困弊公私，不可勝計，此一患也。幸而可塞，水入六塔而東，横流散溢，濱、棣、德、博與齊州之界，咸被其害。此五州者，素號富饒，河北一路，財用所仰，今引水注之，不惟五州之民破壞田産，河北一路坐見貧虚，此二患也。三五年間，五州凋弊，河流汪溢，久又淤高，流行梗（一作艱）澁，則上流必决，此三患也，所謂爲害而無涯者也。今爲國悮計者，本欲除一患，而反就三患，此臣所不諭也。至如六塔不能容大河，横壠故道本以高淤難行，而商胡决，今復驅而注之，必横流而散溢。自澶至海二千餘里，隄埽不可卒修，卒修之，雖成必不能捍水。如此等事甚多，士無愚智，皆所共知，不待臣言而後悉也。

臣前未奉使契丹時，已嘗具言故道、六塔皆不可爲，惟治隄順水爲得計。及奉使往來河北，詢於知水者，其説皆然。雖恩、冀之人，今被水患者，亦知六塔不便，皆願且治恩、冀隄防爲是。下情如此，誰爲上通？臣既知其詳，豈敢自默？伏乞聖慈，特諭宰臣，使更審利害，速罷六塔之役，差替李仲昌等不用，選一二精幹之臣，與河北轉運使副〔一二〕及恩、冀州官吏，相度隄防，併力修治，則今河之水必不至爲大患。且河水天灾，非〔一三〕人力可回，惟當順導防捍之而已，不必求奇策，立難必之功，以爲小人僥冀恩賞之資也。况功必不成，後悔無及者乎？臣言狂計愚，惟陛下裁擇！

論日曆

歐陽脩

臣伏以史者，國家之典法也。自君臣善惡功過，與其百事之廢置，可以垂勸戒示後世者，皆得直書而不隱。故自前世有國者，莫不以史職爲重。伏見國朝之史，以宰相監修，學士修撰，又以兩府之臣撰《時政記》，選三館之士當陞擢者，乃命修《起居注》，如此不爲不重矣。近年以來，員具而職廢，其所撰述，簡略遺漏，百不存一。至於事關大體者，皆没而不書，此實史官之罪，而臣之責也。然其弊在於修撰之官，惟據諸司供報，而不敢書所見聞故也。今《時政記》雖是兩府臣寮修纂，然聖君言動，有所宣諭，臣下奏議，事關得失者，皆不紀録，惟書除目辭見之類。至於《起居注》亦然，與諸司供報公文無異。修撰官只據此銓次，繫以日月，謂之《日曆》而已。是以朝廷之事，史官雖欲書而不得書也。自古人君，皆不自閲史，今撰述既成，必録本進呈，則事有諱避，史官雖欲書而又不敢書也。加以《日曆》《時政記》《起居注》，例皆承前，積滯相因，故纂録者常務追修累年前事，而歲月既遠，遺失莫存。至於事在目今，可以詳於見聞者，又以追修積滯，不暇及之。若不革其弊，則前後相因，史官永無舉職之時，使聖朝典法，遂成於廢墜矣。臣竊聞趙元昊自初僭叛，至復稱臣始終，一宗事節，皆不曾書。亦聞修撰官甚欲紀述，以修撰後時，追求莫得故也。其於他事，又可知焉。

臣今欲乞特詔修《時政記》《起居注》之臣，並以德音宣諭臣下奏對之語書之。其修撰官不得依前只據諸司供報編次，除目辭見，並須考驗〔一四〕事實。其除某官者以某功，如狄青等破儂智高、文彦博等敗一作破王則之類；其貶某職者坐某罪，如昨來麟州守將及并州龐藉緣白草平事、近日〔一五〕孫沔所坐之類，事有文據，及迹狀明白者，皆備書之，所以使聖朝賞罰之典，可以勸善懲惡，昭示後世。若大臣用情，朝廷賞罰不當者，亦得以書爲警戒。此國家置史之本意也。至於其他大事，並許史院據所聞見書之。如聞見未詳者，直牒諸處會問，及臣寮奏議異同，朝廷裁置處分，並書之。已上事節，並令修撰官逐時旋據所得，録爲草卷，標題月分，於史院躬親入櫃封鎖，候諸司供報齊足，修爲《日曆》。仍乞每至歲終，命監修宰相親至史院點檢，修撰官紀録事迹，内有不勤其事，隳官失職者，奏行責罰。其《時政記》《起居注》《日曆》等，除今日以前積滯者，不住追修外，截自今後，並令次月供報。如稍違滯，許修撰官自至中書、樞密院催請。其諸司供報拖延，及史院有所會問，諸處不畫時報應，致妨修纂者，其當行手分，並許史院牒開封府勾追嚴斷。其《日曆》《時政記》《起居注》並乞更不進本，所貴少修史職，上存聖朝典法。此乃臣之職事，不敢不言。

論包拯除三司使

歐陽脩

臣聞治天下者，在知用人之先後而已。用人之法，各有所宜。軍旅之事先材能，朝廷之士先名節。軍旅主成功，惟恐其不趨賞而争利，其先材能而後名節者，亦勢使之然也。朝廷主教化，風俗之薄厚，治道之汙隆，在乎用人，而教化之行於下也，不能家至而諄諄諭之，故常務尊名節之士，以風動天下，而聳勵其媮薄。夫所謂名節之士者，知廉耻，修禮讓，不利於苟得，不牽於苟隨，而惟義之所處。白刃之威有所不避，折枝之易有所不爲，而惟義之所守。其立於朝廷，進退舉止，皆可以爲天下法也。其人至難得也，至可重也。故爲士者，常貴名節以自重其身；而君人者，亦常全名節以養成善士。

伏見陛下近除前御史中丞包拯爲三司使。命下之日，中外喧然，以謂朝廷貪拯之材，而不爲拯惜名節。然猶冀拯能執節守義，堅讓嫌疑，而爲朝廷惜事體。數日之間，遽聞拯已受命，是可惜也，亦可嗟也。拯性好剛，天姿峭直，然素少學問，朝廷事體，或有不思。至如逐其人而代其位，雖初無是心，然見得不能思義，此皆〔一六〕不足恠。若乃嫌疑之迹，常人皆知可避，而拯豈獨不思哉？昨聞拯在臺日，常自至中書，詬責宰相，指陳前三司使張方平過失，怒宰相不早罷之。既而臺中寮屬，相繼論列，方平由此罷去，而以宋祁代之。又聞拯亦曾彈奏宋祁過失，自其命出，臺中寮屬又交章力言，而祁亦因此而罷，而拯遂代其任。此所謂蹊田奪牛，豈得無過？而整冠納履，當避可疑者也。如拯材能資望，雖別加進用，人豈爲嫌？其不可爲者，惟三司使爾！非惟自涉嫌疑，其於朝廷所損不細。臣請原其本末而言之。

國家自數十年來，士君子務以恭謹静默爲賢，及其弊也，因循苟且，頹墮寬弛，習成風俗，不以爲非，至於百職不修，紀綱廢壞。時方無事，固未覺其害也。一旦黠虜犯邊，兵出無功，而財用空虚，公私困弊，盜賊並起，天下騷然，陛下奮然感悟，思革其弊，進用三數大臣，鋭意於更張矣。於此之時，始增置諫官之員，寵用言事之臣，俾之舉職，由是修紀綱而繩廢壞，遂欲分別賢不肖，進退材不材，而久弊之俗，驟見而駭，因共指言事者而非之，或以爲好訐陰私，或以爲公相傾陷，或謂沽激名譽，或謂自圖進取，群言百端，幾惑上聽。上賴陛下至聖至明，察見諸臣本以忘身徇國，非爲己利，讒間不入，遂荷保全。而中外之人，久而亦漸爲信。自是以來，二十年間，臺諫之選，累得讜言之士，中間斥去姦邪，屏絶權倖，拾遺救失，不可勝數。是則納諫之善，從古所難，自陛下臨御以來，實爲盛德，於朝廷補助之効，不謂無功。今中外習安，上下已信。纖邪之人，凡所舉動，每畏言事之臣，而政事無巨細，亦惟言事是聽。原其自始開發言路，至於今日之成效，豈易致哉？可不惜哉！

夫言人之過，似於激訐，逐人之位，似於傾陷。而言事之臣得以自明者，惟無所利於其間爾；而天下之人所以爲信者，亦以其無所利焉。今拯併逐二臣，自居其位，使將來姦佞之人，得以爲説，而惑亂主聽，今後言事者不爲人信，而無以自明。是則聖明用諫之功，一旦由拯而壞。夫有所不取之謂廉，有所不爲之謂耻。近臣舉動，人所儀法。使拯於此時有所不取而不爲，可以風天下以廉耻之節，而拯取其所不宜取，爲其所不宜爲，豈惟自薄其身，亦所以開誘它時言事之臣，傾人以覬得，相習而成風〔一七〕，此之爲患，豈謂小哉！然拯所恃者，惟以本無心爾。夫心者藏於中而人所不見，迹者示於外而天下所瞻。今拯欲自信其不見之心，而外掩天下之迹，是猶手探其物，口云不欲，雖欲自信，人誰信之？此臣所謂嫌疑之不可不避也。況如拯者，少有孝行，聞於鄉里；晚彰直節，著在朝廷。但其學問不深，思慮不熟，而處之乖當，其人亦可惜也。伏望陛下，别選材臣爲三司使，而處拯他職，置之京師，使拯得避嫌疑之迹，以解天下之惑，而全拯之名節，不勝幸甚！臣叨塵侍從，職號論思，昔嘗親見朝廷致諫之初甚難，今又獲見陛下用諫之効已著，實不欲因拯而壞之者，爲朝廷惜也。臣言狂計愚，伏俟誅戮。

校勘記

〔一〕『避』，麻沙本作『嫌』。宋慶元二年周必大刻本《歐陽文忠公集》、元本《歐陽文忠公集》作『避』。

〔二〕『爲』，麻沙本作『來』。宋慶元二年周必大刻本《歐陽文忠公集》、元本《歐陽文忠公集》作『爲』。

〔三〕『心』，麻沙本作『人』。宋慶元二年周必大刻本《歐陽文忠公集》、元本《歐陽文忠公集》作『心』。

〔四〕「臣下」，麻沙本作「於人」。宋慶元二年周必大刻本《歐陽文忠公集》、元本《歐陽文忠公集》作「臣下（一作於人）」。

〔五〕「命」，麻沙本作「差使」。宋慶元二年周必大刻本《歐陽文忠公集》、元本《歐陽文忠公集》作「命（命字一作差除）」。

〔六〕「得志」，麻沙本作「遂得」。宋慶元二年周必大刻本《歐陽文忠公集》、元本《歐陽文忠公集》作「得遂（一作遂得）其志」。

〔七〕「朝政」，麻沙本作「事體」。宋慶元二年周必大刻本《歐陽文忠公集》、元本《歐陽文忠公集》作「朝政（一作事體）」。

〔八〕「説」，麻沙本作「論」。宋慶元二年周必大刻本《歐陽文忠公集》、元本《歐陽文忠公集》作「論（一作説）」。

〔九〕「十」，麻沙本作「三十」。宋慶元二年周必大刻本《歐陽文忠公集》、元本《歐陽文忠公集》作「十」。

〔一〇〕「復」下，麻沙本有一「言」字。宋慶元二年周必大刻本《歐陽文忠公集》、元本《歐陽文忠公集》無。

〔一一〕「以」下，麻沙本有一「爲」字。宋慶元二年周必大刻本《歐陽文忠公集》、元本《歐陽文忠公集》無。

〔一二〕「使副」，麻沙本作「副使」。宋慶元二年周必大刻本《歐陽文忠公集》、元本《歐陽文忠公集》作「使副」。

〔一三〕「非」，底本無，據麻沙本補。宋慶元二年周必大刻本《歐陽文忠公集》、元本《歐陽文忠公集》作「非」。

〔一四〕「驗」，麻沙本作「駁」。宋慶元二年周必大刻本《歐陽文忠公集》、元本《歐陽文忠公集》作「驗」。

〔一五〕「近日」，麻沙本作「日近」。宋慶元二年周必大刻本《歐陽文忠公集》、元本《歐陽文忠公集》作「近日」。

〔一六〕「皆」，麻沙本作「是」。宋慶元二年周必大刻本《歐陽文忠公集》、元本《歐陽文忠公集》作「皆」。

〔一七〕「風」下，麻沙本有一「俗」字。宋慶元二年周必大刻本《歐陽文忠公集》、元本《歐陽文忠公集》無。

新校宋文鑑卷第四十七

校者按：底本爲刻卷，據麻沙本刻卷校改。

奏疏

中書請議濮安懿王典禮

歐陽脩

伏以出於天性之謂親，因於人情之謂禮。雖以禮制事，因時適宜，而親必主於恩，禮不忘其本，此古今不易之常道也。伏惟皇帝陛下奮《乾》之健，乘《離》之明，膺天地神靈之休，荷宗廟社稷之重，即位已來，仁施澤浹，九族既睦，萬國交歡，而濮安懿王德盛位隆，宜有尊禮。陛下受先帝命躬，承聖統，顧以大義，後其私親，慎之重之，事不輕發。臣等忝備宰弼，實聞國論，謂當考古約禮，因宜稱情，使有以隆恩而廣愛，庶幾上以彰孝治，下以厚民風。臣等伏請下有司議，濮安懿王及譙國太夫人王氏、襄國太夫人韓氏、仙遊縣君任氏合行典禮，詳處其當，以時施行。

請補館職

歐陽脩

臣竊以治天下者，用人非止一端，故取士不以一路。若夫知錢穀，曉刑獄，熟民事，精吏幹，勤勞夙夜，以辦集爲功者，謂之材能之士。明於仁義禮樂，通於古今治亂，其文章論議，與之謀慮天下之事，可以决疑定策、論道經邦者，謂之儒學之臣。善用人者，必使有材者竭其力，有識者竭其謀，故以材能之士布列中外，分治百職，使各辦其事。以儒學之臣置之左右，與之日夕謀議，求其要而行之，而又於儒學之中擇其尤者，置之廊廟而付以大政，使總治群材衆職，進退而賞罰之，此用人之大略也。由是言之，儒學之士可謂貴矣，豈在材能之後也？是以前世英主明君，未有不以崇儒嚮學爲先務，而名臣賢輔出於儒學，十常八九也。

臣竊見方今取士之失，患在先材能而後儒學，貴吏事而賤文章。自近年以來，朝廷患百職不修，務奬材臣，故錢穀刑獄之吏，稍有寸長片善爲人所稱者，皆已擢用之矣。夫材能之士固當擢用，然專以材能爲急，而遂忽儒學爲不足用，使下有遺賢之嗟，上有乏材之患，此甚不可也。臣謂方今材能之士不患有遺，固不足上煩聖慮，惟儒學之臣，難進而多棄滯，此不可不思也。

臣以庸繆過蒙任使，俾陪宰輔之後，然平日論議，不能無異同，雖日奉天威，又不得從容，曲盡拙訥。今臣有館閣取士愚見，具陳如别劄，欲望聖慈因宴閑之餘，一賜睿覽，或有可採，乞常賜留意。

請復唐馱幕之制

宋　祁

臣聞唐時出師用兵，每十爲五馱法，馬牛任從所便，其間隨行什物鍋幕之類皆具，故師行萬里，經亘歲月，無所闕乏。自五代之亂，更相侵擾，其兵不出中國，弱者輕賷，强者因糧，遂失五馱法，至今相承，不復討尋。臣伏見朝廷之制，每指揮五百人，指揮使得夾幕一具，副者得單幕一具，馬軍得葉鍋、布行榻等若干，步軍得鍋若干，自軍員以下，更無帳幕，或出次野外，雖甚風雨，亦無所庇。又戰士被甲，所將衣衾，悉自負荷，軍馬則盂杓之類，悉在馬上。然則行數百里，人馬强力皆已先疲，脱若逢賊，安能挽蹋擊刺，與争勝哉？故無幕帟，則士卒無所休庇，無馱物，則士卒須自負荷，此於軍戎，亦非小害。臣乞詔近臣，檢求唐馱幕法，下殿前馬步軍司議可復與否，明條利害，上稟朝廷指揮。

請下罪己詔并求直言

宋　祁

臣聞，王者父事天明，母事地察，政合而祥至，道失而咎臻，自然之應也。然至亂之世不能絶祥，甚治之代不能無咎。僻君以祥自泰，故益侈而趣亡；賢主以咎脩德，故愈畏而蒙祉。則祥無必慶，咎無固凶，視銷伏之如何耳。臣伏見頃歲以來，灾害數見，依類託寓，異占同符。天本示法而尊，乃有躔離流薄之變；地當安固而靜，乃有都國震動之占。陛下奉承郊丘，歲豐月潔，當蒙介福，翻至大異，何哉？得非事有召姦，法有階隙，天於宋室，諄諄存顧，先幾豫慮，以啓聖心，欲陛下據易圖難，緣微警著，奮揚剛德，固執主威，厭銷未萌，以光丕業也！

臣伏讀前史《五行志》，以驗於今，累威重譴，不可不察。若乃群星流散，則民人蕩析之象也。月行黄道，地震州邑，則邊戎窺間，臣下擅恣，后妃將盛，年穀且飢之兆也。去年火焚興國寺浮屠，延燔藝祖神殿，已而盜壞宗廟釦器者再，則神不昭格之意也。自昔灾異之發，遠者十數年，近者三四年，隨方輒應，類無虚已。陛下何不暫槩清慮，推求其端？方今典刑設張，上下提穆，而臣便論危事，必難取信，然陛下試一念至，假有蕩析，以何策固安？假有飢空，以何理振救？脱致窺間，可任之將謂誰？儻令擅恣，可防之奸有幾？灾異不驗，國之福也，苟使遂驗，則陛下禦之之慮，得不素具於彀中哉？然請先言其要。

臣聞，君以操柄爲重，臣以奉命爲恭。柄捨之，則重者反輕；命竊之，則恭者更僭。伏惟陛下，念爵賞之典，刑罰之權，雖覽群言，一決宸慮，無委成假借，以開貴近牽制之私。《書》稱『惟辟作福，惟辟作威』。夫威福者，天子之所以固大寶，制兆人之術。臣有作福作威，則害於而家，凶於而國。古之王者，亦何能使刑悉當罪，賞皆稱功？要之，事出於主，則納忠者有歸；政出於臣，則植私者必衆。《傳》曰『倒持太阿』，言柄之不可失也。又曰『吐珠必含』，言失之不可收也。若夫後宫戚里，祈恩丐賞者日月不乏，陛下且當斷而不聽，以示至公。内省黄門給事左右，亦宜數加訓敕，使思不出位，此皆助陽抑陰之術也。臣聞伯禹，三王之長，逢辜引慝；宣王，成周之良，思患側身。故能感徹神祇，收還威怒，回沴氣爲太和，化已衰爲中興。陛下覽照今古，至詳至熟，今變眚日著，中外暴聞，而罪己之問不形於詔書，思患之謀不留於詢逮，委遠天戒，虚而未荅，踰時越月，群下默然。間者但引緇黄，晨齋夕唄，修不經之細祀，塞可懼之大變，人且未信，天胡可欺？臣誠至愚，竊恐銷伏之間，未爲得計也。伏望陛下，不以災之未應〔一〕，遂爲宴安，不以歲之屢豐便忘荒饉，普詔百執，各貢所懷，庶幾天下條貫粲然先見。臣粗舉六事以裨萬一，聯寫於左，如有可采〔二〕，續當條陳科別，惟陛下裁赦其罪，姑垂省閲。臣無任瞽狂待罪之至！

論常平倉

余靖

臣聞，天下無常安之勢，無常勝之兵，無常足之民，無常豐之歲。由是古之聖王守之有道，制之有術，儻有緩急，不可無備。伏覩真宗皇帝景德中詔天下，以逐州户口多少，量留上供錢，起置常平倉，付司農寺係帳，三司不問出入，每年夏秋兩熟，準市價加錢收糴，其出息本利錢，只委司農寺專掌，三司轉運司不得支撥。自後每遇災傷賑貸，使國有儲蓄，民無流散者，用此術也。前三司使姚仲孫，今春已來，於京東等處借支司農常平錢，以給和買。雖然借支官錢以充官用，循常視之，似無妨礙，若於經遠之謀，深所未便。臣竊惟真宗皇帝聖慮深遠，臣敢梗槩言之。

當今天下金穀之數，諸路州軍年支之外，悉充上供及别路經費，見在倉庫，更無餘羨。所留常平本錢及斛㪷等，若以賑贍飢荒，此固常慮所及矣，萬一不幸，方隅小有緩急，常給資糧，應卒可備，豈非先皇暗以數百萬之資蓄於四方者乎？今若先爲三司所支，則天下儲蓄盡矣。伏乞特降指揮，三司先借支常平本錢去處，並仰疾速撥還，今後不得更有支撥，並依景德先降敕命施行。又聞昨來遭旱州軍，司農寺至今未曾指揮出糶斛㪷。伏乞指揮司農寺遍牒諸路州軍，應合出糶斛㪷去處，並仰疾速開倉，減價出糶，無使人民失所。此實惠民之急，經國之要者也。

論國計

張方平

臣竊惟天之生民以衣食爲命，聖人因是而爲之均節，立君臣貴賤等威之分，以止其争且亂。故禮也者，文飾此者也；刑也者，防禁[三]此者也。凡所爲賞罰法令仁義廉耻，皆緣此而後立者也。衣食不足，何禮、刑之有哉？内無以保其社稷，外無以制其夷狄，國非其國矣。故貨食者，人事之確論，非高談虚辯之可致者也。今京師砥平，衝會之地，連營設衛，以當山河之險，則是國依兵而立，兵待貨食而後可聚，此今天下之大勢也。

臣在仁宗朝，慶曆中充三司使，嘉祐初再領邦計，嘗爲朝廷精言此事，累有奏議，所陳利害安危之體，究其本原，冗兵最爲大患。略計中等禁軍一卒，歲給約五十千，十萬人歲費五百萬緡。臣前在三司勘會，慶曆五年禁軍之數，比景祐以前增置八百六十餘指揮，四十餘萬人，是增歲費二千萬緡也。太祖皇帝制折杖法，免天下徒，初置壯城牢城，備諸役使，謂之廂軍，後乃展轉增創軍額，今遂與禁軍數目幾等，此其歲增衣糧幾何？是皆出於民力，則天下安得不困？臣慶曆五年，取諸路鹽酒商税歲課，比《景德會計録》，皆增及三數倍以上。景德中收商税四百五十餘萬貫，慶曆中一千九百七十五萬餘貫。景德中收酒課四百二十八萬餘貫，慶曆中收一千七百一十萬餘貫。景德中收鹽税課三百五十五萬餘貫，慶曆中收七百一十五萬餘貫。但茶亦有增，而不及多爾。天下和買紬絹，本以利民，初行於河北，但資本路軍衣，遂通其法，以及京東、淮南、江浙。景祐中，諸路所買不及二百萬疋，慶曆中乃至三百萬疋。自爾時及今二十年，但聞比校督責，不聞有所寬減也。如此浚取，天下豈復有遺利？自古有國者，貨利之入無若是之多，其費用亦無若是之廣也。

昔唐室自天寶之亂，肅、代之後，國力大窘，禁軍乏餉，畿甸百姓至挼穗以供兵食，登都城門以望四方貢奉之至，可謂危蹙也，然患難平，則兵有時而解，兵解則民力紓矣。今中外諸軍坐而衣食，無有解期，天下困敝已如此，而上下恬然，不圖營救。寶元、康定中，夏戎阻命，西師在野，既聚軍馬，即須入中糧草，在京支還交抄銀錢物帛，一歲約支一千萬貫以上，三司無以計置，即須内帑供給，慶曆二年、三年，連年支撥内庫銀紬絹，只此兩次，六百萬疋兩。三司以補不足，尋即支盡。西事已定，二紀於茲，中間亦不聞有所處置者。邦家不幸大變仍臻，頒賚之餘，府庫虛匱，宿藏舊積，蓋無餘幾，萬一因之以饑饉，加之以寇戎，臣恐智者難以善於後矣。

夫苟且者，臣下及身之謀；遠慮者，陛下家國之計。茲事體大，在陛下所憂，無先於此。財計之任，雖三司之職，日生煩務，常程計度，簿書期會，則在有司。至於議有繫於軍國之體，事有關於安危之機，其根本在於中書、樞密院，非有司可得預也。今夫賦斂必降敕，支給必降宣，是祖宗規摹，二府共司邦計之出入也。今欲保大豐財，安民固本，當自中書、樞密院同心協力，修明真宗已前舊典，先由兵籍減省，以次舉其爲敝之大者，若宗室之制，官人之法，諸生事造端，非簡便者，裁而正之。至於微末細故，於國計盈虛，不足爲損益，屬之有司可矣。提其綱則衆目張，澄其源則下流清。《易》曰：『窮則變，變則通，通則久。』又曰：『變而通之以盡利。』《節卦》之辭曰：『節以制度，不傷財，不害民。』故傷財害民之事，當爲制度以節之爾。若但遵常守故，齪齪細文，避猜嫌，顧形迹，恤浮議而廢遠圖，忽人謀而徼天幸，日月逝矣，歲不我與，後雖噬臍，何嗟及矣？臣服在近列，荷恩三朝，竊見時事日以迫急，不勝憂憤，輒罄狂瞽，惟陛下留神省察！

論免役錢

張方平

臣竊惟昔者聖人所以治民之道，別其四業，任之九職。農夫効稼穡之力，虞衡主山澤之利，百工飭化八材，商賈阜通貨賄，各率所事，以奉其上。而上之所以取於民，惟田及山澤關市，此財用之所出也。顧沿革損益，雖歷代不同，要之必本於此，過是則非王制矣。

伏見近建賦役之法，率令輸錢。夫錢者，人君之所操，不與民共之者也。人君以之權輕重而御人事〔四〕，制開塞以通政術，稱物均施，以平準萬貨。故有國家者，必親操其柄，官自冶鑄，民盗鑄者，抵罪至死，示不得共其利也。夫錢者，無益飢寒之實，而足以致衣食之資，是謂以無用而成有用，人君通變之神術也。本朝經國之制，縣鄉板籍，分立五等，以兩税輸穀帛，以丁口供力役，此所謂取於田者也。金、銀、銅、鐵、鉛、錫、茶、鹽、香、礬諸貨物，則山海坑冶場監出焉，此所謂取於山澤者也。諸筦榷征筭斥賣百貨之利，此所謂取於關市者也。惟〔五〕錢一物，官自鼓鑄。臣向者再總邦計，見諸鑪歲課上下百萬緡，天下歲入茶鹽酒税雜利僅五千萬緡，公私流布，日用而不息。上自宗廟社稷百神之祀，省御供奉，官吏廩禄，軍師乘馬，征戍聘賜，凡百用度，斯焉取給。出納大計，備於此矣。景德以前，天下財利所入，茶鹽酒税歲課一千五百餘萬緡，太宗以是料兵閲馬，平河東，討拓跋賊，歲有事於契丹。真宗以是東封岱宗，西祀汾脽，南幸亳，未嘗聞加賦於民，而調度克集。慶曆以後，財利之入乃三倍於前朝，而惟日不足，何事功之異也？舉是而言，則本末之原，有可得而究者矣。

陛下憫時政之損〔六〕敝，志在變而通之，以財成天下之務，故創法立制，設青苗以賑乏絶，建募傭以弛繇役，所大措置事以十數，要在崇德而廣業，以惠養元元而已。臣官在守藩，職在長民，朝廷政令，非敢出位而言，至於民事利害以言，職也。夫民事之利害衆矣，顧率錢之患獨切，故敢具言其事。自古田税，穀帛而已，今二税之外，諸色沿納，其目曰陪錢、地錢、食鹽錢、牛皮錢、篙錢、鞋錢。如此雜科之類，大約出於五代之季，急征横歛，因而著籍，遂以爲常。今以一陳州言之，州四縣，合二萬九千七百有餘户，夏秋二税，凡斛蚪一十五萬八千有零碩，正税并和預買紬絹三萬有零疋，絲綿四萬九千有零兩，此常賦也。復有鹽錢一萬五千八百有零貫，并夏秋沿納錢，雖緣敝法，承習已久。然此諸色錢，常例亦多用折納斛蚪，不悉輸錢也。大槩古今田制，未有輸錢之法也。今乃歲支苗錢六萬七千餘貫，計息錢一萬三千三百貫有零，歲納役錢四萬七千餘貫，此乃常賦之外，歲輸貫錢六萬餘千。以陳之户口，不敵諸州之一縣，率是以準，天下之所輸可見也。

凡公私錢幣之發歛，其則不遠，百官群吏三軍之俸給，夏秋糴買穀帛，坑冶場監本價，此所以發之者也；田廬正税，茶鹽酒税，此所以歛之者也。民間貨布之豐寡，視官錢所出之少多。官錢出少，民用已乏，則是常賦之外，錢將安出？若募錢輸官，還以募傭，錢既出入，非畜聚也。夫募錢者，率之本民，散於墮游，市井自如，南畝空矣。窮鄉荒野，下户細民，冬至節臘，荷薪芻，入城市，往來數十里，得五七十錢，買葱茹鹽醢，老稚以爲甘美，平日何嘗識一錢？臣聞諸路，其間刻薄吏，點閲民田、廬舍、牛具、畜産，桑棗雜木，以定户等，乃至寒瘁小家，農器、舂磨、銼釜、犬豕，凡什物估千輸十，估萬輸百，食土之毛者莫得免焉。故天下之民，遑遑無所措手足，謂之錢荒，吏厲鋒氣，以刻削爲功，干賞蹈利，而賞利從之，此豈聖意之然耶？必料天聽亦未之詳聞也。陛下本欲以美利利天下，至於施爲，見於行事，非復聖意所存者矣。陛下盛旨一出，執政奉行，稍已增益，至於有司，苛細甚矣。頒下諸路職司之官，各出所見，展轉交害，本同而末異，朝行而夕改，郡縣承用，以至不勝其繳。且民田二税，水旱檢放，自有常制。青苗之息，或遇灾傷，猶暫倚閣，募役之錢，年雖大殺，不可免也。豪猾乘民之急，舉貸取息，至或相因倍輸，誠侵酷矣。然不越穀帛，民耕織之所有也，州縣之役，若身充，若雇傭，率三分其費，而二分出於薪粒。大鄉户衆，一役代歸，十餘年間，安居無所預矣。募法之行且三年，初年民始大駭，吏議法未一，或納或否。次年已有伐桑棗，賣田宅，鬻牛畜。今年稍荒歉處，民流散多矣。推此，其可以經久者耶？而乃恬弗爲怪，莫之改圖，臣恐國家之憂，不在四夷，而見伏戎於莽矣。

伏惟陛下，深思宗社之重，俯察下民之情，申命大臣，精議輸錢之法。此大事也，非取於高談虚論苟且而已矣。夫苟且者，臣下之身謀；遠慮者，陛下家國之計。愚而不可欺，弱而不可勝者，民也。儻民情失於撫御，大勢一有動危，雖有智者，恐無以善於後矣。輸錢二事，而募法之害尤重，臣故勤勤先其重者，今所開陳，特舉大體，其爲害條目，不可悉數也。臣上荷聖恩，至深至重，自念衰疲，不任陳力，一旦先犬馬填溝壑，没有遺恨，故求一對清光，專爲陳此愚懇，少効補報，粗寬愧負。事聞天聽，退就斧鉞，臣所快也。惟陛下留神省察！

論灾異

劉　敞

臣伏以聖王所甚畏事者莫如天，所甚聽用者莫如民，是故觀天意於灾祥，察民情於謡俗，因灾祥以求治之得失，原謡俗以知政之善否，誠少留意，則皆粲然矣。前古賢聖之君，莫不循此以導其下；忠信之臣，莫不緣此以諷其上。上下相飭，而自天祐之。竊見朝廷每有吉應嘉瑞，則公卿稱賀，至於灾異非常可恠之事，則寂然莫有言者。雖歸美將順，臣子之常操，而於儆戒吁俞，理似未盡。陛下復不自延問，以求天意，恐非所謂『小心翼翼。昭事上帝，聿懷多福』者也。

臣愚以謂《五經》灾異之説，最深最切，設四方所上奇物、恠變、妖孽、沴疾，有非常可疑者，宜使儒學之臣，據經義、傳時事以言。若其言是，可以當天意，若其言非，足以廣聖聰。如近日雨雪驟寒，人有凍死者，此亦灾變之一端矣。惟聰明睿智，憂深思遠，順時防微，不可不慮也。臣忝近列，愚不能通古今，切觀前世商高宗、周成王畏天威、享福祚之益，誠願陛下留意於此。臣不勝區區！

論温成立忌

劉　敞

臣伏聞敕旨，爲温成皇后立忌，禮官請對，不許，臣切惑之。凡朝廷常務，百司小事，猶當上稽舊典，下採衆論，何況宗廟大禮，至尊至重，豈可以一時之寵，獨決聖心？義有偕失，貽笑萬世，虧損盛明，悔不可追。今議者乃云有邪臣密眩惑聖聰，導陛下以非禮，勸陛下以拒諫。若此無實，尚非美事，設其實然，罪亦大矣，當伏兩觀之誅，以謝天下。且自太祖以來，后廟四室，皆陛下之妣也，猶不立忌，奈何以溫成私昵之愛，變古越禮？則是貴〔七〕妾於妣，尊嬖於嫡，上無以事宗廟，下無以教後嗣，恐祖宗神靈不樂於此，非陛下奉先思孝之意也。昔成湯改過不吝，故稱聖王，格於皇天。願陛下毋篤於嬖近之寵，毋安於邪佞之説，毋變先帝之舊典，無枉宗廟之正禮，回意易慮，割情去私，詢於司存，追寢過命，使萬萬億年無復譏議，天下幸甚！臣以無能，忝備儒館，禮樂之失，臣得預言。

論輔郡節制　　劉　敞

臣伏覩詔敕，建置輔郡，改張官司，實欲開廣王畿，增重京邑，垂制久遠，强幹弱枝者也。然臣切有所惑，以謂許、鄭、陳、滑、曹既在寰内，則不當復存軍額，猶稱節鎮。節鎮之設，蓋古方伯連率之謂，非寰内諸侯也。凡改制立法，固必關盛衰之中，然後可以永世無敝。昔孔融疾曹操專法，漢王室寡弱，於是建議欲復古千里之制，不以封建，操遂惡融，終於害之。然此本由漢家制度無法，不稽古爾。設令京師諸侯素有分限，則强臣何由因緣以覬覦？今朝廷甫欲建設近輔，周衛都内，誠不宜復存五州節制之號，以開後世諸侯因緣封建之萌，何况今之節制重於古之封建？孔子曰：『必也正名。』名之不正，五變之末，至於民無所措諸手足，故不可不審也。漢武本置三輔，皆治長安中，非不知鼎立千里之内爲便也，其意乃實不欲使億兆之衆偏有所分而已。及唐，雖以同、華爲二輔，各自一郡，然猶不立軍額，立軍額者，皆方面征鎮，當一道者也。臣謂今日事體固當法之，忠武、彰化等軍額，盡可停罷，獨存其州名，於理爲允。伏乞令近臣詳議。

論邪正

劉　敞

臣伏以馭臣之道，在分别邪正。正臣當親而近之，邪臣當踈而遠之。至於天下之人，亦皆以此窺朝廷，若正臣聚於朝，則姦雄屏息，治平可望；若邪臣聚於朝，則僥倖競進，傾敗可待。二者不可不深察也。

臣伏覩朝廷太平積久，賢能衆多，然其間邪正亦雜有之。或愛君憂國，非公正不發憤；或朋黨比周，背公樹私；亦有循默自守，不能爲善，又不敢爲惡。陛下臨御三十餘年矣，以上聖之姿，監群下所爲，固無遁形，固無隱情，然有可戒謹者，在此而已。

凡正臣常難進而易退，邪臣常易進而難退。何以言之？正臣者，唯義所在，言則逆君之耳，是所以難進也；言或不用，不欲自顯，因事而去，是所以退易也。邪臣者，唯利所在，言則逢君之欲，是所以易進也；行雖惡，不顧禮義，名雖醜，不知愧耻，患失之耳，是所以難退也。此兩臣者，願陛下參伍觀之，毋使當親者踈，當踈者親，則朝廷尊榮而社稷安矣。

近者翰林侍讀學士吕溱、樞密直學士蔡襄，繼出典郡。今又聞御史中丞孫抃、翰林學士歐陽脩、知制誥賈黯、韓絳〔八〕並乞補外。此其人等〔九〕皆有直質，無流心，議論不阿執政，有益當世者也。誠不宜許之，使四方有以窺朝廷，而姦佞僥倖之雄因而競起，此則分別邪正之一端也。臣以孤拙，忝官侍從，日夜思惟，無以少裨聰明，恐陛下忽於正臣之易退，而忘左右前後直道之不容也。不勝其愚，謹獻所聞，唯賜采擇之！

校勘記

〔一〕「應」，底本、麻沙本皆無，據宋淳祐刻元明遞修本《諸臣奏議》、清《武英殿聚珍版叢書》本《景文集》補。

〔二〕「采」下，麻沙本有一「讀」字。宋淳祐刻元明遞修本《諸臣奏議》、清《武英殿聚珍版叢書》本《景文集》無。

〔三〕「防禁」，麻沙本作「防禦」。宋本《樂全先生文集》作「禁防」。

〔四〕「御人事」，麻沙本作「御之事」。宋本《樂全先生文集》作「御人事」。

〔五〕「惟」，麻沙本作「権」。宋本《樂全先生文集》作「惟」。

〔六〕「損」，麻沙本作「積」。宋本《樂全先生文集》作「積」。

〔七〕「貴」，麻沙本作「實」。宋淳祐刻元明遞修本《諸臣奏議》作「貴」。

〔八〕「韓絳」上，麻沙本有「翰林」二字。宋淳祐刻元明遞修本《諸臣奏議》無。

〔九〕「此其人等」，麻沙本作「此其等人」。宋淳祐刻元明遞修本《諸臣奏議》作「此六人等」。

新校宋文鑑卷第四十八

校者按：底本此卷抄配，據麻沙本、二十七卷本（存第十一至十五、第十七至二十五頁）刻卷校改。

奏疏

論增置諫官

蔡　襄

臣伏見朝廷選用王素、余靖、歐陽脩等，增備諫官。是三人者，皆特立之士，昔以直言觸忤權臣，擯斥且久。今者一日並命，人無賢愚，萬口相慶，皆謂陛下特發神斷，擢任不疑。蓋陛下深憂政教未舉，賞罰未明，群臣之邪正未分，四方之利害未究，故增耳目之官，以廣言路，此陛下爲社稷生靈大計也。

臣切思，任諫非難，唯用諫之難。如素、靖、脩等，忠誠剛氣，著信於人，況蒙陛下奬拔之知，必能箴闕失，獻明謨〔一〕，擿回邪，擊權倖，思所以報効也。然邪人惡之，必有禦之之說，不過曰：某人也好名也，好進也，彰君過也。或進此說，正是邪人，欲蔽天聰，不可不察。臣請爲陛下陳之。

一曰好名。夫忠臣務盡其心，事有必須切直者，則極論之，豈顧名哉？若避好名之毁，而無所陳施，則土木其人，皆可備數，何煩陛下選揀如此之至？况名者，聖人以之勵世俗，分善惡，豈可廢乎？借使爲善近名，陛下試思，今之人遠權利，敦潔行，以近名者，亦幾人哉？二曰好進。前古諫臣之難者，遭逢昏世，上犯威嚴，旁觸勢要，鼎鑊居側，斧鑕在前，死且不辟，安得好進乎？蓋近來諫官，進用太速，故世人得以謂之好進。今諫官有盡忠補闕之効，陛下但久而勿遷，使其人果忠且義，雖死於是官，萬無恨矣。三曰彰君過。凡諫諍之臣，蓋以司乎過舉也。緩則密疏，急則昌言，期於必正。若人主從而行之，適以彰乎從諫之美，安得謂之彰過乎？然諫官亦有好名、好進、彰君過者，異於此。巧者之爲諫臣，事之難言者，則喑而不言，擇其無所忤者言之，就令不行，不復再議，退而曰其事〔二〕我嘗言之矣，此可謂之好名也。容容默默，無所恥媿，踐歷資序，以登貴仕，此可謂之好進也。凡人主之有過，諫官最爲近密，或不盡言，人主何從而知且變更乎？傳之當世，垂之於後，終以爲過，此可謂彰君過也。臣向之所論，乃忠臣巧者之分，願賜省覽。

今陛下出於聖慮，自擢諫官，必自主之。若有陳述，於理適當，即賜施行，無使天下之人，謂朝廷有好諫之名，而無好諫之實。使其言有訐切，亦願優假，無爲姦邪讒間，致有斥逐，使天下之人，指朝廷有拒諫之失也。臣迹遠言近，不任兢惶激切之至！

請叙用孫沔

蔡襄

伏見分司南京孫沔，以罪譴謫。臣以守官海域，去京師至遠，事出傳聞，不得真實。然觀貶降之重及有履穢之詞，皆謂孫沔知杭州日，有趙氏事。沔誠有之，固當重責。然沔之治杭州，剗除蠹弊，擊擿豪强，令行禁止，與浮屠大族，日爲讎敵。其間雖有過當，而風俗混淆，至今衰息。所〔三〕爲如是，雖至愚之人，必能自察。沔雖闊略，然老於人事，以嚴明自處，而輒爲不法至此，使一日罷去，小人共怨，何恃而〔四〕得安全？是明目而投檻穽，孰肯爲哉？臣恐審問體量之際，未得其實。臣聞趙氏與父同日下審問所，其父一夕而死，所以道路之言，皆謂榜掠以成其事。古者大臣不理沈冤，沔以嘗副樞府〔五〕，待罪而已。臣恐繼今以後，大臣有罪，不能自明，由沔而始。頃年儂賊寇鈔二廣，近侍至多，獨沔被遣，瘴毒惡地，干戈危處，沔親當之，是亦有勞矣。今以累赦之餘，三州檢索，安能無過？沔且老矣，摧落之餘，豈復自振？然臣子之分，惡名難受。伏乞陛下哀憐，念已用之効，察難明之咎，湔洗拂拭，有所任用，必能修省，以報陛下天地再生之施。〔六〕

論陳執中〔七〕

范鎮

臣聞去年十二月，熒惑犯房上相，未幾，陳執中家决殺婢使，議者以爲天變應此。臣切謂不然。執中再入爲相，未及二年，變祖宗大樂，隳朝廷典故，緣葬事除宰相，除翰林學士，除觀察使，其餘僭賞，不可悉紀。陛下罷内降，五六年來，政事清明。近日稍復奉行，至有侍從臣寮之子，亦求内降，内臣無名，超資改轉，月須數人。又今天下民困，政爲兵多，而益兵不已。執中身爲首相，議當論執，而因執循苟簡，曾不建言。天變之發，實爲此事。陛下釋此不問，御史又專治其私，捨大責細，臣恐雖退執中，未當天變。乞以臣章宣示御史，然後降付學士草詔，使天下之人，知陛下退大臣，不以其家事，而以其職事。後來執政，不敢恤其家事，而盡心於陛下職事。

請建儲

范　鎮

伏惟諫官者，爲宗廟社稷計也。諫官而不以宗廟社稷計事陛下者，愛死而尸利之人也，臣不爲也。臣不爲愛死尸利，而以宗廟社稷之計獻者，知諫官之任也，不敢負陛下也。惟陛下裁之。

臣使契丹，還過河北，河北之人籍籍紛紛，皆謂陛下方不豫時有言曰『我不能管天下事也』，又呼大臣而戒之曰『且看太祖太宗面』。道路傳聞，不審信然否。如其信然〔八〕，則有得有失。其失謂何？陛下憂勞萬機，有風露晦明之感，纔一不豫，而遽言『不能管天下事』，此臣所謂陛下之言爲失也。其得謂何？方陛下不豫時，中外皇皇，莫知所爲，而陛下方以祖宗後裔爲念，是宗廟社稷之計，慮至深且明也，臣所謂陛下之言爲得也。今陛下既已平復，御殿聽政，是向之失者已爲得也。願推所謂得者，而終行之。行之之術，非明則不審，非果則不決，惟審與決，而宗廟社稷之計定矣。

方今祖宗後裔，蕃衍盛大，信厚篤實。伏惟陛下，拔其尤者，優其禮數，試之以政，或置之左右，與圖天下之事，以系天下之心〔九〕。異時誕育皇嗣，復遣還邸，則景德中故事是也。初，周王既薨，真宗皇帝取宗室子養之宫中者，天下之大慮也。太祖皇帝捨其子而立太宗皇帝者，天下之大公也，宗廟社稷之至計也。唐自昭、肅後，君臣之間諱言儲副事者，闇君之爲也。伏惟陛下，觀太祖皇帝大公之心，考真宗皇帝時故事，而黜唐昭、肅以下之爲，斷於聖心，以幸天下，臣不勝大願！

臣考之於古，參之於今，謀之於心，書之於疏。疏成而累月不上者，大懼無益於事，死今之世，以累陛下之明也。既而自解曰：陛下方不豫時，尚不忘宗廟社稷之至計，今已平復，肯忘宗廟社稷之至計而殺敢言之諫官乎？必不然也。臣所以冒萬死而無避也。伏惟赦臣萬死之罪，審之決之，以定宗廟社稷之至計，非獨臣蒙更生之賜，乃天下之人之心也。不勝區區之愚，臣昧死再拜。

請留歐陽脩等供職

趙抃

伏以天子南面之尊，左右前後，須得正人賢士爲之羽翼。朝廷有大賞罰，可以詢訪；有大闕失，可以裨益；有大急難，可以謀議；有大禮法，可以質正。竊見近日以來，所謂正人賢士者紛紛引去，朝廷奈何自剪除羽翼？臣未見其能致遠也。憂國之人，莫不爲之寒心。如吕溱知徐州，蔡襄知泉州，吴奎被黜知壽州，韓絳知河陽府，此皆衆所共惜其去。又聞歐陽脩乞知蔡州，賈黯〔一〇〕乞知荆南府。侍從之賢，如脩輩無幾，今堅欲請郡者，非他，蓋傑然正色立朝，既不能曲奉權要，而乃日虞中傷，皆欲扳溱、襄、奎、絳而去耳。今陛下又從其請而外補之，臣恐非朝廷之福。朝廷萬一有緩急事，則陛下何從而詢訪也？何從而裨益也？何從而謀議也？何從而質正也？所失既多，雖悔何及！《詩》不云乎，『濟濟多士，文王以寧』。此謂文王雖大聖人，得居尊而安寧者，蓋在朝多賢哲之士而致之然也。臣愚伏望陛下，鑑古於今，勿使脩等去職，留爲羽翼，以自輔助，則中外幸甚。臣無任懇切納忠之至！

論皇城司巡察親事官

司馬光

臣等伏聞皇城司親事官奏報，有百姓殺人，私用錢物休和，事下開封府推鞫，皆無事實。欲乞元初巡察人照勘，其皇城司庇護，不肯交付。臣等切詳，祖宗開基之始，人心未安，恐有大姦，陰謀無狀，所以躬自選擇左右親信之人，使之周流民間，密行伺察。當是之時，萬一有挾私誣枉者，則斧鉞隨之。是以此屬皆知畏懼，莫敢爲非。今海内承平，已踰百年，上下安固，人無異望〔一一〕，世變風移，宜有釐革，而因循舊貫，更成大弊。乃至帝室姻親，諸司倉庫，悉委此屬，廉其過失，廣作威福，公受貨賂。所愛則雖有大惡，掩而不問；所憎則舉動語言，皆見掎摭。臣等常病國家擇天下賢才，一作英才。以爲公卿百官，一作大夫。而猶不可信，顧任此厮役小人以爲耳目，豈足恃哉？今乃妄執平民，加之死罪，使人幽縶囹圄，横罹楚毒，幸而不自誣服，僅能辨明。若更不聽有司詰問元初巡察之人，少加懲戒，臣恐此屬無復忌憚，愈加恣横，使京師吏民，無所措其手足，此豈合祖宗之意哉？伏望朝廷指揮皇城司，令送元初巡察人，下開封府推問本情，或别有〔一二〕仇嫌，或察訪鹵莽，各隨其狀，依法施行。仍自今後，永爲定制。庶可以塞欺罔之源，絶侵冤之門，以全國家至公之道。

請令皇子伴讀提舉左右人

司馬光

臣伏見陛下差直史館王陶充皇子伴讀，祕閣校理孫思恭充本位説書。此誠國家之首務，聖哲之遠圖。然臣聞三代令王，置師、傅、保，以教其子，又置三少，與之燕居。至於左右前後侍御僕從之人，皆選孝悌端良之士，逐去邪人，毋得在側。使之日見正事，聞正言，然後道明而德成，心諭而體安。福被兆民，功流萬世，此教之所以爲益也。今陶等雖爲皇子官屬，若不日日得見，或見而遽退，語言不洽，志意不通，未嘗與之論經術之精微，辨人情之邪正，究義理之是非，考行己之得失，教者止於供職，學者止於備禮；而左右前後侍御僕從，或有佞邪讒巧之人，雜處其間，出入起居，朝夕相近，誘之以非禮，導之以不義，納之以諂諛，濟之以詐僞，雖皇子資性聰明，端慤難移，然親近易習，積久〔一三〕易遷，諂諛易入，詐僞易惑，如此則雖有碩儒端士爲之師傅，終無益也。

臣聞孟子曰：『雖有天下易生之物，一日暴之，十日寒之，未有能生者也。吾見亦罕矣，吾退而寒之者至矣。』又曰：『一齊人傅之，衆楚人咻之，雖日撻而求其齊也，不可得矣。』臣愚伏望陛下，多置皇子官屬，博選天下有學行之士以充之，使每日在皇子位，與皇子居處燕遊，講讀一作論。道義，獎善抑惡，輔成懿德。其左右前後侍御僕從，亦皆選小心端慤之人，使所屬官司結罪保明，然後得人。仍專委伴讀官提舉覺察，若有佞邪讒巧之人，誘導皇子爲非禮義之事者，委伴讀官糾舉施行，即時斥逐，不令在側。若皇子自有過失，再三規誨不從者，亦聽以聞。如此則必進德修業，日就月將，善人益親，邪人益踈，誠天下之幸也。大理評事趙彦若，孝友温良，謹潔正固，博聞彊記，難進易退；國子監直講李寔，好學有文，修身謹行；秘閣校理孟恂，清純愷悌，始終如一。此臣之所知也。伏望陛下擇此三人，及廣求其比，以備皇子官屬。臣推心盡忠，不敢存形迹，僭越妄言，伏俟譴讁。

論後宫等級

司馬光

臣聞王化之興，始於閨門，故《易》基《乾》《坤》，《詩》首《關雎》。前世皆擇良家子以充後宫，位號等級，各有員數。祖宗之時，猶有公卿大夫之女在宫掖者。其始入宫，皆須年十二三以下，醫工胗視，防禁甚嚴。近歲以來，頗隳舊制，内中下陳之人，競置私身，等級寖多，無復限極。監勒牙人，使之雇買，前後相繼，無時蹔絶，致有軍營井市下俚婦人，雜處其間，不可辨識。此等置之宫掖，豈得爲便？臣嘗念此，不勝憤惋。今陛下即位之初，百度惟新，嬪嬙之官，皆闕而未備。臣謂宜當此之時，定立制度，依約古禮，使後宫之人，共爲幾等，等有幾人。若未足之時，且虚其員數；既足之後，不可更增。凡初入宫，皆須幼年未適人者。若求乳母，亦須選擇良家，性行和謹者，方得入宫。傳之子孫，爲萬世法。此誠治亂之本，禍福之原，不可以爲細事而忽之。取進止。

貢院乞逐路取人

司馬光

準中書批送下知封州柳材奏：『欲乞今後南省考試進士，將開封國學鏁廳舉人試卷，衮同糊名；其諸道、州、府舉人試卷，各以逐路糊名。委封彌官於試卷上題以「在京」「逐路」字，用印送考試官。其南省所放合格進士，乞於在京逐路以分數裁定取人。所貴國家科第，均及中外。如允所請，乞下兩制詳定〔一四〕者。』當院今將簿籍勘會近歲三次科場，比較在京及諸路舉人得失多少之數，顯然不均。蓋以今朝廷每次科場所差試官，率皆兩制三館之人，其所好尚，即成風俗。在京舉人，追趨時好，易知體面，淵源漸染，文采自工，使僻遠孤陋之人與之爲敵，混同封彌，考校長短，勢不相侔。孔子曰：『十室之邑，必有忠信如丘者焉。』言雖微陋之處，必有賢才，不可誣也。是以古之取士，以郡國户口多少爲率，或以德行材能，隨其所長，各有所取，近自族姻，遠及夷狄，無小無大，不可遺也。今或數路之中，全無一人及第，則所遺多矣。

國家用人之法，非進士及第者，不得美官；非善爲詩賦論策者，不得及第。非遊學京師者，不善爲詩賦論策。以此之故，使四方學士，皆棄背鄉里，違去二親，老於京師，不復更歸。其間亦有身負過惡，或隱憂匿服，不敢於鄉里請解者，往往私置監牒，妄冒户貫，於京師取解。自間歲開科場以來，遠方舉人，或憚於往還，只在京師寄應者，比舊尤多。國家雖重爲科禁，率至於不用蔭贖〔一五〕，冒犯之人，歲歲滋多。所以然者，蓋由每次科場及第進士，大率是國子監、開封府解送之人，則人之常情，誰肯去此而就彼哉？夫設美官厚利進取之塗以誘人於前，而以苛法空文禁之於後，是猶決洪河之尾而捧土以塞之，其勢必不行矣。《書》曰：『無偏無黨，王道蕩蕩。』國家設賢能之科，以待四方之士，豈可使京師作妄之人，獨得取之？今來柳材起請科場事件，若依而行之，委得中外均平，事理允當，可使孤遠者有望榮進，僥倖者各思還本矣。

難者必曰：『國家比設封彌謄〔一六〕録，以盡至公。其諸路舉人所以及第少於在京者，自以文藝踈拙，長短相形，理宜黜退。今若於封彌試卷上題「在京」「逐路」字號，必慮試官挾私者，因此得以用情。』是大〔一七〕不然。國家設官分職，以待賢能。大者道德器識，以弼諧教化；其次明察惠和，以拊循州縣；其次方略勇果，以扞禦外侮；小者刑獄錢穀，以供給役使。豈可專取文藝之人，欲以備百官，濟萬事邪？然則四方之人，雖於文藝或有所短，而其餘所長，有益公家之用者，蓋亦多矣，安可盡加棄斥，使終身不仕邪？凡試官挾私者，不過徇其親知鄉黨。今雖題『逐路』字號，若試官欲徇親知，則一路之人，共聚一處，不知何者爲其親知？若欲徇一鄉黨，則一路之中，所取自有分數，豈可偏於本路，剩取一人？以此〔一八〕言之，雖題『逐路』字號，試官亦無所容其私也。若朝廷尚以爲有所嫌疑，即乞令封彌，將國子監、開封府及十八路，臨時各定一字爲偏傍立號，假若國子監盡用『乾』字，開封府盡用『坤』字，京東路盡用『離』字，京西路盡用『坎』字偏傍，其餘路分，並依此例。委知貢舉官於逐號之中，考校文理善惡，各隨其所長短，每十人中取一人奏名。不滿十人者〔一九〕，六人以上，亦取一人〔二〇〕，五人以下，更不取人。其親戚舉人別試者，緣人數至少，更不分別立號，只依舊條混同封彌，分數取人。其合該奏名者，更不入南省奏名數内〔二一〕。如允所奏，乞降指揮，下貢院遵守施行者。

進五規狀

司馬光

右臣幸得備位諫官，竊以國家之事，言其大者遠者，則汪洋濩落，而無目前朝夕之益，陷於迂闊；言其小者近者，則叢脞委瑣，徒足以煩浼聖聽，失於苛細。夙夜惶惑，口與心謀，涉歷累旬，乃敢自決，與其受苛細之責，不若取迂闊之譏。伏以祖宗開業之艱難，國家致治之光美，難得而易失，不可以不謹，故作『保業』。隆平之基，因而安之者，易爲功；頹壞之勢，從而救之者，難爲力，故作『惜時』。道前定則不窮，事前定則不困，人無遠慮，必有近憂，故作『遠謀』。燎原之火，生於熒熒；懷山之水，漏於涓涓，故作『重微』。象龍不足以致雨，畫餅不足以療飢，華而不實，無益於治，故作『務實』。合而言之，謂之『五規』。此皆守邦之要道，當世之切務。戇陋狂瞽，觸冒忌諱，惟知納忠，不敢愛死。伏望陛下，以萬幾之餘，游豫之閒，垂精留神，特賜省覽。萬一有取，裁而行之，則臣生於天地之間，不與草木同朽矣。謹具狀奏聞。

保業

天下，重器也，得之至艱，守之至艱。王者始受天命之時，天下之人，皆我比肩也，相與角智力而争之，智竭不能抗，力屈不能支，然後肯稽顙而爲臣。當是之時，有智力相偶者則爲一，相參者則爲三，愈多則愈分，自非智力首出於世，則天下莫得而一也，斯不亦得之至艱乎？及夫繼體之君，群雄已服，衆心已定，上下之分明，彊弱之勢殊，則中人之性，皆以爲子孫萬世，如泰山不可摇也，於是有驕惰之心生。驕者玩兵黷武，窮泰極侈，神怒不恤，民怨不知，一旦涣然，四方糜潰，秦、隋之季是也。惰者沈〔二二〕酣宴安，慮不及遠，善惡雜糅，是非顛倒，日復一日，至於不振，漢、唐之季是也。二者或失之彊，或失之弱，其致敗一也，斯不亦守之至艱乎？

臣竊觀自周室東遷以來，王政不行，諸侯多僭，分崩離析，不可勝紀，凡五百有五十年，而合於秦。秦虐用其民，十有一年而天下亂，又八年而合於漢。漢爲天下二百有六年而失其柄，王莽盗之，十有七年，而復爲漢。更始不能自保，光武誅除僭僞，凡十有四年，復能一之。又一百五十有三年，董卓擅朝，州郡瓦解，更相吞噬。至於魏氏，海内三分，凡九十有一年，而合於晋。晋得天下，纔二十年，惠帝昏愚，宗室作難，群胡乘釁，濁亂中原，散爲六七，聚爲二三，凡二百八十有八年，而合於隋。隋得天下，纔二十有八年，煬帝無道，九州幅裂，八年而天下合於唐。唐得天下，一百有三十年，明皇恃其承平，荒於酒色，養其疽囊，以爲子孫不治之疾，於是漁陽竊發，而四海横流矣。肅、代以降，方鎮跋扈，號令不從，朝貢不至，名爲君臣，實爲讎敵。陵夷衰微，至於五代，三綱頽絶，五常殄滅，懷璽未煖，處宫未安，朝成夕敗，有如逆旅，禍亂相尋，戰争不息，流血成川澤，聚骸成丘陵，生民之類，其不盡者無幾矣。於是太祖皇帝受命於上帝，起而拯〔二三〕之，躬擐甲胄，櫛風沐雨，東征西伐，掃除海内。當是之時，食不暇飽，寢不遑安，以爲子孫建太平之基。大勳未集，太宗皇帝嗣而成之，凡二百二十有五年，然後大禹之迹，復混而爲一，黎民遺種，始有所息肩矣。由是觀之，上下一千七百餘年，天下一統者五百餘年而已。其間時時小有禍亂，不可悉數。

國家自平河東以來，八十餘年，内外無事。然則三代以來，治平之世，未有若今之盛者也。今人有十金之産，猶以爲先人所營，苦身勞志，謹而守之，不敢失墜，况於承祖宗盛美之業，奄有四海，傳祚萬世，可不重哉！可不審哉！《夏書》曰：『予臨兆民，懔乎若朽索之馭六馬。』《周書》曰：『心之憂危，若蹈虎尾，涉於春冰。』臣願陛下，夙興夜寐，兢兢業業，思祖宗之勤勞，致王業之不易，援古以鑒今，知太平之世，難得而易失，則天下生民，至於鳥獸草木，無不幸甚矣。

惜時

夏至，陽之極也，而一陰生；冬至，陰之極也，而一陽生。故盛衰之相乘，治亂之相生，天地之常經，自然之至數也。其在《周易》，泰極則否，否極則泰，豐亨宜日中。孔子傳之曰：『日中則昃，月盈則食。天地盈虚，與時消息，而况於人乎？况於鬼神乎？』是以聖人當國家隆盛之時，則戒懼彌甚，故能保其令問，永久無疆也。

凡守太平之業者，其術無他，如守巨室而已。今人有巨室於此，將以傳之子孫，爲無窮之規，則必實其堂基，壯其柱石，彊其棟梁，厚其茨蓋，高其垣墉，嚴其關鍵。既成，又擇子孫之良者使謹守之，日省而月視，欹者扶之，弊者補之，如是則雖亘千萬年無頹壞也。夫民者，國之堂基也；禮法者，柱石也；公卿者，棟梁也；百吏者，茨蓋也；將帥者，垣墉也；甲兵者，關鍵也。是六者不可不朝念而夕思也。夫繼體之君，謹守祖宗之成法，苟不隳之以逸欲，敗之以讒諂，則世世相承，無有窮期。及夫逸欲以隳之，讒諂以敗之，神怒於上，民怨於下，一旦涣然而去之，則雖有仁智恭儉之君，焦心勞力，猶不能救陵夷之運，遂至於顛沛而不振。嗚呼，可不鑒哉！今國家以此承平之時，立綱布紀，定萬世之基，使如南山之不朽，江河之不竭，可以指顧而成耳。失今不爲，已迺頓足扼腕而恨之，將何益矣？《詩》云：『我日斯邁，而月斯征。夙興夜寐，無忝爾所生。』時乎時乎！誠難得而易失也。

遠謀

《易》曰：『君子以思患而豫防之。』《書》曰：『遠乃猷。』《詩》曰：『猷之未遠，是用大諫。』昔聖人之教民也，使之方暑則備寒，方寒則備暑，《七月》之詩是也。今夫市井稗〔二四〕販之人，猶知旱則資舟，水則資車，夏則儲裘褐，冬則儲絺綌。彼偷安苟生之徒，朝醉飽而暮飢寒者，雖與之俱爲編户，貧富必不侔矣，况爲天下國家者，豈可不制治於未亂，保安於未危乎？《詩》云：『迨天之未陰雨，徹彼桑土，綢繆牖户。今汝下民，或敢侮予？』孔子曰：『爲此詩者，其知道乎！能治其國家，誰敢侮之？』『迨天之未陰雨』者，國家閒暇無有灾害之時也。

『徹彼桑土』者，求賢於隱微也。『綢繆牖户』者，脩敕其政治也。夫桑土者，鴟鴞所以固其室也。賢隽者，明主所以固其國也。國既固矣，雖有侮之者，庸何傷哉？

臣竊見國家每邊境有急，羽書相銜，或一方饑饉，餓莩盈野，則廟堂之上，焦心勞思，忘寢廢食以憂之。當是之時，未嘗不以將帥之不選，士卒之不練，牧守之不良，倉廩之不實，追責前人，以其備禦之無素也。幸而烽燧息，五穀登，則明主舉萬壽之觴於上，郡公百官歌太平縱娛樂於下，晏然自以爲長無可憂之事矣。嗚呼！使自今日以往，四夷不復犯邊，水旱不復爲灾，則可矣；若猶未也，則天幸安可數恃哉？陛下何不試以閒暇之時思之，不幸邊鄙有警，飢饉薦臻，則將帥可任者爲誰？牧守可倚者爲誰？雖在千里之外，使之常如目前。至於甲兵之利鈍，金穀之盈虚，皆不可不前知而豫謀也。若待事至而後求之，則已晚矣。

夫四夷水旱，事之細者也，抑又有大於是者，陛下亦嘗留少頃之慮乎？《詩》云：『維彼聖人，瞻言百里。維此愚人，覆狂以喜。』此言遠謀之難知，近言之易行也。夫謀遠則似迂，似迂則人皆忽之。其爲害至慘也，而無切身之急；爲利至大也，而無旦夕之驗。則愚者抵掌，謂之迂也宜矣。國家之制百官，莫得久於其位，求其功也速，責其過也備，是故或養交飾譽以待遷，或容身免過以待去。上自公卿，下及斗食，自非憂公忘私之人，大抵多懷苟且之計，莫肯爲十年之規，况萬世之慮乎！自非陛下惕然遠覽，勤而思之，日復一日，長此不已，豈國家之利哉？此臣日夜所以痛心泣血而憂也。昔賈誼當漢文帝之時，以爲天下方病大瘇，又苦跋盭，病之緩急，擇其藥之良苦，隨而攻之，勿責目前之近功，期於萬世治安而已矣。

更甚乎！失今不治，必爲痼疾，陛下雖欲治之，將無及已。治之之術，非有他奇巧也，在察其

又類辟且病痱。陛下視方今國家安固，公私富實，百姓樂業，孰與漢文？然則天下之病，無乃

重微

《虞書》曰：『兢兢業業，一日二日萬幾。』何謂萬幾？幾之爲言，『微也』。言當戒懼萬事之微也』。夫水之微也，捧土可塞；及其盛也，漂木石，没丘陵。火之微也，勺水可滅；及其盛也，焦都邑，燔山林。故治之於微，則用力寡而功多；治之於盛，則用力多而功寡。是故聖帝明王皆銷惡於未萌，弭禍於未形，天下陰被其澤，而莫知所以然也。

《周易》坤之初六，於律爲林鍾，於曆爲建未之月，陽氣方盛，而陰氣已萌，物未之知也。是故聖人謹之曰：『履霜堅冰至。』言爲人君者，當絶惡於未形，杜禍於未成也。《繫辭》曰：『知幾其神乎！』『君子知微知彰，知柔知剛，萬夫之望。』謂此道也。孔子謂哀公曰：『昧爽夙興，正其衣冠。平旦視朝，慮其危難。一物失理，亂亡之端。君以此思憂，則憂可知矣。』太宗皇帝命昭宣使河州團練使王繼恩討蜀，平之，宰相請除繼恩宣徽使，太宗不許，曰：『宣徽使位亞兩府，若使繼恩爲之，是宦官執政之漸也。』宰相固請，以繼恩功大，佗官不足以賞之。太宗怒，切責宰相，特置宣政使以授之。真宗皇帝欲與章穆王皇后及後宫遊内庫，后辭曰：『婦人之性，

見珎寶財貨，不能無求。夫府庫者，國家所以養六軍，備非常也，今耗之於婦人，非所以重社稷也。』真宗深以爲然，遂止。由是觀之，先帝以睿明卓越，防微杜漸，如此之深，可不念哉？昔扁鵲見齊桓侯曰：『君有疾在腠理，不治將深。』桓侯不悦，曰：『醫之好利也，欲以不疾者爲功。』及在血脉，在腸胃，桓侯皆不信。及在骨髓，扁鵲望之，遂逃去。徐福言：『霍氏太盛，宜以時抑制。』漢宣帝不從，及霍氏誅，人爲之訟其功，以爲『曲突徙薪無恩澤，焦頭爛額爲上客』。故未然之言，常見棄忽，及其已然，又無所及。

夫宴安怠墮，肇荒淫之基；奇巧珍玩，發奢泰之端；甘言悲辭，啓僥倖之塗；附耳屏語，開讒賊之門；不惜名器，導僭逼之源；假借威福，授陵奪之柄。凡此六者，其初甚微，朝夕狎玩，未嘗甚害。日滋月益，遂至深固，比知而革之，則用力百倍矣。伏惟陛下，思萬幾之至重，覽大《易》之明戒，誦孔子之格言，繼先帝之聖志，使扁鵲得早從事，毋使徐福有曲突之歎，則可脩之於廟堂，而德冒四海；治以之於今日，而福流萬世；優游逍遥，而先烈顯大，豈不美哉！豈不美哉！

務實

《周書》曰：『若作梓材，既勤樸斲，惟其塗丹雘。』此言爲國家者，必先實而後文也。夫安國家，利百姓，仁之實也；保基緒，傳子孫，孝之實也；辨貴賤，立綱紀，禮之實也；和上下，親遠邇，樂之實也；決是非，明好惡，政之實也；詰姦邪，禁暴亂，刑之實也；察言行，試政事，求賢之實也；量材能，課功狀，審官之實也；詢安危，訪治亂，納諫之實也；選勇果，習戰鬭，治兵之實也。實之不存，雖文之盛美無益也。

臣竊見方今遠方窮民，轉死溝壑，而屢赦有罪，循門散錢，其於仁也，不亦遠乎？本根不固，有識寒心，而道宫佛廟，修廣御容，其於孝也，不亦遠乎？統紀不明，祭器紊亂，而雕繢文物，修飾容貌，其於禮也，不亦遠乎？是非錯繆，賢不肖渾殽，而鈎校簿書，訪尋比例，其於政也，不亦遠乎？群心乖戾，元元愁苦，而斷竹數黍，敲叩古器，其於樂也，不亦遠乎？姦暴不誅，冤詰不理，而拘泥微文，糾擿細過，其於刑也，不亦遠乎？行能之士，沉淪草野，而考校文辭，指抉聲病，其於求賢，不亦遠乎？材任相違，職業廢弛，而勘檢出身，比類資序，其於審官，不亦遠乎？久大之謀，棄而不省，淺近之言，應時施行，其於納諫，不亦遠乎？將帥不良，士卒不精，而廣聚虛數，徒取外觀，其於治兵，不亦遠乎？凡此十者，皆文具而實亡，本失而末在。譬猶膠版爲舟，摶土爲檝，敗布爲帆，朽索爲維，畫以丹青，衣以文綉，使偶人駕之，而履其上，以之居平陸，則焕然信可觀矣；若以之涉江河，犯風濤，豈不危哉？

伏望陛下，撥去浮文，悉敦本實；選任良吏，以子惠庶民；深謀遠慮，以安保宗廟；張布綱紀，使下無覦心；和厚風俗，使人無離怨；别白是非，使萬事得正；誅鋤姦惡，使威令必行；取有益，罷無用，使野無遺賢；進有功，退不職，使朝無曠官；察讜言，考得失，使謀無不盡；擇智將，練勇士，使征無不服。如是則國家安若泰山，而四維之也，又何必以文采之飾，歌頌之聲，眩曜愚俗之耳目哉？

校勘記

〔一〕「謨」，底本誤作「模」，據麻沙本改。宋本《莆陽居士蔡公文集》作「謨」。

〔二〕「其事」，底本「其」字空缺，據麻沙本補。宋本《莆陽居士蔡公文集》作「某事」。

〔三〕「所」上，麻沙本有一「自」字。宋本《莆陽居士蔡公文集》無。

〔四〕以下自「得安全」至本篇末句，底本缺，據麻沙本補。

〔五〕「府」，宋本《莆陽居士蔡公文集》作「宥」。

〔六〕本篇末，宋本《莆陽居士蔡公文集》有「干浼聖慈，臣無任戰懼之至」十一字，麻沙本省之。

〔七〕本篇自篇題「論陳執中」至正文「而因執循」，底本缺，據麻沙本補。

〔八〕「否。如其信然」，麻沙本無。

〔九〕「天下之心」，麻沙本作「天下人心」。

〔一〇〕「賈黯」，底本缺「黯」字，據麻沙本補。宋淳祐刻元明遞修本《諸臣奏議》、明嘉靖刊本《清獻集》作「賈黯」。

〔一一〕「異望」，底本作「望望」，據麻沙本改。宋紹興本《温國文正公文集》作「異望」。

〔一二〕「別有」，底本空缺，據麻沙本補。宋紹興本《温國文正公文集》作「別有」。

〔一三〕「久」，底本作「易」，據麻沙本改。宋紹興本《温國文正公文集》作「久」。
〔一四〕「定」，底本空缺，據麻沙本、二十七卷本補。宋紹興本《温國文正公文集》作「定」。
〔一五〕「贖」，底本誤作「贈」，據麻沙本改。宋紹興本《温國文正公文集》作「贖」，且其下有一「然」字，底本、麻沙本、二十七卷本無。
〔一六〕「謄」，底本誤作「騰」，據麻沙本改。宋紹興本《温國文正公文集》作「謄」。
〔一七〕「大」，底本作「正」，據麻沙本、二十七卷本改。宋紹興本《温國文正公文集》作「大」。
〔一八〕「此」，底本空缺，據麻沙本、二十七卷本補。宋紹興本《温國文正公文集》作「此」。
〔一九〕「滿十人者」，底本空缺，據麻沙本、二十七卷本補。宋紹興本《温國文正公文集》作「滿十人者」。
〔二〇〕「亦取一人」，底本、麻沙本、二十七卷本皆缺，據宋紹興本《温國文正公文集》補。
〔二一〕「數内」，底本空缺，據麻沙本、二十七卷本補。宋紹興本《温國文正公文集》作「數内」。
〔二二〕以下自「酣宴安」至「聚骸成丘」，底本殘缺，二十七卷本亦缺，據麻沙本補。
〔二三〕「拯」，麻沙本作「振」。宋紹興本《温國文正公文集》作「拯」。
〔二四〕「稗」，麻沙本、二十七卷本作「裨」。宋紹興本《温國文正公文集》作「裨」。

新校宋文鑑卷第四十九

校者按：底本此卷抄配，據二十七卷本、麻沙本刻卷校改。

奏疏

論治身治國所先

司馬光

臣伏覩皇太后手書，已罷聽政，陛下欽承慈旨，獨斷萬機。臣聞《易》曰：『君子以作事謀始。』又曰：『正其始，萬事理。差之毫釐，繆以千里。』陛下雖踐祚〔一〕朞年，於國家大政猶多所謙抑，雖時有處分，皆常式小事，非天下所望於陛下者也。曏時外間議者曰：陛下聖體未安，倦於聽覽。及知聖體已安，又曰：陛下上畏皇太后之嚴，欲盡人子之禮，避專命之嫌，韜蘊聰明，未敢施設。今皇太后舉國家大柄盡付之陛下，則議者無復可言，唯拭目傾耳，以瞻望聖政而已矣。陛下當此之際，治身治國，舉措云爲，不可不謹。昔楊朱見衢塗而泣，謂其可以左，可以右，所差甚微，所失甚大也。人主即政之初，亦榮辱安危之衢塗也，故臣願陛下留聖心焉。

臣聞，治身莫先於孝，治國莫先於公。孔子曰：『孝，德之本也。』又曰：『不愛其親而愛他人者，謂之悖德；不恭其親而恭他人者，謂之悖禮。』未有根絶而葉茂，源涸而流長者也。仁宗皇帝以四海大業授之陛下，其恩德之大，天地不足以爲比。今登遐之後，骨肉至親，獨有皇太后與公主數人，陛下所當日夜盡心竭力，供承撫養，以副仁宗皇帝之意。曏者皇太后聽政之時，左右侍衛之人，不敢不恪，求須之物，無敢不備。既委去政柄，臣竊慮有無識小人，隨勢傾移，侍奉懈慢，供給有闕，則天下之責皆歸陛下，此不可不留意朝夕省察者也。又若有不逞之人，於兩宫之間刺探動静，拾掇語言，外如效忠，内實求媚，以相離間者，臣願陛下迎拒其辭，執付有司，加之顯戮。誅一人則群邪自退，納一言則百讒俱進，此乃禍亂之機，不可不深察也。

臣聞，國事聽於君，家事聽於親。臣愚以爲陛下在外朝之時，刑賞黜陟之政，當自聖心决之，至禁庭之内，取捨賜予，事無大小，不若皆禀於皇太后而後行，陛下與中宫勿有所專，如此則内外之體正，尊卑之序明，慈母歡欣於上，臣民頌詠於下矣。不然，皇太后歸政之後，若侍衛之人稍有怠惰，求須之物小失供擬，加以讒邪妄興離間，萬一有絲毫闕失流聞於外，或皇太后憂思不樂，内生疾疢，則陛下何以勝此名於天下哉？雖百善不能掩矣。臣故曰治身莫先於孝也。

《洪範》於好惡偏黨之際，六反言之，重之至也。周任曰：『爲政者不賞私勞，不罰私怨。』《大學》曰：『欲明明德於天下者』，『必先正其心』，『有所忿懥[一]，則不得其正』，『有所好樂，則不得其正。』陛下奮發宫邸，入纂皇極，爰自潛躍，至於天飛，舊恩宿怨，豈能盡無？然今日即政之初，皆不可置於聖慮，以害至正也。凡人君之要道，在於進賢退不肖，賞善罰惡而已。

爵禄者，天下之爵禄，非以厚人君之所喜也；刑罰者，天下之刑罰，非以快人君之所怒也。是故古者爵人於朝，與士共之，刑人於市，與衆棄之，明不敢以己之私心，蓋天下之公議也。今以四海之廣，百官之衆，有智有愚，有善有惡，比〔三〕肩接迹，雜遝並進。臣願陛下少留聰明，詳擇其間，苟有才德高茂合於人望者，進之，雖宿昔怨讎，勿棄也；有器識庸下無補於時者，退之，雖親暱姻婭，勿取也；有勵行立功爲世所推者，賞之，雖意之所憎，勿廢也；有懷姦亂禁爲衆所疾者，罰之，雖意之所愛，勿赦也。如此，則野無遺賢，朝無曠官，爲善者勸，爲惡者懼，上下悦服，朝廷大治，百姓蒙福，社稷永安。不然，陛下若專居深宫，自暇自逸，威福之柄，盡委大臣，取過〔四〕目前，不爲遠慮，賢愚不分，善惡共貫。不則所進者皆平生所親愛，所退者皆平生所不快，所賞者皆諂諛而無功，所罰者皆忠諒而無罪，如此，則中外解體，紀綱隳紊，群生失所，天下可憂矣。臣故曰治國莫先於公也。

此二先者，榮辱之大本，安危之至要，臣願陛下審思而力行之。《詩》云：『亹亹文王，令聞不已。』陛下誠能行此二者，則盛德美譽，滂沛洋溢，近者傳頌，遠者褒嘆，不過旬月之間，徧於天下，達於四夷，後日之政，如順風吹毛，乘高決水，可以不勞而成功矣。取進止。

論階級

司馬光〔五〕

臣聞，治軍無禮，則威嚴不行。禮者，上下之分是也。唐自肅、代以降，務行姑息之政，是以藩鎮跋扈，威侮朝廷，士卒驕横，侵逼主帥，上陵下替，無復綱紀，以至五代，天下大亂，運祚迫蹙，生民塗炭。祖宗受天景命，聖德聰明，知天下之亂生於無禮也，乃立軍前之制曰：一階一級，全歸伏事之儀，敢有違犯，罪至於死。於是上至都指揮使，下至押官長行，等衰相承，粲然有叙，若身之使臂，臂之使指，莫敢不從，故能東征西伐，削平海内，爲子孫建久大之業，至今百有餘年，天下太平者，皆由此道也。

近歲以來，中外主兵臣僚往往不識大體，好施小惠，以盜虚名。軍中有犯階級者，務行寬貸，是致軍校大率不敢鈐束，長行甘言悦色，曲加喣嫗，以至懦怯，兵官亦爲此態，遂使行伍之間，驕恣悖慢，寖不可制。上畏其下，尊制於卑，所謂下陵上替者，無過於此。

臣聞，聖王刑期於無刑。今寬貸犯階級之人，雖活一人之命，殊不知軍法不立，漸成陵替之風，則所係乃億兆人之命也。臣愚欲望陛下特降詔旨，申明階級之法，戒敕中外主兵臣僚，令一遵祖宗之制，如敢有輒行寬貸、曲收衆心者，嚴加罪罰，以儆其餘。庶幾綱紀復振，基緒永安。

論北邊事宜

司馬光〔六〕

臣聞，明主謀事於始，而慮患於微，是以用力不勞，而收功甚大。竊見國家所以御戎狄之道，似未盡其宜，當其安靖附順之時，則好與之計校末節，争競細故，及其桀傲暴横之後，則又從而姑息，不能誅討，是使戎狄益有輕中國之心，皆厭於柔服而樂爲背叛。近者西戎之禍生於高宜，北狄之隙起於趙滋，而朝廷至今終未省寤，猶以二人所爲爲是，而以循理守分者爲非，是以邊鄙武臣皆鋭意生事，或以開展荒棄之地十數里爲功勞，或以殺略老弱之虜三五人爲勇敢，朝廷輒稱其才能，驟加擢用。既而虜心忿恨，遂來報復，屠剪熟户，鈔劫邊民，所喪失者動以千計，而朝廷但知驚駭，增兵聚糧，其致寇之人既不追究，而守邊之臣亦無譴責。如此而望戎狄賓服，疆埸無虞，是猶添薪扇火而求湯之不沸也。

臣愚竊惟真宗皇帝親與契丹約爲兄弟，仁宗皇帝赦趙元昊背叛之罪，册爲國主，歲捐百萬之財，分遺二虜，豈樂此而爲之哉？誠以屈己之愧小，愛民之仁大故也。今陛下嗣已成之業，守既安之基，而執事之臣數以争桑之小忿，不思灌瓜之大計，使邊鄙之患紛紛不息，臣竊爲陛下惜之。近者聞契丹之民有於界河捕魚，及於白溝之南剪伐柳栽者，此乃邊鄙小事，何足介意？而朝廷以前知雄州李中祐不能禁禦爲不材，别選州將以代之。臣恐新將之至，必以中祐爲戒，而以趙滋爲法，妄殺虜民，則戰鬭之端往來無窮矣。況今民力彫弊，倉庫虚竭，將帥乏人，士卒不練，夏國既有憤怨，屢來侵寇，禍胎已成，若又加以契丹失歡，臣恐國力未易支也。伏望陛下，嚴戒北邊將吏，若契丹不循常例，小小相侵，如魚舡柳栽之類，止可以文牒整會，道理曉諭，使其官司自行禁約，不可輕以矢刃〔七〕相加。若再三曉諭不聽，則聞於朝廷，雖專遣使臣至其王庭，與之辯論曲直，亦無傷也。若又不聽，則莫若博求賢才，增修德政，俟公私富足，士馬精强，然後奉辭以討之，可以驅穹盧於幕北，復漢、唐之土宇，與其争漁柳之勝負，不亦遠哉？

應詔論體要

司馬光

臣準御史臺牒，伏奉四月二十日詔敕：『《傳》曰「近臣盡規」，以其榮耻休戚與上同也。今在此位者，視朕過失與朝廷政事之闕，默而不言，乃或私議竊歎，若以其責爲不在己。夫豈皆習見成俗以爲當然，其亦有含章懷寶待倡而發者也？今百度隳弛，風俗偷惰，薄惡哉異，譴告不一，此誠忠賢助朕憂惕，以搠〔八〕制改法，捄弊除患之時，宜令侍從官，自今視朕過失與朝廷政事之闕，無有巨細，各具章奏，極言無隱。噫！言善而不用。朕有厥咎；道之而弗言，爾爲不恭。朕將用此考察在位所以事君之實，明黜陟焉。』臣以駑下之材，自仁宗皇帝時，蒙擢在侍從，服事三朝，恩隆德厚，隕身喪元，不足爲報。雖訪問所不及，猶將披肝瀝膽，以効其區區之忠，况聖意採納之勤〔九〕，督責之嚴，諄諄如此，臣敢營私避怨，匿情愛己，不爲陛下别白當今之切務，庶幾少補萬分之一邪？

臣聞，爲政有體，治事有要，自古聖帝明王，垂拱無爲而天下大治者，凡用此道也。何謂爲政有體？君爲元首，臣爲股肱，上下相維，内外相制，若綱之有綱，絲之有紀。故《詩》云『勉勉我王，綱紀四方』，又云『愷悌君子，四方之綱』。古之王者，設三公九卿，二十七大夫，八十一元士，以綱紀其内。設方伯、州牧、卒正、連帥、屬長，以綱紀其外。尊卑有序，若身之使臂，臂之使指，莫不率從，此爲政之體也。何謂治事有要？夫人智有分而力有涯，以一人之智力，兼天下之衆務，欲物物而知之，日亦不給矣。是故尊者治衆，卑者治寡，治衆者事不得不約，治寡者事不得不詳，約則舉其大，詳則盡其細，此自然之勢也。《益稷》曰：『元首明哉，股肱良哉，庶事康哉！』言君明則能擇臣，臣良則能治事也。又曰：『元首叢脞哉，股肱惰哉，庶事墮哉！』言君親細務，則臣不盡力，而事廢壞也。《立政》曰：『文王罔攸兼於庶言；庶獄庶慎，惟有司之牧夫是訓用違；庶獄庶慎，文王罔敢知於兹。』言文王擇有司而任之，其餘皆不足知也。《康誥》曰：『庸庸祗祗，威威顯民。』言文王用其可用，祗其可祗，刑其可刑，專明此道以示民也。是故王者之職在於量材任人，賞功罰罪而已。苟能謹擇公卿牧伯而屬任之，則其餘不待擇而精矣。謹察公卿牧伯之賢愚善惡而進退誅賞之，則其餘不待進退誅賞而治矣。然則王者所擇之人不爲多，所察之事不爲煩，此治事之要也。

臣竊見陛下日出視朝，繼以經席，將及日中，乃還宫禁。入宫之後，竊聞亦不自閑，省閲天下奏事，群臣章疏。逮至昏夜，又御燈火，研味經史，博觀〔一〇〕群書。雖中宗、高宗之不敢荒寧，文王之日昃不〔一一〕食，臣以爲不能及也。然自踐祚以來，孜孜求治，於今三年，而功業未著者，殆未得其體要故也。祖宗創業垂統，爲後世法，内則設中書、樞密院、御史臺、三司、審官、審刑等在京諸司，外則設轉運使、知州、知縣等衆官，以相統御，上下有叙，此所謂綱紀者也。

今陛下好使大臣奪小臣之事，小臣侵大臣之職，是以大臣解體，不肯竭忠，小臣諉上，不肯盡力，此百官所以弛廢，而萬事所以隳頹者也。而陛下方用爲致治之本，此臣之所大惑也。臣微賤，不得盡知朝廷之事，且以耳目所接近日數事，臣所知者言之，其餘陛下可以類求也。

昔漢文帝問陳平，天下一歲決獄及錢穀出入幾何？平曰：『陛下即問決獄，責廷尉；問錢穀，責治粟内史。必也使卿大夫各得任其職，此乃宰相事也。』若平者，可謂能知治體矣。今之兩府，皆古宰相之任也，中書主文，樞密主武，若乃百官之長非其人，刑賞大政失其宜，此兩府之責也。至於錢穀之不充，條例之不當，此三司之事也。陛下苟能精選曉知錢穀憂公忘私之人，以爲三司使、副、判官、諸路轉運使，各使久於其任以盡其能，有功則進，無功則退，名不能亂實，僞不能掩真，安民勿擾，使之自富，處之有道，用之有節，何患財利之不豐哉？今乃使兩府大臣悉取三司條例，别置一局，聚文士數人與之謀議，改更制置，三司皆不與聞，臣恐所改更者，未必勝於其舊，而徒紛亂祖宗成法。考古則不合，適今則非宜，吏緣爲姦，農商失業，數年之後，府庫耗竭於上，百姓愁困於下，衆心離駭，將不復振矣。且兩府於天下之事，無所不總，若百官之職，皆使兩府治之，則在上者不勝其勞，而在下者爲無所用矣。又監牧使主養馬，四園苑主課利，今乃使監牧使不屬群牧司，四園苑不屬三司提舉司，則在下者各得專權自恣，而在上者爲無所用矣。陛下方欲納天下於大治，而使百官在上者不委其下，在下者不稟其上，能爲治乎？若此之類，臣竊恐未得其體也。

凡天下之事，在一縣者，當委之知縣，在一州者，當委之知州，在一路者，當委之轉運使，在邊鄙者，當委之將帥，然後事乃可集。何則？久在其位，識其人情，知其物宜，賞罰之權，足以休戚所部之人，使之信服故也。今朝廷每有一事，不委之將帥、監司、守宰，使之自爲方略，責以成効，而施其刑賞，常好别遣使者，銜命奔走，旁午於道，所至徒有煩擾之弊，而於事未必有益，不若勿遣之爲愈也。

夫事之利害，吏之能否，皆非使者所能素知，臨時詢採於人。所詢者，或遇公明忠信之人，猶僅能得其一二；或遇私闇姦險之人，則是非爲之倒置矣。此二者交集於前，而使者不能猝辨也，是以往往害事，而少能爲益。非將帥、監司、守宰皆賢而使者皆愚也，累歲之講求與一朝之議論，積久之採察與目前之毁譽，精粗詳略，其勢不同故也。其有居官累歲而不知利害，臨人積久而不知能否，或雖知利害而不能變更，雖知能否而不能黜陟，此乃愚昧私曲之人，朝廷當察而去之，更擇賢者以代其位，不當數遣使者擾亂其間，使不得行其職業也。又庸人之情，苟策非己出，則娼嫉沮壞，惟恐其成。官吏若是者，十常五六。借使使者所規畫曲盡其宜，在彼之日，其當職之人已怏怏不悦，不肯同心以助其謀，協力以成其事，曰朝廷自遣專使治之，我何敢與知？及返命之日，彼必敗之於後，曰使者既謀而授我，我今竭力而成之，功悉歸於首謀之人，我何有哉？此所以爲不若毋遣使者，而屬任當職之人爲愈也。

夫使者所以通遠邇之情，固不可無，然今之轉運使，即古使者之任，苟得人而委之，賢於蹔遺使者遠矣。若監司自爲姦慝貪縱，或有所隱蔽欺罔，或爲部内之人所訟，或所謀畫之事未得其宜，朝廷欲察其罪惡，審其虛實，判其曲直，決其是非，然後別遣使者按之，若案〔一二〕得其實，監司有罪則當廢，豈有但已者也？ 今每有一事，朝廷輒自京師遣使者往治之，是在外之官皆無所用也。使者既代之治事，而當職之人亦無所刑〔一三〕，無所廢，是只使拱手旁觀，偷安竊禄者矣。若此之類，臣竊恐似〔一四〕未得其體也。

今朝廷之士，左右之臣，皆曰陛下聰明剛斷，威福在己，太平之功可指日而致。臣愚竊獨以爲未也。臣聞古之聖帝明王，聞人之言，則能識其是非，故謂之聰；觀人之行，則能察其邪正，故謂之明；是非既辨，邪正既分，姦不能惑，佞不能移，故謂之剛；取是而捨非，誅邪而用正，確然無所疑，故謂之斷；誅一不善，而天下不善者皆懼，故謂之威；賞一有功，而天下有功者皆喜，故謂之福。今陛下聰明剛斷，則誠體之矣，欲收威福之柄，則誠有其志矣，然於所以爲之之道，尚或有所未盡，故臣以爲太平之功未可期也。

夫帝王之道，當務其遠者大者，而略其近者小者。國之大事，當與公卿議之，而不當使小臣參之。四方之事，當委牧伯察之，而不當使左右覘之。儻公、卿、牧伯尚不能擇賢者而任之，小臣左右獨能得賢者而使之乎？ 若苟爲不賢，則險詖私謁，無不爲已。今陛下好於禁中出手詔，指揮外事，非公卿所薦舉，牧伯所糾劾，或非次遷官，或無故廢罷，外人疑駭，不知所從，此豈非朝廷之士、左右之臣所謂聰明剛斷威福在己者耶？ 陛下聞其言而信之，臣竊以爲過矣。

夫公卿所薦舉，牧伯所糾劾，或謂之賢者而不賢，謂之有罪而無罪，皆有迹可見，責有所歸，故不敢大爲欺罔。若姦臣密白陛下，令陛下自爲聖意以行之，則威福集於私門，而怨謗歸於陛下矣，安得謂之威福在陛下耶？且陛下鼂時中詔所指揮者，率非大事，至於兩禁美官，邊藩將帥，省府職任，諸路監司，此皆衆人之所希求，治亂之所繫屬，當除授之際，竊恐未必一出聖志也。若乃姦邪貪猥之人，陛下所明知而黜去者，或更改官而升資，或不久復進用，然則威福之柄，果不在陛下，而陛下偶未思也。以此觀之，面譽陛下聰明剛斷，威福在己，太平可立致者，非愚則諛，不可不察也。陛下必欲威福在己，曷若謹擇公卿大臣，明正忠信者留之，愚昧阿私者去之？在位者既皆得其人矣，然後凡舉一事，則與之公議於朝，使各言其志，陛下清心平慮，擇其是者而行之，非者不能復奪也。凡除一官，亦與之公議於朝，使各舉所知，陛下清心平慮，擇其賢者而用之，不肖者不能復争也。如此，則謀者舉者雖在公卿大臣，而行之用之皆在陛下，安得謂之威福不在己耶？陛下此之不爲，而顧彼之久行，臣竊恐似未得其要也。

夫三人群居，無所統一，不散則亂，是故立君以司牧之。群臣百姓，勢均力敵，不能相治，故從人君決之。人君者，苟不爲決，從誰決之乎？夫人心不同，如其面焉。國家凡舉一事，朝野之人必或以爲是，或以爲非，凡用一人，必或以爲賢，或以爲不肖，此固人情之常，自古而然，不足恠也。要在人主審其是非，取是而捨非，則安榮；取非而捨是，則危辱。此乃安危榮辱之所以分也。是以聖王重之，故博謀群臣，下及庶人，然而終決之者，要在人君也。古人有言曰：『謀之在多，斷之在獨。』謀之多，故可以觀利害之極致；斷之獨，故可以定天下之是非。若知謀而不知斷，則群下人人各欲逞其私志，斯衰亂之政也。《詩》云：『謀夫孔多，是用不集。發言盈庭，誰敢執其咎？如匪行邁謀，是用不得於道。哀哉爲猷，匪先民是程，匪大猷是經。維邇言是聽，維邇言是争。如彼築室於道謀，是用不潰於成。』此言周室之臣不知先王之大[一五]道，務争近小之事，人君不能定其可否，而事終無成也。漢世國家有大典禮、大政令、大刑獄、大征伐，必下公卿、大夫、博士、議郎議。其議者固不能一，必有參差不齊者矣，於是天子稱制決之，曰丞相議是，或曰廷尉當是，而群下厭然無有不服者矣。今陛下聽群臣各盡其情以議事，此誠善矣，然終不肯以聖志裁決，遂使群臣有尚勝者，以巧文相攻，辯口相擠，至於再，至於三，互相反覆，無有限極。臣愚深恐虧朝廷之政體，損陛下之明德，流聞四方，取輕夷狄，非嘉事也。

夫天下之事有難決者，以先王之道揆之，若權衡之於輕重，規矩之於方圓，錙銖毫忽不可欺矣。是以人君務明先王之道而不習律令，知本根既植，則枝葉必茂故也。近者登州婦人阿云謀殺其夫，重傷垂死，情無足愍，在理甚明，已傷不首，於法無疑，中材之吏皆能立斷，事已經審刑院、大理寺、刑部斷爲死罪。而前知登州許遵文過飾非，妄爲巧説，朝廷命兩制定奪者再，命兩府定奪者再，敕出而復收者一，收而復出者一，争論縱横，至今未定。夫以田舍一婦人有罪，在於四海之廣，萬機之衆，其事之細，何啻秋毫之末？朝廷欲斷其獄，委一法吏足矣，今乃紛紜至此，設更有可疑之事大於此者，將何以決之？夫執條據例者，有司之職也；原情制義者，君相之事也。分争辯訟，非禮不決，禮之所去，刑之所取也。阿云之事，陛下試以禮觀之，豈難決之獄哉？彼謀殺爲一事，爲二事，謀爲所因，不爲所因，此苛察缴繞之論，乃文法俗吏之所事，豈明君賢相所當留意耶？今議論歲餘而後成法，終於棄百代之常典，悖三綱之大義，使良善無告，姦凶得志，豈非徇其枝葉而忘其本根之所致耶？若此之類，臣切恐似未得其要也。

此皆衆人之所私議竊歎，而莫敢明言者。臣以獨受恩深重，不顧斧鉞，爲陛下言之，惟聖明裁察。臣光昧死再拜以聞。

校勘記

〔一〕以上自『其始』至『陛下雖踐祚』，底本空缺，據二十七卷本、麻沙本補。宋紹興本《温國文正公文集》同於二十七卷本、麻沙本。

〔二〕『慬』，底本空缺，據二十七卷本、麻沙本補。宋紹興本《温國文正公文集》作『慬』。

〔三〕『比』，底本空缺，據二十七卷本、麻沙本補。宋紹興本《温國文正公文集》作『比』。

〔四〕『過』，底本作『適』，據二十七卷本、麻沙本改。宋紹興本《温國文正公文集》作『過』。

〔五〕『司馬光』，底本無，據二十七卷本、麻沙本補。

〔六〕『司馬光』，底本無，據二十七卷本、麻沙本補。

〔七〕「刃」，底本作「石」，據二十七卷本、麻沙本改。宋紹興本《温國文正公文集》作「刃」。

〔八〕「𥬠」，底本空缺，據二十七卷本、麻沙本補。宋紹興本《温國文正公文集》作「𥬠」。

〔九〕「勤」，底本空缺，據二十七卷本、麻沙本補。宋紹興本《温國文正公文集》作「勤」。

〔一〇〕「觀」，麻沙本無。宋紹興本《温國文正公文集》作「觀」。

〔一一〕「不」下，麻沙本有一「暇」字。宋紹興本《温國文正公文集》無。

〔一二〕「案」，麻沙本作「察」。宋紹興本《温國文正公文集》作「案」。

〔一三〕「刑」，麻沙本作「興」。宋紹興本《温國文正公文集》作「刑」。

〔一四〕「似」，麻沙本作「以」。宋紹興本《温國文正公文集》作「似」。

〔一五〕「大」，麻沙本無。宋紹興本《温國文正公文集》作「大」。

新校宋文鑑卷第五十

校者按：底本此卷抄配，據麻沙本刻卷校改。

奏疏

應詔言朝政闕失

司馬光

臣准西京牒准三月三十日詔敕：『朕涉道日淺，晻於致治，政失厥中，以干陰陽之和。乃自冬迄春，旱暵爲虐，四海之内，被灾者廣。間詔有司，損常膳，避正殿，冀以塞責消變，歷日滋久，未蒙休應，嗷嗷下民，大命近止。中夜以興，震悸靡寧，永惟其咎，未知攸出。意者朕之聽納不得於理歟，獄訟非其情歟，賦斂失其節歟，忠謀讜言鬱於上聞，而阿諛壅蔽以成其私者衆歟？何嘉氣之不効也？應中外文武臣寮，並許實封，直言朝政闕失。朕將親覽，考求其當，以輔政理。三事大夫，務悉心交儆，成朕志焉！』

臣伏讀詔書，喜極以泣。昔成湯以六事自責，今陛下以四事求諫，聖人所爲，異世同符。凡詔書所言，皆即日之深患，陛下既已知之，群臣夫復何云？曾子曰：『尊其所聞，則高明矣；行其所知，則光大矣。』陛下誠知其如是，復能斷志無疑，不爲左右所移，則安知今日之灾沴，不如大戊之桑穀，高宗之雊雉，成王之雷風，宣王之旱魃，更爲宗廟生民之福乎？然自詔下以來，臣不知中外之臣亦有以當今之急務，生民之疾苦，力爲陛下别白言之者乎？蓋必有之矣，而臣未得聞也。

臣竊不自揆，伏念父子受國厚恩，備位侍從，鼎在朝廷，屢以狂瞽塵浼聖聰，間以衰疾，自求閑官，不敢復預國家之議，四年於兹矣。幸遇陛下發不世之詔，問以朝政闕失，斯實千載一時，古人雖在畎畝，猶不忘君，况居〔一〕位食禄者乎？是以不敢畏當塗，避衆怒，愛微軀，保妻子，心知時事之可憂，而塞嘿不言也。

竊觀陛下英睿之性，希世少倫，即位以來，鋭精求治，耻爲繼體守文之常主，高欲慕堯、舜之隆，下不失漢、唐之盛。擢俊傑之才，使之執政，言無不聽，計無不從，所譽者超遷，所毁者斥退，垂衣拱手，聽其所爲，推〔二〕心置腹，人莫能間，雖齊桓公之任管仲，蜀先主之任諸葛亮，殆不及也。執政者亦悉心竭力，以副陛下之欲，耻爲碌碌守法循故事之臣，每以周公自任，是宜百度交正，四民豐樂，頌聲旁洽，嘉瑞沓至，乃其効也。然六年之間，百度紛擾，四民失業，怨憤之聲所不忍聞，灾異之大古今罕比，其故何哉？豈非執政之臣所以輔陛下者，未得其道歟？所謂未得其道者，在於好人同己，而惡人異己是也。陛下既全以威福之柄授之，使之制作新法以利天下，是宜與衆共之，捨短取長，以求盡善。而獨任己意，惡人攻難，群臣有與之同者，則擢用不次，與之異者，則禍辱隨之，人情誰肯棄福而取禍，去榮而就辱？於是天下之士躁於富貴者翕然附之，争勸陛下，益加委信，順從其言，嚴斷刑罰，以絶異議，如是者往往立取美官。比年以來，中外執事權者，皆此屬矣。其懷忠直守廉耻者，皆擯斥廢棄，或罹罪譴，無所容立。至於臺諫之官，天子耳目，所以規朝政之闕失，糾大臣之專恣，此陛下所當自擇，而亦使執政擇之，彼專用其所親愛之人。或小有違忤，即加貶逐，以懲後來，必得佞諛之尤者然後爲之，如是則政事之愆謬，群臣之姦詐，下民之疾苦，遠方之冤抑，陛下何從得見聞之乎？

又奉使詢訪利害於四方者，亦其所親愛之人，皆先禀其意指，憑其氣勢，以驅迫州縣之吏，善惡繫其筆端，升黜由其唇吻。彼州縣之吏，承迎奉順之不贍，何暇與之講利害，立同異哉？及其入奏，則云州縣守宰咸以爲便，經久可行。陛下但見其文書粲然可觀，以謂法之至善，詢謀僉同，豈知其在外之所爲哉？或者更增爲條目，務求新巧，互陳利病，各事改張，使晝一之法日殊月異，久而不定，吏民莫知所從。蓋由襲故則無功，出奇則有賞，彼皆進身之私計，非有益國便民之志也。又令使者督責所在監司，監司督責州縣，上下相驅，競爲苛刻。奉行新法，稍不盡力，則謂之非才不職，及有壞新法〔三〕，立行停替，或未熟新法，誤〔四〕有違犯，皆不理赦，降去官與犯贓〔五〕者罪同，而重於犯私罪者。州縣之吏，唯奉行文書，救免罪戾之不暇，民事不復留心矣。又潛遣邏卒，聽市道之人謗議者，執而刑之。又出榜立賞，募人告捉誹謗朝政者？

臣不知自古聖帝明王之政固如是耶？昔堯稽於衆，捨己從人。舜戒群臣：『予違汝弼，汝無面從，退有後言。』此其所以爲帝王稱首者也。秦〔六〕惡聞其過，殺直諫之士，禁偶語之人，及其禍敗，行道之人皆知之，而己獨不知，此所以爲萬世戒者也。子産相鄭，鄭人游於鄉校，以論執政，然明請毁之，子産曰：『何爲？夫人朝夕退而游焉，以議執政之善否。其所善者，吾則行之；其所惡者，吾則改之。是吾師也，若之何毁之？我〔七〕聞忠善以損〔八〕怨，不聞作威以防怨。豈不遽止？然猶防川，大決所犯，傷人必多，吾不克救也，不如小決使道，不如吾聞而藥之也。』何今之執政異於古之執政乎？齊景公謂梁丘據曰：『惟據與我和夫！』晏子對曰：『據亦同也，焉得爲和？』『和如和羹焉，水火醯醢鹽梅以烹魚肉，宰夫和之，齊之以味，濟其不及，以洩其過，君子食之，以平其心。君臣亦然，君所謂可而有否焉，臣獻其否以成其可。君所謂否而有可焉，臣獻其可以去其否。是以政平而不干，民無争心。』『今據不然，君所謂可，據亦曰可；君所謂否，據亦曰否。以水濟水，誰能食之？』今朝廷之臣對揚啓沃，亦有異於梁丘據者乎？衛君言計非是，而群臣和者如出一口，子思曰：『以吾觀衛，所謂君不君、臣不臣者也。人主自臧，則衆謀不進。事是而臧之，猶却衆謀，況和非以長惡乎？夫不察事之是非，而悦人贊己，闇莫甚焉；不度理之所在，而阿諛求容〔九〕，諂莫甚焉。君闇臣諂，以在民上，民不與也。若此不已，國無類矣。』子思言於衛侯曰：『君之國事，將日非矣。』『君出言自以爲是，而卿大夫莫敢矯其非；卿大夫出言自以爲是，而士庶人莫敢矯其非。君臣既自賢矣，而群下同聲賢之，賢之則順而有福，矯之則逆而有禍，如此則善安從生？』今執政主新法，群下同聲賢之，有以異於衛國之政乎？是以士大夫憤懣鬱結，視屋竊嘆，而不敢言；庶人飢寒憔悴，怨歎號泣，而無所控告，此則陛下所謂『忠謀讜言鬱於上聞，而阿諛壅蔽以成其私』者也。苟忠讜退伏，阿諛滿側，而望百度之正，四民之樂，頌聲之洽，嘉瑞之臻，固亦難矣。

方今朝之闕政，其大者有六而已。一曰廣散青苗錢，使民有負債日重，而縣官無所得。二曰免上户之役，歛下户之錢，以養浮浪之人。三曰置市易司，與細民争利，而實耗散官物。四曰中國未治，而侵擾四夷，得少失多。五曰結保甲，教習凶器，以疲擾農民。六曰信狂狡之人，妄興水利，勞民費財。若其他瑣瑣米鹽之事，皆不足爲陛下道也。捨其大而言其細，捨其急而言其緩，外有獻替之迹，内懷附會之心，是姦邪之尤者，臣不敢爲也。凡此六者之爲害，人無貴賤愚智，莫不知之，乃至陛下左右前後之臣，日譽新法之善者，其心亦知其不可，但欲希合聖心，附會執政，盗富貴耳。一旦陛下之意移，則彼之所言亦異矣。臣今不敢復費簡札，叙利害以煩聖聰，但願陛下勿詢阿諛之黨，勿徇權臣之意，斷志罷之，必有能爲陛下言其詳者矣。

此六者之中，青苗免役錢尤大。夫力者，民之所生而有也；穀帛者，民可耕桑而得也；至於錢者，縣官之所鑄，民不得而私爲也。自未行新法之時，民間之錢，固已少矣。富商大賈藏鏹者或有之，彼農民之富者，不過占田稍廣〔一〇〕，積穀稍多，室屋脩完，耕牛不假而已，未嘗有積錢巨萬於家者也。其貧者，藍縷不蔽形，糟糠不充腹，春指夏熟，夏望秋成，或爲人耕種，資採拾以爲生，亦有未嘗識錢者矣。是以古之用民者，各因其所有而取之。農民之役不過出力，税不過穀帛。及唐末兵興，始有税錢者，故白居易譏之曰：『私家無錢鑪，平地無銅山。』言責民以所無也。今有司爲法則不然，無問市井田野之民，由中及外，自朝至暮，唯錢是求。農民值豐歲，賤糶其所收之穀以輸官，比常歲之價或三分減二，於㪷斛〔一二〕之數或十分加二，以求售於人。若值凶年，無穀可糶，吏責其錢不已，欲賣田，則家家賣田，欲賣屋，則家家賣屋，欲賣牛，則家家賣牛。無田可售，不免伐桑棗，撤屋材，賣其薪，或殺牛賣其肉，得錢以輸官。一年如此，明年將何以爲生乎？故自行新法以來，農民尤被其患。農者天下之本，農既失業，餘民安所取食哉？今貨益重，物益輕，年雖饑，穀不甚貴，而民倍困。爲國計者，豈可不少思其故哉？此皆斂錢之咎也。

北盡塞表，東被海涯，南踰江淮，西及邛蜀，自去歲秋冬，絶少雨雪，井泉溪澗，往往涸竭，二麥無收，民已絶望。孟夏過半，秋種未入，中户以下大抵乏食，採木實草根以延朝夕，若又如是數月，將如何哉？當此之際，而州縣之吏，督迫青苗助役錢，不敢少緩，鞭笞縲紲，惟恐不迨。婦子皇皇，如在湯火之中，號泣呼天，無復生望。臣恐鳥窮則啄，獸窮則攫，民窮困已極，而無人救恤，羸者不轉死溝壑，壯者不聚爲盜賊，將何之矣？若東西南北所在嘯聚，連群結黨，日滋月蔓，彌漫山澤，蹈藉城邑，州縣不能禁，官軍不能討，當是時，方議除去新法，將奚益哉？緑林、赤眉、黄巾、黑山之徒，自何而有？皆疲於賦斂，復值飢饉，窮困無聊之民耳。此乃宗廟社稷之憂，而廟堂之上方晏然自得，以爲太平之業，八九已成。此臣所爲痛心疾首，晝則忘食，夜則忘寢，不避死亡，欲默而不能者也。

《易·復》之初九曰：『不遠復，無祇悔，元吉。』言過而能改，雖悔，不大也。其上六曰：『迷復，凶，有災眚。用行師，終有大敗，以其國君凶，至於十年不克征。』言迷而不復，凶且有災，於君道尤不利也。昔秦穆公敗於殽，作《秦誓》曰：『唯古之謀人，則曰未就予忌；唯今之謀人，姑將以爲親。雖則云然，尚猷詢兹黄髮，則罔所愆。』蓋悔棄老成之遠慮，用利口之淺謀，以取覆敗，而思補其過也。故能終雪前耻，彊霸西戎。漢武帝征伐四夷，中國虚耗，賊盗群起，又喪貳師之軍，乃下哀痛之詔曰：『廼者以縛馬書徧示丞相、御史、二千石、諸大夫、議郎爲文學者，皆以虜自縛其馬，不祥甚哉』，『公車、方士、太史、太卜，皆以爲吉』，『今計謀卦兆皆反謬。』蓋始寤公卿、方士之諂諛，對不以誠，致誤國事，有悔於心也。故禁苛暴，止擅賦，力本農，天下復安。自國家行新法以來，天下之人，心祈口禱，唯冀陛下之覺寤，而拯救其失，以蘇疲民，如望上天之膏澤，日復一日，以至於今。及今改之，猶可救也，過是則民力屈竭，一旦涣然離散，乃始勞心安集，豈不難哉？

竊觀陛下詔書，畏天灾，深自咎責，丁寧懇切，欲有所改爲也。若徒著之空文，而於新法無所變更，是猶臨鼎哀魚之爛，而益薪不已，將何補哉？陛下誠能垂日月之明，奮乾剛之斷，放遠阿諛，勿使壅蔽，自擇忠讜爲臺諫官，收還威福之柄，悉從己出。詔天下青苗錢勿復散，其見在民間逋欠者，計從初官本，分作數年催納，更不收息。其免役錢，除放差役，並依舊法，罷市易務，其所積物依元買價出賣，所欠官錢亦除利催本。罷拓土闢境之兵，先阜安中國，然後征伐四夷。罷保甲教閲，使服田力穡。所興脩水利，委州縣相度，凡利少害多者，悉罷之。如此，則中外讙呼，上下感悦，和氣薰蒸，雨必霑洽矣。彼阿諛之人，附會執政者，皆緣新法以得富貴，若陛下以爲非而捨之，彼如魚失水，必力争固執〔一二〕而不肯移，願陛下勿問之也。臣竊聞陛下以旱暵之故，避殿撤膳，其焦勞至矣，而民終不預其澤，不若罷此六者，立有溥博之德及於四海也。又聞京師近雖獲雨，而畿甸之外旱氣如故，王者以四海爲家，無有遠近，皆陛下之赤子，願陛下雖徇群臣之請，御正殿，復常膳，猶應兢兢業業，憂勞四方，不遽自寬，以爲無復灾也。又諸州縣奏雨，往往止欲解陛下之焦勞，一寸云三寸，三寸則云一尺，多不以其實，不可不察也。又聞青苗之法，灾傷及五分則倚閣，其間官吏不仁者，至有抑遏百姓，止放四分以下税，此尤可罪也。

臣在冗散之地，若朝政小小得失，臣固不敢預聞，今坐視百姓困於新法如此，將爲朝廷深憂，而陛下曾不知之。又今年以來，臣衰疾寖增，恐萬一溘先朝露，齎懷忠不盡之情，長抱恨於黄泉，是以冒死一爲陛下言之。儻陛下猶棄忽而不之信，此則天也，臣不敢復言矣。干冒宸扆，臣無任懇切惶懼之至！

論錢穀宜歸一

司馬光

臣竊以《洪範》八政，食貨爲先，故古者國用必使冢宰制之。祖宗之制，天下錢穀自非常平倉隸司農寺外，其餘皆總於三司，一文一勺以上，悉申帳籍，非條例有定數者，不敢擅支。故能知其大數，量入爲出，詳度利害，變通法度，分畫移用，取彼有餘，濟此不足。指揮有司、轉運使、諸州，如臂使指。朝廷常選健吏，精於理財者，爲三司官，如陳恕、林特、李參之類，皆稱職有名者也。其餘非通曉錢穀者，亦罕得叨居其任，理資序受厚俸而已。故能倉庫充溢，用度有餘，民不匱乏[一三]，邦家乂安。

自改官制以來，備置尚書省六曹、二十四司，及九寺、三監，各令有職事，將舊日三司所掌事務，散在六曹及諸寺監，户部不得總天下財賦。既不相統攝，帳籍不盡申户部，户部不能盡知天下錢穀之數。五曹各得支用錢物，有司得符，不敢不應副，户部不能制。户部既不知天下錢穀出納見在之數，無由量入爲出。五曹及内百司，各自建白理財之法，申奏施行，户部不得一一關預，無由盡公共利害。今之户部尚書，舊三司使之任也，左曹隸尚書，右曹不隸尚書，天下之財分而爲二，視彼有餘，視此不足，不得移用。天下皆國家之財，而分張如此，無專主之者，誰爲國家公共愛惜通融措置者乎？譬人家有財，必使一人專主管支用，若[一四]使數人主之，各務己分所有者，多互相侵奪，又人人得取用之，財有增益者乎？故利權不一，雖使天下財如江海，亦有時而竭，况民力及山澤所出有限劑乎？此臣所以日夜爲國家深憂者也。

今縱未能大有更張，欲乞且令尚書兼領左右曹侍郎，則分職而治，其右曹所掌錢物，尚書非奏請得旨，不得擅支。諸州錢穀金帛，隸[一五]提舉常平倉司者，每月亦須具文帳申户部。六曹及寺監欲支用錢物，皆須先關户部，符下支撥，不得一面奏乞直支。應掌錢物諸司，不見户部符，不得應副。其舊日三司所管錢穀財用事，有散在五曹及諸寺監者，並乞收歸户部。若以如此户部事多官少，難以辦集，即乞減户部冗末事務，付閑曹比司兼領，而通隸户部。如此，則利權歸一，若更選用得人，則天下之財庶幾可理矣。

請罷韓琦等轉官

呂　誨

臣伏覩宰臣韓琦等轉官制辭，皆賞先議建儲之功，於體似未爲便。且儲貳者，國家之根本，根本未立，大臣不言，誰其言之？蓋其職爾，豈得爲功？言之者，是公於天下，而賞之者，私於己也。且《漢史》載文帝豫建太子，但云有司所請，不顯其人。訖景帝世，不聞賞建言者，誠有旨哉！自至和而後，先帝服藥，文武官請建儲副者無慮百十人，可盡録其功賞之耶？去歲賞定策之功，今日賞建儲之議，恩寵便蕃，乃前世未聞之事也。大庭宣揚，是以爵禄誘人，妄者因事以言，必思後福，其可得乎？陛下自幼鞠育宫中，乃先帝之意，天命所屬，保護者，皇太后之功也，群臣何力之有？借使臣下不言，曆數何所歸乎？貪天之功，以爲己力〔一六〕，古人羞之，琦等豈無是思？臣所以願陛下不賞者，爲國家無窮之計，唯聖智察焉！

請諸路安撫舉辟士人

吕誨

臣竊以本朝取士之路最廣，入流之人寖繁，常患遺才，似未得術。非養之有素，試之以事，誠不可也。如前朝藩鎮，延辟士人，既閲其實，使之漸進，庶幾得其用也。臣欲乞今後藩鎮帶安撫使處，許於本路舉人内，選有行實曾得文解者，歲辟一人，權本州司士參軍，且令差使，觀其能效，可以遠用，候滿三考，保薦聞上。或賜以本科出身，然後隨其器使，必能適用。與夫科場較藝，取其一日之長，其效遠矣。朝廷久而行之，士皆修飭風俗，才無遺矣。

論選部

吕誨

臣聞，漢世諸侯自得置吏四百石以下，其傅相大官，則漢置之，郡吏、督郵、從事，悉任之於牧守，魏晋而降，始歸吏部，蓋所以尊王朝而削郡國之權也。甄陶流品，因襲於今。以天下之廣，民政之本，委牧守自擇賢良而佐之，猶慮不得其人，而況專於一司乎？矧用刀筆以量才，按簿書而責實，限歲月以稽課，待賢愚於一塗，將使官無瘝曠，民歸治理，其可得也？而又吏有定員，入流之人無限，官隨歲積，銓衡日紊，不得救僿以澄源。其郡吏、督郵、從事，及縣之司籍丞〔一七〕尉，當令牧守舉辟乃任命。吏部謹其簿籍，俟考秩當遷，則稽之以課最，尚之以廉節，訪之以時務，較之以書判，審此四實，第爲五等，三之上聞於朝，當爲進任，四之下俾其叙進，降減吏部銓覈之要矣。

此則覆退，及三載聽叙前職。如是，州郡得人，生民受賜，雖權重於牧守，而命出於朝廷，亦不

論王安石

吕　誨

臣竊以大姦似忠，大詐似信，惟其用捨，繫時之休否也。至如少正卯之才，言僞而辯，行僞而堅，順非而澤，强記而博，非宣父聖明，孰能去之？唐盧杞，天下謂之姦邪，惟德宗不知，終成大患。所以言知人之難，堯舜其猶病諸！陛下即位之初，起王安石就知江寧府，未幾召爲學士，搢紳皆慶陛下之明擢有文之人得〔一八〕以適其用也。及進貳台席，僉論未允，衡石之下，果不得〔一九〕欺其重輕也。古人曰：『廟堂之上，非草茅所當言。』正謂是也。

臣伏覩參知政事王安石，外示樸野，中藏巧詐，驕蹇慢上，陰賊害物，斯衆所共知者。臣略疏十事，皆目覩之實迹，冀上寤於宸監，一言近誣，萬死無避。安石向在嘉祐中判糾察刑獄司，因開封府争鵪鶉公事，舉駁不當，御史臺累移文催促謝恩，倨傲不恭。相次仁宗皇帝上僊，未幾安石丁憂，其事遂已。安石服滿，託疾堅卧，累詔不起，終英宗朝不臣。就如有疾，陛下即位，亦合赴闕一見，稍有〔二〇〕人臣之禮。及就除江寧府，於私安便，然後從命。慢上無禮，其事一也。安石任小官，每一遷轉，遜避不已，自知江寧府，除翰林學士，不聞固辭。先帝臨朝，則有山林獨往之思；陛下即位，乃有金鑾侍從之樂，何慢於前而恭於後？見利忘義，豈其心

乎！好名欲進，其事二也。人主延對經術之士，講解先王之道，設侍講侍讀常員，執經在前，乃進説，非傳道也。安石居是職，遂請坐而講説，將屈萬乘之重，自取師氏之尊，真不識上下之儀，君臣之分，况明道德以輔益聰明者乎？但要君取名而已，其事三也。安石自居政府，事無大小，與同列異議，或因奏對，留身進説，多乞御批，自中而下，以塞同列沮論，是則掠美於己，非則斂怨於君。用情罔公，其事四也。安石自糾察司，舉駁多不中理，與法官争論刑名不一，常懷忿隙。昨許遵誤斷謀殺公事，力爲主張妻謀殺夫用按問，欲舉減等科罪，挾情壞法，以報私怨，兩制定奪，但聞朋附，二府看詳，亦皆畏避。徇私報怨，其事五也。安石初入翰林，未聞進一士之善，首率同列，稱弟安國之才，朝廷與狀元恩例，猶謂之薄，主試者定文卷不優，其人遂罹中傷。小惠必報，纖仇必復，及居政府，纔及半年，賣弄威福，無所不至，自是畏之者勉意俯從，附之者自鬻希進，奔走門下，惟恐其後，背公死黨，今已盛矣。怙勢招權，其事六也。宰相不視事旬日，差除自專，逐近臣補外，皆不附己者，妄言盡出聖衷，若然不應，是安石報怨之人。丞相不書敕，本朝故事，未之聞也。意示作威，聳動朝著。然今政府同列依違，宰臣避忌，遂專恣而行〔二二〕，何施不可？專威害政，其事七也。凡奏對黼座之前，唯肆强辯。向與唐介争論謀殺刑名，遂致諠譁，衆非安石而是介，介忠勁之人，務守大體，不能以口舌勝，不幸憤懣發疽而死。自是同列尤甚畏憚，雖丞相亦退縮，不敢較其是非。任性陵轢同列，其事八也。陛下方稽法唐堯，敦睦九族，奉親愛弟，以風天下，而小人章辟光獻言，俾岐王遷居於外，離間之罪，固不容誅。上尋有旨送中書，欲正其罪，安石堅拒不從，仍進危言，以惑聖聽，意在離間，遂成其事。朋姦之迹甚明，其事九也。今邦國經費，要會在於三司，安石居政府，與知樞密者同制置三司條例，兵與財兼領之，其掌握重輕可知矣。又舉三人者勾當，八人者巡行諸路，雖名之曰商榷財利，其實動摇天下也。臣未見其利，先見其害，其事十也。

臣指陳猥瑣，煩黷高明，誠恐陛下悦其才辯，久而倚毗，情僞不得知，邪正無復辨，大奸得路，則賢者漸去，亂繇是〔一一〕生。臣究安石之迹，固無遠略，唯務改作，立異於人，徒文言而飾非，將罔上而欺下。臣竊憂之，誤天下蒼生，必斯人矣。伏望陛下，圖治之宜，當稽於衆，方天灾屢見，人情未和，唯在澄清，不宜撓濁。如安石久居廟堂，必無安静之理，臣所以瀝懇而言，不虞横禍，期感動於聰明，庶判别於真僞。况陛下志在剛決，察於隱伏，當質於士論，然後知臣之言中否。然詆訐大臣之罪，不敢苟逭，孤危若寄，職分難安，當復露章，請避怨敵。

校勘記

〔一〕「居」，底本空缺，據麻沙本補。宋紹興本《温國文正公文集》作「居」。

〔二〕「推」，底本誤作「誰」，據麻沙本改。宋紹興本《温國文正公文集》作「推」。

〔三〕以上自「稍不盡力」至「及有壞新法」，麻沙本無。宋紹興本《温國文正公文集》亦無。

〔四〕「誤」，麻沙本作「設」。宋紹興本《温國文正公文集》作「誤」。

〔五〕「犯臟」，麻沙本作「徒罪」。宋紹興本《温國文正公文集》作「犯贓」。

〔六〕『秦』上，麻沙本有一『聞』字。宋紹興本《温國文正公文集》無。
〔七〕『我』，麻沙本作『哉』，從上。宋紹興本《温國文正公文集》作『我』。
〔八〕『忠善以損』，底本空缺，據麻沙本補。宋紹興本《温國文正公文集》作『忠善以損』。
〔九〕『容』，底本空缺，據麻沙本補。宋紹興本《温國文正公文集》作『容』。
〔一〇〕『稍廣』，麻沙本無。宋紹興本《温國文正公文集》作『稍廣』。
〔一一〕『蚪斛』，底本作『斛蚪』，據麻沙本改。宋紹興本《温國文正公文集》作『蚪斛』。
〔一二〕『力争固執』，底本作『力固争執』，據麻沙本改。宋紹興本《温國文正公文集》作『力争固執』。
〔一三〕『乏』，底本作『疲』，據麻沙本改。宋紹興本《温國文正公文集》作『乏』。
〔一四〕『若』，麻沙本無。宋紹興本《温國文正公文集》亦無。
〔一五〕『隸』下，麻沙本有一『使』字。宋紹興本《温國文正公文集》無。
〔一六〕『力』，底本作『有』，據麻沙本改。
〔一七〕『丞』下，底本爲墨釘，麻沙本作『簿』。
〔一八〕『有文之人得』，底本爲墨塊，據麻沙本補。宋淳祐刻元明遞修本《諸臣奏議》作『有文之人得』。
〔一九〕『得』，麻沙本作『能』。宋淳祐刻元明遞修本《諸臣奏議》作『能』。
〔二〇〕『有』，麻沙本作『存』。宋淳祐刻元明遞修本《諸臣奏議》作『存』。
〔二一〕『行』，麻沙本無。宋淳祐刻元明遞修本《諸臣奏議》亦無。
〔二二〕『是』，底本作『由』，據麻沙本改。宋淳祐刻元明遞修本《諸臣奏議》作『是』。

新校宋文鑑卷第五十一

校者按：底本此卷抄配，據麻沙本刻卷校改。

奏疏

論治本

孫沔

臣聞，虞舜治家而納麓，姬文刑寡而御邦。《周南》歌關雎之德，仲尼删《詩》，著爲三百篇之首；魯史先經以紀元妃，丘明直書，爲十二公之始。《易》以風自火出，爲《家人》之象，言號令之行於外，由中正而明於内，非嚴風火之威，則難以正於家矣。《禮》云：『身修而家齊，家齊而國治，國治而天下平。』王政之本，基乎此矣。是知先聖懼昵情之爲患，而立教於將來者也。恭以皇帝陛下，仁深溥博，明達照臨，好善無厭，從諫弗咈。紹三朝之謨訓，躬萬機之憂勤，旰食在念〔一〕，將二十年，雖古之聖帝明王，致志行事，無以過也。今朝無專權之臣，上無失道之事，然而陰陽未和，灾變未息，法令不行，恩威不著者，豈治内之道，有所未至歟？臣不欲迂闊引喻前古，願以聞見五事而陳之。若以言獲罪，臣之職也。

伏以中宫正位，德配至尊，主治陰教，爲天下母。三妃九嬪，世婦御妾，上下分統，無有僭差，百世不易之論也。伏自景祐以來，三黜寵姬，閩兩犯宸扆，蓋所起幽微，不勝恩遇，身貴則性悍，福極則患生，退屏繼跡，踰僭如舊，苟不逮於〔二〕嚴制，竊恐漸於厲階。昨見上元嘉節內庭出遊，美人才人無不隨從，飛蓋蔽景，流車激霆，各崇華衛，分道争行，衆目共觀，與后爲並，此非所以示外而垂範者也。臣乞今後貴品嬪御等，並令修備禮節，戒約奢侈，常隨皇后出入，不得各排儀衛，輒自矜越。仍乞選擇端嚴近上夫人一兩員，立爲宫師，以佐内職，則所冀上下有别，而中外不〔三〕惑矣。

竊以宫政之設，内職是先，尚書侍御司記典〔四〕言一百二十則爲大備，故先朝之數，侍史不過五百人，俸給止於五十貫，皆有紀律，不甚奢盈。今聞十倍增人，已踰二三千，十倍添俸，或至二十萬，私身養女，數復過之，百司供億，按簿可知，一歲之中，所用何極？非所以示節儉也。臣乞取索宫中諸院宫人及私身養女，都大數目，呈取進止。若非遊幸之所，宜令檢勘，合用人量留外，並放歸本家，任從其便，而請給之數，見在者宜節減其半。此所以消幽曠之氣，而省財廪之費也。

竊以内侍之職，最爲親近，宣傳國命，出納王言，常敦抑制，尚或騰淩，今遷秩不踰年，賞賜無虚日，甲第連坊，名園接畛，玉帛盈於後房，絲竹聞於别院，官尊禄厚，職重員多，若不立之儀式，必恐亢於寵榮。臣欲乞御藥依舊只用二員，御帶、押班、都知，並乞選擇謹重、公嚴、勤慎，舊有心力者充，三年一遷官，不許非次改轉。未有嗣者，令養一子。則内無久貴之人，下有進身之路，亦一代之永制也。

竊以勾陳九重，華蓋萬乘，垣直太紫，庭儼雲龍，非深嚴不爲尊，非禁戒不爲備，闌入則抵罪，語至則伏誅，使内言不出於閫，外言不入於閫，所以防未然而限中外也。今上之起居言語，衆無不知，帷簿宴遊，外無不傳，内降斜封，坦夷若道，免刑要賞，響應如神，皆由左右之人，出入爲地，邇臣頗邪，能伺動静，迎合巧中，率用斯道。若不早辨以防微，竊恐長奸而忽變。臣欲乞應合入内及聽唤中人，並用五十以上，十五已下者，諸宫院子須限七十已上，分定番次上下，不得參雜出入，仍令内東門司專切點檢。其暗祗候、俳優人，及公主院擔子官，各放歸本營。所有内道場，乞今後斷絶。此則肅静於宸庭，足以輝光於史牒。

竊以王者所須，歲終不會，蓋天下之財，天子用之，有司不得而吝也。其或出納不謹，支費不節，豈可容姦，不詰其弊？今御寶憑由司内東門劄子，取諸庫犀玉金銀錢帛，一歲僅三百餘萬貫，但有入内之名，不知所用之處，此數既多，不可悉記。昨聞胥吏僞取庫金三十兩抵法，況御寶是中禁所掌，外何計而詐得之？竊恐前後用此，非一吏也。乞差不干礙公幹有心力臣寮置司，將寶元後來，係御寶憑由及内東門劄子，取左藏庫等金銀犀玉錢帛大數，對帳簿及謝恩表狀，造作文曆，并内藏諸庫，亦自寶元後來，内中支使金寶錢帛都數，逐件磨勘，即見無涯費用，積久欺弊。仍乞今後諸宫閤，凡有取索，出到憑由劄子，先下内侍省都知入内覆奏，然後置簿抄上，番换通簽正牒，下諸庫藏，方得即官支物，不得直行取索。或更別設關防，節減用度，亦經久之利也。

此五事者，實政教之本源，昇平之基構也。中宫正，則内宰之制行於六宫，而寵嬖不犯於上矣；宫禁嚴，則中闈之事絶於衆口，而朋黨不生於外矣；宫人不減，則用度不給，怨曠以感陰陽之沴矣；内侍不禁，則威柄不一，引進以來邪佞之類矣；御寶不嚴，財貨不計，則盗詐公取而無慮矣。噫！恩能削威，暱可消正，甘言令色遂於志，先意希旨會其事，仁愛浸深，忍情難決，非至聖至明，不可免也。伏望皇帝陛下，遊神清浄，毓〔五〕德太寧，養沖和之性，節嗜慾之情，使氣志如神，威儀可畏，廓日月之輝，發雷霆之斷，柔媚不干於聰明，愛倖盡決於道義，則何患天下之不治哉？《書》曰：『威克厥愛，允濟。』《易》曰：『揚于王庭』，『剛決柔也。』《傳》曰：『棖也慾，焉得剛？』非用天之剛健中正，則於斷也難矣。今昊賊侵軼，西鄙攻守，臣未敢進一策者，蓋儒者不知兵，不可預言也。若大臣盡心，諸將用命，恐未爲大患也。夫手足之疾，侵於皮膚，積爲瘡痍，發於指掌，未有所損也；心腹之疾，迫於膏肓，擁爲癰疽，潰於頭目，不可卒救也。此五事措置得宜，則無窮之福；此五事因循弗舉，恐爲不測之慮。履霜至於堅冰，燃火在於積薪，非一朝一夕之故也。惟斷之在不疑，行之恐不及，動無失幾，間不容髮，則百世之利，萬方之幸，此皆陛下家事，非人臣所得及也。至於政教之綱紀未舉，輔相之心德未同，朋黨之邪正未分，著位之才愚未辨，進賢難於起死，去佞過於拔山，法令撓於親，恩賞及於濫，豈不謂根蘖於内，而斤斧不施者乎？若聖人一慮及此，則庶事自正，其條例悉數之名，俟聰明聽然其説，異日爲陛下言之也。

臣素非博識，惟盡愚誠，不歷詆於群公，不專攻於上德，但慮切直，速怒貴權，不能保身，貽憂老母，則於事君之心無所愧矣。伏望夙夜之餘，再賜詳覽，無使臣言爲空言，則死生幸甚！干犯威顔，甘俟誅竄，無任激切待罪之至！

請罷不管兵節使公用

孫沔

臣竊見正刺史已上至防團節度使、使相，皆有隨使公用錢，多或至一萬貫。蓋先朝以諸道用兵之際，恩假武臣，俾之足用，犒設軍員，招延賓客，任其支費，不問出入，欲使將帥豐財聚人之術也。自太平四十年，因循成例，給賜不追，或罷權出鎮，或養疾閑地，至於老死，未聞退辭，軍員賓客，不復延設，雖稱公錢，並爲己物。與之既不知恩，取之豈敢生怨？若朝廷以爲小事，恐傷大體，臣願引即月三事以爲之比，乞陛下聰明詳之，則知罷無損矣。今范仲淹孤寒出身，忠誠報國，統兵邊鄙，終歲勤苦，未嘗有臣寮乞賜與千百緡，令助清貧之節，一也。劉涣仗義入夷狄，去不顧妻子，非慷慨感於君親，豈能身奮死地？亦未嘗有臣寮乞賜與千百緡，令資其家，二也。田況召自江外，受命陝西，委參使幕，合得賜賚一二百貫，此亦微事，須合自陳，況既耻言，賜以弗及，三也。蓋以國家闕用，多方節財，惟守舊例，不求損益。有例〔六〕者雖枉費於萬金不爲惜，無例者雖可賞亦不知卹，例之爲弊，一至於此，豈宜執而不革者也？伏望斷自宸衷，勿容横議，所有刺史至使相，非統兵及任陝西、河北者，並乞盡罷隨使公用錢，令支撥與管内臣寮，此足使武夫悍卒知聖人憂邊之深意也。所有皇親，乞從特恩，以表異禮。

論詔獄

吴　育

先王凝旒黈纊，不欲聞見人之過失，有犯典憲，即屬之有司按文處斷，情可矜者，猶或特從寬宥，如此則恩歸主上，而法在有司，人被誅殛，死亦何憾？祖宗以來，不許刑獄司狀外求罪，是以人人自安。近傳三司判官楊儀下獄，自御史臺移劾都亭驛，械縛過市，萬目隨之，咸共驚駭，不測爲何等大獄，及聞案具，乃止請求常事，非有枉法贓賄。又傳所斷罪名，法不至此，而出朝廷特旨，恐非恩歸主上、法在有司之意也。且儀身預朝行，職居館閣，又任事省府，使有大〔七〕罪，雖加誅斬，自有憲章，苟不然者，一旦至此，使士大夫不勝其辱，士民輕視其上，非所以養廉耻、示敦厚也。自古刑獄滋彰之時，誅家滅族，冤枉太半，大抵雷霆方震，人莫敢言，有司以深就深，各圖自免，或因而爲利，以希進取，使君恩不得下達，人情不得上通，感傷至和，灾變百出。陛下爲四海愛戴之主，忽使道路之口紛紛竊議，朝廷之士人人自危，此臣所以深爲陛下痛惜之也。若儀罪未斷，臣不敢言，今事已往，且無解救之嫌，止〔八〕祈聖神，此後詳審庶事，毋輕置詔獄，具案之上，自非情涉巨蠹，且從有司論讞，不必法外重行，如此足以安人心，静風俗，養廉耻，召和平，天下之幸也。

論本朝百年無事

王安石

臣前蒙陛下問及本朝所以享國百年、天下無事之故，臣以淺陋，誤承聖問，迫於日晷，不敢久留，語不及悉，遂辭而退。竊惟念聖問及此，天下之福，而臣遂無一言之獻，非近臣所以事君之義，故敢昧冒〔九〕而粗有所陳。

伏惟太祖，躬上智獨見之明，而周知人物之情僞，指揮付託，必盡其材，變置施設，必當其務，故能駕馭將帥，訓齊士卒，外以扞夷狄，内以平中國。於是除苛賦，止虐刑，廢强横之藩鎮，誅貪殘之官吏，躬以簡儉爲天下先，其於出政發令之間，一以安利元元爲事。太宗承之以聰武，真宗守之以謙仁，以至仁宗、英宗，無有逸德，此所以享國百年而天下無事也。仁宗在位，歷年最久，臣於時實備從官，施爲本末，臣所親見，嘗試爲陛下陳其一二，而陛下詳擇其可，亦足以申鑒於方今。

伏惟仁宗之爲君也，仰畏天，俯畏人，寬仁恭儉出於自然，而忠恕誠慤終始如一，未嘗妄興一役，未嘗妄殺一人。斷獄務在生之，而特惡吏之殘擾，寧屈己棄財於夷狄，而終不忍加兵。刑平而公，賞重而信，納用諫官御史，公聽並觀，而不蔽於偏至之讒，因任衆人耳目，拔舉疏遠，而隨之以相坐之法。蓋監司之吏，以至州縣，無敢暴虐殘酷，擅有調發，以傷百姓，自夏人順服，蠻夷遂無大變，邊人父子夫婦得免於兵死，而中國之人安逸蕃息以至今日者，此未嘗妄興一役，未嘗妄殺一人，斷獄務在生之，而特惡吏之殘擾，寧屈己棄財於夷狄，而不忍加兵之効也。大臣貴戚，左右近習，莫敢强横犯法，其自重慎，或甚於閭巷之人，此刑平而公之効也。募天下驍雄横猾以爲兵，幾至百萬，非有良將以御之，而謀變者輒敗；聚天下財物，雖有文籍，委之府史，非有能吏以〔一〇〕鈎考，而欺〔一一〕盗者輒發；凶年饑歲，流者填道，死者相枕，而寇攘者輒得，此賞重而信之効也。大臣貴戚，左右近習，莫能大擅威福，廣私貨賂，一有姦慝，隨輒上聞，貪邪横猾，雖間或見用，未嘗得久，此納用諫官御史，公聽並觀，而不蔽於偏至之讒之効也。自縣令京官，以至監司臺閣，陞擢之任，雖不皆得人，然一時之所謂才士，亦罕蔽塞而不見收舉者，此因任衆人之耳目，拔舉踈遠，而隨之以相坐之法之効也。升遐之日，天下號慟，如喪考妣，此寬仁恭儉出於自然，忠恕誠慤終始如一之效也。

然本朝累世因循末俗之弊，而無親友群臣之義，人君朝夕與處，不過宦官女子，出而視事，又不過有司之細故，未嘗如古大有爲之君，與學士大夫討論先王之法，以措之天下也。一切因任自然之理勢，而精神之運有所不加，名實之間有所不察。君子非不見貴，然小人亦得厠其間。正論非不見容，然邪説亦有時而用。以詩賦記誦求天下之士，而無學校養成之法。以科名資歷叙朝廷之位，而無官司課試之方。監司無檢〔一二〕察之人，守將非選擇之吏，轉徙之亟既難於考績，而游談之衆因得以亂真。交私養望者多得顯官，獨立營職者或見排沮。故上下偷惰，取容而已，雖有能者在職，亦無以異於庸人。農民壞於繇役，而未嘗特見救恤，又不爲之設官，以修其水土之利。兵士雜於疲老，而未嘗申敕訓練，又不爲之擇將，而久其疆埸之權。宿衛則聚卒伍無賴之人，而未有以變五代姑息羈縻之俗。宗室則無教訓選舉之實，而未有以合先王親疏隆殺之宜。其於理財，大抵無法，故雖儉約而民不富，雖憂勤而國不强。賴非夷狄昌熾之時，又無堯、湯水旱之變，故天下無事，過於百年，雖曰人事，亦天助也。蓋累聖相繼，仰畏天，俯畏人，寬仁恭儉，忠恕誠慤，此其所以獲天助也。

伏惟陛下，躬上聖之質，承無窮之緒，知天助之不可常恃，知人事之不可怠終，則大有爲之時正在今日。臣不敢輒廢將明之義，而苟逃諱忌之誅，伏惟陛下，幸赦而留神，則天下之福也。取進止。

論孫覺令吏人寫章疏劄子

王安石

臣今日蒙宣召，諭以孫覺令吏人寫論列大臣章疏。臣初亦恠其不能謹密，但疑此朋友所當誨責，非人主所當譴怒。既又反復思惟，陛下以覺爲可聽信，故擢在諫官，進賢退不肖，自其職分所當論列，雖揚言於朝，以迪上心，於義未爲失也，但令吏人書寫章疏，誠不足以加譴怒。凡人臣當謹密者，以君子小人消長之勢未分，言有漏泄，或能致禍，如其不密，則害於其身。若遭值明主，危言正論，無所忌憚，亦何謹密之有乎？惟有姦邪小人，以枉爲直，懼爲公論之所不容，則惟恐其言之不密。若得此輩在位，陛下何所利乎？若陛下疑覺有交黨之私，招權之姦，則恐盛德之世不宜如此。魏鄭公以爲上下各存形迹，則國之廢興或未可知。若陛下不考察邪正是非，而每事如此猜防，則恐善人君子各顧形迹，不敢盡其忠讜之言，而姦邪小人得伺人主之疑，以行讒慝也。若陛下恐陳升〔一三〕之聞此，或不自安，臣亦以爲不然。漢高祖雄猜之主也，然鄂秋明論相國蕭何功次，而高祖不疑，乃更加賞，亦不聞蕭何以此爲嫌。陛下聖明高遠，自漢以來，令德之主皆未有能企及陛下者，每事當以堯、舜、三代爲法，奈何心存末世褊吝之事乎？《書》曰：『任賢勿貳，去邪勿疑。』不明知其賢而任之以爲賢，不明見其邪而疑之以爲邪，非堯、舜、三代之道也。陛下以臣爲可信，故聖問及之，臣敢不盡愚？今日口對未能詳悉，故謹具劄子以聞。

請令文武致仕官依外任官給俸錢

呂公著

臣竊以古之仕者，七十而致仕，雖有不得謝者，然年至而去，實禮之常制。蓋當其壯也，既竭勤盡瘁以任其事，故及其老也，則使之優逸以終其身，此君上之至恩，而臣下之極榮也。然自本朝以來，凡致仕者，雖例改官資，或推恩子弟，年及而願退者常少。議者以疲癃老疾之人，其精神筋力不足以任職，則或至於蠹政而害民，故著令應年及而不退者，自知州以下，皆降爲監當，然比年以來，致仕者亦不加多。夫昔爲守倅，而今釐務，雖至愚之人，豈不以爲辱？然所以被辱而不去者，亦由朝廷立法有以致之。何則？古之爲仕者，終身食其地，今之致政者，即日奪其廪。古之仕者不出鄉里，今則有奔走南北之勞。古之仕者常處其職，今則有罷官待次之費。故自非貪吏及素有經産，則其禄已常苦不足，一日歸老，則妻子不免於凍餒，是以雖潔廉之士，猶或隱忍而不能去。議者不惟其本，則曰此皆無耻之人，宜思所以重辱之，此朝廷之恩所以愈薄，而臣下之節所以益壞也。

臣愚欲乞應文武官致仕，非因過犯及因體量者，並依外任官例，與給四分俸錢，歲時州郡量致酒粟之問，如此則自非無耻之甚者，莫不感抱恩德，争自引去矣。朝廷優之如此，而猶不能去，則雖重辱之，亦不爲甚過也。或曰今國用方患不足，則吏禄豈宜有增？臣竊以爲，今日所議，正爲年及而不退者，彼若年及而退，則其禄故未嘗絶，如此自人多引去，則今之去而受禄者，乃向之不去而居官者也。臣所論者，其實國無所費，而足以全遇下之恩；臣無重辱，而足以去瘝官之弊。伏惟陛下，方以至仁厚德風化天下，則於優養耆老固所先務，伏乞詳酌施行。

論臧否人物宜謹密

呂公著

臣聞《易》曰：『君不密則失臣，臣不密則失身，幾事不密則害成。』夫人主延見群臣，與之講天下之事，而論及人物之臧否，此所宜謹密者也。苟人主謹密有所不至，則人臣悼後害之及，念失身之戒，而不敢盡其所言，此《易》之所謂『不密則失臣』者也。况人君用人，既用其長，固欲知其短，知而暴之，則莫肯盡其心力。將同舟而濟，共輿而馳，苟不能使人人盡其心力，則其勢未可知也。惟陛下留意，幸甚！

請廣收人才

呂公著

臣伏覩近詔舉才行堪任外擢官。竊觀陛下自臨御以來，虚心屈己以待天下之士，士之起草茅小官而超至顯近者，不可勝數，然猶孜孜以求賢爲急，誠欲廣收人才，無所遺棄。臣伏思自昔有爲之君，不借賢於異代，然唐虞之際，亦稱才難，則世固未嘗乏賢，而人才亦不可多得。今陛下降發中之詔，非徒爲虚文也，中外所舉，蓋百有餘人，雖不能盡當，誠參考名實而試用之，宜有可以塞厚望、應明指者。臣又竊詳今日詔意，正欲達所未達，然數年以來，天下之士，陛下素知其能，嘗試以事，而終就閑外者尚多，恐其間亦有才實忠厚，欲爲國家宣力者，未必盡出於迂闊繆戾而難用也。漢武帝時，公孫弘初舉於朝，以不稱旨罷，後再以賢良舉，帝親擢爲第一，不數年間，遂至宰相，由是觀之，人固未易知，而士亦不可忽。何則？昔日所試，或未能究其詳，數年之間，其才業亦容有進。惟陛下更任之事，以觀其能，或予之對，以考其言，兼收博納，使各得自盡，則盛明之世，無滯才之嘆。不勝幸甚！

論李定言程顥顧臨不當

呂公著

臣聞臯陶陳謨，以知人爲難；孟子論道，以知言爲要。所謂『知人則哲，能官人』，『何憂乎驩兜』，『何畏乎巧言令色孔壬』者，知人也；『詖辭知其所蔽，淫辭知其所陷，邪辭知其所離，遁辭知其所窮』者，知言也。故曰：帝王之德莫大乎知人，而成敗之機在於察言。是以堯、舜在上，明目達聰，詢四岳以難任人，命納言以堲讒説。使惡直醜正者，不能亂天下之俗；服讒蒐慝者，不能遷人主之意。然後四門穆穆，而朝廷清明，權歸於上，而天下無事。

臣向蒙陛下擢在樞府，中謝曰，不敢縷陳細務，輒論及判别忠邪之道，嘗謂陛下勵精爲治，十年不懈，小大政事，日欲增葺，而朝廷之間邪説尚勝。大抵小人之害君子，必求要切之語以中之，使之不能自解。方朝廷修改法度之初，凡在朝野，孰無論議？陛下聖度兼包，豈嘗記録？而小人賊害，指目未已。苟昔有異同之論，而今不爲言者所容，則必指以爲沮壞法度之人，不復可用，非陛下加意省察，則端人良士類遭排格。當時粗陳此語，陛下頗賜開納。

近日除顧臨開封府推官程顥判武學，縉紳聞之，皆以爲顥昔任御史，嘗有所言，陛下不以爲過而稍用之，知朝廷用人，不終遺棄，必料傳之四方，士人無不欣仰。然命下數日，復因言者而罷去，則知臣前所陳者，其風猶未殄也。臣實不佞，嘗爲一二識者私道陛下聖德，竊以爲陛下春秋鼎盛，履崇高之位，操殺生之柄，而記人之功，忘人之過，極天地山海之量，此群下所以愛戴，而人人願立於朝也。小大之臣，雖姦回頗僻如鄧綰者，猶降責不踰年，遽復侍從，授以方面，則是盛明之世，本無棄絶之人，邪正賢不肖，亦未易以一言而定也。臣愚以謂今日公卿士夫，嘗於朝廷法令有所可否，然其愛君許國之心，愈久而益明者甚衆，其唱和雷同，承迎附會，而姦言汙行，卒爲陛下所照者，蓋亦不少，然則人固未易知，而士亦不可忽也。況如顥者，陛下早自知之，其立身行己素有本末，講學論議久益疏通，且其在言路日，時有論列，皆辭意忠厚，不失臣子之體，使得復見用於聖世，其奮身報國，未必在時輩之後，兼所除武學差遣，亦未爲仕宦之要津，而小人斷斷，必以爲不可者，直欲深梗正路，廣沮善人，其所措意，非特一二人而已。臣區區所慮者，讒説殄行之徒日以熾盛，則守正向公之士愈難自立，其於聖政，不爲無損。臣受恩與常人不同，苟有所當言者，不敢顧避緘默，以負陛下優遇。唯陛下幸察！

校勘記

〔一〕「念」，麻沙本作「治」。宋淳祐刻元明遞修本《諸臣奏議》作「念」。

〔二〕「逮於」，底本空缺上一字，據麻沙本補。宋淳祐刻元明遞修本《諸臣奏議》作「建立」。

〔三〕「不」下，麻沙本有一「敢」字。宋淳祐刻元明遞修本《諸臣奏議》無。

〔四〕「記典」，底本空缺，據麻沙本補。宋淳祐刻元明遞修本《諸臣奏議》作「記典」。

〔五〕「毓」，麻沙本作「敏」。

〔六〕「例」，底本作「利」，據麻沙本改。

〔七〕「大」，麻沙本無。宋淳祐刻元明遞修本《諸臣奏議》作「大」。

〔八〕「止」，底本作「上」，據麻沙本改。宋淳祐刻元明遞修本《諸臣奏議》作「止」。

〔九〕「昧冒」，底本空缺，據麻沙本補。宋淳祐刻元明遞修本《諸臣奏議》作「冒昧」。宋刻元明遞修本《臨川先生文集》、明嘉靖刊本《臨川集》作「昧冒」。

〔一〇〕「以」下，麻沙本有一「獨」字。宋淳祐刻元明遞修本《諸臣奏議》、宋刻元明遞修本《臨川先生文集》、明嘉靖刊本《臨川集》無。

〔一一〕「欺」，麻沙本作「斷」。宋淳祐刻元明遞修本《諸臣奏議》作「竊」。宋刻元明遞修本《臨川先生文集》、明嘉靖刊本《臨川集》作「斷」。

〔一二〕「檢」，麻沙本作「點」。宋淳祐刻元明遞修本《諸臣奏議》、宋刻元明遞修本《臨川先生文集》、明嘉靖刊本《臨川集》作「檢」。

〔一三〕「升」，底本空缺，據麻沙本補。宋淳祐刻元明遞修本《諸臣奏議》作「升」。

新校宋文鑑卷第五十二

校者按：底本此卷抄配，據麻沙本刻卷校改。

奏疏

進十事

呂公著

臣近准詔書，令臣發來赴闕，已於今月二十日朝見訖。竊聞近日臣寮未有上殿班次，臣雖忝先朝執政之臣，亦未獲一覩法〔一〕座，少奉德音。然自忖累世蒙被厚恩，惓惓報國之誠，不能自已，輒具奏對〔二〕，陳其一二，冒瀆聖聰，臣無任惶懼之至。臣伏覩皇帝陛下，紹履尊極，方逾數月，臨朝穆穆，有君人之度。太皇太后陛下，勤勞庶政，保佑聖躬，德澤流行，已及天下。臣遠從外服，召至左右，竊思人君即位之初，宜講求修德爲治之要，以正其始，然後日就月將，學有緝熙於光明〔三〕，新而又新，以至於大治，是用罄竭愚誠，考論聖道，槩舉十事，仰贊聰明。一曰畏天，二曰愛民，三曰修身，四曰講學，五曰任賢，六曰納諫，七曰薄斂，八曰省刑，九曰去奢，十曰無逸，皆隨事解釋，粗成條貫，不爲繁辭，以便觀覽。伏望陛下，留神幸察，如言有可采，即乞置之御座，朝夕顧省，庶於盛德少助萬一。謹列如右：

畏天

《書》曰：『皇天無親，惟德是輔。』又曰：『惟上帝不常，作善，降之百祥；作不善，降之百殃。』蓋天雖高遠，日監在下，人君動息，天必應之。若修己以德，待人以誠，謙遜靜慤，慈孝忠厚，則天必降福，享國永年，灾害不生，禍亂不作。若慢神虐民，不畏天命，則或遲或速，殃咎必至。自古禹、湯、文、武，以畏天而興；桀、紂、幽、厲，以慢神而亡。如影隨形，罔有差忒。然自兩漢以來，言天道者，多爲曲説，以附會世事。間有天地變異，日月灾眚，時君方恐懼修省，欲側身脩行〔四〕，而左右之臣乃據經傳，或指外事爲致灾之由，或陳虛文爲消變之術，使王意怠於應天，此不忠之甚者。《詩》曰：『我其夙夜，畏天之威，于時保之。』然則有天下者，固當飭己正事，不敢戲豫，使一言一行，皆合天心，然後社稷民人可得而保也。天人之際，焉可忽哉？

愛民

《書》曰：『撫我則后，虐我則讎。』人君既即尊位，則爲民之父母，萬方百姓皆爲己子，父固不可以不愛子，君固不可以不愛民。若布德施恩，從民所欲，則民必欣戴，欣戴不已，則天降之福。若取民之財不憂其困，用民之力不恤其勞，好戰不休，煩刑以逞，則民必怨叛，怨叛不已，則國從而危。故曰：『民惟邦本，本固邦寧。』然自古人君，臨朝聽政，皆以赤子爲憂，一旦用兵，則不復以生靈爲念。此蓋獻策之臣，設姦言以導上意，以開邊拓境爲大功，以暫勞永逸爲至計，此世主所以甘心而不悟也。夫用兵不息，少壯從軍旅，老弱疲轉餉，伏尸流血，而勝負得失猶未可知也。民勞則中國先敝，夫何足以爲功？兵興則朝廷多事，亦不得而安逸也。故凡獻用兵之策者，欲生事以希寵，敗公而營私耳，豈國家之利哉？

修身

天下之本在國，國之本在家，家之本在身。夫欲家齊國治而天下化，莫若修身。修身之道，以正心誠意爲本。其心正，則小大臣庶罔敢不正；其意誠，則天地神明皆可感動。不誠則民不信，不正則令不行，況人君一言一動，史臣必書，若身有失德，不唯民受其害，載之史策，將爲萬代譏笑。故當夙興夜寐，以自修爲念，以義制事，以禮制心，雖小善不可不行，雖小惡不可不去。然人君進德修業，實繫乎左右前後。夫習與正人居，不能無正，猶生長於齊不能不齊言也；習與不正人居，不能無不正，猶生長於楚不能不楚言也。故曰：『僕臣正，厥后克正；僕臣諛，厥后自聖。』

講學

王者繼祖宗之業，君億兆之上，禮樂征伐之所自出，四方萬里之所視效。智足以窮天下之理，則讒邪不能惑；德足以服天下之心，則政令無不行。自非隆儒親學，何以臻茲？然天子之學，與凡庶不同。夫分文析字，考治章句，此世之儒者以希禄利取科級耳，非人主之所當學也。人主之所當學者，觀古聖人之所用心，論歷代帝王所以興亡治亂之迹，求立政立事之要，講愛民利物之術，自然日就月將，德及天下。《書》曰：『王人求多聞，時惟建事。』又曰：『念終始典于學，厥德修罔覺。』故傅説之告高宗者，修德立事而已。至漢之晁錯，以爲人主不可不學術數。錯之意，欲人主用機權巧譎以參制群下，而景帝用之，數年之間，漢罹亡國之禍，而錯受東市之誅，蓋其所主者，不出於誠信而已。由是觀之，擇術不可不審也。

任賢

昔成王初涖政，召康公作《卷阿》之詩以戒之，言求賢用吉士。蓋爲治之要，在乎任賢使能。能者不必賢，故可使；賢者必有德，故可尊。小賢可任以長民，大賢可與之謀國。若夫言必顧國家之利，而行足以服衆人之心，夷險一節，而終始可任者，非大賢則不能也。人君雖有好賢之心，而賢猶或難進者，蓋君子志在於道，小人志在於利。志在於道，則不爲苟合〔五〕；志在於利，則惟求〔六〕苟得。忠言正論，多咈於上意；而佞辭邪説，專〔七〕媚於君心。故君子常難進，而小人常易入，不可不察也。自古雖無道之君，莫不欲治而惡亂，然而治君少而亂國多者，其所謂忠者不忠，而所謂賢者不賢也。《書》曰：『有言逆于汝心，必求諸道；有言遜于汝志，必求諸非道。』人主誠存此心，以觀臣下之情，則賢不肖可得而知矣。

納諫

昔《書》稱成湯之德曰：『從諫弗咈』，『改過不吝』。湯，聖君也，不曰無過而曰改過者，言能捨己而從諫，則不害其爲聖也。及紂爲天子，强足以拒諫，智足以飾非，紂非無才智也，然身滅國亡而天下之惡皆歸之者，言愎諫自用，則才智適足爲害也。前代帝王，無不以納諫而興，拒諫而亡，著在史册，一一可考。蓋貴爲天子，富有四海，貴則驕心易生，富則侈心易動，一日萬幾，則不能無失，固當開道而求諫，和顔色而受之。其言可用，則用其言而顯其身；言不可用，則恕其罪以來諫者。夫忠直好諫之臣，初若逆耳可惡，然其意在於愛君而憂國；諂佞阿諛之士，始若順意可喜，然其情在於媚上而邀寵。人君誠能察此，則事無過舉，身享美名。故曰：『木從繩則正，后從諫則聖。』

薄斂

古人有言曰：『百姓足，君孰與不足？百姓不足，君孰與足？』人君恭儉節用，取於民有制，則民力寬裕，衣食滋殖，自然樂輸租賦以給公上。若暴征峻斂，侵奪民利，物力已屈，而驅以刑辟，勢必流轉溝壑，散爲盜賊。爲人上者，將何利於此？故善言治道者，尤惡聚斂之臣，曰：『與其有聚斂之臣，寧有盜臣！』前代帝王，或躭於聲色，或盤於遊畋，或好治宫室，或快心攻戰。於是小人乘間而肆其邪謀，爲之斂財，以佐其横費。世主不悟，以爲有利於國，而不知其終爲害也。賞其納忠於君，而不知其大不忠也；嘉其以身當怨，而不知其怨歸於上也。昔鹿臺之財，鉅橋之粟，商紂聚之以喪國，周武散之以得民。由是觀之，人主所當務者，『仁義而已』，『何必曰利』？

省刑

夫臨下以簡，御衆以寬，百王不易之道也。昔漢高祖去秦苛暴，約法三章，以順民心，遂定王業。孝文循之以清浄，而幾至刑措。然爲治之要果在於省刑，而不在於煩刑也。況人主之刑獄，其勢不能親臨，則必委之於臣下，故峻推鞫則權在於獄吏，廣偵伺則權在於小人，肆刑戮則權在於彊臣，通請謁則權在於近習。自古姦臣，將欲誅鋤善人，自專威柄，必數起大獄，以摇人心。何則？獄犴之間，其情難知，斷鍊周緻，一繫於獄吏，及夫奏成獄具，則雖有冤抑，人主亦何從而察之哉？然則欲姦雄不得肆其威，善良有以安其性，莫若省刑而已。自三代以還，有天下者數十姓，惟宋受命逮今一百二十有六年，中原無事，不見兵革。稽其德政，所以特異前世者，直以誅戮之刑内不施於骨肉，外不及於士大夫，至於下民之罪，一決於廷尉之平，而上自天子，下至于有司，不復措意輕重於其間，故能以好生之德，感召和氣，而致無窮之福。祖宗所以消惡運、遏亂原者，嗚呼遠哉！雖甚盛德，無以加矣。

去奢

昔夏禹克勤於邦，克儉於家，而爲三王祖。漢文帝即位，宫室苑囿，車騎服御，無所增益，而天下斷獄四〔八〕百，幾至刑措。然則節儉者，固帝王之高致也。況以天子之尊，富有天下，凡〔九〕四方百物所以奉養於上者，蓋亦備矣。然而享國之日寖久，耳目之所御者習以爲常，入無法家拂士，出無敵國外患，則不期於侈而侈心自生。佞諛之臣又從而導之，於是窮奢極侈，無不爲已。是以先王制法，作奇伎淫巧以蕩上心者，殺無赦。夫竭天下百姓所以相生相養之具，而以供人主無窮之欲，致人主於喪德損壽之地，而以邀已一時之榮，雖誅戮而不赦，固未足以當其罪也。昔紂爲象箸而箕子諫，夫以天子而用象箸，未爲過侈也，然箕子以爲象箸不已，必金爲之，金又不已，必玉爲之。故箕子之言，所以防微而杜漸也。至漢公孫弘相武帝，以爲人主病不廣大，人臣病不節儉。當是時，帝方外伐四夷，内治宫室，爲千門萬户，由是天下户口減半，盗賊蠭起，而弘猶病其不廣大，何其不忠之甚哉？故人主誠能不以箕子之言爲太過，而察見公孫弘之言爲〔一〇〕大佞，則夏禹、漢文之德不難及已。

無逸

昔周公作《無逸》之篇以戒成王，其略曰：昔商王中宗，治民祇懼，享國七十有五年。其在高宗，不敢荒寧，享國五十有九年。厥後立王，生則逸，不聞小人之勞，惟耽樂之從，自時厥後，亦罔克壽，或十年，或七八年，或五六年，或四三〔一一〕年。嗚呼！非愛君憂國之深，其言何以至此？又曰：繼自今嗣王，無淫于觀，于逸，于遊，于田，無若商王受之迷亂，酗于酒德哉！小人怨汝詈汝，則皇自敬〔一二〕德。亂罰無罪，殺無辜，怨有同，是叢于厥身。蓋人君初務縱逸，小人必怨，而大臣必諫。至於淫刑亂罰，以杜言者之口，然後流連忘反，不聞其過，而終至於滅亡。故曰《無逸》之書，後王之元龜也。唐明皇初即位，宋璟爲相，手寫《無逸圖》，設於帝座，明皇勤於政事，遂致開元之治。其後宋璟死，所獻圖亦弊而徹去，明皇遂怠於政，親見天寶之亂。由是觀之，『靡不有初，鮮克有終』，人君誠能慎終如始，不敢逸豫，則德有堯舜之名，體有喬松之壽，豈不美哉！

右，臣聞孟子曰：『我非堯、舜之道，不敢以陳於王前。』今朝廷始初清明，臣雖學術淺陋，惟是前代聖帝明王所以致治之迹可以爲法，與夫暴君暗主所以召亂之道可以爲戒者，乃敢告於左右。古人有言曰：『舜何人也，予何人也。』『夙夜以思，去其不如舜者，就其如舜者。』是亦舜而已矣。惟陛下加意無忽，則社稷幸甚，天下幸甚。

論韓維不當責降

呂公著

臣伏思陛下自臨政以來，慈仁寬大，判别忠邪，於輔弼之臣最加優禮，故得上下安樂，人情悦服。今來韓維必是進對之間，語言乖繆，上觸龍鱗。然維昨與范百禄争論刑名等事，若以爲性彊好勝，則有之，亦未見姦邪事迹。若以奏〔一三〕劾臣寮當有章疏，則自來大臣造膝密論，亦未嘗須有章疏。比來批語所罪，恐未足以宣示四方。兼維素有人望，久以直言廢棄，陛下始初清明，方蒙收用，忽然峻責，罪狀未明，慮必有讎嫌之人飛語中傷，以惑聖聽。况五六十年來，執政大臣不聞有此降黜，恐中外聞之，無不驚駭，自此人情不敢自安。臣又竊思，皇帝陛下春秋方富，正賴太皇太后陛下訓以仁厚之道，調乎喜怒，以復仁祖之政。若大臣倉卒被罪，則小臣何以自保？臣受陛下恩與常人不同，意欲致君於堯、舜，措國於不傾，以報陛下。故今來雖當雷霆之怒，不敢愛身以陷陛下於有過之地，伏望少廻聖慮。其批降指揮，見只在臣處收掌，聽候聖旨。

請議恕私罪

韓維

臣數見良吏善人以小過留滯，而背公〔一四〕便己之徒不廢遷擢。竊尋其端，蓋朝廷之制，私罪雖得輕法，常爲仕進之累；公坐雖大，一時被責，則復〔一五〕升進矣。伏以國家賦禄命官，本爲治人，而無狀之吏廢職以遂苟且之意，壞法以行姑息之政，計其用意，豈復在公？夫緣私致罪，惡或止身，廢職壞法，其害及國，二者相校，孰爲輕重？伏望聖慈，特詔有司，議私罪之可恕者，稍蠲〔一六〕留礙，以通滯材；公坐有害者，重加困抑，以儆慢吏！

論勑不由銀臺司

韓維

臣近以黜吕誨等勑不由門下封駁司，嘗面具論奏，及兩上章，乞正官法，並未蒙聖慈施行。臣伏以紀綱法度，聖王所以維御邦國，使不危而安者也，其所措意，皆關諸盛衰，固不爲一日設也，譬〔一七〕猶舟之有維楫，馬之有銜轡。今有人於此，將假二物以出萬里之塗，而自毁其維楫，絶其銜轡，則人人知其有奔僨沈溺之憂矣。臣近對崇政殿，亦嘗以此理上陳，陛下初不省察，又以失職求賜罷黜，而聖慈再三敦諭，不令投進文字。臣僶俛而退，猶望陛下寤前之失，特詔有司，修明舊法，以防將來之患。而章上輒不出，使臣不得少伸職業，坐守空名，以蒙貪禄曠官之謗，進退實亦難處。伏望聖慈，以臣此狀并前兩奏，降付中書門下，商量施行。臣不敢枉道以阿人主之意，愛身以壞祖宗之法，惟陛下裁處！

請不汎於諸家爲潁王擇妃

韓維

臣累日以來，傳聞禁中汎至諸臣之家，爲潁王擇妃。審如此者，臣竊以爲非便。臣聞夫婦者，居室之大倫，將以正家則，承宗事，以繼萬世之嗣，故『禮之用，惟婚姻爲兢兢』。兢兢者，慎之至也。《坊記》曰：『諸侯不下漁色，故君子遠色，以爲民紀。』此言諸侯不得自於其國網取容色，若捕魚然，所以推遠女色〔一八〕，爲民之紀法也。伏以皇子潁王孝友聰明，動履〔一九〕法度，方嚮經學，以觀成德，今卜族授室，其繫尤重。臣愚以爲宜歷選勳望之家，慎擇淑哲之媛，考古納采問名之義，以禮之不宜苟取華色而已。近世簡棄禮教，不以爲務，婚娶之法，自朝廷以及民庶，蕩然無制，故風俗流靡，犯禮者衆，賢士大夫未嘗不發憤嘆息，竊幸國家有以振之。今陛下始初清明，爲元子求婦而事出苟簡，殆非所以矯世厲俗，反之雅正，且無以示潁王，使知室家之道在德而不在色也。《傳》稱尤物『足以移人』，《詩》詠淑女『幾以配上』，此誠智士仁人見微知終，遠覽禍福之原，爲後世戒也，陛下不可不加聖意焉。臣獲侍宸陛，且官王府，苟益萬一，不敢不言。干冒天威，臣無任惶懼激切之至！

論初御殿三事

韓　維

臣竊聞陛下以來日御便坐聽政，臣愚慮所及，輒有三事，以爲慎始正本之助，幸陛下省察。一者，陛下新罹大憂，方當以思親摧〔二〇〕慕爲意，從權聽政，蓋是不得已者，惟大事急務，特賜裁決，其餘且可闊略。故事，始見群臣，及降坐入宫，皆舉音號慟，此高宗亮陰不言之意也。二者，執政皆兩朝顧命大臣，人君所當與圖天下之務者也，陛下即位之初，尤宜推誠加禮，每事咨訪，以盡其心。至於〔二一〕博謀群臣，究極理道，雖是美德，止可密裨聖慮，及至決議論，發號令，必須經由二府施行，乃合政體。周公戒伯禽曰『不使大臣怨乎不以』，蓋謂此也。三者，百執事各有職分，惟當責任，使人盡其能，若王者代有司行事，最爲失體，孔子曰『先有司』是也。三體既正矣，若夫恭己倡率，隨事裁處，則一繫聖斷也。天下大事，不可猝爲，人君施設，自有先後。惟陛下加意慎重，以副四海觀望。臣不勝苦切涕泗之至，取進止。

請舉遺逸

鄭　獬〔二二〕

臣伏見日者嘗詔諸郡敦遣遺逸之士，致之闕下者，蓋二十餘人，覆試秘閣，皆命以官，於時猥有謬舉者，士論譁沸，於是不復再舉。今間年取進士擢第者二百人，其所失者爲不少矣，而士大夫不以爲恠，一爲敦遣，而疵謗百出，蓋進士習熟之久，而敦遣起於一日，此論者未足以爲輕重，而亦有娼疾者間之也。臣欲乞復置此科，而稍爲增損。蓋孔子爲政，必先正名。漢之聘士不應召者，則令敦遣就道，豈有朝入科場，暮爲敦遣者哉？宜正其名，謂之舉遺逸。間歲隨科場發解後，有不預薦者，開封國學及諸路各舉一人，又至禮部奏名後，有不預薦者，許主文共舉五人，並至御試時，試策三兩道，中第者别爲一榜，命官入仕，即與正進士同。如以爲歲增中第者差多，即却乞於進士數内，減不合格者二十人以均之，庶幾郡縣豪俊不至遺於草萊矣。

請置經略副使判官參謀

呂大防

臣竊觀自古設官之意，必先置貳立副，不以名位爲限者，所以紓艱危而適順用，聚聰明而濟不及也。揔兵命將，尤重其選。以漢、唐事言之，大將軍有長史、司馬、從事，節度使有副使、判官、參謀，其自小官而登寄任立功効者，不可勝數。本朝祖宗以來，實用此法，故名臣不絶，而夷狄畏服。竊見今緣邊經略使獨任一人，而無僚佐謀議之助，雖有副揔管、鈐轄之屬，皆奉節制，備行陣，非有折衝決勝之略預於其間。朝廷每除一帥，幸而得能者，則一路兵民實受其賜，不幸而得不才〔一三〕者與焉，則是以三軍之衆一聽庸人之所爲，豈不可懼哉？其弊蓋由朝廷不素養其材，而取人之路又常太狹。方今戎人旅拒，邊患漸生，若不早爲準備，閲試其能，誠慮臨事用人，不暇精選，因而敗事，所繫不細。以臣愚見，經略使各置副使或判官一人，朝廷選差素有才略職司以上人充。參謀一人，委經略使奏辟知邊事有謀略知縣以上人充。如此，則可用之士不以位下而見遺，中材之帥又以人謀而獲濟，兼得以博觀已試之效，以備緩急之用。講緝邊要，莫先於此。

論章惇

范純仁

臣近見執政議論，以章惇父將九十，因明堂恩霈之後，欲請除一鄉郡使便其親。臣但見其可裨仁化，不慮其他，遂共以爲當然，繼而聞三省奏上，陛下即賜俞允。臣以陛下天地之仁，念其垂年之親，不録往咎，臣實喜不自勝，遂於簾前仰贊聖德，以謂自古臣子無如今日遭逢。繼聞諫官有言，陛下遂寢前命，亦是聖心從諫之美。前日更蒙宣諭此事，三省有失思慮，戒其今後不得如此。臣愚恐有言者以謂朝廷所怒之人不當遽有開陳，又謂執政都徇人情，必有主張之者，致煩陛下戒勑，宣諭丁寧。微臣固佩服聖訓，然有未盡之懇，亦當罄竭〔二四〕敷陳。

方陛下急〔二五〕於求治之時，是臣子知無不爲之際，豈宜顧慮形迹，畜縮周防？兼今所用大臣，多是老於患難，陛下奬之使進，尚恐心志不鋭，思慮太周，若更戒使遠嫌，則恐顧避保身，自防不暇。在陛下愛惜諸臣，則爲恩德之厚，若使輔翊聖政，却慮事無所裨。蓋人臣以匪躬自信爲難，依阿固寵爲易，若令容其所易，沮其所難，則其間希意顧望之人，翻爲得計，甚非朝廷之福。臣昔見仁宗皇帝推委執政，一無所疑，凡所差除，多便從允，而使臺諫察其不當，隨事論奏，小則旋行改正，大則罷免隨之，使君臣之恩意長存，朝廷之紀綱自正，是以四十餘年不勞而治。况陛下方稽仁皇之治，聖度如天，從諫不倦，任賢不疑，録人之功，忘人之過，皆是自古人君所難。若更垂拱責成，逸於委任，臺諫糾其誤謬，侍從罄其論思，群臣一德一心，陛下無爲無事，自然不須防慮，百職具修，坐致太平，垂休萬世，天下幸甚！

論黄河

范純仁

臣昨日伏覩内降指揮：黄河未復故道，終爲河北之患，王孝先等所議已嘗興役，不可中罷，宜接續功料向去，決要回復故道者。臣聞聖人有三寶：曰慈，曰儉，曰不敢爲天下先。言此三道，人君當保而持之不失者也。又曰：『惟天爲大，惟堯則之。』蓋天不言而四時成，所以堯、舜垂衣拱手而天下大治者，由此道也。且君心欲如盤水，當使平正而無所趣向，則免偏側傾覆之患。蓋天下大勢，惟人君所向，群下競趍，如山之摧，小失其道，則非一言之力可回，故居上者不可不慎也。臣今竊詳所降指揮，謂決要回復故道，似聖意已有所向，而爲天下先矣。臣聞先朝因人建議，以謂夏國微弱，若不早取，必爲北虜所兼。偶先帝不出建議者之名，但以御批令邊臣相度，而希旨生事之徒以爲萬全必勝，剋日可得，遂興靈武之師，後貽永樂之患，致先帝獨當其憂，群臣無一人受其責者，至今疲耗未復，此陛下所親見，不可不爲深鑒也。臣乞面諭執政，前日降出文字，卿等已是，但一面商議，却使進入，若別有所見，亦須各自開陳。如此，則免希合之臣妄測聖意，輕舉大役，上誤朝廷。所有黄河利害，乞付之郡臣有司子細商議，以求必當。如此，則聖心不勞，而堯、舜之治可致矣。

請寬蔡確貶責

范純仁〔二六〕

臣伏見蔡確之罪天地不容，而陛下不速嚴誅，許其開析，復令執政徐議其罪，足見聖人存心正合《周書·無逸》『皇自敬德』、『不復含怒』之意。但陛下特以社稷爲念，故發於睿斷，行之不疑，臣之愚心雖知蔡確死有餘罪，復憂聖政或有所虧。蓋陛下臨御以來，政化清明，如青天白日，無輕氛薄翳，道德純備，如精金美玉，無纖瑕小疵。今以一姦臣之故，煩朝廷行希闊之刑，天下久安，人所罕見，必生疑懼，復恐貽之將來，垂之史策，薄有擬議，則於聖德聖功深爲可惜，在臣負恩竊位，罪不容誅。蓋如父母之有逆子，雷霆鬼神所不能貸，至若父母親置於必死之地，則却恐傷恩，臣之區區，實在於此。陛下保完社稷之心，天地神明之所照鑒，而微臣愛惜陛下聖政之心，亦應陛下可察。不避一身之萬死，而展補報之愚衷，惟願睿慈曲加詳慮，所有再行重責，伏乞付與帥臣已下商量，所貴責歸臣佐，不累聖明。無任愛君激切之至！

請放吕大防等逐便

范純仁〔二七〕

臣遭逢雖久，報德無聞，衰病寖加，叨逾爲懼。前年陛辭之日，親承德音，許其凡有奏陳，但入文字。臣感噎受命，緘默至今，曾微片言，上裨聖化，愚衷惓惓，終覬一伸。竊見吕大防等竄謫江湖，已更年祀，未蒙恩旨，久困拘囚。其人等或年齒衰殘，或素縈疾病，不諳水土，氣血向衰，骨肉分離，舉目無告，將恐隕先〔二八〕朝露，客死異鄉，不惟上軫聖懷，亦恐有傷和氣。仰惟陛下，聖心仁厚，天縱慈明，法大舜之用中，建皇極而在宥。每頒赦令，不問罪辜，至於斬絞重囚，髡黥徒隸，咸蒙原宥，亦許放移，豈有股肱近臣，簪履舊物，肯忘軫惻，常俾流離？但慮一二執政之臣，責其往事，嫉之太甚，以謂今日之愆皆其自取，啓迪之際不爲詳陳，殊不思吕大防等得罪之由，只因持心失恕，好惡任情，以異己之人爲怨讎，以疑似之言爲謗訕，違老氏『好還』之戒，忽孟軻『反爾』之言，誤國害公，覆車可鑑，豈可尚遵前轍，靡恤效尤？在漢有黨錮之冤，在唐有牛、李之禍，後皆淪胥善類，貽患朝廷，數十年間未能消弭。比來若非宸衷獨斷，聖慮詳思，灼見本根，絶其萌漸，盡屏猜嫌之迹，特垂曠蕩之恩，皆因大禮赦文，放令逐便，使得自新改過，免爲羈旅之煢魂，籠鳥鼎魚，咸獲相忘於至道。神功聖德，萬世歌謡。臣無任虔懇激切之至！取進止。

校勘記

〔一〕『法』，底本空缺，據麻沙本補。宋淳祐刻元明遞修本《諸臣奏議》作『法』。

〔二〕『對』，麻沙本作『封』。宋淳祐刻元明遞修本《諸臣奏議》作『封』。

〔三〕『有』，麻沙本作『以』。宋淳祐刻元明遞修本《諸臣奏議》作『以』。

〔四〕『行』，麻沙本作『道』。宋淳祐刻元明遞修本《諸臣奏議》作『道』。

〔五〕『合』，底本作『念』，據麻沙本改。宋淳祐刻元明遞修本《諸臣奏議》作『合』。

〔六〕「惟求」，麻沙本作「求爲」。宋淳祐刻元明遞修本《諸臣奏議》作「唯求」。

〔七〕「專」，底本誤作「惠」，據麻沙本改。宋淳祐刻元明遞修本《諸臣奏議》作「專」。

〔八〕「四」，底本作「數」，據麻沙本改。宋淳祐刻元明遞修本《諸臣奏議》作「四」。

〔九〕「凡」下，麻沙本有一「有」字。宋淳祐刻元明遞修本《諸臣奏議》亦有「有」字。

〔一〇〕「言爲」，麻沙本無。宋淳祐刻元明遞修本《諸臣奏議》亦無。

〔一一〕「四三」，麻沙本作「三四」。宋淳祐刻元明遞修本《諸臣奏議》作「四三」。

〔一二〕「敬」，麻沙本作「欽」。宋淳祐刻元明遞修本《諸臣奏議》作「敬」。

〔一三〕「奏」，底本空缺，據麻沙本補。宋淳祐刻元明遞修本《諸臣奏議》作「奏」。

〔一四〕「公」，底本誤作「己」，據麻沙本改。四庫本《南陽集》作「公」。

〔一五〕「復」，麻沙本作「即」。四庫本《南陽集》作「復」。

〔一六〕「躅」，底本作「遇」，據麻沙本改。四庫本《南陽集》作「躅」。

〔一七〕「譬」下，麻沙本有一「之」字。四庫本《南陽集》有「之」字。

〔一八〕「色」，底本空缺，麻沙本作「德」，今據宋淳祐刻元明遞修本《諸臣奏議》改作「色」。四庫本《南陽集》作「色」。

〔一九〕「履」，底本作「遵」，據麻沙本改。宋淳祐刻元明遞修本《諸臣奏議》、四庫本《南陽集》作「履」。

〔二〇〕「摧」，底本空缺，據麻沙本補。四庫本《南陽集》作「摧」。

〔二一〕「至於」上，麻沙本有一「其」字。四庫本《南陽集》無。

〔二二〕作者名氏，底本無，據麻沙本補。

〔二三〕『才』，底本空缺，據麻沙本補。

〔二四〕『罄竭』，麻沙本作『竭罄』。

〔二五〕『急』，底本誤作『息』，據麻沙本改。宋淳祐刻元明遞修本《諸臣奏議》作『急』。

〔二六〕作者名氏，底本無，據麻沙本補。

〔二七〕作者名氏，底本無，據麻沙本補。

〔二八〕『隕先』，麻沙本作『殰死』。

新校宋文鑑卷第五十三

校者按：底本此卷抄配，據麻沙本刻卷校改。

奏疏

上皇帝書

宇文之邵

陛下初即大位，念萬世無疆之業，詔求闕失，開闢言路，可謂誼主矣。《易·家人》之初九曰：『閑有家，悔亡。』九處家人之初，當端其本，以保終吉。民之所以望而則效者，常在於人君繼統之始，此安危之機，不可不慎也。昔成湯既没，伊尹奉太甲以見厥祖，戒之曰：『今王嗣厥德，罔不在初。』陛下新服厥命，惟以祖宗爲念，以天人爲畏，則小大之事不懈矣。宋之爲宋，百有餘年，陛下一日南面而享之，固宜跡其所得之艱難，夙夜栗栗，以勤負荷，永思太祖之武，太宗之文，真宗之畏天克己，仁宗之寬大慈仁，英宗之勵精庶政，立則見五聖於前，行則見於側，坐則見於堂，食則見於杯杅之間。《詩》曰『天難諶』，斯言天不可不畏也。《書》曰『民可近，不可下』，言民不可不畏也。

去歲以來，千里不雨，近者畿甸，遠者河北、京東，蝗螟蔽野，穀價踊貴，重以山陵之役，京西民力尤爲彫敝。臣竊恐萑蒲之盜，或貽宵旰之憂。爲今之計，不過多鬻爵以濁入仕之流，廣度僧以奪可耕之民，終非計也。願今被灾之郡，許富者舉息於下户，官給以質驗，待豐歲償其所貸，逋者官爲治之，其息不過一倍，此有餘貲者樂爲，而瀕死之衆可救溝壑之命。陛下又責躬引咎，寬獄訟，出宫女，斥哀斂之吏，蠲苛虐之政，罷無名之費，省勤民之役，凡所以蠹政而召乖怨之氣者，舉更革之，如此則大異可塞，王化可興也。

京師者，諸夏之本也。今薦紳之士不勵名節，而以勢利離合，器皿衣服窮於侈麗，車馬宫室過於軌制，姦聲亂色盈溢耳目，衢巷之中，父子兄弟不敢肩隨，孰謂王者之都，而風俗一至於此哉？願陛下思所以澄源之法，以禮節廉耻磨切臣下，崇奬敦厚，而都下亦少爲之厲禁，滌去佻薄之弊，淫瀆敗教之具，一加遏絶。凡侍從輔弼，宜慎簡修潔方嚴之臣，俾宅其任，以允清議。古之求賢者，數路以取之，寵以好爵，厚其禮命，惟恐其去也，而猶有三聘而不顧者，有閉門而不納者，有踰垣而避之者。臣諫於其君而三不聽，則去之。其至於郊也，君必使人要之，年七十而致其事，君不聽，則必以几杖錫之，猶有不税冕而行者，有辭三公而爲人灌園者。今日仕進之門，國家直患不能塞〔一〕之爾，科防日增，格令日繁，來者日甚，拒之日峻，猶有假名氏以竊官號，匿苦塊之哀以干寵禄，少者增齒以希蚤仕，老者匿年以幸晚禄，譬之隄防之壞，塞其一穴，一穴又決，蕩然莫之能止也。今限年致仕著於令矣，又患其去之不速，令於門闕，以示百僚，而猶不知止者，甚可痛也。陛下盍稍補其弊，隆於待士之意，示之以至廉之實，使衣冠者人人自重，庶幾風教之美少近於古。

去歲諒祚猖獗，七八萬衆突至大順，廟堂無奇筭，守邊無良將，臣竊爲朝廷憂之。慶曆間，緣邊之民不解帶者七年，國用大窘，三將淪没，而功不成者，陛下知其然乎？其患在於虜兵常合，而我兵常分也。六路兵亡慮二十萬，而二十三州二百餘寨分屯保戍，則是我兵雖多，而散在處處也。賊之來也，大則六監軍、衙頭一時俱發，小則隨處寇掠，邊城一面受敵，則所與角戰者無幾，而城寨之兵又各有所守，不可會集，多寡不敵，則乞師告急，救兵纔至，賊又已去，今賊常以合兵擊我散兵，而我常以不敵之衆當其鋒鋭，此慶曆之失也。今不改前轍，則後車又將覆也。觀今之勢，其能深入賀蘭，收復十四州以爲我有也乎？臣知其不能也。其能如先朝之舉，五路進軍，直擣其巢穴乎？臣又知其不能也。計今之利，莫若詔諸道分勒所部將，伍符尺籍而規畫之，若干以爲守，若干以爲戰，若干以爲救兵。救兵必使與戰兵相近，而駐於喉亢之地，則可以應猝而不失機會也。唃氏嘗爲元昊所殘，南徙歷精，亦宜厚其種族，共爲聲援，以蠻夷攻蠻夷，計之上也。吐谷渾者，今之文扶羌是也，其俗隨水草遷徙，食肉衣皮毛，無堅甲利刃，臨陣擊刺之技不及於他夷，仰給我之泉茗繒帛，我與之通者，亦特以其馬也。今陰平之民歲苦重役者，勾馬户也，凡羌馬之來，則使之資給，費公私之財甚多，而所入之馬不足以備國乘，不足以戰也。邊吏養羌，非不厚也，而去歲反有安昌之變，塞上之民切齒。且安昌之羌，與南路磨蓬、羅多、留罨、思林諸寨之羌一也，今閉安昌之路，禁其出入，而諸寨之馬貿易如故，是何異一室而多門者，杜其前而闕其後乎？臣之縣所管萬户，而居民蕭然者，其弊實在於羌也。至和講解之後，約不敢犯邊，而去歲火我三寨，驅殺士卒。國家以奉西北虜者，勢不得已也，今又驕寵小羌而足其無厭之求乎？臣愚以爲不若杜塞衆路，使不得入，而絶市無用之馬，益以一旅之兵，列置諸堡，則邊民小安矣。

爲政所重，莫急於農，且耕則得食，不耕則不得食，繫其身之損益也，長民者何與焉？夫各治其田，以厚其生者，百姓之私；節授民事，往〔二〕而立官以勸課之者，人君之公也。《詩》曰：『曾孫來止，以其婦子。饁彼南畝，田畯至喜。』此天子之勸農也。又曰：『嗟嗟保介，維暮之春。亦又何求，如何新畬？』此諸侯之勸農也。今監司、郡守皆以勸農爲目，然而未嘗省民。臣願立〔三〕考課之法，以農政爲殿最，言之似迂，而富國之良術也。

郡縣之政，類多因循，而不甚治者，臣知其由也，上下牽制，不得盡其才故也。千里之郡，不能興利除害，受制於監司〔四〕也；百里之邑，不能興利除害，受制於郡守也。郡縣之吏，寧違天子之詔條，而不敢違案察之命，蓋違天子之詔條未必獲咎，而違案察之命，其禍可立而待也。今一伍之長，一卒之正，以法治其所部，上不問其所爲也。今爲民守令，而其勢顧不若卒伍之長，郡縣之民習知其勢之弱，而不畏服其教令，此獄訟所以益多也。臣願精選監司，必以清望，假守令之權，責其實效，庶循良之吏有聞焉。

凡臣之所陳，明詔之所求也，然臣尚有至忠〔五〕，不敢嘿嘿，又爲陛下極言之。臣聞疾未兆而先治者，善醫也。夫居憂而約，居樂而泰，人情之常也。今陛下處則諒闇，服則端衰，行則直杖，無紛華之事交戟[六]於前，誠能以此時遠念將來之失，慎微杜漸，克己復禮，使其志一定，則他日雖有可欲之物，亦無以勝其習成之性也。伯益之戒舜曰：『罔遊於逸，罔淫於樂。』傅說之戒高宗曰：『無以逸豫，惟以治民。』夫舜起於耕稼陶漁，高宗遯於荒野，極知小人之勞，而二臣猶或以此戒之，況陛下生長富貴，臨御方始，則安可不豫爲之防哉？願陛下聽政之間，則命通經之士講明古訓，究觀敗亡之主，以自創艾，盡孝兩宮，咨謀故老，則恐懼修省習而成性矣。臣誠私憂過計，三載變除之後，永厚陵土漸乾，而陛下憂悼之心又已衰殺，襲袞冕，憑玉几，目有靡曼之色，耳有要妙之聲，凡所以娛意者，畢奏於前，自非信道之深，孰得而禦哉？老子曰『塞其兑，閉其門，終身不勤』，正在於今日也。

論責任守忠乞一切不問餘人

傅堯俞

臣伏見内侍任守忠以罪降黜，中外聞者，罔不快抃，罰一勸百，固可以破姦猾之膽。臣職司風憲，失於彈劾，聖度回怒，幸赦而不誅，猶敢有言者，冀陛下重加矜察！臣謂大姦之去，其遺過餘惡，方日有上聞，小人無知，或伺隙修怨，枝詞蔓説，往往浸及善良，疑似之間，不可不察。陛下若更加推究，譏問且將復起，況守忠據權之久，附離者多，深慮左右之人有所疑畏，望陛下沛發德音，自此一切不問，則天德加厚，而人心易安。惟皇太后之慈仁，布聞四海，舉神器大寶，傳付陛下，而陛下挾堯、舜之資，以天下養，將用誠孝，以鼓舞萬物，奈何使解構之語得行其間？今罪人投竄，皇太后必渙然疑釋，陛下緣此當益加禮意，務盡其懽心，則天人交欣，共爲陛下之福。陛下即位，勵精勤儉，日月未久，遽以金珠事聞，臣竊爲陛下惜之。過而能改，可無深慮。臣言甚忠懇，惟陛下留神省覽！

論蔡確既貶請寬心和氣

傅堯俞

臣近覩蔡確狂悖，陛下神斷不疑，下合人情，上明邦憲，雖一以公議裁之，固未嘗臨之以怒，然豈陛下之所樂者哉？況區〔七〕斷之際，亦須少勞睿思，愚臣妄度，竊恐陛下海嶽之量，不能無少忤而未能忘懷也。中外側聆，日增驚惕。臣聞之於《易》曰：『天下殊塗而同歸，一致而百慮。』天下何思何慮？夫事至以無心應之，既往若未嘗經意，此聖人所以養至誠而御遐福者也。願陛下寬聖心，省浮念，游精太清，以固真粹。陛下之氣和，則上下之氣和；上下之氣和，則天地之和應矣。唐柳公綽奏《太醫箴》以諷憲宗曰：『氣行無間，隙不在大。』憲宗謂曰：『卿愛朕深者。』臣無公綽之才，而有其誠。臣以爲今天下事莫重於此，故惓惓而不能自已。惟陛下毋易臣言，留神省察！取進止。

論君道

程　顥

臣伏謂君道之大，在乎稽古正學，明善惡之歸，辨忠邪之分，曉然趨道之正，故在乎君志先定，君志定而天下之治成矣。所謂定志者，一心誠意，擇善而固執之也。夫義理不先盡，則多聽而易惑；志意不先定，則守善而或移。惟在以聖人之訓爲必當從，先王之治爲必可法，不爲後世駁雜之政所牽制，一作滯。不爲流俗因循之論所遷惑，自知極於明，信道極於篤，任賢勿貳，去邪勿疑，必期致世如三代之隆而後已也。然天下之事，患常生於忽微，而志亦戒乎漸習。是故古之人君，雖出入從容間燕，必有誦訓箴諫之臣，左右前後，無非正人，所以成其德業。伏願陛下，禮命老成賢儒，不必勞以職事，俾日親便座，講道義，以輔養聖德。又擇天下賢俊，使得陪侍法從，朝夕延見，開陳善道，講磨治體，以廣聞聽。如是，則聖智益明，王猷允塞矣。今四海靡靡，日入偷薄，末俗嘵嘵，無復廉耻，蓋亦朝廷尊德樂道一作義。之風未孚，而篤誠忠厚之教尚鬱也。惟陛下稽聖人之訓，法先王之治，一一作正。心誠意，體乾剛健而力行之，則天下幸甚！

論王霸

程　顥

臣伏謂得天理之正，極人倫之至者，堯、舜之道也；用其私心，依仁義之偏者，霸者之事也。王道如砥，本乎人情，出乎禮義，若履大路而行，無復回曲。霸者崎嶇反側於曲徑之中，而卒不可與入堯、舜之道。故誠心而王則王矣，假之而霸則霸矣，二者其道不同，在審其初而已。《易》所謂『差若毫釐，繆以千里』者，其初不可不審也。故治天下者，必先立其正志，正志先立，則邪説不能移，異端不能惑，故力進於道而莫之禦也。苟以霸者之心而求王道之成，是銜石以爲玉也。故仲尼之徒無道桓、文之事，而曾西耻比管仲者，義所不由也，況下於霸者哉？

陛下躬堯、舜之資，處堯、舜之位，必以堯、舜之心自任，然後爲能充其道。漢、唐之君有可稱者，論其人，則非先王之學，考其時，則皆駁雜之政，乃以一曲之見，幸致小康，其創法垂統，非可繼於後世者，皆不足爲也。然欲行仁政，而不素講其具，使其道大明而後行，則或出或入，終莫有所至也。夫事有大小，有先後，察其小，忽其大，先其所後，後其所先，皆不可以適治。且志不可慢，時不可失，惟陛下稽先聖之言，察人事之理，知堯、舜之道備於己，反身而誠之，推之以及四海，擇同心一德之臣，與之共成天下之務，《書》所謂『尹躬暨湯，咸有一德』，又曰『一哉王心』，言致一而後可以爲也。

古者三公不必備，惟其人，誠以謂不得其人而居之，則不若闕之之愈也。蓋小人之事，君子所不能同，豈聖賢之事而庸人可參之哉？欲爲聖賢之事，而使庸人參之，則其命亂矣。既任君子之謀，而又入小人之議，則聰明不專，而志意惑矣。今將救千古深錮之弊，爲生民長久之計，非夫極聽覽之明，盡正邪之辨，致一而不二，其能勝之乎？或謂人君舉動不可不慎，易於更張則爲害大矣，臣獨以爲不然。所謂更張者，顧理所當耳，其動皆稽古質義而行，則爲慎莫大焉，豈若因循苟簡，卒致敗亂者哉？自古以來，何嘗有師聖人之言，法先王之治，將大有爲，而反成禍患者乎？願陛下奮天錫之勇智，體乾剛而獨斷，霈然不疑，則萬世幸甚！

論十事

程　顥〔八〕

臣竊謂聖人創法，皆本諸人情，極乎物理，雖二帝三王，不無隨時因革，踵一作稱。事增損之制。然至乎爲治之大原，牧民之要道，則前聖後聖，豈不同條而共貫哉？蓋無古今，無治亂，如生民之理有窮，則聖王之法可改，後世能盡其道則大治，或用其偏則小康，此歷代彰灼著明之効也。苟或徒知泥古而不能施之於今，姑欲徇名而遂廢其實，此則陋儒之見，何足以論治道哉？然儻謂今之人情皆已異於古，先王之跡不可復於今，趣便目前，不務高遠，則亦恐非大有爲之論，而未足以濟當今之極弊也。謂如衣服飲食、宫室器用之類，苟便於今而有法度者，豈亦遽當改革哉？惟其天理之不可易，人所賴以生，非有古今之異，聖人之所必爲者，固可槩舉，然而行之有先後，用之有緩速，若夫裁成運動，周旋曲當，則在朝廷講求設施如何耳。

古者自天子達於庶人，必須師友以成就其德業，故舜、禹、文、武之聖，亦皆有所從學。今師傅之職不修，友臣之義未著，所以尊德樂善之風未成於天下，此非有古今之異者也。王者必奉天建官，故天地四時之職，歷二帝三王，未之或改，所以百度脩而萬化理也。至唐猶僅存其略，當其治時，尚得綱紀小正。今官秩淆亂，職業廢弛，太平之治所以未至，此亦非有古今之異也。天生蒸民立之君，使司牧之，必制其常產，使之厚生，則經界不可不正，井地不可不均，此爲治之大本也。唐尚能有口分授田之制，今則蕩然無法，富者跨州縣而莫之止，貧者流離餓殍而莫之恤，幸民雖多，而衣食不足者蓋無紀極。生齒日益繁，而不爲之制，則衣食日蹙，轉死日多，此乃治亂之機也，豈可不漸圖其制之之道哉？此亦非有古今之異者也。古者政教始乎鄉里，其法起於比閭族黨，州縣鄰遂，以相聯屬統治，故民相安而親睦，刑法鮮犯，廉耻易格。此亦人情之所自然，行之則效，亦非有古今之異者也。庠序之教，先王所以明人倫，化成天下。今師學廢而道德不一，鄉射亡而禮義不興，貢士不本於鄉里而行實不修，秀民不養於學校而人才多廢，此較然之事，亦非有古今之異者也。古者府史胥徒受禄公上，而兵農未始判也。今驕兵耗匱國力，亦已極矣。臣謂禁衛之外，不漸歸於農，則將貽深慮；府史胥徒之役，毒遍天下，不更其制，則未免大患。此亦至明之理，非有古今之異者也。古者民必有九年之食，無三年之食者，以爲國非其國。臣觀天下耕之者少，食之者衆，地力不盡，人功不勤，雖富室强宗，鮮有餘積，況其貧弱者乎？或一州一縣，有年歲之凶，即盜賊縱横，飢羸滿路。如不幸有方二三千里之災，或連年之歉，則未知朝廷以何道處之？則其患不可勝言矣，豈可曰昔何久不至是，因以幸爲可恃也哉？固宜漸從古制，均田務農，公私交爲儲粟之法以爲之備，此亦非有〔九〕今古之異者也。古者四民，各有常職，而農者十居八九，故衣食易給，而民無所困苦。今京師浮民數逾百萬，游手不可貲度，觀其窮蹙辛苦，孤貧疾病，變詐巧僞以自求生，而常不足以生，日益歲滋，久將若何？事已窮極，非聖人能變而通之，則無以免患，豈可謂無可奈何而已哉？此在酌古變今，均多恤寡，漸爲之業以救之耳，此亦非有古今之異者也。聖人奉天理物之道在乎六府，六府之任治於五官，山虞澤衡各有常禁，故萬物阜豐而財用不乏。今五官不修，六府不治，用之無節，取之不時，豈惟物失其性？材木所資，天下皆已童赭，斧斤焚蕩，尚且侵尋不禁，而川澤漁獵之繁，暴殄天物，亦已耗竭，則將若之何？此乃窮弊之極矣，惟修虞衡之職，使將養之，則有變通長久之勢，此亦非有古今之異者也。古者冠昏喪祭，車服器用，等差分別，莫敢踰僭，故財用易給而民有常心。今禮制未修，奢靡相尚，卿大夫之家莫能中禮，而商販之類或踰王公。禮制不足以檢飭人情，名數不足以旌別貴賤，既無定分，則姦詐攘奪，人人求厭其欲而後已，豈有止息者哉？此争亂之道也，則先王之法豈得不講而損益之哉？此亦非有古今之異者也。

此十者，特其端緒耳。臣特論其大端，以爲三代之法有必可施行之驗，如其綱條度數、施爲注措之道，則審行之，必也稽之經訓而合，施之人情而宜。此曉然之定理，豈徒若迂踈無用之説哉？惟聖明裁擇！

論新法

程　顥

臣聞，天下之理本諸簡易，而行之以順道，則事無不成。故曰：『智者若禹之行水』，『行其所無事也。』捨而之於險阻，則不足以言智矣。蓋自古興治，雖有專任獨決能就事功者，未聞輔弼大臣人各有心，睽戾不一，致國政異出，名分不正，中外人情交謂不可，而能有爲者也。況於措置失宜，沮廢公議，一二小臣，實與大計，用賤陵貴，以邪妨正者乎？凡此皆天下之理，不宜有成，而智者之所不行也。設令由此僥倖，事小有成，而興利之臣日進，尚德之風寖〔一〇〕衰，尤非朝廷之福，矧復天時未順，地震連年，四方人心，日益摇動，此皆陛下所當仰測天意，俯察人事者也。臣奉職不肖，議論無補，望允前奏，早賜降責！

校勘記

〔一〕『塞』，底本空缺，據麻沙本補。

〔二〕『往』，底本空缺，據麻沙本補。

〔三〕『立』，底本誤作『二』，據麻沙本改。

〔四〕『監司』，麻沙本作『郡守』。

〔五〕『忠』，底本缺，據麻沙本補。

〔六〕『戟』，底本作『戰』，據麻沙本改。

〔七〕「區」，麻沙本作「聽」。

〔八〕作者名氏，底本無，據麻沙本補。

〔九〕「此亦非有」，麻沙本作「此乃亦無」。宋淳祐刻元明遞修本《諸臣奏議》、四庫本《二程文集》作「此亦無」。

〔一〇〕「寖」，底本作「日」，據麻沙本改。宋淳祐刻元明遞修本《諸臣奏議》、四庫本《二程文集》作「浸」。

新校宋文鑑卷第五十四

校者按：底本此卷抄配，據麻沙本刻卷校改。

奏疏

上皇帝書

蘇　軾

臣近者不度愚賤，輒上封章，言買燈事，自知瀆犯天威，罪在不赦，席藁私室，以待斧鉞之誅，而側聽逾旬，威命不至，問之府司，則買燈之事尋已停罷，乃知陛下不惟赦之，又能聽之，驚喜過望，以至感泣。何者？改過不吝，從善如流，此堯、舜、禹、湯之所勉彊而力行，秦、漢以來之所絶無而僅有。顧此買燈毫髮之失，豈能上累日月之明？而陛下翻然改命，曾不移刻，則所謂智出天下而聽於至愚，威加四海而屈於匹夫，臣今知陛下可與爲堯、舜，可與爲湯、武，可與富民而措刑，可與彊兵而伏戎虜矣。有君如此，其忍負之？惟當披露腹心，捐棄肝腦，盡力所至，不知其他。乃者臣亦知天下之事有大於買燈者矣，而獨區區以此爲先者，蓋未信而諫，聖人不與；交淺言深，君子所戒。是以試論其小者，而其大者固將有待而後言。今陛下果赦而不誅，則是既已許之矣，許而不言，臣則有罪，是以願終言之。

臣之所欲言者三，願陛下結人心，厚風俗，存紀綱而已。人莫不有所恃，人臣恃陛下之命，故能役使小民；小民〔一〕恃陛下之法，故能勝服彊暴。至於人主，所恃者誰歟？《書》曰：『予臨兆民，懔乎若朽索之馭六馬。』言天下莫危於人主也。聚則爲君臣，散則爲仇讎，聚散之間，不容毫釐，故天下歸往謂之王，人各有心謂之獨夫，由此觀之，人主之所恃者人心而已。人心之於人主也，如木之有根，如燈之有膏，如魚之有水，如農夫之有田，如商賈之有財。木無根則槁，燈無膏則滅，魚無水則死，農夫無田則飢，商賈無財則貧，人主失人心則亡，此必然之理，不可逭之灾也。其爲可畏，從古以然，苟非樂禍好狂〔二〕，輕〔三〕易喪志，孰敢肆其胸臆，輕犯人心乎？昔子産焚載書以弭衆言，賂伯石以安巨室，以爲衆怒難犯，專欲難成。而孔子亦曰：『信，而後勞其民；未信，則以爲厲己也。』惟商鞅變法，不顧人言，雖能驟致富彊，亦以召怨天下，使其民知利而不知義，見刑而不見德，雖得天下，旋踵而亡，至於其身，亦卒不免，負罪出走而諸侯不納，車裂以殉而秦人莫哀。君臣之間，豈願如此？宋襄公雖行仁義，失衆而亡；田常雖不義，得衆而彊。是以君子未論行事之是非，先觀衆心之向背。謝安之用諸桓未必是，而衆之所樂，則國以乂安；庾亮之召蘇峻未必非，而勢有不可，則反爲危辱。自古及今，未有和易同衆而不安，剛果自用而不危者也。

陛下亦知人心之不悦矣。中外之人，無賢不肖，皆言祖宗以來治財用者，不過三司使、副、判官，經今百年，未嘗闕事。今者無故又創一司，號曰制置三司條例，使六七少年日夜講求於內，使者四十餘輩分行營幹於外，造端宏大，民實驚疑，創法新奇，吏皆惶惑。賢者則求其説而不可得，未免於憂；小人則以其意度朝廷，遂以爲謗。謂陛下以萬乘之主而言利，謂執政以天子之宰而治財，商賈不行，物價騰踴，近自淮甸，遠及川蜀，喧傳萬口，論説百端。或言京師正店，議置監官，夔路深山，當行酒禁，拘收僧尼常住，減剋兵吏廪禄，如此等類不可勝言，而甚者至以爲欲復肉刑，斯言一出，民且狼顧。陛下與二三大臣亦聞其語矣，然而莫之顧者，徒曰我無其事，又無其意，何恤於人言？夫人言雖未必皆然，而疑似則有以致謗。人必貪財也，而後人疑其盜；人必好色也，而後人疑其淫。何者？未置此司，則無此謗，豈去歲之人皆忠厚，而今歲之人皆虚浮？孔子曰：『工欲善其事，必先利其器。』又曰：『必也正名乎！』今陛下操其器而諱其事，有其名而辭其意，雖家置一喙以自解，市列千金以購人，人必不信，謗亦不止。夫制置三司條例司，求利之名也；六七少年與使者四十餘輩，求利之器也。驅鷹犬而赴林藪，語人曰『我非獵也』，不如放鷹犬而獸自馴；操網罟而入江海〔四〕，語人曰『我非漁也』，不如捐網罟而人自信。故臣以爲消讒慝而召和氣，復人心而安國本，則莫若罷制置三司條例司。

夫陛下之所以創此司者，不過以興利除害也。使罷之而利不興，害不除，則勿罷；罷之而天下悦，人心安，興利除害無所不可，則何苦而不罷？陛下欲去積弊而立法，必使宰相熟議而後行事，若不由中書，則是亂世之法，聖君賢相，夫豈其然？必若立法不免由中書，熟議不免使宰相，此司之設，無乃冗長而無名。智者所圖，貴於無迹。漢之文、景，紀無可書之事；唐之房、杜，傳無可載之功。而天下之言治者與文、景，言賢者與房、杜，蓋事已立而迹不見，功已成而人不知，故曰『善用兵者，無赫赫之功』。豈惟用兵？事莫不然。今所圖者，萬分未獲其一也，而迹之布於天下，已若泥中之鬬獸，亦可謂拙謀矣。陛下誠欲富國，擇三司官屬與漕運使、副，而陛下與二三大臣孜孜講求，磨以歲月，則積弊自去而人不知。但恐立志不堅，中道而廢。孟子有言：『其進鋭者，其退速。』若有始有卒，自可徐徐，十年之後，何事不立？孔子曰：『欲速則不達，見小利則大事不成。』使孔子而非聖人，則此言亦不可用。《書》曰：謀及卿士，至於庶人，翕然大同，乃底元吉。若逆多而從少，則静吉而作凶。今上自宰相大臣，既已辭免不爲，則外之議論，斷亦可知。宰相，人臣也，且不欲以此自污，而陛下獨安受其名而不辭，非臣愚之所識也。君臣宵旰幾一年矣，而富國之效茫如捕風，徒聞内帑出數百萬緡，祠部度五千餘人耳。以此爲術，其誰不能？

且遣使縱横，本非令典，漢武遣繡衣直指，桓帝遣八使，皆以守宰狼籍，盜賊公行，出於無術，行此下策。宋文帝元嘉之政，比於文、景，當時責成郡縣，未嘗遣使。及至孝武，以郡縣遲緩，始命臺使督之。以至蕭齊，此弊不革，故景陵王子良上疏極言其事，以爲此等朝辭禁門，情態即異，暮宿州縣，威福便行，驅迫郵傳，折辱守宰，公私煩擾，民不聊生。唐開元中，宇文融奏置勸農判官，使裴寬等二十九人並攝御史，分行天下，招攜户口，檢責漏田。時張説、楊瑒、皇甫璟、楊相如皆以爲不便，而相繼罷黜。雖得户八十餘萬，皆州縣希旨，以主爲客，以少爲多。

及使百官集議都省，而公卿以下懼融威勢，不敢異辭。陛下試取其傳而讀之，觀其所行，爲是爲否？近者均税寬恤，冠蓋相望，朝廷亦旋覺其非，而天下至今以爲謗。曾未數歲，是非較然。臣恐後之視今，猶今之視昔。且其所遣，尤不適宜，事少而員多，人輕而權重。夫人輕而權重，則人多不服，或致侮慢以興爭；事少而員多，則無以爲功，必須生事以塞責。陛下雖嚴賜約束，不許邀功，然人臣事君之常情，不從其令，而從其意。今朝廷之意，好動而惡静，好同而惡異，旨趣所在，誰敢不從？臣恐陛下赤子自此無寧歲矣。

至於所行之事，行路皆知其難。何者？汴水濁流，自生民以來不以種稻，秦人之歌曰：『涇水一石，其泥數斗。且溉且糞，長我禾黍。』何嘗曰長我粳稻耶？今欲陂而清之，萬頃之稻必用千頃之陂，一歲一淤，三歲而滿矣。陛下遽信其説，即使相視地形，萬一官吏苟且順從，真謂陛下有意興作，上糜帑廪，下奪農時，隄防一開，水失故道，雖食議者之肉，何補於民？天下久平，民物滋息，四方遺利，蓋略盡矣，今欲鑿空，尋訪水利，所謂『即鹿無虞』，豈惟徒勞？必大煩擾。凡所擘畫利害，不問何人，小則隨事酬勞，大則量才録用。若官私格沮，並重〔五〕行黜降，不以赦原。若材力不辦興修，便許申奏替换。賞可謂重，罰可謂輕，然並終不言。諸色人妄有申陳，或官私誤興功役，當得何罪，如此則妄庸輕剽，浮浪姦人，自此争言水利矣。成功則有賞，敗事則無誅，官司雖知其疎，豈可便行抑退？所在追集老少，相視可否，吏卒所過，鷄犬一空，若非灼然難行，必須且爲興役。何則？格沮之罪重，而誤興之過輕，人多愛身，勢必如此。且古陂廢堰，多爲側近冒耕，歲月既深，已同永業，苟欲興復，必盡追收，人心或摇，甚非善政。又有好訟之黨，多怨之人，妄言某處可作陂渠，規壞所怨田産，或指人舊業以爲官陂，冒佃之訟必倍今日。臣不知朝廷本無一事，何苦而行此哉？

自古役人必用鄉户，猶食之必用五穀，衣之必用桑麻，濟川之必用舟楫，行地之必用牛馬，雖其間或有以他物充代，然終非天下所可常行。今者徒聞江浙之間數郡雇役，而欲措之天下，是猶見燕晋之棗栗，岷蜀之蹲鴟，而欲以廢五穀，豈不難哉？又欲官賣所在坊場，以充衙前雇直，雖有長役，更無酬勞。長役所得既微，自此必漸衰散，則州郡事體憔悴可知。士大夫捐親戚，棄墳墓，以從宦於四方者，宣力之餘，亦欲取樂，此人之至情也。若凋敝太甚，厨傳蕭然，則似危邦之陋風，恐非太平之盛觀。陛下誠慮及此，必不肯爲。且今法令莫嚴於御軍，軍〔六〕法莫嚴於逃竄，禁軍三犯，厢軍五犯，大率〔七〕處死，然逃軍常半天下。不知雇人爲役與厢軍何異？若有逃者，何以罪之？其勢必輕於逃軍，則其逃必甚於今日，爲其官長，不亦難乎？近者雖使鄉户頗得雇人，然至於所雇逃亡，鄉户猶任其責，今遂欲於兩税之外别立一科，謂之庸錢，以備官雇，則雇人之責，官所自任矣。自唐楊炎廢租庸調以爲兩税，取大曆十四年應干賦斂之數，以定兩税之額，則是租調與庸，兩税既兼之矣。今兩税如故，奈何復欲取庸？聖人立法，必慮後世，豈可於常賦之外别出科名哉？萬一不幸，後世有多欲之君，輔之以聚斂之臣，庸錢不除，差役仍舊，使天下怨讟，推所從來，則必有任其咎者矣。

又欲使坊郭等第之民與鄉户均役，品官形勢之家與齊民並事〔八〕，其説曰，《周禮》田不耕者出屋粟，宅不毛者有里布，而漢世宰相之子不免戍邊，此其所以藉口也。古者官養民，今者民養官，給之以田而不耕，勸之以農而不力，於是乎有里布、屋粟、夫家之征。今民無以爲生，去爲商賈，事勢當爾，何名役之？且一歲之戍不過三日，三日之雇其直三百，今世三大户之役，自公卿以降，無得免者，其費豈特三百而已？大抵事若可行，不必皆有故事，若民所不悦，俗所不安，縱有經典明文，無補於怨。若行此二者，必怨無疑。女户單丁，蓋天民之窮者也，古之王者首務恤此，而今陛下首欲役之。此等苟非户將絶而未亡，則是家有丁而尚幼，若假之數歲，則必成丁而就役，老死而没官，富有四海，忍不加恤？孟子曰：『始作俑者，其無後乎！』《春秋》書『作丘甲』『用田賦』，皆重其始爲民患也。

青苗放錢，自昔有禁，今陛下始立成〔九〕法，每歲常行，雖云不許抑配，而數世之後，暴君污吏，陛下能保之歟？異日天下恨之，國史記之，曰青苗錢自陛下始，豈不惜哉！且東南買絹本用見錢，陝西糧草不許折兑，朝廷既有著令，職司又每舉行，然而買絹未嘗不折鹽，糧草未嘗不折鈔，乃知青苗不許抑配之説，亦是空文。只如治平之初，揀刺義勇，當時詔旨慰諭，明言永不戍邊，著在簡書，有如盟約，於今幾日，論議已摇，或以代還東軍，或欲抵换弓手，約束難恃，豈不明哉？縱使此令決行，果不抑配，計其間願請人户，必皆孤貧不濟之人，家若自有贏餘，何至與官交易？此等鞭撻已急，則繼之以逃亡，逃亡之餘，則均之鄰保，勢有必至，理有固然。

且夫常平之爲法也，可謂至矣，所守者約，而所及者廣，借使萬家之邑止有千斛，而穀貴之際，千斛在市，物價自平，一市之價既平，一邦之食自足，無操瓢乞丐之弊，無里正催驅之勞。今若變爲青苗，家貸一斛，則千户之外孰救其飢？且常平官錢，常患其少，若盡數收糴，則無借貸，若留充借貸，則所糴幾何？乃知常平、青苗，其勢不能兩立，壞彼成此，所喪愈多，虧官害民，雖悔何逮？臣切計陛下欲考其實，則必然問人，人知陛下方欲力行，必謂此法有利無害，以臣愚見，恐未可憑。何以明之？臣頃在陝西，見刺義勇，提舉諸縣，臣嘗〔一〇〕親行，愁怨之民，哭聲振野。當時奉使還者，皆言民盡樂爲，希合取容，自古如此。不然，則山東之盜，二世何緣不覺？南詔之敗，明皇何緣不知？今雖未至於斯，亦望陛下審聽而已。昔漢武之世，財力匱竭，用賈人桑弘羊之説，買賤賣貴，謂之均輸，於時商賈不行，盜賊滋熾，幾至於亂。孝昭既立，學者争排其説，霍光順民所欲，從而予之，天下歸心，遂以無事。不意今者此論復興，立法之初，其説尚淺，徒言徙貴就賤，用近易遠，然而廣置官屬，多出緡錢，豪商大賈皆疑而不敢動，以爲雖不明言販賣，然既已許之變易，變易既行，而不與商賈争利者，未之聞也。夫商賈之事，曲折難行，其買也，先期而與錢，其賣也，後期而取直。多方相濟，委曲相通，倍稱〔一一〕之息，由此而得。今官買是物，必先設官置吏，簿書廩禄，爲費已厚，非良不售，非賄不行，是以官買之價比民必貴，及其賣也，弊復如前，商賈之利何緣而得？朝廷不知慮此，乃捐五百萬緡以與之，此錢一出，恐不可復，縱使其間薄有所獲，而征商之額所損必多。今有人爲其主牧牛羊者，不告其主，以一牛而易五羊。一牛之失〔一二〕，則隱而不言；五羊之獲，則指爲勞績。陛下以爲壞常平而言青苗之功，虧商税而取均輸之利，何以異此？陛下天機洞照，聖略如神，此事至明，豈有不曉？必謂已行之事不欲中變，恐天下以爲執德不一，用人不終，是以遲留歲月，庶幾萬一，臣切以爲過矣。古之英主，無出漢高，酈生謀撓楚權，欲復六國，高祖曰：『善！趣刻印。』及聞留侯之言，吐哺而駡曰：『趣銷印！』夫稱善未幾，繼之以駡，刻印銷印，有同兒戲，何嘗累高祖之知人？適足以明聖人之無我。陛下以爲可而行之，知其不可而罷之，至聖至明，無以加此。議者必謂『民可與樂成，難與慮始』，故勸陛下堅執不顧，期於必行，此乃戰國貪功之人，行險僥倖之説，陛下若信而用之，則是徇高論而逆至情，持空名而邀實禍，未及樂成，而怨已起矣。臣之所願結人心者，此之謂也。

士之進言者爲不少矣，亦嘗有以國家之所以存亡；歷數之所以長短，告陛下者乎？夫國家之所以存亡者，在道德之淺深，而不在乎彊與弱；歷數之所以長短者，在風俗之厚薄，而不在乎富與貧。道德誠深，風俗誠厚，雖貧且弱，不害於長而存；道德誠淺，風俗誠薄，雖彊且富，不救於短而亡。人主知此，則知所輕重矣。是以古之賢君不以弱而忘道德，不以貧而傷風俗。而智者觀人之國，亦必以此察之。齊，至彊也，周公知其後必有篡弑之臣；衛，至弱也，季子知其後亡。吴破楚入郢，而陳大夫逢滑知楚之必復；晉武既平吴，何曾知其將亂；隋文既平陳，房喬知其不久。元帝斬郅支，朝呼韓，功多於武、宣矣，偷安而王氏之釁生；宣宗收燕、趙，復河、湟，力彊於憲、武矣，消兵而龐勛之亂起。故臣願陛下務崇道德而厚風俗，不願陛下急於有功而貪富彊。使陛下富如隋，彊如秦，西取靈武，北取燕薊，謂之有功，可也，而國之長短，則不在此。夫國之長短，如人之壽夭，人之壽夭在元氣，國之長短在風俗。世有尫羸而壽考，亦有盛壯而暴亡，若元氣猶存，則尫羸而無害，及其已耗，則盛壯而愈危。是以善養生者，慎起居，節飲食，導引關節，吐故納新。不得已而用藥，則擇其品之上，性之良，可以久服而無害者，則五藏和平而壽命長。不善養生者，薄節慎之功，遲吐納之效，厭上藥而用下品，伐真氣而助彊陽，根本已危〔一三〕，僵仆無日。天下之勢，與此無殊。故臣願陛下愛惜風俗，如護元氣。

古之聖人非不知深刻之法可以齊衆，勇悍之夫可以集事，忠厚近於迂闊，老成初若遲鈍，然終不肯以彼而易此者，顧其所得小而所喪大也。曹參，賢相也，曰：『慎無擾獄市。』黄霸，循吏也，曰：『治道去泰甚。』或譏謝安以清談廢事，安笑曰：『秦用法吏，二世而亡。』劉晏爲度支，專用果鋭少年，務在急速集事，好利之黨相師成風。德宗初即位，擢崔祐甫爲相，祐甫以道德寬大，推廣上意，故建中之政，其聲翕〔一四〕然，天下想望，庶幾正觀。及盧杞爲相，諷上以刑名整齊天下，馴致澆薄，以及播遷。我仁祖之御天下也，持法至寬，用人有叙，專務掩覆過失，未嘗輕改舊章，然考其成功，則曰未至，以言乎用兵，則十出而九敗，以言其府庫，則僅足而無餘，徒以德澤在人，風俗知義，是以升遐之日，天下如喪考妣。社稷長遠，終必賴之，則仁祖可謂知本矣。今議者不察，徒見其末年，吏多因循，事不振舉，乃欲矯之以苛察，濟之以智能，招來新進勇鋭〔一五〕之人，以圖一切速成之效，未享其利，澆風已成。且天時不齊，人誰無過？國君含垢，至察無徒。若陛下多方包容，則人材取次可用，必欲廣置耳目，務求瑕疵，則人不自安，各圖苟免，恐非朝廷之福，亦豈陛下所願哉？

漢文欲用虎圈嗇夫，釋之以爲利口傷俗。今若以口舌捷給而取士，以應對遲鈍而退人，以虚誕無實爲能文，以矯激不仕爲有德，則先王之澤遂將散微。自古用人，必須歷試，雖有卓異之器，必有已試之功。一則使其更變而知難，事不輕作；一則待其功高而望重，人自無辭。昔先主以黄忠爲後將軍，而諸葛亮憂其不可，以爲忠之名望素非關、張之倫，若班爵遽同，則必不悦，其後關羽果以爲言。以黄忠豪勇之姿，以先主君臣之契，尚復慮此，而況其他？世嘗謂漢文不用賈生，以爲深恨，臣嘗推究其旨，竊謂不然。賈生固天下之奇才，所言亦一時之良策，然請爲屬國，欲係單于，則是處士之大言，少年之鋭氣。昔高祖以三十萬衆困於平城，當時將相群臣，豈無賈生之比？『三表』『五餌』，人知其疎，而欲以困中行説，尤不可信矣。兵，凶器也，而易言之，正如趙括之輕秦，李信之易楚，若文帝亟用其説，則天下殆將不安，使賈生嘗歷艱難，亦必自悔其説。用之晚歲，其術必精，不幸喪亡，非意所及。不然，文帝豈棄才之主？絳、灌豈蔽賢之士？至於晁錯，尤號刻薄，文帝之世止於太子家令，而景帝既立，以爲御史大夫，申屠賢相〔一六〕發憤而死，滋更政令〔一七〕，天下騷然，及至七國發難，而錯之術亦窮矣。文景〔一八〕優劣，於此可見。大抵名器爵禄，人所奔趨，必使積勞而後遷，以明持久而難得，則人各安其分，不敢躁求。今若多開驟進之門，使有意外之得，公卿侍從跬步可圖，其得者既不肯以僥倖自名，則不得者必皆以沉淪爲恨，使天下常調舉生妄心，耻不若人，何所不至？欲望風俗之厚，豈可得哉？選人之改京官常須十年以上，荐更險阻，計析毫釐，其間一事聱牙，常至終身淪棄。今乃以一人之薦舉而予之，猶恐未稱，章服隨至，使積勞久次而得者，何以厭服哉？夫常調之人，非守則令，員多闕少，久已患之，不可復開多門以待巧進〔一九〕。若巧者侵奪已甚，則拙者迫怵無聊，利害相形，不得不察，故近歲樸拙之人愈少，而巧佞之士益多，惟陛下重之惜之，哀之救之。如日近三司獻言，使天下郡選一人，催驅三司文字，許之先次指射以酬其勞，則數年之後，審官吏部，又有三百餘人得先占闕，常調待次，不其愈難？此外勾當發運均輸，按行農田水利，已據監司之體，各懷進用之心，轉對者望以稱旨而驟遷，奏課者求爲優等而速化，相勝以力，相高以言，而名實亂矣。惟陛下以簡易爲法，以清淨爲心，使姦無所緣，而民德歸厚，臣之所願厚風俗者，此之謂也。

古者建國，使內外相制，輕重相權。如周如唐，則外重而內輕；如秦如魏，則外輕而內重。內重之弊，必有姦臣指鹿之患；外重之弊，必有大國問鼎之憂。聖人方盛而慮衰，常先立法以救弊。國家租賦，摠於計省，重兵聚於京師，以古揆今，則似內重。恭惟祖宗所以深計預圖，而固非小臣所能臆度而周知，然觀其委任臺諫之一端，則是聖人過防之至計。歷觀秦、漢，以及五代，諫争而死，蓋數百人，而自建隆以來，未嘗罪一言者。縱有薄責，旋即超升，許以風聞，而無官長，風采所繫，不問尊卑。言及乘輿，則天子改容；事關廊廟，則宰相待罪。故仁宗之世，議者譏宰相但奉行臺諫風旨而已，聖人深意，流俗豈知？蓋擢用臺諫，固未必皆賢，所言亦未必皆是，然須養其銳氣而借之重權者，豈徒然哉？將以折姦臣之萌，而救内重之弊也。夫姦臣之始，以臺諫折之而有餘；及其既成，以干戈取之而不足。今法令嚴密，朝廷清明，所謂姦臣，萬無此理。然養猫以去鼠，不可以無鼠而養不捕之猫；畜狗以防姦，不可以無姦而畜不吠之狗。陛下得不上念祖宗設此官之意，下爲子孫立萬世之防？朝廷綱紀，孰大於此？臣自幼小所記，及聞長老之談，皆謂臺諫所言，常隨天下公議，公議所與，臺諫亦與之，公議所擊，臺諫亦擊之。及至英廟之初，始建稱親之議，本非人主大過，亦無典禮明文，徒以衆心未安，公議不允，當時臺諫，以死爭之。今者物論沸騰，怨讟交至，公議所在，亦可知矣，相顧不發，中外失望。夫彈劾積威之後，雖庸人亦可以奮揚；風采消委之餘，雖豪傑有所不能振起。臣恐自兹以往，習慣成風，盡爲執政私人，以致人主孤立，紀綱一廢，何事不生？孔子曰：『鄙夫可與事君也歟哉？其未得之也，患得之。既得之，患失之。苟患失之，無所不至矣。』臣始讀此書，疑其太過，以爲鄙夫之患失，不過備位而苟容，及觀李斯憂蒙恬之奪其權，則立二世以亡秦，盧杞憂懷光之數其惡，則誤德宗以再亂，其心本生於患失，而其禍乃至於喪邦。孔子之言，良不爲過。是以知爲國者，平居必常有忘軀犯顔之士，則臨難庶幾有徇義守死之臣。苟平居尚不能一言，則臨難何以責其死節？人臣苟皆如此，天下亦曰殆哉！君子和而不同，小人同而不和，和如和羹，同如濟水，是故孫寶有言：『周公上聖，召公大賢，猶不相悦，著於經典，兩不相損。』晉之王導，可謂元臣，每與客言，舉坐稱善，而王述不悦，以爲人非堯、舜，安得每事盡善？導亦斂袵謝之。若使言無不同，意無不合，更唱迭和，何者非賢？萬一有小人居其間，則人主何緣得以知覺？臣之所以願存〔二〇〕綱紀者，此之謂也。

臣非敢歷詆新政，苟爲異論。如近日裁減皇族恩例，刊定任子條式，修完器械，閲習鼓旗，皆陛下神筭之至明，乾剛之必斷，物議既允，臣敢有辭？然至於所獻三言，則非臣之私見，中外所病，其誰不知？昔禹戒舜曰：『無若丹朱傲，惟慢遊是好。』舜豈有是哉？周公戒成王曰：『無若商王受之迷亂，酗於酒德哉！』成王豈有是哉？周昌以漢高爲桀、紂，劉毅以晉武爲桓、靈，當時人君，曾莫之罪，而書之史册〔二一〕，以爲美談。使臣所獻三言，皆朝廷未嘗有，此則天下之幸，臣與有焉。若有萬一似之，則陛下安可不察？然而臣之爲計，可謂愚矣，以螻蟻之命，試雷霆之威，積其狂愚，豈可屢赦？大則身首異處，破壞家門，小則削籍投荒，流離道路。雖然，陛下必不爲此，何也？臣天賦至愚，篤於自信，向者與議學校貢舉，首違大臣本意，已期竄逐，敢意自全？而陛下獨然其言，曲賜召對，從容久之，至謂臣曰：『今政令得失安在？雖朕過失，指陳可也。』臣即對曰：『陛下生知之性，天縱文武，不患不明，不患不勤，不患不斷，但患求治太速，進人太鋭，聽言太廣。』又俾述其所以然之狀，陛下頷之曰：『卿所獻三言，朕當熟思之。』臣之狂愚，非獨今日，陛下容之久矣，豈有容之於始，而不赦之於終？恃此而言，所以不懼。臣之所懼者，譏刺既衆，怨仇實多，必將詆臣以深文，中臣以危法，使陛下雖欲赦臣而不得，豈不殆哉？死亡不辭，但恐天下以臣爲戒，無復言者，是以思之經月，夜以繼日，書成復毁，至於再三，感陛下聽其一言，懷不能已，卒吐其説。惟陛下憐其愚忠而卒赦之，不勝俯伏待罪憂恐之至！

校勘記

〔一〕「小民」，底本無，據麻沙本補。宋本《經進東坡文集事略》無。

〔二〕「狂」，底本作「亡」，據麻沙本改。宋本《經進東坡文集事略》作「狂」。

〔三〕「輕」，底本作「狂」，據麻沙本改。宋本《經進東坡文集事略》作「輕」。

〔四〕「海」，底本作「湖」，據麻沙本改。宋本《經進東坡文集事略》作「海」。

〔五〕「重」，底本無，據麻沙本補。宋本《經進東坡文集事略》作「重」。

〔六〕「軍」下，麻沙本有「御之」二字。宋本《經進東坡文集事略》無。

〔七〕「大率」上，麻沙本有「犯之」二字。宋本《經進東坡文集事略》無。

〔八〕「事」，麻沙本作「舉」。宋本《經進東坡文集事略》作「事」。

〔九〕「成」，麻沙本作「新」。宋本《經進東坡文集事略》作「成」。

〔一〇〕「嘗」下，麻沙本有一「覩」字。宋本《經進東坡文集事略》無。

〔一一〕「稱」，麻沙本作「再」。宋本《經進東坡文集事略》作「稱」。

〔一二〕「失」，底本誤作「皮」，據麻沙本改。宋本《經進東坡文集事略》作「失」。

〔一三〕「危」，麻沙本作「空」。宋本《經進東坡文集事略》作「危」。

〔一四〕「翕」，底本作「藹」，據麻沙本改。宋本《經進東坡文集事略》作「翕」。

〔一五〕「勇鋭」，麻沙本作「鋭勇」。宋本《經進東坡文集事略》作「勇鋭」。

〔一六〕「賢相」，底本作「嘉」，據麻沙本改。宋本《經進東坡文集事略》作「賢相」。

〔一七〕「滋更政令」，「滋」，底本作「紛」，據麻沙本、宋本《經進東坡文集事略》改。「政」，麻沙本作「號」，宋本《經進東坡文集事略》作「政」。

〔一八〕「文景」，底本作「文帝」，據麻沙本改。宋本《經進東坡文集事略》作「文景」。

〔一九〕「進」，麻沙本作「者」。宋本《經進東坡文集事略》作「進」。

〔二〇〕「所以願存」，麻沙本作「所謂願存」。宋本《經進東坡文集事略》作「所謂存」。

〔二一〕「册」，底本作「策」，據麻沙本改。宋本《經進東坡文集事略》作「册」。

新校宋文鑑卷第五十五

校者按：底本此卷抄配，據六十四卷本（缺第一至九頁）、麻沙本刻卷校改。

奏疏

徐州上皇帝書

蘇軾

臣以庸材，備員册府，出守兩郡，皆東方要地。私竊以爲守法令，治文書，赴期會，不足以報塞萬一，輒伏私念東方之要務，陛下之所宜知者，得其一二，草具以聞，而陛下擇焉。

臣前任密州建言，自古河北與中原離合，常係社稷存亡，而京東之地，所以灌輸河北，缾竭則罍耻，唇亡則齒寒，而其民喜爲盗賊，爲患最甚，因爲陛下畫所以待盗賊之策。及移守徐州，覽觀山川之形勢，察其風俗之所上，而考之於載籍，然後又知徐州爲南北之襟要，而京東諸郡安危所寄也。昔項羽入關，既燒咸陽而東歸，則都彭城。夫以羽之雄略，捨咸陽而取彭城，則彭城之險固形便，足以得志於諸侯者可知矣。臣觀其地，三面被山，獨其西平川數百里，西走梁宋，使楚人開關而延敵，材官騶發，突騎雲縱，真若屋上建瓴水也。地宜菽麥，一熟而飽數歲。其城三面阻水，樓堞之下，以汴泗爲池，獨其南可通車馬，而戲馬臺在焉。其高十仞，廣袤百步，若用武之世，屯千人其上，聚檑木砲石，凡戰守之具，以與城相表裏，而積三年糧於城中，雖用十萬人，不易取也。其民皆長大，膽力絶人，喜爲剽掠，小不適意，則有飛揚跋扈之心，非止爲盜而已。漢高祖，沛人也；項羽，宿遷人也；劉裕，彭城人也；朱全忠，碭山人也，皆在今徐州數百里間耳。其人以此自負，凶桀之氣積以成俗，魏太武以三十萬衆攻彭城不能下，而王智興以卒伍庸材恣睢於徐，朝廷亦不能討〔一〕，豈非其地形便利，人卒勇悍故耶？

州之東北七十餘里，即利國監，自古爲鐵官商賈所聚。其民富樂，凡三十六冶，冶户皆大家，藏鏹巨萬，常爲盜賊所窺，而兵衛寡弱，有同兒戲。臣中夜以思，即爲寒心，使劇賊致死者十餘人白晝入市，則守者皆棄而走耳。地既産精鐵，而民皆善鍛，散冶户之財，以嘯召無賴，則烏合之衆，數千人之仗，可以一夕具也，順流南下，辰發巳至，徐〔二〕有不守之憂矣。使不幸而賊有過人之材如吕布、劉備之徒，得徐而逞其志，則京東之安危未可知也。近者河北轉運司奏乞禁止利國監鐵，不許入河北，朝廷從之。昔楚人亡弓，不能忘楚，孔子猶小之，況天下一家，東北二冶皆爲國興利，而奪彼以與此，不已隘乎？自鐵不北行，冶户皆有失業之憂，詣臣而訴者數矣。臣欲因此以征冶户，爲利國監之捍屏，今三十六冶，冶各百餘人，採鑛伐炭，多飢寒亡命、彊力鷙忍之民也。臣欲使〔三〕冶户每冶各擇有材力而忠謹者，保任十人，籍其名於官，授以鎗刃〔四〕刀槊，教之擊刺，每月兩衙集於知監之庭而閲試之，藏其刃於官，以待大盜，不得役使，犯者以違制論。冶户爲盜所擬〔五〕久矣，民皆知之，使冶出十人以自衛，民所樂也，而官又爲除近日之禁，使鐵得北行，則治户皆悦而聽命，姦猾破膽而不敢謀矣。

徐城雖嶮固，而樓櫓敝惡，又城大而兵少，緩急不可守，今戰兵千人耳。臣欲乞移南京新招騎射兩指揮於徐。此故徐人也，嘗屯於徐，營壘材石既具矣，而還於南京，異時轉運使分東西路，畏餽餉之勞而移之西耳。今兩路爲一，其去來無所損益，而足以爲徐之重。城下數里，頗産精石無窮，而奉化厢軍見闕數百人，臣願募石工以足之，聽不差出。使此數百人者常採石以甃城，數年之後，舉爲金湯之固。要使利國監不可窺，則徐無事；徐無事，則京東無虞矣。沂州山谷重阻，爲逋逃淵藪，盗賊每入徐州界中。陛下若採臣言，不以臣言爲不肖，願復三年守徐，且得兼領沂州兵甲巡檢公事，必有以自効。

京東惡盗，多出逃軍。逃軍爲盗，民則望風畏之，何也？技精而法重也。技精則難敵，法重則致死，其勢然也。自陛下置將官，修軍政，士皆精鋭，而不免於逃者，臣嘗考其所由，蓋自近歲以來，部送罪人配軍者，皆不使役人，而使禁軍，軍士當部送者受牒即行，往返常不下十日，道路之費，非取息錢不能辦，百姓畏法，不敢貸，貸亦不可復得，惟所部將校乃敢出息錢與之，歸而刻其糧賜，是以上下相持，軍政不修，博弈飲酒，無所不至，窮苦無聊，則逃去爲盗。臣自至徐，即取不係省錢百餘千别儲之，當部送者，量遠近裁取，以三月刻納，不取其息。將吏有敢貸息錢者，痛以法治之。然後嚴軍政，禁酒博，比朞年，士皆飽暖，練熟技藝，等第爲諸郡之冠，陛下遣勑使按閲所具見也。臣願下其法諸郡，推此行之，則軍政修而逃者衰，亦去盗之一端也。

臣聞之，漢相王嘉曰：『孝文帝時』，『二千石長吏安官樂職，上下相望，莫有苟且之意。其後稍稍變易，公卿以下轉相促急，司隸、部刺史發揚陰私，吏或居官數月而退』，『二千石益輕賤，吏民慢易之』，『知其易危，小失意則有離畔之心。前山陽亡徒蘇令縱橫，吏士臨難，莫肯伏節死義者，以守相威權素奪故也』，『國家有急，取辦於二千石，二千石尊重難危，乃能使下』。以王嘉之言而考之於今，郡守之威權可謂素奪矣。上有監司伺其過失，下有吏民持其長短，未及按問，而差替之命已下矣。欲督捕盜賊，法外求一錢以使人且不可得，盜賊凶人情重而法輕者，守臣輒配流之，則使所在法司覆按其狀，劾以失入。惴惴如此，何以得吏士死力而破姦人之黨乎？由此觀之，盜賊所以滋熾者，以陛下守臣權太輕故也。臣願陛下稍重其權，責以大綱，略其小過，凡京東多盜之郡，自青、鄆以降，如徐、沂、齊、曹之類，皆慎擇守臣，聽法外處置彊盜，頗賜緡錢，使得以布設耳目，畜養爪牙。然緡錢多賜則難常，少又不足於用，臣以爲每郡可歲別給一二百千，使以釀酒，凡使人緝捕盜賊，得以酒予之，敢以爲他用者坐贓論，賞格之外，歲得酒數百斛，亦足以使人矣。此又治盜之一術也。

然此皆其小者，其大者非臣之所當言，欲默而不發，則又私自念遭值陛下英聖特達如此，若有所不盡，非忠臣之義，故昧死復言之。

昔者以詩賦取士，今陛下以經術用人，名雖不同，然皆以文詞進耳。考其所得，多吴、楚、閩、蜀之人。至於京東、西、河北、河東、陝西五路，蓋自古豪傑之場，其人沈鷙勇悍，可任以事，然欲使治聲律，讀經義，以與吴、楚、閩、蜀之士争得失於毫釐之間，則彼有不仕而已，故其得人常少。夫惟忠孝禮義之士，雖不得志，不失爲君子，若德不足而才有餘者，困於無門，則無所不至矣。故臣願陛下，特爲五路之士别開仕進之門。漢法，郡縣秀民推擇爲吏，考行察廉，以次遷補，或至二千石，入爲公卿。古者不專以文詞取人，故得士爲多。黄霸起於卒史，薛宣進於書佐，朱邑選於嗇夫，邴吉出於獄吏，其餘名臣循〔六〕吏，由此而進者，不可勝數。唐自中葉以後，方鎮皆選列校以掌牙兵，是時四方豪傑不能以科舉自達者，皆争爲之，往往積功以取旄鉞，雖老姦巨盗，或出其中，而名卿賢將，如高仙芝、封常清、李光弼、來瑱、李抱玉、段秀實之流，所得亦已多矣。王者之用人如江河，江河所趍，百川赴焉，蛟龍生之，及其去而之他，則魚鼈無所還其體，而鯢鰍爲之制。今世胥史牙校皆奴僕庸人者，無他，以陛下不用也。今欲用胥史牙校，而胥史行文書，治刑獄錢穀，其勢不可廢鞭撻，鞭撻一行，則豪傑不出於其間。故凡士之刑者不可用，用者不可刑。故臣願陛下採唐之舊，使五路監司、郡守，共選士人，以補牙職，皆取人材心力有足過人而不能從事於科舉者，禄之以今之庸錢，而課之鎮稅場務、督捕盗賊之類，自公罪杖以下聽贖，依將校法，使長吏得薦其才者，第其功閥，書其歲月，使得出仕比任子〔七〕，而不以流外限其所至。朝廷察其尤異者，擢用數人，則豪傑英偉之士漸出於此塗，而姦猾之黨可得而籠取也。其條目委曲，臣未敢盡言，惟陛下留神省察。

昔晉武平吴之後，詔天下罷軍役，州郡悉去武備，惟山濤論其不可，帝見之曰：『天下名言也。』而不能用。及永寧之後，盗賊蠭起，郡國皆以無備不能制，其言乃驗。今臣於無事之時，屢以盗賊爲言，其私憂過計，亦已甚矣。陛下縱能容之，必爲議者所笑。使天下無事而臣獲笑可也，不然，事至而圖之，則已晚矣。干犯天威，罪在不赦。

論治道二首

蘇　軾

道德

人君以至誠爲道，以至仁爲德，守此二言，終身不易，堯、舜之主也。至誠之外更行他道，皆爲非道；至仁之外更作他德，皆爲非德。何謂至誠？上自大臣，下至小民，内自親戚，外至四夷，皆推赤心以待之，不可以絲毫僞也。如此，則四海之内，親之如父子，信之如心腹，未有父子相圖、心腹相欺者，如此而天下之不治，未之有也。絲毫之僞，一萌於心，如人有病，先見於脉，如人飲酒，先見於色。聲色動於幾微之間，而猜狙行於千里之外。彊者爲敵，弱者爲怨，四海之内，如盗賊之憎主人，鳥獸之畏弋獵，則人主孤立，而危亡至矣。何謂至仁？視臣如手足，視民如赤子，戢兵，省刑，時使，薄斂，行此六事而已矣。禍莫逆於好用兵，怨莫大於好起獄，灾莫深於興土〔八〕功，毒莫甚於奪民利，此四者，陷民之坑穽，而伐〔九〕國之斧鉞也。去此四者，行彼六者，而仁不可勝用也。《傳》曰『至誠如神』，又曰『至仁無敵』，審能行之，當獲四種福。以人事言之，則主逸而國安；以天道言之，則享年永而卜世長。此必然之理，古今已試之效也。

去聖益遠，邪説滋熾，厭常道而求異術，文姦言以濟暴行。爲申、商之學者，則曰『人主不可以不學術數』。人主，天下之父也，爲人父而用術於子，其可乎？爲莊、老之學者，則曰『聖人不仁，以百姓爲芻狗』。欲窮兵黷武，則曰『吾以威四夷而安中國』。欲煩刑多殺，則曰『吾以禁姦慝而全善人』。欲虐使厚斂，則曰『吾以彊兵革而誅暴亂，雖若不仁，而卒歸於仁』。此皆亡國之言也。秦二世、王莽嘗用之矣，皆以經術附會其説。

《書》曰『惟辟作福，惟辟作威』，此言威福不可移於臣下也。欲威福不移於臣下，則莫若捨己而從衆，衆之所是，我則與〔一〇〕之，衆之所非，我則去之，夫衆未有不公，而人君者，天下公議之主也，如此則威福將安歸乎？今之説者則不然，曰：『人主不可以不作威福。』於是違衆而用己，已之耳目終不能偏天下，要必資之於人，愛憎喜怒，各行其私，而浸潤膚受之説行矣，然後從而賞罰之，雖名爲人主之威福，而其實左右之私意也。姦人竊吾威福而賣之於外，則權與人主侔矣。《書》曰：『威克厥愛，允濟；愛克厥威，允罔功。』威者，畏威之謂也；愛者，懷私之謂也。管仲曰：『畏威如疾，民之上也；從懷如流，民之下也。』畏威之心，勝於懷私，則事無不成。今之説者則不然，曰：『人君當使威刑勝於惠愛。』如是則予不如奪，生不如殺，堯不如桀，而幽、厲、桓、靈之君長有天下，此不可不辨也。

刑政

《書》曰：『臨下以簡，御衆以寬。』此百世不易之道也。昔漢高祖約法三章，蕭何定律九篇而已，至於文、景，刑措不用。歷魏而晋，條目滋章，斷罪所用至二萬六千三百七十二條，而姦益不勝，民無所措手足。唐及五代，止用律令。國初加以注疏，情文備矣。今編敕續降，動若牛毛，人之耳目所不能周，思慮所不能照，而法病矣。臣愚謂當熟議而少寬之。人主前旒蔽明，黈纊塞聰，耳目所及尚不敢〔一一〕盡，而況察人於耳目之外乎？今御史六察，專務鈎考簿書，擿〔一二〕發細微，自三公九卿，救過不暇。夫詳於小必略於大，其文密者其實必疎。故近歲以來，水旱盗賊，四民流亡，邊鄙不寧，皆不以責宰相，而尚書諸曹文牘繁重，窮日之力，書紙尾不暇，此皆苛察之過也，不可以不變。

《易》曰：『理財正辭，禁民爲非，曰義。』先王之理財也，必繼〔一三〕之以正辭，其辭正，則其取之也義。三代之君，食租衣税而已，是以辭正而民服。自漢以來，鹽鐵酒茗之禁，稱貸摧易之利，皆心知其非而冒行之，故辭曲而民爲盗。今欲嚴刑妄賞以去盗，不若捐利以予民，衣食足而盗賊自止。夫興利以聚財者，人臣之利也，非社稷之福；省費以養財者，社稷之福也，非人臣之利。何以言之？民者國之本，而刑者民之賊，興利以聚財，必先煩刑以賊民，國本摇矣，而言利之臣先受其賞。近歲宫室、城池之役，南蠻、西夏之師，車服、器械之資，略計其費，不下五千萬緡，求其所補，卒亦安在？若以此積糧，則沿邊皆有九年之蓄，西夷北邊望而不敢近矣。趙充國有言：『湟中穀斛八錢，吾謂糴三百萬斛，羌人不敢動矣。』不待煩刑賊民，而邊鄙以安，然爲人臣之計，則無功可賞，故凡人臣欲興利而不欲省費者，皆爲身謀，非爲社稷計也。人主不察，乃以社稷之深憂，而徇人臣之私計，豈不過甚矣哉！

因擒鬼章論西羌夏人事宜

蘇　軾

臣竊見近者熙河路奏生擒鬼章，百官稱賀，中外同慶。臣愚無知，竊謂安危之機正在今日，若應之有道，處之有術，則安邊息民必自是始，不然，將驕卒惰，以勝爲災，亦不足怪。故臣區區欲先〔一四〕陳前後致寇之由，次論當今待敵之要，雖狂愚無取，亦臣子之常分。

昔先帝用兵累年，雖中國靡弊，然夏人困折，亦幾於亡。横山之地，沿邊七八百里中，不敢耕者至二百餘里。歲賜既罷，和市亦絶，虜中疋帛至五十餘千。其餘老弱轉徙，牛羊墮壞，所失蓋不可勝數。飢羸之餘，乃始欵塞，當時執政大臣謀之不深，因中國厭兵，遂納其使，每一使賜予貿易，無慮得絹五萬餘疋，歸鬻之其民，疋五六千，民大悦。一使所獲率不下二十萬緡，使五六至，而累年所罷歲賜可以坐復。既使虜因吾資以德其民，且飽而思奮，又使其窺我厭兵欲和之意，以爲欲戰欲和，權皆在我，以故輕犯邊陲，利則進，否則復求和，無不可者。若當時大臣因虜之請，受其詞不納其使，且詔邊臣與之往返商議，所獲新疆，取捨在我。俟其詞意屈服，約束堅明，然後納之，則虜雖背恩反覆，亦不至如今日之速也。虜雖有易我意，然不得西蕃解仇結好，亦未敢動。夫阿里骨，董氊之賊臣也，挾契丹公主，以弑其君之二妻。董氊死，匿喪不發，逾年衆定，乃詐稱嗣子，僞書鬼章、温溪心等名以請於朝。當時執政，若且令邊臣審問鬼章等，以阿里骨當立不立？若朝廷從汝請，遂授節鉞，阿里骨真汝主矣，汝能臣之如董氊乎？若此等無詞，則是諸羌心服，既立之後，必能統一都部，吾又何求？若其不服，則釁自彼生，爵命未下，曲不在吾。彼既一國三公，則吾分其恩禮，各以一近上使額命之，鬼章等各得所欲，宜亦無患。當時執政不深慮此，專以省事爲安〔一五〕，因其妄請，便授節鉞。阿里骨自知不當立，而憂鬼章之討也，故欲借力於西夏以自重，於是始有解仇結好之謀，而鬼章亦不平朝廷之以賊臣君我也，故怒而盜邊。夏人知諸羌之叛也，故起而和之。此臣所謂前後致寇之由，明主不可以不知者也。

雖既往不咎，然可以爲方來之監。元昊本懷大志，長於用兵，亮祚天付兇狂，輕用其衆，故其爲邊患，皆歷年而後定〔一六〕。今梁氏專國，素與人多不協，方内自相圖，其能以創殘呻吟之餘，久與中國敵乎？料其姦謀，蓋非元昊、亮祚之比矣。意謂二聖在位，恭默守成，仁恕之心，著於遠邇，必無用武之意，可肆無厭之求，蘭、會諸城，鄜、延五寨，好請不獲，勢脅〔一七〕必從，猖狂之後，求無不獲，計不過此耳。今者竊聞朝廷降詔，諸路勑勵戰守，深明逆順曲直之理，此固當今之急務，而詔書之中，亦許夏人之自新。臣竊以謂開之太易，納之太速，曾未一戰，而厭兵欲和之意〔一八〕已見乎外，此復蹈前日之失矣，臣甚惜之。今既〔一九〕聞鬼章之捷，或漸有欵塞之謀，必將爲恭很相半之詞，而繼之以無厭之請。若朝廷復納其使，則是欲戰欲和，權皆在虜，有求必獲，不獲必叛，雖婾一時之安，必起無窮之釁。故臣願明主斷之於中，深詔大臣，密勑諸將，若夏人欵塞，當受其詞而却其使，然後明勑邊臣，以夏人受恩不貲，無故犯順，今雖欵塞，反覆難保，若實改心向化，當且與邊臣商議，苟詞意未甚屈服，約束未〔二〇〕甚堅明，則且却之，以示吾雖不逆其善意，亦不汲汲於求和也。彼若心服而來，吾雖未納其使，必不於往返商議之間遽復盜邊，若非心服，則吾雖蕩然開懷，待之如舊，能必其不叛乎？今歲涇原之入，豈吾待之不至邪？但使吾兵練士飽，斥堠精明，虜無大獲，不過數年，必自折困。今雖小勞，後必堅定。此臣所謂當今待敵之要，亦明主不可以不知者也。

今朝廷意在息民，不憚屈己，而臣獻言乃欲艱難其請，不急於和，似與聖意異者，然古之聖賢，欲行其意，必有以曲成之，未嘗直情而徑行也。將欲翕之，必固張之；將欲取之，必固予之。夫直情而徑行，未有獲其意者也。若權其利害，究其所至，則臣之愚計，於安邊息民必久而固，與聖意初無小異。然臣竊度朝廷之間，似欲以畏事爲無事者，臣竊以爲過矣。夫爲國不可以生事，亦不可以畏事，畏事之弊，與生事均。譬如無病而服藥，與有病而不服藥，皆可以殺人。夫生事者，無病而服藥也；畏事者，有病而不服藥也。乃者阿里骨之請，人人知其不當予，而朝廷予之，以求無事，然事之起，乃至於此，不幾於有病而不服藥乎？今又欲遽〔二一〕納夏人之使，則是病未除而藥先止，其與幾何？臣於侍從之中受恩至深，其於委曲保全，與衆獨異，故敢出位先事而言，不勝恐悚待罪之至！

論内中車子争道亂行

蘇　軾

臣謹按，漢成帝郊祠甘泉泰畤、汾陰后土，而趙昭儀常從在屬車間，時揚雄待詔承明，奏賦以諷，其略曰：『想西王母欣然而上壽兮，屏玉女而却虙妃。』言婦女不當與齋祠之間也。臣今備位夏官，職任鹵簿，準故事，郊祀既成，乘輿還齋宫，改服通天冠、絳紗袍，教坊鈞容作樂還内，然後后妃之屬中道迎謁，已非典禮，而況方當祀事未畢，而中宫掖庭得在勾陳豹尾之間乎？竊見二聖崇奉大祀，嚴恭寅畏，度越古今，四方來觀，莫不悦服。今車駕方宿齋太廟，而内中車子不避仗衛，争道亂行，臣愚竊恐於觀望有損，不敢不奏。乞賜約束，仍乞取問隨行合干勾當人施行。

校勘記

〔一〕『討』，麻沙本作『下』。宋本《經進東坡文集事略》作『討』。

〔二〕『徐』上，麻沙本有一『其』字。宋本《經進東坡文集事略》作『而』。

〔三〕『使』下，麻沙本有一『臣』字。宋本《經進東坡文集事略》無。

〔四〕『鎗刃』，麻沙本作『郤刃』。宋本《經進東坡文集事略》無二字。

〔五〕『擬』，底本作『睨』，據麻沙本改。宋本《經進東坡文集事略》作『擬』。

〔六〕『循』，底本作『廉』。宋本《經進東坡文集事略》作『循』。

〔七〕『出仕比任子』，底本空缺，麻沙本作『出比任子』，據宋本《經進東坡文集事略》補。

〔八〕『土』，底本空缺，據麻沙本補。明成化刊本《蘇文忠公全集》作『土』。

〔九〕『伐』，底本空缺，據麻沙本補。明成化刊本《蘇文忠公全集》作『伐』。

〔一〇〕『與』，麻沙本作『爲』。明成化刊本《蘇文忠公全集》作『與』。

〔一一〕『敢』，麻沙本作『能』。明成化刊本《蘇文忠公全集》作『敢』。

〔一二〕『擿』，麻沙本作『責』。明成化刊本《蘇文忠公全集》作『責』。

〔一三〕『繼』，麻沙本作『斷』。明成化刊本《蘇文忠公全集》作『繼』。

〔一四〕『先』，麻沙本作『乞』。宋本《經進東坡文集事略》作『乞』。

〔一五〕『安』下，麻沙本有一『國』字。宋本《經進東坡文集事略》無。

〔一六〕『定』上，麻沙本有一『足』字。宋本《經進東坡文集事略》無。

〔一七〕『脅』，麻沙本作『挾』。宋本《經進東坡文集事略》作『脅』。

〔一八〕『意』，麻沙本作『章』。宋本《經進東坡文集事略》作『意』。

〔一九〕『既』，麻沙本作『若』。宋本《經進東坡文集事略》作『既』。

〔二〇〕『未』，底本無，據麻沙本、六十四卷本補。宋本《經進東坡文集事略》作『未』。

〔二一〕『欲遽』，底本作『遽欲』，據麻沙本、六十四卷本改。宋本《經進東坡文集事略》作『欲遽』。